btb

Walter Kempowski
DIE DEUTSCHE CHRONIK I

Walter Kempowski

Aus großer Zeit

Roman

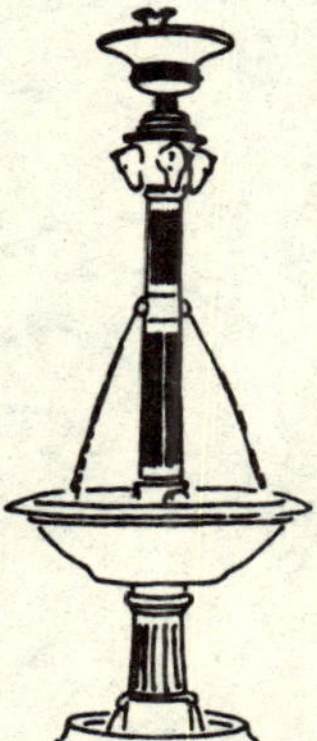

btb

Umwelthinweis:
Alle bedruckten Materialien dieses Taschenbuches
sind chlorfrei und umweltschonend.

btb Taschenbücher erscheinen im Goldmann Verlag,
einem Unternehmen der Verlagsgruppe Bertelsmann.

1. Auflage
Genehmigte Taschenbuchausgabe April 1999

Umschlaggestaltung: Design Team München
KR · Herstellung: Augustin Wiesbeck
Made in Germany
ISBN 3-442-72546-1

Für Fritz J. Raddatz

So Ihr mich von ganzem Herzen
suchen werdet, so will ich mich
von euch finden lassen.

Jeremia 29, 13

Bilder

Drei Bilder von Rostock hängen über meinem Schreibtisch: Eine Radierung, ein Öldruck und ein Photo.

Auf der Radierung sind die Häuser dicht an die Kirchen gedrückt. ROSTOCHIUM steht in den Wolken: ROSTOCHIUM URBS VANDALICA ET MEGAPOLITANA. Links und rechts daneben geflügelte Löwen mit Adlerschnäbeln: »Anno 1620«. Die Stadt liegt an einem Fluß, der Warnow, auf dem zahlreiche Segelschiffe ankern, Fischer fischen und sogar zwei Schwäne schwimmen.
Im Vordergrund des Bildes stehen Kaufleute. Sie tragen enganliegende Beinkleider und eine Halskrause unterm Knebelbart. Die Kaufleute weisen stumm auf ihre Stadt: Es sind böse Zeiten. Wegen der Teuerung hat man besondere Gesetze erlassen müssen, daß die Käufer den Bauern nicht entgegengehen zum Beispiel und vielleicht schon auf dem Feld das Korn aufkaufen. Erst auf dem Markt darf angeboten werden, in freier Konkurrenz.
Neben den Männern, die da stumm auf ihre Stadt zeigen, stehen die Frauen in ihren langen, mit Spitzen besetzten Kleiderpyramiden. Hohe geschlitzte Puffärmel tragen sie und aufgestellte Kragen: Fein ausgewalzter Roggenmehlteig in siedendes Fett geworfen, das ist sattmachend und billig in dieser Hungerszeit.

Von einem Hündchen verbellt, streben Landsknechte mit Trommeln und Spießen der Stadt zu. Sind es heimkehrende Wächter, oder ist es die Vorhut des unerwünschten Landesherrn? Oder sind es gar die so verhaßten Dänen? Lange Federn haben sie am Hut, und zwischen den Puffbeinen tragen sie einen Ledersack, der gar nicht groß genug ausfallen kann.

Rostock: eine Mauer ist wie ein Band um diese Stadt geschlungen, einmal rundherum; sie hält die Stadt zusammen.
Von dreiundzwanzig Toren ist die Mauer durchbrochen, kleinen Giebeltoren und großen Turmtoren, baufälligen und prächtigen: Durch diese Tore atmet die Stadt.

Sit intra te concordia
et publica felicitas.

Das steht am Steintor, und das ist ein Wunsch, der wohl von Herzen kommt.
Wie alle Tore, so gibt sich auch das Steintor zur Stadtseite hin prächtig, zur Landseite ganz ohne Schmuck. Es ist mit Vortoren versehen und mit einem riesigen Zwinger. Abends lassen die Wachen krachend das Fallgatter herunter. Wer sich verspätet hat, muß im »Weißen Kreuz« Unterschlupf suchen oder auf den Wällen schlafen, wo ihn Eulen schrecken und verwilderte Hunde.

Zahlreiche Türme und Türmchen fügen sich in die Mauer oder hocken auf ihr. Sie dienen den verschiedensten Zwecken: Der Lagebuschturm dient dem Einkerkern von Übeltätern, in die Wand sind Ketten eingemauert, vier Schilling kostet das Einschließen und vier Schilling das Wiederausschließen, wenn es soweit ist. Der Vater darf kommen oder die Frau und Brot bringen oder Bier oder Stroh.

Der Blaue Turm dient zum Aufbewahren von Waffen, von Hellebarden der verschiedensten Machart, von Armbrusten und Morgensternen. Viertausend waffenfähige Männer gibt es in der Stadt.

Rostochienses
Sunt velut enses
Semper acuti
Proelia poscunt
Ensibus uti.

»Rostocks Bewohner sind wie die Schwerter allezeit schneidig. Sie verstehen zu kämpfen, und ihre Schwerter zu nutzen.« So wird das übersetzt.

Einer der Türme hat eine Windmühle auf dem flachen Dach, das ist die Wasserkunst, die für die Verteilung des Wassers sorgt, das insbesondere die Brauer dieser Stadt benötigen.

Vier große Kirchen sind zu zählen, neben anderen kleineren. In ihnen flackern Kerzen vor geschnitzten Altären. Diese Kerzen beleben durch ihr Schattenspiel die vergoldeten Märtyrer, denen Räder beigegeben sind, Gitter und Sägen: das Marterwerkzeug, dem sie standhielten. Beter knien vor ihnen, in jämmerlicher Klage: Warum gerade ich? Warum gerade ich? Und in der Tiefe der Halle, umschlossen von huschender Finsternis, ein hageres Weib: noch gibt es Hoffnung, noch ist nichts verloren.

Linker Hand die Petrikirche, die kleinste der Kirchen, mit dem höchsten, etwas windschief gebuckelten Turm. Er dient den Seeleuten, draußen auf der Ostsee, als Landmarke, wenn sie aus Reval kommen und Felle bringen oder aus Südkarelien Holz.
Buden und Katen hat St. Petri um sich versammelt. Frauen liegen in den Fenstern und sehen den Knaben zu, die sich da prügeln. Ein Hund hüpft die Stufen zur Kirche hinauf und pinkelt ans Portal. Die Menschen, die in den Buden wohnen, haben nicht einmal ein eigenes Bett. Und doch sind sie noch besser dran als jene, die in den Kellern hausen, ohne Licht und ohne Ofen.

Rechts neben St. Petri, etwas zurückliegend, das ist die Nikolaikirche mit dem silbernen Nikolaus im Oktogon, dem Schutzpatron der Fischer. Zu dem wird gebetet, wenn die Heringe ausbleiben oder die Makrelen. Dem wird gedankt, wenn der Mast brach und das Boot doch noch nach Hause fand.

Der hohe Turm ist eingestürzt nun schon zum zweitenmal; den Küster hat die Glocke erschlagen. Die Trümmer wurden nach Warnemünde geschafft für eine Befestigung gegen die Dänen, die immer keine Ruhe geben.

In der Mitte meines Bildes liegt die Marienkirche, ein Ungetüm mit gewaltigem Westwerk, groß genug, um drei Türme zu tragen, oben jedoch rasch und behelfsmäßig mit einem Helmchen abgeschlossen: Die Kraft reichte nicht, das Werk zu vollenden, die Ablaßeinkünfte versiegten und die Spenden auch.
Hauptanziehungspunkt für Fremde ist die große Muttergottes. Ihr Kopf ist hohl und mit Wasser gefüllt, in ihm schwimmen kleine Fische. Wenn die Fische sich bewegen, dringt Wasser aus den Augen der Mutter Maria, und der Beter meint, sie weine über seine Sünden.
Irgendwo in dieser Kirche liegt auch das Skelett eines Walfisches. Achtzehn Ellen lang, nicht minder bestaunt. Und hinten im Chor tickt eine astronomische Uhr, mit Sonnenauf- und -untergängen: Ein hölzerner Mann (es ist Julius Cäsar) zeigt mit einem Stab das Datum an.

Allhier sieht man zu aller Frist,
wie lang der Tag von Stunde ist.

Seit 1472 tut er es, und bis zum Jahre 2047 wird er es noch tun: wenn nichts dazwischenkommt. Oben über dem meterhohen Zifferblatt ziehen die zwölf Apostel auf einem Rundgang hintereinanderher, nach den Schlägen des Läutewerks: Nun danket alle Gott. Blaue und rote Gewänder tragen sie, die sind in Gold gefaßt. Der Judas kommt als letzter angeruckt, ihm knallt es die Paradiespforte vor die Nase: Nachts, wenn die Tauben, die sonst unter dem Gewölbe fliegen, oben auf der Uhr sitzen, und mittags, wenn Bürger davor stehen und den Verwandten vom Land zeigen, was das für ein Wunderwerk ist.

Weiter rechts auf meinem Bild ist noch die vornehme und ehrgeizige Jakobikirche zu sehen: Kastengestühl für die

Bürger und bequeme Stehplätze für die unflätigen Studenten, die während der Predigt essen oder Karten spielen oder gar mit Pflaumen werfen. Sie hat englische Vorfahren, die Jakobikirche: die zwölf Pfeiler sind alle verschieden; wenn man genauer hinguckt, kann man das sehen: Dom sollte sie werden, aber den Priester, der das betrieb, hat der wütende Pöbel erschlagen. Einen Bischof wollten sie nicht in ihrer Stadt.

In den engen Gassen der Stadt stehen unzählige Giebelhäuser, prächtige und weniger prächtige, mit Durchfahrt zum Hof, wo Lagerschuppen sich befinden, für Nüsse, Wachs oder Salz und die Ställe mit den Pferden und dem Vieh. Acht Meter breit sind diese Giebelhäuser, und drei, manchmal vier Stockwerke hoch: eins wie das andere. Von Dreck verkrustete Schweine wühlen auf der Straße im Unrat. Abends müssen sie eingeschlossen werden, sonst fängt man sie weg.

Der Rüstwagen eines Puppenspielers kommt dahergerumpelt. Weil »betrübte Zeiten« sind, hat es Streit gegeben. Die Puppe Polichinello hat dem Tod den Hintern gezeigt, so hat es geheißen, und Unglück werde dadurch angelockt. Ferner hätten die jungen Leute im Dunkeln Ungebührliches betrieben, und das ist wohl der wahre Grund, weshalb man sie ausweist, die Puppenspieler.

Nicht nur die Zeiten sind schlecht, auch die Jugend ist es. Das ist ganz unbegreiflich.
»Jungens sollen sich nicht zusammen rottiren, Lärm und Getümmel machen, den Leuten, welche ihrer Wege fahren, mit schimpflichen Worten nicht nachrufen, weder mit Schneeballen noch mit Koth werfen«, so heißt es in einer Verordnung aus dem Jahre 1622. »Widrigenfalls sie ins Halseisen gestellt werden sollen.« Sie sollen auch das »Tumultuiren« und Geräuschtreiben in den Kirchen unterlassen.

Die Menschen, die in Rostock wohnen, sind Schiffsbauer, Gerber, Schuhmacher oder Bierbrauer. Sie heißen Kröger, Kramer oder Kröpelin. Der Zunftmeister der Böttcher heißt Holtfreter: Aus Eiche müssen die Fässer sein, darüber hat er zu wachen, dreieinhalb Tonnen sollen sie fassen, nicht mehr und vor allem nicht weniger.
»Hiering! Frischen Hiering un Dösch!« rufen die Fischfrauen auf dem Markt und heben die schuppenbedeckte Handwaage wie ein lebendiges Standbild der Gerechtigkeit, aber niemand kommt und kauft, weil das Geld so knapp geworden ist.

Nicht weit davon kreischt ein Irrer in seinem Torenkasten. Daß man ihn nicht hinausstieß vor die Mauern, hat er seiner Abkunft zu danken. Und irgendwo sitzt in einem mit Butzenscheiben verglasten Erker ein einsamer Kaufherr – Stockfisch aus Bergen und Roggen nach Visby? –, die Speicherböden über ihm sind leer, und unter ihm das Haus ist auch leer, leer und still. Acht Kinder sind ihm weggestorben und zwei Frauen. Nichts will ihm mehr gelingen.

ROSTOCHIUM URBS VANDALICA . . . Oben über der Stadt, in den Wolken, fliegt ein Vogel. Er kommt vom Kalvarienberg, wo man weitere Vögel bemerkt, in unordentlichem Keilzug, Galgenvögel, die sich an Gehenkten sättigten. Ein dreischläfriger Galgen steht auf dem Berg, unweit der vielen emsigen Windmühlen. Wie Vogelscheuchen pendeln da zwei struppige Leichen, Brüder sind's, die lange den glühenden Zangen widerstanden haben, mit denen man sie zwickte, dem Streckbrett, den Schrauben und den Ruten. Um ihre Frauen zu retten, hatten sie widerstanden: Die Frauen hatten nichts damit zu tun gehabt, mit dem Baumfrevel, dem todeswürdigen Verbrechen.

Gleich neben dem Galgen, auf hoher Stange, ein Rad. Entspanntes Gebein hängt über den Rand, mit elf Schlägen hat man es gebrochen und durch die Speichen des Rades gezwängt: Die Knochen spießen durch das Fleisch. Das blutig-schweißige Gesicht des Übeltäters ist erloschen. Lange hat er um Wasser und um seinen Tod gefleht. Die schweigenden Bürger haben dabeigestanden und haben die Stundenschläge gezählt: Wie lange es wohl diesmal dauert?

Rostock zweihundert Jahre später: 1820.

> Gemeiner Fried – ein schöner Stand,
> dadurch erhält man Stadt und Land.

Die zweite Stadtansicht, die über meinem Schreibtisch hängt, ist ein Öldruck. Das Original befindet sich im städtischen Museum, es hat einen breiten Goldrahmen.
Auf dem Feldweg staubt ein Wagen der Stadt zu, am Wirtshaus »Zum Roten Lappen« vorbei und an einer Schafherde: Der Schäfer stützt sich auf den Stock. In der grünen Kutsche sitzt einer, der lange in der Fremde war. Gegen die Sonne schützt ihn ein Leinenüberzug, der über Weidenreifen gespannt ist.
Was wird er seinen Eltern alles erzählen! Berlin, Leipzig, Dresden! In seinem Koffer hat er ein Skizzenbuch, in rotes Leder ist es gebunden, das wird er ihnen zeigen. Nichts ist verloren, nur die Zeit, sie ist dahin.

Viel Grün ist auf dem nachgedunkelten Bild zu sehen: alte Bäume, Gärten. Hoch über den Bastionen, auf denen Frauen promenieren, in weißen Kleidern, mit Sonnenschirm und kleinen Hündchen, da stehen immer noch die altvertrauten, mit Kupfer gedeckten Türme: gute Väter, gute Mütter. St. Petri, wie eh und je, dem Winde sich entgegenbuckelnd, St. Nikolai mit neuem, etwas zu kurz geratenem Turm und St. Jakobi, fremd.
Breit gelagert: die Marienkirche. Wieviel zusammengepreßtes Erdreich hält sie bedeckt! Kein Hälmchen wird in ihre Krypta dringen.
Immer noch ziehen die Apostel durch die Uhr, nun danket alle Gott, ruckend, zweimal pro Tag um zwölf. Eine Viertel-

stunde später rasseln sie zurück. Ein Spiel, das lange noch nicht endet.
Neununddreißig Altäre hat man dieser Kirche ausgerissen, das riesige Triumphkreuz und die tränenreiche Muttergottes: zerhackt und weggeworfen.
Statt der Altäre glänzt nun der Thron des Großherzogs im Westwerk, mit rotem Samtbaldachin und goldener Bekrönung. Und über dem Thron steigt eine Orgel bis in das Gewölbe hinein, 5700 Pfeifen; und oben drüber: posauneblasende Engel und eine große goldene Sonne.

Für Bildung und Volksbelustigung hat man ein Theater gebaut. »Der Einsiedler an der Warnow« wird gegeben, Pantomimen und Ballett. Die Stühle der strickenden Damen stehen schräg, so daß die Männer sie mit einem Blick überschauen können. Den Studenten mit den gewichsten und gespornten Stiefeln darf man nicht zu nahe kommen, sonst bleibt man mit den Strümpfen hängen.

»Jungens sollen nicht mit den Peekschlitten auf den Anhöhen in der Stadt fahren, widrigenfalls ihnen die Schlitten genommen, sie selbst arretiert und nach Befinden bestrafet werden sollen.« So heißt es in der Stadtverordnung. Die Jugend, ja, sie ist noch immer schlimm, aber die Zeiten sind besser.

So wechselt alles ab,
Nach Krieg und Blutvergießen
Laßt uns des Himmels Huld,
Des Friedens Lust genießen.

Der Dreißigjährige Krieg mit dem Durchziehen von Kaiserlichen und Schweden, Mord, Greuel und Verwüstung: er ist vergessen.
Auch der große Brand ist vergessen, 1677, der am 4. August in der Fischergrube ausbrach, abends um neun Uhr, und sich durch die Straßen fraß. Siebenhundert Häuser brannten ab, der prächtige Fürstenhof, das Rathaus auf dem Alten Markt, die Giebelhäuser, die Fachwerkhäuser und

die Katen und Buden mit den heulenden und kreischenden Weibern: Wann dreht denn endlich der Wind?

Die Stadt ist wieder aufgebaut.

Hiering, greun Hiering un Dösch!

Das rufen die Fischfrauen auf dem Neuen Markt, und sie heben die Waage hoch, wie sie es immer taten. Der neue Vorbau vorm Rathaus ist nicht sehr schön – »schwächlicher Barock« –, aber die Prosperität hält an:

Pip, Dän', pip!
Dien Schonen büst du quit.

Die Dänen sind vergessen mit ihren Durchzügen und Plünderungen, und die Franzosen sind verschwunden, die von 1812. Keine Fuhren sind mehr zu stellen, keine Zwangswerbungen mehr zu befürchten. Kein Fliehen mehr in den Wald (wo man auf andere Flüchtlinge stößt), kein Schiff des Nachts mit abgeblendeten Laternen, kein Verbergen im Gebälk der Türme. Die zerwühlten Felder sind bestellt, der abgeholzte Wald ist nachgewachsen.
Wie der Preußenkönig dahin ist, der Mecklenburg für einen Mehlsack hielt, auf den man nur zu klopfen braucht, dann kommt Mehl heraus, so ist auch der Korse dahin.

Dreihundertsiebenundvierzig Segelschiffe zählt die Rostocker Flotte, sie ist nun die größte im Ostseeraum. Aus Eichenholz sind die Schiffe gebaut. Manche sinken schon auf ihrer ersten Fahrt und manche halten fünfzig oder achtzig Jahre: Schnelle Vollschiffe und breite, schwere Barken: auf allen Meeren sieht man sie. »Ihr habt den Wilhelm von Oranien an den Füßen aufgehängt«, behaupten die Holländer, weil die Rostocker Flagge die holländischen Farben umgekehrt zeigt, und manche Schlägerei gibt es deswegen.

Maler verkleinern Großes und vergrößern Kleines. Sie drücken die Bauwerke einer Stadt zur Komposition zusammen, damit es akkordiert. Auf Photos geht das nicht: Rostock 1885 – das ist das dritte Bild über meinem Schreibtisch.

Karl Steenbock
Großherzogl. Hofphotograph.

Der Häuserbrei ist zerflossen, kreuz und quer, hoch und niedrig, und in dem Häuserbrei, mit Bretterzäunen und rauchenden Schornsteinen konkurrierend, einsam die großen alten Gemäuer, kahl dem Sturmwind ausgesetzt. Wie lange soll man sie denn noch erhalten?

Die Straßen am Fluß sind aufgerissene Münder, sie schnappen nach Luft, denn die alten Tore sind abgebrochen, das Mühlentor mit seinen Vortoren (weil ein Bürger die Steine haben wollte für sein Haus), das Bramower Tor und auch das Burgwalltor mit seiner Zolleinnehmerbude davor, von dem es noch ein Photo gibt. Hier hält nichts mehr zusammen.

Auch den Zwinger hat man gesprengt, vor dem Steintor, preußische Pioniere mußten dabei helfen. »Endlich kann der Verkehr frei fließen ...« Drei Meter dicke Mauern – das war nicht einfach.

Auch die Bastionen hat man geschleift, bis auf zwei, die sich die Bürger nicht nehmen lassen, auf denen kann man nämlich so schön spazierengehen und im Winter rodeln.

Zitra! Holt Bahn!
Wer sick nich wohrt
ward oeverkohrt!

Auf den Gräben läuft man sogar Schlittschuh, auch auf der Teufelskuhle, obwohl es da nicht ganz geheuer ist.

Die Aufsicht über den Wall hat Jochen Stut. Nähert er sich dem Oberwall, dann hört man den Ruf: »Jochen kümmt!«, und alle Jungen laufen weg, denn der Walldiener hat eine geschmeidige Stock-Quitsche in der Hand.

Der illustrierte Stadtführer kommt mit wenigen Seiten aus: Das Johannis-Kloster ist abgebrochen, St. Michaelis auch, diese wunderliche Kirche mit den fünf Querschiffen. Der Stadtführer verzeichnet, was übriggeblieben ist von der alten Herrlichkeit, und er rühmt den neuen im gotischen Stil erbauten Wasserturm, den Friedrich-Franz-Bahnhof und den hohen Schornstein der größten Brauerei. Er verzeichnet auch die Lokale, in denen man gut essen kann, den Wintergarten zum Beispiel oder das Hôtel de Russie: »Elektrisches Licht, Zentralheizung; Hausdiener an allen Zügen.« Daß das Sanitätshaus Frahm die besten Bruchbandagen liefert, auch das verzeichnet er.

Erste Vakuum-Dampf-Zucker- und
Bonbonwarenfabrik FRIEDRICHS.

Die Sargfabrik A. Seitz erledigt sämtliche mit einem Trauerfall verbundenen Angelegenheiten.

Kinos gibt es noch nicht in dieser Zeit. Aber auf dem Pfingstmarkt ist schon einer gewesen, mit einem Flimmerkasten. Bewegte Bilder hat er gezeigt, und die Rostocker haben »Bauklötze« gestaunt.

Die Leute, die in Rostock wohnen, Fabrikbesitzer, Handwerker oder Arbeiter, heißen immer noch Kröger, Kramer oder Kröpelin. Seit kurzem heißen sie sogar Kempowski...

I. Teil

Der Kaufmannstand war geachtet, in dem lebte noch etwas von der hanseatischen Tradition, da zog man die Mütze. Feine Herren waren das, die wohl wußten, wie man Geld verdient, die aber auch ihre Verantwortung für die Stadt kannten. P. S.

Damals sprach ja noch alles Platt, egal ob das ein Hafenarbeiter war oder ein Kapitän oder der Schiffsreeder selbst. In Rostock sprach man Platt, da war sich keiner zu fein dazu. L. N.

An unserer Ecke wohnte Konsul Brüdigam. Wenn der morgens aus dem Haus ging, guckte er erst einmal rechts und links, als ob er Wind schnuppern wollte, und dann steuerte er in Richtung Rathaus. A. Sch.

Kaufleute? Das waren ziemlich nüchterne Menschen, die mehr oder weniger ans Plusmachen dachten. Man hütete sich, bei denen anzuecken, das wär einem wohl nicht recht bekommen. V. Z.

Mein Vater hatte eine ziemlich große Ziegelei, und in der Schule, darüber hab ich mich geschämt, da war der Lehrer direkt ein bißchen unterwürfig uns gegenüber.
Die feineren Leute hatten ja auch ihren Pastor. Konfirmiert wurde unsereiner bei Pastor Magen.
»Lassen Sie auch bei Pastor Magen arbeiten?«
So ungefähr.
Ansonsten hatte die Kirche nicht viel zu melden. P. G.

In der Marienkirche hatte der Großherzog seinen Thron. Da soll er ab und zu auch draufgesessen haben. Ich weiß davon nichts. Ich weiß bloß noch, daß das 'n ganz jovialer Mann gewesen sein soll. L. Ö.

Als der Großherzog kam, mußten wir Blumen streuen. Mich fragte er: »Was willst du werden?«, und da sagte ich »Kaiserin«. – Mein Bruder sagte: »Kutscher«, dem hatte der livrierte Kutscher mehr imponiert als der Großherzog. G. F.

Meine Kusinen hatten Postkartenalben mit Fürstlichkeiten. Man tauschte die Bilder in der Schule. Den Kronprinzen, der immer fesch abkonterfeit war, tauschte man gegen das Bild der majestätischen Kaiserin. G. F.

Unsere Eltern hatten gegen den Großherzog nichts, weil sie nichts Schlechtes von ihm erfuhren. Man hatte das Gefühl, in einem absolut sicheren Staat zu leben. – Die seefahrende Bevölkerung, das hab ich damals auch mitgekriegt, war oft anderer Ansicht.
K. F.

Um das Sommerschloß des Großherzogs sind wir öfter mal rumgegangen. Das war ein Nachmittagsausflug. »Ob sie wohl da sind?« rätselten wir. P. Sch.

1

Robert William Kempowski: morgens fährt er mit einer Droschke ins Kontor, langsam und nach allen Seiten grüßend, mal nach links und mal nach rechts. Die Stephanstraße fährt er entlang – die schöne warme Luft –, am Haus von Konsul Viehbrock vorbei. Geheimrat Öhlschläger hat sich Ecke Graf-Schack-Straße einen richtigen Palast gebaut, mit Turm und mit verzinktem Ritter auf dem Dach.

An der Reichsbank fährt Robert William Kempowski vorbei, wo man ihm wohlgesonnen ist, und am nagelneuen Stadttheater, in dem er eine Proszeniumsloge gemietet hat für Anna, seine Frau,

Ein Baro und ein Thermo
die fahren nach Palermo.

Durch das Steintor fährt er, wo der Kutscher absteigen muß und an das Barometer klopfen – »föllt!« –, und über den Neuen Markt, wo das Rathaus steht mit der zugebauten gotischen Fassade. Nichts weiß der Herr Kempowski von zugebauten gotischen Fassaden, und ob da oben nun sieben oder acht Türme drauf sind, das ist ihm egal. Dort unten, am Hafen, das Mönchentor und daneben seine Firma: da weiß er Bescheid, und das geht ihn was an.

Das Geschäftshaus ist ein behäbiger Bau mit einem eisernen Brunnen vor der Tür: Die oberste Schale ist für die Tauben zum Trinken gedacht, die mittlere für Pferde und die unterste für Hunde. Kein römischer Brunnen also, sondern ein Etagenbrunnen, wo jeder seins hat. Straßenjungen halten die Löcher zu, aus denen das Wasser läuft, und spritzen die Passanten. Das tun sie natürlich nicht, wenn der Herr Kempowski aus seiner Droschke steigt, der guckt sich einmal streng um, dann laufen die Straßenjungen weg.

Robert William hat einen schönen Platz in seinem Privatkontor. Es ist mit einer halbhohen Holztäfelung versehen, auf der Schiffsmodelle stehen und Photographien in verschnörkeltem Drahtrahmen.
Durch das Fenster sieht er, am Brunnen vorbei, auf die Straße, wo ein schwerer Rollwagen mit Getreide vorübergezogen wird, von dicken Pferden, es sind Kaltblüter mit ungeheurem Hinterteil und winzigem, gestutztem Schwanz; und auf das Wasser, wo skandinavische Segler ankern. So mancher hat am Bug noch eine Galionsfigur, halbnackt und bunt bemalt, und jeder hat einen Köter an Bord, der bellt, wenn einer an Land gehen will.

Der Herr Kempowski sitzt am aufgeräumten Schreibtisch, die Hände hat er auf dem Bauch gefaltet, und eine Zigarre raucht er, »Principe de la Paz«, zu Deutsch »Friedefürst«. Hinter sich hat er den gotisch verzierten Geldschrank seines Kontors mit einem großen Schlüsselloch und einem kleinen, und auf der Nase trägt er einen Zwicker aus Eisen mit »Ankertrosse«, damit er nicht herunterfällt. Schiffsmakler ist er von Beruf und Besitzer von zwei Dampfern: Die Zeiten, in denen er selber in einem Ruderboot finnischen und schwedischen Seglern entgegenpullen mußte, um Konkurrenten zuvorzukommen, sind vorbei. Für so etwas hat er jetzt zwei junge Leute. Außerdem sitzt in Warnemünde auf der Westmole ein alter ausgemusterter Kapitän mit einem Fernrohr. Wenn der ein Schiff sichtet, das Kurs auf die Warnowmündung nimmt, schreit er das ins Kurbel-Telephon. In Rostock bereitet man dann die »Kannosemangs« vor, die Frachtpapiere also, und schlägt in einem Heft den Namen und den Vornamen des Kapitäns nach, damit man ihn persönlich begrüßen kann. Das Heft ist ein Wachstuchheft, und darin steht verzeichnet, was der Kapitän gern trinkt, und ob er verheiratet ist und »gegen wen«.

Robert William Kempowski guckt einerseits durch das Fenster nach draußen und andererseits durch die Glastür nach drinnen, wo die Angestellten an ihren Stehpulten, einer hinter dem andern, auf Reitschemeln, mit gebeugtem Rücken schreiben, *seine* Angestellten. Gladow, der alte Buchhalter, Sodemann, der dicke Prokurist, und die jungen Leute in ihren Sonntagsanzügen.

Die Lehrlinge treiben ihren Jokus mit Gladow, dem siebzigjährigen Buchhalter, der mit seinem Vollbart aussieht, als wäre *er* der Chef. Sie heben sein Jackett hoch und tun so, als ob sie ihm was hintenvor geben wollten.
Wenn der alte Herr Kempowski, der noch gar nicht so alt ist, das sieht, oder wenn er sieht, daß Gladow wieder einmal einnickt, dann wirft er seinen Federhalter gegen die Glasscheibe der Tür und macht Geldzählbewegungen mit Daumen und Zeigefinger: daß das *sein* Geld ist, was da vertrödelt wird, und daß *er* sich *auch* nach der Decke hat strecken müssen, damals in Königsberg, als sein Vater alle fünf Segelschiffe einbüßte, in einem Jahr . . . Nichts ist ihm geschenkt worden, barfuß ist er gelaufen als Kind.
Gladow ist fast fünfzig Jahre in der Firma, er hat noch die Anfänge miterlebt, als das Kontor noch eine Kneipe war und der Makler nebenher Bier ausschenkte. Padderatz hatte der geheißen, und »Lütt betting gewen« war sein Rezept gewesen, und damit war er gut zurechtgekommen.
Daß das *sein* Geld ist, sagt Robert William Kempowski zu Gladow, und *seine* Firma, daß die *ihm* gehört, und er sagt es sehr laut, und Gladow blickt dann mit seinen schönen blauen Warnow-Augen stoisch in die Ferne. Er streicht sich mit den Händen durch den Altmännervollbart, und die unbewegten Lippen murmeln irgend etwas vor sich hin, nichts Freundliches, soviel ist sicher.
Abends holt ihn seine Frau ab: »Na, Olling? Wo oft büst du hüt weder in de Schiet follen?«

Der dicke Sodemann wiegt zwei Zentner fünfzig, der Hintern quillt an den Seiten des Schemels über. Er spricht hochdeutsch so, wie ein Plattdeutscher sich das Hoch-

deutsche vorstellt. »Helsinski«, sagt er, und die Bauchbinde macht er nicht ab von der Zigarre. »Wei'ck nich« und: »Kann'ck nich ännern«, das sind die Worte, die man am häufigsten von ihm hört. Manchmal auch: »Ich stelle lediglich fest . . .«
Zum Frühstück geht er mit Gladow natürlich zu Alphons Köpcke, er, der Dicke, mit Gladow, dem Alten, zum »Stammtisch zur fröhlichen Teekanne«, der in einem exotisch ausgeschmückten Hinterzimmer einer Kneipe tagt: Mal sehen, wer alles da ist. Kapitän Saatmann vielleicht, aus Ribnitz, der dem Lokal eine indonesische Tanzmaske verehrt hat, oder Rübesahm aus Emden, der einen ganz gewöhnlichen Wackerstein zum versteinerten Arsch einer Südseeinsulanerin erklärt hat.

Prost!
Wer nix hätt,
de host!

Mal sehen, wer alles da ist, und dann den Magen etwas anwärmen, was ja auch nicht schaden kann.

Der Herr Kempowski hat inzwischen seine Uhr aufgezogen und in den verschnörkelten Drahtständer gestellt, da vor sich, auf dem Schreibtisch. Daß die Frühstückspause jeden Tag länger wird, denkt er, und das wundert ihn. Da war das in Königsberg aber ein anderer Schnack.
Rechts unten, in seinem Schreibtisch, steht eine kleine Flasche Genever, von dem gießt er sich einen ein, und als er hochguckt, sind die beiden da drüben gerade zurückgekommen.
Sie gucken natürlich nicht herüber, denn ihr Chef schüttelt deutlich sichtbar den Kopf, und die Uhr nimmt er aus dem verschnörkelten Ständer und zieht sie nochmals auf.

Zwei Schiffe hat der Herr Kempowski. Die Namen der beiden Dampfer, die in England gebaut wurden und gute englische Maschinen haben, sind »Consul« und »Clara«,

nicht etwa »Robert« oder »Anna«. Nein. Nach sich und den Seinen will er sie nicht nennen, denn: »*Ick* weet ja, wie ick heit, un mine Fru, wie de heit, dat weet ick ook.«
Nach Konsul Besendiek hat er den »Consul« genannt und nach Clara, dessen Frau, weil man für den immer so schöne Befrachtungen macht, Holz nach Lübeck zum Beispiel, und das fast jede Woche. Den kann man dadurch an sich binden.

Ein drittes Schiff, die »Henriette Schüßler«, war nur kurz im Besitz der Firma, ein Seelenverkäufer, der quasi nur noch durch den Ölfarbanstrich zusammengehalten wurde. Es konnte noch kurz vor der Klassifikation nach Griechenland verkauft werden, und zwar mit knapper Not.
Für das Geld hat man sich das schöne Haus von Gütschow gekauft, in der Stephanstraße. Von Gütschow, dem Weinhändler, der gerade Bankrott gemacht hat.
»Kempowski! Gahn's mi ut'n Wech!«
Zwei Jahre nach dem Verkauf sinkt die »Henriette Schüßler« mit Mann und Maus, so wie die fünf Segler sanken, die den Königsberger Kempowskis gehörten, 1875, alle in einem Jahr.

»Wie sie so sanft ruhn, alle die Toten«, sagt der alte Herr Kempowski, der noch gar nicht so alt ist, wenn man auf die Segler seines Vaters zu sprechen kommt, deren Bilder jetzt in seinem Kontor hängen, neben dem Bild der »Henriette Schüßler« und neben dem des »Consuls« und der »Clara«. Damals, als sie sanken, ist er von Königsberg nach Rostock gegangen, weil er es nicht mehr aushalten konnte, daß sein Vater immer nur Zeitung las, den ganzen Tag. Mit dem Ruderboot ist er den Schiffen entgegengefahren, bis er Anna kennenlernte, Anna Martens, die dreißigtausend Goldmark besaß, und davon hat er sich die Firma dann gekauft, *seine* Firma, wie er immer wieder sagt. Seine »ewig junge Braut, die täglich umworben sein will«. Und nun können seine jungen Leute den Schiffen entgegenrudern, zum Donnerwetter noch mal.

Als Makler macht Robert William Kempowski gute Geschäfte, alle Rostocker Kohlenhändler beziehen ihre Kohlen durch ihn – ausgenommen die Firma »Glückauf« – Natureis aus Norwegen importiert er und Papierholz aus Finnland.
»Wenn einer ein Pferd kaufen will, und Sie haben kein Pferd, dann müssen Sie ihm eben einen Esel verkaufen«, sagt er, und danach handelt er.
Daß Otto Bellmann Vermittlungsgebühren bekommen hat, steht hin und wieder in den großen Kontobüchern, in Gladows gestochener, schwungvoller Schrift. Einen Otto Bellmann kann man aber beim besten Willen in keinem Adreßbuch finden, da sucht man sehr vergebens, und Gladow wird so lange im Geschäft bleiben müssen, bis er eines Tages »umföllt« und nie wieder aufsteht.

Anna Kempowski, geborene Martens, fährt mit einem eleganten Coupé zur Stadt. Sie gibt das Geld aus, das Robert William verdient, und sie hat ein Recht dazu. Aus der Gosse hat sie ihn aufgesammelt, das sagt sie in hitzigen Stunden, ohne sie wär' er ja verkommen! Ein schwarzes Kostüm trägt sie, mit Hermelinbesatz, sehr elegant.

Wo hängt der größte Bilderbogen?
Beim Kaufmann, Kinder, ungelogen . . .

Sie fährt zu Krüger, dem Delikatessenhändler, in der Blutstraße. Ein ausgestopfter Wildschweinkopf hängt über der Tür. Ein langer, schmaler Laden ist es, in dem es nach Ananas riecht und auch nach Gänseschmalz.
Wenn Anna den Laden betritt, dann schiebt sich der alte Krüger mit seiner blutigen Schürze aus dem Hintergrund nach vorn. Man sieht ihm an, daß es ihm selbst gut schmeckt: den herrlichsten Käse hat er und die wunderbarsten Landmettwürste.
»*Die* ist aus Groß-Viegeln«, sagt er, »und *die* aus Hohen-Sprenz.«
Anna probiert Würste und auch die Buttersorten. Auch vom Obst werden Proben genommen, obwohl man das Obst nicht von Krüger bezieht, sondern von »landein«.

Was sie sich aussucht, wird gebracht, und wenn es nur ein Viertelpfund Salami ist. (Meistens ist es mehr.) Vom Bezahlen kann keine Rede sein, alles wird angeschrieben, und zu Neujahr kommt die Rechnung dann ins Haus, und auf der Rechnung steht: »S. H.« oder »I. H.«, je nachdem: »Seiner Hochwohlgeboren« oder »Ihrer Hochwohlgeboren«.

Zwei Kinder haben die Kempowskis, ein Photo zeigt den kleinen Karl mit seiner Schwester Silbi.

Globus-Atelier 1904
Specialität: Vergrößerungen
aller Art.

Eigentlich heißt sie Sylvia. Für fünf Pfennig Studentenfutter hat sie in der Tasche: sie muß immer was zum Knabbern haben. Dunkle Augen und ein verschmollter Mund. Im Haar eine Schleife aus kariertem Taft.

Korl, min Soehn,
haal Appels von'n Boen!

Bei gutem Wetter sitzen die beiden auf der Schaukel, eng umschlungen, oder Karl sitzt, und Silbi steht über ihm und holt Schwung und hüllt ihn ganz ein in ihr weißes Kleid. Ob der Haken da oben wohl hält?
Stribold, der kleine schwarze Hund, auf dem Jahrmarkt für dreißig Pfennig gekauft, rennt immer drei Schritte vor und zurück, je nachdem. Das mag er nicht, daß die beiden da hin und her schaukeln. Sie sollen anhalten und ihn mit draufnehmen.

Im Herbst, wenn die Blätter vom Birnbaum herabwehen und vor der Kellertür einen Strudel machen, sitzen sie in der Veranda, wo sie Bilderbögen ausschneiden, ein Dorf mit Kühen, Hühnern und Schweinen und aus dem Wald kommenden Rehen.
Regen trommelt auf das Teerdach und klatscht an die Fensterscheiben, und Karl und Silbi essen Leberwurstbrote, immer eins nach dem andern, und trinken kalte

Milch. Die Kühe und die Schweine werden mit ihrem umgeknickten Sockel auf Pappe geklebt, und wenn man den Kopf auf die Tischplatte legt, dann sieht das aus wie ein richtiges Dorf: Große Bauernhäuser und kleine Tagelöhnerkaten, Ställe, aus denen Pferde herausgucken, und Wäschepfähle mit flatternden Hemden und Hosen an der Leine.

Im Winter wird das Dorf vor das Haus getragen und angezündet. Da gucken alle zu.

Abends, wenn der Wind ums Haus heult und am Dach rüttelt, kriechen sie zusammen ins Bett. Wie das damals war, als das Holzlager brannte, nachts vor dem Petritor, das erzählen sie sich wieder und wieder, der ganze Himmel rot und das Blasen und Schreien der Menschen. Aus dem Bett hatte der Vater sie geholt, und fröstelnd hatten sie am Fenster gestanden und sich das angeguckt.

Aus Oberbetten und Plumeaus wird eine Höhle gebaut, und dann werden Ziehbilderbücher besehen, mit Enten, die den Kopf ins Wasser stecken können. Oder Klappbücher: ein Mann sitzt auf einem Pulverfaß und raucht Pfeife. Klappt man den Mann zur Seite, dann liegt darunter ein Bild vom Pulverfaß, wie's gerade explodiert.

Unzerreißbare Bilderbücher sind das:

Giri-giri
schnabulieri
buh!

und unheimliche: der Pelzmärtel, der den Sack voll unartiger Kinder hat.

So ergeht's dem Bösewicht,
der statt Wahrheit Lüge spricht.

An den Pelzmärtel muß Karl die ganze Nacht denken, und auch später noch, als er schon groß ist, muß er an ihn denken. Und daran, wie er so sanft und mollig mit Silbi in der Betthöhle gelegen hat, und daß der Wind draußen heulte.

2

Die Nachbarin

Mein Name ist Maria Jesse, mein Mann war Tierarzt, der ist schon 1920 an einer Sepsis gestorben. Wie Sie sehen, bin ich fast blind, bitte treten Sie näher und setzen Sie sich hier hin.

Über Rostock wollen Sie also was wissen und, wie ich vermute, über die Kempowskis.
Ich will mal so sagen: Rostock war gar nicht verkehrt, Rostock war vor Neununddreißig eine klein-nette Stadt. Bevor die ganzen Heinkel-Leute aus Sachsen und Thüringen da anreisten, all die Ingenieure und Techniker, als man noch unter sich war, da war das eine urgemütliche Stadt. Sechzig Jahre hab ich dort gewohnt. Sie hatte nichts Besonderes zu bieten, diese Stadt, aber sie war geliebt von allen, die sie kannten. Eine Mischung von Hafen, Universität und Land.
Neulich hab ich erst wieder einen Herrn gesprochen, im Zug, als ich zu meinem Sohn nach Mannheim fuhr, einen Herrn, der in Rostock studiert hat.
»Aus Rostock sind Sie?« sagte dieser Herr. »Ach, in Rostock hab ich die schönsten Jahre meines Lebens verlebt«, und dann erzählte er, wie er da studiert hat, und daß sie als Studenten immer nach Warnemünde gefahren sind und dort am Strand gelegen haben und so weiter.
Rostock war eine urgemütliche Stadt. Einerseits war die Stadt so klein, daß man sich kannte, andererseits so groß, daß man inkognito leben konnte, wenn man das unbedingt wollte. In Rostock kam nicht gleich alles an die große Glocke.

Die Familie Kempowski, ich will mal so sagen, die gehörte nicht gerade zur allerersten Garnitur. Ich wohnte gegen-

über und hab die ganze Tragik von Gütschow miterlebt, von Gütschow dem Weinhändler. Wie er sich zuerst dies wundervolle Haus gebaut hat und dann alles verlor.
»Sehen Sie mal, Frau Jesse, dieser schöne Erker«, das hat er zu mir gesagt: »Da sitz ich denn und guck zu Ihnen rüber . . .«
Ich hab miterlebt, wie sein Geschäft kaputtging und seine Frau ihm weglief. Alles brach zusammen, der arme Mann. Ich hab ihn so bedauert! Nachts kam er hinten ans Haus und hat geklopft und hat mir sein MEYER-Lexikon gebracht und sechs Meter Chinaseide, damit das nicht auch noch gepfändet wird.
Kempowski hat ihm das Haus abgekauft, aus dem Konkurs heraus, für einen Pappenstiel. »Abgeluchst«, wie ich wohl besser sagen sollte. Weggeschnackt. Geld hatt' Kempowski ja, und zwar im richtigen Moment, und reden konnt' er für drei, und da klappte das dann. Gütschow mußt' ja froh sein, daß sich überhaupt einer fand, und so schnell.

Ich seh sie noch einziehen, die Kempowskis, das muß um 1900 gewesen sein, die Linden waren noch klein, eben angepflanzt, jetzt sind einige davon schon wieder gefällt. Gütschow hinten raus, und die Kempowskis vorne rein, so ungefähr. Mit drei Möbelwagen kamen sie, voll Sessels und Sofas und was weiß ich nicht noch alles. Dreizehn Uhren hatten sie, Standuhren, Wanduhren, und diese kleinen Pingeldinger unterm Glassturz. Da fragte man sich denn doch: Ist eine nicht genug? Müssen das nun wirklich dreizehn Uhren sein? Und zwei Flügels? Und drei Hunde?
Die Hunde waren ja derartig wild, wenn die mal draußen herumliefen, konnt' keiner vorbei. Mein Berti kam mal rein und sagt: »Kempowskis Hünde sind draußen!« Der traute sich nicht zur Schule, so hat er sich gefürchtet.
Und überall haben sie hingemacht, und Frau Kempowski lachte denn noch.
Nee . . .
Und als Stribold mal krank war, einer der drei Hunde, sind

sie mit dem nicht etwa bei meinem Mann gewesen, wo wir doch gegenüber wohnten (das war noch das schönste), sondern bei Dr. Wagenmast in der Langen Straße.

Gütschow hat mich später noch so manches Mal besucht, wir haben am Fenster gestanden, hinter der Gardine und haben geguckt, was da so aus und ein geht. Oh, ich kann Ihnen sagen, das war ein Betrieb! Von links und von rechts kamen sie, alle möglichen Lieferanten und Boten mit Paketen und Schachteln, mit Kuchenbrettern und mit Blumensträußen, riesigen Dingern. Manchmal sogar ein Messenger Boy in Pagenuniform, mit Käppi auf dem Kopf. Was der da wohl zu melden hatte!
Und dann Besuch, jeden Tag, morgens, mittags und abends. Besuch, Besuch, Besuch. Man wußte schon: Da will einer zu Kempowskis, der sieht ganz danach aus.

Herr Kempowski hatte eine Kutsche mit zwei schönen Pferden, und seine Frau hatte extra noch einen Dogcart oder wie man diese Dinger nennt. Gütschow hat oft gesagt: »Hochmut kommt vor dem Fall.« Und: »Ich bin ja verrückt gewesen, das schöne Haus.« Und: »Nun gucken Sie sich das mal an.«
Anna Kempowski kam an sich aus guten Verhältnissen, sie war eine geborene Martens, eine Tochter von Dr. Martens aus der Koßfelderstraße. Das war ein netter alter Herr mit'm grauen Paletot und einem runden Hut. Der stocherte immer mit'm Handstock im Pflaster rum, ob da vielleicht ein Stein locker ist, und wenn da einer locker war, dann schrieb er sich das auf und meldete das, damit da keiner hinfällt. In heutiger Zeit hätt' der nicht leben dürfen, da hätt' er viel aufzuschreiben gehabt.
Dr. Martens starb 1903, und seine Frau kam ins Heilig-Geist-Hospital, die war nicht ganz richtig, die zog sich immer aus, am hellichten Tag, unter allen Leuten. Von der hat Anna Kempowski wohl den Sparren her: dieser Umstand allein, wenn sie ausfuhr! Gott, war das ein

Theater! Die Mädchen liefen rein und raus. Dies und das noch, und der Kutscher fragte dann auch, ob's so recht ist, ich weiß gar nicht, wie ich das beschreiben soll. Die Passanten auf der Straße blieben direkt stehen, und das sollten sie wohl auch.

Ich hab ja immer alles gesehen, von meinem Fenster aus: Die Kempowskis waren richtig ein Fremdkörper in unserer Straße; links und rechts, alles feine Leute, die Kempowskis waren direkt gewöhnlich, möcht ich sagen, und: so oben hinaus.

Abends, wenn da Feste gefeiert wurden? Dies Türengeklappe und Gejuche? Und immer bei offenem Fenster Klavier gespielt? Das war, ich will mal so sagen, für Rostock eigentlich ziemlich ungewöhnlich. Zum Geburtstag oder beim Jubiläum, da kann man feiern, meinetwegen, aber doch nicht mitten in der Woche! Gütschow hat manches Mal zu mir gesagt: »Was war denn gestern wieder los?« Was soll schon los gewesen sein? Gefeiert haben sie, immer einen Hopphei nach dem andern.

Ich hab immer gesagt: »Das geht nicht gut, das *kann* nicht gutgehen«, und ich hab recht behalten.

Herr Kempowski selber, der alte Herr, ich will mal so sagen, der war an sich nicht verkehrt. Hat immer freundlich Guten Tag! gesagt, wenn er mich sah – er hatt's ja mit den Damen –, hat mit Grandezza den Hut gezogen, ganz kavaliersmäßig und immer so'n bißchen spaßig. Und als Berti studieren sollte, 1921, hat er mir Geld geliehen. Er war an sich, ich will mal so sagen, ein einfacher Mann, auch'n bißchen gewöhnlich, aber das Herz auf'm rechten Fleck. Als ziemlicher Habenichts war er nach Rostock gekommen, irgendwie ganz undurchsichtig, weiß nicht, was das für Verhältnisse waren.

Einfach war er und sehr direkt. Einen Priem hat er mir mal angeboten, schnitt sich selbst einen ab und fragte mich, ob ich auch einen will!

Ich hab lange Jahre einen Papagei gehabt, mein gutes

Lorchen (ich besitze noch ein Photo von ihm), *einen* Papagei, nicht *drei*. Der saß im Sommer immer draußen, auf dem Zaun, bei gutem Wetter natürlich, und ich saß in der Fliederlaube, wir haben miteinander geschnackt und haben rübergeguckt, also da war aber auch was zu gucken, das war 'ne richtige Tagesbeschäftigung.
Ein bißchen peinlich war schon, daß mein Lorchen, wenn Frau Kempowski drüben erschien, immer »Ogottogottogott!« rief. Das hatte er sich wohl abgehört.

Nein, die Kempowskis gehörten nicht zur guten, alten Rostocker Gesellschaft. Gute Gesellschaft ist still und bescheiden und einfach und nicht so aufgeladen und nach draußen. Und man sieht ja auch, was daraus geworden ist. Ich hab noch bis 1972 in Rostock gewohnt, in meinem Haus, in der Stephanstraße, und bin dann ordnungsgemäß und mit allen Sachen ausgereist, was weiß Gott nicht einfach war. Aber die Kempowskis? Weggepustet ohne Spur.

Einmal kam die hohe Frau ganz plötzlich bei mir an und schenkte mir einen Strauß weißer Rosen, so übern Zaun rüber und aus heiterem Himmel. Ich wußte gar nicht, wie mir geschah! Rauscht über die Straße und drückt mir den Strauß weißer Rosen in die Hand! Was das nun wieder sollte?
Völlig unberechenbar.
Vielleicht hatt' sie'n schlechtes Gewissen, denn ich sah das ja immer, was da »nach Feierabend«, wenn ich so sagen darf, aus und ein ging. Das schlich sich denn so ran und wutsch hinein. Und denn ging bald das Licht aus; nur in ihrem Zimmer, da brannte es dann noch.

3

Die Zeiten sind vorbei, in denen Karl auf dem Schoß seines Vaters sitzt und den »Zuckerfisch« aus dessen Kaffeetasse essen darf.

Korl, Korl, Piep Tobak,
gah na de School un lihr di wat.

Den Zuckerrest auf dem Grund der Tasse, genau ein Löffel voll, der angenehm nach Kaffee schmeckt.

Karl geht jetzt in die Privatschule von Fräulein Seegen, er geht, und zwar zu Fuß, das hat was mit körperlicher Ertüchtigung zu tun. Fahren braucht man nicht zu lernen, das kann man eines Tages ganz von selbst.

Die Stephanstraße bummelt er entlang, da kommt die Pferdebahn angezuckelt, zwölf Sitzplätze und neun Stehplätze hat sie, keinen mehr und keinen weniger. – Vor dem Friseurladen RISSE steht Herr Risse und guckt in die Sonne. Eine spezielle Schnurrbartbinde hat er erfunden, die schnackt er jedem an. Über ihm der Friseurteller aus Messing ist blank geputzt, der pendelt im Wind.

Über die Reiferbahn muß Karl gehen, wo früher mal der Galgen stand. Jetzt drehen hier unter dem Schatten von Kastanien Männer mit tätowierten Armen Seile. Vor dem Bauch tragen sie einen Hanfballen, aus dem sie die Fäden herauszupfen. Sie gehen rückwärts und drehen sie zusammen.

Nach frischem Tauwerk riecht das und nach Teer.

Fräulein Seegen hat ihre Schule in der Friedrich-Franz-Straße, in einem kleinen weißen Haus mit grüngestrichenen Fensterrahmen. Der Türklopfer hat die Form eines Seepferdchens, den darf man aber nicht benutzen, weil das zu laut ist.

Auf der dunklen Diele – elektrisch Licht gibt es hier noch nicht (»krieg bloß keinen Schlag!«) – hinter einem alten geschwungenen Schrank, steht manchmal einer, der »vorlaut« war. Der muß hier neben dem Schrank stehen und warten, bis er wieder hineindarf und an dem Unterricht über Windmühlen, Kaffee-, Pfeffer-, Papier- und Pulvermühlen teilnehmen. Eine alte Hauskatze, die die Beine unter sich genommen hat, schaut ihn unverwandt an.
Links neben der weißen Treppe, die mit einem Schwung in das obere Geschoß führt, befindet sich das Klassenzimmer, das einzige Klassenzimmer dieser Schule, in das Karl damals, am ersten Tag, mit seinem nagelneuen Seehundsfell-»Tornüster« nicht hineingehen wollte. Alles Schieben und Ziehen half nichts, und auch nicht, daß eines der etwas größeren Mädchen ihn bei der Hand nahm.
Saftspeise gäb's da drinnen, hat man ihm schließlich erzählt, und das hat funktioniert.

Ein dunkles Klassenzimmer ist es, die große Linde im Vorgarten hält das Licht ab. Wer zu leise spricht, muß sich unter diese Linde stellen und von dort aus vorlesen oder sein Gedicht aufsagen, das ist die Methode von Fräulein Seegen.
Vorne steht die rostige Schiebetafel, mit einem Gewicht hinten dran, das hinuntergleitet, wenn man die Tafel hochschiebt.

Rauf, runter, rauf!
i-Tüttel drauf!

Ein mit Holzfarbe gestrichener Schrank steht in der Ecke, mit einem Glas obendrauf, in dem eine tote Schlange schwimmt. Er wird von einem krummgeschlagenen rostigen Nagel zugehalten; darin liegen die großen Rechentafeln nach »Kühnel«, ein Brocken Kreide von der Insel Rügen, zwei Schlüssel, von denen man nicht weiß, wo sie hingehören, alte Hefte und eine Apothekerwaage, deren Gewichte schon lange fehlen.

An der Wand hängt eine Schautafel: »Auf dem Hühnerhof«, mit Hahn, Henne und Küken, die gemeinsam einen Wurm zerpicken. Oben in den Wolken hält der Habicht Ausschau, ob er die Kleinen da unten nicht vielleicht erwischen kann, die Hühner haben ihn noch nicht bemerkt.

Bei Fräulein Seegen lernt Karl Schreiben und Lesen und vor allem natürlich Rechnen: »Eins und eins ist zwei« zunächst und später dann, daß 17 Schock Eier soundsoviel Mark kosten: »Wieviel kosten dann zwei Mandeln?« Auf der Schiefertafel wird das gerechnet, mit einem Schiefergriffel, nicht mit einem Milchgriffel; die weichen Milchgriffel gibt es zu dieser Zeit noch nicht.

Zur Schiefertafel, die in einem Holzrahmen gefaßt ist und auf der einen Seite Karos und auf der andern Seite Linien hat – sie knackt leicht kaputt –, gehört eine lackierte Schwammdose aus gepreßter schwarzer Pappe mit einem Blumenbild obendrauf. Und die Griffel, die mit silbern gemusterten Papierumhüllungen versehen sind, liegen im doppelstöckigen, ebenfalls mit Blumenbild versehenem Griffelkasten. In diesem Griffelkasten liegt auch der Federhalter mit der »Federpose« für Ersatzfedern und der wie ein kleiner Fächer zusammenklappbare Federwischer aus gelbem Waschleder.

Schreiben, Rechnen, Lesen. Und natürlich Religion.
»Was tat Jesus, als er zwölf Jahre alt war?«
In Religion darf man nicht lachen, das wissen sogar die Abc-Schützen, auch wenn das Lachen der Katze gilt, die draußen aufs Fensterbrett gesprungen ist und mit dem Pfötchen an die Scheibe rührt, in Religion muß man ernst sein: Der Einzug in Jerusalem, wie sie da auf die Palmen geklettert sind, um Jesus zu sehen, und »Hosianna!« geschrien haben, und ein paar Tage später wollen sie schon nichts mehr von ihm wissen.

Die Austreibung aus dem Tempel: Kleine Bildchen werden ausgegeben, auf denen man Jesus mit einer Geißel zwischen den Wechslern herumfuhrwerken sieht. Die Taubenkörbe sind aufgesprungen, und Lämmer laufen frei herum: Das viele Geld, das von den Tischen rollt, tut einem direkt leid, und: daß sie sich nicht wehren, diese sehr kräftig geratenen Wechslertypen mit den dunklen Bärten, und daß der milde Jesus derart in Rage gerät, das wundert einen.

Wenn mal »Singen« ist, müssen die Kinder auf den Tischen sitzen, die Beine auf der Bank. Fräulein Seegen sitzt dann am Klavier, und weil sie den Kindern den Rücken zudrehen muß beim Spielen, holt sie zuvor ihre Schwester, die auch Fräulein Seegen heißt, aus der Küche. Ein größeres Mädchen muß inzwischen die Erbsensuppe umrühren, und das andere Fräulein Seegen setzt sich mit dem Strickstrumpf an die Tür und guckt die Kinder ernst an, wenn sie da singen.
»Koarl, ick seih di!«
»Ick di ok.«

Ehe das richtige Fräulein Seegen mit dem Spielen der Lieder beginnt, schlägt sie erst einmal einen Arpeggio-Tusch an, ob das noch geht mit den Fingern, und das Klavier, ob das noch funktioniert. Mit Spucke wird ein Fleck weggewischt: so, nun kann's losgehn.

Oh, du lieber Augustin, Augustin, Augustin,
Oh, du lieber Augustin, alles ist hin!

Das ist ein leichtes Lied. Es ist aber auch ein ärgerliches Lied. Daß der nicht besser aufgepaßt hat auf das Seine. Das ärgert einen. Hat er's denn vertrunken? Oder gar verspielt? – Unverständlich. Und dann noch im Dreck zu liegen?
Da ist das Lied von der Mühle schon angenehmer zu singen.

Es klappert die Mühle am rauschenden Bach . . .

Der gute, wohlhabende Müller, wie er da so freundlich in der Tür steht, die Hände überm Bauch gefaltet. Auch darf man dabei in die Hände klatschen, was der ganzen Sache mehr Abwechslung verleiht.

Das richtige Fräulein Seegen hat einen riesigen Hut auf dem Kopf, aus Stroh, mit falschen Veilchen darauf. Die Jungen stoßen manchmal dagegen, dann steht er schief.

Gute Leistungen und Fleiß im Schreiben oder Rechnen belohnt sie mit Briefmarken: »Deutsch-Neu-Guinea 3 Mk Schwarzviolett«.
Wenn die ›i‹ alle in einer Reihe stehen, ganz exakt, und auch kein einziger Tüttel auch nur einen halben Millimeter größer ist als der andere – die Mädchen können das besser – und wenn die Rechenkästen genau ausgezählt sind und unten und oben ein Rand freigelassen ist (ob die Aufgaben stimmen, ist weniger wichtig), dann gibt es solche Briefmarken. Nach vorn muß man kommen, aufs Podium steigen, und Fräulein Seegen öffnet das Katheder und holt die Blechschachtel, in der die Briefmarken liegen, heraus, schließt die gen Himmel gerichteten Augen und ergrabbelt eine von den kleinen bunten sehr begehrten Dingern:

Seid einig, einig, einig!

Manchmal grabbelt sie auch eine Haarspange statt einer Briefmarke, das soll dann ein Scherzchen sein, und darüber muß man lachen, das will Fräulein Seegen so, aber nicht zu doll lachen, sonst wird die Blechschachtel zugeklappt, und es gibt »nie wieder« Briefmarken, weil man zu ausverschämt und frech war. Nicht?

Das Album bringt zu Hause der Geburtstagsmann. Landkarten sind ihm beigegeben, damit man weiß, wo die deutschen Kolonien liegen, die gerade erst erworbenen: Deutsch-Südwest, Togo und Kamerun links, Deutsch-Ostafrika rechts. Merkwürdige, wie mit dem Lineal gezogene Grenzen . . .

Die deutschen Kolonien, in denen den dummen Negern vom Heiland erzählt wird, daß der sie erlöst hat von ihren Sünden und daß sie an ihn glauben sollen, dann wird alles gut.
Auch im Stillen Ozean gibt es deutsche Kolonien. Neu-Pommern und Neu-Mecklenburg. Vergebens wird die Karte abgesucht, ob's nicht vielleicht auch ein »Neu-Rostock« gibt.
Wenn »Körling« eine Briefmarke geschenkt bekommen hat – »Körling« ist der Spitzname für Karl –, dann läuft er im Trapp nach Haus, und im Tornister klötert der Griffelkasten, und die Männer, die auf der Reiferbahn die Stricke drehen, sehen sich um.

Was das Lesen betrifft: Obwohl die Briefmarken locken, zeigt Karl nicht den leisesten Ehrgeiz. Schließlich schickt man ihn jeden Nachmittag mit dem Kinderfräulein, nach dem Essen, wenn die Eltern ihre Ruhe haben wollen und sich mit der Lesemappe auf ihr Zimmer zurückgezogen haben, zur Fischerbastion, wo die alten Kanonen stehen, auf denen man reiten darf – in ihren Mündungen nisten wohl auch Spatzen –, auf die Fischerbastion, wo sogenannte Fahrensleute sitzen, die auf den Hafen hinuntergucken, auf die Schoner, Ewer und Dampfer, und sich Geschichten erzählen, die allesamt erstunken und erlogen sind: an den Mastspitzen zählen sie ab, wieviel Schiffe im Hafen liegen.
Auf der Fischerbastion muß Körling dem Kinderfräulein was vorbuchstabieren, und zwar, das hat man sich so ausgedacht: aus Coopers Lederstrumpf. Diese Methode hat Erfolg, die Namen Chingachgook und Nattibumpo hat er bald heraus, und den Rest des Lederstrumpfs, den liest er dann allein.

Sonntags geht das Kinderfräulein nicht zur Fischerbastion, obwohl sie es eigentlich sollte, sonntags wird in den »Schuster« gegangen, in ein »Bums«-Lokal, in dem Arbeiter sitzen, mit tätowierten Armen, die schlechte Zigaretten rauchen. Im »Schuster« wird nicht buchstabiert, im »Schuster« wird getanzt.

Lott' is dot, Lott' is dot,
Jule liegt im Sterben,
loat ehr man, loat ehr man,
dor gifft dat nix to erben.

Körling darf natürlich nicht verraten, daß das Kinderfräulein hier tanzt, der sitzt in einer Ecke und kriegt Schokoladentaler reingestopft und Katzenzungen, und zwar so viel, daß er abends nichts mehr essen kann.

Eines Tages kommt das raus: Da muß das Kinderfräulein dann gehn. »Sie haben uns aber sehr enttäuscht!« wird gesagt, und an der Tür wird stehengeblieben und nachgucken tut man ihr, wie sie sich da entfernt. Fehlte nicht viel, und man wiese ihr gebieterisch die Richtung.

Das Personal wird oft gewechselt. Das ist bei Anna Kempowski nun mal so. Man gibt sich die Türklinke in die Hand. Abends zu lange wegbleiben, das ist ein Grund, oder freche Antworten geben. Eine hat auch mal gestohlen, vom kalten Braten hat sie was mitgehen heißen, und ihrem Freund hat sie's gegeben, in der Kaserne.

Die meisten Mädchen stammen vom Lande, breithüftig und mit roten Fingern. Sie sind gerade vierzehn, wenn sie eingestellt werden. Giesing Köhler weint den ganzen Tag vor Heimweh, sie denkt an die Gänse, die sie gehütet hat, und an ihren Opa. Jeden Tag nach dem Essen muß sie ein Glas Rotwein trinken, weil man sie für »blutarm« hält, und ob sie nicht vielleicht Würmer hat, wird sie gefragt.

Rostock, im Sommer 1904?
Das ist die Zeit, in der Körling vor dem Kröpeliner Thor – damals wird es noch mit »h« geschrieben – auf die große gelbe Postkutsche wartet. Er hat lange Strümpfe an und eine Matrosenmütze auf dem kahlgeschorenen Kopf. Die

langen Strümpfe sind mit Gummibändern an ein Leibchen geknöpft; wenn das mal reißt, dann rutschen die Strümpfe runter, und das ist peinlich.
Der Postillon heißt Kassebohm, er trägt Uniform und hat einen Federbüschel am schwarzen Lackzylinder: Eine gebogene Peitsche steht neben ihm im Ständer.
Karl darf mit auf den Kutschbock. Er hält sich fest, denn die Kutsche schwankt unter den vielen Koffern und Paketen. Durch das Kröpeliner Thor geht's hindurch, in dem die Hufe hallen, dann die Kröpeliner Straße entlang, an der Universität vorbei und am säulenbestandenen Palais, in dem der Großherzog mal ein paar Wochen gewohnt hat. Ein ländlicher Soldat macht da jetzt seine sechs Schritt, ticktack, immer auf und ab.
Kurz vor der Post, am Schwaanschen Tor, da, wo das Kloster der »Brüder vom Gemeinsamen Leben« steht, muß Karl abspringen, sonst kriegt Kassebohm Schwierigkeiten.
Die Pferde werden ausgespannt und kommen in den Stall. Kutscher Kassebohm geht in die Kneipe – »Höltern Klink« heißt sie, und an der Tür steht: »Kumm rin, kannst rutkieken!« – wo andere Kutscher sitzen, die miteinander reden »woans« und »wotau«.

In der Nähe der Post, direkt am Rosengarten, auf dem die Kindermädchen ihre hohen, auch dreirädrigen Wagen schieben und über ihre Herrschaft reden, ist der Tabakladen von Welp.

Seid verwöhnt!
Raucht Welp-Zigarren!

Zu dem geht Karl hinein und guckt zu, wie die Herren sich Zigarren auswählen. Behaglich ist das, und gut riechen tut es auch. Draußen, vor der offenen Ladentür, streiten sich die Spatzen.

Die beliebteste Sorte heißt »Compasión«, das bedeutet »Mitleid«. Auf dem Kistendeckel, unter den üblichen Gold-

medaillen – mal von hinten abgebildet und mal von vorn –, ist eine Frau zu sehen, die für hungrige Kinder Brot schneidet: »Compasión«, das bedeutet »Mitleid«.
»Hiervon eine und davon zwei«, sagen die Herren, und die Zigarrenspitzen gibt's zu. Und wenn ein Arbeiter kommt und Zigarettenpapier haben will oder Krüllschnitt für die Pfeife, dann unterbrechen sie ihr Gespräch und schweigen, bis er wieder draußen ist.

Wenn Karl lange genug bei den Herren gestanden hat, die Hände auf dem Rücken, wie so'n Alter, kommt Herr Welp hinter dem Ladentisch hervor und stößt ihn mit kleinen Schubsern sanft, aber nachdrücklich aus dem Laden hinaus, mit dem Zentnerbauch wird das gemacht. Manchmal bekommt Karl aber auch leere Zigarrenkisten geschenkt, in denen noch Tabakkrümel zu finden sind. Man kann Briefmarken hineintun, »doppelte« oder solche, die man Sonntag ablösen will, in einem Suppenteller.

Zwei Straßen weiter ist die Margarinefabrik MEYER. Da kann man durchs Fenster sehen, wie Margarine fabriziert wird. In einem hellen Raum, dessen Wände mit weißen Fliesen ausgelegt sind, steht ein großer Holzbottich, in dem mehrere Arbeiter mit Holländer-Holzschuhen den Margarineteig kneten. Das sieht appetitlich aus, und Karl guckt gerne zu, bis er eines Tages sieht, daß ein Arbeiter in den Teig hineinspuckt.

Zu Hause, in der Stephanstraße, in der weißen Villa also, die man vom »Henriette-Schüßler«-Geld gekauft hat – mit Stuck an den Decken, aber ohne Kamin –, voll schwerer brokatener Portieren mit Kordeln und Troddeln dran, mit dem ungerahmten Bismarck auf einer geschnitzten Staffelei, diesem gewaltigsten Diplomaten aller Zeiten, mit Stechpalmen und unendlich viel Kleinkram, Alben, Kassetten, Dosen, der herumliegt, als ob er gerade benutzt worden wäre oder benutzt werden sollte, in dieser von

Portieren beschatteten Wohnwelt steht die Mutter und blickt in den verschnörkelten Spiegel und streicht sich die Taille glatt. Ein kaltes Gesicht hat sie und aufgestecktes schwarzes Haar: die Schneiderin muß auch mal wieder kommen, man hat ja rein gar nichts mehr »zum Anzuziehen«.
»Du bist ja nur ein Versehen«, wird sie später zu ihrem Sohn sagen, als der schon Tennis spielt und Briefe nach Wandsbek schreibt. Eine Straußboa hat sie über der Schulter, und oben, der Wellensittich, oben auf der Stange, der zieht die Nadeln aus der Gardine heraus, eine nach der andern: Anna Kempowski, die »Königin-Mutter«, wie sie von den Schauspielern des Stadttheaters genannt wird, weil sie so aussieht und weil sie den Schauspielern bei Premieren Wein und kaltes Geflügel auf die Bühne schickt. »Fürwahr, dies Huhn ist nicht von Pappe«, sagen die dann und reißen es auseinander, und mit dem Wein prosten sie ihr zu.
Ist der Vorhang gefallen, dann fahren sie mit Droschken in die Stephanstraße, die Königin-Mutter in ihrem Coupé vorweg. Müller, der Tenor aus Hamburg, wird mit in das Coupé genommen; die Gardine zieht man zu: »Die kleine Linz war ja mal wieder verheerend . . .«

In der Stephanstraße sind die Zimmer hell erleuchtet: Die Mädchen tragen schwarze Kleider und gestärkte weiße Schürzen. Das Eßzimmer ist zum Tanzen freigeräumt, im Wohnzimmer steht das kalte Büfett: Braten und Obstsalat von Krüger, dazwischen Knallbonbons aus buntem Krepppapier. Alle Künstler erzählen sich einerseits, wie gut sie heute waren, und andererseits, daß man die Premiere doch tatsächlich beinah geschmissen hätte, und das tun sie alle zu gleicher Zeit und immer wieder. Und dann setzt sich Strahlenbeck an den Flügel und spielt Walzer:

> Noch amal, noch amal, noch amal,
> sing, ach sing, Nachtigall . . .

Und das macht er derartig gut, daß es die Herren und Damen sofort aus den Fauteuils reißt. Und die Dienstmädchen, unten in der Kellerküche, am geöffneten Speiseaufzug, lauschen und tanzen auch und nicht weniger gut als die da oben.

Der Hausherr sitzt mit dem alten Ahlers, der als »entgleister Freund« bezeichnet wird, dessen man sich annehmen muß, in Ofennähe und trinkt seinen Rotwein und amüsiert sich über die verrückten Typen, die da tanzen und Sängerkriege in seinem Haus veranstalten und hintenrum fragen: »Gibt's bei Kempowskis heute keinen Sekt?«

Nero, der Kettenhund!

das singt mit kleiner Stimme die kleine Linz, ein quitschnasses Taschentuch hat sie in der Hand. Und als sie damit fertig ist, rennt sie hinaus und weint. Und draußen hört sie, wie man drinnen lacht.
(Noch ist der alte Herr Kempowski nicht krank, obwohl die Bazillen, die er sich weiß Gott wo aufgeladen hat, schon ihre Arbeit tun.)

Karl sitzt bei den Mädchen in der Kellerküche, die am Aufzug lauschen:

Alljährlich naht vom Himmel eine Taube!

Nichts lassen sie sich entgehen von dem da oben; die Mamsell richtet kalte Platten an, als Nachschub, und singt leise mit:

... um neu zu stärken seine Wunderkraft ...

Wenn es dreimal klingelt, stellt sie die Platten in den Speiseaufzug hinein und zieht sie mit einem Strick nach oben. Halt! Eben noch mal zurückholen, eben noch mal 'n bißchen Krauspetersilie dazwischenstecken und »Kraft«.
»Geh ma'n bißchen bis zu, mein Jung«, sagt sie zu Körling und tut aus Spaß so, als ob sie ihn da auch mal reinstecken will, und wenn er sich genug gewehrt hat, drückt sie seinen Kopf an ihren Busen: genau zwischen die beiden großen Landbrüste hinein.

Die blasse Gisela weint schon lange nicht mehr. Die zieht sich manchmal den kleinen Karl auf den Schoß und schmust mit ihm. Das hat er zuerst gar nicht gern gehabt, aber dann hat er sich daran gewöhnt.

»Nee, wie nüdlich!« sagt sie zu ihm, und wenn er zu Bett soll und sein ganzes Zimmer noch voll Spielsachen liegt, hilft sie ihm einräumen. Den Ankersteinbaukasten hilft sie ihm zum Beispiel einräumen, mit dem man Villen bauen kann, wie Geheimrat Öhlschläger eine hat, oder Festungen für Zinnsoldaten, wobei sie dann neben ihm auf dem Boden kniet. Rote Steine und weiße Steine gibt es. RICHTERS ANCHOR BLOCKS. Die Türmchen und Dächer sind blau.

Eigentlich müßte Karl ja heute schon längst »im Bett«, wie Giesing sagt, aber damit nimmt man es in diesem Haus nicht so genau.

Schaut her . . . Ich bin's
Doch nah' ich ganz ernsthaft
Und grüße euch, werte Herren und Frauen,
Heut' als – Prologus!

wird jetzt gesungen.
Karl läßt das in sich eingehen, was Müller, der Tenor, da oben singt, und später, als Familienvater, zwanzig Jahre später, wird er am Klavier sitzen und Opernauszüge spielen, in der Etagenwohnung, und zusammenzucken, wenn man ihn dabei stört.

4 Die Wirtschafterin

Ich heiße Gertrud Grewe, und ich bin in Parchim geboren, und zwar vor fünfundachtzig Jahren!
Wie schön, daß Sie mich mal besuchen! Ich kann Ihnen einen ganzen Roman erzählen von den Kempowskis. Zehn Jahre war ich bei denen in Stellung, zehn Jahre und drei Monate; damals hieß ich noch Obermeyer. Obermeyer mit Ypsilon.

Ein Mann sagte zu mir – er hatte ein Friseurgeschäft – »Trudchen, komm' Sie mal her, wissen Sie, was in der Zeitung steht? Reeder Kempowski sucht ein Wirtschaftsfräulein; da müssen Sie sofort hin. Machen Sie sich mal gleich fertig!«
Ich hab mich schnell angezogen, ein einfaches, dunkelblaues Kostüm und einen weißen Hut, und bin losgelaufen. Ich hatte richtig Herzklopfen, denn die Kempowskis waren bekannte Leute, und die wohnten in 'ner feinen Gegend.
Ich ging also hin und klingelte, und als ich auf der Diele steh, da kommt sie schon die Treppe runtergesegelt, die gnädige Frau. »Geht das denn heute morgen schon wieder los?« sagte sie, denn auf die Anzeige hatten sich 75 Mädchen gemeldet, und die liefen denen seit Tagen die Bude ein. »Ja, geht es denn heute morgen schon wieder los?« sagte sie also und: »Gehn Sie doch bitte in den Salon, mein Mann muß erst sein Frühstück haben.«
Ich setzte mich also in den Biedermeier-Salon – heute bin ich ja selbst Biedermeier – und kuckt' mir erst mal die Sachen an: die Lüsterkrone und die wunderbaren Möbel, alle poliert. Vor dem Erker hing ein schwerer grüner Samtvorhang, und überall standen Photographien, auf dem Nähtisch und auf der Kommode, von Verwandten und Freunden und von der Gnädigen selbst, wie sie mal im Bad

gewesen ist, im Park, an einer Birke, mit einem Strohhut auf . . .

Ich hab da also gesessen und hab gewartet, und als ihr Mann dann fertig war mit seinem Frühstück, brachte sie ihn raus, draußen wartete schon die Droschke.

Und dann rauscht sie wieder rein und sagt: »So, jetzt kommen *Sie* dran . . .«

Ich steh denn da so in meinem dunkelblauen Kostüm, mit meinem weißen Hut, und da hat sie mir die Jacke aufgeknöpft, hat mein Kostüm angeguckt und hat gesagt: »Ja, *das* gefällt mir, *das* mag ich leiden.«

Dann haben wir im Erker gesessen, und sie hat mir alles mögliche vorgerappelt, von ihrem Mann und von den Kindern. »Ogottogott«, denk ich, »watt ward nu bloß?« und denn hatt' ich schließlich die Stelle, am 3. Mai 1907, unter fünfundsiebzig Bewerbungen! Ich weiß auch nicht, warum. »Jedem wird sein Schicksal an der Wiege vorgesungen«, hat meine Mutter immer gesagt, und so ist es wohl auch.

Gleich am ersten Tag gab's einen Riesenkrach. Die Kempowskis hatten ja 'ne Menge Personal, manchmal waren wir zu acht! Kutscher und Gärtner und zwei Hausmädchen, eine Köchin und dann die Plättfrau jede Woche, und alle vierzehn Tage zwei Frauen zum Waschen. Die Köchin hatte Ausgang gehabt und war nicht zum Abendbrot erschienen: »Sie können denn gleich Ihren Koffer packen«, hieß es, und ich mußte dann die Entenkeulen braten.

»Datt hett mi großorrig smeckt«, sagte Herr Kempowski und wischte sich den Mund ab mit der Serviette: »De har ick ok nich beter moaken künnt!«

Als Wirtschaftsfräulein mußte ich die Kasse verwalten und mußte Verbindung halten von oben nach unten. Sollt' wohl so'ne Art Spion sein, die hatten alle mächtig Angst vor mir. Gekocht hab ich nur gelegentlich.

Der alte Herr Kempowski war immer sehr genau mit dem

Geld, der war ja Kaufmann (Umsonst hat er's nicht so weit gebracht!). Wenn ich mit dem abrechnen mußte, das war mir nicht so angenehm.
»Radieschen?« sagte er, »*ick* hew keen kregen . . .«
Abrechnen tat ich viel lieber mit *ihr*. »Geben Sie man her«, sagte sie und unterschrieb alles, und dann konnt ich gehen und mir wieder frisches Geld holen. Die hätt' ich so betrügen können.

Die Kempowskis: ich könnt'n ganzen Roman erzählen, soviel hab ich da erlebt.

Es war ja viel Personal, auch für damalige Verhältnisse, aber neun Zimmer sauberzuhalten, das ist bestimmt keine Kleinigkeit. (Staubsauger gab es damals ja im Traum noch nicht.)
Allein die ganzen Petroleumlampen! Nachmittags standen sie alle auf dem Küchentisch, die großen und die kleinen, da mußten die Messingteller blankgeputzt werden und die Glaszylinder, und die Dochte mußten glattgeschnitten werden. Jeden Tag.
Bevor wir Gasbeleuchtung kriegten (Marke »Auerlicht«), brannten in den großen Zimmern Hängelampen mit bauchigen Zylindern. Die gaben ein sehr schönes Licht. Aber wehe, wenn man die Dinger mal alleine ließ! Wenn der Docht anfing zu blaken, dann füllte sich das ganze Zimmer mit schwarzen Flocken, und dann war Holland in Not. Die schönen Kissen, die Decken und die Gardinen; alles war mit einer dicken schwarzen Schicht bedeckt. Oh, da gab es oft Tränen.

Immer war was zu tun, rumgesessen haben wir nie. Fast jeder Haushalt kochte und weckte zu damaliger Zeit ja selbst ein. Auf dem Markt wurde das Obst gekauft, vom Bauern, das suchte die gnä' Frau immer selber aus. Das wurde dann geputzt und eingekocht und kam in Steinhäfen

oder Gläser. Obendrauf ein weißes Leinenläppchen mit Salicyl. Im Winter, wenn das Obst gegessen wurde, hatte es eine dicke Geleeschicht.
Am anstrengendsten war das Pflaumenmuskochen, dafür hatten wir blankgescheuerte Messingkessel, da mußte man dauernd rühren, Stunde um Stunde, sonst brannte das an. Oh, wenn ich daran noch denk . . . Das schmeckte aber auch entsprechend.
Einen ganzen Wäschekorb voll Pflaumen kochten wir jedes Jahr ein! Und was für 'ne Masse Tütebeeren! Ganze Wannen voll. Der alte Herr wollte jeden Tag eine Portion Tütebeeren haben, egal was es auch gab.
Das Wurstmachen war auch eine große Sache. Da mußten alle ran, der Kutscher drehte die Wurstmaschine, und die gnä' Frau schmeckte ab. Das tat die nicht nach Rezept, das machte sie mehr nach Gutdünken. – Die Därme mußten prall vollgestopft sein, und wenn da noch eine Luftblase war, dann hatte sie eine Stopfnadel und piekte da rein. (Die hing ihr an einem Bindfaden um den Hals, damit sie nicht verlorenging.) Oh, was hatten wir für schöne Wurst!

Der alte Herr war an sich ganz nett, bloß: der hatte eine Schwäche für die Weiblichkeit. Gleich am ersten Tag hat unsere Plättfrau zu mir gesagt: »Wenn Sie zu Herrn Kempowski kommen, da müssen Sie sich nichts bei denken, der will immer wissen, was Sie für'n Kleid anhaben: ›Ist das Wolle oder ist das Seide?‹ Da müssen Sie sich nichts bei denken.«
Sogar bei meiner Tante hat er das gemacht, als die mich mal besuchte. Richtig antatschig war er: »Komm mal 'n beten ran«, sagte er, »ick will bloß den Stoff . . . ick weet sofort, ob dat 'n goden Stoff is . . .« Hier am Arm faßte er einen an und kniff dann so.
Manchmal hat er sich junge Mädchen reingerufen, aus der Nachbarschaft – er saß ja oft im Erker und beobachtete, was draußen los ist –, die sollten bei ihm Kaffee trinken und Kuchen essen. Die mußten dann den Arm heben,

ob unter den Achseln schon was sprießt. Das war vielleicht ein Gekichere! Er hat ja immer Witze gemacht!

Morgens um sieben mußte ich ihm eine Tasse Kakao ans Bett bringen. Die gnä' Frau kriegte Kaffee, und er kriegte Kakao. Und wenn ich wieder rausgehen wollte, dann sagte er: »Na, Gertrud Elisabeth Hedwig? Immer noch keusch und züchtig?«
»Jawoll!«
»Na, denn man tau!«
Die Eheleute schliefen ja getrennt, und zwischen seinem Schlafzimmer und ihrem Schlafzimmer lag die Bibliothek. Er stieß die Tür denn so mit dem Krückstock auf und rief durch die Bibliothek durch: »Na, Anna? Wie geht's dir heute morgen?«
»Ach Gott, Röbbing, es geht mir gar nicht gut . . .«
»Min Fru het drehundertfiefunsößtig Krankheiten, jeden Dag 'ne annere«, sagte er manchmal zu mir.
Sie hat das Personal gequält, das hatt' sie raus, das war ja nicht zum Aushalten. Manchmal sagte der Alte: »Un wer is ogenblicklich an de Reih'?«
Vor meiner Zeit wurde oft jeden Monat mit dem Personal gewechselt, und welcher Hausherr liebt das wohl?
Der alte Ahlers – ein Junggeselle mit'm weißen Bart und 'ner Melone auf –, der hat immer gesagt: »Na, Trudchen, wie ist denn heut die Laune?« Der kam jeden Tag, der kriegte da das Gnadenbrot.
Morgens, wenn die gnä' Frau runterkam, dann sagte das Hausmädchen oft: »Oh, Kinnings, nehmt je man bloß in acht! De Oltsch het hüt dat dunkle Kleed an!«
Am wenigsten konnte sie haben, wenn eines der Mädchen hübsch war. Einmal kriegten wir ein Mädchen, das war erst vierzehn. Gisela hieß die, da sagte sie zu mir: »Mein Gott, die hat ja eine echt griechische Nase, hat sie denn so hübsche Eltern?«
»Gnä' Frau«, sagt' ich, »die Eltern kenn ich nicht, die ist aus Grabow.«

Ein andermal hatten wir ein Mädchen, das sagte nicht »Gnädige Frau«, sondern einfach: »Frau Kempowski«. Da sagte sie: »Ich will Ihnen mal was sagen: Für Sie bin ich immer noch Gnädige Frau!« Und dann rauschte sie so aus dem Zimmer. (Damals hatte man noch Schleppenkleider.)

Vom Eßzimmer ging ein Speiseaufzug in die Kellerküche hinunter, und an diesem Aufzug horchte sie manchmal.
»Die sagen ja immer Oltsch!« sagte sie einmal zu mir.
»*Ich* habe das noch *nie* gesagt!« hab ich da geantwortet.
»Nein, von Ihnen habe ich das auch noch nie gehört.«

Wenn der alte Herr Kempowski seinen Kakao gekriegt hatte, morgens, dann kam der Friseur, Herr Risse, und dann ging das gleich los mit dem Witzemachen, von Nieselpriem und von Knicknors waren das welche, und manchmal gar nicht stubenrein. Und dann haben die vielleicht gelacht!
Der Friseur kriegte genau acht Pfennig für die Rasur. Jawoll, das weiß ich noch. Und die Seife bracht' er denn noch mit.
Klock acht kam die Kutsche und holte ihn ab ins Büro. Siedow hieß der eine Kutscher, und der andere hieß Bach. Mit denen hat er auch immer Witze gemacht. Er war ja zu drollig, der Alte.
»Aber vertelln Se dat nich mine Fru!« sagte er immer, und die sagte: »O Gott, Röbbing!« wenn sie mal was mitkriegte.
Wir konnten mit dem Alten ja natürlich viel besser als mit ihr. »Ja, nun tanzt man alle um das goldene Kalb herum«, sagte sie, wenn wir zu ihm mal 'n bißchen nett waren. »Aber, ich werd euch mal was sagen: und wenn ich schon im Sarg lieg, dann klopf ich noch und sag: es wird *doch* so gemacht, wie ich es will.«

Um acht fuhr er also weg, mit der Kutsche, und um eins kam er wieder nach Haus. Gegessen wurde an einem großen Tisch, und der Tisch war lang ausgezogen und für die vier Personen jedesmal voll gedeckt. Jeder hatte zwei Gläser für verschiedenen Wein, und in der Mitte stand ein Leuchter mit sieben Kerzen.
Die Gardinen wurden zugezogen, auch im hellen Sommer, damit man die Kerzen besser sieht.
Suppe gab es jeden Tag vorweg oder Bouillon und dann das Hauptgericht, Fleisch oder Fisch, worauf sie gerade Appetit hatten. Und hinterher Mehlpudding oder Schokoladenpudding. Zum Schokoladenpudding gab es Weinschaumsoße, die machte die gnä' Frau selber, und zwar über' m Feuer.
Frikadellen mochte der alte Herr besonders gern. Aus reinem Schweinefleisch mußten die sein. Ehe er morgens wegfuhr, sagte er: »Gertrud Elisabeth Hedwig! Heute mittag gibt's Frikadellen, dat Se mi de ok ord'lich braten!« Und mittags, wenn er fertig war mit'm Essen, nahm er seine Serviette ab und sagte: »Jo! ... het mi großorrig smeckt. *Ick* har de *ok* nich beter farig kregen!«
Den Fisch holte ich von Max Müller im Grünen Weg, den mußte ich extra vorher bestellen, Bückling mit Rogen, anderen wollten sie nicht, mit Rogen mußte der sein.

Ich könnt einen ganzen Roman schreiben von den Kempowskis. Allein der Pudding, wenn ich bloß noch an den Pudding denk! »Pucking«, sagte der Alte dazu, und sie sagte: »Den Pudding muß man schlagen, und wenn er pühh! sagt, dann ist er fertig.« Zwanzig Eier, das war nichts.
Manchmal waren bei Tisch zehn Personen! Studenten und Opernsänger vom Theater, die fraßen sich da alle durch. Je schlechter die Zeiten, desto mehr kamen. Mit zwei Mädchen haben wir serviert, schwarzes Kleid, weißes Häubchen, und die haben da getafelt.

»Das ist ja eine herrliche Bouillon«, sagt' mal der eine, »da kann man ja allein von satt werden.«
»Ja, aber nur, wenn man einen ganzen Pferdeeimer davon trinkt«, sagt' der andere.
Der alte Herr Ahlers kam meistens erst abends. Was wir mittags gegessen haben, das hat der abends gekriegt. Der sagte immer »Trudelchen« zu mir. »Na, Trudelchen? Heute ganz in Weiß?« Oder: »Ach, Trudelchen, heute ist aber der dumme Montag, heut ist schlechte Laune, nicht?«
Schlechte Laune war bei der gnä' Frau eigentlich immer. Ich habe mal die Dose mit den Stecknadeln umgestoßen. »Nun stoßen Sie auch noch die Stecknadeln um!« hat sie da gesagt. »Haben wir nicht schon genug Krach im Hause?«
Sonnabends ließ sie sich das Haar ondulieren, dann sah sie ganz nett aus. Einmal hatte sie einen neuen Frisiertisch gekriegt, und da setzt sie sich so hin und kuckt in den Spiegel und sagt: »Ihr kennt mich ja alle noch nicht, ich bin die größte Schauspielerin der Welt.«
Wenn mal ein Liebhaber nicht so wollte wie sie, dann kam die Wut. »Ach, ich könnt alles kaputtschmeißen!« Dann nahm sie einfach eine Blumenvase und hat sie runtergeknallt.
Einer schenkte ihr mal eine weiße Rose zum Geburtstag, eine weiße Rose im Topf. Da hat sie sich gleich den Mantel übergezogen: »Oh, das bedeutet ja Tod!« und hat die Rose zur Nachbarin gebracht, zu Frau Jesse gegenüber. Wie die sich wohl gewundert hat.
»Weiße Rosen bedeuten: Tod! Wie kann der mir bloß eine weiße Rose zum Geburtstag schenken!«
Narzissen waren ihre Lieblingsblumen, die ließ sie sich öfter holen, von einer Gärtnerei.

Oh, da war manchmal was los. Die Plättfrau sagte oft zu mir: »Fräulein Obermeyer, wenn Sie weggehen von Kempowskis, in Rostock kriegen Sie keine Stelle wieder.«
Die Kempowskis, das war der flotteste Haushalt von ganz Rostock.

Wenn die gnä' Frau mal verreist war, dann hat der alte Herr das richtig genossen. Abends hat er uns Mädchen nach oben kommen lassen, in sein Zimmer, und dann hat er Musik gemacht, er hatte ein Grammophon und Platten. Und dann mußten wir tanzen. Das hat ihm Spaß gemacht: »Oh, die Obermeyer tanzt ja großartig!«
Der alte Ahlers war auch manchmal dabei, und den haben sie dann duhn gemacht, und dann mußten wir ihn alle Mann ins Bett bringen.

Die gnä' Frau liebte das Theater sehr – jede Woche ging sie hin –, die Künstler liebte sie nicht weniger. Blumenkörbe schickte sie ihnen auf die Bühne, und Wein stiftete sie; damit konnten sich die Schauspieler und Sänger dann zuprosten.
Müller, das war ihr Liebling, der stammte aus Hamburg. Wenn der kam, sagte das Hausmädchen zu uns: »Hummelhummel, mors-mors ist da.«
»Tönende Reime« sang der, das war sein bestes Lied. Das hörte sich auch mal der Alte an, der saß dann in seinem Ledersessel, den Krückstock zwischen den Beinen, und wir standen unten am Speise-Aufzug, wie an so'm Radio.
Der Klavierspieler hieß Strahlenbeck, der begleitete die Sänger, ohne den wär's nicht gegangen.
Wenn die gnä' Frau mal gute Laune hatte, dann setzte sie sich auch ans Klavier.

> Ach, wie so trügerisch
> sind Weiberherzen ...

und:

> Wer uns getraut ...

das spielte sie, und das Küchenmädchen stellte sich dann unten vor den Aufzug und sang in die Pausen hinein: »Die Liebe ist eine Himmelsmacht!« Dann lachte die Alte da oben und rief: »Ruhe!«
Einmal hat sie morgens nach mir geklingelt: »Sehen Sie doch mal nach, wie mein Flügel heißt.« »Ibach« hieß der. Das weiß ich heute noch. Da mußte ich extra runterlaufen, sie konnte nicht auf den Namen kommen.

»Sehen Sie mal nach, wie mein Flügel heißt.«
Ich sang auch gern, und dann war ich mal ein paar Wochen weg, da war ich erzürnt mit ihr, und dann hat sie hinter mir her geschrieben, immer einen Brief nach dem andern, ich sollt' doch wiederkommen. Und dann schrieb sie: »Und Sehnsucht nach Ihnen und nach Ihrem Gesang haben wir schon lange.«
Einmal sagte sie zu mir: »Wissen Sie was?« – ich hatte so eine hübsche Bluse – »Nächstes Mal nehme ich Sie mit in die Proszeniumsloge, und dann müssen Sie die weiße Bluse anziehen, und dann werden die Leute kucken und werden sagen: »Wen hat Frau Kempowski denn heute bei sich?«

Einen Ring habe ich auch noch von ihr, diesen hier, der stammt von ihr. Sie saß vor ihrem Schreibtisch, und da fiel ihr der wohl gerade so ein, und da sagt sie mit mal: »Wollen Sie diesen Ring hier haben?«
Ich denk: »Warum nicht?« und sag: »Ja, den nehm ich gern.« Und da hat sie mir den geschenkt, diesen hier, den habe ich heute noch.
Sonst war sie nicht so groß im Schenken, und gelobt hat sie mich nie.

5

An schönen Sonntagen werden Touren unternommen. Morgens wird durch einen Schlitz in der Gardine nach draußen geguckt: Gott sei Dank, keine Wolken . . .

Der Kutscher Siedow fährt vor . . . »brrr!« Er dreht die Bremse fest und wickelt die Zügel um die Bremskurbel. Der Wagen mit den roten Rädern ist sauber gewaschen, und die Pferde sind tadellos gestriegelt, die Hufe geputzt und eingeschmiert.

So früh es auch ist, jetzt kommt auch Frau Jesse aus ihrem Haus und setzt sich auf die Bank, den Papagei hat sie auf der Hand.

Körbe werden in den Wagen getragen mit Spickaalen, noch warmen, flaumweichen Eiern, frischen Brötchen, Würstchen und Schinkenstückchen, und Kutscher Siedow nimmt schon mal'n Schluck aus der Pulle, das wird heut ein heißer Tag, und guckt, ob die nicht bald fertig sind mit dem Einladen.
Schließlich ist man fertig, die Herrschaften haben sich zurechtgesetzt, der Kutscher knallt mit der Peitsche, und die Pferde rucken an.
»Ogottogottogott!« ruft Frau Jesses Papagei und reckt die Flügel.

Körling darf auf dem Bock sitzen. Er winkt Giesing zu, die zurückbleibt und auch winkt. Gern würd' sie mitfahren, die kleine Gisela, aber, wo kommen wir denn da hin?
Silbi zieht eine Flunsch, weil sie lieber zu Hause bleiben möchte, im Garten sitzen und lesen und ab und zu mal

peilen, ob nebenan der Berliner Junge noch da ist. Jetzt sitzt sie neben dem alten Ahlers, und der alte Ahlers stinkt.

Wem Gott will rechte Gunst erweisen,
den schickt er in die weite Welt,
dem will er seine Wunder weisen
in Berg und Wald und Strom und Feld.

Das Getrappel der Pferde: die Straßen sind noch leer um diese Zeit. Und wenn sich doch mal einer sehen läßt, den der Kutscher vielleicht kennt, Dienstmann Plückhahn vielleicht oder Stauer Kolbe, dieser gutmütige Mensch, dann knallt er mit der Peitsche, oder er streckt ihm die Zunge raus, je nachdem, ob Freund oder Feind.
Kommt eine Mamsell des Wegs, mit weißem Häubchen und Korb am Arm, wird der moosgrüne Zylinderhut gelüftet.

Karl guckt auf den Rücken der Pferde hinunter, sie schlagen zischend mit den Schwänzen, und Karl sieht, was der liebe Gott unter diesen Schwänzen für eine sinnreiche Anordnung getroffen hat.
Jetzt hebt Moritz, das linke Pferd, zum Äppeln an, im Trab, das ist ja eine sehr interessante Sache. Lena macht keine diesbezüglichen Anstalten. Saftig sehen die Pferdeäpfel aus, die da herunterfallen, und riechen tun sie gut.

Die Sonne blitzt durch die Bäume: Durch Dörfer geht's, Dorfteich, Linde und Kirche und reetgedeckte Bauernhäuser mit aufgesperrter, dunkler Diele – auf dem Dach ein Storchennest – Hunde rennen kläffend nebenher. Der Kutscher langt kurz mit der Peitsche hin, und Stribold muß sehr festgehalten werden, sonst würde er sich vielleicht hinabstürzen und seine Artgenossen allesamt zerfetzen.

An Getreidefeldern geht's vorbei, über denen Lerchen aufsteigen. Hier gibt es nicht mehr das feine Pflaster der Stadt, hier ist schon Knüppeldamm.

Landgüter liegen versteckt hinter großen Bäumen; schnurgrade Alleen führen drauf zu. Die Besitzer kennt man dem Namen nach, und man weiß, ob sie bürgerlich oder adelig, liquide oder gar am Rand des silbernen Löffels sind.

Vater Kempowski hat zwei Linsen, die er mittels zweier Klammern auf seinen Spazierstock stecken kann, die große hinten, die kleine vorn, die benutzt er als Fernglas. Hiervon macht er ausgiebig Gebrauch: Wenn er hindurchsieht, denkt man, er will mit dem Spazierstock schießen.

Endlich ist der Wald erreicht, die Rostocker Heide (ein Eichelhäher streicht krächzend ab), dieser urtümliche Wald, aus dem schon Generationen von Schiffsbauern ihr Holz geschlagen haben. Ein Wunder, daß da noch immer dicke Buchen stehen und sogar Eichen.
Röversbagen, wo der schöne Bienenhonig herkommt: eine Birkenallee geht's entlang, und an einem Waldweg steigt man aus.
»Seid doch mal still – vielleicht sehen wir Rehe.«
Die Pferde kriegen einen Futterbeutel um, sie stampfen wegen der Fliegen und seufzen einmal tief auf. Kutscher Siedow breitet das Tischtuch aus und stellt die nahrhaften Köstlichkeiten aus, als sollten sie prämiert werden. Dann nimmt er einen Schluck aus der Pulle, der Hund Stribold hebt das Bein, und die Kempowskis lassen sich ächzend und schwitzend nieder.
Auch der alte Ahlers lagert sich wie immer im Gehrock, die »Musspritze« für alle Fälle in der Hand: man soll den Tag nicht vor dem Abend loben: die Wolke da oben, die kommt ihm komisch vor.
Wenn vom Regen gesprochen wird, dann wird der Witz erzählt, den alle mecklenburgischen Kinder lernen müssen:
»*Der* Regent, *Di*rigent und *das* regent.«
Einen mächtigen Charakterkopf hat der alte Ahlers, nur die rote Nase stört, die dicke rote Nase. Die steht im Widerspruch zu dem prachtvollen Kopf.

Den Spickaalen wird zugesprochen und den flaumweichen Eiern, den frischen Brötchen, den Würstchen und dem Schinken. Die Butter ist mit Eisstücken umgeben und in Salatblätter gewickelt, schaumig ist sie, und sie duftet unbeschreiblich.
Stribold, der seine Geschäfte erledigt hat, tritt mitten hinein in diese Butter, was noch Jahre später und immer wieder Erwähnung findet, Stribold, der kleine Köter, und bei dieser Gelegenheit hellt sich auch Silbis Miene wieder auf: der Berliner Junge – vielleicht ist er ja doch schon abgereist.

Ein gepflegtes Gespräch wird nun begonnen: watt de moakt, und de is ok all dot ... und Vater Kempowski richtet sein Spazierstock-Fernrohr mal in diese Richtung und mal in jene Richtung. Da hinten, ist das nicht ein Bussard? Oder wohl sogar ein Adler?
»Wat, Ludwig, kiek ma dörch! Iss dat nich'n Adler? Ganz schön mascheschtätisch, nich?«

Die Kinder – »Nich so wiet, ward bald rägen!« – fangen Maikäfer, wenn's welche gibt, suchen Himbeeren, pflücken Kornblumen, Wicken und Mohn. Die Maikäfer kommen in Zigarrenkisten, in die man zuvor Luftlöcher gebohrt hat, die Himbeeren werden aufgegessen, und die Blumensträuße werden sofort wieder weggeschmissen, im Graben, da liegen sie dann.

Zum See, den es hier in der Nähe gibt, sollen sie eigentlich nicht gehen – »fall da nicht rein!« –, der ist gänzlich zugewachsen, und niemand weiß, wie tief der ist.
Wenn man da hineinfällt, schlingen sich einem die Seerosen ums Bein und ziehen einen hinunter – so wird den Kindern erzählt und daß da keine Nixen »in« sind, ganz und gar nicht, das wird auch gesagt. In diesem See hat man schon so manche Leiche gefunden, aufgedunsen und glibschig.

»... und unten, auf dem Grund, liegt alles voll Skelette«, sagt Ludwig Ahlers, und Vater Kempowski bestätigt das und macht vor, wie Totenschädel grinsen.

Von Selbstmördern wird dann berichtet, von Leuten also, die sich aus was für Gründen auch immer aufhängen oder erschießen. In der Bibel steht, daß manche Menschen ihr Gedärm »ausschütten«, weiß Luden Ahlers, und daß der Krämer Schlängelberg seine Frau mit einem Beil erschlagen hat, und daß der Kopf richtiggehend gespalten war.

Die Bächlein von den Bergen springen,
die Lerchen schwirren hoch vor Lust...
was sollt ich nicht mit ihnen singen,
aus voller Kehl und frischer Brust?

Die Pferde stehn im Schatten, mit gesenkten Köpfen, Fliegen schwärmen ihnen ums Maul, und Vater Kempowski raucht eine Zigarre nach der andern und prostet seiner Frau, die das ganze photographiert, mit einem Milchkännchen zu. Dem Doppelkümmel hat er bereits zugesprochen, aber natürlich *nur*, »um den Kaffeegeschmack wegzukriegen«, wie immer wieder gesagt wird.

Wenn es sehr heiß ist, nimmt er seinen frisch gebeizten Strohhut ab und hakt ihn an der Weste fest. Körling darf sich dann den Halslatz aus der Kieler Bluse nehmen. Die Bluse etwa auszuziehen, auf diesen Gedanken kommt man überhaupt nicht, das ist ja nun absolut nicht Sitte.

Dann werden Pfänderspiele gespielt, Blindekuh oder Bäumchen wechsel dich! Die Mutter lüftet beim Laufen die Röcke, und Silbi macht ihr das nach, die denkt nicht mehr an den Berliner Jungen, der, wie sie jetzt findet, eigentlich doch ziemlich albern war.

Ach, herrlich ist es hier draußen, und sehr passend ist es,

daß ein Eichhörnchen vom Baum heruntergerannt kommt, ein Stück Brot vom Teller nimmt und gegenüber den nächsten Baum wieder hinaufrennt.
Sehr geschimpft wird mit Silbi, die in die Hände geklatscht hat. So ein kleines Tier, das erschrickt sich doch. Wer weiß, vielleicht wäre es mitten zwischen all den Würsten und Tassen und Tellern stehengeblieben und hätte Männchen gemacht. Und vielleicht hätte man das ganze dann sogar photographieren können. Was das für eine schöne Aufnahme geworden wäre! Damit ist es nun nichts, und es wird sehr gescholten, was eine ungünstige Wirkung hat auf Silbis Laune: für den Rest des Tages sinkt sie zurück ins Schmollen.

Dann wird weitergefahren: Siedow packt die Butterbrote weg und räumt Körbe und Krüge ein, nachdem er noch mal eben einen kräftigen Schluck genommen hat.
»Nu man tau!«
Die Waldwege hinauf, hinunter geht es. Wandervogelgruppen mit Klampfe und Wimpel kreuzen singend den Weg, und im Grase liegen andere Picknick-Gesellschaften, Männer in Hosenträgern, Frauen mit Hut, die auch singen und huhu! rufen.
Abseits stehen welche, die ihr Wasser abschlagen, das findet man nun nicht gerade schön. Daß die sich aber auch direkt an die Straße stellen müssen . . .
Was die Wandervögel betrifft: eine sonderbare Zeiterscheinung: die sollen ja wohl im Stroh schlafen, bei den Bauern, und selbstgekochte Erbsensuppe essen. Wie die Botokuden. Ohne Sitte und Moral.
Da kann man wirklich nur den Kopf schütteln. Man ist doch schließlich nicht sonstwo! Und Karl wird streng angeguckt, und die Hoffnung wird ausgesprochen, daß er nicht »unter die Zigeuners« geht, wenn's soweit ist. Daß er vielmehr in der Schule tüchtig lernt, so doll er nur kann, und seinen Eltern nur Freude macht.

Weiter geht's im Zuckeltrab.
Siedow hat inzwischen einen roten Kopf und wäßrige Augen; seine Spucke weht nach hinten, und der alte Ahlers ist eingeschlafen, sein Kopf rutscht auf Silbis Schulter, die immer weiter in die Ecke rückt und nun bereits wieder ganz verbockt ist.
»Am besten gar nicht um kümmern!«
Die breiten, sandigen Waldwege geht es entlang, unter den pielhohen Kiefern und den breitausladenden Buchen dahin. Einen Augenblick wird verweilt bei »Brandts Kreuz«, einem hohen, wiederholt erneuerten Holzkreuz, das man zur Erinnerung an den Forstmann Brandt errichtet hat, der hier vor hundert Jahren von einem Keiler zu Tode gestoßen wurde. In dem fast mannshohen Farnkraut ist es beinahe nicht zu finden.

Ob es heute hier und jetzt wohl auch noch solche Keiler gibt, fragt Karl. Das bewegt ihn, und ob der Keiler dem Forstmann Brandt wohl den Bauch aufgeschlitzt hat?
Der Vater ist es, der ihn sehr beruhigt, was nichts daran ändert, daß beide ans Gedärme denken müssen, an das ausgeschüttete Gedärm.

Wenn man noch Zeit hat, wird die Borwinseiche besucht, oder es geht geradewegs zum Forsthaus »Markgrafenheide«, einem strohgedeckten Haus, das gänzlich von einer uralten Glyzinie überwuchert ist. Ein Drahtkäfig steht vor der Tür, in dem ein alter Rabe sitzt.

Im Obstgarten steht eine Schaukel für die ganze Familie, eine Kastenschaukel; ein Ringspiel und ein Rundlauf. Eine Kegelbahn ist da auch. Es fehlen nur die Kugeln. Die Schaukel ist durchgerostet, und am Rundlauf fehlen die Stricke, aber das macht überhaupt nichts aus, denn um diese Zeit ist man ja viel zu müde zu so was. Und außerdem – »Fall nicht hin!« –, die Eltern sehen das nicht gerne. Sich da abzurackern führt zu nichts. Und: an solchen Geräten hat sich schon mancher einen Finger abgequetscht.

In der Gaststube sind die Dielen mit weißem Sand bestreut, es riecht nach Kuhmist und nach warmer Milch. Geweihe hängen an den vergilbten Wänden und ein Spruch:

Sup di duhn und fret di dick
un holl din Muhl von Politik.

»Gibt es zu diesem Klavier einen Schlüssel?« fragt Vater Kempowski, wie er es jedesmal tut, wenn er hierher kommt. Ja, es gibt einen Schlüssel, und er bekommt ihn ausgehändigt. »Solange ich in diesem Lokal bin, wird auf diesem Klavier nicht gespielt«, das sagt er laut und auf hochdeutsch, und umgucken tut er sich, obwohl kein Mensch in der Gaststube sitzt.

Ein Rührei gibt es im Forsthaus »Markgrafenheide«, von dem sich heute niemand mehr eine Vorstellung macht.

Eten, freten, supen
langsam gahn und pupen.

Ein tiefgelbes, aromatisch schmeckendes Rührei, das mit krossem Speck angebraten ist; obendrauf frischer Schnittlauch, der aus keinem Blumentopf stammt.
Die Erwachsenen trinken ein Glas Faßbier dazu, und die Kinder kriegen kalte Milch.

Luise, die dicke Wirtin, sagt: »De Jong eßt doch so giern den Bottekauken . . .« und stellt einen Teller Butterkuchen dazu. Sie spricht Platt, Großvater Kempowski spricht Platt, alle sprechen Platt.
»Goden Dach ok!« heißt es daher, als fremde Gäste kommen, was man weniger gern hat, weil sich die Wirtin nun denen zuwendet. Streng mustert man die Fremden, und man wundert sich sehr, daß die ein so merkwürdiges Platt sprechen. Die sind wohl sonstwoher?
Nicht übel Lust hat man, das Spazierstockfernglas auf die

Frau zu richten, die sich (man hat es *wohl* gesehen!) die Knöpfstiefel oben aufgeknöpft hat.
Dieses merkwürdige Platt – die sind wohl gar aus Pommern?

In diesem Wirtshaus wird man nie wieder einkehren, das wird festgestellt – wie man das jedesmal feststellt, wenn man hier gewesen ist –, in einem Wirtshaus, in dem Leute verkehren, die ein derartig sonderbares Platt sprechen.

Nun wird noch einmal tüchtig gegessen und getrunken: aber, ob Rührei oder Butterkuchen – der Teller darf nicht ganz geleert werden, etwas muß drauf liegenbleiben, denn man will doch nicht für ausgehungert gelten. Silbi rührt den Teller überhaupt nicht an, sie nimmt nicht teil an dieser Mahlzeit. Sie guckt vertrotzt aus dem Fenster, obwohl da nur ein Busch zu sehen ist, der sich mal nach links und mal nach rechts bewegt.
Der alte Ahlers rülpst von Herzen, schief sitzt er da, mit geöffneten Händen, und Robert William spricht laut und unentwegt von Pommern, was das für ein merkwürdiges Land ist, und von den Pommeranzen, daß die meist gnietschig sind. ». . . was meine Meinung ist!« Schittrige Leute mit'm ganz verqueren Blick, die machen sollen, daß sie wieder da hingehen, wo sie hergekommen sind. Daß sie sich in ihr schittriges Pommern scheren sollen, wo's kein' Baum gibt und kein' Strauch.
Dann wird gezahlt, das heißt, man schmeißt das Geld auf den Tisch, daß es zwischen den Tellern umherhüpft und rollt, und bricht auf – William von seiner Frau gestützt – und man sieht es wohl, daß diese fremden Herrschaften da die Brillen zücken und ihnen ungeniert nachblicken.

Die Heimfahrt wird nicht so forsch angegangen. Der Kutscher guckt glasig vor sich hin, seine Flasche ist nun leer.

Nein. Dieses Gasthaus wird man nicht wieder besuchen, ein Gasthaus, in dem Menschen einkehren, die ein so

sonderbares Platt sprechen: da ist man sich ganz einig. Die sind ja wohl weiß Gott woher.
»In Pommern sall'n se ja noch Minschenfleesch freten«, sagt der alte Ahlers mit letzter Kraft, und darüber lacht man denn nun doch.

Die Pferde zuckeln so vor sich hin, und die Bauern am Straßenrand fragen: »Mit *de* Pierd will'n se noch na Rostock?« und schütteln den Kopf. »Nein, diese Rostokkers . . .«
Lange dauert es, bis endlich die Kirchtürme über den Hügeln auftauchen, was die Gesellschaft noch einmal kurz belebt. Man versichert einander: eine solche Aussicht, also nein, da bleibt einem ja die Spucke weg.

An das Ende der Fahrt kann sich niemand mehr erinnern, schlafend sinkt man in das dicke Bett. Giesing guckt noch mal zu Körling hinein, um zu hören, wie's denn so gewesen ist, sie zieht die Vorhänge zu, und Frau Jesse gegenüber tut dasselbe.

6 Ein Schulfreund

Mein Name ist Seidel, Sie kennen doch Heinrich Seidel, den mecklenburgischen Dichter, nein? Leberecht Hühnchen? – Das wundert mich aber sehr. Der stand doch früher in jedem Lesebuch . . . Also genau wie Seidel heiß ich, und zwar tatsächlich Heinrich Seidel, also ganz genauso wie besagter Dichter, den ich Ihnen sehr empfehlen kann.
Ich wohne jetzt in Lübeck, weil mir die Nähe zu Rostock wohltut, wissen Sie, auf meine alten Tage. Die Straßen mit den Giebelhäusern . . . manchmal denk ich direkt, du bist ja wohl in Rostock. Und dann natürlich *Trave*münde, die Nähe von Travemünde, also der See: *Trave*münde, heißt es, weil hier die Trave mündet, und *Warne*münde, weil da die Warnow mündet. So ist das. Rostock und Lübeck, das sind, so kann man sagen, Schwesterstädte.

Nach Warnemünde fuhr man früher, als Kind, so ziemlich jede Ferien, im »Coupé«, mit »Billett«, vom »Perron«. Fünfzig Pfennig kostete das, dritter Güte.
Der Conducteur balancierte während der Fahrt draußen auf den Trittbrettern entlang von Abteil zu Abteil und kontrollierte die Fahrgäste, ob sie auch bezahlt haben. Zum Lichtanzünden mußte er sogar aufs Dach.

Baden in Warnemünde? Die Badeanstalt war eingezäunt, getrennt nach Damen und Herren. Das Bad für die Damen lag so weit von dem der Herren entfernt, daß die Herren schon Operngucker benutzen mußten. Es gab Auskleidekabinen, hölzerne Laufstege und eine Brücke: Besonders Beherzte wagten einen Kopfsprung.
Wir badeten *nicht*, wir saßen bei Berringer auf der Terrasse, aßen Eclairs, Mohrenköpfe oder Schillerlocken und tranken Kaffee dazu, fünfzehn Pfennig die Tasse.

Ein Stück Torte kostete zwanzig Pfennig.
»Tass' Kaff' möt het sin, de möt in'n Mund noch koaken.«
Wir Kinder kriegten eine Flasche Selters. »Nun trinkt doch, Kinder!« rief meine Mutter: »Die Kohlensäure ist doch gerade das Teuerste, sonst könnt' ihr ja auch Wasser aus der Leitung trinken!«
Der schöne Blick über die vielen Strandkörbe mit dem bunten Wimpelschmuck: blaugelbrot, die Mecklenburger Farben, und schwarzweißrot, die Farben des deutschen Kaiserreichs. Zwischen den Strandkörben lief ein Verkäufer mit Bauchladen umher, auf dem Kopf eine hohe, weiße Konditormütze:

Schokolade, Bonbons, Keks!

rief er. Und bei »Keks« blickte er blitzschnell in einen Strandkorb hinein, daß die Leute auseinanderfuhren: »Keks!« Und das hörte sich an, als ob er »kieks!« sagte.
Draußen, die Fähre, mit aufgeklapptem Maul, eigentlich eine fabelhafte Erfindung, das war ja wirklich zum Staunen.

Mein Vater zwirbelte sich seinen Schnurrbart hoch und hielt nach »Bekannten« Ausschau, und ich ging Krieg spielen. Unter der Mole waren zwei große Jungensburgen in den Strand gebaut, die eine mit blauweißblauer Fahne, die andere blaugelb. Die Burgen waren sehr fachmännisch gebaut, mit Lagen von Seetang dazwischen, so daß sich diese Sandgebilde sogar gegen das Wasser hielten. Aus Peddigrohr hatten wir Säbel und um den Arm eine Binde, die abgerissen werden konnte, damit man wußte, wer tot ist.

Der Kaiser steht am Steuer,
Prinz Heinrich lehnt am Schlot,
und hinten schwingt Prinz Adalbert
die Flagge Schwarz-Weiß-Rot.

So stehn wir an des Thrones Stufen
und halten stets in Treue fest,
und sind bereit »Hurra!« zu rufen,
wenn es sich irgend machen läßt.

Die Leitung dieser Übungen hatte ein Herr aus Berlin. Er war 70/71 dabei gewesen: Die Franzosen mit den roten Hosen, wie sie wegliefen, das erzählte er uns, und von Timm, dem mecklenburgischen Husaren, der in den Freiheitskriegen den einzigen französischen Gardeadler erbeutete.
»Kiekt doch moal den Kuckuck!« hatte der damals gesagt.

1903 kam der Kaiser nach Warnemünde, und zwar ganz überraschend. Es war eine Regatta, und da hat er mitgemacht. Das ist jetzt siebzig Jahre her, eigentlich schon gar nicht mehr wahr. Ich war damals ganze vier Jahre alt, und mein Vater lebte noch.
»Was? Der Kaiser kommt?« hieß es in Rostock. »Das kann doch gar nicht angehn . . .«
Als dann aber Extrablätter verteilt wurden, strömte eine wahre Menschenflut nach Warnemünde, keiner wollte sich das entgehen lassen. Dampfer und Eisenbahnzüge brachten Tausende dahin, auf Rädern und in Pferdewagen kamen sie und aus der ganzen Umgebung.
»Der Kaiser kommt!« hieß es, und alles strömte.
Wir fuhren mit der Eisenbahn, weil meine Mutter Bedenken hatte, sich dem Gedränge eines Dampfers auszusetzen, was an sich billiger gewesen wäre, sie hatte nämlich einen neuen Sommerhut, einen von diesen riesigen Dingern, mit Obst und Gemüse drauf, ein wahres Monstrum von Hut, eine sogenannte Modetorheit.
Aber auf dem Bahnhof war der Andrang womöglich noch schlimmer. Vor den Schaltern stauten sich die ungeduldigen Menschenmassen. Jeder hatte Angst, ihm könnte der Kaiser entgehen. Es wurde mit harten Bandagen gekämpft, so würde man heute sagen.
Wer endlich eine Fahrkarte hatte, stürmte zum Zug, alle Waggons, die irgendwie aufzutreiben waren, hatte man zu Sonderzügen zusammengestellt, erster, zweiter, dritter und gar vierter Klasse (die es damals noch gab), das

war alles ganz egal. Sogar Güterwagen wurden nicht verschmäht.
Ich hatte gleich einen großen Kummer. Man zerbrach mir beim Einsteigen den Stab der kleinen schwarzweißroten Papierfahne, die mir mein Vater gekauft hatte, zum Schwenken; ich heulte Rotz und Wasser!
Meine Mutter hatte für solche Fälle immer etwas bereit. Sie zog aus ihrem »Büdel« eine Tüte Schokoladenplätzchen heraus und gab mir zwei davon. Ihr schöner neuer Strohhut war übrigens so groß, daß sie beim Einsteigen in den Waggon den Kopf schräg halten mußte, sonst hätte sie ihn nicht durch die Tür gekriegt. Das wirkte seinerzeit keinesfalls lächerlich, wie ja überhaupt die Erwachsenen Respektspersonen waren, ganz anders als heute. Mein Vater mit seinem martialischen Gesicht – also, der fackelte nicht lange, und die Maulschellen, die ich von dem gekriegt habe, vergeß ich mein Lebtag nicht.

In Warnemünde kriegte ich dann eine neue Fahne, denn die Warnemünder machten sich aus dem Kaiserbesuch ein großes Geschäft. Würstchenstände waren aufgeschlagen mit herrlichen Knackwürsten, Bäckerjungen trugen Körbe mit Brötchen durch die Menge, und Fischfrauen riefen Spickaale aus. Sogar Postkarten wurden angepriesen: »Kaiser als Seemann! Kaiser am Steuerrad! Das Kaiserpaar, neueste Aufnahme!« Und natürlich auch Fähnchen. Jeder Händler kam auf seine Kosten, alles fand reißenden Absatz.
Kaiserpostkarten wurden zu damaliger Zeit ja sowieso gesammelt. Man kannte den ganzen Stammbaum der Hohenzollern auswendig und nicht nur den der Hohenzollern. In den Zeitungen gab es extra eine Rubrik »Hofnachrichten«, da stand immer ganz genau, wer ein Baby gekriegt hatte und wo die hohen Herrschaften ihre Ferien verbrachten. Was meinen Vater geärgert hat an diesem Tag: daß die Warnemünder gar nicht aufgeräumt hatten, lauter Fischkästen lagen da herum und Teerfässer, das war ja nun

wirklich nicht dem feierlichen Anlaß entsprechend. Das war ja beinah schon 'ne Majestätsbeleidigung.
Einen Mann, den er deswegen zur Rede stellte, sagte: »Pannkoken! Kannst to'n mindesten goden Dag seggen.«

Auf der Westmole wimmelten die Menschen hin und her. Mein Vater erkämpfte uns einen etwas erhöhten Platz, von da aus konnten wir alles gut beobachten. Zahllose Ruderboote und Segelboote bevölkerten das Wasser, und von Rostock kam ein Passagierdampfer nach dem andern, vollbesetzt mit Menschen.
Größere Dampfer, wie zum Beispiel die »Fürst Blücher«, machten schon mal einen Abstecher in See, um nach dem Kaiser Ausschau zu halten.
Die Ostsee war bewegt an diesem Tag, die Wellen hatten kleine Schaumkronen, und die Luft war grau und undurchsichtig. Plötzlich teilten sich die Schleier, und die Sonne brach durch: dunkle Punkte am Horizont: Das waren die Umrisse großer Kriegsschiffe. Dazwischen dann schon die weißen, von der frischen Brise geschwellten Segel der Wettfahrer.
»Der Kaiser in Sicht!« so pflanzte sich der Ruf durch die Menge fort und in die Stadt hinein, und wer noch in den Straßen herumlief, der rannte zur Mole. Diebe hätten gute Beute machen können.
Wir hielten eisern unsern Platz, und das bereuten wir nicht.

Die Schiffe kamen schnell näher. Zuerst erkannte man den Koloß des Linienschiffes »Mecklenburg«. Ein majestätischer Anblick. Die weißgekleideten Matrosen waren angetreten, und aus den Schornsteinen quoll dicker schwarzer Rauch: Ganz ruhig neigte es sich in der Dünung.
Dann entdeckten wir am mittleren Mast des zweiten Schiffes die Kaiserstandarte: Es war die Kaiserjacht »Hohenzollern«, daneben fuhr, als Eskorte, der kleine Kreuzer »Nymphe«.

Auch die »Sleipnir« machten wir aus, und während die vier Schiffe – jetzt schon ganz nahe – auf der Reede vor Anker gingen, kamen die Wettsegler langsam wippend, in weit auseinandergezogener Reihe näher. Wir zählten über dreißig Jachten, immer eine schöner als die andere.
Der ganze Hafen war schließlich übersät von Fahrzeugen aller Gattungen. Zwischen schwarzen, qualmenden Schleppdampfern, Lotsenbooten und ein- und ausfahrenden Passagierdampfern glitten die schlanken Segeljachten in den Hafen, eine die andere überbietend an Eleganz der betreffenden Manöver.
Gegen sieben Uhr bog auch die Pinasse der »Hohenzollern« in die Hafeneinfahrt. Jetzt wurden all die Menschen für ihr langes Warten entschädigt. Ich saß auf den Schultern meines Vaters – in der einen Hand die Fahne und in der andern Hand eine Knackwurst –, und meine Mutter hielt mich obendrein noch fest. Schon hörten wir von weitem den Jubel und die Hurrarufe: »Der Kaiser! Die Kaiserin!« und wir riefen auch: »Hurra! Der Kaiser!«, obwohl wir noch gar nichts sahen.
Immer mehr Menschen drängten an die Molenmauer vor, wo sowieso schon alles dicht an dicht stand, wir mußten uns dagegen anstemmen, das heißt, mein Vater tat das, denn ich hatte ja einen sicheren Platz, oben auf seinen Schultern.
»Mein Herr, nun drängen Sie doch nicht so!«
Schnell näherte sich die Pinasse, und schon erkannten wir den Kaiser mit dem hochgewichsten Bart: Es ist erreicht! Hüte und Mützen wurden vom Kopf gerissen, Fahnen geschwenkt und vieltausendstimmig wurde »Hurra!« geschrien.
Der Kaiser grüßte dankend zurück, und die Kaiserin neben ihm winkte und lächelte.
Nun ging die Pinasse längsseits der »Iduna«, und das Kaiserpaar begab sich an Bord. Wieder und wieder brausten Hurrarufe auf, und das Kaiserpaar grüßte herüber, freundlich, leutselig und ganz, wie man das so von Abbildungen

kannte. Der Kaiser im Segleranzug, Sportmütze, blauer Rock und weiße Hose. Er schritt in lebhafter Unterhaltung mit einigen Herren seines Gefolges auf und ab. Die Kaiserin, in weißer Toilette, unterhielt sich angeregt in einer anderen Gruppe.
»Hurra! Hurra! Hurra!«
Dann sahen wir, wie der Kaiser gen Himmel zeigte: Eine schwarze Wolkenwand zog auf. Schon fegte der Wind Blätter und Staub durch die Luft. Das farbenbunte Bild leuchtender Sommerkleider verschwand unter einem schwarzen Dach von Regenschirmen. »Alles rennet, rettet, flüchtet . . .« Regen und Hagel gingen nieder: Das Kaiserpaar stieg in die Kajüte hinab. Die Vorstellung war beendet, und die Menge zerstreute sich nach und nach.

Das war im Juni 1903, und ich erinnere mich noch daran, als sei es gestern gewesen!
»Haben Sie auch den Kaiser gesehen?« hieß es. Ja, man hatte den Kaiser gesehen, Wilhelm »den Einzigen«, und man fühlte sich frohgestimmt, so, als könnte einem jetzt nichts mehr passieren.

7

Aus Karls Pennälerzeit hat sich ein braunes Klassenphoto erhalten: fünfundzwanzig Jungen mit Schülermützen harmonisch aufgestellt, einander brüderlich die Hände reichend. Vorn rechts steht »Körling«, und zwar in der zweiten Reihe ganz außen. Er hat ein Bleistiftskreuz über dem Kopf: »Körling« steht daneben. Eine entstellende Nickelbrille trägt er, weil er, wie sein Vater, stark kurzsichtig ist.

Gutta cavat lapidem non vi
sed saepe cadenda.

Von Fräulein Seegen ist er unter Tränen entlassen worden. »Kommst noch mal vorbei, mein Jung?« denn er war ein netter Junge, ein richtiger Rostocker Junge, wie Fräulein Seegen es ausgedrückt hat, ein Junge mit lustigen Schnäcken.

»Koarl, ick seih di!«

»Ick di ok.«

Als er sie dann aber kurz darauf mal trifft, in der Stadt, erkennt sie ihn schon gar nicht mehr. Da ist er schon zurückgesunken zu den »Erledigten«, zu denen, die man durchhat.

Der Seehundsfelltornister liegt auf dem Dachboden, ein einfacher Riemen ist nun um das Bücherpaket geschlungen, das wirft Karl sich über die Schulter.

Vormittags vier Stunden, nachmittags drei. Geschichtszahlen müssen auswendig gelernt werden, vorwärts und sonderbarerweise auch rückwärts. 1710, der Spanische Erbfolgekrieg.

»Iller, Lech, Isar, Inn, fließen zu der Donau hin . . .«

Flüsse mit ihren Nebenflüssen, Pflanzenfamilien und lange Gedichte.

Gefährlich ist's den Leu zu wecken,
Verderblich ist des Tigers Zahn;
jedoch der schrecklichste der Schrecken,
das ist der Mensch in seinem Wahn.

Die Glocke mit all den vielen zitierbaren Stellen, den »Taucher« natürlich und »Die Bürgschaft«. Also vorwiegend Schiller. Goethe weniger.

Der »Tell« wird mit verteilten Rollen gelesen. Einer deklamiert: ». . . ihr Männer vom Unterwall!« statt: »Ihr Männer von Unterwalden!«
Und niemand versteht heute, warum die Schüler damals über so was lachten, denn niemand kennt mehr den Unterwall mit den Schwänen und der großen Trauerweide und den Pag-Enten, von Kleinkindern mit Zwieback beworfen – »Ihr Männer vom Unterwall!« –, wo die alten Kapitäne saßen unter den Ulmen und Skat spielten, die Pfeife mit einem Gummiring vorm Herausfallen aus dem zahnlosen Mund bewahrt: »Und ick har doch dat As speelen möst!«

Vormittags vier Stunden, nachmittags drei, auch im heißen Sommer, in dunkler Klasse mit geöltem Fußboden.
»Alle Fenster auf! Wer war das?«
Fliegen summen hinter den verstaubten Vorhängen und stoßen mit dem Kopf gegen die Scheibe.

Draußen besprengen Wasserwagen das Pflaster gegen den Staub, von schreienden Straßenjungen begleitet, die gestopfte Hosen anhaben und keine lateinischen Vokabeln zu lernen brauchen.

»Kann ich mal raus, Herr Doktor?«
»Ob du's *kannst*, glaub's schon. Ob du's *darfst*, fragt sich.«
Klassenlehrer ist Peule Wolff: »Gib's zu, kriegst die Hälfte!«
Der sitzt auf dem erhöhten Katheder und hebt ab und zu

den Pultdeckel und schneidet sich dahinter einen Priem ab. Die Manschettenröllchen hat er neben das Tintenfaß gestellt. Dr. Wolff, ein freundlicher Mann, der seine Glatze wie einen Runddom durch ganz Rostock trägt.
An der Tür steht der blankgescheuerte Spucknapf, der ist mit Sägemehl gefüllt. In regelmäßigen Abständen steht Peule Wolff auf, reckt sich und spuckt dann in den Napf hinein: seine Spucke ist braun.
»Kempowski sitzt eine Stunde nach.«
». . . aber Herr Doktor!«
»Kempowski sitzt *zwei* Stunden nach!«
». . . aber Herr Doktor!«
»Kempowski sitzt *drei* Stunden nach!«
Hier hat man die Ruhe weg. Außerdem liegt auf dem Katheder das Klassenbuch, in das man notfalls eintragen kann: »Kempowski gibt zu starkem Tadel Anlaß.«
Für schwerste Fälle, für hartnäckigste Sünder liegt auf dem Schrank ein dünner gelber Rohrstock, der wird gottlob selten benutzt.

Träge schleichen die Stunden dahin. Murmelnd und leiernd wird repetiert. Manchmal sieht der Hausmeister vom Korridor aus durch ein Guckloch in die Klasse hinein, ob auch alles in Ordnung ist. Ob er vielleicht Kreide bringen soll oder das Licht hochdrehen, was ihm von den Schülern öfter als nötig mit Gesten bedeutet wird: »Hochdreihen!« Denn in dieser, nach Norden liegenden Klasse muß immer Licht brennen, und: Licht hochdrehen, das ist doch mal eine Abwechslung im drögen Einerlei.

Manchmal linst der Hausmeister durch das Loch, wenn's grade mal »hau-hau« gibt, wenn sich ein Junge das Hinterteil reibt. »Jija-jija«, sagt Peule Wolff und wischt den Stock ab, als ob der dabei dreckig geworden wäre. Wenn der Hausmeister das sieht, dann schüttelt er den Kopf: Was das für eine Jugend ist, nein-o-nein, da war das zu seiner Zeit aber noch'n anderer Schnack.

In der großen Pause schenkt seine Frau im Keller kalte Milch aus. Eine freundliche Frau ist das, bei der man sich gerne aufhält: neben ihr auf dem Tisch sitzt manchmal die kleine Marianne, barfüßig. Sie ist frech, und das ist angenehm.

»Dritte Person pluralis passivi imperfecti conjunctivi von amare? – Kempowski, unterstützen Sie mich.«
Zweimal bleibt Körling sitzen, zwei »Ehrenrunden« muß er drehen, aber das kostet zu dieser Zeit immer nur ein halbes Jahr.
Blaue Briefe fängt er ab und fälscht die Unterschrift: »Mit Bed. gelesen, K.«

Der alte Ludwig Ahlers wird für den Nachhilfe-Unterricht gewonnen, »mag sin, mag öwersten ok nich sin . . .« Jeden Tag kriegt er sein Essen in der Stephanstraße, und all den Cognac und die vielen Zigarren, da kann er sich doch auch mal 'n »büschen« erkenntlich zeigen.

Der alte Ahlers? Das ist ein Mann, der nie ans Telephon geht und keinen Paletot trägt, keine Strümpfe, immer nur Knobelbecher und immer einen steifen Hut.

Der alte Ahlers, der über Restbestände von Bildung verfügt (ein Studium, das mangels Geld aufgegeben werden mußte), Ludwig Ahlers gibt ihm also Nachhilfestunden, und zwar unten in der Eselföterstraße, in seiner verräucherten Junggesellenbude, wo so wenig Platz ist, daß er seine paar Bücher, die er immerhin hat, mit Bindfäden zusammenbinden muß, damit sie über den Tisch stehen können.

Mit geöffneter Hemdbrust liegt Ludwig Ahlers auf dem Bett und krault sich den Bart. »Cu fortis stalleris«, sagt er zum zehnten Mal und liefert die Erklärung gleich mit: »Kuh fort ist, Stall leer ist.«

Das einzige Fenster seines Zimmers geht auf einen Hinterhof, da sägen zwei Männer Holz.

Manchmal erhebt er sich schwerfällig und geht an die Kommode. In der obersten Schublade hat er sein Brot liegen und die Zwiebeln, in der mittleren wohnt die Katze, und in der unteren sind die Kohlen. Er zieht die oberste auf und schneidet sich von dem Brot was ab, das da liegt, und beißt in eine Zwiebel hinein.
Studiert hat er mal, ja, das ist wahr, aber das ist lange her. Zur See ist er gefahren, und daran erinnert er sich wesentlich besser. Deshalb spricht er leider mehr von »damals in Antofagasta« als über lateinische Konjugationen: Wie er in Antofagasta den Mann niedergeschlagen hat, der mit einem Messer auf ihn losging, das erzählt er, und von der Kap-Hoorn-Umsegelung, wo er leider krank im Bett gelegen hat und folglich Kap Hoorn gar nicht umsegelt hat, wie ihm von seinen Freunden in der »Fröhlichen Teekanne« vorgehalten wird. Immer wieder erzählt er das, und er sagt: »Mach mal datt Schapp auf . . .« (da steht auch eine Flasche) und: »Wist auch einen?« Und deshalb werden Körlings Besuche in der Eselföterstraße bald eingestellt.

Oberlehrer Lehmann muß einspringen, in der Kaiser-Wilhelm-Straße, ein schneidiger Mensch mit Schmissen: Über die erste wahnsinnige Ohrfeige, die Karl da kriegt, ist Karl sein ganzes Leben lang verdutzt.
»Von da ab ging's«, so heißt es.

Oberlehrer Lehmann hält sich nicht damit auf, daß »tre lamentius« »drei lahme Enten« bedeutet, was der alte Ahlers für bildungsnotwendig hielt, oder »rebaum declatrus« »das Reh klettert den Baum hoch«, Oberlehrer Lehmann betreibt die lateinische Grammatik im Eßzimmer seiner Wohnung wie auf dem Kasernenhof.
»Utinam ne?«
»Oh, daß nicht, wenn nicht! Mit dem Konjunktiv!«

Karl muß sehr gerade sitzen, die Hände auf den Knien halten und, sonderbar: je besser er es kann, dies Sprachexerzieren, desto mehr Spaß macht es ihm, und er kann gar nicht genug davon kriegen.

In der Schule nimmt Peule Wolff den Kneifer ab und wundert sich: »Warum nicht gleich so?« Er geht an die Tür, spuckt in den Spucknapf und sagt: Er sei wohl ein Typ, der tüchtig Zunder haben muß, was? Ordentlich Saures?

An schummrigen Abenden beendet Lehmann seine Exerzitien vorzeitig. Vor dem ausgebuchteten Büfett auf und ab gehend (was klirrt), erzählt er Karl vom Auf und Ab des Reiches: Immer wenn eben alles in Ordnung ist, dann kommt der Papst oder der Franzose . . . Oder ein schwacher Fürst vermasselt alles.
Vom Eisernen Kanzler erzählt er auch, von Bismarck also, wie schlau der war, die Sache von der Straffung der Emser Depesche, und was der greise König Wilhelm wohl gedacht hat, dieser schlichte, pflichtbewußte deutsche Fürst, als ihm der französische Gesandte in Ems so krumm gekommen ist, auf der Kurpromenade? Geht da so nichtsahnend und gemütlich auf und ab und wird da angequatscht von diesem komischen Franzosen? Was der sich eigentlich denkt, mit wem er es zu tun hat?
Und das hätten sich die Franzosen wohl nicht träumen lassen: Sedan: achtzigtausend Gefangene! Und Napoleon dabei, kriegsgefangen! Wie der das wohl bereut hat, daß er seinem Gesandten in Ems geschrieben hat, er soll den König Wilhelm da anquatschen.
(Klares Wasser schüttet sich der Oberlehrer Lehmann aus einer Karaffe in ein Glas und trinkt es in einem einzigen Zug.)
Napoleon mit seinem verrückten Bart. Wie kann man bloß so einen verrückten Bart haben. Und: einen kriegsgefangenen Kaiser, wann hat es das schon mal gegeben, da muß man ja bis ins Mittelalter zurückgehen, wenn man da mal

einen kriegsgefangenen Kaiser aufstöbern will. (Noch ein Glas.) Nein! Das hätte denen so passen können!

Er holt Bücher von nebenan und legt sie auf den Eßzimmertisch: AUS GROSSER ZEIT, mit Holzschnitten nach Rethel und Schnorr von Carolsfeld: »Karl Martell schlägt die Mauren«.
Und er klappt Karten aus, Leuthen, die Sache mit der schiefen Schlachtordnung, oder die Völkerschlacht bei Leipzig, was für eine verheerende Wirkung selbst der winzigste Fluß haben kann, wenn er nur an der richtigen Stelle fließt, die Elster nämlich, beinahe wie die Beresina.

Auf kariertem Papier werden mit Lineal und Zirkel die Schlachten nachgespielt. Kunersdorf nicht, das ist ja klar, und auch nicht Auerstedt, eher Roßbach oder, besser noch Waterloo. Ja, Waterloo: »Ich wollt', es wäre Nacht, oder die Preußen kämen«, dieses rührende Wort Wellingtons, auf Blücher gemünzt, das er vielleicht gar nicht gesagt hat. Und die Preußen unterdessen, die Kanonen mit den Fäusten durch kniehohen Schlamm schiebend, diese Treue! Hätten's ja auch bleiben lassen können, wie Schwarzenberg, dieser windige Österreicher. Nein, koste es, was es wolle, treu durch Schlamm und Regen.
Desto unverständlicher, daß Wellington später allerhand sonderbares Zeug geredet hat, und merkwürdig, daß er die Schlacht »Waterloo« genannt haben wollte und nicht »Belle Alliance«, was doch symbolisch gewesen wäre in jeder Beziehung.

Lehmann zeigt seinem Schüler auch die Sammelbände der »Berliner Illustrirten«, mit den neuen Schlachtschiffen und Kreuzern darin, und ganz freiwillig lernt Karl die Namen dieser Schiffe auswendig, und bald kann er sie gerade so gut daherrappeln wie die unregelmäßigen Verben.

»Deutschland braucht Lebensraum, mein Junge«, sagt

Oberlehrer Lehmann, wenn's bereits dunkel ist und der Rauch seiner Zigarre sich unter der Schirmlampe kräuselt, »und Lebensraum gibt's nur im Osten.« Und was die Flotte betrifft, da kann man ja nicht gut jeden um Erlaubnis fragen, ob man die bauen darf. Das ist doch jedem seine eigne Sache. »Fragen die Engländer etwa uns?«

Bei den Auswanderern müsse man anfangen. Wenn *er* was zu sagen hätte, dann würde er das *so* machen: Die Auswanderer an den Tisch rantreten lassen, Namen, Geburtsdatum und so weiter und dann: »Sie wollen auswandern? Bitte schön! Dann gehen Sie doch nach Posen oder ins Kurland oder in die östlichen Gebiete Österreichs ...« Das würde er zu den Auswanderern sagen. Und Geld würde er ihnen noch zugeben. Pro Kopf hundert Mark. Und ehe sich die Polen noch besinnen, ist das alles deutsch, und zwar kerndeutsch. Durch Unterwanderung.
Auf dem Tisch würde er die Banknoten stapeln, daß die sehen: davon bekommen wir gleich was, wenn wir »ja« sagen, »ja, wir gehen in den Osten«. Und dann: ab nach Posen und gleich in Schlüsselpositionen.
Die Kolonien? – Alles schön und gut, aber die sind doch'n bißchen weit weg. Der Alte im Sachsenwald, der hat schon gewußt, was er tat, als er da gegensteuerte.

Er gibt seinem Schüler die Bücher von Paul de Lagarde zu lesen, da steht das alles noch viel besser drin, als er ihm das erklären kann.
»Lies das, Junge!« sagt er zu Karl.

Im übrigen: Klavierstunde bei Frau Lübbers, einer unterstützungsbedürftigen Witwe in der Schießbahnstraße, deren Zimmer mit grünlichen Plüschmöbeln vollgestellt ist.

Freu dich, Fritzchen,
freu dich, Fritzchen,
morgen gibt's Selleriesalat!

Wenn Karl bei ihr klingelt, nachmittags um vier, dann steigt sie gerade aus dem Bett, eine Matinee hat sie um, und auf dem Kopf trägt sie eine verschossene Mütze.

Erst mal wird Kaffee gekocht: »Geh scho ma sitzen, mein Jung!« Einen falschen Zopf hat Frau Lübbers, den muß sie sich erst noch anstecken, und, so schnell sie's auch tut, Karl sieht's doch, und er überlegt ernstlich, ob Frau Lübbers da oben nicht'n kleinen Nagel hat, wo sie den Zopf dran aufhängt.

Endlich kommt sie herbei, eine Glocke von verbrauchter Luft um sich herum. Sie stellt die Kaffeetasse auf die Tasten im Diskant und einen Teller mit Keks daneben.
Der »Fröhliche Landmann« wird nun gespielt, ein Stück, das man sein Lebtag nicht vergißt, auch wenn man es nur ein einziges Mal hört – es wird nicht gespielt, sondern eher gehämmert, weil die vergilbten, ausgegriffenen Tasten kaum noch etwas hergeben –, und »Heinzelmännchens Wachtparade«, in dem zum Schluß alle Zinnsoldaten umfallen. Jedesmal soll man darüber lachen: daß die da umfallen, und man tut es auch. Das gehört zum Stück dazu.

Es gibt auch Stücke, bei denen muß man mit der linken Hand rechts und mit der rechten Hand links spielen: Das kommt dem Jungen komisch vor.

Wenn er keine Lust mehr hat zu spielen, dann bittet er Frau Lübbers, daß sie ihm etwas vorträgt.
Er darf sich auf das grüne Sofa setzen, unter das Abendmahl von Leonardo, und zuhören, wie sie den Rubinstein spielt und dabei an ihre Jugend denkt, oder den »Aufschwung« von Schumann: wie das damals alles anders werden sollte und dann doch nicht klappte.
Ganz behaglich sitzt Karl dann da und sieht sich in der Stube um: die grünlichen, etwas verschossenen Plüschmöbel mit Fransen unten dran, der Mahagonitisch, an

dessen abgeplatztem Furnier man es nicht lassen kann zu puhlen. Das Vertiko mit der Beethoven-Büste und mit der Blume aus echtem Menschenhaar: das ist nun wirklich ein Kunstwerk, keine Ahnung, wie so etwas überhaupt herstellbar ist. (Das hat gewiß tausend Mark gekostet?)
»Jung, hörßu auch ßu, Jung?« wird jetzt gerufen. »Issas nich nüdlich?«
Ja, Karl hört die Musik, die ihm hier geboten wird. So möcht er auch mal spielen können, denkt er, und dann müßte jemand auf dem Sofa sitzen und zuhören.

Frau Lübbers spielt zum Schluß das Menuett von Paderewski, klappert mit den Fingernägeln und wiegt sich dabei, und Karl starrt auf ihren falschen Zopf und hofft, daß der sich lockert und vielleicht mal runterfällt.
Daß sie einen Nagel im Kopf hat, glaubt er nicht ernsthaft, aber er denkt sich das eben.

Auch Vater Kempowski hat mal Tonleitern geübt, in früheren Jahren, mit dem alten Ahlers zusammen, vierhändig: Hoch, runter, Schnaps! – Hoch, runter, Schnaps! In das Klavier wurde Bier gegossen, und »Damals in Antofagasta«, das war dann das Ende vom Lied.

Silbi, rot-weißen Pfefferminzbruch in der Tasche, hat Gesangsstunde.

O lilala, o lulala, o Laila!

Sie wird von ihrer Mutter auf dem Flügel begleitet. Schwierige Stellen werden vereinfacht, und wenn man sich versingt oder verspielt, wird gelacht. Ein Böhmerglas mit Kokosflocken, rosa und grün, steht auf dem Instrument. Darüber hängt das Bild: »The Germans to the front!«

Zum Zahnarzt geht man nicht so gern.

Hoch, runter, Schnaps! 1910 ist es dann soweit: Vater

Kempowski kann plötzlich nicht mehr gehen, im Theater erwischt es ihn, als er ein Bier trinken will, im Erfrischungsraum, die Beine knicken ihm weg, jija-jija! Angekündigt hatte sich die Sache schon seit einiger Zeit, und man war auch beim Arzt gewesen – aber wohl nicht bei dem richtigen und nicht lange genug.
Für die Rostocker Bürger ist er nun ein Rückenmärkler, von denen gibt's mehrere. Im Rollstuhl wird er durch die Straßen geschoben, wo er anderen Rückenmärklern begegnet, die er grüßt – »das ist der alte Herr Kempowski« – und abends bringt ihn seine Frau zu Bett, *jeden* Abend, und so alt ist er doch noch gar nicht ...

Gern sitzt er nun im Erker, eine Flasche »Langkork« läßt er sich bringen, und eine Zigarre von Welp oder von Loeser & Wolff aus Elbing, denn die sind »tadellöser und Wolff«, wie er immer sagt, und dann guckt er, wer draußen auf der Straße herumläuft. Frau von Wondring zum Beispiel, mit einem langen Trauerflor, der hinter ihr herweht: »Lützows wilde, verwegene Jagd«, wie er sie nennt.
Oder Gütschow, von der anderen Seite, von der Orleansstraße her, wo er sein möbliertes Zimmer hat. Der stößt seinen Spazierstock auf das Pflaster, daß die Funken spritzen.
»Kempowski! Gahn's mi ut'n Wech!« Das hatte er damals gesagt, die große Transaktion war danebengegangen, und kurz darauf hatte der Vergleich angemeldet werden müssen, und das schöne Haus, das von der Transaktion hatte bezahlt werden sollen, war perdu. Und jetzt sitzt da dieser hergelaufene Kempowski in *seinem* Erker und winkt ihm auch noch freundlich zu ...

Wenn William Kempowski mal allein ist, was öfter vorkommt, und wenn er mal ohne Schmerzen ist, was selten ist, spielt er auf der Geige, die er noch aus Königsberg hat. Er fiedelt dann so ein bißchen was vor sich hin, und die

Hunde heulen dazu, Schäferhund Phylax, der Airedale Nero und Stribold, der kleine Köter, der beim Picknick in die Butter trat; auf dem Jahrmarkt gekauft, für dreißig Pfennig.

Manchmal läßt er sich junge Mädchen reinholen, der Herr Kempowski, Mädchen aus der Nachbarschaft, die gerade vorbeigehen und einen schönen Knicks machen. Wenn seine Frau nicht da ist, läßt er sie reinholen. Kaffee gibt es dann und Kuchen von der Konditorei Herbst.

8 Junges Blut

Ich heiße Christel Kranz, bin Rostockerin und wohne schon seit 1928 in Vancouver, aber wenn ich irgend kann, komme ich alle zwei Jahre nach Deutschland, und dann fahre ich natürlich jedesmal nach Rostock.
Ich kriege anstandslos mein Visum. Die ersten Jahre haben die Leitenden da drüben immer noch versucht, mit mir zu reden, haben mich aufs Rathaus bestellt oder zum Kulturbund, aber dann haben sie wohl eingesehen, daß das zwecklos ist. Meine Schwester, die noch drüben wohnt, freut sich jedesmal riesig, und ich freu mich natürlich auch, die liebe Heimat wiederzusehen. Aber wie sieht sie aus! Die Häuser abgeblättert und grau, das Straßenpflaster krumm und schief, und die Vorgärten zerrupft und zertrampelt. Man hat den Eindruck, daß da drüben die Zeit stehengeblieben ist. Alles ist ja noch genauso wie vor vierzig Jahren! Das Schild von Kaufmann Meißner in der Alexandrinenstraße, der schon 1936 nach Buenos Aires gegangen ist, das ist immer noch zu sehen, und »Photo Laßwitz« kann man auch noch lesen, in der Friedrich-Franz-Straße, obwohl Herr Laßwitz doch schon längst nicht mehr lebt. (Der hatte in seinem Schaufenster immer ein signiertes Photo vom Kronprinzen hängen.)
Bei Kaufmann Meißner mußten wir Kinder immer einkaufen, und eines Tages kriegten wir raus, daß wir auch Bonbons bekommen konnten, wenn wir es bloß sagten, denn alles wurde ja angeschrieben. Meine Mutter hat das lange nicht mitgekriegt, bis der Kaufmann sich eines Tages weigerte, uns Bonbons zu geben. Da merkten wir: Aha! Die sind hinter den Braten gekommen. Aber gesagt wurde nichts.

Mein Vater war Oberstudiendirektor, wir wohnten in der

Adolf-Wilbrandt-Straße, drei Häuser von den Kempowskis entfernt. Unsere Gärten stießen aneinander.
Die erste Erinnerung an die Kempowskis ist eine Kindergesellschaft, Silbi hatte wohl Geburtstag. Wir spielten im Garten Pfänderspiele, und es gab sehr viel Kuchen. Frau Kempowski stellte mir ein Glas heiße Milch hin, sie meinte es wohl gut, aber heiße Milch, das war etwas, was ich nun durchaus nicht mag, und diese Milch habe ich mit psychisch zugehaltener Nase und in einem Zug hinuntergestürzt. Und da dachte sie wohl, das hätte mir gut geschmeckt, und sie goß mir das Glas noch einmal voll.
Karl hatte eine dicke Brille und sprach immer sehr ernst und wichtig. Wir haben ihn nie so recht für voll genommen. Ich denke, sein sonderbar gesetztes Wesen erklärt sich aus seinem Elternhaus, er hat ja keine Nestwärme gehabt (wie man heute sagt). Der Vater war krank, der hatte Rückenmarksgeschichten, und die Mutter interessiert sich ja eigentlich nur für das Theater.
Ich hatte immer das Gefühl, daß Karl Kempowski seinen Vater innerlich ablehnte. Ich weiß es nicht. Während der Alte seinerseits immer nur nett zu ihm war, legte Karl ihm gegenüber immer so eine gewisse Reserviertheit an den Tag.

Der alte Herr saß ja meistens im Erker, wie eine Spinne im Netz, aber im besten Sinne des Wortes: daß ihm auch ja nichts entgeht. Als ich schon älter war, ging ich so manches Mal absichtlich da vorbei, in der Kaffeezeit, und dann knickste ich, und er klopfte an die Scheibe und rief mich herein.
Der Erkerplatz war hübsch, mit einem weißen Gitter war der abgeteilt von der Stube.
Ich knickste und gab ihm die Hand, und der Alte erzählte Döntjes aus seinem Leben und ermahnte mich, immer anständig zu sein und keine »Geschichten« zu machen, was ich als Kind natürlich gar nicht kapierte. Dann zauberte er mit seiner Taschenuhr oder las aus Fritz Reuter vor,

das konnte er gut. Oder, wenn er seine poetischen Stunden hatte, dann sagte er mit Pathos und gestikulierend alte Gedichte auf:

Der Mensch soll nicht lieben,
wenn ernst er's nicht meint.
Manch Herz ward gebrochen
in Liebesleid ...

Glanzstück seiner Vortragskunst war die Ballade »Der Heini von Steyr«:

... und wer schürzt heute
den Rock sich zum Sprung?
Die Großmutter im Grauhaar
wird heut' wieder jung.
Sie stelzt wie ein Reiher
dürrbeinig im Sand
der Heini von Steyr
ist wieder im Land!

Im Garten der Nonnen
auf blumiger Höh',
sitzt eine am Bronnen
und weint in den Klee:
o Gürtel, o Schleier,
o schwarzes Gewand!
Der Heini von Steyr
ist wieder im Land!

Der aber hebt schweigend
die Fiedel zur Brust
halb sinnend, halb geigend
des Volks unbewußt.
Leis' knistert's wie Feuer
in seiner Hand –
der Heini von Steyr
ist wieder im Land!

Ich fand das rührend. Mir kullerten dann sofort die Tränen über die Backen.

Silbi saß manchmal dabei und las oder machte Handarbeiten. Sie mag damals fünfzehn gewesen sein. Oh, wie war das gemütlich!
Einmal sagte sie: »Heute habe ich in einem Buch gelesen: ›Die Linden hängen voller Blüten, sie sehen aus wie Brabanter Spitzen . . .‹ Siehst du Brabanter Spitzen in den Bäumen? Ich nicht.«

Gegen vier Uhr sagte der Alte dann meistens (wir lauerten schon drauf!): »Silbi? Herbst!«
Dann sprang sie auf und klingelte Café Herbst an, und nach 'ner halben Stunde kam einer mit'm Fahrrad, ein Bursche, und der brachte eine Platte mit Kuchen: Mohrenköpfe oder Zitronenschnitten. Herrlich locker und viel schöner als heute. Heut' haben sie ja nur künstliche Gewürze, und die Sahnetorte holen sie aus dem Kühlschrank, das *kann* ja nicht schmecken.
»Im Frühling kauft sich ein Herr Herbst einen Sommermantel bei Schneidermeister Winter«, diesen Satz sagte der Alte mehr als einmal und: »Silbi? Herbst!« Das fand ich immer zu schön. Bei uns zu Hause gab's immer nur Topfkuchen – und an reinen Bohnenkaffee war überhaupt nicht zu denken, der war meistens gemischt, halb und halb. Mit'n paar Krümel Zichorie drin.

Ich war auch mal zum Mittagessen eingeladen bei ihm, als seine Frau nicht da war. Da gab es »Schweinebraten mit Musik«, mit Zimt und Zucker obendrauf. Das schmeckte gut. Weißkohl gab's dazu.
Frau Kempowski sah immer ein bißchen schwermütig aus, sie war das, was man eine »verblühte Schönheit« nennt.
Er dagegen war eine »very colorful person«, wie man in Amerika sagt. Kein Kind von Traurigkeit. Getrunken hat er tüchtig, und dann war er sehr lebhaft und kriegte einen roten Kopf. Man konnte sich kaputtlachen über ihn.
Manchmal nahm er eine Haarbürste verkehrtrum in die Hand und kuckte da wie in einen Spiegel rein, und dann

zwirbelte er seinen Schnurrbart und strich sich den Scheitel. Und immer unterhaltlich war er. Ob alles stimmte, was er erzählte, das kann ich nicht beurteilen. Silbi hat manchmal gemurmelt: »Das stimmt ja alles gar nicht, das ist ja gar nicht wahr!«
Dann hat er gesagt: »Was meinst du?«
»Ich hab bloß meine Maschen gezählt ...«
Wir hatten viel Spaß, und wir lachten viel zusammen. Meine Kinder haben oft gesagt: »Erzähl doch noch mal von Kempowski.«

Wichtig waren ihm die Leute, die am Haus vorübergingen: »Kiek em!« sagte er dann oder: »Kiek de!«
Ein alter Oberst mit einem Pflaster auf der Nase, ein alter, kleiner, vertrockneter Mensch. Na, da hatte der Alte seine Bemerkungen zu machen, was das Pflaster soll und warum er damit rumläuft und all so was.
»Kiek mol, dor kümmt hei wedder!«
Oder Frau von Wondring, die Alte mit dem wedelnden Rock. Als Kinder höhnten wir hinter ihr her, weil sie etwas spinnert war. Einen weiten schwarzen Rock trug sie, »Lützows wilde, verwegene Jagd«, wie Herr Kempowski sie nannte.
Schimpfen konnt er für drei. Da flogen einem die Ohren weg. Auf der Fußmatte vor seiner Haustür starb mal ein fetter Dackel, der gehörte einer Frau in der Nachbarschaft. O Gott, wie hat er da geschimpft! Der mochte diese Frau sowieso schon nicht, die ging da jeden Tag vorbei mit ihrem fetten Dackel, und nun verröchelte der ausgerechnet auf der Fußmatte vor seiner Tür!
Immer saß er im Erker und guckte raus. Gegenüber wohnte Frau Dr. Jessow, eine Tierarztwitwe, die hatte einen Papagei auf dem Zaun sitzen, ein blödes Tier. Über die hat er sich auch geärgert: »Kiek, de Oltsch!« sagte er. Ihn ärgerte es, daß sie genauso auf die Straße guckte wie er, und vor allem, daß sie immer herüberguckte.

Wenn er mal verschwinden mußte, dann sagte er: »Es rührt sich was im Odenwald«, und dann klingelte er, und dann mußte der Rollstuhlschieber kommen und ihn rüberwuchten ins Schlafzimmer, wo sein Pottstuhl stand.
Es war an sich bewunderungswürdig, wie er sich hielt: Er muß doch mit offenen Augen gesehen haben, wie der Verfall immer weiterging? Oft hatte er ja Schmerzen, dann verkrampften sich seine Hände am Stuhl, und dann sagte er: »Silbi, ruf mal Doktor Kranich an«, und der gab ihm eine Spritze, Morphium war das. Er hätte man lieber einen andern Arzt nehmen sollen. Kranich soll ihn ziemlich verpfuscht haben, nicht ausgeheilt. Deshalb war er ihm wohl auch zu Willen, denn Morphium hat er ihm so ziemlich nach Belieben verschrieben.
Herr Kempowski kam dann später ziemlich runter. Ich habe Leute gehört, die haben gesagt: »Ein schrecklicher alter Kerl, dieser Kempowski«, das waren Leute, die ihn nicht kannten. Ich habe das nie verstehen können. In seiner Rauhbeinigkeit tat er doch auch sehr viel Gutes. Einem jungen Paar hat er mal in seinem Haus die Hochzeit ausgerichtet, mit allem drum und dran. Im Erker war der Altar aufgebaut, und dann gab's ein Essen mit Musik, ganz wie sich das gehört.
Und immer war das Haus voll Besuch. Er hatte die sonderbarsten Freunde. Einmal war einer da, das muß ein ziemlicher Bazi gewesen sein. Der sagte: »Na, Robert, nun zeig mir mal Rostock«, und dann fuhren sie mit einer Droschke durch die Stadt, und dann hatte der immer so kleine Papierschnippel, die warf er hier und da aus dem Wagen raus, und zwar immer, wenn ein hübsches Mädchen vorbeiging.

Besuch mich mal,
ich wohn Stephanstraße 11
bei Kempowski.

Und dann kamen die Mädchen da an, nach Puder stinkend. Als die Alte das merkte, waren sie natürlich schnell wieder draußen. Und er, der Bazi, auch.

Ein andermal war einer da, der ist gleich wieder abgefahren. Der hat gesagt, es wären Katzenhaare im Kakao gewesen, das könnt' er nicht aushalten.
Ständiger Gast war der alte Ahlers, ein Freund aus früheren Tagen wohl. Der trank auch manchmal mit uns Kaffee. Und wenn ihm eingeschenkt wurde, dann nahm er den Kneifer ab, stand sogar auf, und wenn das Plätschern des Kaffees aufhörte, setzte er sich wieder hin und sagte mit treuem Augenaufschlag: »Ich danke auch vielmals.« Ein Kavalier alter Schule, aber ziemlich heruntergekommen. Der kriegte da das Gnadenbrot.

Frau Kempowski hatte auch ihre Freunde. Das waren mehr so Leute vom Theater, und die kamen abends, das habe ich nicht so miterlebt. Sie war eine verblühte Schönheit, wie man sagen kann. Etwas Tragisches hatte sie in ihrem Blick, etwas Umflortes und Schwermütiges. Meine Mutter behauptete, sie habe »einen Nagel«.
Sie war nur nett, wenn man alleine mit ihr war. Die Bibliothek, oben, das war so ihr Reich. Da hat sie mich mal mit raufgenommen und mir Bücher geliehen, andere Bücher, als bei meinem Vater standen, mehr so flotte Sachen oder was fürs Herz. Das Zimmer war klein, eine Chaiselongue stand da drin und ein kleiner weißer Tisch, und zwischen den Fenstern eine verzierte Uhr unterm Glassturz. Oh, wie war das entzückend!
Cäsar Flaischlen lieh ich mir da, dreizehn war ich, dreizehn oder vierzehn.
Als ich noch im Kinderwagen lag, soll sie mal gesagt haben, ich hätt' ne Pfirsichhaut. Mein Vater hat dann später immer zu mir gesagt: »Mein Goldkloß mit der Pfirsichhaut.«
Aber meine Mutter hat gesagt: »Frau Kempowski, die hat ja'n Nagel.«

9

1911 bekommt Karl sein erstes Fahrrad, »Velociped«, so heißt das damals noch. Bei Vollquartz wird es gekauft, am Hopfenmarkt. Es ist ein gebrauchtes Brennabor-Rad und kostet zwanzig Mark.
(»Das Lernen gab es beim Kaufen zu. Da waren denn so Kerle, die schoben einen an.«)
Es hat Kerzenbeleuchtung, eine Karbidlampe wird nicht genehmigt, das ist nun doch zu aufwendig, und ein Geheimnis ist es vor dem Vater, der gegen Fahrräder ist, der überhaupt gegen jede Art von Sport ist, weil er meint, das würde übertrieben, da könnt' man bloß Schaden nehmen.

Ein schönes Fahrrad ist es, mit Kerzenbeleuchtung zwar, aber mit Trillerglocke und Gepäckträger. An der Hinterachse ist ein Dorn, auf den sich ein Mitfahrer stellen kann, am Buckel des Fahrers hält er sich fest.
Auf diese Weise fährt Karl mit seinem blonden Freunde Erich Woltersen – genannt »Erex«, weil er bei jeder Gelegenheit den Wörtern seiner Sprache ein »ex« anhängt – in der Stadt herum, in Pumphosen und mit steifem Kragen. Vorn in die Speichen wird eine Spielkarte geklemmt, und dann geht's »brrrrt!«, wenn gerade eine alte Frau des Weges kommt.
Auf dem Schillerplatz wird unter der über die Straße wehenden Fontäne hindurchkarjolt, und am Lloyd-Bahnhof werden die Droschkenkutscher geärgert, indem man »Hü!« ruft. Die Pferde ziehen dann an, und der Kutscher erwacht aus seinem Schlaf.
Den Straßenfegern ruft man besser nichts zu, den Straßenfegern, die gerade in Kolonne mit geschultertem Besen und zweirädrigem Karren zur Arbeit fahren, die »Knüppelgarde«, wie man sie auch nennt.

Kreuz und quer fahren sie durch ihre Heimatstadt, und dabei klingeln sie ständig oder rasseln mit der Spielkarte oder bremsen derartig, daß das Spuren auf dem Fahrdamm hinterläßt. Am Wollmagazin steht ein großer Walnußbaum, in den schmeißen sie Stöcke hinein, und am St. Georgsplatz werden bengalische Streichhölzer auf die Gleise der grade installierten elektrischen Straßenbahn gelegt. Das knattert, und der Fahrer hält an, weil er mit seinem neuen Fahrzeug noch nicht so vertraut ist, und guckt, was da denn nun schon wieder los ist.

In der Altstadt, in der eiserne Retiraden gleichmäßig verteilt sind, also Pinkelbuden, grün-schwarz gestrichen, wo es eigenartige Straßennamen gibt – »Diebsgasse« und »Am Bagehl« –, riecht es nach Wolle und norwegischen Flomheringen, und in der Steinstraße riecht es nach Asphalt. In dieser Zeit werden nämlich in Rostock die ersten Straßen mit Asphalt belegt. Mit einer Schiebkarre wird der dampfend heiße, noch pulvrige Asphalt auf das alte Steinpflaster gekippt. Arbeiter lassen Stampfer mit runden eisernen Platten auf den Asphaltbrei herniedersausen. Dieses rhythmische Stampfen und der Geruch – da guckt man gerne zu.

Interessant ist auch der Wochenmarkt, mit Buden und Ständen, mit großen, groben Bauernwagen und flatternden Segeltuchschirmen gegen Sonne und Regen. Das Fahrrad wird an den Stadtbrunnen gelehnt, und man mischt sich unter die Leute.

Tausend Spatzen schießen wie Schrotschüsse über das Pflaster, da liegen die dampfenden Pferdeäpfel, auf die sie es abgesehen haben.

Hiering, greun Hiering und Dösch!

Direkt vor dem Rathaus haben wie eh und je die Warnemünder Fischfrauen ihren Platz, in ihren großen schwarzen Umschlagetüchern, mit dem schwarzen Kiepenhut auf dem Kopf, vor und neben sich die flachen Holzbottiche mit Fisch. Die Männer fangen den Fisch, und die Frauen verkaufen ihn, und das Geld tun sie in die große Lederbörse unter ihrem Tuch, und darin bleibt es, das wird keinesfalls vertrunken.

Der Butterwagen aus Pastow, nur mit Butter, Jean Tondera mit Bananen und Valencia-Apfelsinen (fünf Pfund zu achtzig Pfennig). Frische Eier in Häcksel (die Stiege zu einer Mark), Landmettwürste auf weißen Leinentüchern, gerupftes Geflügel und Obst.
»Von'n Dörp! Von'n Dörp!«
Frau Baade aus Allershagen, die ja wohl bald hundert Jahre alt ist, sitzt jeden Tag mit Bienenhonig da.

Der Clou des Tages ist der kleine Jude Samuel mit seinem großen Kopf. Wenn der seinen Wagen die Große Wasserstraße heraufzieht, dann flattern alle Tauben auf. Lange hört man ihn schon schimpfen, obwohl man ihn noch gar nicht sieht, mit lauter quärriger Stimme tut er das, weil er weiß: Klappern gehört zum Handwerk, und wenn er in den Markt einbiegt, dann sind natürlich alle neugierig und kommen gelaufen, ob das tatsächlich der kleine Jude Samuel ist mit dem zu großen Kopf, was der heute wohl wieder anbietet, das wollen sie sehen. Ohne Unterbrechung redet und schimpft er, bis er endlich seinen Platz gefunden hat, von einer Menschentraube geleitet: Rot-weißen Pfefferminzbruch hat er dieses Mal, also nichts Besonderes, aber die Rostocker kaufen doch. (Seine Augen wandern flink hin und her: Nehmen, ohne zu zahlen – das liebt er nicht.)

Karl und Erex kaufen keinen Pfefferminzbruch, sie lassen sich von den Bauern »Proben« geben, wie die Rentiers das tun, die einen kleinen Leinenbeutel mit sich führen und das mit nach Hause nehmen, was sie da zusammenschnorren, weil sie davon leben.

Wenn die beiden genug haben vom Probenessen und wenn sie auch gesehen haben, wie man die Hühner da hinten schlachtet, im Scharren, gleich neben dem Rathaus – die Federn sträuben sie, und ganz sonderbar gurren sie dazu, das Todesgurren ist das –, dann fahren sie weiter auf ihrem Brennabor. Sie klingeln, weil sie eine herrliche Trillerglocke haben, und sie lassen die Spielkarte da vorne schnurren, wenn eine alte Frau in Sicht ist. Aber auf dem Trottoir zu fahren, das trauen sie sich denn doch nicht, es könnte ja einer der beiden Polizisten auftauchen, die hier für Ordnung sorgen.

Sie fahren die Alexandrinenstraße entlang, in Höchstgeschwindigkeit, und die Talstraße hinunter, am Wasserwerk vorbei, wo kräftig gebremst wird, weil man da große blankgeputzte Pumpen durch die Fenster sehen kann, die sich dauernd rein- und rausschieben; ein interessanter und beruhigender Anblick, den man als Junge lange auf sich wirken lassen kann.

Die Schranken am Eisenbahnübergang sind natürlich geschlossen, und das dauert oft sehr lange. »Mal neugierig, wie oft die Schranken hier überhaupt geschlossen sind«, das denken sie, und sie zählen die Waggons, die von rechts nach links geschoben werden und kurz darauf von links nach rechts.
Endlich geht die Schranke hoch, pink-pink, pink-pink, und sie machen, daß sie hinüberkommen, damit die Schranken nicht schon wieder runterpingeln, bevor sie drüben sind. Dann fahren sie den Weidenweg entlang, der zum Spazierengehen da ist, für ältere und ganz junge Bürgersleut, weshalb hier auch Bänke stehen in regelmäßigen Abständen und ein Schild »Radfahren verboten«. Sie *fahren* ihn entlang, und Stribold haben sie in einem Pappkarton bei sich, der mag das gern.

In den Warnow-Wiesen ist es still, hier wartet die Natur,

wie's weitergeht. Ein Maler würde mit wenigen waagerechten Strichen auskommen.
Kiebitzeier kann man hier suchen, und man kann baden, denn die Warnow, die schwarze stille Warnow, die hier durch die Wiesen sich in langen Schwüngen schlängelt, ist hier grade dreißig Meter breit und sie ist durchaus friedlich, so wie das Land friedlich ist, aus dem sie kommt, das mecklenburgische Bauernland, ohne Arg und ohne jeden Aufruhr.
Man kann in der Warnow baden, aber man tut es nicht so gern, weil das Wasser trübe ist; man ist von der Ostsee her verwöhnt. *Wenn* man es tut, dann ist es jedenfalls geraten, sich sogleich wieder zu bekleiden, denn Bremsen fliegen hier herum, die man am Körper erst bemerkt, wenn es bereits zu spät ist.

Immer ist es in den Warnow-Wiesen interessant. In den Niederungen gibt es stillgelegte Wasserarme und »Wackelwiesen«, die gelb sind von all den Sumpfdotterblumen, und die vor Nässe quutschen. Teichrohrsänger pfeifen in der Hitze, und Goldammern schnirren: Hier werden Kaulquappen gefangen und Weidenflöten geschnitzt.

Einmal steht da ein Mann mit Bienenkörben, eine Tuchverkleidung auf dem Kopf, aus einer großen Pfeife rauchend, dem nähern sie sich vorsichtig. Sie gucken zu, wie der das da macht, mit seinen Bienen, und er erzählt ihnen, daß er Dorfschullehrer ist und 'n ganzen Stall voll »solche Rabauken« hat, wie sie beide welche sind.
Daß die Bienenkönigin in der Mitte sitzt und den ganzen Tag »egal weg« Eier legt, erzählt er ihnen auch, und daß die Arbeiterinnen in dem Bau noch keine Ahnung haben von Acht-Stunden-Tag und »solche Neuerungen«. Von den Soldaten spricht er, die für Ordnung sorgen – »Ordnung ist das halbe Leben« –, und er sagt, daß es da »bannig warm in wird«, und er fragt sie, ob sie nicht mal die Nase da reinstecken wollen, in den Bau, ob das da wohl nach

Honig riecht? »Nee? Wollt ihr nicht?« Das kann er verstehen, sagt er, daß sie die Nase da nicht reinstecken wollen, das tun die Dorfschulkinder nämlich auch nicht, wenn er das zu denen sagt.

Interessanter noch als der Imker sind die Erlenbüsche. In den Erlenbüschen liegen nämlich Liebespaare. Wenn man Glück hat, kann man welche aufspüren: den Mann bleich und die Frau rot.

Immer hat man irgendwie Angst in den Warnow-Wiesen: Wenn sich der »Feldbutsch« sehen läßt, dann heißt's abhauen, der schreibt einen auf, was man hier zu suchen hat, und ob man nicht weiß, daß das hier verboten ist, radfahren? Man ist ja wohl ein ganz frecher Lümmel, was? Und dann gibt's lange Geschichten zu Hause, was man sich denkt, und ob man ein Fellvoll haben will.
»Wer nicht hören will, muß fühlen.«

Eines Tages wird ein abgesoffener schwarzer Kahn gefunden, mit Konservendosen schöpfen sie ihn leer, und mit Lappen, die man in das Leck stopft, machen sie ihn flott. Stribold steht im Bug, als die beiden zum gegenüberliegenden Ufer schippern, wo die Kühe den Kopf heben und die Kälber angelaufen kommen.

Als sie halb drüben sind, springt das Leck auf, und der Kahn läuft voll. Das ist eine Angstpartie, besonders, weil dahinten der Feldbutsch von Grassode zu Grassode hüpft und über diese verdammten Lümmels schimpft.
Das Fahrrad findet er gottlob nicht.

In einer alten Kopf-Weide bauen sich die beiden eine Höhle, die polstern sie sich aus. Weich ist es darin und sehr gemütlich. Durch die Öffnung sehen sie den Kahn, den Fluß und ihre Heimatstadt: Über der Nikolaikirche ballen sich die Wolken, und auf dem Dach die große 1888, von Dach-

deckern zur Erinnerung und Zierde ausgelegt, ist gut zu erkennen.
Sie ziehen ihre Tonpfeifen heraus und rauchen Arbeitertabak – der Qualm kommt oben aus der Weide herausgequollen –, und sie sprechen über Mord und Dotschlag. Von Krämer Schlängelberg sprechen sie, der seiner Frau den Kopf gespalten hat, mit der Axt, und von Selbstmördern, die sich aufhängen, daß ihnen die Augen aus dem Kopf quellen oder die ihr Gedärm ausschütten.
»Viel Steine gab's und wenig Brot«, an dieses Gedicht müssen sie denken, das in ihrem Schul-Lesebuch steht.

. . . Da faßt er erst sein Schwert mit Macht,
Er schwingt es auf des Reiters Kopf,
Haut durch bis auf den Sattelknopf,
Haut auch den Sattel noch in Stücken
Und tief noch in des Pferdes Rücken;
Zur Rechten sieht man wie zur Linken
Einen halben Türken heruntersinken . . .

Dieses Gedicht hatten sie nicht auswendig zu lernen brauchen, und sie konnten es doch, sofort. Merkwürdig eigentlich, daß die Deutschen so kräftig sind, finden sie, um so vieles kräftiger als alle andern Menschen auf der Welt.

Den Kahn, den Fluß und Rostock sehen sie sich an. Und das Gaswerk mit seinem Eisenturm, auf den ein Kohlenwagen hinaufgezogen wird, ganz oben leert er sich aus, das hört man sogar, wenn auch mit Verzögerung. Dann fährt der Wagen wieder hinab und kommt mit neuer Fracht. Stunde um Stunde geht das. Die Jungen meinen, den großen Gasometer da hinten direkt in die Höhe gehen zu sehen. Heute abend, wenn die Laternenanzünder die nagelneue Straßenbeleuchtung anzünden, wird er wieder kleiner werden.
Großartig, wie das funktioniert.

Nach Süden können sie die Landstraße sehen, auf der

gerade ein Postwagen fährt. Wo der wohl hinfährt? Nach Kessin? Wo der Dorfschulmeister mit seinen Bienen herkommt? Ja. Aber dann? Wohin dann? Nach Berlin? Leipzig? Dresden? Man kennt das ja alles noch gar nicht und möchte es doch so gerne kennenlernen.

In der Weide liegen die beiden und träumen von der Zukunft, was sie mal alles erleben werden. Auf ewig wollen sie Freunde sein und reisen, und zwar möglichst weit weg. Berlin, Leipzig, Dresden. Aber wie bezahlen? Reisen kostet Geld?
Geld: Das findet sich schon irgendwie. Das sind Dinge, die sich quasi von selbst ergeben.
Da unten, auf dem Fluß, da fährt grade ein großer Prahm der Stadt zu. Er bringt Roggen aus dem friedlichen Mecklenburg. Ganz still gleitet er dahin, und die Schiffersfrau hängt Wäsche auf.
»Wir fahren einfach mit unserm *Consul* mit«, sagt Karl. Was liegt näher als das. Und Erex ist immer hübsch freundlich zu Karl, damit er eines Tages auch tatsächlich mitfahren darf. (»Kempowski will immer Kaiser sein.«)
»Wie schnell fährt eigentlich so ein Schiff?«

Nicht wissen können die beiden Knaben, daß es da unten am Hafen momentan nicht so recht läuft. Die Arbeiter streiken nämlich, aus was für Gründen auch immer. Robert William Kempowski, der sechs Schiffe im Hafen liegen hat, deren Kapitäne jeden Tag in seinem Büro herumtrampeln und in den verschiedensten Sprachen fluchen, wie lange sie denn noch in diesem Drecknest liegen sollen? Robert Kempowski muß in einem Möbelwagen der Firma Bohrmann aus Hamburg Arbeiter heranschaffen. Die Türen des Möbelwagens stehen weit offen, auf dem Bock, im Wagen selbst und hinter dem Wagen je ein Polizist mit blankgezogenem Säbel: Steine fliegen!

So etwas hat es früher nicht gegeben. Früher hätte man

diese Leute ins Gefängnis gesteckt, diese »Striker«, oder, noch früher, gar geköpft und gevierteilt, wie zum Beispiel den aufrührerischen Runge, dessen Körperteile als Fleischbrocken in eisernen Käfigen am Steintor hingen.
Streik? Das ist doch direkt Erpressung.

10 Ein anderer Schulfreund

Ich heiße Schlünz, Richard Schlünz und bin eigentlich gar nicht aus Rostock, ich stamme aus Bad Doberan, wo das schöne Münster steht. »Bad Dobe*rau*«, wie Karl Kempowski immer sagte. Den ich natürlich kenne! Es gibt ein Klassenphoto von uns, da stehen wir direkt nebeneinander, Karl Kempowski, genannt Körling, mit 'ner dicken Brille, Hand in Hand.

Mit steifen Kragen und langen Hosen haben wir Fußball gespielt, jawoll, auf'm Schillerplatz. Ich hab das Photo schon gesucht, das wollt' ich ihnen gerne zeigen – meine Schwiegertochter packt immer alles weg – wenn ich es finde, schick ich es Ihnen. Ein großes braunes Photo, wie das früher so war, auf Pappe aufgezogen.

Rostock, das war eine herrliche Zeit. Für uns Jungen? Eine fröhliche, unbeschwerte Zeit.

Im Herbst ließen wir Drachen steigen, wir machten das beim Bahndamm und natürlich dauernd in Angst vor dem »Bullibutsch«, der damals noch eine Respektsperson war. Damals galt die Uniform noch was. Wenn wir Jungs einen Polizistenhelm blinken sahen, dann scheesten wir gleich um die Ecke rum, auch wenn man gar nichts ausgefressen hatte. Kufahl und Rosenberg, so hießen die Polizisten. Heute sieht man ja überhaupt keine Polizisten mehr, obwohl es nötig wäre. Neulich ging ich mit meinem Hund spazieren, das heißt, er ging mit mir, da kommen so'n paar junge Schnösel auf dem Fahrrad an und schubb! reißt mir einer den Hut runter. Jawoll! So was gab es damals nicht, zu unserer Zeit. Wir haben wohl auch was angestellt, aber so was nicht.

Jedes Jahr gab's verschiedene Saisons, Rodeln, Baden, Brummkreisel-Spiel, Drachensteigen gehörte auch dazu,

wenn die Zeit ran war, dann mußte das gemacht werden. Jede Jahreszeit hatte ihre Spiele.
Auch ein saisonbedingtes Ereignis war »*mundus vult decipi*«, zu Deutsch: der Pfingstmarkt. Ich kann Ihnen sagen! Seit 1519 gab's den, urkundlich erwiesen, und zwar immer am Hafen, bis die Nazis kamen, die haben das natürlich geändert, und heute die Banditen da drüben, die haben ihn gleich ganz abgeschafft. Warum? Da fragen Sie mich zuviel.
Der Pfingstmarkt war aus Rostock nicht wegzudenken. Das größte Treiben des Jahres. Tage vorher gingen wir schon zum Friedrich-Franz-Bahnhof und versuchten, die Schaubuden und Karussells anrollen zu sehen, man war immer wieder neugierig, was der Markt diesmal für Sensationen bringen würde. Man konnte aus den Aufschriften der Wohn- und Packwagen dieses und jenes erraten. Und wenn die großen Buden und Gerüste in der Strandallee aufgeschlagen wurden, dann waren wir Rostocker Jungs dabei und halfen Bretter tragen und was es sonst so gab, oft bis in die Nacht hinein. Die Schularbeiten litten sehr in diesen drei Wochen, aber mit dem Vorsatz, nach dem Markt alles wieder einzuholen, war das Gewissen zunächst beruhigt.
Am zweiten Pfingstfeiertag, Schlag vier Uhr (nicht früher!), begann der Rummel: Auf dem Neuen Markt schlug einem schon die Welle von Leierkastenmusik entgegen. Und dann war da auch gleich der Stand vom »Billigen Jakob«. Tätowierte Arme hatte er und eine Seemannshose an.
Auf einem niedrigen Tisch stand er und schrie seinen Kram da aus. Zuerst griff er ein Stück Seife und sagte: »Fünf Mark.« Da natürlich niemand ein Stück Seife für fünf Mark kaufen wollte, blickte er sich fragend um: »Zu teuer?« Na schön, also noch eine Kleiderbürste und eine Schuhbürste dazu. »Was? Ist das *noch* nicht genug? Soll ich euch das vielleicht schenken?« Er packte noch ein dickes Bündel Bleistifte, ein Kontobuch und ein Notizbuch darauf.

»Und dies alles für zehn, nein, für neun, na, heute sollen Sie es für sieben Mark haben! So, und wer jetzt kauft, kriegt alles zusammen (er wiederholte die einzelnen Waren!) für endgültig fünf Mark.«
So ging es den ganzen Nachmittag hindurch. Das Wasser floß dem Kerl von Stirn und Rücken, und seine Stimme war heiser und rostig, aber er ließ nicht ab. Man brauchte gar nicht weiterzugehen, hier stehenzubleiben, das war schon unterhaltend genug, zumal der Kerl auch Witze machte, die man anderswo nicht zu hören kriegte.
»Komm, Helga, wir gehen«, sagte mal ein Herr, »der Mann ist uns zu gewöhnlich.«

Vom Markt führten die Buden zum Hafen hinunter. Dort stand die große, lange Kuchenbude mit Pfann-, Spritz- und Schmalzkuchen.
»Ick will ja nix seggt hebben«, sagte der Konditor Langbehn, der sein Café direkt daneben hatte – in der Tür stand er und guckte ganz böse, weil die ihm ja Konkurrenz machten –, »ick will ja nix seggt hebben, översten, de Pfannkuchen salln mit Pierdfett backen sien!«
Bude reihte sich an Bude, kaum, daß dazwischen mal ein Durchgang war. Kurzwaren, Stoffe, Hüte, Bijouterien, Galanteriewaren, Geschirr, Steingut, Bunzlauer Töpfe, Glaswaren, Häkelspitzen und was es sonst noch alles gab. (Beim Antiquitätenhändler in Pöseldorf können Sie das Bunzlau jetzt für hundert Mark die Tasse kaufen. Damals kostete sie dreißig Pfennig.)
Die Stände zogen sich hin bis zum Mönchentor, wo das Gedränge so stark war, daß man nur noch geschoben wurde: Hier begann jetzt der wahre Trubel. Das Gedudel der Leierkästen und Karussellorgeln wurde stärker, und durch die runde Öffnung des Mönchentores leuchtete schon von weitem Kietzmanns Berg-und-Talbahn, das Poussierkarussell, das Jahr für Jahr an dem gleichen Platz stand. Mit seiner künstlerischen, fast barocken Fassade war uns »Kietzmann« ein vertrauter und doch immer wieder neuer

Anblick. Die altbekannte große Orgel aus Waldkirch mit dem beweglichen Kapellmeister im Rokoko-Kostüm davor, dessen Kopf mal nach links, mal nach rechts ruckte, mit den von Geisterhand gerührten Trommeln und Becken, schmetterte die neuesten Schlager aus der »Frühlingsluft« oder »Wie einst im Mai« und vereinte sich mit der Orgel aus dem Hippodrom von Haberjahn, dem Peitschengeknall und dem Wiehern der Reitpferde.

Reiten kann ein jedermann
im Hippodrom von Haberjahn . . .

Kietzmanns Berg-und-Talbahn war Tradition, die war stets von jungem Volk umlagert, das sich mit Konfetti bewarf. Hier blieb man Stunde um Stunde, hier bahnte sich Freundschaft und Liebe an.

Lampenputzer war mein Vater
im Berliner Stadttheater.
Meine Mutter wäscht Manschetten
für Soldaten und Kadetten.

An der Grubenstraße hatte sich ein Mann mit einer Drehorgel hingestellt, auf dem ein Äffchen umherturnte. Es hatte ein buntes Käppi auf mit Kinnriemen. Immer wieder nahm es das Käppchen ab, guckte mit kullernden Augen hinein, schob dann sein Kinn wieder in den Riemen und das Käppi auf den Kopf. Nicht eine Sekunde war es ruhig. Viele, viele Jahre war es dort zu sehen.

Die umherstehenden Jungen ärgerten es manchmal, bis es wütend wurde. Mit den vier Pfoten hielt es sich dann an der Drehorgel fest und rüttelte mit dem ganzen Kasten und fletschte die Zähne, daß es die Umherstehenden mit der Angst kriegten. Zwar war es an einer Kette befestigt, doch die war immerhin noch lang genug, daß der Affe plötzlich einem der Umherstehenden den Hut oder die Mütze wegnehmen konnte, worauf natürlich alles lachte.

Ganz gleich, wo man sich auf dem Pfingstmarkt aufhielt, man brauchte kein Geld auszugeben, überall gab es etwas zu sehen und zu hören, was spaßig und unterhaltend war.

Neben dem Petritor hatten die Bergwerksinvaliden ihren Stand. Sie waren in Knappenuniform und zeigten ein Miniatur-Bergwerk: das Innere mit all seinen Einzelheiten war da genau nachgebaut. Kleine Förderkörbe fuhren in den Schacht hinunter oder stiegen hinauf. Kohlenwagen rollten auf den Sohlen hin und her, die durch elektrische Birnen beleuchtet waren: Sehenswert und lehrreich, und außerdem ein gutes Werk, denn die Groschen, die hier gespendet wurden, kamen den Invaliden zugute, die in damaliger Zeit wohl nicht sehr viel zu beißen und zu brechen hatten. War zwischen den Buden noch ein Plätzchen frei, so hatte sich dort ein »Hau-den-Lukas!« aufgebaut. Hier erprobten die Bauernbengel ihre Kräfte. Mit einem mächtigen Holzhammer mußte man auf einen Eisenkeil schlagen, der je nach Wucht des Schlages an einer hochgestellten Latte ein Geschoß emporwarf, das – sobald es die Spitze erreichte – einen Knall auslöste. Das mußte schon ein guter Schlag gewesen sein, mit Kraft. Wer es schaffte, bekam eine bunte Papierblume angesteckt, und wer es nicht schaffte, wurde mit den Worten getröstet: »Die Richtung war das schon!«

Ein Stück weiter stand oder lag in dicken, blanken, schweren Ketten der bedeutendste Entfesselungskünstler aller Zeiten, »Houdini«, der die scheinbar unentwirrbaren Ketten in kurzer Zeit nur so von sich abschüttelte. Den Besuchern stand es frei, die Fesselung selbst vorzunehmen.

»Und hier sehen Sie die ihm verliehenen Medaillen, Auszeichnungen und Anerkennungsschreiben von hohen und höchsten Herrschaften!«

So reihten sich die Buden aneinander, bis in die Wendenstraße, die zum Alten Markt führt. Unterhalb des Petritors hatte der Moritaten-Sänger sein Podest errichtet. Mit langem Stock zeigte er auf große, bunte Bilder. Halb singend gab er ausführliche Erläuterungen: ein Schuster, mit vielen Kindern, der seine Frau mit dem Hammer totgeschlagen hatte. Oder umgekehrt: die Schustersfrau, die ihren immer betrunkenen Mann vergiftet hatte. Gewiß sehr schauerlich und schon die paar Pfennige wert, die man auf den Teller der Schaubudenfrau legte. Aber, es war stets das gleiche: Sobald sich die Frau mit dem Teller näherte, lockerte sich der Zuschauerkreis und löste sich auf. Das Erscheinen der Frau mit dem Teller ging wie ein elektrischer Schlag durch die Menge.

Nie fehlte auf dem Pfingstmarkt das Panorama. Jedes Jahr konnte man durch Fensterchen, so groß wie Bullaugen, lehrreiche und blutrünstige Bilder betrachten.

Da war der Durchzug der Kinder Israels durchs Rote Meer zu sehen, wie die Wellen da so links und rechts hochstehen, wie eine Allee (und unten auf dem Meeresboden kleine Pfützen mit Seesternen). Moses war zu sehen auf dem Berge Sinai, die Gesetzestafeln in der Hand, und die Verbrennung des Mönchs Savonarola. Die Erstürmung der Bastille und der Düppeler Schanzen erfüllte einen mit wohltätigem Schauder gegen Revolution und Krieg. Das Bild des »Jüngsten Gerichts« gleich daneben diente dazu, lasterschwangere Sünder zu schrecken, fromme Seelen aber zu trösten.

So eine Panoramabude hatte oben in der ersten Etage noch eine mit Tüchern abgetrennte Abteilung: »Nur für Erwachsene! Eintritt zehn Pfennig.« Lange Jahre mußten wir mit unseren Kniehosen auf dieses »Erlebnis« verzichten, bis wir als Primaner endlich für voll genommen wurden und auch hinein durften.

Im Wachsfigurenkabinett waren umfangreiche Szenen arrangiert, wie der »Tod eines Wilderers«, und »Jack, der Bauchaufschlitzer«, und das war so natürlich gemacht, daß man sich als Kind direkt davor fürchten konnte. Hier sah man auch den »Krebs«, an welchem der böse Bonaparte einst zugrunde ging.

Auf dem Alten Markt direkt vor der Petrikirche stand ein Straßenmusikant, ein Allerweltskerl, der gleichzeitig fünf Instrumente spielte. Das Hauptinstrument war die Ziehharmonika, und vor dem Mund, durch ein Gestell gehalten, hatte er eine Mundharmonika. Auf dem Kopf trug er einen spitzen Helm mit zwei Kränzen kleiner Glocken. Ferner auf dem Rücken eine große Pauke, zu deren Bedienung er einen Schlegel am Unterarm festgeschnallt hatte. Über der Pauke ragte als fünftes Musikinstrument eine Triangel, die er durch eine am rechten Schuhhacken befestigte Schnur bediente. Bestimmt ein sehr vielseitiger Musikant. Ihn begleitete eine Frau, zigeunerisch aufgemacht, die ein Tamburin schlug und darin unversehens Gaben entgegennahm, indem sie es plötzlich umdrehte.

Je später es wurde (um zehn Uhr war überall Schluß), um so bunter wurde es. Im strahlenden, vielfarbigen Licht der kleinen bunten Lampen jagten die rollenden Wagen der Berg-und-Talbahn auf und nieder, jetzt schon umkränzt mit Papierschlangen und vollgeschüttet mit Konfetti. Die Wagen waren immer alle besetzt, und ringsherum stand in mehreren Reihen die halbwüchsige Jugend.
Manches Mädchen ging *ohne* und so mancher Primaner *mit* Haarschleife nach Hause.

11

Im Herbst wird auf dem Dachboden, hinter einem Stapel Kirschbretter, die man mal in Zahlung nahm, auf einer ausrangierten Ottomane, Buffalo Bill gelesen oder »Kapitän Mors mit seinem Metall-Luftschiff«.

Flavus und Rutilus, die Fechtersklaven

Auf dem Dachboden wird auch Sechsundsechzig gespielt, mit alten Spielkarten, die von Bierresten und Tabakasche zusammenkleben. Da wird natürlich auch geraucht, KLIOS-Zigaretten, zehn Stück zu zehn Pfennig.
(»Ich glaub, die wurden aus Pferdescheiße gemacht.«)

Das Rauchen wird dem Vater hinterbracht, der gibt in der Nacht eine große Vorstellung: »*Mein Sohn raucht . . .*« So klagt er hohl, und das hallt lange durch das ganze Haus.

Am nächsten Tag, am Kaffeetisch, werden ernste Worte gesprochen, und »Petri fief-fief« wird zitiert, aus dem ersten Petri-Brief der fünfte Vers des fünften Kapitels:

Desgleichen, ihr Jüngeren, seid
untertan den Ältesten . . .

Petri fief-fief, den soll er sich mal hinter die Ohren schreiben, der alte Schnetzfink. Und weil der Junge während dieses Vortrags auf dem Stuhl hin und her jackelt, wird er gefragt: »Hast du Grütze im Popo?« Und weil er: »Nee, du?« antwortet, gibt es Maulschellen.

Im Winter Eisschollen-Springen, im Hafen, dabei gibt's nasse Strümpfe: von Scholle zu Scholle springen, und schneller sein als die Fähre, die qualmend und tutend nach Gehlsdorf dampft: Die Passagiere stehen an der Reling und schimpfen auf die Jungen, die ganz sicher ertrinken werden. Man sieht sie schon ertrinken, und man hört sie schon um Hilfe schreien. Das *kann* ja nicht gutgehn. »Daß da aber auch keiner auf aufpaßt . . .?«

Oder Schlittschuhlaufen, den Schlüssel am Band um den Hals, die Handschuhe naß und mit Schnee beklebt, den man abbeißt und dabei blaue Wollfäden auf die Zunge kriegt.

Einmal ist die Warnow zugefroren, da kann man bis nach Warnemünde laufen. Erex tut das nicht, aber Karl wagt es eines Tages, und als er nach Haus kommt, nach neun, in völliger Dunkelheit, sitzt die ganze Familie zusammen: »Junge, wo bist du gewesen?«

. . . das Büblein hat getropfet,
der Vater hat's geklopfet,
zu Haus . . .

Einen Stock läßt Robert William sich bringen, und wie er da so gewaltig ausholt, da passiert es, daß er die Lampe trifft. Mit seinem Sohn zusammen sitzt der Vater dann in einem wahren Scherbenregen, sehr verdutzt.

Die Weihnachtszeit ist immer ein großes, freudiges Geldausgeben, auf das man lange gewartet hat. Schnee und Kälte sind in diesen Jahren ausgiebiger als heute, die Fuhrwerke haben statt der Räder Schlittenkufen. In den Straßen tönt Schlittengeläut: Die Pferde haben am Zaumzeug Schellen.
Der weiße Schnee, das Dahingleiten der Schlitten, das Klinkern der Glöckchen, das ist nicht wegzudenken aus der Stadt. Es wimmelt von Gutsbesitzern und von Bauern in Joppe, die grüne Mütze auf dem Kopf, mit Klappen für die Ohren.

Hampelmann, fief Penning,
Hampelmann, tein Penning!

So rufen die Arme-Leute-Kinder vor den Kaufhäusern,

an den Mantelknöpfen haben sie die Hampelmänner hängen. Die Gutsbesitzer kaufen bei Zeeck seidene Plastrons, und die Bäuerinnen kaufen bei Wertheim riesengroße Schinkenbüdel. (Heute würde man sie »Schlüpfer« nennen.)

Hampelmann! Hampelmann!
de Arm un Bein bewägen kann!

Hampelmänner kaufen sie nicht.
Bei Dunski am Hafen, in der großen Halle, gibt es billig Apfelsinen.

Statt des Fahrrads holt man den Peekschlitten aus dem Keller, zu dem ein Peekstock gehört, mit dem man sich vorwärtsstoßen kann.

Zietra, Holtbahn!

Übung und Kraft gehören dazu, solche Schlitten flottzuhalten. Nur Jungen machen das, Mädchen sieht man dabei nicht.

Vor dem Rathaus riecht es nach Bratwürsten. Buden sind aufgereiht mit Pflaumenmännern und Lebkuchenherzen. Daneben stehen die Apfelwagen der Bauern mit Säcken über der Radnabe, damit sich niemand schmutzig macht. Vom Hafen her weht ein scharfer Wind, und die Bauern schmeißen die Rotze mit dem Finger weg und schlagen sich die Arme um den Leib. Die dicken Verkaufsfrauen haben kleine Messingpfannen mit glühenden Kohlen unterm Tisch.

An der Polizeiwache fährt ein Wagen vor, die »Grüne Minna«. Zwei Schutzleute steigen aus, in dem wirbelnden Schnee, mit stumpfer Pickelhaube und Säbel, ihnen folgt in Handfesseln ein Mann mittleren Alters, mit rötlichem Vollbart.
»Zurücktreten! Nun treten Sie doch zurück!«
Auf dem Kopf hat er eine Pelzmütze, die ist verrutscht. Vermutlich hat sie ihm einer der beiden kräftigen Polizisten aufgestülpt.

Körling sieht ihn nur einen Augenblick. Im Gefängnis sitzen? Jetzt? So kurz vor Weihnachten?
Aber vielleicht ist das ja ein Mörder. *Wenn* man einen Menschen arretiert, *dann* wird das schon seine Gründe haben ...

> Er wird ein Knecht und ich ein Herr,
> das mag ein Wechsel sein ...

Große Schneeflocken segeln vom Himmel herab, und auf der blauschwarzen Marienkirche stehen frierende Bläser und blasen, wie sie es schon seit Jahrhunderten tun, obwohl es da oben »spükt«, wie in alten Chroniken zu lesen ist.

Am Heiligabend muß die Großmutter besucht werden.
Maria Martens wohnt im Heilig-Geist-Stift. Vom Kreuzgang gehen die Zellen der Nonnen ab, die hier im Mittelalter froren, Holzstiegen mit gedrechseltem Geländer führen vom Gang zu den Zellen. Weiß gekalkt ist der Kreuzgang, und die Treppen sind auch weiß gekalkt.
»Maria Martens« steht auf dem Türschild, wie es sich gehört, und am Klingelzug muß gezogen werden, worauf ein Glöckchen über der Tür bimmelt. Dann öffnet die Großmutter, macht eine Verbeugung vor »dem jungen Herrn«, wie sie sagt, und bittet ihn einzutreten in das nach ungelüftetem Bett und nach allerhand anderem riechende Zimmer, das von der Westwand der Marienkirche verdunkelt wird.
Als Körling ihr wie Rotkäppchen den Korb mit den Weihnachtsgeschenken reicht, sagt sie: »Vielen Dank, mein Herr!« und macht einen Knicks.
Seit sie plötzlich unter den Gästen erschien, und zwar im Nachthemd, ging es nicht mehr, da mußte man sie weggeben.
»Was sollen denn die Leute denken ...«

Die Luft anhalten, bei diesem Besuch, das geht nicht, denn

so bald kommt man hier nicht wieder weg. Die Großmutter will nämlich erzählen, daß sie einmal am 8. 8. 1888 Geburtstag gehabt hat, wie sie das jedesmal tut: in ihrem grauseidenen Kleid, schwarz eingefaßt und unglaublich faltenreich, sieht sie eigentlich sehr schön aus. Aber das Gesicht: es ist wie das Gesicht eines Kindes, eines zahnlosen Kindes.
Die Luft anhalten, das geht nicht, so schnell kommt man nicht davon. Man muß einen Keks essen, und erst nach einer Stunde bekommt man gesagt: »Besuchen Sie mich doch mal wieder!« und kann dann endlich die Treppe hinuntersteigen, langsam, würdevoll, nur unwesentlich schneller werdend, denn die Großmutter wird einem nachgucken, bis man um die Biegung des Kreuzganges herum ist, dort, wo die hölzerne Taube hängt, die aussieht, als hätte man sie von der Berg-und-Talbahn abmontiert.

Zur Kirche gehen die Kempowskis nicht, am Heiligabend, es ist immer so kalt in der Nikolaikirche, und der alte Herr mit seinem Rollstuhl, wie soll man das denn anstellen.
Erst mal wird schön gemütlich Kaffee getrunken, im vorderen Zimmer. Frau Jesse, drüben, auf der andern Straßenseite, tut das auch. Die gibt ihrem Papagei ein Stück Biskuit.
Vater Kempowski hat die »Warm«flasche auf dem Bauch, hinter sich den Blechkasten mit Mürbeplätzchen und »Königsberger Marzipan«, das eigentlich nur für ihn da ist. (Den Kasten kann man abschließen.) Davon wird er gleich etwas herausrücken müssen.

Anna häkelt, Silbi häkelt auch. Der silberne Leuchter mit allen vier Kerzen steht auf dem Tisch, und Karl sitzt am Klavier. Er spielt die altbekannten Lieder.

Kling, Glöckchen, klingelingeling!
Kling, Glöckchen, kling!

»Hier, Korl«, sagt der Vater, als er die Lieder durch hat, und gibt ihm den Schlüssel für den Blechkasten. Karl darf den Kasten aufschließen und für jeden einen Königsberger Kranz herausnehmen, den man eigentlich gar nicht so gerne mag, weil der so bramstig schmeckt.
Stribold steht schon bereit, mit gespitzten Ohren und mit gespitztem Schwanz: der weiß, daß er das gleich bekommen wird.

Nun müssen noch die »Klockenlüders« abgewartet werden, mit ihrer Laterne und der Hellebarde, die ihre halbe Mark empfangen wollen, und jetzt stapft da draußen schon der alte Ahlers durch den Schnee, eben geht er durch das gelbe Laternenlicht. Dann kann man also gleich anfangen mit der Bescherung. Während er im Entree den Schnee von der Melone abschlägt, stellen sich Silbi und Karl vor der Schiebetür auf, die nun gleich zur Seite geschoben wird.
Das Dienstpersonal versammelt sich auch, sechs Mädchen sind es momentan, und Giesing weint schon wieder.
»Na, denn man zu!« sagt Anna und faßt an die Frisur. »Denn man rin ins Vergnügen . . .« (Das geht ja nun auf keinen Fall, daß sie jedes Weihnachten ihre Mutter holt. Wo die so durcheinander ist?) Die Tür wird geöffnet, und der von Bobrowski, dem Rollstuhlschieber, mit bunten Trompeten und Harfen sehr solid geschmückte Tannenbaum strahlt, und jeder geht an seinen Platz, ohne große Umstände.

Der Vater bleibt im Erker sitzen, der hat da seinen Rotwein. Der kann da so schön auf die Straße gucken. Ob da *jetzt* noch einer geht? fragt er sich. Und was der da draußen wohl zu suchen hat? Nach drinnen, in das Weihnachtszimmer, kann er auch gucken. Was Anning wohl zu dem Gehänge sagt, das er ihr gekauft hat, das möcht' er denn nun doch gern wissen. Ob es wohl diesmal das Richtige ist?

Wißt ihr noch, wie vor'ges Jahr
es am Heilgen Abend war?

Oder ob es wieder einmal eine dieser emphatischen Szenen gibt, weil es wieder mal nicht reicht?
So ein Gehänge, das ist klar, hat sein Vater seiner Mutter niemals schenken können. Das bißchen Granatschmuck, was die hatte?
Eigentlich schön, daß man es kann.

Körling findet auf seinem Tisch »Das Neue Universum«, eine Dampfmaschine aus gezogenem Messing mit vernikkelten Armaturen, zu der vier Arbeiter aus Blech gehören, die unausgesetzt sägen, schleifen, hämmern und bohren, und »Lehmanns Zukunftsauto (Berlin, Paris, New York): fährt über Land und Meer«. Es ist aus Blech und fährt tatsächlich mittels kleiner Schaufelräder sowohl auf dem Teppich als auch in der Badewanne.
Auch neue Wagen für die Uhrwerk-Eisenbahn gibt es, einen für Langholz mit lackierten Baumstämmen drauf. Die Lokomotive muß man leider dauernd aufziehen, und in der Kurve kippt der ganze Kram um.

Silbi hat ihren Kochherd in Betrieb genommen, sie brät sich Zucker in einer Puppen-Pfanne. Das Wasser läuft ihr im Munde zusammen dabei, obwohl es schon sehr angebrannt riecht.

Das Personal steht vor den Tischen mit den sehr nützlichen Sachen.
Das Mädchen Giesing schluchzt immer wieder auf, sie denkt an Zuhause, an Parchim, an die kleine Stube, mit Opa damals noch.
»Mein Gott, dies Geheule . . .«, sagt Anna und faßt sich an den Schildpattkamm, mit dem ihre Frisur zusammengehalten wird.

Sobald es schicklich ist, schnappen sich die Mädchen ihre Schlüpfer und Strümpfe und verschwinden in der Kellerküche, wo der Extra-Weihnachtsbaum steht, den auch der

Rollstuhlschieber geschmückt hat, zwölf Kerzen, für jeden Monat eine – am großen, oben, stecken vierundzwanzig –, und wenn die Kempowskis oben nur mal einen Moment still wären, dann würden sie durch den Speiseaufzug die alten Weihnachtslieder hören: Chri-hist, der Retter ist da ...

Nun ruft Vater Kempowski seinen Sohn zu sich in den Erker und läßt ihn aus dem Rotweinglas trinken, so ähnlich wie beim Abendmahl ist das: »... nie wieder Zigaretten schmöken, hörst du? Däse oll Glimmstengels. Zigarren meinswegen, aber keine Zigaretten!«
Er zeigt ihm, wie man die Zigarre anschneidet: »Und die Bauchbinde vorher abstreifen – so eine um iss, heißt das.«
Und wenn man Bier vorgesetzt kriegt, den Schluck erst im Mund umspülen, damit das nicht so kalt im Bauch ist.
(Vielleicht hätte man doch die kleine Linz bitten sollen – die sitzt nun womöglich allein auf ihrem Zimmer?)

»Hoch, runter, Schnaps!«
Der alte Ahlers sitzt in seinem Korbsessel, direkt neben dem Weihnachtsbaum, den »Kock-nack« in der Hand und die Spendier-Zigarre im Mund: auch in Sao Paulo ist er mal gewesen. Mag sin, mag öwersten ok nich sin. Aber daran denkt er jetzt nicht. Er denkt an den großen Fehler damals. Wenn er den nicht gemacht hätte, damals, dann wäre alles anders gekommen. Jetzt eben hört er dem Rollstuhlschieber zu, der sonderbare Verse kennt, die er nun der Reihe nach deklamiert, Verse, die nur für Erwachsene bestimmt sind.

Nach dem schönen Hochzeitsfeste,
feste-feste, feste-feste ...

(Das wär' mal eine Schallplatte gewesen, mit'm Sprung.)
»Der Regent, Dirigent, das regent«, sagt der alte Ahlers, weil er sich an der Unterhaltung beteiligen will.

Danach muß Karl die schnarrende Eisenbahn abstellen, denn der Rollstuhlschieber will, wie jedes Jahr, »Kaiserparade« veranstalten. Er stellt zwei Löffel in ein Bierglas und

marschiert, bei jedem Schritt damit klirrend, um den Tisch herum: »Ganze Abteilung halt!« Klirrr ...
Und dann hält er eine Ansprache auf den Kaiser, die gar nicht so schlecht ist, und er beschließt sie regelrecht mit: »Hipphipp, hurra!« Und das macht er derartig gut, daß alle lachen müssen und die Hunde zu bellen anfangen. (Ärgerlich ist es, daß er seinen Priem immer auf die Fensterbank legt, da faßt man dann rein; so und so oft hat man ihm das schon gesagt.)

Jetzt hört man durch den Speiseaufzug die Dienstmädchen lachen, unten, in der Kellerküche. Dort wird keine Rede auf den Kaiser gehalten, da hat gerade eine andere Vorstellung stattgefunden: »Die Gnädige« heißt das Stück oder »De Oltsch«.
»Ich seh' alles!!«

Die richtige Kaiserparade findet am 27. Januar auf dem Neuen Markt statt. Das ist eine ganz große Sache. Alles ist abgesperrt wegen der »Neunziger«, die jeden Augenblick kommen müssen, und wegen der Honoratioren, die sich die Schneeflocken vom Zylinder wischen.

Aus dem Publikum laufen sämtliche Hunde zusammen, sie treffen sich in der Mitte des Platzes, um sich zu beschnüffeln. Von allen Seiten wird furchtbar gepfiffen, und die Hunde wissen überhaupt nicht, wo sie denn nun eigentlich hinsollen.

Denkste denn, denkste denn,
du Berliner Pflanze,
denkste denn, ick heirat dir,
nur weil ick mit dir tanze?

Von fern hört man schon die Musik, und langsam kommen die Soldaten von der Nikolaikirche, wo der Gottesdienst abgehalten wurde, die Große Wasserstraße heraufgestiegen, blinkende Messinghelmspitzen, rote Ärmelaufschläge und blaues Tuch. An der Spitze der stramme Tambour-

major. Aber der allererste ist der Tambourmajor doch nicht, vor ihm marschiert nämlich noch der Hüter des Gesetzes, ein Polizist mit weißen Handschuhen, den Schnauzbart hochgewichst, die Plempe an der Seite. *Vor* ihm, *neben* ihm und *hinter* ihm Jungen, überall Jungen, hüpfend oder mit viel zu großen Schritten marschierend: sie winken den Damen zu, die oben an den Fenstern stehen.
Die Soldaten dürfen keine Miene verziehen, und sie tun dies auch nicht.

Auch Karl und Erex sehen zu und bewundern das Rostokker Regiment: KAISER WILHELM heißt es, und es hat die Nummer 90. Die »Neunziger« nennt man sie also.

Zu Hause wird die Parade nachgespielt, mit Zinnfiguren, *Nürnberger* Zinnfiguren, von E. Heinrichsen, in kleinen, braunen Spankästen, »vielfach prämiert«.

Extra feine
Zinn-Compositionsfiguren.

Die Schlacht von Sedan wird geschlagen, mit blauen Preußen und mit Franzosen in roten Hosen: Liegende und Kniende. Dreißig Stück für fünfzig Pfennig. Auch »Fallende« gibt es, die sind den Kämpfenden beigemischt.

Die Schlacht von Sedan: achtzigtausend Gefangene: welch eine Wendung durch Gottes Führung! (Dies Huhn ist nicht von Pappe.) Die große Festung wird vom Boden geholt, die Türme kann man von innen beleuchten, und in die verzinkten Wassergräben läßt sich tatsächlich Wasser füllen: Diese Art Spielzeug ist weitaus interessanter als die Zinnfigurenarrangements, die Erex von seinem Vater gewöhnlich geschenkt bekommt: »Frühlingslust auf dem Lande« etwa, mit Landleuten, Tieren, Büschen und Bäumen oder »In der Sommerfrische«, zu dem ein Grand-Hotel gehört, Equipagen, Kandelaber und Gartenmöbel. Erichs Vater ist Professor. Der hält nichts vom Soldatenspiel.

»Junge, muß das sein?«
Den hat man schon mal auf einer liberalen Versammlung gesehen.

Am 2. September sind die Sedanfeiern. 101 Böllerschüsse auf dem Wall, und durch die ganze Stadt geht der Festzug. An der Spitze marschieren die Veteranen von 70/71, mit Zylinder und Gehrock, mancher blank wie Bratenfett, denn ein Gehrock wird nur einmal im Leben gekauft. Auf der linken Brust glänzen Orden und Medaillen, und in der Rechten tragen sie den Regenschirm, wie »Gewehr über«.

Den marschierenden Veteranen folgen Droschken mit Invaliden, mal ohne Arm, mal ohne Bein.

Frau Weber hat'n Käber
an der Zunge, an der Lunge, an der Leber . . .

Hinter den Droschken mit den Invaliden marschieren die Vereine, Innungen, Verbände, jeder mit einer andern Kapelle:

Das ist die, das ist die,
die beschiss'ne Infanterie!

und jede spielt einen anderen Marsch.

Schließlich die Schulen, jede mit einem Pfeifenkorps und mit Trommeln. An der Spitze die Große Stadtschule, da bauscht sich die gelbe Fahne mit dem Greif, stramm blicken die jungen Herren – »Mein Vater ist Apotheker« –, sie sind schließlich nicht irgendwer. Alle tragen Schülermützen, jeder Jahrgang eine andere: rot, braun, gelb, weiß und orange. Einige Lehrer tragen Uniform, das sind Reserveoffiziere.

Auf das Gymnasium folgen die Volksschüler, natürlich *ohne* Mütze, der Gleichschritt funktioniert hier nicht so gut. Aufgeregte Lehrer: »Du meldest dich morgen nach der großen Pause!«

Den Schluß macht die »Hölten-Tüffel-School« vom Alten Markt, ein ziemliches Durcheinander ist das, die Lehrer sollen angeblich einen Rohrstock im Ärmel haben.

Der Festzug mündet pfeifend und trommelnd, mit großer und mit kleiner Musik auf dem Sedanplatz, einer Wiese im Barnstorfer Wald. Hier wimmelt und wogt es von Menschen. Vom Podium spricht ein Mann, der viele Orden trägt. Körling stellt sich auf die Zehenspitzen, um besser sehen zu können, aber vor ihm wehen die Fahnen der Handwerker.

Dann wird von Donnerhall und Wogenprall gesungen, und nach dem großen »Hurra!« lösen sich die Züge auf, und das Volksfest beginnt. Die Menschen lagern sich im Gras oder trinken in den Zelten Bier und essen Knackwürste.

Wenn hier 'n Pott mit Bohnen steiht
und dor 'n Pott mit Brie,
dann loat ick Brie und Bohnen stahn,
und danz mit min Marie . . .

Inmitten des Gewimmels ragen Kletterbäume empor, mit großen bunten Blumenkronen, an denen Würste hängen, Koffer, Taschenmesser und je eine Taschenuhr. Die Bäume haben einen beachtlichen Umfang, sie sind sehr hoch und glatt. Wer oben ankommt, hält mit einem Arm den Baum umklammert und tastet die kleinen Päckchen und Schachteln ab, die da hängen. Man will natürlich die Taschenuhr haben, die jedes Jahr dabei ist. Mit einem Ruck wird sie abgerissen und schscht! wird nach unten gerutscht, egal, ob's Blasen gibt.

Ob Körling das mal geschafft hat, da hochzuklettern und sich eine Taschenuhr abzureißen? Die meisten Jungen müssen auf halber Höhe aufgeben. Als er noch kleiner war, hat er sich mal am Eierlauf beteiligt. Uhrmachermeister Stoll hat ihm den Daumen auf dem Ei zurechtgelegt: »So mußt du das machen, min Jung . . .«, sonst wär ihm das Ei ja schon nach vier Schritten runtergefallen. Uhrmachermeister Stoll mit Melone auf dem Kopf und großem weißem Umhänge-Vollbart, unter der Nase gelb vom Rauchen.

Um die Abendbrotszeit geht's wieder in die Stadt zurück. Jede Straßenlaterne trägt eine Vorrichtung, aus der Gasflammen sprühen in Form von Eisernen Kreuzen und Kaiserkronen. Um das Blücherdenkmal herum sind Feuerschalen angeordnet, rot und grün.

Ein Regenschauer nieselt hernieder, das ist an jedem Sedantag so, das kennen die Rostocker schon. Die nachdenklichen Leute meinen, das sind die Tränen der Toten, weil die Menschen so oberflächlich in die Zeit hineinleben.

12 Noch ein Schulfreund

Ich heiße Wesselhöft und bin ein alter Rostocker. Iss nicht mehr viel los mit mir. Zwei Kriege und zweimal das Vermögen verloren und am Ende noch die Heimat – nee. Das macht keinen Spaß. – An Rostock denk' ich natürlich noch oft und an die Jugendzeit, und an den Sedantag erinnere ich mich natürlich auch ganz genau.

Die Sedanfeier fand jedes Jahr in den Barnstorfer Anlagen statt. Ein großer Auftrieb war das, mit Verbänden, Vereinen und natürlich Schulen. Man hielt Reden und lagerte sich, und am Schluß wurde ein großes Feuerwerk entzündet, ein gewaltiges Feuerwerk, mit alten Tonnen, Reisig und Hobelspänen, die glühend in die Luft flogen, und wir, die Studentenschaft und die höheren Schüler, wir zogen mit Fackeln von Barnstorf in die Stadt zurück, und auf dem Neuen Markt wurden sie zusammengeworfen.
Es hat einen nicht mehr so stark beeindruckt, das Ganze. Es war ja jedes Jahr dasselbe, diese »Erbfeind«-Psychose ging uns ganz schön auf die Nerven.
Die Reden, die gehalten wurden, waren auch immer dieselben, ob das nun zum Sedantag war, zu Kaisers Geburtstag oder zum Geburtstag des Großherzogs. Irgendein Lehrer wurde zu dieser Rede verdonnert, einer, der vielleicht gerade an der Reihe war und dem das oft nicht lag, dies Lobhudeln. Das war oft recht gesucht, was die dann von sich gaben.
Es ist ja nun schon über siebzig Jahre her, aber ich erinnere mich, daß ein Physiklehrer einmal sehr aktuell über »Umweltschutz« sprach, damals schon! Das Wort hat er natürlich nicht erwähnt, aber er sprach über den Gegensatz von »Kultur« und »Natur«.
Er wär' in den Alpen gewesen, sagte er – den Sedantag und

was dazu gehörte, streifte er nur –, und in den Alpen, an irgendeiner schönen Felswand, hätte er ein großes Reklameschild gefunden, Kaffee Hag oder so was, und das hätte ihm nun gar nicht gefallen.
Da er die Wörter »Kultur« und »Natur« etwas sonderbar aussprach – »Kullturr« und »Natturr« – und sie zudem zur besseren Unterscheidung noch ungewöhnlich stark betonte, ist mir die Rede so gut im Gedächtnis geblieben. Vielleicht auch deshalb, weil die Schüler diese beiden in der Rede sehr häufig vorkommenden Wörter wochenlang bei jeder Gelegenheit zitierten.

Unsere Schule war eine alte Bruchbude, in der eigentlich alles schlecht war: Heizung, Lüftung, Licht, Bänke, Hof, Toiletten und Tinte. Und unsere Lehrer, das war ein Haufen alter Tüffel, die nichts Besonderes von sich gaben. In den Büchern, die wir von den andern erbten, stand immer schon: »Jetzt kommt Witz!«, und der kam natürlich prompt, und wir lachten dann übertrieben laut.
»Papschi« hieß der eine, der zog sich immer so verrückt an. Der trug zum Beispiel einen alten Smoking mit einer hellen Hose und einem geblümten Schlips. Es wurden immer Wetten abgeschlossen, was er nun wohl morgen anhätte.
(Der Name »Papschi« kam so zustande: Mittags, als die Schule aus war, kam seine Tochter ans Tor und fragte: »Ist Papschi schon raus?« – Bums! Da hatte er den Namen weg.)
Ein Gedicht mußte ich häufig in seiner Stunde aufsagen, weil ich das so schön dramatisch konnte:

Drusus ließ in deutschen Forsten
goldne Römeradler horsten,
doch als er an die Elbe kam,
da trat ihm ein Weib entgegen . . .

oder so ähnlich, ich weiß es nicht mehr so genau, das mochte er gern hören, weil ich das so schön dramatisch aufsagen konnte.

Nein, die Lehrer waren ein Haufen alter Tüffel. Ganz anders als heute: schon äußerlich, im Gang, in der Haltung, sie stellten die Person des Lehrers heraus, dies Autoritäre. Wenn man heutzutage einen Lehrer sieht, dann denkt man: *Das* ist 'n Lehrer? Der sieht ja aus wie 'n Landstreicher. (Was ja auch nicht gerade ideal zu nennen ist.)

Drusus ließ in deutschen Forsten
goldne Römeradler horsten . . .

Dieses sonderbare Gedicht mußten wir lernen.

Was soll das nun, frage ich Sie, das hat doch überhaupt keinen künstlerischen Wert. Mörike meinetwegen . . . Ich will nicht sagen, daß ich heute noch auf meine alten Tage Mörike-Gedichte lesen würde: »Gelassen stieg die Nacht ans Land . . .« oder so was. Aber ich *täte* es vielleicht, wenn wir damals, als junge Menschen, in einem vielleicht stimmungsvollen Augenblick so ein Gedicht gelernt hätten.

Nein. Kein Mörike, noch nicht einmal Goethe, allenfalls Schiller mit seiner »G*n*ocke«.

Das »Lied vom braven Mann« haben wir auch auswendig gelernt, ganze Schülergenerationen mußten das, ein Gedicht, das doch so unwahr ist in seiner Tendenz und sprachlich so minderwertig.

Oder die Botanikstunden? Wie wurde hier die Zeit vertan mit dem Bestimmen von Pflanzen, »Schmetterlingsblütler« und »Lippenblütler«, und ich weiß nicht was noch alles, dürr, trocken, ohne jegliches Leben. Anstatt daß man mal hinausgegangen wäre und sich über die schönen Blumen gefreut hätte!

Jahr für Jahr mußten die Eltern viel Geld ausgeben für neue Schulbücher, von denen die meisten am Ende des Schuljahres noch nicht annähernd durchgearbeitet waren. Für den Geographie-Unterricht mußte der Schüler unbedingt den Großen Diercke haben, wo ein kleiner reichlich genügt hätte. Das schöne Geld für den teuren Zirkelkasten, in dem so viele Teile lagen, die nie gebraucht wurden. Mit *einem* Zirkel und *einem* Dreieck wär man voll und ganz ausgekommen.

Der Mathematiklehrer begriff nicht, daß einer die Mathematik nicht begreifen konnte. Wen der nicht mochte, den schikanierte er bis aufs Blut. »Na, Levy? Sag es mal?« Und dann machte er sich über den lustig. Ob er aus Galizien sei und so weiter und so fort.
Andererseits war grade dieser Mann sehr großzügig. Wenn er was an die Tafel geschrieben hatte, und das gefiel ihm nicht, dann nahm er seinen Frackschoß und wischte es damit aus.

Das Schulsystem hatte natürlich auch seine guten Seiten. Das Wichtigste war vielleicht die unumstößliche Ordnung. Der Stundenplan galt für das ganze Jahr, da mochte kommen, was wollte. Ich kann mich nicht erinnern, daß der Stundenplan je geändert worden wäre. Schon die äußerst seltene Erkrankung eines Lehrers galt als größte Überraschung, und selbstverständlich wurde der dann auch vertreten. Der Unterrichtsausfall war gleich Null, und das bei sechs bis sieben Stunden pro Tag!

Es gab natürlich auch gute Lehrer. Da war zum Beispiel der Studienrat Lehmann, der uns Geschichtsthemen immer sehr nett brachte: nicht bloß »Erbfolgekrieg« und »Jülich-Cleve-Berg«, kein schematisches Auswendiglernen von deutschen, französischen und englischen Königen. Nein, der erzählte uns in freier Form, wie das so gekommen ist mit der Reichsgründung, und daß die Franzosen Heidelberg zerstört haben und Worms und Speyer, aus purem Übermut. Dem haben wir an den Lippen gehangen! Der brachte auch mal Bilder mit, zur Veranschaulichung. Heinrichs Canossagang zum Beispiel. Diese Bilder hatte er sich aus Büchern und Zeitschriften herausgeschnitten und auf Pappen geklebt. Ich sehe heute noch das Bild von der Eröffnung des Kaiser-Wilhelm-Kanals. An sich doch eine großartige Sache!
Er animierte uns auch selbst zum Sammeln, und ich weiß noch, wie ich mit Mutters Nähkastenschere all die »Da-

heims« zerschnitten habe, Burgen und Kirchen, un wat ick för'n Fellfull kreegen hew.

Eine Zeitlang bin ich auch mit Karl Kempowski zur Schule gegangen. Er kam aus der Nebenklasse zu uns, und es ging ihm der Ruf voraus, daß er ziemlich frech und faul sei. Die Lehrer hoben so 'n bißchen die Hände.

Und dann das Merkwürdige, als er dann bei uns war, wurde er beinahe noch Primus. Hatte wohl Zunder gekriegt zu Haus.

Ich würde ihn auf der Stelle wiedererkennen, wenn der mir heute als Schüler begegnete. Er hatte eine ziemlich starke Brille, das fiel auf, und eine sonore Stimme.

Ich mochte ihn nicht so gern, er hatte etwas von Renommage an sich, goldne Manschettenknöpfe ... Nach den Ferien hieß es: »Wo bist du gewesen?«

»*Wir* waren in Bad *Oeynhausen*«, sagte er dann. Das war was ganz Besonderes. »Wir waren in Bad Oeynhausen.« Unsereiner fuhr aufs Land zu den Großeltern, und der Herr Kempowski fuhr ins Bad. »Da fahren wir jedes Jahr hin.« Na ja.

Einmal war ich auch bei ihm zu Haus, ich weiß nicht, wie das kam. Ich hab da Kaffee getrunken, mit ihm und mit seiner Mutter. Eine hübsche Schwester hatte er. Und dann war da noch ein Herr, der saß im Rollstuhl, der saß nicht mit am Tisch. Das wird wohl sein Großvater gewesen sein. Ich habe keine Ahnung, wieso ich da mal war. Vielleicht kam das durch mein Briefmarkensammeln. Ich hatte ja schon als Schüler eine ziemlich bedeutende Sammlung. (Die ist 1952 bei der Flucht drüben geblieben.)

Seine Mutter hat mir übrigens oben ihre Bücher gezeigt, ich weiß auch nicht, warum. Ich sollt mal mit raufkommen, hat sie gesagt: eine Bibliothek zu haben, ob das nicht hübsch sei. Und dann hat sie mir ein Buch von Wildenbruch geschenkt, das hatte ich noch bis zu meiner Übersiedlung nach Darmstadt, 1957. »Kindertränen« hieß das. Sie war eine gepflegte Erscheinung.

Ich denk eben: Sonderbarerweise, 1921, beim Klassentreffen, wo so ziemlich alles kam, was noch Beine hatte, da war Karl Kempowski auch nicht dabei: Der Herr Kempowski war eben was Besonderes.

13

1912: Die Zeit ist vorbei, in der Karl mit seinem Freunde Erex auf der Straße »Tippel-tappel« spielt oder »Abo, Bibo«, ein Ballspiel, das nach dem Alphabet eingerichtet ist:

Abo
Bibo
Cettellecker
Dodenkopp . . .
Eier rühr
Fahnenstang
Grütt in 'n Graben!

Ein Ballspiel, bei dem man aufpassen muß, daß der Ball nicht zu Frau Tierarzt Jesse in den Garten fällt; die sitzt da nämlich ständig und ärgert sich.
Die Zeit ist vorbei, in der Körling »Abo, Bibo« spielt und vaterländische Stollwerk-Schokoladenbilder für das Heldenalbum tauscht: »Helden des Geistes und vom Schwert«.

Wann bekommt das Kind
Stollwerck-Schokolade?
Wenn es frühzeitig aufsteht
und fromm sein Morgengebet spricht.

Stollwercks deutsche Alpenschokolade: »Macht nicht durstig«. Bilder, auf denen Arminius dargestellt ist, wie er auf scheuendem Pferd seine Mannen gegen die Römer treibt, Friedrich der Große, der seinen Fürstenberuf als hohe, heilige Pflicht auffaßte, und Goethe mit Buch in der Hand und vor sich einen Totenkopf, dieser Mann, über den die schaffende Natur das ganze Füllhorn ihrer herrlichsten Gaben ausgeschüttet hat.
Helden des Geistes und vom Schwert.

Jetzt werden Briefmarken getauscht: England, Frankreich

und die deutschen Kolonien: achtzig Pfennig karminschwarz auf rosa (SMS »HOHENZOLLERN« in voller Fahrt).
Im Kontor sammelt der Vater die Marken seiner Korrespondenz in einem großen Briefumschlag: ganz schön, was da so zusammenkommt.
Urgemütlich ist es, wenn Karl und Erex im Eßzimmer sitzen, mit Pinzette und Vergrößerungsglas: ob der deutsche Adler ein *großes* oder ein *kleines* Wappen vorm Bauch hat, untersuchen sie, ob es sich um Kreuzer- oder schon um Pfennigwährung handelt, gezähnt, durchstochen oder geschnitten, oder

DFUTSCHES REICH

ob da vielleicht das E nicht richtig ausgedruckt ist, bei der braunen Drei-Pfennig-Marke (Eigentlich ja wahnsinnig komisch!).
»Vollrandig« müssen die Marken sein: Wenn ein Zahn fehlt, dann macht das eben doch was aus.

Wenn Giesing mit den Servietten in das Eßzimmer kommt und mit den Messerbänkchen und aufdecken will, Giesing aus Parchim, die gar nicht mehr blutarm ist, dann darf sie auch mal durch das Vergrößerungsglas gucken, ob das Wappen groß oder klein ist, und dann guckt man zu zweit durch das Glas, und am Schluß werden Ohrfeigen verteilt, die lange noch angenehm brennen, und aus dem Aufzugsschacht kommt die Stimme der Köchin: »Nu, watt iss?«

Erex ist natürlich in die Tochter des Hauses verliebt, die sich leider nie die Briefmarken anguckt. Die kleine, bewegliche, etwas mollige Silbi hat bereits Freunde, mit denen sie um den nagelneuen, im Stil eines gotischen Turms erbauten Wasserturm herumläuft.

Daß Erex in Silbi verliebt ist, das ist für Karl sehr lästig. »Was macht deine Schwester?« heißt es, und außer Erex drängen sich auch noch andere an Karl heran, um mit ihr zusammenzukommen.

Auf dem Dachboden steht eine alte Wäschemangel: Um die Rollen wickelt Erex eine Wäscheleine, und ein Trapez bindet er daran, auf das er sich setzen kann, und dann schwingt er sich aus dem Bodenfenster hinaus, und Karl muß ihn hinunterlassen, und mit einemmal erscheint er vor Silbis Fenster, die sich wahnsinnig erschrickt.

Die Linden vor dem Haus sind größer geworden, und der Wein rankt bis unter den Sonnengiebel. 1912: Das ist ein schöner heißer Sommer, der Honig tropft von den Linden, und die großen Ferien werden zweimal verlängert.

Körling geht baden und spielt Tennis: »Fünf zu vier! Bitte wechseln!«
Ein Photo hat sich erhalten, Karl Kempowski mit seinem Freunde Erex, der Freund stehend, den Schläger geschultert, Karl rittlings und verkehrtrum auf dem Stuhl, die Hemdsärmel lässig aufgeschoben. Am Gürtel ein eingearbeitetes Portemonnaie zum Trinkgeldgeben für den Balljungen.
Nach der Partie sitzen sie auf der Terrasse des Casinos, wippen mit dem Bein und trinken Zitronenlimonadex: Studien treiben.

Einmal, als Karl gerade feststellt, daß seine weiße Flanellhose nicht mehr »geht«, trappelt eine Gruppe demonstrierender Arbeiter vorüber, Kinder dabei und Frauen, hungrig, zerlumpt.
Karl zieht seine Bügelfalte zurecht, er weiß gar nicht, was das für Leute sind und was das soll. Sind das arme Leute? Leute, die sagen: »De smitten dor mit witte Bälle«, wenn sie am Tennisplatz vorbeikommen. Leute, die »Traragoner« trinken und Kochwurst essen?
Arme Leute wohnen, so weit man weiß, in der Werftgegend oder in der Altstadt: zwei Zimmer und Küche oder noch kümmerlicher. In Häusern, in denen die Menschen den Ehrgeiz haben, das Treppenhaus blitzblank zu

bohnern: auf jedem Treppenabsatz einen Gummibaum. Aber so richtig arm, wie diese Leute da, die da die Fäuste ballen und durch den Drahtzaun spucken, *so* arm wie *diese* Leute da, sind die Menschen in der Werftgegend nicht. Diese sind ja richtig zerlumpt. Abschaum oder wie oder was? Plebs?

Das ist etwas Fremdes.

Dienstmann Plückhahn, klein und vertrocknet, der ist so ein Fall von »arm«. Vater Kempowski hat ihn aufgesammelt am Central-Bahnhof, rote Mütze auf dem Kopf mit DIENSTMANN drauf, wie er gerade ächzend einen Koffer schleppte. Jeden Dienstag bekommt er jetzt eine warme Mahlzeit in der Kellerküche. Er sei »Wittib«, erzählt er den Mägden, und die finden ihn süß und sagen »Öpi« zu ihm. Nie geht er ohne Stullenpaket, und immer kriegt er einen Schnaps.

Oder Tschu-tsching, das ist auch ein Fall von »arm«, eine alte, nach Fisch stinkende Frau mit mongolischen Gesichtszügen und fettglänzendem Haar, die sich, wie die Mädchen meinen, noch nie in ihrem Leben gewaschen hat. Tschu-tsching kommt jeden Donnerstag, sitzt dann im Kohlenkeller und löffelt ihre Suppe. (In der Küche wollen die Mädchen sie nicht haben.) Wenn man an ihr vorübergeht, schrickt sie zusammen und macht Platz, obwohl man da gar nicht hin will, wo sie sitzt.

Das alles sind »arme Leute«, still und freundlich. Aber das, was da am Tennisplatz vorbeimarschiert, so ganz ohne Ordnung und Façon, das ist ja so verhetzt?
Vermutlich Frucht systematischer Wühlarbeit. Die Sozis, denen ist das wohl zu danken, diesen vaterlandslosen Gesellen.

Einen einzigen Sozi kennt Karl, jawohl, mit großem schwarzen Hut und Havelock. Wenn der sich in der Ferne

sehen läßt, dann heißt es: »Dat's de Sozi.« Redakteur ist er bei einer Zeitung.
Umstürzen wollen diese Menschen die Ordnung, das Unterste zuoberst wollen sie kehren, merkwürdig, daß man sie »läßt«. – Da ist Woltersen, der Liberale, ja direkt noch annehmbar.

Tennisspielen und Segeln, Großherzoglich Mecklenburgischer Yacht-Club: »Gaudeamus«, die 75-Quadratmeter-Kreuzerjacht von Konsul Viehbrock dürfen die jungen Herren benutzen. Die höhlenartige schummrige Kajüte ist behaglich eingerichtet. Die Sonne auf dem Wasser draußen läßt helle Ringe auf den Mahagoni-Schränken spielen. Die Füße legt man hoch, und Sodawasser gießt man sich ein, aus einem Spritzapparat.

Es werden Fahrten nach Warnemünde unternommen und nach Heiligendamm, dem Seebad seiner Königlichen Hoheit. An der Villenreihe wird entlangpromeniert, zwischen Wald und See, an den Großherzoglichen Landhäusern vorbei, und geguckt wird, ob »er« da ist, und Erex erzählt zum hundertstenmal, daß er hier am Strand als Kind mit zwei kleinen Jungen gespielt hat, ganz normalen Jungen, und daß sich dann herausgestellt hat, daß das Prinzen waren. Ganz normal seien sie gewesen, wie richtige Menschen, und doch Prinzen. Einwandfrei.
»Weißt du auch, daß das richtige Prinzen waren?« ist er hinterher gefragt worden, von seiner Mutter.

Weit draußen wird nackt gebadet, da, wo sonst kein Mensch hinkommt. Erex ist ein Gummimensch, der legt sich im Wasser auf den Rücken und beugt sich derartig weit nach hinten, daß nur sein Pipex aus dem Wasser guckt.

Eine Sensation ist es, wenn Schlachtschiffe auf Reede liegen, Dreadnoughts. Man kann mit Barkassen hinüberfahren und sie besichtigen. Das Linienschiff »Schleswig-Holstein« zum Beispiel, ein Mordsungetüm mit drei Schornsteinen und riesigen Kanonen, die sich ab und zu mal heben und sich drehen: Matrosen schrubben da das Deck. Siebzehn Schlachtschiffe besitzt die Kaiserliche Marine immerhin, das zählen die jungen Leute an den Fingern her; dazu noch Panzerkreuzer und jede Menge Linienschiffe. Ganz schön schon für den Anfang.

Auch sonst ist für Abwechslung gesorgt. Auf der Rennbahn will ein Flieger seine Künste zeigen. Fliegen – zunächst nur hopsen – tun die »Aeroplane« (»Flugzeug« sagte man damals noch nicht). Karl und Erex radeln hinaus, da steht einer dieser windigen Apparate, die schwerer als Luft sind, wie immer gesagt wird, und zwar wesentlich schwerer. Halb Rostock wandert hinaus zur Rennbahn. Es wird Kaffee gekocht und gekegelt, die Zeit bis zum Start wird mit allerhand »Dummtüch« verbracht.

Polizei drängt die Menschenmenge zurück, nur die Nahestehenden können beobachten, wie der Aviatiker seinen Platz einnimmt und seine Hebel probeweise mal bewegt. In einer Hängevorrichtung liegt er mehr, als daß er sitzt. Windschutz gibt es nicht, er hängt in freier Luft. Das Geknatter nimmt zu, und unter endlosem Hurra und Mützeschwenken zieht der Doppeldecker in die Luft, steigt ein wenig und nimmt Kurs landeinwärts. Über menschenleere Felder fliegt er, wo niemandem was passieren kann, außer ihm selber.
»Stolz weht die Flagge Schwarz-Weiß-Rot«, schmettert die Kapelle der »Neunziger«, und die Herren grüßen militärisch.

Dann wird auf seine Rückkehr gewartet.

Ich glaube, ich glaube –
dort oben fliegt 'ne Taube.

Dauernd rufen kleine Jungen: »Dor kümmt hei!« Aber das ist immer nichts, das sind nur einzelne Vögel. Endlich ist es dann soweit, ein kleiner, brummender Punkt, und das Flugzeug kommt tatsächlich näher, wird größer und größer, senkt sich unter allgemeinem Gejubel auf die Wiese nieder und kommt hoppelnd zum Stehen.

Ein großes Ereignis ist auch der Kaiserbesuch. Ganze Stadtteile sind abgesperrt, und blaue Polizisten mit Pickelhaube und Plempe sorgen selbst dort, wo keine Menschenseele sich zeigt, für Ordnung und für Sicherheit.

Karl schwingt sich auf sein Rad und fährt zum Friedrich-Franz-Bahnhof. Als er um die Ecke biegt, hört er schon das Getrappel der vierspännigen Kutsche. Es ist ein offener Wagen, und der Kaiser sitzt darin und neben ihm der Großherzog, »Großheeerzog«, wie die Rostocker sagen.
Karl steht am Bürgersteig und schwenkt den Hut, und der Kaiser hebt die mit Brillanten besetzte Rechte und grüßt zurück: Klare Sache das: famos!

Der Kaiser ist auch im Cinematographentheater zu sehen, wie er sich in Potsdam mit seinen sechs Söhnen zur Neujahrsparole-Ausgabe begibt: alles ein bißchen ruckartig und schnell, weil noch mit der Hand gekurbelt. Der Kronprinz mit seiner Pelzmütze (vorn ein großer Totenkopf dran) und einer seiner Brüder wohl sogar als Admiral. Die Federbüsche fliegen, und alle lachen und sind fröhlich.

Der erste Film, der in Rostock über die Leinwand rüttelt und regnet, heißt »Das treue Pferd«. Danach wird gezeigt »Das Huhn mit den goldenen Eiern«, ein wahrhaft erster Farbfilm! Knallig rot und gelb ist das Bild, und zwar gänzlich: Die Aufnahmen sind auf farbiges Celluloid kopiert. See-Aufnahmen mit Schiffen sind tiefblau und Schneebilder grün.

Kintopp: Für ganze fünf Pfennig sitzt man auf einem wackligen Gartenstuhl. Die Logenplätze kosten zehn Pfennig, dort ist es wie in einem kleinen Restaurant: Tische mit buntkarierten Decken, und Kellner gehen umher und bringen Bier von der Theke.

Unter der Leinwand sitzen gewöhnlich drei Personen. Diese Leute erklären die Handlung des Films und verleihen den Hauptpersonen Stimme.
»Jetzt nähern sich ihrä Lippen einandä und küssen sich in ä-glutheißä, ä-leidenschaftlicherä Liebä . . .«
Auch Geräusche werden geliefert. Hundebellen und Küsse. Das Publikum macht das dann schnalzend nach, und zwar derartig, daß schließlich das ganze Theater in Bewegung ist.

Bei Landschaftsaufnahmen tritt das etwas zu laute Orchestrion in Tätigkeit: »Die Mühle im Schwarzwald« spielt es scheppernd oder die Ouvertüre zu »Dichter und Bauer«, egal, was da oben zu sehen ist.
Es riecht nach nassen Mänteln, aber wenn das Programm zu Ende ist, geht man nicht hinaus, sondern sieht sich alles noch einmal an.

Karl sieht sich so manches Programm sogar dreimal an, und Erex Woltersen filmt sogar selbst. Sein Vater, der allem Technischen gegenüber sehr aufgeschlossene liberale Professor Woltersen, schenkt ihm eine Kurbelkamera. Wie Ludwig II. auf der Terrasse sitzt – mit Melone auf! –, das filmt er, und wie sich ihm die Diener hinter aufgespannten Regenschirmen nähern.

Karl stellt den menschenscheuen König dar, mit angeklebtem Bart. Er bedeckt sein Gesicht mit den Händen und stürzt die Treppe hinunter. »Ludwex der Zweitex« nennen sie das, und das wird in Rostex gefilmt, von Schülern, neunzehnhundertzwölf.

Um das Filmen zu finanzieren, verkaufen sie die leeren Weinflaschen ihrer Väter. In den Ferien fahren sie nach Papendorf; in der Ziegelei verdienen sie sich Geld mit Lorenschieben. Acht Stunden = Zweimarkfünfundvierzig.

Abends führen sie die selbstgedrehten Filme vor, in der Kantine. Hinterher setzt sich Karl ans Klavier, und die tschechischen Arbeiter und Arbeiterinnen tanzen, und Rosenlikör wird getrunken, das Stück zu fünf Pfennig.
Karierte Anzüge tragen die jungen Herren und an den steifen Hemden Manschettenknöpfe aus Gold.

14

Die Schneiderin

Gern will ich Ihnen von meinen Erlebnissen als Hausschneiderin schreiben; ich hatte schon mal angefangen, aber ich bin etwas zitterig, die Hand will nicht mehr so recht, und außerdem komm ich vom Hundertsten ins Tausendste, und daran scheiterte das bisher. Ich will mich also heute kurz fassen, sonst wird wieder nichts draus.

Ich heiße Anna Dierks und wohnte in der Lagerstraße, und zu meinen Kunden gehörte halb Rostock, das will ich mal sagen, alle vornehmen Häuser hab ich kennengelernt, Frau von Öhlenschläger zum Beispiel in der Graf-Schack-Straße, Frau Konsul Besendiek und natürlich auch Frau Kempowski. Wer kannte die nicht? Ich freute mich immer, wenn ich zu ihr gerufen wurde, denn das war immer sehr nett.

»Oh«, sagte sie, »mein Mann, mein Mann, wenn der wüßte . . .«

Ich sag: »Gnädige Frau, so schlimm wird's schon nicht sein.«

Ihr Mann fuhr im Rollstuhl und war 'n ziemlich ekliger Kerl, schmuddelig und unappetitlich! Und ohne jeden Anstand. Ich hörte mal, wie er übers Mittagessen nörgelte. Da sagte er: »Anna, dat Beefsteak wier drög as son Kösternors.« Den Ausdruck hatte ich bis dahin noch nie gehört, ich hoffe, Sie nehmen keinen Anstoß daran, aber das hat er wirklich gesagt. Ganz laut.

Einmal hat er gemeint, der Kuchen wär nicht gut, da wäre zuviel Mehl an!

Frau Kempowski dagegen, die war immer lustig. Die stand dann vor dem großen Spiegel und sagte: »Nun machen Sie mich mal ganz schön . . . Leider habe ich 'n bißchen zu breiten Po . . .«

»Ach«, sag ich, »das Hindernis hab ich schon gesehen.«
Wir verstanden uns gut, ich ging gern zu ihr, sie war sehr großzügig, was man von mancher anderen Kundin nicht gerade sagen konnte. Einige waren sogar recht ausverschämt. Wenn ich mit einem Kleid fertig war, dann hieß es womöglich: »Ach, ich hab noch einen Stoff, würden Sie mir den zuschneiden? Nähen tu ich mir das selber.«
Manchen war aber auch gar nichts recht zu machen. Mal mußte ich das Kleid einen halben Centimeter kürzer und dann wieder einen halben Centimeter länger machen. Ich hab gesagt: »Jawoll, gnädige Frau«, hab's mitgenommen und am andern Tag wiedergebracht, ohne was dran zu ändern, und dann war's plötzlich recht.
Oder die Bezahlung, das war auch so ein Kapitel. Wochenlang konnt man auf das Geld warten, jawohl. Je vornehmer und wählerischer, desto geiziger. Von manchen Herrschaften wurd ich nicht wieder geholt, weil sie mir das Geld nicht bezahlen wollten. Denen mußte man dann auf der Straße auflauern. Die Türen in solchen Häusern sind immer zu.

Das war bei Frau Kempowski anders. Die lud einen auch mal zum Kaffee ein, ich hab richtig bei ihr gesessen, im guten Salon und hab geklönt von dies und von das.
Die Tochter war ja auch ganz entzückend, Silbi wurde die genannt. Als sie noch klein war, kroch sie immer auf dem Fußboden rum und suchte sich Flicken für ihre Puppen zusammen. Ich sagt zu ihr: »Wie heißt du denn?« Da antwortete die Kleine: »Ich heiße Kummer, aber nur im Theater Butterfly, sonst heiße ich anders.«
Zu damaliger Zeit trug man ein kleines Kissen unter der Hinterbahn des Rockes, »Tournure« wurde das genannt. Da hat sich Silbi mal ein Puppen-Kopfkissen mit zwei Bändern versehen und untergebunden.
Sie war so ein bißchen pummelig und sehr anschmiegsam und nett. Später habe ich ihre ganze Aussteuer genäht, das war aber eine Aussteuer, ich kann Ihnen sagen! Da

fehlte es aber an nichts. Ich war auch bei der Hochzeit dabei. Ich bin mit in der Kirche gewesen, ein schönes Paar.
Der Sohn, Karl hieß er, war ja ein ganz frecher Kerl. Den hab ich auch von klein auf gekannt. Ich arbeitete ja auch Knabenanzüge, und wenn es hieß: »Anprobieren«, und seine Mutter sagte: ». . . mußt dich ausziehen, mein Jung!«, dann verschwand er blitzschnell ins Schlafzimmer, und da kroch er dann unter die Betten. Alles Bitten, im guten und im bösen, half nichts. Karl kam nicht hervor, der kroch in die äußerste Ecke. Die Geduld der Mutter endete dann damit, daß sie Besen aus der Küche holen ließ, und mit denen stocherten wir, Frau Kempowski also, das Hausmädchen und ich, unter dem Bett herum: Und der Junge lachte dann noch!
Schließlich wurde das Bett von der Wand weggeschoben, so daß wir ihn fassen konnten, und dann gab's natürlich eine Tracht Prügel.

Ich hatt' ja selbst einen Sohn, einen lieben Kerl. Der war ganz für den Hafen und fürs Wasser. Egalweg saß er auf der Schnickmannsbrücke und guckte den Anglern zu.
Als der dann vierzehn war und aus der Schule kam, da war ja nun die Frage, was soll er machen? Ich hab mir ein Herz gefaßt und hab Frau Kempowski gefragt, ob mein Sohn nicht bei ihrer Firma lernen kann. Und Frau Kempowski ging rüber zu dem Ollen, und ich hör noch, wie der ruft: »Ach watt! Kann ick nich bruken!«
Mit dem war kein Auskommen nicht. Frau Kempowski brachte mir dann einen großen Umschlag mit Briefmarken für den Jungen, als Trostpreis sozusagen.
»Hier!« sagte sie. »Haben Sie Geduld? Ich will's bei Gelegenheit noch mal versuchen.«
Und richtig, nach ein, zwei Monaten sagt sie plötzlich: »Nun kann er kommen, schicken Sie ihn man ins Kontor.« Da hatt' sie das zuwege gebracht, hat den Alten rumgekriegt.

Mein Sohn hat dann noch lange in der Firma gearbeitet, bis 1939, und dann ist er gleich gefallen.
Er war gern in der Firma, wenn er auch oft auf den Ollen geschimpft hat. Manchmal radelte er morgens um fünf Uhr los, um als erster am Hafen zu sein und da ein Schiff festzumachen. Herr Sodemann hat ihn oft gelobt. Aber der Alte? Nie. Der war allgemein sehr unbeliebt. Oh, ich kann Ihnen Geschichten erzählen! Wie der hinter den Weibern her war?
Ich sollt ihm mal 'n Knopf annähen, hier vorn.
»Nee«, sag ich, »das macht wohl besser Ihre Frau.«

Frau Kempowski selbst war natürlich auch nicht immer fröhlich. Manches Mal hat sie geweint, und wenn ich ihr dann fragte, sagte sie: »Ach, lassen Sie man.«
Nächsten Tag war dann alles anders. Oh, dann war Betrieb in der Küche, unten, die liefen dann da rum, und da wurde gebruzzelt und geschmurgelt.
Bei den Kempowskis war ja immer viel Betrieb. Manchmal wurde ich gleich wieder weggeschickt, dann paßte das nicht. Manchmal habe ich auch nebenan gesessen an der Maschine, und dann konnt ich hören, was sie da geredet haben. Ein Herr kam da oft, der hieß Volkmann – Doktor war er, glaub ich, oder sogar Professor –, der schrieb die Kritiken vom Theater. Oh, wenn der redete, dann waren die anderen still. Später hab ich bei seiner Gemahlin auch mal genäht, und die erzählte mir, daß ihr Mann ein Buch schreibt: »Frau Dierks, wenn das herauskommt, sind wir gemachte Leute.«
Über das Leben nach dem Tode hat das gehandelt.
Ich weiß nicht, ob der Professor das Buch vollendet hat. Ich wäre sehr daran interessiert und würde es mir kaufen, wenn ich bloß wüßte, ob es das gibt. Wissen Sie nicht, wo es das gibt?

15

1912 kauft sich Robert William Kempowski ein Automobil, einen »Doppel-Phaeton«, Baujahr 1908, Lenkrad rechts; Kulissenschaltung und Handbremse draußen auf dem Trittbrett, viele blankgeputzte Messingteile, bequeme Ledersitze und eine Hupe mit Gummiball.

Zum Auto braucht man natürlich einen Chauffeur, und als der zum erstenmal mit dem nagelneuen Auto vorfährt, zieht Frau Jesse gegenüber die Gardinen zur Seite und schüttelt deutlich mit dem Kopf: Nun würd sie sich nicht wundern, wenn das bald auch so kommt wie mit Gütschow, daß die Kempowskis sich übernommen haben und daß die rausmüssen aus der Villa. Ob die dann auch so, wie Gütschow, hinten bei ihr ans Haus kommen und ihr eine von den dreizehn Uhren in die Hand drücken?
Dann ist sie nicht da, beschließt Frau Jesse in diesem Augenblick. Nein, dann ist sie nicht da.

Der Doppel-Phaeton hat ein Klappverdeck, das man auch dann zurückgeschlagen läßt, wenn es eigentlich zu kalt dafür ist. (Beim Anwerfen des Motors muß man vorsichtig sein, die Kurbel schlägt manchmal zurück.) Shawls braucht man und Plaids für diese Fahrten und sogar Brillen. Und für den Kopf Ledermützen, denn gewöhnliche Hüte fliegen weg bei dem Tempo, und zwar sonderbarerweise nach vorn.

Sehr nützlich ist das Auto für die vielen Fahrten nach Bad Oeynhausen, die der Herr Kempowski jetzt unternehmen muß. Das tückische Leiden, von dem immer wieder behauptet wird, es sei Gelenkrheumatismus, macht nämlich Kuren nötig, in der »Stadt ohne Stufen«. Schöne Parks gibt es da, mit Springbrunnen, mal hoch und mal niedrig,

immer wieder anders, mit einer Kurkapelle im Pavillon und vielen Bänken.
Gebadet wird er und massiert.

Ein Baro und ein Thermo,
die fahren nach Palermo . . .

Vater Kempowski in Oeynhausen? Im Rollstuhl sitzt er, und den Krückstock hat er zwischen den Beinen, auf den stützt er sich. Der Schnauzbart ist länger geworden, das Haar schütterer.
»In wieso denn fern?«
Erz aus Schweden und Kohle nach Dänemark: das ist der ganze Witz. Und: die Gewinne in Häusern anlegen. Oder vielleicht im Bau eines Kinos? Draußen in der Arbeitergegend? Ins Kino sollen die Leute gehen, dann haben sie was zu tun und kommen nicht auf dumme Gedanken. Das Geld dafür müßte man ihnen noch in die Tasche stecken. Jawoll.

Der Rollstuhlschieber ist immer bei ihm, und er unterhält ihn auf seine Weise: Watt *de* moakt, sagt er, und: Datt *de* nu ok all dot bleben is.
Auch seine Gesellschafterin, die ihn zu nehmen versteht, ist immer dabei: »Was, Herr Kempowski? Wir zwei beiden?« Eine Jüdin ist das, und sehr hübsch. Manchmal wird der Rollstuhlschieber weggeschickt. (In Rostock wird er dann exakt Bericht erstatten.)

Immer ist jemand bei ihm. Bloß nicht alleine sein! Die kleine Jüdin hat er besonders gern, die nennt er sein »Veilchen«. Der schenkt er jeden Abend einen kleinen Blumenstrauß, und die Kurkapelle muß für sie was spielen:

Glühwürmchen, Glühwürmchen,
flimmre, flimmre . . .

Sie stopft dem alten Herrn die Decke unter, und der Rollstuhlschieber erzählt seine Geschichten von 70/71, wie da ein verwundeter Franzose im Graben lag, der sich noch bewegte, und wie sein Kamerad dann noch einmal zuge-

stochen hat – »*Ick* har dat *nich* dahn . . .« – und wie dann eine Granate auf ihn zugeflogen ist, daß er die richtig gesehen hat, mit seinen eigenen Augen, und: bums! Und daß der Splitter dann neben ihm gelegen hat, der Splitter, der ihm das Bein aufgerissen hat.
»Mein Herr, ich habe den Krieg von 70/71 mitgemacht!«
»Und ich den Krieg von 80/81!«
Dieser Witz wird oft erzählt, sehr oft.

Vater Kempowski erzählt, daß er als Kind nur barfuß gelaufen ist und seine Mutter mit »Sie« anreden mußte und daß er mal im Duhnas einem Droschkenkutscher die Scheibe eingeschlagen hat. »Dittmal betahl ick noch so« (Geldzählbewegung), das habe er daraufhin gesagt, »aber nächstes Mal betahl ick so!« (mit 'm Krückstock drohend). Sein Leiden komme wahrscheinlich davon, daß er als junger Mann mal Ascheimer umgeschmissen habe . . .
»So was rächt sich.«

Das Veilchen lacht die ganze Nacht. Es ist ja auch so warm und schön. Die Lampions sind angezündet, und der Champagner perlt in den hohen, schmalen Gläsern. Drei volle Wochen hat man noch.
»Der Regent, Dirigent, das regent . . .«
Karl sitzt dabei, er raucht ein Cigarillo, einen randlosen Zwicker hat er auf der Nase. Er kneift die Augen zu, dann ziehen sich die vielen bunten Lichter in die Länge: den Kopf legt er schief und läßt sie lang und länger werden. Wo ist nur die kleine Schwarze geblieben, das fragt er sich, die kleine Schwarze mit dem Radlerrock? Ist sie womöglich abgereist?
So eine Frau möcht er später mal haben, so eine strenge, sportliche, die keine Migräne hat und keine Allüren.
»Korl, drink dat Bier nich so fix . . . mußt erst umspülen im Mund.«
Mit seinen Freunden, Erex Woltersen und Paustian, dem Schlachterssohn, die über Sonntag kommen, treibt er soge-

nannte »Studien«. Für das wenige, was man von den Mädchenbeinen hin und wieder zu sehen bekommt, haben sie eine ganze Skala von Bezeichnungen: »Keulen«- oder »Sektflaschen«-Beine. Später wird noch eine besondere Kategorie hinzukommen: die nach Pioniervorschriften so benannten »mittleren Rundhölzer zum Abdecken von Schützengräben« und noch später die »Romanbeine«. Erst kriegen sie sich *nicht*, dann kriegen sie sich *doch*.
Aber bis dahin ist noch etwas Zeit.

Froh ist er, wenn Erex kommt und Paustian, der dicke Schlachterssohn, der jetzt schon so aussieht wie sein Vater.

PAUSTIANS SIEBEN-TÜRME-WURST

Erex Woltersen schimpft dauernd über seinen »alten Herrn«, weil der über den Kaiser schimpft und ihn nachäfft: das ist noch das Schönste.
Froh ist Karl, wenn die beiden kommen, aber froh ist er auch, wenn sie wieder abfahren. Dann sitzt er im Caféhaus oder geht spazieren. Der Chauffeur läßt ihn auch schon mal ans Steuer, nachts, wenn der alte Herr schläft. Er leiht ihm seine Ledermütze und die Brille und die Uniform.
»Aber fahren Sie nicht so schnell, Herr Kempowski.«
Die Landstraßen entlang, ruhelos. Im Schein der Lampen eine Katze: eine strenge, kleine Frau wünscht er sich. Im Zimmer sieht er sich sitzen, an einem runden Tisch, unter dem warmen Schein einer Lampe, und er sieht sie eintreten, einfach, schlicht und ernst und ganz ohne Allüren. Sie gießt ihm den Tee ein, und es ist still und sehr gemütlich.

Anna fährt nicht mit nach Bad Oeynhausen, sie bleibt am liebsten zu Hause, da hat sie Plein pouvoir. Jeden Donnerstag ist »jour fixe«, da streicht sie sich die Taille glatt, Künstler kommen und Studenten und sitzen in ihrem vornehmen, nach Norden gelegenen Salon.
»Wie geht's?«

»Da denk ich gar nicht über nach . . .«
»Was macht Ihr Mann?«
»Ach, wissen Sie . . .«
Der Enkel von Böcklin studiert in Rostock Jura, der erzählt, daß sein berühmter Großvater sich über die Arbeiter einer nahen Fabrik immer so geärgert hat: ständig haben sie ihr großes Geschäft in seinem Garten verrichtet, und die Urenkelin von Marschall Ney sitzt daneben und hört sich das an.

Professor Volkmann, der ein Buch über Straßennamen verfaßt hat und sich über das Leben nach dem Tode Gedanken macht, trinkt so ziemlich eine Kanne Kaffee alleine aus, und einen ganzen Topfkuchen ißt er dazu. Rostock nennt er »die Metropole am Warnowstrand«, und er behauptet, daß darin ein gewaltiges Kunstinteresse herrsche und abgrundtiefe Gelehrsamkeit.
Während er erklärt, daß die Steinstraße Steinstraße heißt, weil sie die erste gepflasterte Straße der Stadt gewesen ist, stickt Anna die große Tischdecke aus, auf der sich alle wichtigeren Gäste mit Bleistift verewigt haben: der Enkel von Böcklin, diesem hochpoetischen genialen Maler, und die Urenkelin von Marschall Ney. Und natürlich Müller, der Tenor aus Hamburg, der Mann mit den rollenden Augen; der holt ihr eben mal einen Sherry.

Militärs kommen eigentlich nicht zum »jour fixe« der Frau Kempowski. Hauptmann Stahnke ist mal da, Herero-Aufstand 1904. Hauptmann Stahnke, dessen »Heldenritt« in jeder Schule behandelt wird. »Der Heldenritt des Hauptmann Stahnke«. Irgendeine wichtige Nachricht hatte er überbringen müssen: nun ziemlich versoffen und seine Frau genauso versoffen wie er.

Stahnke bringt einen jungen Schutztruppenoffizier mit, der heißt Schenk. Arthur Schenk. Stiefeletten trägt er und einen kleinen, nichtsdestoweniger nach oben gewichsten

Schnurrbart. Neben die große Palme stellt er sich und fragt, ob das Fräulein Tochter nicht da ist.
Ja, das Fräulein Tochter ist da. Das Fräulein Tochter läuft durch das ganze Haus, guckt mal hier aus dem Fenster und mal da, setzt sich für Sekunden in die Bibliothek, schlägt ein Buch auf, klappt's wieder zu, und heiß wird ihr, von unten bis nach oben. (Sechs Wochen ist sie in Holstein in Pension gewesen, aber die Leute dort waren ja empörend gewesen, die hatten behauptet, sie hätte mit dem Gärtner rumpoussiert.)
Die Hitze hat sie im Körper, und manchmal lacht sie hysterisch, auch wenn sie ganz allein ist, und zum »jour fixe« ihrer Mutter kommt sie extra eine Stunde später, und zwar dann, wenn gerade alle gehen wollen.

Leutnant Schenk tut sein Einglas ins Auge und löst sich von der Palme: So sieht sie also aus, die Tochter des Hauses. Gar nicht so übel, wie er dachte . . .

Abends gibt Anna Gesellschaften – bloß nie allein sein! –, da wird Punsch getrunken und mit kleinen Einsätzen gespielt.
»Es blinkt der Tau in den Gräsern der Nacht . . .« Tenor Müller singt, von Strahlenbeck begleitet, immer ein Stück nach dem andern, »Die Uhr« zum Beispiel und »Tönende Reime«. Student Bulsky wird nicht mehr geladen, nachdem er die Idee hatte, verschiedenartige Geschwüre zu beschreiben, deren Wuchern und Eitern. Dem wurde bedeutet, daß man auf seine Anwesenheit getrost verzichten könne.

Zu Professor Volkmann wird gesagt: »Wie machen Sie das bloß, ein ganzes Buch zu schreiben . . . alles mit der Hand?« Und dem alten Ahlers, der meistens ein wenig abseits sitzt, wird vorgerechnet, daß er bereits eine komplette Schiffsladung Cognac ausgetrunken hat, was er bekümmert abwehrt: »Mag sin, mag öwersten ok nich sin . . .«

Er wird später dem Hausherrn erzählen, was sich hier so alles abgespielt hat, während der in Oeynhausen kurte, elementare Kräche wird er inszenieren, in seiner stillen, herzlichen Art.
Pfänderspiele gibt's natürlich auch: »Was soll der tun, dem dies Pfand gehört?« Den Ofen anbeten oder dem Herrn Schenk das Monokel sauberwischen?

Leutnant Schenk geht mit Silbi spazieren, Leutnant Schenk aus Deutsch-Südwest.

O lilala, o lulala, o Laila!

Über den Schillerplatz gehen sie, Nachtfalter umschwirren die Gaslaternen, und Flieder duftet aus den Gärten herüber. Und während sie da so flanieren, denkt Silbi, ob sie nicht lieber nach Haus gehen soll und tanzen? Und wenn sie tanzt, dann denkt sie: ob sie nicht lieber nach oben gehen soll und lesen? Und die Gäste fragen lassen: »Wo ist denn Ihre Tochter, meine Liebe?«

Jetzt geht sie hier spazieren mit Leutnant Schenk.
Der große Springbrunnen ist natürlich abgestellt. Typisch! Warum bloß? Könnte der nun nicht laufen und ins Laternenlicht hineinsprühen?
Schenk erzählt vom Hereroaufstand 1904, als die Außenposten von den Schwarzen massakriert wurden.
»Das sind ja keine Menschen, Fräulein Silbi . . .«
Als Kind hat er das mitgekriegt, zehn Jahre war er damals alt, und er erinnert sich noch, wie die Farmersfamilien in ihrem Blute schwammen, hingestreckt und gräßlich zugerichtet.
Silbi stellt sich vor, wie sie da gelegen haben, »massakriert«, und sie schaudert bei der Sache, und doch möchte sie mehr und immer mehr davon hören. Alles ganz genau.

Auf der anderen Straßenseite gehen auch zwei spazieren, wer das wohl sein mag? Ein richtiger Leutnant aus Deutsch-Südwest ist sicher nicht dabei.

Als Karl fünfzehn ist, wird dem jungen Herrn aufgrund privater Initiative eine handwerkliche Ausbildung zuteil. Bücher werden eingebunden: »Jettchen Gebert« in weinrotem Halbfranzband und »Henriette Jacoby«, und Schiffsmodelle werden gebaut, Fischkutter und Koggen bei einem Künstler in der Badstüberstraße, der seine Farben mit »blagem Lorenz« anrührt, einem speziellen Magenbittern, von dem man sagt, daß er alle Löcher zusammenzieht.

Bei Kap Misenum winkt ein fürstlich Haus
mit Säulengängen, Mosaiken, Büsten,
und jeglichem Gerät zu Fest und Schmaus . . .

Eine Zeitlang erhält Karl sogar privaten Literaturunterricht, oben, in Annas entzückender, mit einer Blumentapete versehenen Bibliothek. Der Lehrer heißt Lüders, und weil er sich mit Sanskrit beschäftigt hat, nennt er sich Ludarassa.

Er kommt nachmittags um drei Uhr: die Tasche legt er auf den kleinen weißen Tisch, und das Gesicht vergräbt er in den Händen: die Augen, wie sind sie nur wieder überanstrengt . . . Dann steht er auf und mustert die Bücher, die hier in den weißgestrichenen Regalen stehen, flüchtig und kopfschüttelnd, und er macht seine Tasche auf und holt die in Rot und Gold gepreßten unvergänglichen Grundlagen deutscher Bildung heraus, auf jedes Buch mit dem Finger pochend: ». . . *das* ist ein Buch . . .«
Paul Heyse wird gelesen und Fontane, und Goethe auch: »Es schlug mein Herz, geschwind zu Pferde!« Und andeutungsweise wird von der Liebe gesprochen, daß man sich auch mal losreißen muß, wenn's gar nicht anders geht, wenn man zum Beispiel merkt, daß das nicht das Richtige ist . . . Daß man dann getrost auf die innere Stimme hören soll und sich losreißen, auch wenn der andere dann in Kummer und Gram zugrunde geht und sich womöglich vom Bänderverkaufen nähren muß, wie im Fall der Friederike von Seesenheim. – Das darf man ruhig tun, denn es kann

einem ja auch umgekehrt genauso ergehen, daß *sie* sich nämlich losreißt, nicht wahr?
Andeutungsweise wird das erörtert, und es wird gesagt, daß schon so mancher junge Mensch sich aus Liebeskummer eine Kugel in den Kopf schoß.
Was den Namen »Kempowski« angeht, so kommt er von »Kempe«, das ist polnisch und bedeutet »Büschel«, und »ski« das bedeutet »von«. Also Karl-Georg von Büschel, so kann er sich getrost nennen, wenn er will.

Um vier Uhr gibt es dann Tee, Anna setzt sich dazu (Petit point stickt sie, und zwar eine Ritterszene: Minnedienst, einen Sänger mit einer Lyra und im Hintergrund eine Burg), und die beiden kommen ins Plaudern, während Karl mit seinem Bleistift spielt.
Von Schiller wird gesprochen, den die Reinheit und der unvergleichliche Idealismus seines ganzen Wesens und Schaffens zur hehren Lichtgestalt der deutschen Literatur erhoben haben, und von Nietzsche, dessen edler Geist von unheilbarer Krankheit zerstört wurde.

Die Krähen schrei'n
und ziehen schwirren Flugs zur Stadt . . .

Ludarassa verfaßt selbst auch Gedichte und tut es für sie und hört gar nicht wieder auf zu reden, und als Karl das Zimmer verläßt, wird das kaum bemerkt.

Und dann Tanzstunde. »En avant!« Der Tanzlehrer heißt Frenz, der trägt Lackpumps und geht immer so tänzelnd durch den Saal.
»Bitte, erst mal alles zu mir!«
Tanzschule Frenz in der Friedrich-Franz-Straße. Ein hübscher Parkettsaal mit Galerie, auf der die Mütter sitzen und handarbeiten.
»Chaine anglaise!«
Beim Auffordern glitschen die Jungen zu den Mädchen hinüber, äußerst schnell, damit sie nicht die Tochter vom

Delikatessenhändler Krüger nehmen müssen, die ist so furchtbar dick. (Aber tanzen kann sie gut.)

Quadrille wird getanzt und »Kegel«, ein mecklenburgischer Tanz, bei dem die ganze Gesellschaft eine Kette bildet und sich einrollt wie eine Schnecke: das sieht von oben hübsch aus.

Frenz hat eine Glatze, und wenn die Jungen bei der Quadrille die Hände verwechseln und alles durcheinanderbringen, dann kneift er sie in den Rücken. (Die Mädchen natürlich auch.)

> Sei wie das Veilchen, das im
>   verborgenen blüht,
> sei immer treu, auch wenn
>   dich niemand sieht.

Körlings Tischdame beim Abschlußball heißt Valentine Becker. Als er sich mit ihr auf dem Oberwall treffen will, lacht sie ihn aus. Aber dann gehen sie doch mal volle zwei Stunden schweigend durch die Warnow-Wiesen, an den Erlenbüschen vorbei.

> Freundschaft ist besser *denn* Liebe

schreibt sie ihm in sein »Pösi-Buch«, es hat Goldschnitt und wird unter der Matratze verwahrt.

Nachmittags sieht man sich auf dem »Bummel«, von fünf bis sechs in der Blutstraße, sommers wie winters. Da promenieren derart viele Flaneure an den Schaufenstern vorüber, daß kaum noch Platz ist für gewöhnliche Passanten. Die Mützen werden gezogen, man zieht sie tief herunter, so ist das Mode. Die Obotriten ziehen ihre roten Mützen und die Mecklenburgen ihre grünen. Die Vandalen und die Redarier, die Balten und die Wingolfiten: es ist ein buntes Bild.

Hin und wieder läßt sich auch ein Leutnant sehen, blaue Jacke, schwarze Hose. Der legt die Hand an den Schirm.

Die Mädchen erwarten das Mützenziehen und Grüßen und zählen, wie oft es ihnen gilt. Sie sind ja eigentlich alle nur ganz zufällig da. Sie gehen zu zweit oder zu dritt, tragen Kleider, die seitlich angehoben werden und mehr oder minder zierliche Füße umspielen.

Wenn die Geschäfte geschlossen werden: Schlüters Uniformschneiderei mit Epauletten im Fenster und Stüdemanns Leihbibliothek, dann ist auch der Bummel beendet, und die Mädchen eilen davon, bis an die Haustür verfolgt von den Verehrern.

Ein großes Ereignis ist jedes Jahr das Flottenkonzert bei Mahn & Ohlerich, der Brauerei, kurz »Emm und Oh« genannt. Immer ist es ein schöner Abend, und er verregnet nie. Karl und Erex suchen sich einen guten Platz in der Nähe des Musikpavillons. Es ist warm, und Mücken spielen um die Biergläser. Junge Damen sind auch da, aber in Begleitung von korpulenten Müttern und Vätern mit Köpfen wie Kegelkugeln.

Du bist verrückt, mein Kind, du mußt nach Berlin,
da, wo Verrückte sind, ja, da mußt du hin.

Im Pavillon bringt der alte weißbärtige Musikmeister Lentschow mit seinen Füsilieren Melodien aus Opern und Operetten zu Gehör.

»Herr Ober, wann kommen Sie denn endlich mal zu uns?«

Wenn das Trompetensolo »Behüt dich Gott . . .« mit seinen Koloraturen und Schleifen durch den Abend tönt, ist es so still, daß keiner zu hüsteln wagt, und der Applaus, der danach aufdonnert, ist bis zum Kröpeliner Tor zu hören.

Zum Schluß kommt das Schlachtenpotpourri. Von verschiedenen Ecken des Gartens aus ertönen Signale, Kriegslärm und Kanonenschüsse, von Akteuren erzeugt, die sich hinter Büschen und in Lauben verborgen halten. Allmählich vereinigt sich das Getöse zu einem Schlachtengemälde, in das nach und nach die ganze Kapelle einfällt. Wenn dann die Kesselpauken rollen und die Posaunen hergeben, was herzugeben ist, dann setzt plötzlich das Feuerwerk ein. Die ersten Raketen zischen in die Nacht und explodieren krachend, Sterne aus sich herausschleudernd, die ein tausendfältiges Ah! hervorrufen. Schließlich enthüllen sich ganze Blumenbeete, und leuchtend erscheint sogar die Kaiserkrone.

Karl und Erex gucken den weißbehosten Gendarmen zu, die das neugierige Publikum von den Pyrotechnikern zurückdrängen. Sie träumen von der Kavallerie: Von oben herab mit 'm Säbel runterhauen auf die Kerle, die da ihr Gewehr schützend über sich halten ...

Zur Rechten sieht man wie zur Linken
Einen halben Türken heruntersinken ...

Aber – vielleicht stoßen die ihr Bajonett dann in den Pferdebauch, und man stürzt, und alles stampft über einen rüber? Die Soldaten der ersten Welle sind ja ohnedies verloren, und das wissen die genau ...

Zu Hause huscht Körling zu Giesing hinauf. Auf dem Dachboden hat sie ihre Kammer. Er setzt sich an ihr Bett und erzählt vom Schlachtenpotpourri. Ihr ist heiß unter dem dicken Oberbett, und er knöpft sich den Kragen auf.

16 Der Hausfreund

Rostock war mein erstes Engagement. In Hamburg hatte ich studiert, und gleich danach bekam ich am gerade neu erbauten, sehr schönen Rostocker Stadttheater ein Engagement als Heldentenor. Und ziemlich bald nach meinem ersten Auftreten lernte ich Anna Kempowski kennen.
Femmes à quarante haben auch ihre Reize: Anna Kempowski war ein lieber Mensch, begabt und bis in die Fingerspitzen hinein großzügig. Von ihr ging eine große Wärme aus, schlank war sie und mittelgroß, und immer hatte sie Gäste im Haus.
Donnerstag war »jour fixe«, in Annas vornehmem Nordzimmer, da fand man sich ein, Professor Volkmann und Stahnke aus Deutsch-Südwest, Frau Geheimrat Öhlschläger und dieses kleine Luder, wie hieß sie noch . . ., um fünf fand man sich ein, zum Tee, in ihrem schönen Haus, alles sehr locker und amüsant, ein freundliches Gewimmel.
Zu Anna Kempowski konnte man immer kommen, das war bekannt in der ganzen Stadt. Und man kam gern.
Wenn man eintrat, vom schwarzgekleideten Mädchen geleitet, leuchtete sie einem schon entgegen. So sanft war sie und so begeistert, gleich mußte man sich neben sie setzen: »Nun erzählen Sie mal, wie geht es Ihnen? Haben Sie Sorgen? Kann ich irgendwie helfen?« Und dann schob sie einem den Kuchen zu oder schenkte selbst den Tee ein (eine Geste, die ich seither so über alles liebe).
Sie las einem vom Gesicht ab, welcher Stimmung man war, eine verpatzte Probe, die Intrigen der lieben Kollegen: Sie linderte das, und sie verstand es, einem die schwarzen Gedanken auszureden. Die anderen Gäste traten dann zurück, wer es auch war – und da kam so allerlei zusammen, Rostock hatte ja eine Universität, Schriftsteller und Wissenschaftler jeder Couleur – alle diese Gäste traten zurück,

und man war für eine Zeit die absolute Hauptperson, bis man sich wieder gefangen hatte.
Wie oft hat sie mir kleine Aufmerksamkeiten erwiesen, gesellschaftliche oder auch sehr handfeste: Wenn ich nach Hause kam in meine Bude: dann lag da ein Brief mit netten Worten und nicht weniger oft mit knisterndem Inhalt, einer kleineren oder manchmal auch einer größeren Banknote. Jawohl, ich schäme mich nicht: Künstler wie ich hatten in der damaligen Zeit nicht viel zu beißen, und man mußte sich einrichten und war abhängig von Glück und Gunst.
Es war schon etwas Besonderes, von einer Dame der Gesellschaft so gefördert zu werden. In Berlin habe ich später etwas Ähnliches erlebt, wenn da natürlich der Reichtum und der dementsprechende Glanz ja auch viel größer waren. Auch in Berlin wurde man eingeladen – ich erinnere mich an einen Abend beim dänischen Botschafter, aber das war eher lästig, das hatte man dann ja auch nicht mehr so nötig wie in dem frostigen Rostock, wo sich im Winter Fuchs und Has' gute Nacht sagten, und es war auch mehr selbstverständlich: Arrivierten Künstlern – der ich dann in Berlin ja war – wird so was häufiger geboten, man nimmt das an wie einen schuldigen Tribut.
Goebbels übrigens . . . aber das gehört wohl nicht hierher.

Wie deprimierend ist es für einen jungen Künstler, nach der Vorstellung in die Droschke zu steigen und nach »Hause« zu fahren. Ich meine: dieser Gegensatz! Eben noch strahlendes Licht von allen Seiten, festlich gekleidete Menschen, rauschender Beifall und man selbst im Mittelpunkt, und dann: die krumme Stiege hochtappen, an der Tür der Wirtin vorbeischleichen – »Sind Sie da, Herr Müller?« – O Gott, gleich macht sie die Tür auf . . .
Das düstere, windige Rostock, Kleine Wasserstraße Numero acht, ich seh das noch vor mir, ein windschiefes Haus mit Wirtin, die eigentlich nicht »unters Theater« vermieten wollte, wie sie sagte. Zwanzig Mark monatlich inklusive

Frühstück. (Als ich mal mit einer Freundin hinaufgeschlichen war, fanden wir am nächsten Morgen *zwei* Eier und *vier* Brötchen auf dem Tablett.)
In den ersten Jahren ging ich nach der Vorstellung immer in die Theaterklause, saß da am runden Tisch mit meinen Kollegen, unter Lampions und falschen Weintrauben, trank meinen Wein, und einer schnitt immer mehr auf als der andere, und jeder erzählte immer dieselben Geschichten, und man hörte sich das an, weil man sich vor dem düsteren »Zuhause« fürchtete, dem man nicht entrinnen konnte.
Als ich dann Anna Kempowski kennengelernt hatte, war das anders, ich sah sie in der Proszeniumsloge sitzen und wußte: da bist du geborgen: das wundervolle Haus und die gepflegte Atmosphäre ... So was braucht ein Künstler.
Das Rostocker Stadttheater war nicht groß, wieviel Plätze mag es gehabt haben? Fünfhundert vielleicht? Und es war auch nicht das erste Haus unter vergleichbaren Häusern, aber in Rostock wurde gute Mittelarbeit geleistet, die Intendanz hatte Ideen, und oft wurde das unmöglich Scheinende möglich gemacht. Wenn man bedenkt, daß der ganze Ring in Rostock aufgeführt wurde!
Wie viele Kollegen haben nicht Rostock als Sprungbrett benutzt für eine große Karriere!
Nein, es war eine schöne Zeit, und daß sie so schön war, das danke ich zum nicht geringen Teil Anna Kempowski.
Nach den Premieren, das war doch selbstverständlich, dann wurde in die Stephanstraße gefahren, und da wurde gefeiert, und zwar tüchtig! Immer war eine große Tafel aufgebaut, mit Kerzen erleuchtet, zwanzig oder dreißig Gäste zu Tisch, das machte diesem Hause überhaupt nichts aus. Da wurden einem die Teller gewechselt und der Wein nachgeschenkt: Das Leben, das damals geführt wurde, wäre heute gar nicht mehr möglich. Das könnte man sich gar nicht leisten. Eine Köchin und soundso viele Hausmädchen, und alles immer tipptopp?
Nach dem Essen ging man hinüber in die Salons, und dann wurde vorgesungen oder deklamiert.

Alljährlich naht vom Himmel eine Taube . . .
Strahlenbeck saß am Klavier – der ging später nach Mannheim –, und dann sangen wir Duette, und die Gäste standen und saßen drumherum.
Man hatte übrigens einen Transponierflügel in diesem Haus, sehr praktisch, wenn man die Höhe nicht mehr hatte, als Sänger, dann stellte der Pianist den Flügel einfach einen halben Ton tiefer ein. (Ich habe so ein Dings nie wieder gesehen.)

Silbi war damals noch blutjung, ein entzückendes Kind, temperamentvoll und sehr frei: Ich sehe mich noch im Garten, mein Gott! Fliederduft und Jasmin . . . Auf der Treppe stand sie, auf der Treppe der Veranda, so halb über mir, und ich in meiner Größe hatte sie um die Taille gefaßt und sang sie dann so an, bis ich sie plötzlich am Halse hatte, eine heiße, glutvolle Sache . . . Sie kam dann sogar mal in meine Garderobe, da hab ich aber abgewinkt, das hätte Anna sicher nicht verstanden.
Eine außergewöhnliche Familie.

Der Sohn, »Körling«, wie er genannt wurde, stand mehr im Hintergrund. An den erinnere ich mich eigentlich weniger. Als kleiner Junge ist er mal anläßlich einer größeren Festivität unter den Tisch gekrochen und hat allen Gästen die Schnürsenkel aufgelöst, was natürlich große Heiterkeit erregte. Ein kleiner norddeutscher Junge, blaß und nichtssagend. Später dann merkwürdig schüchtern: immer im Hintergrund. Ob die Krankheit des Vaters, ich meine ob er sich darüber Gedanken gemacht hat? Wer weiß? Glaubte er vielleicht, er hätte einen Keim davon in sich?
Nicht jedem ist es gegeben, diese Sache so leicht hinzunehmen: der Vater stets und ständig im Rollstuhl. Das *muß* ja Auswirkungen haben. Ständig brauchte er Hilfe, hol mir mal dies, hol mir mal das . . . und immer jemand zum Ausziehen?

Wenn wir feierten, dann stand Karl so in der Tür, und es war, als ob er ein bißchen den Kopf schüttelte. Hat auch nicht mitgetanzt, später, als er dann älter war, wenn's hoch herging, wenn wir unsere Polonaise durch das ganze Haus machten, über Tische und Stühle hinweg . . . Daran hat er sich nie beteiligt.

Einmal sah ich ihn in der Stadt, er mag vielleicht vierzehn gewesen sein, und da zieht er doch tatsächlich den Hut? So gravitätisch wie ein Konsistorialrat? Man hätte ihn am liebsten umgefaßt und hätte gesagt: Mensch, was ist bloß los mit dir?

Der Vater wird's gewesen sein, die Krankheit des Vaters. Das Sieche und Hinfällige. Vielleicht auch der allmählich erwachende Hang zum Korrekten in einem von Amüsements überquellenden Elternhaus.

Robert William Kempowski saß ja meistens in der Ecke, die Wärmflasche auf dem Bauch. Origineller Mensch an sich und trotz seiner Krankheit auch wahnsinnig tätig, aber . . . wie soll ich sagen . . .: ordinär irgendwie. Kraftausdrücke und Frivolitäten, direkt und indirekt. Hatte seinen Spaß daran, wie ein Enfant terrible zu wirken. Den Damen, zum Beispiel, denen bot er Kautabak an, ob sie den nicht mal versuchen wollten, fragte er sie. Und dann natürlich nur Plattdeutsch! Und in *dieser* Gesellschaft!

Peinlich war es auch, wenn er sich dazu aufgerufen fühlte, *uns* zu unterhalten! Dann nahm er sich irgendeinen Schmöker und las daraus vor, stöckerig und mit laienhafter Betonung. Fritz Reuter etwa, diesen beschränkten Mundartler. Oder, noch entsetzlicher, sprach uns Schulgedichte aus seiner Jugendzeit vor – uns! – den professionellen Schauspielern! Schuster, bleib bei deinem Leisten, so sagt man ja wohl. Eine Taktlosigkeit war das, und zwar sondersgleichen.

Es konnte auch geschehen, daß er sich die Geige bringen ließ und uns Volkslieder vorspielte. Sein Freund, eine

verkrachte Existenz – Ludwig Ahlers hieß er –, animierte ihn manchmal geradezu, und dann freuten sich die beiden, wenn wir recht gequälte Gesichter machten.
Und knickerig war er! Eine Sparsamkeit, die an Geiz grenzte: »kaufmännisch« nannte er das, das sei »kaufmännisch«.
Wie oft hat er uns um Champagner barmen lassen, wollt: ihn partout nicht herausrücken.
Einmal hab ich erlebt, beim Essen – es gab Schweinebraten mit Kruste –, da hat er das Messer genommen und hat sich die *ganze* Kruste abgeschnitten; das ging derart schnell, also – wir konnten bloß muff! sagen.
Meistens war er ja gar nicht anwesend, Gott sei Dank, war in Bad Oeynhausen und kurte da. Wenn er in Rostock war, dann nahm er gewöhnlich um neun Uhr seine Lesemappe unter den Arm und ließ sich ins Bett bringen: Ein allgemeines Aufatmen ging durch die Reihen. Der Champagner wurde hervorgeholt, und die Pfropfen knallten, und die jüngeren Damen konnten sich ungezwungener bewegen, denn wenn er die zu fassen kriegte, der alte Herr Kempowski, dann faßte er ja gleich weiß Gott wohin.
Oft genug haben wir ganze Nächte durchgezecht, nun gerade! Und morgens gingen wir alle Mann zum Alten nach oben und weckten ihn mit Gläsern und Flaschen in der Hand.
Ich habe mit Herrn Kempowski nie Ärger gehabt, bin ihm allerdings auch meistens aus dem Weg gegangen. Er guckte mich immer so an durch den Kneifer, »fixierte« mich, sog die Luft durch die Nase, meinte wohl, mich verlegen machen zu können, weil ich da mit seiner Frau aus dem Garten kam.
Aber ich wußte ja natürlich auch – was *alle* wußten –, daß er mit diesem kleinen Luder was hatte, wie hieß sie noch, und daß er den Mund halten mußte, *deswegen*.

Wenn man die beiden Eheleute nebeneinander sah, den Alten in seinem stets viel zu groß erscheinenden Anzug

und Anna selbst doch eine stattliche Erscheinung (wenn auch mit einer gewissen Altersstrenge im Gesicht), nicht sehr groß, aber gut beisammen, und immer sehr geschmackvoll gekleidet, herrlichen Schmuck . . . dann konnte man gar nicht begreifen, was die beiden noch zusammenhielt.
Weiß nicht, was sie an ihrem Mann gefunden hat, der da aus Königsberg gekommen war mit einer Aktentasche unter dem Arm. Allerdings, wenn man die Photos sieht, aus seinen früheren Jahren, dann ist es vielleicht *doch* zu verstehen, diese Vollblütigkeit und die sofort zum Wesentlichen durchstoßende Sinnlichkeit. Sie soll selbst um ihn geworben haben, als junges Mädchen, das hat Strahlenbeck mir mal erzählt, und so was soll ein Mädchen ja nie tun. Aus dem Fenster hat sie geguckt, wenn er gegenüber ins Büro ging – damals war er noch Commis –, und kleine Briefe hat sie ihm in seinen Paletot gesteckt.
Ja, die Ehe hielt. Merkwürdig. Nun war *er* ja allerdings auch sehr schlau und äußerst geschickt. Wenn sie ihre Touren kriegte, dann zog er sich zurück. Wich aus.
Oft bin ich noch spät in der Nacht zu ihr gekommen, bei Wind und Wetter, durch den Dienstboteneingang, der mir offengehalten wurde, und dann hatten wir beide ein Nachtmahl zusammen, in ihrem entzückenden Wohnzimmer bei kleiner Beleuchtung. Immer auserlesene Leckereien. Der Alte, oben, wird gelauscht haben, aber, was wollte er machen?
Anna hat ihn ja rührend gepflegt, das kann man nicht oft genug sagen. Sie hat ein Opferleben geführt: »Nein, ich muß erst zu meinem Mann . . .« Das hörte man oft von ihr. Obwohl – vielleicht sollte das hier angedeutet werden – ich meine: sie war kein Engel im bürgerlichen Sinne, sie hatte eben auch ihr Teil hinter sich. Und daß sie ihn so uneigennützig gepflegt hat – es gab ja auch äußerst unappetitliche Seiten dieser Krankheit, Hämorrhoiden hatte er außerdem noch, und die platzten dann –, das mag zu einem Gutteil auch selbstauferlegte Sühne gewesen sein.

Sie hat mal angedeutet, ich weiß nicht, ob man darüber sprechen soll, sie hat mal angedeutet, daß vielleicht *sie* es gewesen ist, die *ihn* ... Ich meine, daß sie es *unabsichtlich* gewesen ist, die ihn angesteckt hat? Wie sollte man es sonst begreifen, daß sie in all den Jahren ... Sie war doch eine vermögende Frau, hätte sich doch trennen können von ihm. Nein! Trotz aller ästhetischen Überfeinerungen jeden Tag den Alten zu Bett zu bringen und ihn mit Schwamm und mit lauwarmem Wasser zu waschen? Ohne ein Wort der Klage?
Daß *sie* es war, die *ihn* angesteckt hat – rundheraus –, das hat sie mir sogar selbst mal gesagt, und zwar sinnigerweise in einer recht pikanten Situation.

Ja, die schönen Rostocker Jahre. Gleich nach dem Krieg bin ich dann nach Berlin gegangen, voll in die zwanziger Jahre hinein, da riß die Verbindung dann ab.

17

1913 reisen die Kempowskis an die Ostsee, und zwar nach Graal. Oeynhausen, Berlin . . . alles ganz schön und ganz gut, aber: man muß ja auch mal wieder was gemeinsam unternehmen.

Graal liegt zwischen Rostock und Stralsund an der Ostseeküste – »mit steinfreiem Strand und vorzüglichem Wellenschlag« so steht im Prospekt zu lesen –, es ist ein kleiner Badeort mit wenigen Hotels und Pensionen. Fünf Mark pro Tag, alles inclusive.

Die Kempowskis haben Schrankkoffer, die binden sich die Hausknechte Fritz und Friederich mit einem Seil auf den Rücken und tragen sie schwankend die Treppe hinauf. Wie wirkliche Schränke, so groß sind diese Monstren, auf der einen Seite hängen die Kleider, und auf der anderen Seite befinden sich Schubfächer für Wäsche und für Schmuck. Der Wirt kommt selbst mit aufs Zimmer und öffnet die Fenster, während Fritz und Friederich ihr Trinkgeld in Empfang nehmen, was sie mit entblößtem Haupte tun.

Vater Kempowski sitzt schon im Sessel, Schmerzen hat er, Nervenschmerzen, und unten ist ihm mal wieder alles wund, und Wasser lassen muß er, und zwar dringend. Ihm ist das gar nicht recht, 1. Etage, er möchte eigentlich lieber ins Parterre, er fühlt sich hier wie eingesperrt, wo die Klingel ist, will er wissen, sonst fühlt er sich ja wie eingesperrt.
Nachdem man ihm einen Topfstuhl gebracht und ihn draufgesetzt hat und nachdem Anna ihm die Kehrseite gewaschen und gepudert hat, fühlt er sich schon wesentlich wohler.

Was es heut zu essen gibt, das möcht er gern wissen.

Pension »Waldperle«: Gegessen wird an einer großen, gemeinsamen Tafel, in der Glasveranda: Table d'hôte. Honigfarbige Fliegenfänger hängen von der Decke, mit Fliegen dran, die hier und da noch ihre Beine bewegen oder ihre Flügel.
Wenn ein neuer Gast kommt, ein neues Gesicht, natürlich über die Eingangsstufe stolpernd: und deshalb hineintänzelnd in die aufmerkende Runde, begleitet ihn der Wirt an seinen Platz und macht ihn mit den anderen Herrschaften bekannt.
»Hier rechts liegen die Servietten.«

Als die Kempowskis zum ersten Mal erscheinen, mit Dienstmädchen und Rollstuhlschieber, wird getuschelt: Wer ist denn dieser Herr? . . . kann nicht richtig gehen? . . . wirft die Beine so merkwürdig? . . . wird von links und rechts gestützt? Die beiden Weiblichkeiten allerdings, Mutter und Tochter, die Frau noch durchaus imponabel und die Tochter irgendwie schnuckelig, ein hübsches Gesicht und eine niedliche, mollige Figur. (Außerdem: mit Automobil sind die Herrschaften angereist, und das will schon was heißen.)
Von Karl, dem blassen Jüngling, nimmt man zunächst weniger Notiz.

Sind die Gäste versammelt, dann wird serviert. Manchmal fangen die Kellner am unteren Ende der Tafel an, manchmal am oberen und manchmal in der Mitte. Niemand soll sagen, daß er immer als letzter was kriegt.

Du Schwart vom alten Schinken,
siehst du die Hackemesser blinken?

Table d'hôte – manche Gäste mögen das nicht, an einer langen gemeinsamen Tafel essen, die wollen lieber einzeln sitzen. Andere wieder mögen das besonders gern, weil sie dadurch Menschen kennenlernen, mit denen sie über das Wetter reden können oder über Politik.

Jeden Tag wird diniert, als wenn eine Hochzeit wäre. Vater Kempowski steckt sich die Serviette in den Kragen und stellt Messer und Gabel auf: »Hebbt Se nich'n poor Tütebeern för mi?«
Kronsbeeren möchte er gerne haben, das ist er so gewohnt, die wachsen hier ja vor der Tür!
Aber selbstverständlich kann er Kronsbeeren haben, die wachsen hier doch vor der Tür!

Es gibt eine Bouillon mit Eierstich und Fleischklößchen, glühendheiß, einen Fischgang, einen Fleischgang mit Gemüse, Salat, Kompott und Süßspeise. Da bleibt kein Wunsch offen, und der Wirt guckt durchs Servierfenster und freut sich: Am Essen setzt er sogar noch zu, aber er kommt schon noch auf seine Kosten ...
Vater Kempowski streicht sich den Schnurrbart und bohrt sich wahrhaftig vor lauter Appetit mit den Zeigefingern in beiden Ohren gleichzeitig und sagt: »Giff mi ma von de Gruscheln ...« Die kleinen Kartoffeln mag er nämlich besonders gern, die nehmen die Soße so gut auf.
Mutter Kempowski kann nicht umhin, und Silbi tut sich derartig viel auf, daß man nur staunen kann: Wo will das Mädchen bloß mit all dem Kaßler hin? Und dabei sieht man ihr doch so gar nichts an?
Ihr schneidiges Gegenüber, ein Herr aus Berlin, mit Schmissen auf der Backe und einem ganzen Bündel Bierzipfel an der Hose, schüttelt schon dauernd den Kopf, der äußert sich schließlich folgendermaßen: »Da werden Menschen zu Hyänen ...!« und nimmt sich selbst extra wenig.
»Schmeckt's Ihnen nicht?« wird er gefragt, und zwar mit vollem Mund.

Der Kellner Ludden Lücht hat gemerkt, daß die junge Dame gern ißt, und er serviert ihr die größte Scholle, die er hat. Als Silbi die Scholle aufgegessen hat, liest sie auf dem Teller den Spruch:

Es ist mir gelungen,
ich hab' den Walfisch bezwungen.

Karl ist gerade fünfzehn. Bei Tisch blüht er auf: Er hat vollendete Manieren und weiß, wie man parliert. Ob es hier ein Kurkonzert gibt, das interessiert ihn, das möchte er wohl gerne wissen. Die älteren Damen erkundigen sich bei ihm nach Zugverbindungen oder wie das Wetter morgen werden wird, was er wohl meint. Der junge Herr ist so gut erzogen, und er macht einen so guten Eindruck, zwar blaß und unscheinbar, aber er hält die Tür immer so nett auf und spielt so fabelhaft Klavier?
»So ganz anders als die Jugend von heute!«
»Hat der Onkel denn viele Hände?« fragt ein kleines Mädchen mit Schleife im Haar, als er nach dem Essen mal wieder das Frühlingsrauschen von Sinding herunterrauscht, und Karl klappt das Klavier zu und hebt das kleine Fräulein hoch: »Wen haben wir denn da?« und setzt sie sich auf die Schulter: hopp! hopp! hopp! Und mit einem Finger bringt er ihr ein Liedchen bei.

Nach Tisch zieht man sich zurück. Vater Kempowski wird zu Bett gebracht, er hat sich das Buch »Quo vadis« in Rostock gekauft, in dem er ein oder zwei Seiten liest. Die letzte Seite reißt er ein und klappt sie als Lesezeichen aus. Und dann schläft er: Schön, *da unten* sauber zu sein. Und das kühle Bett, wirklich sehr schön.

Seine Frau sitzt auf dem Balkon und ärgert sich über den Lärm, der aus der Hotelküche dringt. Einen Sonnenschirm hat man ihr aufgespannt, und nun liest sie den Brief von Müller, dem Tenor, den sie hier vorgefunden hat. Und ihre Züge glätten sich, denn in dem Brief steht zu lesen, daß er sie sehr vermißt und daß die kleine Linz mal wieder sehr verheerend war.
Aus der angelehnten Schlafzimmertür dringt das Schnarchen ihres Mannes, und nun kommt sie an diese irgendwie

sehr elegante Redewendung, da unten, im PS., und nun endlich kann sie sie in Ruhe überprüfen, ob sie auch wirklich so gemeint ist, wie man es beim ersten, natürlich leider sehr flüchtigen Lesen empfand und freudig registrierte. So ist also doch noch alles beim alten, so braucht man sich also keine Sorgen zu machen.
In der Scheibe der Schlafzimmertür besieht sie sich, wie sie da unter dem weißen Sonnenschirm sitzt, das weiße Spitzenkrägelchen und die schwermütigen Augen.
Hinter ihr die Wipfel der Kiefern bewegen sich ein wenig.
Vielleicht sollte man sich doch noch etwas hinlegen.

Silbi geht ruhelos umher. Zuerst geht sie nach oben, in ihr Zimmer, zieht sich das Treppengeländer hinauf, schlafen kann sie jetzt natürlich nicht, bei der Hitze, also wieder runter, in den Aufenthaltsraum, wo niemand ist, wo nur die Fliegen summen. Soll sie etwa die fettigen Lesemappen durchblättern, oder soll sie zum hundertsten Mal diese zwei, drei Straßen entlangbummeln? an den Hotels und Pensionen vorbei, wo aus jedem Fenster Schnarchen tönt?
Wütend ist sie und schlecht gelaunt, und einen Toffee ißt sie nach dem andern. Echte englische Toffees sind das, als Kind nannte man sie »Blombentrekkers«.
Viel lieber wär sie zu Haus geblieben und wär nach Warnemünde gefahren, jeden Nachmittag. Die schöne Kurpromenade und all die eleganten Cafés? Und nun sitzt man hier in diesem Kaff!

In Karls Zimmer stehen vorwiegend weißlackierte Möbel. Auf einem weißen Tisch eine weiße Vase mit einer Blume drin und unter dem Schrank die Schuhe, alle nebeneinander, der Größe nach: der Stiefelknecht bildet den Abschluß.

Eine lederne Schreibmappe liegt auf seinem Tisch – »Correspondence« –, mit goldenem Prägedruck und sehr vielen verschiedenartigen Fächern.

»Lieber Erex! Wie schade, daß du jetzt nicht hier bist, hier gibt es allerhandlei zu sehen . . .!«
Briefe hat er darin, einen kostbaren von Valentine Becker, den sie ihm schrieb, bevor sie mit ihren Eltern nach Dresden zog, und Photos; Billetts; Briefmarken.

Den Tisch schiebt Karl unter das Fenster, über den Baumwipfeln glitzert das Meer: Den einzigen Brief von Valentine Becker liest er durch, zum weiß nicht wievieltenmal. Nein, sie geben nichts mehr her, die Zeilen, sie sind in jede Richtung hin durchforscht, nur auf dem Umschlag die Stelle, wo die Briefmarke ein wenig verrutscht ist, glänzt es nach wie vor: Valentine Becker selbst hat die Marke angefeuchtet. Ja, und zwar mit der Zunge.

In einem abschließbaren Fach der Schreibmappe verwahrt Karl sogar Gereimtes.

Die Sonne hinter den Bäumen versinkt,
ein Lied mir in den Ohren klingt:
vorbei!
Vorbei ist Jugend, Scherz und Kuß,
und da ist nur das strenge Muß.

So reimt er mit seinen fünfzehn Jahren, und vorsehen muß er sich, daß seine Schwester das nicht entdeckt, die schnüffelt immer alles durch: Das Hohngelächter kann er sich so ungefähr vorstellen.

Noch vorsichtiger sein muß er mit dem Entwurf eines Trauerspiels: Von einer Mutter handelt es, die ihren Sohn nicht beachtet und ihm die Schwester vorzieht. Mit einem Glas Wein schwebt sie über die Bühne (so hat er das niedergeschrieben), und auslachen tut sie ihn: »Du? Du bist doch bloß ein Versehen . . .!« (So hat er es erlebt.) Und der Sohn geht hinaus und hört draußen das Lachen und Scherzen einer verworfenen Gesellschaft.

So ganz zufrieden ist er nicht mit seinem Werk. Er stellt

sich an das Fenster und sieht hinunter, wie die Mägde die Holzbottiche schrubben. Jetzt kommt der Hausknecht Friederich und haut ihnen auf den Podex.
Vielleicht sollte man sich ein neues Schreibservice leisten? Oder besseres Papier? Dann geht das Schreiben vielleicht leichter von der Hand?

Nach einer Woche ist man hier schon ganz zu Hause.

Graal liegt im Wald. Wenn man an den Strand will, muß man erst einen Spaziergang von einer Viertelstunde machen, auf schmalen, federnden Waldwegen, die glatt sind von alten Tannennadeln. Kiefern schwanken wie Mastbäume gegen den Himmel, auf dem die Wolken dahinjagen. Nach Stinkmorcheln riecht es, die stehen unter den Himbeeren.
Mit einem Taschenmesser kann man aus Borke ein Boot schnitzen, ein Loch hineinbohren und einen Zweig als Mast. Die Menschen denkt man sich hinzu, die mit diesem Boot fahren, wie sie in der kleinen Kajüte sitzen, um den Tisch herum, die schwieligen Hände auf den Knien, und wie sie sich ansehen, diese Menschen, ernst und nicht so leichtfertig und obenhin.

Jeden Morgen, wenn Fritz und Friederich unten im Hof die lange Reihe der Schuhe putzen, wenn die Kunstmaler an den sturmzerfetzten Kiefern am Strand ihre Staffeleien noch nicht aufgebaut haben, badet Karl in der noch stummen See, Stribold kommt mit. Das Wasser ist still und glatt, wie um darauf zu wandeln, und der Strand ist menschenleer. Möwen trippeln hin und her und laufen vor den winzigen Wellen weg.
Karl schwimmt mit ruhigen Zügen weit hinaus, die glatte Fläche muß er zerteilen, hinter ihm macht das einen Keil, der immer breiter und breiter wird und sich schließlich verläuft. Wenn er weit genug draußen ist, dreht er sich

um und macht »toter Mann«, nur die notwendigste Bewegung und eingeschlossen von Kühle. Der morgengraue Himmel und der Waldrand in der Ferne wie ein Strich. Still ist es, nur Stribold da hinten, auf dem Badetuch, der fiept.

Nach dem Baden kleidet Karl sich sorgfältig an, und unter seiner Jacke spannt er die Muskeln, ja, sie sind schon ein bißchen härter. Am Nachmittag wird er ein zweites Bad nehmen, weit draußen, wo ihn keiner sieht, das nimmt er sich vor.

Silbi ist nicht so sehr fürs Baden. Im Caféhaus sitzt sie und ißt Apfeltaschen. Mehrere Herren stehen um sie herum und sehen ihr dabei zu. Einen weißen Anzug tragen sie, mit schwarzem Nadelstreifen, und einen Strohhut, von dem eine schwarze Schnur zum Revers führt, wegen des Windes. Vielleicht kann man ja mal nach Rostock rüberrutschen, in die Barberina, die Herren haben Kutschen zur Verfügung, sie brauchen nur mit dem Finger zu schnippen, und einer hat sogar ein Auto, der kommt aus Afrika, das ist der Herr »von« Schenk, wie die Leute sagen, der ist auch dabei.
»Wie wär's? Wollen wir nicht einmal nach Rostock rüberrutschen?« sagt Schenk und stellt ein Bein auf den Stuhl.

Während Anna Kempowski lange Briefe schreibt, läßt Vater Kempowski sich auf die Promenade schieben. »Nähmen S' nich oewel, ick bin ut Roevel.« Der Rollstuhl wird festgestellt, und der Rollstuhlschieber setzt sich auf die vom Verschönerungsverein gestiftete Bank, Zeitungen werden gelesen, von oben bis unten, und dann werden die Promenadenmädchen angeguckt und abtaxiert, wobei der Spazierstock mit den beiden aufgesteckten Linsen gute Dienste leistet.
»Kiek, de!«

Und sonderbare Witze werden gemacht.

Morgens kommen verschiedene Fräuleins mit Mädchenklassen vorbei,

Das Wandern ist des Müllers Lust,
das Wandern ist des Müllers Lust,
das Wa-han-dern!

Die üben Exerzieren, kleine Rohrstöcke haben die Mädchen über der Schulter. Kieler Blusen tragen sie und blaue Faltenröcke.

»Der Regent, Dirigent, das regent . . .«
Wenn sie heran sind, läßt der Rollstuhlschieber das Witze-Erzählen sein und Vater Kempowski das Schnurrbartzwirbeln. Er nimmt die Hand grüßend an die blaue Schirmmütze. Morblix! Da sind schon 'n paar hübsche Kerlchen dabei.

Nichts kann er sich entgehenlassen, der Herr Kempowski, immer muß er seine »Perspektive« haben, wie er sagt. Die junge Dame zum Beispiel, die immer so gegen Viertel vor zwölf mit dem Fahrrad vorüberfährt, einen Tennisschläger auf dem Gepäckträger: dieser kleine Popo ist ja bewunderungswürdig. Ärgerlich, daß Karl, dieser Schnetzfink, nie was berichtet. Nicht ein einziges Mal. Was tut der eigentlich den ganzen Tag? Wo treibt er sich herum!?

Karl? Karl ist ein Artist im Schwingen des Spazierstocks. Er trägt einen karierten Anzug und über den Schuhen Dackelgamaschen. Jeden Tag geht er zum Gemeindeamt, wo die Namen der ankommenden Badegäste öffentlich aushängen. Mit dem Zwicker studiert er die Liste sehr sorgfältig, und er ist nicht der einzige, der das tut.

Einmal fährt Karl mit einem Fischer hinaus auf See, der rudert sein Boot mit *einem* Riemen. Und draußen läßt er das Netz ins Wasser gleiten, Korkstücke halten es fest.

Langsam fährt der Fischer in die Runde und schleppt das Netz hinter sich her. Als er es dann einzieht, staunt Karl, was da alles herausgepflückt wird. Nach Luft schnappend, liegen die Fische auf dem Boden des Bootes und schlagen mit immer matter werdender Kraft. Die Schollen flattern geradezu: Noch nie hat eine die Freiheit wiedererlangt, außer die Schollenkinder, die werden wieder reingeschmissen in die See, die nimmt man nicht für voll.

Abends steht Karl auf der Landungsbrücke, seinen Hund hat er bei sich, Stribold, auf dem Jahrmarkt gekauft, für dreißig Pfennig.
»Lieber Erex! Abends ist es kolossal! Da steht man auf der Brücke und läßt die Weiblichkeit an sich vorüberdefilieren!«
Er betrachtet die Sonne, wie sie so allmählich wegsinkt: Das ruckt ja richtig! Erst wenn sie weggesunken ist, wird es so richtig schön, der ganze Himmel blutig rot, ganz wie auf dem Bild »Sodom und Gomorrha«, da hat der Maler den Himmel genauso gemalt.

Neben dem Rettungsring, der in einem Kasten hängt, mit Glasscheibe davor und einem kleineren Kästchen daneben, in dem ein Hammer hängt zum Einschlagen dieser Glasscheibe, steht ein Herr mit aufgekämmten Haaren, der guckt auch zu, wie die Sonne versinkt.

Hab Sonne im Herzen,
ob's stürmt oder schneit . . .

Ein Dichter ist es, der hier in Graal sein Häuschen hat. Seinen Simplicissimus trägt er sichtbar in der Tasche. Karl kennt ihn, er hat ihn schon beobachtet. Er hat sogar schon mal gesehen, wie dieser Mann ein kleines braunes Notizbuch zückte und eigenhändig etwas notierte!
Vielleicht, warum nicht? Vielleicht könnte man ihn ja mal ansprechen und ihm etwas zeigen von sich? Vielleicht guckt er einen dann ganz ernst an und nickt wortlos oder sagt: »So lange warte ich nun schon, daß einmal einer kommt . . .«

Vielleicht ist das ja unerhört wertvoll, was man da des Abends zu Papier bringt?
Vielleicht lacht dieser Mann aber auch meckernd und sagt: »Lassen Sie mich in Ruhe, mein Herr!« Das wäre weniger schön. »Sie können sich doch denken, daß ich meine Ruhe haben muß.« *Das* wäre allerdings weniger schön.

Auf alle Fälle schon mal vorsichtig grüßen. Ein leichtes Nicken, das sich auch anders deuten läßt, als nervöses Zucken vielleicht – man sieht dann ja, ob er eine Annäherung schätzt oder nicht. Und den Simplicissimus kaufen und sichtbar in der Rocktasche tragen: »Ach, Sie auch?«

»Compasión«, jetzt raucht Karl selber die Dinger: Eine Frau ist auf der Kiste abgebildet, die hungrigen Kindern Brot aufschneidet.
Wenn er Bier trinkt, tut er das in großen Zügen.

Eine zierliche Blondine mit Mittelscheitel erscheint eines Abends auf der Brücke, Grethe de Bonsac aus Hamburg, Vater: Import und Export en gros (das stand am Gemeindeamt zu lesen): Ob die Angler was fangen, das will sie sehen. Die Fische abmachen vom Haken, das muß ja schrecklich sein.

Der rote Schwimmer, wenn der untertaucht, dann hat's geschnappt.

II. Teil

Arme Leute? Es gab natürlich immer Leute, die nicht mit dem Leben fertig werden. Das waren so gescheiterte Existenzen. K. F.

Armut ist uns eigentlich damals nicht so aufgefallen, vielleicht einfach deswegen, weil man in der Jugend solche Erscheinungen einfach nicht wahrnahm oder sich davon distanzierte. L. P.

In unserm Dorf wurden die Armen irgendwie mit versorgt. Es gab schon alte Frauen, die kümmerlich lebten und kümmerlich wohnten, aber so ausgeprägt beeindruckend war ihre Armut gar nicht. M. M.

Die Arme-Leute-Häuser waren alle nach einem Schema gebaut: ein Zimmer nach vorne, dann ein dunkles Zimmer, wo sie schliefen, und hinten war die Küche. Benutzt wurde das vordere Zimmer nur bei besonderen Gelegenheiten.
Bezeichnend war, daß die Leute den Ehrgeiz hatten, daß das Treppenhaus blitzblank war. S. T.

Im Gemeindehaus wohnten die Ortsarmen. Wir als Kinder brachten denen sonntags Mittagessen, und zwar genau das, was wir auch aßen, Hasenbraten oder Rehbraten. Die sagten dann: »Oh, da hast du mir aber was Schönes mitgebracht . . .«
Von diesem Essen lebten die dann 'n paar Tage.
Vor allem Soße mußte dabeisein. K. Sch.

Solange ich denken kann, arbeitete ein Mann bei uns im Garten, und der bekam genau eine Mark pro Tag dafür. Davon lebte der. Das war nicht recht. Ch. J.

Ich bin Jahrgang 1903, ich wurde sehr patriotisch erzogen.

Heil dir im Siegeskranz!

das waren wir, die »Privilegierten«, und

Pellkartoffel mit Heringsschwanz,

das waren die andern; dessen waren wir uns wohl bewußt. G. F.

Schlittschuhe schnallten uns alte Männer für zwei Pfennig an. T. J.

Die Trunksucht spielte bei der Armut eine große Rolle. S. K.

Links von uns war eine Straße mit Einzelhäusern, da wohnten Professoren, und rechts war eine Straße, da wohnten die »Schlammbeißer«. Da mein Vater Kaufmann war, war ich für die Professorenkinder nicht fein genug, für die »Schlammbeißer« hingegen zu fein. Ich war immer im Zwiespalt, wohin sollte ich mich wenden? R. St.

Als Spielgefährten hatte ich die Kinder einer Handwerkerfamilie aus der Nachbarschaft. Diese konnten freilich nicht immer mit uns spielen, da sie ihrem Vater helfen mußten. Dieser stellte Prozellanpuppenköpfe her, die zum Trocknen aufs Staket gesetzt, dann von den Kindern bemalt und schließlich in die Fabrik zum Brennen gebracht wurden. A. Ch.

Wir wurden täglich von Tippelbrüdern schwer heimgesucht. Sie bettelten ganz allgemein um eine »milde Gabe«, baten aber auch häufig um etwas Essen, weil sie tatsächlich Hunger hatten. Ich schaute ihnen beim Essen zu und freute mich, wenn's ihnen schmeckte. Für mich waren das arme Leute, mit denen man Mitleid haben mußte. Unsere Dienstmädchen waren nicht immer meiner Meinung. S. O.

Wir hatten ein Mädchen, das hieß Katharina, das war ein Hausfaktotum, an dem wir furchtbar gehangen haben. Als sie eines Tages mehr Lohn haben wollte, also vielleicht sechsundzwanzig statt fünfundzwanzig Mark, hat sich mein Vater furchtbar aufgeregt. »Die Gewerkschaften machen uns kaputt!« hat er geschrien. G. F.

18

Hamburg 1902: Wilhelm de Bonsac hat sein Geschäft in den Großen Bleichen – Import englischer Wolle, Export deutscher Tuche – und wohnt in Wandsbek, obwohl Wandsbek preußisch ist und obwohl man das Geld, das man in Hamburg verdient, ja eigentlich besser auch in Hamburg ausgeben sollte, wie Hans und Bertram, seine beiden Brüder, meinen.
»Nicht wahr, Willi?«
Und sie sehen sich an und schütteln den Kopf.

Bärenstraße 7a: ein großes Haus ist das, mit wilhelminischem Fachwerkgiebel. Aus dem runden Bodenfenster hängt die Fahne heraus an Kaisers Geburtstag, schwarzweißrot, die gute deutsche Fahne.

Im Entree steht die Familienuhr, 1885, ein Hochzeitsgeschenk von Onkel Bertram, mit dem geschnitzten Wappen der Familie de Bonsac: Kelch und Traube.

Bonum bono – dem Guten das Gute.

De Bonsac, ein Hugenottengeschlecht, im sechzehnten Jahrhundert geadelt. Der Vorfahr habe als Mundschenk guten von schlechtem Wein rasch unterscheiden können, so steht es in den Familienpapieren, und so wird es immer wieder erzählt, und man meint, das Französische im Blut direkt zu spüren: so nervös und überzüchtet – herrlich.

Wichtiger noch als das Haus, das man vom Überschuß eines einzigen Jahres gebaut hat (1902, als alle Japaner unbedingt dunkelblaue Anzüge tragen wollten), ist der große Garten, denn Wilhelm de Bonsac ist Gärtner aus Leidenschaft, er hat eine »glückliche Hand«, wie seine Brüder sagen, Blumen und Gemüse, alles gedeiht paradiesisch. Nach Meinung des Nachbarn, der manchmal gucken kommt, ist vieles ja direkt ausstellungsreif. Eine Lilie mit dreiunddreißig Blüten, hat man so was schon gesehen? Und dieses Obst? An der Sonnenwand des Hauses Sauerkirschen und auf dem Rasen Äpfelbäume der verschiedensten Sorten: die Veredelungsreiser hat man sich von weit her schicken lassen.

Unter den Obstbäumen sind lange Röhren in den Rasen eingelassen, für das Düngen, im »Tropfenfall« sind sie in den Rasen eingelassen, weil da die feinsten Wurzeln sind. Ganz hinten im Garten steht eine Tonne mit Blut und Gedärmen vom Schlachter, das gärt und stinkt, das schlägt direkt Blasen. Wenn die Zeit gekommen ist und wenn das Wetter nach Regen aussieht, dann geht Herr de Bonsac mit eiligen, gewichtigen Schritten nach hinten und schöpft Blut in die Gießkanne. Wasser obendrauf, tüchtig umrühren und dann zu den Obstbäumen tragen und in die Röhren damit. Oh, das wird den feinen Haarwurzeln guttun, wie werden sie gierig den Nährwert aufsaugen! In den Stamm gelangt er und in die Äste und von dort in jede Frucht einzeln.

Wenn der Regen dann ausbleibt, stinkt es freilich sehr, und Wilhelm ist recht kleinlaut, weil es an Vorwürfen nicht mangelt. (Der Nachbar schmeißt die Verandatür zu und auch die Fenster, eines nach dem andern.)

Die Ernte ist dann auch entsprechend. Pflaumen, Äpfel, Birnen: die Gute Luise gibt in einem Jahr sieben Zentner Birnen. Die Früchte werden alle in den Keller getragen, auf selbstgetischlerte Borde werden sie gelegt: Man muß sie umdrehen, alle paar Tage, wegen der Stellen, die sie sonst bekommen. Der Rest wird in Spankörbe verpackt – Sackleinen oben drauf – und an die Brüder verschenkt, an Hans und Bertram.

»Nein, Willi, was hast du nur für schönes Obst!«

Hans, der eine englische Frau hat, und Bertram, der schöne Bertram, dessen Ehe mit sechs gleichartigen Töchtern gesegnet ist.

Als Nachtisch werden die Äpfel, die Birnen und die Pflaumen aufgetragen, auf Obsttellern, auf denen ebenfalls Äpfel, Birnen und Pflaumen abgebildet sind, mit anderen Früchten kunstvoll komponiert: mit fremdartigen Granatäpfeln, Melonen und Wein (auf der Unterseite der Teller ist das sogar erklärt). Was ist das aber auch für Obst!«

Äpfel, Birnen hat man und Sauerkirschen. Und die schöne Herzkirsche? Im Frühjahr eine ganze Wolke aus herrlichen Blüten? Tausend summende Bienen, die all den Reichtum des Frühlings einsammeln ohne Rast und Ruh.

Wer rastet, der rostet.

Ja, das kann man sich abgucken von diesen fleißigen Insekten, und man tut es auch.

Zur Reifezeit wird eine Leitung aus Bindfäden gelegt. Vom Haus in den Baum. Oben im Kirschbaum ist eine Klöterbüchse befestigt, und vom Bett aus läutet Wilhelm de Bonsac diese Klöterbüchse, wegen der Stare: Dieses Kroppzeug? Alle Kirschen picken sie an?

Von Tag zu Tag rasender läutet der Herr de Bonsac seine Büchse zu nachtschlafener Zeit, weil die Stare von Tag zu Tag träger auffliegen und sich auch dann nicht stören lassen, wenn Herr de Bonsac im Nachthemd am Fenster erscheint und in die Hände klatscht und unmäßig schimpft. (So hat man nicht gewettet, daß dieses Kroppzeug da, wie die Lilien auf dem Felde – sie säen nicht, sie ernten nicht, und der himmlische Vater ernähret sie doch – sich gütlich tut? In nichtsnutziger Weise?)

»Aber Willi!«

Wenn sie die Kirschen wenigstens auffressen würden, die Stare, aber immer nur anpicken? Dann hätte man neulich dem guten Bertram ja nicht zu wehren brauchen, der schon mit Leitern kam und mit den Seinen in den Baum steigen wollte, um sich nach Herzenslust gütlich zu tun.

Nein, sie fliegen nicht mehr auf, die Stare, trotz rasenden Läutens und Schimpfens, sie zucken nur noch wenig mit den Flügeln. Und das ist bloße Höflichkeit.

Statt dessen erscheinen nun auch in den Fenstern der Nachbarhäuser Gestalten im Nachthemd, und die schütteln die Faust – aber nicht wegen der Stare.

Neben der Bluttonne liegt der Komposthaufen, der ist eine große Wichtigkeit. Jedes Abwaschwasser wird nach hinten getragen und jedes Gemüseblatt. Der Haufen wird in zwei Teile geteilt, von rechts nach links geschaufelt und von links nach rechts. Mit Erde und Kalk wird er vermischt und mit Phosphor, und die größeren Brocken zerbröselt man mit den Fingern.
Der Nachbar guckt über den Zaun und schüttelt den Kopf. Was das wieder ist? Aber eines Tages schafft er sich auch einen solchen Komposthaufen an und trägt auch jedes Gemüseblatt nach hinten, und die Treber der ausgequetschten Johannisbeeren und welkes Laub und Sägemehl, und das Wasser läuft ihm im Munde zusammen, wenn er seinen schönen Haufen ansieht.

Ja, der Garten. Die Stachelbeeren und die Johannisbeeren, die Bohnen und die Radieschen. Schön, wie alles kommt. Zum Frühstück selbsteingekochte Erdbeermarmelade, auf weißgedecktem Tisch, unter der selbstgepflanzten Birke? Das ist doch unvergleichlich! Im Keller steht Glas neben Glas, jedes mit einem Etikett versehen, *wann* eingemacht und *wie*, und so was kann man nirgends kaufen.
»Willi, wie hast du es hier schön!« sagen die Brüder und schenken ihm einen Holzrechen für das welke Laub.

Ja, das hat man gut gemacht, hierher nach Wandsbek zu ziehen. Für die Kinder ja auch so schön! Hertha, Richard, Grethe und Lotti, wie wachsen sie gesund und natürlich heran? Ständig mit dem Werden und Vergehen in engster Gemeinschaft?
Nur natürlich ist es, daß sie im Garten nicht hausen dürfen wie die Botokuden, das ist ja ganz natürlich, und das sehen

sie auch ein: die viele Müh', die der Vater hat ... Von den Johannisbeeren, meinetwegen, da dürfen sie sich pflücken, aber doch nicht von den Erdbeeren?
»Hört ihr, ihr Kinder?«
Der Weg, der an den Erdbeeren vorüberführt, wird der »Verführungsweg« genannt, und es wird sehr gescholten, wenn man sich verleiten läßt.

So klein sie noch sind: Jedes Kind hat *sein* Beet. Radieschen ziehen sie darauf, die ihnen die Mutter abkauft, Sauerampfer und Spinat. Im hinteren Teil des Gartens liegen diese Beete, und auf jedem hat der Vater vor der Aussaat mit dem Holzrechen die Initialen der Kinder hineingeschrieben und Kresse dreingesät, das kennt er noch aus seiner eigenen Kindheit: ein *H*, ein *R*, ein *G* und ein *L*. Erstaunlich, wie schnell die Kresse wächst: Was für eine reizende Idee.
Und wie gut man nun unterscheiden kann, wer sein Beet in rechtem Schusse hält!
»Seht nur, Kinder«, sagt Onkel Bertram, wenn er mit den Seinen sonntags kommt, »daran könnt ihr euch ein Beispiel nehmen.«
Und er nimmt aus seiner Tasche vier Bonbons und gibt jedem der fleißigen Kinder einen davon, und er sagt zu seinen eignen Kindern, die still und nägelknabbernd danebenstehen, daß sie auch Bonbons erhalten werden, wenn sie dies und das befolgen.

Als der Garten in Schuß ist, werden Tauben angeschafft, herrliche Tiere, so zielstrebig und treu. Und das gemütliche Gurren? Der Nachbar hat welche, die ziehen immer so schön ihre Kreise.
Den Schlag tischlert der Herr de Bonsac natürlich selbst, im Keller, mit weit ausschwingendem Hammer und rhythmisch: dam-dadam ... Im Keller hat er nämlich eine reguläre kleine Tischlerwerkstatt, mit Hobelbank und Schraubstock und mit Bohrern an der Wand, die wie Orgel-

pfeifen der Größe nach geordnet sind, mit verschiedenen Hobeln und Sägen und einem Leimkocher, der sehr stinkt. Das Tischlern des Taubenschlags ist eine Staatsaktion, und das Schimpfen, wenn er sich auf den Daumen haut, hört man durch das ganze Haus.

In einem Korb werden die Tauben gebracht, und die Kinder stellen sich auf die Zehenspitzen und gucken unter das Tuch, was das für schöne Vögel sind. Man packt sie mit zwei Händen gleichzeitig und tut sie in den neuen Schlag, worin sie dann sehr unvernünftig flattern, eine Menge Federn lösen sich aus ihrem Gefieder, und man fragt sich, ob das wohl gut ist, daß die so flattern?
So und so lange darf man sie nicht herauslassen aus dem nagelneuen Schlag, das hat der Nachbar geraten – aber so lange kann man doch nicht warten? Die armen Tiere? Vögel? Eingesperrt?
Der Schlag wird geöffnet und, schscht!, sind sie alle wieder beim Händler.

Auch mit Hühnern hat man Pech. Sie werden von Dieben gestohlen. Eine Blutlache und ein Hahnenkopf zeugen vom nächtlichen Kampf. Wilhelm gerät außer sich vor Wut. Er wird so rasend, daß seine Frau ihn mahnen muß: »Aber Willi! Du versündigst dich ja!«

Gegen die Diebe kann man nichts machen. Wandsbek ist ja noch preußisch, und wenn ein Gendarm sich sehen läßt, flüchten die Diebe ein paar Gärten weiter, und da beginnt schon Hamburg – an der speziellen Pflasterung der Hammerstraße kann man die Grenze sehen –, und da darf der Gendarm nicht rüber.
Als dann die Diebe jedoch das ganze Silber stehlen, die Gabeln, die Löffel und die Messer, alles blank geputzt und fein verpackt in Samtschatullen, sogar den herrlichen Tafelaufsatz nicht verschmähen und alles in die schönste, von Martha de Bonsac eigenhändig gestickte Kaffeedecke

tun (wie in einen Sack) und dann noch ihr großes Geschäft auf dem Tisch verrichten, da wird ein Hund angeschafft: Axel Pfeffer heißt er, und er ist ein Schnauzer.
Aufmerksam hört er zu, als man ihm sagt: »Diebe beißen, ja? Du? Tust du das? Immer schön beiß-beiß machen? Wenn Diebe kommen?« Aufmerksam hört er sich das an, und seine Haare sträuben sich: O ja, er wird Dieben beiß-beiß machen, darauf können sie sich verlassen, und vor Wut gurgelnd stürzt er sich auf den Teppich, der zwischen Speisezimmer und Wohnzimmer liegt, und beutelt ihn sich um die Ohren.

Ernst nimmt er seine Aufgabe, sehr ernst. Durch das ganze Haus läuft er wie ein Polizist, ob sich da nicht einer versteckt hat, irgendwo. Auch nachts, trab-trab-trab, durchs ganze Haus. An jeder Tür bleibt er stehen und horcht: unten im Parterre, wo nur die Standuhr tickt, im ersten Stock, wo die Eltern schnarchen, Hand in Hand, bei Richard, dem Sohn, und bei den drei rosigen Töchtern: Hertha, Grethe und Lotti, und oben bei den Dienstmädchen Lisbeth und Lene auch, von denen die eine links- und die andere rechtsherum schläft.
Trab-trab-trab: das ist ein beruhigendes Gefühl, wenn man im Bett liegt und den Hund seine Runde machen hört: Da streckt man sich wohlig aus: das gute Tier ... Nun können die Diebe ruhig kommen. Wär direkt interessant, wenn sie mal kämen; wollt man direkt wünschen, *daß* sie mal kämen ...

Ein Teil des Blutabfalls, der Sehnen und Gedärme, der für das Obst bestimmt ist, wird nun abgezweigt, damit Axel Pfeffer schön freß-freß machen kann, die Beine stellt er seitlich ab, so kräftig ist er. Ein schöner Hund, ein kräftiger Hund. Ein solches Tier ist angenehm zu pflegen.
Im Badezimmer steht eine Bank, wenn man Axel die Hundebürste zeigt, springt er hinauf und streckt alle viere von sich. Und wenn Frauchen dann sagt: »So, nun andere

Seite!« dann dreht er sich um, schwupp!, und schließt die Augen.
»Nein, Wilhelm, was ist das für ein prachtvolles Tier!« so sagen seine beiden Brüder. Und Bertram erlaubt seinen sechs Töchtern, den Hund zu streicheln, was sie sehr vorsichtig tun und was dieser stumm und in sich gekehrt und schließlich gähnend geschehen läßt.
Wie viele verschiedene Hunderassen es gibt, erklärt Bertram de Bonsac seinen Kindern, und daß man sich hinterher die Hände waschen muß, mit Seife und Nagelbürste, weil man sonst Würmer kriegt.

Die Hütte wird auch selbst getischlert, mit weitausschwingendem Hammer, als Pendant zum Taubenschlag: Dachpappe obendrauf, und aus dem Fenster wird geguckt, ob der Hund auch wirklich hineingeht, in die Hütte. Ja, der Nachbar hat auch gesehen, daß der Hund die Hütte tatsächlich benutzt, daß er sie »an-nimmt«, wie man es ausdrücken könnte, und er gratuliert dem Herrn de Bonsac zu seinem Werk, vom Fenster aus, mit reichen Gesten.

Jeden Tag, den Gott werden läßt, versammelt sich die ganze Familie zur Morgenandacht. Der Vater im schwarzen Anzug, Martha, die Mutter, recht füllig, Richard in seinem Matrosenanzug, und die drei Töchter, klein, kleiner, am kleinsten, mit Zöpfen versehen, kurz, kürzer, am kürzesten. Auch Lisbeth und Lene kommen herein, die beiden Dienstmädchen, obwohl sie es eigentlich nicht müßten, groß und schlank die eine, klein und dick die andere.

> . . . schau an der schönen Gärten Zier
> und siehe, wie sie mir und dir
> sich ausgeschmücket haben . . .

Der Vater sitzt in seinem Stuhl, die Kinderschar um sich herum, die Mutter tritt das Harmonium. Lisbeth und Lene mit gefalteten Händen: Lisbeth, die hübsche, die so gut singen kann – manchmal ein bißchen zu laut, und verstehen tut sie dann nicht, wenn man leicht den Kopf schüttelt –, und Lene mit dem kleinen Buckel: die ist etwas obstinat, aber keiner kann wie sie die Apfelsinen abmachen: die Schale als Spirale im Ganzen oder eine Seerose herstellend, die Frucht so auseinanderbiegend ...

Die Glucke führt ihr Völklein aus,
der Storch baut und bewohnt sein Haus ...

Nein, dieses Lied singt man am allerliebsten, fünfzehn Verse hat es, und da läßt man keinen aus. Immer singt man es und immer gern.

Dann kommt die Andacht selbst, die Andacht »in reicherer Form«, wie in dem Andachtenbuch zu lesen steht, auf Seite zweiundvierzig, mit etlichen Lesungen und zahllosen Zwischengebeten. Die Lesung »in reicherer Form« wird gewählt, weil man dem lieben Gott nichts abknapsen soll, weil man Dank opfern will für all das Schöne und Gute, das man von ihm empfangen hat, noch empfängt und weiterhin empfangen wird.
Großer Raum ist daher dem Dank gewidmet. Gedankt wird zum Beispiel für die wunderbare Nacht, in der des Teufels List in einem »nicht mächtig worden ist«, wobei der kleine Richard angeguckt wird, und gebetet wird um quasi alles, was nicht niet- und nagelfest ist.
Als Hertha noch klein ist, ruft sie dauernd: »Amen, amen, amen!«, das erzählt man sich immer wieder und leise schmunzelnd: »Amen, amen, amen ...« Rausschicken nützt nichts, dann kommt sie durch das Eßzimmer wieder herein.

Auch vor dem Essen wird gebetet:

Komm Herr Jesu, sei unser Gast
und segne, was du uns bescheret hast. Amen.

Aber nur zu den Hauptmahlzeiten: an dem langausgezogenen, mit gestärkter Tischdecke versehenen Tisch, wenn morgens der Kanarienvogel, von Sonne getroffen, sein erstes Lied hervorbringt, wenn die warmen Rundstücke im Korb liegen, der erstklassige Honig und das wundervolle Johannisbeergelee, oder mittags, wenn schon die gelbe, glühendheiße Brühe in den Tellern dampft . . .

Nachmittags zum Kaffee, in der Veranda, wird nicht gebetet. Einmal muß man ja auch Pause machen damit, das nutzt sich sonst ab.

Ansonsten:

Danket dem Herrn, denn er ist freundlich
und seine Güte währet ewiglich. Amen.

Ja: Amen! Das ist wahr. Kann man nicht dankbar sein für diese prachtvolle Wurst zum Beispiel oder für die duftende Heubutter. Ein Strauß mit Margeriten und Phlox steht inmitten des Geschirrs und duftet herb: klick! Blütenblättchen fallen herab.

Während man ißt, wird von Hans und Bertram gesprochen, von Hans mit seiner englischen Frau, die zwar sehr, sehr nett ist, aber man weiß nicht so recht, irgendwie fremd. Nicht? Und: *will* keine Kinder? Wie soll man das verstehen? Bertram dagegen mit seinen sechs Kindern, und alles Töchter, eigentlich komisch, aber auch irgendwie schön, reizend und alle nach der Mutter, dieser feinen, stillen Frau, die so entzückende, sonderbarerweise zusammengewachsene Augenbrauen hat.

Aus seiner Fülle haben wir alle genommen
Gnade um Gnade . . .

Sechs Töchter, die immer so merkwürdig still sind, höchstens mal miteinander tuscheln und im übrigen trotz schärfster Vermahnungen Nägel kauen, und zwar unentwegt.

Dann wird von der Börse gesprochen, wen man da gesehen hat – »mind the children!« –, und das Auge des Vaters wacht über die Kinder. Hier herrscht noch gute, alte Sitte, hier herrscht alttestamentarische Strenge: Butter *oder* Marmelade, so lautet das Gebot. Wenn die Kinder sich

Marmelade noch zusätzlich auf die Butter streichen, dann zieht der Vater ein Auge hoch und sagt: »Mein Kind, das kannst du dir leisten, wenn du dir dein Geld *selbst* verdienst.« Butter *und* Marmelade? Was für eine Verschwendung ...

Es wird ihnen schließlich geraten, sich auf die eine Seite des Rundstücks Butter und auf die andere Seite Marmelade zu streichen, das kann man ja zusammenklappen, und das ist dann ja ganz derselbe Effekt.

»Nicht? Du? Ist das nicht wundervoll?«

Und stets nur zwei Stück Kuchen. Und wenn die Kinder sagen: »Schade, wir haben doch noch solchen Hunger!«, dann wird geantwortet: »Wenn du *Hunger* hast, dann geh in die Küche und streich dir ein Brot!« Und streng wird das gesagt. Und auf den Tisch wird gepocht dabei: Mehr als zwei Stück Kuchen gibt es nicht. Basta. Kuchen ist ja schließlich nicht zum Sattessen da, und mittags, der Teller, der muß leergegessen werden.

»Linke Hand am Tellerrand!«

Und zwar völlig.

Wenn die Kinder absolut nicht mehr können und vor sich hin quosen, dann geschieht es allerdings, daß der Vater schließlich in strengem Ton sagt: »Du *kannst* wohl nicht mehr? Nein? Na, dann gib es mir«, und es sich selbst hineinschaufelt.

Den Teller reinigt er zum Schluß mit dem Messer, indem er ihn sehr systematisch dreht. Der ist hernach so rein, als ob er abgeleckt worden wäre.

»Ich *kann* nicht mehr«, muß man sagen, auf keinen Fall darf man sagen: »Ich *mag* nicht mehr oder ich *will* nicht mehr.«

»Mag nicht liegt auf dem Kirchhof, will nicht liegt daneben ...«, heißt es dann.

Da gibt es kein Erbarmen. *Mögen* muß man, und zwar *alles*.

Anders ist es, wenn man wortlos und blaß vor seinem Teller zusammensackt und macht, daß man so recht kläglich aussieht.

Was is' mich das mit dich?

wird dann gesagt.

Du iß' mich nich!
du trinks' mich nich',
du bis' mich doch nich' krank?

So wird gesprochen, und die Stirn des Kindes wird an die Wange gedrückt. Fieber hat es eigentlich nicht, aber dies Wachsen der Kinder ist ja auch nicht ohne; wie Buttermilch und Spucke auszusehen?
Vielleicht sollte man mal wieder Lebertran besorgen, dieses gelbe, flockige Zeug mit all den Nährwerten? Oder Mittagsschlaf halten mit zugezogenen Gardinen und Priesnitzumschlag um den Bauch?
»Ja? Du? Immer schön vernünftig sein?«

19

Die Tante

Ich bin Engländerin und kam zu Weihnachten 1903 – vor siebzig Jahren! – als junge Braut zum erstenmal nach Deutschland, und ich erinnere mich daran, als wär es heute. Es war meine erste Besuch in fremde Land. Mein damaliger Verlobter Hans de Bonsac holte mich vom Schiff ab, was zu diese Zeit eine kühne Verachtung aller herrschenden Sitten bedeutete, denn die Reise im Zug nach Hamburg mit ein Verlobter galt als höchst unpassend. Es mußte deshalb ein tiefes Geheimnis bleiben, denn sonst wäre mein guter Ruf auf ewig verlorengegangen. Hans war ja sehr frech, er stand auf Spitze zu seine Brüder und provozierte sie liebend gern. Zum Beispiel Taxi fahren: Das ging doch nicht! Das war doch zu teuer! Oder ins Caféhaus gehen. Und immer tat er es. »Aber Hans! Das schöne Geld!«

Heute entsinne ich mich wie gestern auf meine erste Begegnung mit mein Schwager und Schwägerin Martha und Willi de Bonsac in der Bärenstraße in Wandsbek. Es liefen mir entgegen drei kleine Wesen: Hertha, Richard und Gretchen de Bonsac. (Lotti saß noch im Kinderstuhl, das ganze Gesicht voll mit Brötchenschmier.) Die kleine Mädchen trugen buntkarierte Kleider mit kleine Puffärmel und hatten flachsfarbige Zöpfe, die fast bis zu den Knien reichten. Der Junge machte ein tiefe Diener, und die Mädchen machten ein sogenannte deutsche Knicks, indem sie alle beide in die Luft sprangen, was mir unendlich komisch vorkam. Eigentlich war es süß, aber so ganz anders als die englische Kinder.
Martha de Bonsac war damals recht pummelig und äußerte ihr Wunsch, schlanker zu werden. Mein Höflichkeitsinstinkt bewegte mich, sie zu versichern: »Du bist doch gar nicht so fett!«, was große unterdrückte Heiterkeit hervorrief.

Willi trug damals, wie allgemein Sitte, eine große schwarze Bart und kam mir vor mit seine schwarze Gehrock wie mein eigener Großvater, obgleich er noch ein junger Mann war, in England hatte man die Bärte schon lange abgeschafft. Er flößte mir ein riesige Respekt und Ehrfurcht ein. Es war mir ganz unmöglich, diese erhabene Wesen mit »Willi« anzureden, es blieb also etliche Wochen bei »Herr de Bonsac« und »du«. Letztere machte mir keine Schwierigkeiten, da ich nicht die geringste Gefühl für diese Diskriminierung empfand, im Gegenteil, ich brachte es bei die allerunpassende Gelegenheit vor.

Die Atmosphäre, in die ich damals trat, war mir gänzlich fremd, ich kam in eine echte, urdeutsche Familienkreis, eine Kreis, die zu eine vorbeigegangene Generation gehörte und das es heutzutage nicht mehr gibt. Es gehörte zu dem alten Deutschland und strahlte eine kindliche Einfachheit und Güte aus, verbunden mit ein tiefe religiöse Einstellung, die ich zwar nicht teilte, aber als wohltuend empfand.
Jeden Morgen sammelte sich die Familie zur Andacht. Mein Schwager las dann ein Kapitel aus der Bibel, und allgemeine Ehrfurcht herrschte, unterbrochen nur von die kleine Lotti, die im Kinderstuhl saß und hin und wieder ein Bauklotz mit Wucht ins Zimmer hineinschleuderte. Das gab eine mächtige Krach, woran sie große Vergnügen fand.
Die Großen taten so, als sei das überhaupt nichts.
Mein Schwager Willi war im wahrsten Sinne des Wortes ein guter Mann und erweckte in mir Respekt und Liebe. Ich habe selten eine Mensch von so kindliche und fromme Glaube gekannt, und sein ganzes Leben hat dies bestätigt. Oft zeigte er mir seine schöne Garten mit all die wunderbare Blumen oder seine Aquarien mit Heizung, wo so Luft reinkam ins Wasser. Markopoden und was es da nicht alles gab. Mir zu Ehren hat er die gefüttert, Regenwürmer

kriegten die zu fressen. Er hat die Würmer auf ein Holzbrett gelegt und in kleine Stücke geschnitten, und die zappelten denn, und die Fische waren ganz verrückt.

Hans war immer auf Spitze mit seine Brüder, aus Spaß und aus Ernst. Oh, da gab es Kämpfe! »Mein lieber Hans«, sagten die dann, so, als ob er ein kleines Kind ist, und lachten sich dann so zu, hinter seinem Rücken, was ihn ganz wild machte.
Was ich immer nicht recht verstand, daß Willi und sein Bruder Bertram meine damalige Mann überhaupt nicht unterstützt haben, als der sein Geschäft eröffnet hat. Sie saßen in warme Nest und hätten ihm doch gut ein paar von ihre Kunden abgeben können? Das waren schwere Jahre.
Viel könnte ich von der Familie erzählen, feine, ehrwürdige Menschen, aber es fehlt mir augenblicklich an Zeit. Ich hatte damals das Gefühl, in eine andere Welt zu kommen, ein altmodische, aber gute Welt, worin man sich wohl fühlen mußte. Alles war so ganz anders als unsere moderne Welt von heute, die gewiß ihre Vorzüge hat, aber trotzdem weit, weit entfernt bleibt von die damalige Zeit und Atmosphäre.

20

Im Sommer sitzt man auf der Terrasse, abends, wenn die Kinder gottlob und endlich alle im Bette liegen, was schwer und schwerer zu erreichen ist, weil sie heranwachsen und in Onkel Hans einen Fürsprecher haben: »Aber Willi, laß sie doch noch fünf Minuten . . .«, in Onkel Hans also, der selbst keine Kinder hat, nicht ein einziges, und der sich selbst so manche Freiheit gestattet, ohne daß es ihm bisher – wunderlicherweise – geschadet hat. Man wird ja sehen, wo es mit ihm hinkommt, diesem an sich so lieben, guten, großmütigen Manne.
Nein, das kann man nicht gestatten, fünf Minuten, wo kommen wir denn da hin? Ins Bett müssen sie, und zwar früh, damit sie nicht neurasthenisch werden oder skrufulös; damit man selbst auch mal seine Ruhe hat, die ersehnte Ruhe nach des Tages Müh' und Last. Und es kann dem lebhaften Onkel Hans auch keinesfalls gestattet werden, den Kindern »Gute Nacht!« zu sagen:

Es kommt eine Maus,
die baut sich ein Haus.
Es kommt eine Mücke,
die baut sich 'ne Brücke . . .

Diese Art Scherze macht er dann nämlich gern.

Es kommt ein Floh,
der macht sososo . . .

und kitzeln tut er die Kinder, und das regt sie ja erst recht auf. Anstatt daß er sie beruhigt, ihnen ein Märchen erzählt oder ein Lied vorsingt! Das kommt eben davon, wenn man selbst keine Kinder hat, dann sieht man das zu ideal: Kinder, denkt man, Kinder müssen immer lustig sein und toben.

Kinder mit'm Willen
die kriegen was auf die Brillen.

Mit Kissen werfen? Wo kommt man da hin? So was kann man nicht gestatten.

Wenn die Kinder endlich im Bett sind, genießt man alles doppelt und dreifach. Auf der weißen Gartenbank sitzt man, Hand in Hand, und atmet tief ein. Die Birke – »sieh doch mal, mein Martha« – wie schön sie gewachsen ist: ein jungfräulicher Baum, ein Baum wie ein Mädchen ... Die Steingewächse auch mal wieder ausjäten (wo kommt bloß all das Unkraut her?) und die Stauden teilen, nächstes Jahr ...
Man winkt dem Nachbarn zu, der drüben auch auf der Terrasse sitzt, und atmet immer tief und freudig ein und aus, der erquickende, labende Abend, wie isser bloß schön.

Nach einer halben Stunde wird die Uhr gezückt, die schwere goldene, der Sprungdeckel wird aufgeklappt: Nun hat man genug gesessen, »nicht, mein Martha? – Komm, mein Martha ...«
Nun mal ein paar Schritte laufen, allein schon deswegen, weil der Nachbar hineingegangen ist in sein Haus, um sein Waldhorn zu holen, was man weniger schätzt. Beim ersten Mal hatte man zu laut gesagt: »Wie isses schön!« Nun hat man den Salat.

Die Wege sind sogenannte »Brezelwege«, sie sind in Achten angelegt und mit Buchsbaum eingefaßt. Hier kann man sich ergehen, immer in die Runde, mal so rum und mal so, dahinschweifen kann man mit nachdenklichem Gesicht. All das Gute, all das Schöne in der Welt, diese herrliche Blüte zum Beispiel, ist sie nicht wundervoll? Man nimmt sie sorgend in die Hand und sagt: »Ist sie nicht wun-dervoll, mein' Martha? Ja? Du? Und immer auch gut sein, zu jedermann, nicht, mein' Martha? Du?«
Nur zum Begegnen sind sie zu schmal, die Wege, da muß dann einer zurückbleiben, denn auf den Rasen treten, das ist ja auch nicht ganz das Wahre.

Die Fliederlaube, hinten rechts, obwohl üppig entwickelt, hat sich eigentlich nicht so recht bewährt. Vor der bleibt man ratlos stehen. Sie ist zugig, behaupten die Brüder, und außerdem macht Axel Pfeffer da immer hin, dieses an sich so prachtvolle Tier.

Tagsüber sitzt das Mädchen Lene ab und zu in dieser Fliederlaube, wenn Erbsen auszupahlen sind oder Johannisbeeren abzustrippen. Die Kinder mit ihren strammen Zöpfen setzen sich dazu, helfen ihr oder machen Ketten aus Löwenzahnstengeln.

Dor sitt een ohl Uhl up'n Boom
und klampüstert sick . . .

Seltsame Gedichte kann die kleine bucklige Lene:

Dunn käm een Pimpampusenstengel
und pett de ohl Uhl
upp den Plattfoot.

Das muß sie immer wieder aufsagen. Wirklich, sehr seltsame Gedichte:

Piii – sä de ohl Uhl
kann ick nich sitten
und pisen mine Pasen
mine Pimpampusen?

Gedichte, die man eigentlich gar nicht so recht versteht.

In der Hammerstraße wohnt eine Familie Brettvogel mit siebzehn Kindern. Wer ist es wohl, der alle Namen herunterrappeln kann? Lene. Einen kleinen Buckel zwar und etwas obstinat, aber Lene hat auch ihre Vorzüge, das muß man wirklich sagen, die siebzehn Namen der Familie Brettvogel weiß sie jedenfalls.

An der Hauswand üben die Mädchen Ballschule, »Probe«. Kopf, Arm, Brust, Bauch, Knie . . . Der Ball ist kein gewöhnlicher Ball, der ist bunt lackiert, Blumen sind darauf. Der Nachbar guckt zu, der hat keine Kinder, und dann versucht er das auch mal, Ballschule, läßt es dann aber

schnell bleiben, läuft hinterm Ball her, das ist ja ganz verflixt.
Da ist es mit Lisbeth schon was anderes. Die läßt sich das nicht nehmen. Ballschule, das ist ganz ihr Fach. Aus der Küche kommt sie gelaufen, zwischen Kartoffelschälen und Suppeumrühren. Kopf, Arm, Brust, Bauch, Knie ... hundertfünfzigmal und mehr, hinterm Rücken hervor und unterm Bein.
»Liesbeeeth!« so wird gerufen. »Ja, wo bleiben Sie denn?«
»Liesbeeeth«, wie Vater de Bonsac immer sagt, und hin und wieder, wenn es sich gerade so macht, faßt er sie wohl auch mal um die Taille.
(»Aber Wilhelm«, sagen seine beiden Brüder dann.)

Der schöne Garten. Neben der Fliederlaube steht eine Schaukel, das ist Grethes Lieblingsplatz, da kann man so schön träumen: Wie alles mal kommen mag, und wie herrlich das dann sein wird, das Leben, und daß man ganz gut und lieb sein will, das träumt sie vor sich hin, und nur sehr wenig schaukelt sie, und ein Bein hat sie unter sich gezogen. Daß man ganz gut und lieb sein will ...
Aber auch mal wild, wenn sich's so macht. Warum nicht? Mal wahnsinnig schnell rennen? Oder später, wenn man groß ist, sich zu den Soldaten schleichen? Wie Johanna Stegen es tat? Und den Soldaten die Patronen reichen ...

Wenn Grethe so was denkt, dann nimmt sie Schwung. Es müßte doch mit'm Deibel zugehen, wenn man den Zweig da oben im Birnbaum nicht mit dem Fuß erreichte?
Da unten hängt das Mädchen Lene Wäsche auf, Unterhosen und Schlüpfer, alle der Größe nach, die Klammern nimmt sie aus der Schürzentasche und hoch auf greift sie, daß man das Nasse unter ihren Achseln sieht.
Beim Nachbarn sieht man zwar die Bretterwand, die der sich da zusammengenagelt hat, aber man kann nicht sehen, was dahinter geschieht, so hoch man auch schaukelt. Daß da zwei Liegestühle drinstehen, hat man mitgekriegt. Und

daß Mann und Frau da ab und zu hineingehen, mit Kissen unterm Arm auch.
Manchmal wird Feuerwehr gespielt. Bruder Richard ist das Pferd und bekommt Schwarzbrot und Zucker aus der Hand zu fressen, das ist die Hauptsache bei diesem Spiel. (Schön, daß man einen Bruder hat, nicht so langweilig wie bei Onkel Bertram mit seinen sechs Töchtern, die alle immer nur herumstehen und gar nicht recht spielen können.) Richard wird vor den Ziehwagen gespannt, mit Bindfäden, und die Mädchen steigen ein und haben Peitschen in der Hand. Und dann gibt's Alarm, und sie jagen um die Buchsbaumwege herum und am Haus vorbei auf die Straße, daß die Leute nur so auseinanderflitzen. Einmal geraten sie mit der Deichsel dem Nachbarn zwischen die Beine, mit flatterndem Mantel fällt er auf sie drauf, unter Fluchen und Schnaufen.
»So was kommt von so was her.«

Wenn's dann mal einen Ratscher gibt, dann geht man zur Mutter, den blutenden Finger in die Höhe haltend, und die Mutter öffnet die Hausapotheke, in der sich Borwasser, Natron, essigsaure Tonerde, Arnika und Guttapercha befinden, und holt ein Reformpflaster heraus und pustet auf den Finger und beklebt ihn damit.

Heile, heile Segen,
drei Tage Regen,
drei Tage Schnee,
nun tut es nicht mehr weh.

In schweren Fällen bekommt man auch mal eine Liebesperle zum Lutschen, oder man darf sich in das Bett der Mutter legen, dem eine ganz besondere Heilwirkung zugesprochen wird.

Die Jungen aus der Nachbarschaft sind einfache Jungen, mit denen kann man gut spielen, wenn sie auch schlimme Ausdrücke im Munde führen und nicht sehr reinlich sind. Die Nasen wischen sie sich ab am Ärmel . . .

Karl Meier fragt die Mädchen, was sie später mal werden wollen. »Handarbeitslehrerin!«
Er bringt ihnen einen Haufen Bindfäden und sagt: »Wenn ihr die aufknütteln könnt, *dann* seid ihr befähigt, Handarbeitslehrerin zu werden.«

In den Pferdeäpfeln auf der Straße zeigt er ihnen die schönen Maiskörner, die da noch drin sind, rund und blank und unverdaut. Die polken sie sich heraus und essen sie auf. Jawoll.

Wenn die Jungen da sind, macht sich auch die Mutter im Garten zu schaffen: »Oh, Kinder, Kinder! Nicht so wild! Und daß ihr mir *nicht* schon wieder in die Erdbeeren geht!?«
Die Jungen sind aber auch zu und zu wild. Schaukeln tun sie, als ob sie oben rumfliegen wollten, das ist aber auch zu und zu doll.

Mit Richard geht es, der hat ein ruhiges Temperament. Richard reitet die Achtenwege des Gartens immer gern auf seinem Steckenpferde ab. Trompeten tut er dabei, und links und rechts guckt er. Einen Helm hat er auf dem Kopf und einen Säbel über der Schulter.

Wer will unter die Soldaten?
Der muß haben ein Gewehr . . .

Pferd und Reiter ist er in einer Person: Hü! sagt er, und schnauben tut er auch. Hinten am Steckenpferd ist ein kleines Doppelrad, das macht Schlangenlinien auf dem geharkten Weg.
»Richard! Nun doch nicht auf dem frisch geharkten Weg!«
Auf dem Rasen natürlich auch nicht, der muß erst wieder gemäht werden von Josten, dem weißhaarigen Morgenmann, der auch die Öfen anlegt im Winter, Schnee fegt, wenn es nötig ist, und die Schuhe putzt, was mit Wichse geschieht, auf die er draufspuckt: ein Mann, für den eine extra Schnurrbarttasse im Küchenschrank steht.

Des Mannes Zierde ist der Bart,
drum schon' er ihn auf jede Art.

Auf dem Rasen darf Richard also auch nicht reiten, am besten tut er es da hinten, um die Bluttonne herum. Da meinetwegen. »Aber nicht zu doll!?«

Richard kriegt manchmal Prügel. Nicht, weil er als Hund auf allen vieren durch die Wohnstube krabbelt und dauernd das Bein hebt, von Axel Pfeffer schiefen Kopfs betrachtet, nein, sondern weil er Struwwelpeter spielt: »Ich geh aus und du bleibst da« und Grethes kleinen Daumen zwischen die große Schneiderschere nimmt, oder weil er sich eine Kristallschale als Helm auf den Kopf setzt und nicht wieder herunterbringt.

»So! Jetzt kriegst du eine Ohrfeige!«

Erst wird ihm die Schale vom Kopf heruntergewrögelt, wozu man ihm mit zwei kalten Messern die Ohren andrückt, dann muß er die Hände an die Hosentaschen nehmen, und links und rechts kriegt er welche ran. Die schöne Schale von Tante Minna! Nach der sie sich doch jeden Sonntag umsieht! Wenn die nun zerbrochen wäre! Nicht auszudenken ...

»Von pijacken kommt pojacken, und von pojacken kommt Pökerklappen.«

Lang ist die Liste seiner dummen Einfälle.

Einmal spielt er am Sonntagmorgen mit den Handschuhen seines Vaters Lehrer Lempel, und der Vater will doch zur Kirche! Sucht überall die Handschuhe, und Richard drinnen: »Ich bin der Herr Pastor, ich pred'ge euch was vor ...«

Da gibt's aber welche mit dem Stock! Ins Arbeitszimmer muß er kommen, wo das Bild von Bismarck über dem Schreibtisch hängt, das solche Ähnlichkeit mit Onkel Bertram hat. Und während der Vater rhythmisch, aber sachlich auf ihn einschlägt, kann Richard sich die Afrika-Sachen betrachten, die hier überall herumstehen und -liegen, denn sein Vater ist mal in Afrika gewesen, jawohl,

1884, und zwar in Kamerun, wo man ihn an Land hat tragen müssen, weil da kein Anlegeplatz war für das Schiff.
Nach der Züchtigung, die oftmals ein wenig zu hart ausfällt, kniet man dann gemeinsam nieder und betet zum Heiland und weint und fällt sich in die Arme.

Zwanzig Pfennig Taschengeld gibt es pro Woche, darüber muß Buch geführt werden. »Saldo«, was das ist, und »Übertrag«: »Hier kommen die Einnahmen hin, mein Kind, darüber schreibt man ›Einnahmen‹, und *hier* die ›Ausgaben‹ . . .« Und immer schön aufpassen, daß man nicht *mehr* Geld ausgibt, als man einnimmt.
Ein Drittel muß immer übrigbleiben, und es wird sehr geschimpft, als Hertha sich mal eine Tüte Pflaumen kauft: »Wir haben doch nun *so* schönes Obst, wo soll das hinführen, Kind?«
Das ist nicht solide.

Die Mädchen spielen stundenlang mit Puppen, im Sommer in der Fliederlaube, im Winter drinnen. Sie haben eine Puppenecke mit Puppenwaschtisch und Puppenbetten, und alle Puppen zusammen sind eine Familie: Der Puppenvater heißt Herr Schröder, der hat eine festgeklebte Matrosenmütze auf dem Schädel. Im Rücken hat er ein Spielwerk, das man aufziehen kann:

Üb' immer Treu und Redlichkeit
bis an dein kühles Grab,
und weiche keinen Finger breit
von Gottes Wegen ab.

Herr Schröder sitzt meist auf einem Korbstuhl, das heißt, er räkelt sich, da er die Beine nämlich nicht einbiegen kann. Manchmal sitzt er auch an dem Puppenklavier, das ganz so aussieht wie ein richtiges Klavier, nur drinnen hat es ein Glockenspiel statt richtiger Saiten. Von der Puppenmutter, von Frau Schröder also, die lange Flachslocken hat und gletscherblaue Augen, wird er mit Nahrung ver-

sorgt, mit einem Teller Liebesperlen und einer Brotrinde, die ein Kotelett darstellt.
Die Puppenmutter heißt Luise Schröder: Sie verfügt über eine reichhaltige Garderobe, die auf Bügeln im Puppenschrank hängt.

Dem braven Kinde

Fünf Kinder hat die Familie Schröder, sie werden fortwährend zu Bett gebracht und an- und ausgezogen. Manchmal werden sie auch ausgeschimpft oder übers Knie gelegt und mit dem Puppenausklopfer ausgeklopft.
»Kinder! Nicht zu wild!!«

Hertha und Grethe sprechen untereinander wie Mütter, und zwar halblaut, damit die richtige Mutter nicht gestört wird, die unten ihren Mittagsschlaf hält. Ein Herz und eine Seele sind sie, und alles tun sie gemeinsam.
»Was werden wir heute kochen? Birnen, Bohnen und Speck?«
Auch ein Kochherd steht in der Puppenecke, aber da gibt es nichts zu kochen, das ist zu gefährlich, und Lene, das bucklige Mädchen, paßt auf, die petzt. Die Gardinen könnten ja Feuer fangen oder der Teppich. Ein bißchen Wasser, das man mit Seidenpapier färbt, das ist die ganze Kocherei. Ein Lappen liegt in Reichweite, damit es auf dem gebohnerten Fußboden keine Flecken gibt.

Puppenvater, Puppenmutter, Puppenkinder. Und die Puppe »Mary« nicht zu vergessen: die große Puppe »Mary«. Sie stammt von Onkel Hans und steht im Schrank, nur sonntags darf man mit ihr spielen, da ist sie dann »Besuch«. »Mary Gold« aus England, »british born«, ganz was Besonderes. Die Augen kann sie auf- und zuklappen, und wenn man sie neigt, sagt sie »Daddy!«.

Sonntags wird mit dem großen Puppenhaus gespielt: Es ist ein geräumiges Haus mit einer Standuhr im Entree.

Einen Fachwerkgiebel hat es mit einem runden Bodenfenster, aus dem man eine Fahne heraushängen lassen könnte zu Kaisers Geburtstag, wenn es einen Kaiser für die Puppen gäbe und wenn man eine Fahne hätte. Alle Türen sind richtig zum Auf- und Zumachen, eine Bibliothek mit festgeleimten Holzbüchern. Auf dem Puppenhaus-Dachboden stehen richtige kaputte Puppenmöbel, und im Keller liegen Fässer. Und neben dem Puppenhaus ist ein Pferdestall mit richtig Heu in der Krippe.

Onkel Bertram läßt sich auf ein Knie herab und guckt durch die Brille. So was hätten sie in ihrer Jugend mal haben sollen, so etwas Schönes. Sie in ihrer Jugend wären ja direkt spartanisch erzogen worden ... Eine Peitsche und ein Kreisel – »höchstens!«, das sagt Onkel Bertram in seiner maliziösen Art, und mit dem Taschentuch putzt er ein wenig an dem Puppenhaus herum. Und zu seinen Töchtern sagt er, daß das gar nicht gut ist, so ein aufwendiges Spielzeug, mit einer leeren Garnrolle kann man doch genausogut spielen.

»Nicht wahr?«

Und daß er sie sehr lange nicht mehr mit dem Blechkarussell hat spielen sehen, das man doch so hübsch aufziehen kann. Das hat er ihnen doch geschenkt? Warum wird das eigentlich so gar nicht mehr beachtet?

Nicht so Onkel Hans. Der amüsiert sich höchstens darüber, daß in dem Puppenhaus dauernd Weihnachten ist, weil da nämlich ständig ein Weihnachtsbaum drin steht, ein festgeleimter.

Und wo das Klo ist, will er liebend gerne wissen.

Und ob die da auch ein Harmonium besitzen und Morgenandacht veranstalten, das möcht' er auch gern wissen.

Onkel Hans besitzt einen Frackmantel und lacht süffisant: »Meine reichen Brüder ...« sagt er immer. Im Caféhaus sitzt er gelegentlich, und einmal soll er wohl sogar im Kabarett gewesen sein, als hamburgischer Kaufmann! Seine englische Frau hat sich die Bluse mit Sicherheitsnadeln

zusammengesteckt, wie die Schwägerinnen es einander kopfschüttelnd berichten: »Der arme Hans ...« Drei Jahre ist sie nun schon in Deutschland, und immer radebrecht sie noch.
»Das tut sie doch absichtlich ...«

Als die Michaeliskirche brennt, was die ganze Familie vom Dach aus beobachtet, bringt Onkel Hans den Kindern eine Kugel geschmolzenen Glases mit, die zieht er aus der Hosentasche.
»Oh! Die ist ja noch warm!« sagen die Kinder, was dröhnend belacht wird. Ach nein, wie sind sie komisch, diese Kinder! Und wie sehen sie entzückend aus, mit ihren Zöpfen und den abstehenden weißen Kleidchen!

Ein Herz hat er für die Kinder, der Onkel Hans. Kitt bringt er mit, Fensterkitt, einen großen Kloß, und daraus formt er alle möglichen Hexen, Teufel und Gespenster, eins immer grauslicher als das andere, so daß sie meistens nicht sehr lange auf der Anrichte stehen. Eines Morgens sind sie zufällig alle heruntergefallen, und weggeworfen hat man sie dann auch schon gleich.

Manchmal geht Hans de Bonsac mit den beiden älteren Mädchen spazieren, eine links, die andere rechts, und erzählt ihnen dabei Geschichten, auf die er sich extra vorbereitet, von Gustav Nachtigal zum Beispiel, der die Länder Barken und Wadei entdeckt, und Togo und Kamerun dem deutschen Kaiserreich erworben hat. Und er macht ihnen vor, wie die Wilden aussehen, und daß die Menschenfleisch essen! Daß die mitunter *noch* Menschenfleisch essen – hier, die Backen von kleinen Mädchen, die schmecken vermutlich am besten ... Oder er erzählt von der Cholera-Epidemie 1892, wo es keine Särge mehr gab! So viele Tote. Jawoll! Er hat sie auf der Straße liegen sehen. Von einer Zeit also erzählt er, in der aus der Wasserleitung gelegentlich kleine Aale gekommen sein sollen.

Mit den Mädchen geht er, der Knabe Richard kommt ein andermal dran.

Einmal besucht er mit ihnen Ahlers' Affentheater, in dem dressierte Affen und Hunde ganze Dramen aufführen, wobei die Hunde grundsätzlich auf den Hinterbeinen umherhüpfen, Wagen schieben und einen mit Aplomb von ihnen selbst erschossenen, als Verbrecher verkleideten Hund auf einer Bahre davontragen. Mit den *älteren* Mädchen unternimmt er das, Lotti ist ja noch zu klein.

21

Richard

Ja, allerdings, ich heiße de Bonsac, und ich kenne folglich die Familie, in deren Geschichte Sie so hartnäckig herumstochern; ich kenne sie genau. 1893 bin ich in Hamburg geboren, und Hertha, Grethe und Lotti de Bonsac sind meine Schwestern.

Lange Zeit war ich in meiner Generation der einzige Namensträger – Richard August Wilhelm de Bonsac, so heiße ich mit vollem Namen –, was mir immer eine gewisse Sonderstellung in der Familie eintrug. Die beiden Brüder meines Vaters hatten entweder gar keine Kinder oder nur Töchter.

Ich saß bei Tische neben meinem Vater und bekam zur Konfirmation den Wappenring der de Bonsacs, den ich heute noch trage: Kelch und Traube.

Auch die große Uhr ging auf mich über.

Es ist ein eigen Ding, der letzte männliche Sproß einer so alten Familie zu sein. Ich weiß es noch wie heute, daß ich so manches Mal auf dem Schulweg unter all den vielen Kindern vor mich hin gemurmelt habe: »Du bist nun der letzte, du bist nun der letzte . . .« Und vorgenommen hab ich mir, in der Schule sehr fleißig zu sein, woraus dann ja allerdings leider nicht viel wurde.

Hin und wieder holte mich mein Vater in die Studierstube und ermahnte mich auf seine Weise. Er zeigte mir die große Familienbibel mit all den Namen der Vorfahren. »Emanuel de Bonsac, Heinrich de Bonsac, Kaspar de Bonsac . . .« wobei die Schreibweise des Namens stets leicht differierte, »Bonsacius« war da zu lesen und humorvollerweise sogar »Bohnsack«. – Diese Bibel, die aus dem frühen achzehnten Jahrhundert stammte, möglicherweise auch aus dem ausgehenden siebzehnten Jahrhundert, be-

zeugte in eindrucksvoller Form das ungebrochene Geschlecht der hugenottischen Pfarrherrn.
Eine große Bibel war es, mit Prägedruck und Messingschnallen, die Initialen reich verziert.
Wenn ich bei meinem Vater saß und ihm zuhörte, dann strich er so über die Seiten dieser Bibel, mit seinen großen, stets leicht zitternden Händen: »Sieh mal, mein Junge ... du mußt immer bedenken: wir sind nicht irgendwer. Ja? Du?« Und dann erzählte er mir eindrucksvoll von der Flucht der aus Frankreich stammenden Vorfahren, nachts auf einem Schiff, bei abgedunkelter Laterne, und der Schiffer zögert das Ablegen künstlich hinaus, und die Frauen weinen, und die Männer dringen auf den Schiffer ein, daß er doch um Christi willen ablege! Und Geld geben sie ihm und so weiter und so fort.
»Füße im Feuer«, diese Ballade kennen Sie doch wohl? Daran muß ich immer denken, wenn ich mich mit meinen hugenottischen Vorfahren beschäftige.
Von jenem Notarius, der 1813 dabei war, Kaspar de Bonsac, erzählte er, und vom Arzt in Ritzebüttel, Emanuel de Bonsac, der sich selbst operierte und nachts bei seinen Ritten durch die Heide auf dem Pferde einschlief. Vom Lotsenkapitän Becker, der einen Affen besaß. Und von den Frauen, den tapferen Frauen, mit einer Totgeburt nach der anderen. Haben Sie schon mal ein Taufregister durchgesehen? »Anonymus, zwei Tage nach der Geburt gestorben.« Kinder also, die noch nicht einmal einen Namen hatten!
Dies Sich-Finden der Menschen, wie wird es damals anders gewesen sein als heute? Dies zunächst spielerische Durchstreifen der Gesellschaft, das Zögern und Erkennen: Ja, *du* bist für *mich* gemacht, und *ich* für *dich*! Nicht diese zitternde, das Blut in Wallung bringende Leidenschaft, sondern die eher von der Vernunft kommende Gewißheit: Ja. – Wer oder was ritt mich, jene Gesellschaft zu besuchen, in der ich meine gute Frau traf?

Liebesfreud und Liebesleid, oh, ich könnte viel, sehr viel erzählen und nicht nur von den de Bonsacs. Aber junge Menschen wollen das nicht hören. Junge Menschen halten das für »kalten Kaffee«.
Sie denken, ab heute, hier und jetzt, wenn nur die Liebe sich erfüllt, wird alles gut. Nein! Dann beginnt ja erst der Schmerz, dies tägliche Bewähren, nicht gleich alles hinzuwerfen und auf- und davonzugehen, sondern durchzuhalten, Jahr um Jahr. Das brennt einem die Falten ein, die man auf der Stirne trägt . . .

22

Jedes Jahr fahren die de Bonsacs nach Süderhaff. Sommer für Sommer, Süderhaff ist ein kleiner Ort nördlich von Flensburg, er besteht aus einem Strandhotel mit Kaffeegarten und sieben Häusern, alle in einer Reihe entlang des Dünenweges, hart an der See. Jedes Haus hat einen eigenen Garten und eine Treppe hinunter zum Strand. Pastor Kregel wohnt im ersten, und die de Bonsacs mit ihren Kindern wohnen im letzten, vor dem ein Fahnenmast steht, mit der roten Fahne Hamburgs. Das Haus ist klein, fünf Stuben und Küche, aus Holz gebaut, von Holunder umstanden. Winzige Fenster mit Läden davor, grün gestrichen.

In den Stuben hängen klebrige Fliegenfänger von der Decke, und auf den Fensterbrettern stehen lila »Satten«, das sind Glasschüsseln mit »dicker Milch«. Dicke Milch ißt man mit Schwarzbrot und Zucker; das ist sehr erfrischend.

Vor dem Haus ein kleiner Garten mit gezirkelten Wegen. Er wird peinlich saubergehalten, der Vater ist dafür zuständig.

»Ich habe in das Centrum des Rasens eine Blutbuche gepflanzt«, schreibt er in das Gästebuch, »ich bitte mir aus, daß sie regelmäßig gewässert wird.«

Jedes Jahr fahren die de Bonsacs nach Süderhaff: »Kinder, ist es nicht herrlich?« Jedes Jahr im Sommer.

Für die Reise werden große Schloßkörbe gepackt, sie sind aus Weidenruten geflochten, und obendrauf liegt Wachstuch, damit es nicht reinregnet. Am Tag zuvor werden sie von Josten, dem Morgenmann, geholt und auf einer Schottschen Karre zur Bahn geschafft, auch das Bündel mit den Schirmen, Spaten, Harken und Angelruten.

Ach, wie wird man diesen Sommer wieder genießen! Ganz lieb wird man zueinander sein, und freuen wird man sich, daß man das alles erleben darf. Nicht wie die Familie Brettvogel mit ihren siebzehn Kindern, wo zwar Kaiser Wilhelm Pate gestanden hat, wo aber Schmalhans Küchenmeister ist. Nach Hering riecht es dort, und immer zwei Kinder schlafen in einem Bett!

Die Kinder spielen am Strand, mit bloßen Beinen, wie Dorfkinder es tun. Dabei hat man sie vom Haus aus immer im Auge, ob sie nicht vielleicht zu nahe ans Wasser gehen oder sich gar in den nassen Sand setzen, was schädlich ist für dies und jenes.

Am Strand liegen flache Steine, die man ins Wasser hüpfen lassen kann, und Muscheln, vom Seewasser blankgespült. Richard ist groß im Burgenbauen, er baut sie in die Wellen hinein, mit Tang und angeschwemmtem Holz.
»Wunderbar!« sagt Pastor Kregel. »Nein, mein Junge, das hast du ganz, ganz wunderbar gemacht.«
Innen drin ist ein Teich mit einem gefangenen Fisch, der immer rundherum schwimmt. Und obendrauf steckt eine Fahne, und wenn die Burg untergeht, wird salutiert.

Die Mädchen backen indessen kleine Kuchen aus feuchtem Sand, streuen »Zuckersand« darüber und verkaufen sie einander gegen Muscheln.

Das Baden ist ein ziemlicher Umstand. Erst am dritten Tag wird damit begonnen. In einem Badehaus zieht man sich um, und in voller Montur steigt man über die mit Segeltuch beschlagenen Stufen ins Wasser hinab, quergestreifte, langbeinige Trikots und eine Rüschenkappe auf dem Kopf. Die Mutter geht zuerst hinein, sie läßt sich die Kinder nacheinander auf den Arm geben und taucht sie einmal, zweimal, dreimal unter, und die schreien dann wie am Spieß.

»Wunderschön? Nicht?« ruft der Vater draußen. »Ist das nicht herr-lich? Du? Ja?«
Er kontrolliert mit der Uhr in der Hand, ob die Kinder nicht zu lange im Wasser bleiben.
»Kinder, prickelt es schon?«
Ein wohliges Prickeln soll sich einstellen, laut Handbuch, und *wenn* es sich einstellt, soll man das Wasser verlassen.

Lisbeth, das Mädchen, das man aus Hamburg mitgenommen hat, nimmt die Kinder draußen in Empfang und rubbelt sie mit einem Laken trocken. Das ist, als ob einem die Haut abschrappt.
»Schön? Nicht?« sagt der Vater und strafft sich. »Herrlich!«
Er badet als letzter. Mit einem Kopfsprung springt er hinein ins schwarze Wasser, und die Kinder, inzwischen in warme, wollene Sachen gehüllt, noch aufschluckend vom Weinen, schauen zu, was er da alles macht. Unter Wasser schwimmt er gar; man ist direkt neugierig, wo er wieder auftauchen wird.

Gegen Abend, wenn keiner mehr am Strand ist, baden die Fischerkinder, und zwar so, wie Gott sie geschaffen hat. Sie laufen direkt in die See hinein, ohne jeden Umstand. Die hamburgischen Mädchen stehen dann hinter den Dünen und gucken zu. Weiße Kleider haben sie an, und die Fischerjungen da unten sind braun.

Hinter dem Ferienhaus geht's steil hinauf in den Wald, und in dem Wald ist eine Wiese, das ist eine Schlangenwiese, die dürfen die Kinder nicht betreten. Dicke Schlangenklumpen liegen da herum, die paaren sich.
»Daß ihr mir *nicht* auf diese Wiese geht!« wird gesagt.
Jenseits der Wiese stehen schwere, blaugraue Buchen. Hier hält Pastor Kregel des Sonntags seine Andacht. Wie der heilige Bonifatius sieht er aus, mit seinen weißen Haaren, die im Winde stehen.

So nimm denn meine Hände
und führe mich
bis an mein selig Ende
und ewiglich . . .

Seine Töchter singen Lieder dazu, aus denen, wie sie finden, eine innige, jubelnde Liebe zu Jesus atmet, und Pastor Kregel greift sich in den Bart wie in eine Harfe.

»Was dünkt dich um Christo?« so lautet ein Vortrag, den er einmal außer der Reihe hält, dankenswerterweise. »Er könnte es ja auch bleiben lassen, nicht wahr?« Das sagt Vater de Bonsac zu seiner Frau, und er findet es großartig, wie dieser Mann sich aufopfert.

Auch Launiges fällt Pastor Kregel ein. So begeistert ist er von Süderhaff, daß er Volkslieder umdichtet zum Preise dieses Fleckens,

Es braust ein Ruf wie Donnerhall,
wie Sturmeswehn und Wogenschwall.
Es ist der Ruf: Nach Süderhaff,
ihr alle, die ihr müd' und schlaff!
Ach, Hamburg, und selbst du, Berlin,
Des Reiches stolze Königin,
Was sind denn Elbe mir und Spree,
Wenn ich mein Süderhaff anseh'?

Die Fischer kommen nicht zur Andacht, sie gehen nach Hardborg in die Kirche. Da wird einmal im Monat sogar dänisch gepredigt. Wenn man auf eine der Buchen klettert, dann sieht man den grünen Kirchturm. Auch die Glocken sind zu hören.

Kleinere Glocken hängen an einem Baum, der vor dem Haus eines pensionierten Schiffskapitäns steht. Glasglocken sind das, und die hängen an den Zweigen, und wenn der Wind ein bißchen weht, schlagen sie gegeneinander, und das klingt märchenhaft. Der Kapitän selbst hat die Glocken aufgehängt, damit er hören kann, ob Sturm kommt: Dann schließt er alle Fenster und Türen.

Andere Musik kommt vom Orgelmann, der hin und wieder den Strand daherwandert. Geld kriegt er nicht, das weiß er, aber Kaffee und Brot.
Die Drehorgel trägt er auf dem Rücken, sie ist mit Perlmutter verziert, und wenn er orgeln will, stellt er sie auf einen Stock. Die Kinder hopsen dazu und drehen sich, aber die Musik ist doch ein wenig zu »schrecklich«, finden sie, nicht so schön wie in Hamburg, wo es auch ganz andere Orgeln gibt und viel modernere Lieder.

Ringelkranz, Rosenkranz,
Kessel auf den Kohlen.
Wer ein bißchen tanzen kann,
den will ich mir holen . . .

Den Kaffee trinkt der Mann, und das Brot steckt er ein. »Für die Kinder«, sagt er.
»Hast du denn Kinder?«
»Ja.« Er zeigt mit den Fingern: »Drei.«
Da bringen sie ihm noch ein zweites und ein drittes Stück Brot. Dafür tastet er an die Seite seiner Drehorgel, wo sich ein abgegriffener Messingknopf befindet, unter einer Lederlasche, wenn er den drückt, kommt ein anderes Lied.
Von Lisbeth wird das Brot erbettelt, nicht von der Mutter. Die Mutter ist der Ansicht, man sollte solches Schnorren nicht noch unterstützen, redliche Arbeit frommt dem Mann, und die gibt es übergenug.

Als er außer Sicht ist, spielen die Kinder Drehorgelmann und daß sie ganz, ganz arm sind, das spielen sie auch; aber nach zehn Minuten hat Richard genug. »Schluß!« Das ist ihm zu langweilig, arm zu sein. Er nimmt die Schaufel zwischen die Beine, reitet den Strand entlang, und dann baut er an seiner Burg weiter (das wär doch gelacht, wenn man den Wellen nicht trotzte?), gräbt Abflüsse und staut das zurücklaufende Wasser. Er ist dabei nicht allein, Jungen aus den anderen Häusern helfen ihm. Die verzieren den Turm mit einem Flaggen-Mosaik.

Eines Tages kommt ein Mann mit Strohhut und französischem Bart, der bittet um die Erlaubnis, die Kinder photographieren zu dürfen. Die Mutter holt einen Kamm und kämmt alle noch mal über und richtet die Kleider ihrer Töchter. Der Mann kriecht derweil unter das schwarze Tuch, und: Klick! kommt der Vogel vorne heraus.
Acht Tage später halten die Eltern die Photos in der Hand, und in Hamburg werden sie ins Album geklebt: Drei kleine Mädchen mit schiefen Beinen und ein Junge im Matrosenanzug.

Abends kommt Pastor Kregel meist noch ein wenig vorbei: »Darf man stören!« Barhäuptig, und das Haar steht im Wind, auch wenn gar keiner weht. »Diesa köstliche Friedö!«
Man sitzt auf dem mit Kugelsteinen gepflasterten Vorplatz, atmet tief ein und aus und beobachtet die Möwen, wie sie hin und her fliegen, über dem glitzernden Wasser, große und kleine Möwen sind es, deren Namen man mal nachschlagen wird, gelegentlich.
Die Sonne wird natürlich auch beobachtet, wenn es soweit ist, wie sie so allmählich hinter dem Horizont versinkt.
»Diese Sonne . . . wie das Leben – ach, es entschwindet schnell . . .«
Und dann wird vom Nachbarn in Wandsbek gesprochen, daß der sich hinter seinem Bretterzaun ja wohl *nackt* der Sonne aussetzt! Noch hat man es nicht direkt gesehen, obwohl man sehr, sehr aufgepaßt, aber man hat es herausbekommen. Postbeamter ist er, und ohne irgend etwas an, wie Gott ihn geschaffen hat, und mit der Frau gemeinsam setzt er sich der Sonne aus. Schamlos.
Auflösungserscheinungen sind das, die man nicht begreifen kann.
Wilhelm denkt in diesem Augenblick daran, daß *er* seine Frau noch *nie* nackt gesehen hat, noch nicht ein einziges Mal. Und selbst dieses Denken kommt ihm sündig vor.
Auflösungserscheinungen. Ganz wie diese jungen Leute,

die durch die Lande streunen mit offnem Haar und ohne Schlips. Nicht auszudenken, wenn das die eignen Kinder mal täten. Hat man sich nun solche Mühe gegeben mit der Erziehung, und durch solche unverantwortlichen Menschen wird alles zunichte.
Zu was das überhaupt gut sein soll?

Wenn die Abendnebel von See her zum Haus aufsteigen, geht man lieber hinein. In der schiefen Stube sitzt man, auf dem Kanapee, und die Petroleumlampe steckt man erst mal noch nicht an.

Die Kinder in der Kammer unter den dicken Federbetten und eingehüllt vom Geruch der aufgesetzten »Satten« hören den Pastor nebenan einen Psalm sprechen. Sie sollten eigentlich schon längt schlafen, aber sie können nicht, weil es so stickig ist und weil die Mücken über ihrem Bette simmen.
Auch hier in Süderhaff werden keine fünf Minuten zugegeben: »Nein! Ihr hört es doch! Morgen ist auch noch ein Tag!« Und das Lesen ist verboten wegen der Augen, die verdirbt man sich sonst und muß dann eine teure, teure Brille haben.
»Wißt ihr eigentlich, wieviel Geld so eine Brille kostet?« Vorgelesen wird, allenfalls, und zwar ein Viertelstündchen: »Ferien in Süderhaff« von Elise Averdieck. Und manchmal gibt es einen Würfel Schokolade. Pralinen gibt es nicht, Pralinen, das ist was für die Halbweltdamen, die auf seidenen Sofas sitzen und nach Parfüm stinken. *Einen* Würfel Schokolade pro Kind gibt es, Reicherts Familien-Schokolade mit einer Kaiserfahne auf der Packung. Und dann wird nachgeguckt, ob die Kinder Badefrieseln haben, und wenn sie sie haben, wird gesagt: »In ein, zwei Tagen ist alles wieder gut.« Und »Gute Nacht« heißt es und »Schlaft schön«. Und jedes kriegt einen Kuß auf die Stirn.
»Morgen pflücken wir Blätter vom Walnußbaum, das vertreibt die Mücken!«

Wenn die Mutter draußen ist, zeigt man sich den Schokoladenwürfel auf der Zunge: »Hast du noch was?« wird geflüstert, und wenn man nichts mehr hat, dann schläft man endlich doch ein, nur hin und wieder vom aufdröhnenden Gelächter der Erwachsenen im Schlafe angehoben.

Die Mutter wirtschaftet selber in Süderhaff, sie ist sehr stark in den Hüften, und wenn sie sich bückt, knackt es. »Lisbeth! Kehren Sie doch mal unter den Betten hervor!« (Eine Haarspange drunterwerfen, zur Kontrolle, ob sie's auch tut.)
Nur eines der beiden Dienstmädchen wird jedes Jahr mitgenommen: Lisbeth, die hübschere, die immer so schön singt und so gerne lacht. Lene bleibt in Wandsbek, die hat einen kleinen Buckel. Piii, sä de ohl Uhl. Sie muß aufpassen, daß in Wandsbek nichts gestohlen wird.
Morgens guckt Lisbeth gern aus dem Fenster, steht extra früh auf, macht Feuer und guckt aus dem Fenster.

> Wie fröhlich bin ich aufgewacht,
> wie hab' ich geschlafen sanft die Nacht!
> Hab' Dank im Himmel, du Vater mein,
> daß du hast wollen bei mir sein . . .

Der Himmel, wie er sich über der See wölbt, rosarot, mit feinen Nebelstrichen, und die See spiegelt das wider! Da drüben zieht sich das Rot zusammen, da muß die Sonne kommen. Nicht sehr lange kann Lisbeth hier stehen, denn der Grießbrei wirft schon Blasen. Sie muß hineingehen und den Tisch decken, für »all die hungrigen Münder«.

Wenn Lisbeth nachmittags etwas Zeit hat, und das kann schon mal vorkommen, dann baut sie den Kindern kleine Zwergenhäuser aus Moos, Borkenstücken, Laub und Zweigen. Da kommt selbst der Vater mal gucken, mit seinem schmalen Kopf, im sechzehnten Jahrhundert geadelt.
»Nein, Lisbeth, wie ist das schön.«
Und nicht viel fehlte, und der Mann würde sich hinknien und auch mitbasteln: Zwergenhäuser aus Moos.

Vater de Bonsac, mit seinem Bart wie Eduard III. Dort oben auf der Düne steht er, und weit hinüber blickt er, den Schiffen nach, die in die fernsten Länder fahren. Er weist mit der Linken in die Weite, auch wenn niemand da ist, dem er weisen könnte. Er selbst ist ja mal drüben gewesen, in Afrika, im Jahre 84, und das vergißt er nicht.

Jeden Morgen rudert er aufs Haff hinaus, er spannt dabei die Muskeln stärker an als nötig, und die Luft zieht er ein. Das ist noch gute, alte Luft, davon kann man nie genug kriegen. Eine der Kregelschen Töchter nimmt er manchmal mit. Hella, die große Blonde, und die atmet auch ganz tief: Solche Luft gibt's nicht noch mal.

Als er eines Tages ein wenig zu lange ausbleibt, weil er auf der Ochseninsel gelandet ist, wo es wilde Schwäne gibt, und sich dort gelagert hat mit Hella, der großen blonden Pastorentochter, kommt Kregel schon mittags mal herum und redet lang und ernst.

»Wer sich in Gefahr begibt, kommt darin um«, über dieses Wort wird am Sonntag dann gepredigt, und daß das Weib sündig ist, »an sich«.

> Ich mag allein nicht gehen,
> nicht einen Schritt:
> Wo du wirst gehn und stehen,
> da nimm mich mit.

Pastor Kregel mit seinen weitausholenden Gesten, sie sollen es lassen stahn, das Wort, jetzt und immerdar, und keinen Dank dafür han.

Nein, herrlich ist es in Süderhaff. Man kann die schönsten Wanderungen machen, zum »Waldhaus« zum Beispiel, oben am Hohen Ufer, das ist ein Gasthaus, in dem die Kinder ein Glas warme Milch bekommen. Eine alte Uhr steht in diesem Gasthaus, auf deren Zifferblatt beständig Schiffe untergehen und wieder auftauchen. Einen großen Balkon hat das Gasthaus, von da aus kann man die See weit überblicken.

Einmal fährt Vater de Bonsac mit seinem Sohn nach Düppel, wo die Deutschen so herrliche Siege erfochten haben unter Papa Wrangel. Ein deutscher Junge muß den Ort doch mal gesehen haben, wo den Schleswig-Holsteinern ihr rechtes Vaterland endlich wiedergegeben wurde und wo man die eingedrungenen Dänen dazu brachte, sich endlich mal auf *ihr* Land zu beschränken!
Richard soll die Schanzen sehen, die von den Kriegern aufgeworfen, jetzt aber mit Gras überwachsen sind. Ein Invalide mit zwei Medaillen auf der Brust erzählt davon, und sein Bein zeigt er, das wie der Stock aussieht, auf dem der Drehorgelmann seine Orgel befestigt hat.

Jeden Morgen holt Grethe mit ihrem Vater zusammen Milch im Dorf. Sie darf die Kanne tragen, Grethe und niemand sonst.
»Du bist meine Helferin.«
Sie gehen am Haff entlang und sammeln rosa Muscheln, der große Mann und das kleine Mädchen.
»Sieh mal hier, mein Kind . . .«
Wie Geldstücke aufgereiht liegen sie in seiner großen sauberen Hand: »Und sieh mal diese hier: Ist die nicht auch schön? Gottes herrliche Schöpfung?« Und er hebt das Mädchen von Stein zu Stein. Wenn er sie hinüberhebt, dann ist es ihr, als ob sie fliegt. Man wird so leicht, und die kräftigen Arme . . . Immer möchte sie so fliegen, ihr ganzes Leben lang.

Auf dem Rückweg trägt der Vater die Kanne mit der Milch, die ist wohl doch zu schwer für so ein Kind. Außerdem darf das nicht geschüttelt werden: Die Geschichte vom Frosch in der Milch wird erzählt, daß man nie aufgeben darf, immer strampeln, strampeln, strampeln, bis man wieder Grund unter den Füßen hat.
An die Sonne denkt der große Mann, und was das wohl für ein Gefühl ist, sich ganz und gar der Mutter Sonne

auszusetzen. Mit ihren Strahlen eins werden? Leben empfangend? Kraft und Wohlgefühl?

Manchmal nimmt er das kleine Mädchen Huckepack: Der Plumpsack geht um. Dann schmiegt sie ihren Kopf an seinen braunen Hals, die rhombenartigen Falten darin sind weiß, und sie hat auch so ihre Gedanken ...
Manchmal, selten!, wird an einer Bank haltgemacht, dann darf man auf dem Schoß des Vaters sitzen und sich umfangen lassen von den kräftigen Armen, oh, sich so hin und her wiegen ... Den Liedern lauscht man dann, die die Kregelschen Töchter singen, dort drüben, auf der Mauer sitzend.

Ich weiß nicht was soll es bedeuten,
daß ich so traurig bin ...

Das kann man stundenlang hören, und die schönen breiten Hände des Vaters sieht man sich an und läßt sich umfangen und ist in sicherer Hut ...

Den neuen Bootssteg dürfen die Kinder nicht betreten: »Daß ihr mir *nicht* auf den Bootssteg geht!« Die kleine Grethe mit den großen Zöpfen läuft natürlich *doch* auf den Bootssteg und fällt ins Wasser, und das Wasser dringt in ihre Kleider ein und in die langen, mit Rüschen besetzten Unterhosen und macht sie ganz schwer. Einen Augenblick ist es, als wollte sie schweben, von dem zur Glocke geblähten Rock getragen, dann sinkt sie, bis sie ganz unten ankommt.

Du bist Orplid, mein Land,
das ferne leuchtet!

Unten sieht sie mit offnen Augen stumme Quallen in einem Wald von Schlinggewächsen, den zerteilt sie mit den Händen: Wo ist der Nöck mit allen seinen Nixen?
Plötzlich kommen die großen Beine ihres Vaters angestakt, sie hält sich fest und wird hinaufgerissen ins helle Tageslicht.

23

Schwester Lotti

Obwohl ich die Jüngste bin, kann ich mich noch gut erinnern an Süderhaff, an Pastor Kregel mit seinen Töchtern die immer so schön sangen und an unsere lieben Eltern.
An die Großeltern erinnere ich mich auch noch sehr gut. Einmal die Woche gingen wir alle in die Ritterstraße. Sie waren damals schon ziemlich betagt, galten aber als das »ewige Brautpaar« und saßen meistens Hand in Hand, was mir immer sehr imponierte. Der Großvater mit seinem schlohweißen Bart und die Großmutter, die »kleine Marie«, wie sie genannt wurde, in einem riesigen Kleid mit unendlich vielen raschelnden Rüschen, den Hals mit einem Samtband umwunden und auf dem Kopf ein kleines, weißes Deckchen: Als ihr Mann dann tot war, trug sie stets ein Bild von ihm bei sich, wo sie auch war: »Mein Wilhelm . . .«, so sagte sie und wenn sie sich setzte, stellte sie es so hin, daß sie es sehen konnte.
»Mittwoche« wurden die Zusammenkünfte genannt, weil es der Mittwoch war, an dem man sich traf, jede Woche. Mein Vater und seine Brüder gingen vom Geschäft aus da hin, und die Frauen kamen mit ihren Kindern aus den Wohnungen. Eine große Begrüßung gab es da, als ob man sich seit Jahren nicht gesehen hätte, mit einem Höllenlärm, weil alle gleichzeitig sprachen. Vettern meiner Eltern kamen hinzu, ein Großonkel mit steifem Bein, Tante Luise aus Doberan, die nicht ganz reinlich war – »Komm, Luischen«, wurde zu der gesagt, wenn sie nach Hamburg kam, »nun waschen wir uns erst mal schön . . .« – und alle redeten derartig laut, daß wir Kinder manchmal unter den Tischen bellend herumsprangen, ohne daß dies überhaupt bemerkt wurde.
Ein geräumiges Haus war das, das großväterliche Haus, mit einem behaglichen Salon voll grüner Möbel und einem

Eßsaal, in dem ein großer Tisch stand. Das Haus war von gewaltigen Bäumen umgeben, einer Kastanie und einer Blutbuche, in der eine Schaukel hing.

Das Essen war jedesmal schön anserviert, Suppe, Braten: Vierundzwanzig Personen zu bewirten, das war in diesem Hause eine Kleinigkeit, Porzellan, Gläser, Bestecke, alles war in ausreichender Menge vorhanden, da brauchte nichts ausgeliehen zu werden, wie das sonst in mancher hamburgischen Familie der Fall war. In der Mitte des Eßtisches stand anstatt eines Blumenstraußes eine *»Plat de ménage«* – übrigens ein in Frankreich unbekannter Ausdruck –, ein silberner Behälter mit vier Kristallflakons für Senf, Essig, Öl. Wozu der vierte Flakon dienen sollte, hab ich nie herausbekommen, der war immer leer.
Wenn alles sich eingerichtet hatte an dem großen Tisch, die Bäuche zurechtgelegt und die Füße in Stellung gebracht – ich seh noch die Anrichte vor mir mit den Kristallschalen, in denen sich das Kompott befand – und wenn der erste Redeprall verebbt war, dann räusperte sich der Patriarch, und dann wurde gesungen:

Ich bete an die Macht der Liebe . . .

Seltsam ausgiebig wurde das gesungen, die höheren Töne kreischig auskostend, man holte vorher extra noch mal Luft, um richtig loslegen zu können, diese höheren Töne, und dann wurde gebetet, lange gebetet – der Patriarch tat das –, und dann war man sehr zerknirscht, und wir Kinder durften uns nicht mucksen: Lange wurde gebetet, ziemlich lange.
Es war ein prachtvoller Anblick, all die Verwandten an diesem reichgedeckten Tisch, in stiller, selbstverständlicher, übrigens absolut protestantischer Atmosphäre, so einig und zufrieden.
Nach dem Beten wurde erst noch einen Moment in Andacht verharrt, und dann ging's aber los! Herrgott, wurde da gefr . . ., ja, in der Tat, ich hätte beinahe gesagt: gefressen! Mit der gleichen Inbrunst, wie all die Tanten und

Onkel sangen und beteten so aßen sie auch: schnell, genußvoll und viel. Direkt gierig, muß man sagen, und zwischendurch ». . . oach . . .« stöhnend und kaum verstohlen rülpsend: riesige Servietten im Kragen, wie kleine Tischdecken so groß.
Meine Großmutter guckte mit ihren flinken Augen umher, ob auch alles richtig ist. Sie hatte eine kleine Tischglocke bei sich, und wenn dann das Gespräch wieder erwachte und lauter und lauter wurde, dann läutete sie die Glocke ab und zu und rief: »Ich will auch mal was sagen!«
Der Großvater hatte immer einen gedrehten Pokal, er trank jeden Mittag eine halbe Flasche Wein. Nahm den weißen Bart zurück mit einer Hand und trank in langen Schlucken.
Nach dem Essen mußten wir Kinder rundum gehen und ihm und den ganzen Onkeln und Tanten »gesegnete Mahlzeit« sagen, mit Handschlag, Knicks und Kuß. Meine Schwester Grethe hat sich mal geweigert, die mochte Onkel Bertram nicht und weigerte sich, ihm »gesegnete Mahlzeit« zu sagen; das erregte ein Mordsaufsehen. Sie sagte einfach »Nein!« und war durch nichts zu bewegen, schmiß sich auf die Erde und kriegte wohl auch Prügel.
Wenn wir zum Großvater kamen, dann strich er uns über den Kopf und sagte: »Na, min Döchting?« Manchmal wollte er von uns Gesangbuchverse hören, die er uns aufgegeben hatte, »Befiehl du deine Wege«, zum Beispiel, daran erinnere ich mich noch, weil die Strophenanfänge einen Spruch ergeben.

Befiehl dem Herrn deine Wege
und hoff' auf ihn,
er wird's wohl machen . . .

Oder die Erklärungen zu den Geboten, und dann war er todtraurig, wenn wir das nicht konnten. Und wenn wir Mädchen auch sonst ziemlich kicherig veranlagt waren, bei diesem Abhören waren wir ganz schön bekniffen, denn Großvater war von sehr strenger Gesinnung. Er legte sich selbst ja auch alle möglichen Pflichten auf.

Die Armen seiner Gemeinde hatte er sich aufgeschrieben, – die Ärmsten der Armen, denn Arme gab es viele –, die besuchte er wie ein Seelsorger, immer reihum. Und wenn er sah, daß da Kohlen fehlten, dann bestellte er die beim Händler auf eigne Rechnung. Auch Holz ließ er ihnen anfahren, das hackte er sogar selbst.
Onkel Bertram ahmte ihn ein wenig nach, ging immer in Schwarz, mit einer Leichenbittermiene. Der betreute auch die Armen, wird's aber wohl mit Sprüchen hat bewenden lassen, denn das Geld saß nicht sehr locker bei ihm.
Er sah an sich gut aus, der Onkel Bertram, er hatte einen weißen Fleck im Haar und ging zur Börse mit Zylinder. Sehr gut sah er aus und gepflegt, was in einem gewissen Gegensatz stand zu seiner etwas engen Geisteshaltung. Zu Weihnachten sah ich ihn sogar mal mit einer weißen Schleife am Zylinder! Einmal hat ihn auch jemand im Trab laufen sehen, ich weiß nicht, wer mir das erzählt hat. Da hatte er sich verspätet und wollte die dreißig Pfennig Strafgeld sparen, die es kostete, wenn man an der Börse nicht pünktlich war. Onkel Hans war großzügiger. Von dem kriegte man auch mal einen Fünfer oder Zehner.

Nach dem Abendessen ging man hinüber in den grünen Salon – den später Onkel Bertram erbte –, die Frauen saßen auf dem Sofa und strickten oder häkelten emsig, während die Männer standen oder in Lehnstühlen saßen und sich über die Börse unterhielten oder über Politik. Ich als die Jüngste habe das leider nur selten erlebt, denn ich wurde mit den Kusinen meist schon vorher nach Hause gebracht. Aber ich weiß noch genau, daß ich auf einer Fußbank saß und das Zusammensein genoß.
Manchmal wurde dann etwas vorgelesen, von Fritz Reuter oder aus dem Leben von Buchhändler Perthes, was der unter Napoleon alles erlebt hatte – in Hamburg kann man heute noch einen Gedenkstein sehen:

> An dieser Stätte ruhen die Gebeine
> von 1138 Hamburgern . . .

Die Franzosen haben ja ziemlich gehaust in Hamburg.
Einziger Raucher war Onkel Hans – wie hätte es anders sein können! –, und wenn es so richtig gemütlich wurde, steckte er sich eine Zigarette in seine lange Bambusspitze und hielt sie über die heiße Luft der Petroleumlampe. Brannte sie, dann tat er einen ersten tiefen Zug und stieß den Rauch mit einem ganz charakteristischen Zungenschlag schräg nach oben, vorbei an seiner braunen Schnurrbartspitze. Onkel Hans, der Grandseigneur, mit seiner Lebensart.
Die Petroleumlampe war ein besonderes Stück, sie stand später in unserer Veranda, sie war aus Majolika und sehr bauchig. Der weitausladende Lampenschirm war aus roter Seide, und das erfüllt den ganzen Raum mit einer behaglichen, sattroten Dämmerung.

Übrigens war man sich an den besagten Mittwochen auch nicht immer einig. Manchmal geriet man sich sogar ziemlich in die Haare. Onkel Hans war damals noch liberal, der mokierte sich über Kaiser Wilhelm. Oh, da gingen die Wogen hoch! An den »Panthersprung« erinnere ich mich noch: »Was haben wir denn in Marokko verloren!« rief Onkel Hans, und seine Brüder riefen: »Nein, Hans, so geht es nicht!«
Manchmal kriegten auch die Frauen Streit. Tante Minna mit ihren buschigen Augenbrauen. Ich erinnere mich noch, daß es scharfe Worte gab, als Tante Madeleine – sie war »british born« – zum vierten- oder fünftenmal mit einer neuen Seidenbluse kam. Da gingen die Schwägerinnen richtig auf sie los! Zum Schluß ist Onkel Hans aufgestanden und hat seine Frau an die Hand genommen und ist weggegangen mit ihr, sie heulte vor Wut.
Der christliche Patriarch hat dann alles wieder in Ordnung gebracht, und am nächsten Mittwoch saß man wieder einträchtig beisammen.

Ja, das waren die »Mittwoche«, unvergeßlich und Halt

gebend für uns Kinder. Man fühlte sich so geborgen, dies gemeinsame Essen und das Klönen.
Oft denke ich noch daran, sehr oft.

24

Im Herbst zieht man sich ins Haus zurück. Die Hochstammrosen sind eingepackt und zur Erde hinuntergebogen, und die Veranda ist zugeschlossen. Vor die Fenster werden Decken gehängt, damit es nicht durch die Ritzen zieht.

Wenn die Kinder im Bett liegen, liest die Mutter ihnen noch ein Märchen vor, von Bechstein vielleicht, das Schlaraffenland, das ist beliebt, das Märchen also, in dem die gebratenen Tauben vorkommen, die den Leuten in den Mund fliegen. Dann wird gebetet, und dann heißt es: »So, Kinder, nun schlaft schön!«
Sie geht hinunter, nachschauen, ob die Küche aufgeräumt ist und alles gut abgeschlossen, und horcht, ob sich die Mädchen in ihren Kammern aufhalten und nicht etwa noch »zum Briefkasten« gegangen sind, das kennt man nämlich, diese Pappenheimer kennt man.

Dann kriegt Axel Pfeffer sein Schlappschlapp! Man kann es hören, und schließlich setzt Martha sich ans Klavier und spielt das »Herbstlaub« von Fiebig. Damit fängt sie immer an, egal welche Jahreszeit. So ist das ja nun nicht, daß man das nicht könnte: Klavierspielen. Als Brahms in Hamburg war, 1889, da hat man ihm sogar was vorgespielt, als junge Frau, und Brahms war sehr entzückt!

Wilhelm läßt dann das Buch sinken, in dem er gerade liest, einen Finger hat er zwischen den Seiten, und den schmalen Kopf stützt er in die Linke: das Haus mit dem wun-derbaren Garten, und die Kinder so gesund! Die gute Martha, wie spielt sie unvergleichlich! Und wie sieht sie imponierend aus, ein wenig stark, aber sehr charaktervoll. Es war ein

Glück, daß man sich fand, und wenn man daran denkt, daß man sich womöglich nicht gefunden hätte, dann steigen einem ja die Tränen in die Augen.

»Ach, spiel doch dies noch mal, wie heißt es noch, das, wo's hinten so hübsch nach oben geht . . .«

Erstaunlich, wie sie die Tasten trifft, die gute Martha, da unten im Baß, ganz ohne hinzugucken!

Eins, zwei, drei
bicke-backe-bei!
Bicke-backe-Pfefferkorn
der Müller hat seine Frau verlor'n
hat sie nimmer funden,
ich glaub, sie ist verschwunden . . .

Nach der dritten Strophe hält es auch Wilhelm nicht mehr in seinem Sessel, mit schnellen, gewichtigen Schritten geht er in das Arbeitszimmer: Das Arienbuch wird geholt, unter Räuspern wird es geholt, das Arienbuch »für die mittlere Stimmlage«. Er schlägt die Seite fünfundvierzig auf und wartet, bis die gute Martha dieses wunderbare Stück da zu Ende gespielt hat, wartet mit feinem Lächeln, bis sie es *endlich* zu Ende gespielt hat, und stellt es ihr hin – »Ja, mein' Martha? Nicht? Du?« – und singt:

Gemäht sind die Felder,
der Stoppelwind weht,
hoch droben am Himmel
mein Drache nun steht . . .

Da kommt auch Axel Pfeffer ins Zimmer herein, höchst befriedigt vom feinen Schlappschlapp, mit der Schnauze stößt er in den Spalt der Tür, und neben das Klavier haut er sich hin, den Kopf auf die Pfoten, und die Ohren spitzt er, und in den Augen läßt er das Weiße sehen.

Die eine lieb ich
die andere küß ich
die dritte heirat ich amol . . .

Wenn die Brüder da sind, wollen sie immer gerade dieses Lied hören, und sie schnalzen kennerisch mit der Zunge – »Musik, ist sie nicht wun-der-schön? Du? Ja?«

Bruder Hans mit seiner langen Bambus-Zigarettenspitze, den Rauch schräg nach oben stoßend, und Bertram, der gute Bertram, dem immer so leicht die Tränen kommen, die »Familientränen«, ganz automatisch. Wenn man sagt: »Der *arme* Mann«, zum Beispiel, dann kommen sie ganz automatisch, egal, wen man damit meint.

Die Tochter Grethe liegt derweil in ihrem Kinderbett und schluchzt, der ganze kleine Körper bebt: Das Singen rührt ihr Seelchen auf. Durch den langen Flur hört sich das so wehmütig an. »Weltschmerz« wird das genannt, und man muß wohl mal zum Arzt gehen mit dem Kind: so zart und so nervös, und bildet sich immer alles mögliche ein?
Sie ist ein rechtes Vaterkind. Oh, stolz ist sie auf ihn. Sein schmaler Kopf mit dem edlen Bart, und wie er sie immer Huckepack getragen hat, in Süderhaff – das vergißt sie nicht so leicht: von Stein zu Stein? Sie und niemand anderen? Ein rechtes Vaterkind!

Ein etwas schwieriges Vaterkind: wenn sie zu Bett gebracht wird, ist sie zunächst sehr artig. Musterhaft, sie ruft nicht und sie bettelt nicht, aber sie hält sich wach, sie wartet auf den Vater, daß der in sein Arbeitszimmer hinübergeht und das Arienbuch holt. Und er kann so leise gehen, wie er will – sie hört ihn doch. Und *wenn* sie ihn hört, dann ruft sie so lange nach ihm, bis er kommt und sie seufzend aus dem Bette hebt.

Breit aus, die Flügel beide,
O Jesu, meine Freude,
und nimm dein Küchlein ein.
Will Satan mich verschlingen,
so laß die Englein singen:
dies Kind soll unverletzet sein.

Das singt er, und die Uhr tickt, und seine Hände sind so groß, daß ihr kleiner Pöker ganz darin verschwindet.

Wenn er ausgesungen hat, dann legt er sie ins Bett zurück,

streicht ihr das Nachthemd glatt, stopft ihr die Decke fest in den Nacken und sagt: »Gott segne dich . . .«, legt ihr seine große Hand auf den Kopf: »Und nun steck die Nase ins Kissen und schlaf schnell ein.«
Und sie versucht es, die Nase ins Kissen zu stecken, aber da kann man ja gar nicht atmen! Und lange hat sie zu überlegen:

. . . will *Vata* mich verschlingen,
so laß die Englein singen . . .

Was soll das bloß bedeuten? Warum sollte er das tun?

Will *Vata* mich verschlingen . . .

Das ist ihr ein ewiges Rätsel.

Von dem Beruf ihres Vaters hat Grethe merkwürdige Vorstellungen. Sie denkt: Was macht der bloß? Fährt immer in die Stadt? Sie denkt, daß er da auf einem bequemen Stuhl sitzt, vor sich lauter Säcke mit Gold, und das rührt er um, damit es nicht schimmelig wird.

Gold: jeden Sonnabend sagt Martha: »Willi, vergiß das Haushaltsgeld nicht!« Und obwohl sie das *jeden* Sonnabend sagt, ist es ihm jedesmal, als hätte er das noch nie gehört, als komme das aus fernen Welten, dieses Ansinnen, und er besinnt sich, ob's auch richtig war, was er da vernommen hat, »Haushaltsgeld«, und sucht schließlich sein Notizbuch in all den vielen Jackentaschen, schwer atmend: ». . . ja, wo hab ich es denn?« und notiert sich das und sagt: Was? Wieviel? *Fünfzig* Mark?«

Abends bringt er es dann mit, das Haushaltsgeld, *fünfzig* Mark, und zwar in goldenen Zehnmarkstücken. Er zählt es ihr hin, in eine Reihe. Mit seinen großen Händen liebkost er es, das liebe Geld, und sagt: »Ist das nicht schön, mein' Martha? Ist das nicht wunderschön? Du? Ja?«
Und nun auch schön vorsichtig sein, mit dem Ausgeben: Waschfrauenwurst für die Mädchen kaufen, und weshalb sollten sie nicht zweimal in der Woche Hering essen,

warum eigentlich nicht? Was ist dagegen einzuwenden? Hering ist doch äußerst nahrhaft? Und Sülze? Sülze kann doch auch sehr nahrhaft sein?

Und Martha sieht sich die Goldstücke an und ordnet sie mal so und mal so und schnippt sie sich dann nacheinander in die Börse: Schwupp! Wieder'n bißchen was abzwacken diesmal, und wenn es eine Mark und fünfzig ist, für ihren Mann zu Weihnachten, ohne daß er es bemerkt, so daß er sagen wird: »Aber, liebste Martha, wie machst du das bloß?«, und »Machta« sagt er dann vor lauter Staunen.

Ja, Sülze und, ja, Hering, das wird sie kaufen, die gute, etwas schwer gewordene Martha, und fünf Mark Zulage für die Mädchen, was jetzt so in der Luft liegt, fünf Mark mehr pro Monat – das wird sie sich noch sehr überlegen. Lisbeth und Lene, das kann man nicht so Knall auf Fall entscheiden.

Wenn eingekauft wird für die nun heranwachsenden Kinder, fährt Vater de Bonsac mit »in die Stadt«, wie man das nennt, einmal im Frühjahr und einmal im Herbst, das läßt er sich nicht nehmen, mit seinen drei Töchtern. In das gute alte Hamburg, das man so heiß und innig liebt. Freilich, die düster-schönen Gemäuer des Mittelalters, die noch auf den Suhrschen Stichen abgebildet sind, den Dom zum Beispiel, hat man abgerissen, die Stadt-Tore auch, sogar die Windmühle an der Lombardsbrücke. Und was noch stehen geblieben war, hat der große Brand besorgt im Jahre 1842, von dem sogar Elise Averdieck berichtet.

In die Stadt ist die neue Zeit eingekehrt. Draußen, in Wandsbek, fahren noch die Pferdebahnen herum, aber in Hamburg hat man sie abgeschafft, und auch die Dampfstraßenbahn hat man abgeschafft, das »Plätteisen«, wie sie genannt wurde. In der Stadt fahren schon »Elektrische«. Ganz von alleine. Sie fahren allein, und sie halten auch von ganz alleine an.

»Kinder, nun seht euch das an! Ist es nicht ein Wunder?«
Wenn man noch an die Pferdebahnen denkt, nein-o-nein, die armen Tiere.

Das eine Pferd, das zieht nicht,
das andere Pferd ist lahm . . .

Ohne Deichsel, diese Dinger, und wenn der Fahrer nicht rechtzeitig bremste, rollte ihnen der Wagen auf die Hinterbeine!
Und dann die fabelhaften »Hedags«? Rote, batteriebetriebene Taxen? Die gleiten so dahin . . . In Rothenburgsort ist eine Zapfstelle, da können sie die Batterien wieder aufladen: ein richtiges Wunder. (Benzintaxen sind nicht erlaubt, die stinken.)
Mit diesen Hedags fährt man natürlich nicht, das ist ja viel zu teuer. Aber mit der nagelneuen U-Bahn fährt man, extra und ohne jeden Grund, nur um den Kindern dieses Wunder vorzuführen. Bertram, der davon erfährt, schilt sehr über die Verschwendung, und Minna, seine behaarte Frau, schüttelt gar den Kopf.

Auch Flugzeuge lassen sich sehen über Hamburg, jämmerliche Drahtvehikel. Man richtet sich auf und sieht den Apparaten kopfschüttelnd nach. Flugzeuge? Nein, das ist wohl doch ein Gottversuchen. Man dräut gen Himmel. Ob das wohl gutgeht? In der Luft herumkutschieren? Ob sich der Herrgott *das* gefallen läßt?

Zum Einkaufen begleitet der Vater also seine »Frauen«, wie er sagt.
Die Mönckebergstraße wird entlanggegangen, die man wie eine Schneise in das Abbruchviertel geschlagen hat, die prächtigsten und stolzesten Gebäude, die man sich denken kann, sind das, über den Rathausmarkt, um das nagelneue Reiterdenkmal von Kaiser Wilhelm herum, unter dessen Pferdeschwanz sich Kaufleute treffen – »um elf Uhr unterm Schwanz« –: Bäume stehen auf dem Rathausmarkt, schöne große Bäume.

Zum Heuberg wird gegangen, Ecke Große Bleichen: da sind alle Geschäfte so schön beisammen: HARTMANN, ein Geschäft für Unterwäsche, SPIELWAREN-EWERS, dann die Buchhandlung C. BOYSEN, und um die Ecke rum AXIN-MODEN.
»*Das* ist ein Stoff«, sagt Vater de Bonsac und faßt ihn mit seinem breiten Daumen an. »*Das* ist ein Stoff, mein Kind, den kannst du *Jahre* tragen!«
Die stehen von selbst, die Stoffe, so schön sind sie.

Einmal gibt's Krach um einen Mantel, dunkelblau mit rotem Kragen. Der sei zu auffallend und zu ordinär, wird gesagt. Und dann: Schuhe mit Lackspitzen?
»Nein, mein Kind, das ist doch nichts ... Man weiß ja gar nicht, wie sich das trägt!«
»Wunderbar«, sagt die Verkäuferin, »wunderbar trägt sich das! Und wenn sie mal schmutzig sind, einfach ein bißchen Milch auf den Lappen und die Lackspitzen abreiben damit, dann sind sie wieder wie neu!«
Brummend wird nachgegeben: »Neumodischer Kram: Lackschuh! Milch! Macht, was ihr wollt!«

Und dann das Runterhandeln? (»Aber Willi!«): »Das ist doch wohl nicht Ihr letzter Preis?« wird gesagt. »Das kann doch wohl nicht Ihr Ernst sein?« Man weiß doch, was an Konfektion verdient wird? Die schönen Goldstücke im Portemonnaie, die tun ihm leid. Und wenn er sie ausgibt, dann tut *er* einem leid.

Nach dem Einkaufen wird noch etwas für die Bildung getan, ins Schlachtenpanorama wird gegangen, ein Rundbau, vor dessen bemalten Wänden richtige Kanonen stehen, die von Wachssoldaten verteidigt und von Wachskavallerie auf ausgestopften Pferden attackiert werden. Hier gruseln sich die Mädchen sehr, aber Vater de Bonsac richtet sich auf, er sagt, daß das auch zum Leben dazu gehört, Kampf, und sie sollen mal gucken, wie fabelhaft naturgetreu das alles eingerichtet ist. Da zum Beispiel der Soldat da, dem gerade der Kopf wegfliegt: Ist das nicht fa-bel-haft?

Weihnachten ist immer wunderschön. Vor allen Dingen dürfen die Kinder natürlich nie wissen, daß ein Tannenbaum gekauft wird, das macht der Vater heimlich. Sie werden weggeschickt, wenn der Baum gebracht wird.
»Daß Sie mir aber auch ja pünktlich kommen!«
Zur Großmutter werden sie geschickt, in die Ritterstraße, dort können sie auf den Tennisplätzen Schlittschuh laufen.

O Tannenbaum, o Tannenbaum,
wie treu sind deine Blätter!
Du grünst nicht nur zur Sommerszeit,
nein, auch im Winter, wenn es schneit.
O Tannenbaum, o Tannenbaum,
wie treu sind deine Blätter!

Josten, der Morgenmann, bringt ihn, drei Meter fünfzig ist er hoch, bis unter die Decke reicht er, und er kostet zwanzig Mark. Corriger la fortune – wo Zweige fehlen, werden welche eingesetzt, mit Drillbohrer und Tischlerleim. Josten hält ihn fest und kann sich nur immer wieder wundern, wie geschickt der Herr de Bonsac ist, weshalb er auch ein schönes Geldgeschenk empfängt.

Wenn Josten fort ist, beginnt Herr de Bonsac den Baum zu schmücken, vorn und auch hinten, obwohl der Baum da an der Wand steht.
Zuerst wird die Glasspitze aufgesteckt, ganz oben, die wie der Helm eines Gardegrenadiers aussieht, dann die vielen Glasvögel aus dem Erzgebirge, Glocken, Kugeln, an die man Wochen zuvor schon Fäden gebunden hat, die Kerzen, die Äpfel und die Schokoladenkringel, von denen im letzten Jahr doch tatsächlich überall ein Stückchen abgebissen war – es stand natürlich nicht daneben: von wem.
Der Tannenbaumfuß wird mit einer grünen Decke drapiert, und diese grüne Decke wird mit Moos belegt, das die

Kinder in Süderhaff gesammelt haben, und mit Borke und Tannenzapfen.
Dann wird die bayerische Krippe aufgebaut, die man sich nach und nach hat schicken lassen, jedes Jahr ein Stück dazu, mal einen Hirten und mal ein Schaf, alles systematisch und alles ganz geheim. Die Kenntnisse, die man im Schlachtenpanorama gesammelt hat, werden dabei angewandt. In die Moosplacken hinein wird er gebaut, der zugige Stall, künstlich-kümmerlich mit der sorgend über die Krippe gebeugten Maria – nach Botticelli – und dem bärtigen Joseph im Hintergrund: treu, fest, eisern. Der Esel guckt von draußen in die Hütte hinein, und der Ochse liegt breit da, und sogar ein Hund ist vorhanden: mit der Kehrseite zur Krippe wird er aufgebaut, den Schafen zugewandt, die den Kopf heben, als wollten sie singen: Ehre sei Gott in der Höhe.
An die untersten Zweige des Tannenbaums werden Wachsengel gehängt, die schweben über der Krippe neben den Sternen und Kringeln aus Schokolade: Himmlische Heerscharen sind das, himmlische Heerscharen aus Wachs. Über eine Kerze darf man sie nicht hängen, dann biegen sich die Beine herunter, verformen sich und tropfen ab. Bei Cordes hat man sie gekauft, am Jungfernstieg, und nach dem Fest werden sie in Watte gepackt und auf den Boden getragen.

Das Dienstmädchen Lisbeth läßt es sich nicht nehmen, beim Aufbau der Krippe zu helfen, obwohl sie doch in der Küche so dringend beim Anrichten gebraucht wird. Hier noch ein bißchen Moos und da noch einen Tannenzapfen. Vielleicht auch einen Teich aus Glas? Eine Glasscherbe ist schnell zu beschaffen?
»Aber nein, Liesbeeth«, sagt Vater de Bonsac und jagt den Hund hinaus, der die angelehnte Tür aufgestoßen hat (ein Kamel will er gerade aus dem Karton nehmen, das auch sie gerade anfaßt, und beide ziehen dran, er vorn und sie hinten): »Aber nein, Liesbeeth! Doch keinen Teich aus Glas! Was ist denn das für ein Gedanke.«

Zur Drogerie Vieht wird sie geschickt, Schneepulver holen und rote Gelatineblätter für die Kerzen.

Manchmal kommt es vor, daß Lisbeth ein Schaf etwas seitab stellt, *hinter* den Tannenbaumfuß, das hat sich verirrt ... Sobald sie dann in der Küche ist, stellt Vater de Bonsac es natürlich wieder zu den anderen.

Um fünf Uhr kommen die Kinder heim, die mittlerweile zehn-, zwölf-, fünfzehn- und siebzehnjährigen Kinder. Die Droschke, die man sich ausnahmsweise genehmigt hat, hält vor der Tür, man steigt ein und fährt zur Kirche, wo Pastor Kregel auf der Kanzel steht und von Auflösungserscheinungen spricht, die sich das Kind in der Krippe nicht hat träumen lassen. Die sind ja derartig, diese Auflösungserscheinungen, daß man überhaupt keine Worte mehr findet. Neulich, zum Beispiel – äh, was wollte er man noch sagen? Nun ist ihm das entfallen? Na, ist ja auch egal, jedenfalls Joseph und Maria, die haben's ganz schön schwer gehabt.
Nachdem man ausgiebig gesungen hat, all die bekannten Lieder, sehr laut und sehr schleppend, geht man unter Orgelklang hinaus, an Pastor Kregel vorbei, der jedem zunickt und diesem oder jenem sogar die Hand reicht und immer noch überlegt, was er denn da noch hatte sagen wollen. Im stillen fragt er sich, ob er es nächstes Jahr wohl riskieren kann, den jungen Confrater Eisenberg die Weihnachtspredigt halten zu lassen?
Die Orgelmusik fällt mit dem Weihnachtslicht der Kirche hinaus auf den Schnee. Dort hinten steht ja die Droschke mit dem Kutscher vorne drauf, dem der Nasentropfen gefroren ist. Herrlich, man steigt ein und verstaut sich, daß sie sich nach hierhin und nach dorthin biegt, und dann geht's ab.
Zu Hause wird dann zum künstlich ausgedehnten Kaffeetrinken geschritten: »Kinder, ihr glüht ja!«
Die Weihnachtsdecke liegt auf dem ovalen Tisch, der mit

dem guten Geschirr gedeckt ist, das man sich aus Thüringen hat kommen lassen, mit Pfeffernüssen dekoriert und bunten Kringeln und brennenden, von kleinen flachen Holzengeln in die Höhe gehaltenen Kerzen, einigen wenigen brennenden Kerzen, denn so ist es ja nicht, daß hier schon alles vorweggenommen wird, die ganze Freude und das helle Licht. Die volle Freude wird dort hinter der Schiebetür ausbrechen, und zwar still und innerlich.

Die Schiebetür vorm Speisezimmer ist ungewohnter-, aber bekannterweise zugeschoben. »Ihr glüht ja!« wird zu den Kindern gesagt, und beschwichtigt müssen sie werden, herabgestimmt aufs innige Erleben, daß sie die Traulichkeit des Abends auch umfängt.

Hat man genug vom Früchtebrot gegessen und von den braunen Kuchen, wozu man am heutigen Tage sogar genötigt wird, ja direkt gedrängt, dann werden die beiden Mädchen hereingeholt, Lisbeth und Lene, und die endlose Andacht wird gehalten, die Andacht in *reichster* Form – »Amen, amen, amen!«

Das Lukas-Evangelium, das man doch gerade in der Kirche hörte, wird gelesen, von aller Welt also, die sich schätzen ließ, und daß dies die allererste Schätzung im Lande gewesen sei zu einer Zeit, da Cyrenius Landpfleger war, und der Alten und Kranken wird gedacht. Wobei dem Vater die Tränen kommen, die Familientränen, so daß die Andacht einen Aufschub erfährt, was nicht zu ändern ist.

Was bringt der Weihnachtsmann unserm Otto?
Eine Peitsche und ein Hotto
bringt der Weihnachtsmann unserm Otto . . .

Die Mutter spielt das auf dem Klavier, und die Kinder singen unverdrossen.

Das letzte Lied heißt: »Der Christbaum ist der schönste Baum«, zu dem weiß Lisbeth eine zweite Stimme. Zwölf Strophen hat das Lied, so kommt es den Kindern jedenfalls vor. Bei der zehnten etwa, versucht auch Lene diese sehr einfache, ja geradezu logische zweite Stimme mitzusingen, was Lisbeth zu stärkerem Singen veranlaßt – und während sie das Lied auf diese Weise fast schreien, geht der Vater ins Weihnachtszimmer hinüber und zündet die Kerzen an, wofür er einen langen Apparat aus Messing hat, ein Rohr mit einer Wachsschnur drin, die hochgeschoben wird. Diese Kerze noch und diese Kerze noch und dann, dann endlich läutet er die Weihnachtsklingel, das ist ein Messingzwerg, der eine Glocke huckepack trägt, öffnet die Schiebetüren langsam und feierlich – erst rechts, dann links (den Feststeller auch mal wieder ölen, das ist ja ein ganz verflixtes Ding!), bis sie ganz das Wunderbare freigeben: Oh, dieser Glanz!

Da darf man dann nicht etwa gleich hineinstürzen, da muß erst mal an der Tür stehengeblieben und der bunt glitzernde Baum angeguckt werden, in dessen Spitze ein Glockenspiel in klaren, zarten Tönen läutet.
In den weißen Musselinkleidern stehen sie dann da, die Kinder (Puffärmel, Rüschen und blaue Taftschärpen, die auf dem Rücken zu großen Schleifen gebunden sind) und im weißen Matrosenanzug, je nachdem, und gucken erst mal so ganz allgemein und machen schon mal die Ecke aus, wo die Sachen liegen, die man klar und klarer erkennt und erst betrachten darf, wenn der Vater die Christusgebärde von Thorwaldsen macht und sagt: »Nun zu, ihr Kinder, nun man zu.«
(»Das Schaf, Herrgott noch mal, was soll denn das Schaf da hinten . . .« Der Teich aus Glas, ja allerdings, der macht sich gar nicht mal so schlecht. Nächstes Jahr in Bayern ein paar Enten bestellen, *schwimmende* Enten. Am besten noch heute im Katalog nachsehen, ob es *schwimmende* Enten zu kaufen gibt.)

Am Tage drauf kommt die ganze Familie zur Helgoländer

Suppe, die Großeltern und die Onkel und Tanten und auch die sechs Cousinen.

Grön is dat Land,
rot is de Kant,
witt is de Sand:
dat sünd de Farwen
von Helgoland.

Eine rote Krebssuppe ist das, auf der kleine weiße Schlagsahnehäufchen schwimmen, die mit Petersilie bestreut sind.
Die Großeltern kommen Hand in Hand, der Patriarch mit einem auf Taille geschnittenen Bratenrock (die Revers in Seide gefaßt, und hinten, im linken Schlippen, das große weiße Taschentuch), und die kleine Marie in einem Berg aus Röcken mit unendlich vielen Falten und Fältchen, und auf dem Kopf ein Spitzendeckchen.
Helgoländer Suppe, Käsekroketten mit Erbsen, Roastbeef und Plumpudding mit Rum flambiert.

Onkel Hans hat irgendeinen Hokuspokus mitgebracht, einen Ball, der die Zunge herausstreckt, wenn man drauf drückt, hüpfende Frösche aus Blech oder eine Laterna Magica, die er anschließend allerdings wieder mitnimmt.

Onkel Bertram gibt den Kindern Bildkarten mit aufgedrucktem Spruch. Und dann stellt er maliziös die Frage, ob es denn auch recht sei, den Kindern derartig viel zu schenken? Eine richtige Pferdekrippe für Richards Schaukelpferd, zum Beispiel, mit Striegel, Putzbürste, Eimer, Sieb und Kartätsche? Botanisiertrommeln? Brummkreisel? Ob das wohl auch recht sei? Was?
»Faßt das nicht an, Kinder«, sagt er zu seinen blassen Töchtern, die sich eng aneinanderhalten, »sonst geht das kaputt.« Und er nimmt ihnen das »Manöver im Gebirge« aus der Hand und stellt es mit Aplomb zur Seite.
Die Arche Noah allerdings, die läßt er gelten, im ganzen zu öffnen, mit all den wilden und zahmen Tieren, immer

zwei und zwei, mit richtigem Heu und mit Fleisch aus Marzipan. Ja, die läßt er gelten, und er sieht sich unwillkürlich um, ob nicht auch Gottvater irgendwo vorhanden ist.

Dann wird den Onkeln und Tanten gezeigt, was die Mädchen für Handarbeiten verbrochen haben, und den Cousinen, die flüsternd in einer Ecke stehen, wird das auch gezeigt, quasi unter die Nase wird es ihnen gehalten. Unverständlicherweise werden sie nicht zu so was angeregt. Sie gucken es sich kaum an, die sechs Schwestern, sie werfen nur mal eben einen Blick darauf.
Fingernägel kauen tun sie übrigens nicht mehr, da hat man jetzt Ochsengalle, mit der streicht man die Finger ein.

Dann wird vorgespielt auf dem Klavier. Die Großeltern sitzen ernst und würdig auf besonderen Stühlen und schnauben noch mal tüchtig aus. »Weihnachtsflitter« heißt das Stück, was nun erklingt, sechshändig ist es gesetzt, eine musikalische Dichtung, in die alle Weihnachtslieder verwoben sind. Grethe sitzt in der Mitte, dieser Unglückswurm, grade kann sie man 'n bißchen tippen. Sie muß in der mittleren Oktave spielen, und Richard und Hertha spielen zu beiden Seiten und verabreichen ihr Püffe von links und von rechts, wenn sie nicht richtig zählt. Lotti, die Kleinste, hat einen Triangel in der Hand. An bestimmter Stelle soll sie das bedienen. Wenn man die Stelle verpaßt, nützt das einen Takt später nichts mehr.

Tante Minna mit ihren finsteren Augenbraunn denkt, daß es eigentlich schade ist, daß ihre Töchter, die auch alle finstere Augenbrauen haben, nun so gar nicht musikalisch sind, und der würdige Großvater überlegt, ob das eigentlich geht, vom Glauben her, »Weihnachtsflitter«, ob das nicht eigentlich viel, viel ernster ist, weil doch der Heiland all sein Blut gegeben ... Und er zieht sein Notizbuch heraus und schreibt sich das auf. Morgen, in der Stiftskirche, wird er mal mit Pastor Kregel sprechen.

Onkel Hans hat eine echte Perle auf dem Kaschnee, obwohl man sie wegen seines Bartes gar nicht sieht. Lübecker Marzipan schneidet er sich ab, und sehr übel wird es aufgenommen, daß er leise weiterspricht, während die Kinder auf dem Klavier herumhämmern, daß er mit seiner englischen Frau weiterspricht, ziemlich laut sogar, und dazu noch lacht.
»*Muß* das sein?«
Mit seiner Frau spricht er, die aus England kommt, einem Land, in dem man ja nicht einmal einen Weihnachtsbaum kennt.

Am nächsten Tag werden dann die Gegenbesuche gemacht, und Wilhelm guckt sich mit Kennermiene die Bäume seiner Brüder an und sagt: ». . . unser Baum ist eigentlich *doch* der schönste!« Das sagt er natürlich erst beim Nachhausegehen und zu seiner Frau.
»Unser Baum ist *doch* der schönste, Martha, findest du nicht auch? Ja? Was? Du?«
Arm in Arm geht er mit ihr dahin, und die Kinder gehen vor ihnen her und sprechen von den haarigen Cousinen, daß die ziemlich affig sind. Richard findet das nicht, der findet das nun ganz und gar nicht, besonders die zweite von oben gefällt ihm. Die hat sich mal seinen Helm aufgesetzt, und das ist ein Anblick, den er nicht vergessen kann. Der Helm in der Mitte und die Locken links und rechts?
Er packt die Zöpfe seiner Schwestern und hält sie wie die Zügel einer Troika: Hü! und ab geht die wilde Jagd.

25

Die Freundin

Ich bin mit Grethe zur Schule gegangen – Thea Markgraf heiße ich und bin eine geborene Westhusen –, Grethe war ein reizendes Kind! Sie hatte so kräftiges Haar, ganz unbeschreiblich! Unsereiner hatte zwei Zöpfe, sie hatte drei; aus den drei Zöpfen machte sie sich einen Dutt, der ging über den ganzen Kopf.

Es war eine Privatschule, nur sechzehn bis achtzehn Schüler durften aufgenommen werden. Wir hatten entzückende kleine Pulte und richtige Stühle. Der Sprachunterricht wurde von einer Engländerin oder von einer Französin gehalten. Wenn wir mal von einem Lehrer unterrichtet wurden, dann saß immer unsere Klassenlehrerin dabei, als Anstandsdame.

Am nettesten war die Englischlehrerin, wir liebten sie glühend! Wir küßten den Türdrücker, den sie angefaßt hatte, und ihre Unterschrift, in den Heften, schnitten wir aus und aßen sie auf.

Diese Englischlehrerin gründete ein englisches Kränzchen, da gab es Tee und Kekse, und dann durfte nur Englisch gesprochen werden. Wie haben wir für sie geschwärmt! Als sie sich verlobte, das weiß ich noch wie heute. Eines Tages sagte sie: »Heute habe ich euch ganz was Besonderes mitzuteilen – ich habe mich verlobt.« Da hab ich gesagt: »Was? Jetzt noch? Wo Sie doch schon so alt sind?« Ich war empört. Neunundzwanzig war sie, und das hält man als Kind ja für alt.

Ich kann fast alle Mitschülerinnen noch mit Namen nennen: Berta Malchow, Susanne Rix und Grethe Heise. Grethe Heise war Arzttochter und 'n bißchen ötje-petötje. Die mochten wir nicht so gern. Gertrud Hilfrich stieß mit der Zunge an, und Fernanda Maus ist früh gestorben an

Lunge, die Glückliche, muß man sagen, denn ihre Eltern – der Vater war Buchhändler – versäumten es, rechtzeitig nach drüben zu gehen, die wurden in diesem Lager, wie heißt es noch?, da wurden sie vergast.
Es waren wohl auch liebe Mädchen in der Klasse, aber Grethe war mir die liebste. Immer waren wir zusammen, wie war das schön! Wir waren so dicke miteinander, daß ich mir die Schulzeit heute ohne sie überhaupt nicht mehr vorstellen kann. Wir saßen immer zusammen, wir wurden nie getrennt. Es hieß immer: »Thete und Grethe bleiben zusammen, die Grethe beeinflußt die Thete so gut.«
Wir wurden nie, nie, nie getrennt.
Die Schule war fabelhaft und hat wirklich Spaß gemacht. Langweilig war nur der Geschichtsunterricht. »Was gehen dich die alten Geschichten an«, hab ich gedacht, und Grethe dachte genauso. Diese alten Geschichten von den Ägyptern und Römern und von den Kriegen, dem Siebenjährigen und dem Dreißigjährigen Krieg, die interessierten uns nicht. Und dann Luther, dauernd diese Reformationssachen. Nur wenn der Geschichtslehrer von so Greueln erzählte, hab ich mal zugehört. Dann hab ich Bauklötze gestaunt, was alles möglich ist in der Welt.
Augias, den Augias-Stall ausmisten, daran erinnere ich mich gerade.
Grethe war von unbeschreiblichem Liebreiz. Wie habe ich sie geliebt! Als wir noch kleiner waren – daran erinnere ich mich gut! –, hatten wir die Geschichte von Joseph, wie der von seinen Brüdern in die Grube geschubst wird, und da fing Grethe plötzlich an zu weinen. Da ist die Lehrerin gekommen und hat Grethe auf den Schoß genommen und hat gesagt: »Es wird noch alles gut«, und: »Der kommt da schon noch wieder raus.«
Ich weiß nicht, ob Grethe zu Hause sehr glücklich war. Ihr Vater hat mal gesagt: »Das *erste* Kind ist einem doch immer das liebste.« Auch hat er mal gesagt, es wär ein besonderes Gefühl, wenn man seinen *Sohn* im Arme halte, den »Stammhalter«. Richard de Bonsac war ja wohl der

einzige männliche Nachkomme weit und breit, sonst nur Mädchen, und die galten damals ja nur die Hälfte.
Richard war etwas blasiert, aber die beiden Schwestern waren ganz nett, Hertha und Lotti, eine von den beiden hatte so ein plattgedrücktes Gesicht, die sah aus wie ein Mops.
Der Vater war ein wunderlicher Mann, »mein' Martha«, sagte er zu seiner Frau, »mein' Martha«. Der hatte einen Krippentick. Zu Weihnachten hatte der ein ganzes Zimmer als Krippe eingerichtet, also, das war sehenswert. Tiere, Hirten, Engel, das baute der alles eigenhändig auf, kleine Bäumchen, Moos, Seen und Bäche aus Glas, ein ganzes Zimmer voll mit den wunderbarsten Figuren. An eine vollständige Karawane erinnere ich mich, mit Kamelen und Ziegen und so weiter. Die zog sich durch das ganze Zimmer. (Was das heute wohl wert wäre!) Ich durfte mir das mal angucken. »Aber nichts anfassen! Hörst du?« wurde mir vorher gesagt. Man wurde richtiggehend vergattert.
Herr de Bonsac hatte sich mit seinem Garten auch immer so eigen. Unter den Apfelbäumen waren Netze gespannt, damit die herunterfallenden Äpfel keine Stellen bekämen. Und wenn er mal auf Reisen war, wurden irgendwelche speziellen Äpfel furchtbar doll eingepackt, die wurden ihm sogar nachgeschickt, per Expreß. Ganz rabiat war der mit seinen Äpfeln.
Der erste Apfel, der runterfiel, wurde ihm nachgeschickt, unbedingt.
Die Mutter, Frau de Bonsac, muß sehr streng gewesen sein. Beim Kämmen wurden Grethe die Vokabeln abgehört, und wenn sie was nicht wußte, kriegte sie eins mit dem Kamm auf den Kopf.
Muß eine komische Frau gewesen sein, unnachgiebig streng, fast spartanisch.
Die Schlafzimmer wurden zum Beispiel nicht geheizt. Grethe hat mir erzählt, daß manches Mal das Wasser in der Waschschüssel gefroren war.

Eine spartanische Erziehung.
Und knickerig waren sie. Zur Konfirmation schenkten sie mir ein Glasbild mit Engeln drauf, die einen Konfirmanden segnen. Das war damals so üblich, aber an der Ecke war das schon ein wenig abgestoßen, sie hatten es also auch schon mal geschenkt bekommen.
Weil wir nun so befreundet waren, machten die Eltern de Bonsac meinen Eltern schließlich mal einen Besuch. Sie wollten die Familie kennenlernen, in der ihre Tochter verkehrte. Und da sagte Frau de Bonsac zu meiner Mutter: Sie hätten auch mal in so einem Haus gewohnt wie wir, in einem Etagenhaus, damals hätten *sie* aber *zwei* Etagen gehabt.
Das sagte sie zu meiner Mutter! Bums.
Das hat meine Mutter so ein bißchen empfunden. Sie hätte besser sagen sollen: »Wir gehören auch zur Stiftskirche, und es ist uns lieb, daß unsere Tochter mit ihrer Tochter verkehrt.«

Grethe war reizend. Immer waren wir zusammen. Wir waren unzertrennlich. Wenn wir spazierengingen, dann hakten wir uns ein und reichten uns außerdem noch unsere Hände. Wir hatten wohl auch andere Freundinnen, kamen aber immer wieder aufeinander zurück.
Einmal hatten wir ein Fest in Dirndlkleidern, und da tanzten wir zusammen, und die Leute waren hingerissen von uns, weil wir das so gut konnten. Ich war viel größer als sie und galt als Mann. Sie war die Dame und ich der Herr.
Als ich sie später mal besuchte –, wir waren längst verheiratet –, gingen wir auch mal so, eingehakt, in alter Gewohnheit. Und da begegnete uns ihr Mann, und ich glaub, der wurde eifersüchtig. Ich weiß es nicht, aber ich hatte so das Gefühl. »Immer dieser Besuch . . .« oder so was brummelte er so vor sich hin, das hab ich wohl gehört. Man merkt ja auch, ob man willkommen ist oder nicht.

Ich habe an Grethe keine einzige schlechte Erinnerung, nicht eine. Ganz reizend sah sie aus. Eine kleine Kartoffelnase hatte sie, aber sonst sah sie ganz reizend aus.
Einmal ist sie extra zu meiner Mutter gefahren und hat sie gefragt, wie man einen Auflauf macht, ob man den Brei vorher kochen müßte oder ob er in der Form gar wird.

26

Im Jahre 1913 reist die Familie de Bonsac wieder an die Ostsee, aber diesmal nicht nach Süderhaff, sondern nach Graal – mal woanders hinfahren, nicht immer an dieselbe Stelle, Luftveränderung, die tut doch auch mal gut. Richard kann nicht mit, der striegelt in Celle Pferde, der dient bei der Reitenden Artillerie.
Den Weidenkorb läßt man zu Haus, der große Afrika-Koffer wird mitgenommen, und die drei Töchter bekommen solide Kampfer-Kisten.

Graal, an der Ostsee, Villa Ida. Jeden Morgen, Punkt acht, kommt der Vater ins Zimmer – und man wollte doch so recht noch etwas schlafen . . .
»Aufstehn! Aufstehn! Aufstehn! Kind, es ist ein herrlicher Tag!«
Mit langen Schritten geht er zum Fenster, öffnet es und atmet einmal tief durch: was *das* für eine Luft ist, die er seinen Kindern hier bietet. Und das Licht! Die schöne Sonne . . .
»Wie hast du es hier wonnig, Kind!«

Das hat man gut gemacht, hierher zu gehen, nach Graal, und in die Villa Ida, für vier Mark Vollpension? Für vier Mark, allerdings sehr schönes, gutes Geld? Das Essen ist großartig – Lachs in Gelee mit Mayonnaise und Zunge in Burgunder –, und sogar der Kaffee ist gut. Vielleicht kann man im nächsten Jahr die Brüder bewegen, auch hierher nach Graal zu kommen? Mal alle gemeinsam Urlaub machen und alles zusammen unternehmen?
Aber ach, das wird wohl nichts, Hans fährt mit seiner Engländerin womöglich nach Ägypten – rätselhaft, woher der das Geld nimmt –, und Bertram fährt aufs Land. Sechs Töchter? Das kann man ja verstehen.

Graal liegt an der Ostseeküste – »mit steinfreiem Strand und vorzüglichem Wellenschlag«, wie im Prospekt zu lesen steht. Wenn man ans Wasser will, das 1,138709 % Kochsalz enthält, außerdem Chlormagnesium, Eisenoxyd, Kalk, Kali, Natron und 0,00004 % Kieselsäure, muß man erst einen Spaziergang machen durch den Wald, dessen Bäume Kohlendioxyd einatmen und Sauerstoff wieder ausatmen, was man weiß. Den Liegestuhl hat man unterm Arm und die Taschen mit dem Badezeug.
»Geht man schon voraus, Kinder!« ruft die Mutter. »Ich komm nach!« Sie ist etwas schwer zu Fuß.
Die Kiefern schwanken wie Mastbäume gegen den klaren Himmel, auf dem die Wolken dahinjagen. Nach Stinkmorcheln riecht es intensiv, die stehen unter den Himbeeren. (Hübsche kleine Zwergenhäuser könnte man hier bauen, hier im Wald, aus Borkenstückchen und Moos, und am nächsten Tag könnte man nachsehen, ob sie noch da sind.)

Mit dem Baden wird erst am dritten Tag begonnen, und da darf man auch erst zwei, drei Wellen nehmen, und eine »Kette« muß man bilden, denn irgendwelche tiefen Löcher lauern auf dem Grund, so heißt es, wer da hineintritt, ist verloren.
»Kinder? Prickelt es schon?« wird gefragt. Immer soll es prickeln, und wenn es prickelt, muß man schleunigst hinaus dem Wasser.

Schlinggewächse gibt es hier zwar nicht, aber Quallen. Die kleinen blau-rot gezeichneten Feuerquallen und die großen lappigen, die hat man nicht so gern am Bein.
Und dann die Badetrikots? Die schmiegen sich dem Körper an? Überall? Das ist ja schon fast peinlich . . .

Nach dem Baden sitzt die ganze Familie gestiefelt und gespornt am Strand. Auch Brom enthält das Wasser. Vater de Bonsac hat sich den Liegestuhl zurechtgerückt und liest

»Krieg und Frieden«, das hat er sich in Hamburg noch gekauft. Vom Fürsten Bolkonski liest er, daß der eine Drechselbank in der Studierstube hat, und vom Grafen Rostow, wie der seine Töchter verheiratet und sein Vermögen verliert.
Martha sitzt auf einem Klappstuhl, breit und schwer, und Hertha, Grethe und Lotti, die nun schon so großen Töchter, sitzen im Strandkorb, weiß von Kopf bis Fuß, sie haben die Hände im Schoß. Sie sehen den Männern zu, da hinten, die ihrerseits den Krabbenfischern zugucken, die mit einem Spezialnetz den Grund abfegen. In kochendes Wasser wird man die Krabben werfen, zwanzig Pfennig das Pfund.
Auf dem Klapptisch des Strandkorbes steht eine Glaskruke:

Mixed Fruit Drops
English Manufactured

Nach schicklichen Pausen darf man eines davon nehmen.
»Laß das Grabbeln, Kind, nimm von oben!«
Die gelben schmecken am besten.

Wie schön ist es, daß man mal woanders hingefahren ist, das wird gesagt, vier Mark Vollpension! Und daß es doch eigentlich gelingen müßte, wenigstens Onkel Bertram hierher nach Graal zu lotsen. Ach, wie wär das herrlich! Schön einig sein und alles gemeinsam unternehmen?
»Ja, mein' Martha? Du? Wär das nicht wun-der-voll?«

Die See kommt mit breiten Schaumstreifen schräg angelaufen und spritzt an den Pfeilern der Brücke entlang.
Da hinten stampft ein weißer Raddampfer durch die Wellen, ein weißer Dampfer mit Ausflüglern, die herübergucken und winken. (Man hätte doch das Fernglas mitnehmen sollen.) Wie schön dieser Dampfer aussieht – »Fürst Blücher« heißt er – und wie schön es von dort aus hier wohl aussieht.
Nun macht er an der Brücke fest. Menschen steigen aus, mit Angelzeug und in wehenden Kleidern, und andere Menschen steigen ein, auch mit Angelzeug und auch in

wehenden Kleidern, den Hut mit der Linken festhaltend und die Kinder mit der Rechten. Die Messingglocke wird geläutet, und schon drehen sich die Räder wieder, und das Wasser schäumt auf.

Manchmal erscheint am Horizont ein großer grauer Koloß, mit drei oder gar vier Schornsteinen und mit Kanonentürmen. Dann läßt Vater de Bonsac sogar sein »Krieg und Frieden« sinken und sagt: »O, Kinder! Seht mal dort! Ist das nicht fa-bel-haft? Diese Kraft?« Und er kann sich vorstellen, welchen Nachdruck diese Ungeheuer den weltweiten Unternehmungen deutschen Geistes verleihen. Die Neger, was die wohl denken, wenn man ihnen so kommt? Aufstehen tut er vom Liegestuhl – wenn auch ächzend –, und freuen tut er sich, daß der Wind ihm in das Haar hineinfährt und es aufwirft, wie er da zum Horizont hinüberdeutet.

Im flacheren Wasser läßt ein Junge sein Segelboot schwimmen: schön, wie das so dahingleitet. Manchmal zu schnell, so daß er kaum hinterherkommt: Die Segel muß er anders einstellen und das Steuer mehr nach rechts.

Martha erhebt sich stöhnend von ihrem kleinen Klappstuhl, der immer nach hinten wegsackt: Sie ist schon wieder stärker geworden, und die Arme quellen ihr aus den Ärmeln, etwas ländlich sieht sie aus, die Gute, wie Hans und Bertram in Hamburg einander zuraunen, etwas sehr ländlich. Aber herzensgut.
Willi wird schon wissen, was er an ihr hat.
Mühsam stapft sie durch den Sand: die Badelaken mal eben anfassen, ob sie schon trocken sind.

Der Junge da drüben hat aufgehört, sein Segelboot schwimmen zu lassen. Er hat es unter den Arm genommen und guckt auch zu, wie die dicke Frau da so hin und her stapft und die Badelaken anfaßt. Es ist ein sächsischer Junge, und weil sie so dick ist und es so schwer hat, durch den weichen Sand zu stapfen, kommt er näher und sagt: »Jaja, d'r Mänsch iss eene draurige Maschine . . .« Das wird die ganzen Ferien über zitiert, und auch später noch, in Wandsbek. Und da wird dann gesagt: »Ist es nicht rasend komisch?« denn man hat ja Humor.

Graal an der Ostsee, Villa IDA.
Gegessen wird an der Table d'hôte, ein langer Tisch mit Herren, Damen und Kindern, alle gleichmäßig verteilt.
Als Grethe Geburtstag hat – sie hat immer in den Ferien Geburtstag, weshalb dieser Tag eigentlich nie so recht gefeiert wird –, schmückt die Wirtin den Tisch mit Blumen und stellt einen Topfkuchen hin, mit Lebenslicht, das keiner auspusten darf.
Die Gäste erheben sich vor dem jungen Fräulein, das da schlank und rank die Treppe heruntergesprungen kommt:

Hoch soll sie leben, hoch soll sie leben,
dreimal hoch!

Sie wollen sehen, was sie für ein Gesicht macht, wenn sie den Topfkuchen und die Blumen sieht.
Grethe denkt zuerst gar nicht, daß sie damit gemeint ist: Topfkuchen? Blumen? Und dann schießen ihr die Tränen in die Augen. Das umhäkelte Taschentuch holt sie aus dem Ärmel – Kölnisch Wasser – und preßt es vors Gesicht . . .
»Aber mein armes Kind!« sagt die Wirtin. »Wir wollten dir doch bloß man eine Freude machen . . .« Und nach dem Kaffee wird den Eltern im Aufenthaltsraum versichert, so ein bescheidenes Kind, also nein, da weiß man ja gar nicht, was man sagen soll.

Von der Mutter bekommt sie eine Korallenkette geschenkt und vom Vater ein blankes, neugeprägtes goldenes Zehn-Mark-Stück. Die Kette wird von der Mutter sogleich wieder in Verwahrung genommen, und das Goldstück tut der Vater in sein Portemonnaie, aus dem er es gerade zögernd

hervorgekramt hat, und guckend, ob es auch tatsächlich eines dieser wundervollen Goldstücke ist, die so außerordentlich schwer zu verdienen sind.
Ob sie weiß, daß das viel Geld ist? wird sie gefragt. Zehn gute deutsche Mark.
In Wandsbek soll es dann sofort auf die Sparkasse gebracht werden, für spätere Zeiten, wenn vielleicht mal nicht alles so läuft, wie man sich das vorgestellt hat.
»Wer weiß, was noch alles kommt?«

Siebzehn ist sie nun. ». . . was ich noch sagen wollte . . .« sagen die Herren und drehen sich um nach ihr, wenn sie tatenlustig die Pension verläßt, so zierlich und adrett. Einen Tennisschläger hat sie unter dem Arm, und da hinten steht das Rad, auf das sie sich gleich schwingen wird. »Erstklassige Familie, nicht wahr? Und gutes Blut. Irgendwie französisch.«
Sie fährt die lange Promenade entlang, an Sanddorn und Strandhafer vorüber und an älteren Herrschaften, die ihr aufmerksam nachsehen.
An der Architektur der Badeanstalt fährt sie vorbei, einer barocken Nachahmung aus Holz, mit einer Uhr im Giebel und einer kupfergrünen Zierlaterne obendrauf, und wenn sie genug Schwung hat, nimmt sie beide Füße von den Pedalen und wippt hin und her, herrlich ist das, wenn man so dahinschnurrt. Gleich wird sie wieder treten, und ihr Brennabor wird über den Kies knirschen.

Die dreihundert Meter lange Brücke hat ein Herr von Hoegh in die See hineinbauen lassen, das steht auf einer Tafel, fünf Pfennig muß man jedesmal bezahlen. Man stellt das Rad ab und geht ganz weit hinaus und lehnt sich über das Geländer und guckt in die grausige Tiefe, die da »siedet und brauset und zischt«, und denkt: »Wenn du nun da hineinfällst? Was werden die Eltern sagen, wenn du da hineinfällst? Ob sie sehr unglücklich sein werden?

Oder ob sie unglücklicher sein werden, wenn eine der Schwestern hineinfällt?«

Eine Holzbude mit Bank steht auf der Landungsbrücke, in der es Ansichtskarten gibt, die man kaufen und sich zeigen kann, Ansichtskarten von der Holzbude, in der es eben diese Ansichtskarten gibt. Und an dieser Holzbude lernt Grethe de Bonsac einen gewissen Karl-Georg Kempowski kennen, am 15. August des Jahres 1913. Aus Rostock kommt er, und eine Uhrkette hat er auf dem Bauch.
»Komm, Stribold«, sagt Karl Kempowski zu seinem Hund, »auf diese Bank von Holz woll'n wir uns setzen.«
Und diese Worte sind es, mit denen die Poussage anfängt, denn Grethe findet es nun rasend komisch, wie der das so breit ausspricht: »... woll' wi us sätz'n ...«, wahnsinnig mecklenburgisch!
Und er findet es schön, daß sie so übern spitzen Stein stolpert.
»Kommt die Dame vielleicht aus Hamburg?« fragt er; und dann wird schon erörtert, daß Sonnabend Réunion ist ... und ob man sich da vielleicht sieht?

Rasend mecklenburgisch spricht Karl Kempowski, und kurzgeschnittenes Haar hat er, und einen Eisenkneifer trägt er auf der Nase. Er erklärt dem hamburgischen Fräulein die verschiedenen Seezeichen, wie Leucht- und Glockentonnen, worüber sie sehr staunt, und er weiß genau, daß es eine Flaggensprache gibt, und daß die weiße Flagge mit dem roten Auge »ja« bedeutet.
Achtundsiebzigtausend solcher Flaggen gibt es, und weiß mit rotem Auge heißt »ja«.

Zur Schießbude gehen sie, wo Karl mit einigen Schüssen scharrende Blechfiguren in Bewegung setzt, einen Bären, der trommelt, und einen prügelnden Familienvater.
»Schießen die Dame auch einmal?« fragt der Büchsenspanner.
Nein, die Dame schießen nicht.

Dann wird zum Wrack gewandert – »hoffentlich ist noch keiner da!« –, ein kleiner Schoner mit abgebrochenem Mast, der Mensch ist eine traurige Maschine, hinter der Biegung liegt er, und zwar auf der Seite, und mit Sand ist er gefüllt.
Hier sitzen sie lange, und das Rauschen der See drückt ihnen auf die Ohren. Das Leben, wie es so geht, und was wohl der arme Schiffer macht, dem dieses Schiff gehörte.

Nun erzählt Karl von seinem Vater, das ist eine günstige Gelegenheit, daß der immerhin nicht mehr und nicht weniger als zwei Dampfer besitzt, und daß das weiße Schiff »Fürst Blücher«, das hier einmal pro Tag an der Brücke festmacht, ungefähr halb so groß ist wie eins der Schiffe, die sein Vater immerhin besitzt.

Am Tage drauf trifft man sich in der Bernsteinausstellung, die von der Kurverwaltung arrangiert wurde zur Unterhaltung an unwirtlichen Tagen. Brauner Bernstein, wie Honig so durchsichtig, und gelber Bernstein, auch wie Honig, wie nicht durchsichtiger Honig. (Hier kann man den Kopf schon ein wenig dichter zusammenstecken und alles ganz genau betrachten.) Stücke mit Einschlüssen, also Käfern, Mücken und Fliegen, und Stücke, die man eingeschmolzen hat und zu Zigarrenspitzen verarbeitet.
An der Wand eine Übersichtstafel von den Fundorten des Bernsteins und von den Bernsteinstraßen im Altertum, letztere gestrichelt.
Grethe nimmt sich vor, später einmal, wenn sie Geld hat, eine Kette aus ungeschliffenem Bernstein zu kaufen, und Karl zählt sein Geld, ob es wohl reicht zu so einer Kette.

Sie gehen den Promenadenweg entlang, wie schön Bernstein ist, das sagen sie, und Elfenbein, wie schön Elfenbein ist, das sagen sie auch: Natur, kein künstlicher Kram. Korallen, zum Beispiel, die sind doch auch Natur, oder Edelsteine, wenn das Licht sich so drin bricht . . .

Daß die Großmutter eine Tigerkralle mit einem Smaragd besitzt, erzählt Grethe, das ist eine günstige Gelegenheit, und Karl erzählt, daß seine Großmutter auch über großartigen Schmuck verfügt, und daß in Rostock, in der Stephanstraße, da, wo er also wohnt, eine Vitrine existiert, in der eine Tasse steht, aus der die Königin Luise mal getrunken haben soll.

Die Promenade flaniert Karl entlang, mit Grethe de Bonsac, am Sanddorn vorbei und am Strandhafer, wo hinten Vater Kempowski durch sein Spazierstockfernglas guckt und vergebens Zeichen macht: Der Regent, Dirigent, das regent . . . Sie sollen doch mal näherkommen, verdammt und zugenäht! »Hier upp de Bank, links und rechts!« da sollen sie sich hensetten und mal 'n bißchen wat vertellen!
Karl ist ein Artist im Schwingen des Spazierstocks, der vollführt eine Spazierstockdarbietung nach der anderen und lenkt exakt in die entgegengesetzte Richtung: in Berlin, dem Tambourmajor, dem ist der Tambourstock ja mal hingefallen, das erzählt er, bei der Kaiserparade, gerade als es darauf ankam, unter den Augen des Monarchen und all den Berlinern und den ganzen Ausländern, denen man's mal zeigen wollte, die Deutschen, wie sie's machen: da das Dings fallen zu lassen! Was das bedeutet! Das muß man sich mal vorstellen!
Daß der sich dann erschossen hat, der Tambourmajor; aus Scham.

Am Abend, als Anna Kempowski bereits nach Rostock schreibt, daß sie übermorgen kommt, weil sie Migräne hat und weil sie die Betten nicht mehr ertragen kann, als Vater Kempowski schon seinen zweiten Schoppen getrunken hat und überlegt, ob er sich die Linz nicht kommen lassen soll, mit ihrem hellen Lachen – der Mors tut auch schon wieder so weh –, als die Eltern de Bonsac unter sachkundiger Führung im Wald umherirren, um die

Hirsche röhren zu hören, stehn die beiden wieder auf der Landungsbrücke. Sie lehnen sich über das Geländer. Grethe guckt ins Wasser: Der Tang, wie der da unten in der Strömung um die großen Steine herumgreift, das interessiert sie, wo ist der Nöck mit all seinen Nixen? Und Karl guckt auch ins Wasser, und zwar so, daß ihr Kopf mit den kleinen Kräusellocken gegen den Himmel steht. Der muß zu sehen sein, der Kopf, der macht sich gut.

Jauchze, mein Herz, und trinke dich satt
an dieser Tage goldener Sonne . . .

Ja, sie geht auch an diesem Tage unter, die Sonne, und sie beschert den beiden einen riesigen Gomorrha-Himmel.

In dieser Nacht stellt Karl sich sein Bett auf den Balkon: das Rauschen, von dem man nicht weiß, ob's vom Walde herrührt oder von der See. Eulen streichen über ihn hin, und aus dem fernen Dorf klingt eine Treckfiedel:

Du, du liegst mir im Herzen
du, du liegst mir im Sinn . . .

Er reckt sich und lächelt – ob das wohl die kleine Strenge ist, die er sich wünscht, das fragt er sich, ohne Migräne und gänzlich ohne Allüren? Die ihm abends den Tee eingießt, am runden Tisch, und die Lampe scheint auf den Tisch, und die Zeitung raschelt?

Siebzehn ist sie, und man selbst ist leider erst fünfzehn . . . Schade eigentlich. Aber, wirkt man nicht schon viel älter?

»Du bist ja nur ein Versehen . . .« hat ihm die Mutter ins Gesicht gesagt, und gelacht hat sie dazu. Noch gar nicht so lange ist das her.

Am nächsten Tag mietet Karl ein Ruderboot, »Irene« heißt es, zwanzig Pfennig die Stunde.

»Es rast der See und will sein Opfer haben«, sagt er dauernd zu Grethe de Bonsac, obwohl es ausgesprochen ruhig

ist an diesem Tag, und er erklärt ihr, wie das gemacht wird: Rudern. Zuerst weit vorbeugen und dann durchziehen: zack! Und ja nicht »müllern«, die Riemen also nicht zu tief ins Wasser stecken.
Ob sie es nicht auch einmal versuchen will? (Sich in der Mitte aneinander vorbeidrücken, im kippelnden Boot, das hat er sich so ausgedacht.)

Dann erzählt er ihr vom Fischen, die beiden Riemen legt er auf, damit er besser gestikulieren kann. Daß zuerst ein leeres Netz ins Wasser geworfen wird und daß es nachher voll wieder herausgezogen wird. Eigentlich ja furchtbar einfach und ohne weiteres einleuchtend: zuerst leer und dann voll.

Er rudert weiter, und Grethe läßt die Hand ins Wasser gleiten und sagt: wie komisch das ist, daß sie nun hier in Graal Boot fährt und hugenottisches Blut in den Adern hat: de Bonsac. Ein weißes Spitzenkleid trägt sie, über einem weißen Unterkleid.

Daß ihr das sehr, sehr merkwürdig vorkommt, sagt sie, hier in Graal in einem Boot zu fahren, und das sagt sie immer wieder: nur die dünnen Planken zwischen sich und der Tiefe. Und sie sagt: »Mechtwürdig.« In einem Boot zu fahren, in Graal, und aus Frankreich zu stammen, das ist doch sehr, sehr »mechtwürdig«, und gar nicht sieht sie, daß am Strand die Mutter auf und ab rennt und winkt und tut und macht: daß das sehr gefährlich ist, Boot zu fahren! Ob sie das auch weiß?

Zur Dichterlesung geht die Familie de Bonsac geschlossen. Einen Dichter sieht man ja nicht alle Tage. Der Dichter, der hier wohnt, hat sich bereit gefunden, aus seiner Klause herauszukommen, und im Schützensaal, unter zerbeulten Lampions und blau-weißen Papiergirlanden, gegen Honorar Kostproben seines Werkes von sich zu geben. Auf der Bühne sitzt er, an einem kargen Tisch, und sein Buch tut er auf, das jetzt in aller Munde ist, und er blättert unschlüssig, hin und her, bis er – halt! – sich rasch entscheidet: Dieses hier, dieses Gedicht, das er so über alles liebt, das wird er jetzt lesen, aber erst muß es ganz stille sein im Saal, *ganz* still. Und er wartet, bis sich auch der letzte Zuhörer zurechtgesetzt und ausgeräuspert hat.

Sing mir ein Liedchen, Mandolinchen!
doch nicht von heut!
sing mir ein Lied aus *besserer* Zeit . . .

Vater de Bonsac da unten mit schmalem Kopf, ungeheuer hugenottisch, der nickt beifällig: ja ja, schon recht: aus *besserer* Zeit: die gute alte Zeit, als man noch im Elternhaus, um die Mutter geschart . . . oder später, die Zeit, in der er um seine liebe Martha geworben, oh, so verliebt gewesen, so verliebt . . .
Nein, da kann Vater de Bonsac nicht anders, da muß er nicken – wenn es auch Stellen gibt in des Dichters Werk, die *er* anders gesagt hätte. Jawohl. Und zwar *ganz* anders.

Die Mutter sitzt daneben, auch nickend, aber eher wohl im Schlaf, wie Mütter tun: die viele frische Luft und das schwere Essen.

So regnet es sich langsam ein
und immer seltener wird Sonnenschein . . .

liest der Dichter jetzt, und es wird Aufmerksam zugehört und äußerst andächtig. Nur wenn das Licht in den Karbidlampen an Helligkeit verliert, dann ruft eben doch mal einer aus dem Publikum: »Herr Ober! Nachwerfen!« Und der Kellner wirft dann draußen in den Behälter neues Karbid ein, und die Lampen strahlen auf.
»Ah!«

Von einem Liebespaar liest der Dichter nun (mit seinen aufgekämmten Haaren), von einem Liebespaar, das sich nachts auf dem Strandweg zu heißem Kuß in die Arme

schließt und plötzlich von einem Schiffsscheinwerfer getroffen wird! Hämisch werde damit die Liebe totgekichert, so formuliert der Dichter.
Die Töchter de Bonsac brennen zu ihm auf, die eine mehr, die andere weniger. Aber Vater de Bonsac, der räuspert sich: *So* etwas hatte man ja nun *nicht* erwartet. Da hätte man die Kinder doch besser zu Hause gelassen. Heißer Kuß? Liebe?
Und da sinken auch schon die Töchter zurück, die eine mehr, die andere weniger: doch weiter hinten, wohl in der letzten Reihe, da sitzt der junge Herr Kempowski, und der beugt sich vor.
Das möchte er doch mal sehen, das Gesicht, das Grethe jetzt macht. »Von Alltag und Sonne«. Ob sie das wohl in sich eingehen läßt, was der da vorne sagt, und es scheint ihm, als sei sie ganz weit weg.

Nun ist die Lesung zu Ende, und die Feriengäste drängen vor, halten die Bücher am Busen, die nagelneuen und die zerlesenen, die Bücher des Dichters, die sie sich signieren lassen wollen.
Aufmerksam guckt er jedem ins Gesicht, wer das da ist, dem er sein Buch widmet, das geprüfte Alter oder die herrliche deutsche Jugend, und ob die Saat wohl aufgeht, die er sät? Dieser junge Mann da, mit dem Eisenkneifer? Den hat er doch schon mal gesehen? Auf der Brücke, sturmzerzaust? Und dieses junge Mädchen, zierlich, blond, mit Mittelscheitel?
»Wer weiß«? schreibt er ihm ins Buch und »Tränen!« ihr.

Draußen, vor dem Schützenhaus, auf dunkler Straße, unter einer der von Nachtfaltern umschwirrten neuen Gaslaternen, findet Karl Gelegenheit, sich der Familie de Bonsac zu nähern. – »Geben Sie Gedankenfreiheit, Sire« –, den Hut zieht er, und er stellt sich vor:
»Ka-e-em, pe-o-we, es-ka-i.«
Erst den Diener machen und warten, bis einem die Hand

gereicht wird: So ist das, so hat man das bei Frenz gelernt. Vater de Bonsac weiß nicht so recht, sein Rotwein wartet, und nun steht man hier herum?
Hertha und Lotti haben den Mund offen, und Grethe kriegt einen roten Kopf.
Ob das nun durchaus sein muß, daß die beiden zum Tanz gehen, Sonnabend. Ob das nun durchaus sein muß? das fragt er.
Warum nicht? Warum sollten die beiden nicht zur Réunion gehen?
Die Mutter ist es, die den Ausschlag gibt, sie macht es, daß der schwankende Vater sagt: »Ja.« Seinetwegen. Nur immer zu. So ist das ja heute jetzt. Réunion. (Und er denkt an »Krieg und Frieden«, an den Fürsten Bolkonski, wie unwirsch der immer tat, und hatte doch ein gutes Herz.) Und nun will er seinen Rotwein haben, zum Donnerwetter noch mal. Ja? Was?

Als Grethe dann auf ihrem Zimmer die goldene Medaillonuhr aufgezogen hat und auf den Nachttisch legt, steht sie noch ein wenig am Fenster. Der Wind spielt mit der Gardine, die staubig riecht.
Der Himmel ist noch hell um diese Zeit, aber es ist schon dunkel, und die Fledermäuse flippen um das Haus. Hell und dunkel ist es hier zu gleicher Zeit.
Lange steht sie, und die Erdkugel dreht sich dabei, und der Mond kommt hinter den Bäumen hervor. Als die Grillen aufhören zu zirpen, fangen die Frösche an zu quaken, und als die Frösche aufhören, dauert es nicht lange, und die Nachtigall unter den Büschen dort drüben fängt tatsächlich an zu glucksen.
Und Grethe steht noch immer da, Grethe de Bonsac, und in ihrem Kopf rollen die Gedanken wie drei große Kugeln: Wie das wohl ist, wenn man Kinder bekommt? Das überlegt sie. Daß man sie aus dem Bauch herausholt, hat sie inzwischen begriffen. Aber, wie kommen sie hinein? Das

ist ihr völlig schleierhaft. Ob der Kuß damit zusammenhängt? Ob das durch den Kuß ausgelöst wird? Durch den Mund-Kuß, genauer gesagt?
Das wird sich dann schon zeigen.
Wie das wohl ist, so überlegt sie dann, wenn man mal eigene Kinder *hat*? Zu denen wird man jedenfalls sehr nett sein. Wenn sie angelaufen kommen und tausend Fragen stellen, dann wird man alles beiseite legen, das Nähen oder Stricken oder was nun grade, und wird ihnen sagen: so und so ist das. Und es wird noch alles wunderbar, ihr sollt es sehen.

An Karl, den schmächtigen Rostocker, denkt sie eigentlich nicht so sehr. Der ist zwar irgendwie auch da, in ihrem Denken, aber mehr am Rande, und zwar wirklich nur irgendwie.

Sie legt sich auf das Bett und lächelt. Margarethe Hedwig Elisabeth de Bonsac, im sechzehnten Jahrhundert geadelt. Warum lächelt sie? Das weiß sie nicht. Die Schuhe schleudert sie fort – nebenan der Vater, über seinem »Krieg und Frieden«, macht: »häm häm!« – und die Arme reckt sie. Und so wie sie ist, in Kleid und Strümpfen (und lächelnd), schläft sie ein, und die Hände zucken, bis sie ganz zur Ruhe kommt.

Leider sind drei Mücken im Zimmer, die simmen über ihrem Bett. Grethe hört zunächst auf, im Schlaf zu lächeln, dann faltet sich ihr die Stirn, die Augen klappen auf, Licht wird angemacht: ob man die Mücken nicht vielleicht erlegen kann? Das wird überlegt, und man stellt sich mit dem Pantoffel auf das Bett und hält Ausschau, aber ausmachen kann man sie nicht, die Quälgeister, weil sie sich in der Gardine verborgen halten, still und heimlich.
Nein, man findet sie nicht, dafür sieht man sich aber plötzlich im Toilettenspiegel, auf dem Bette stehend, einen Pantoffel in der Hand, und *da* muß man dann wieder

lachen, und man entdeckt, daß das Lachen eigentlich sehr schön aussieht.

Das Fenster wird geschlossen, das Kleid nun doch ausgezogen, Unterrock, Leibchen, und was da nicht sonst noch alles zum Vorschein kommt. Bevor sie unter die Decke kriecht, benetzt sie die Mückenstiche mit Spucke und bläst darauf – ungeheuer, wie schnell die »aufgehen«, sie hat süßes Blut. Morgen wird man Walnußblätter pflücken müssen, das nimmt man sich vor, und dann schläft man schon wieder ein.

In späteren Jahren wird sie noch an eine Réunion zu denken haben, die sie in Graal mal mitgemacht hat,

Rut mit de Olsch in de
Fröhjohrsluft!

ein ungewöhnliches Gedränge, Bauernvolk, das sich da eingeschlichen hatte, und daß sie die falschen Schuhe angehabt hatte oder wie oder was. Gar nicht schön war das gewesen, so ganz anders, als sie sich das vorgestellt hatte. Mit den Knien waren sie aneinandergestoßen, vielleicht hatte es ja auch an der Musik gelegen, diese Bumskapelle da oben, die war ja vorsintflutlich gewesen, der Mann an der Tuba, wie der immer das Wasser da unten rausließ aus seinem Instrument, da mußte man ja durcheinanderkommen. Und: Märsche zu spielen! Den »Radetzky-Marsch« auf dem Tanzboden? Eigentlich 'n bißchen doll.

Dann waren sie den Strand entlanggegangen, die See hatte ruhig dagelegen, und der Spazierstock war geschwungen worden, und im Strandkorb war es dann kühl gewesen, sie hatte sich seinen Mantel über die Knie gelegt, und er hatte auf dem Burgwall gesessen und mit kleinen Steinen gespielt und hatte lange geschwiegen, hatte ab und zu geseufzt, hatte aber im wesentlichen geschwiegen.
»Kempowski?« das hatte er dann gesagt, ein sehr bemerkenswerter Name ... von »Kempa«, polnisch, »Büschel«.

Eigentlich also, »Herr von Büschel«. Fräulein de Bonsac und Herr von Büschel, also eigentlich ja beide adelig.

Beim Nachhausegehen hatte er dann versucht, ihr einen Kuß zu geben, aber der war verrutscht. Sie hatte gedacht, er will sich umgucken, und da hatte sie plötzlich seinen nassen Mund auf der Backe, wie so'n Frosch. Und seine Brillengläser so kalt.

Als die Familie de Bonsac dann abreist, im September, mit dem Sommer-»Annibus«, einem Ackerwagen, der mit Querbänken versehen ist, steht Karl am Waldrand und winkt.
Einen Teichhut hat er auf, der Herr von Büschel, und Dackeldeckchen trägt er über den Schuhen, was nicht sehr kleidsam ist.
Grethe traut sich kaum zurückzuwinken, denn die Schwestern lachen schon, und der vornehme hugenottische Vater mit dem vornehmen Spitzbart macht ein großes und ein kleines Auge, ein gutes und ein böses.
Die Mutter lächelt, sie sieht vielleicht schon einen Schwiegersohn, aber Grethe ist erst siebzehn, und da hat sie ja noch etwas Zeit.

27

Schwester Hertha

Ich habe miterlebt, wie meine Schwester Grethe in Graal Karl Kempowski kennenlernte. Ich hab sie gesehen, wie sie zusammenstanden auf der Bootsbrücke: Grethel trug ein weißes Kleid, sie standen da und guckten ins Wasser und sahen aus wie Kinder.
Abends hat sie mir immer alles erzählt, den »neuesten Stand«. Sie hat mir auch anvertraut, daß sie ihn ja eigentlich gar nicht mag. Gelacht hat sie über ihn, über seine breite Aussprache: ». . . fidell Dank . . .«, nicht wahr, so klang das, dieses Mecklenburgische, und sie hat erzählt, daß sie abends im Strandkorb Zigaretten raucht und daß er sie dauernd küssen will.

Der Aufenthalt an der See befördert ja die Liebe sehr. Ist es die Langeweile, oder ist es die frische Luft? Man macht sich morgens hübsch und guckt nur nach den Jungen, überall.
Ich hatte auch eine große Liebe, damals in Graal, 1913, er war blond und sah aus wie ein Friese, ein reizender Junge! Ach, ich war so verliebt! Täglich waren wir zusammen, und abends zogen wir in die Fischerkneipe und tranken da einen Eierlikör. Das war zum Lachen!
Als ich dann wieder in Hamburg war, hab ich immer gewartet, daß der Junge sich meldet. Ich hatte ihm doch meine Adresse gegeben, und er hatte es mir doch so fest versprochen! Schließlich lief ich zu Onkel Hans und hab ihm von meinem Schmerz erzählt, der hatte ja Verständnis für so etwas. In einer Konditorei saßen wir beide, haben Kuchen gegessen, und ich hab geheult wie ein Schloßhund: »Was mach ich bloß, was mach ich bloß?«
Onkel Hans hat mich dann beruhigt in seiner netten, kameradschaftlichen Art. Er hat in der Kaffeetasse gerührt und hat gesagt: »Ach, Hertha, der meldet sich schon.«

Aber er meldete sich nicht, und ich nehme heute an, daß mein Vater den abgewimmelt hat. Er hat ihm sicher einen Brief geschrieben: »Also, hören Sie mal . . .«, denn der junge Mann war nur Volksschullehrer, und als Volksschullehrer war er ja nicht gerade standesgemäß für die Tochter eines »königlichen Kaufmanns«.
Ich war so verliebt, daß ich durch ganz Altona gelaufen bin, durch alle Straßen, immer in der Hoffnung, ihm zufällig zu begegnen. Ich wußte nur, daß er in Altona wohnte und daß er Volksschullehrer war oder werden wollte. Ich dachte immer: vielleicht, vielleicht . . . vielleicht siehst du ihn ganz zufällig, und dann wird alles gut.
Höchstwahrscheinlich ist er dann im Krieg gefallen. Ein Jahr später brach ja der Weltkrieg aus, und da hat er sich bestimmt sofort freiwillig gemeldet.

Von heute aus muß ich meinen Eltern beinahe recht geben. daß sie ihn abgewimmelt haben. Als junger Mensch meint man, Ehe und all so was hat nichts mit Vernunft zu tun, wenn man sich liebt, das genügt.
Als ich dann zwei Jahre später Ferdinand kennenlernte, war die Liebe vielleicht nicht ganz so groß, aber die Sache hat gehalten.
Übrigens hat mein Vater mich damals nach England geschickt, er sah ja, wie ich litt. Er hatte in England einen Freund, der immer diese ganz bunten Stoffe an die Negerinnen in Afrika verkaufte, der lebte in Devonshire. Zwei Monate war ich da, und das war schön und nett, und über diese Eindrücke hab ich meinen großen Schmerz dann tatsächlich verwunden.
Es war wirklich eine große Liebe, noch heute tut es mir weh, wenn ich daran denke.

Mit Grethe und Karl war das ja ganz anders. Für Grethe war diese Liaison ja nur ein Spiel, ein Zeitvertreib. Es hat sie amüsiert, daß er so hinter ihr her war. Wenn sie eben aus der Pension rauskam, morgens, nichtsahnend, schwupps!, stand er schon da, mit seiner breiten mecklenburgischen Aussprache, ein kleiner schmaler Jüngling, blaß und unscheinbar.

Nachts hat er sogar kleine Steine an ihr Fenster geworfen, ob er vielleicht gedacht hat, sie holt ihn rauf? Ein kindliches Gemüt. Zu mir herüber ist sie gekommen und »Kuck mal, Hertha!« hat sie gerufen. »Jetzt isser wieder da!« und wir haben hinter der Gardine gestanden und haben uns amüsiert.

Er hat ihr auch immer alles mögliche vorgelogen, daß er bei seinem Vater in der Firma wäre, hat er ihr erzählt, und daß er furchtbar viel zu tun hätte und so weiter. Dabei war er doch erst fünfzehn, und das sah man ihm doch an. Er ging ja noch zur Schule. Grethe hat zwar immer nur gelacht, wenn sie von ihm erzählte, und nachgemacht hat sie ihn, aber der Reichtum der Kempowskis oder besser gesagt die Wohlhabenheit, die hat wohl doch einen gewissen Eindruck auf sie gemacht. Karl war gut gekleidet, und er hatte immer Geld in der Tasche. Wahrscheinlich blieb es nicht beim Eierlikör, wenn der mal ans Spendieren kam.

Er hat dann ja auch nicht lockergelassen: Im Dezember 1913 wurde Grethel nach Rostock eingeladen, zur Hochzeit seiner Schwester.

28

Im Dezember 1913 ist Silbis Hochzeit, auch Grethe de Bonsac bekommt eine Einladung.

Zur Hochzeit unserer Tochter
Sylvia
mit Herrn Leutnant Schenk
aus Deutsch-Südwest,
beehren wir uns einzuladen.

Kann man das gute Kind allein zu wildfremden Menschen reisen lassen? Mitten im Winter? – Nach langem Hin und Her wird die Sache genehmigt. Nicht ganz unwesentlich sind die Photos dabei, die man sich über den Tisch reicht: Ein solches Haus, das ist doch immerhin . . .

Im Seidenhaus Brandt wird ein entzückendes weißes Kleid gekauft.
»Wenn was ist, dann rufst du uns an, hörst du?«
Und bei Zeller am Jungfernstieg ein Topas an einer feinen Kette.

Mit Herzklopfen fährt sie ab: Kleine Pelzstiefelchen hat sie an, und für die Hände hat sie einen Muff. Es ist ihre erste Reise ganz allein.
»Faß bloß nicht den Türdrücker an, und wasch dir immer schön die Hände!«
Über Bad Kleinen fährt der Zug und über Wismar. Die Äcker sind voll Schnee, und durch die Fensterritze zieht's.
»Und bedank dich auch, mein Kind!«

Allmählich kommt Grethe zur Ruhe, und als der Zug durch einen verschneiten Wald fährt, und die weiße Wintersonne von Baum zu Baum gleitet, denkt sie bereits: »Wie eine verwunschene Welt.« Die Bäume mit den weißen

Zweigen? »Wie eine verwunschene Welt.« Nicht wahr. Und: »Filigran«, dies Wort fällt ihr ein, und an das »Schweigen im Walde« denkt sie, von Böcklin, nur, daß das im Winterwald stattfindet, so stellt sie sich das vor.

In Kröpelin steigt ein Bauer zu: »Na, mein Frollein? So alleine unterwegens?« Schnee bringt er mit und kalte Luft. Er verstaut einen Gitterkasten mit Hühnern im Gepäcknetz und setzt sich hin. Dann schneidet er sich Speck ab mit einem Taschenmesser und schiebt die Würfel in den Mund, und die Hühner, oben im Gepäcknetz, gucken runter.
»Wo geht denn die Reise hin? Nach Pierdknüppel?«
(Nase mit dem Handrücken wischen.) In Pierdknüppel hat er eine Nichte.
Daß das da draußen eine verwunschene Welt ist, das kann man zu diesem Manne keinesfalls sagen.

In Rostock schneit es. Karl steht auf Bahnsteig 3, im Gehpelz, mit Teichhut und schwarzen Ohrenschützern, und zwar direkt unter der Normaluhr steht er, und Mühe hat er gehabt, daß er den Dienstmann Plückhahn wieder losgeworden ist, der ihm erzählen wollte, daß es heute schneit.
Grethe sieht ihn auch sofort, trotz all der dicken Flocken: Ist er denn so klein? Gar kein bißchen eckiger? Ein kalter Windstoß bläst ihr ins Gesicht. Das hat sie anders in Erinnerung.

Vor dem Bahnhof, in dichten Schneewirbeln, steht eine Reihe grüner Droschken mit schwarzem Lackelderverdeck. Karl ruft eine heran, das kann er gut. (Wie lange soll man denn noch warten?) Dazu braucht er nicht den Dienstmann Plückhahn, der sich wieder vorgeschoben hat und sich wundert, was das da für ein feines zartes Fräulein ist.
Der Kutscher in seiner schwarzen Pelerine, die Peitsche über der Schulter, steigt gar nicht erst ab. Den Kopf auf die

Seite gelegt, wartet er, bis die jungen Herrschaften sich rumpelnd selbst verstaut haben, dann sagt er »hü«, und die Pferde ziehen an.

Eine kleine Rundfahrt durch die Stadt gefällig? Nach Hause kommt man noch früh genug?
Die Kaiser-Wilhelm-Straße geht's entlang, wo die elektrische Bahn blaue Funken spritzt: eine Villa neben der anderen, die Türmchen und Giebel eingepackt in Schnee, und jeden Besitzer kennt Karl, und laut repetiert er ihre Namen: Konsul Besendiek – Holzhändler vor dem Petritor (als das Holzlager damals brannte!) – und Ohlerich, ein übler Konkurrent, total versoffen. Und, nicht zu vergessen: Menz, Lacke und Farben en gros: herrliche Befrachtungen, außerordentlich erfreulich.
»Der hat 'n netten Sohn, den werden Sie noch kennenlernen; ein ganz prachtvoller Mensch.«

Nach Konsul Besendiek hat Robert William Kempowski seine beiden Schiffe genannt, nach ihm und dessen Frau. Nicht nach sich und seiner Frau, denn: »Wir wissen ja, wie wir heißen!« Und wenn die Firma noch weitere Schiffe erwirbt, was gar nicht so ausgeschlossen ist, dann wird man sie auch nicht nach sich nennen, sondern vielleicht nach den Menzens, wer weiß.

Die Richard-Wagner-Straße geht's hinunter, am neuen Stadttheater vorbei: »Da wird wacker gemimt, Fräulein de Bonsac . . . Dies Huhn ist nicht von Pappe!« Die Fledermaus wird gerade gegeben, vielleicht, mal sehen, vielleicht ist noch ein Abend frei. Dann wird Grethe de Bonsac mit Karl Georg Kempowski in der Proszeniumsloge zu sehen sein, und die Rostocker werden ihre Gläser auf die beiden richten und fragen: »Was ist denn das für ein entzückendes Mädchen?«

Am Steintor vorbei, an der Eiche von 1813 und an der

Eiche von 70/71, die dürren Zweige stehen wie ein Scherenschnitt gegen den grauen Himmel: hier stand einmal der Galgen, der dreischläfrige, auf einem künstlichen Hügel stand er, damit die Bürger auch beobachten konnten, wie der da zappelt.
»Dies ist das Rathaus, Fräulein de Bonsac . . .«
Stadtverordneter hätte der Vater ja längst sein können und Konsul auch, aber: »Was bringt das schließlich und letzten Endes ein? Nichts als Ärger.« Und: »Haben wir das nötig?«
Sieben Türme sind auf dem Rathaus, drei links, drei rechts und einer in der Mitte, der ein wenig größer ist als die anderen. Einfach und solide, nicht so durcheinander wie das Rathaus in Lübeck, dieser Stadt, die man in mancher Hinsicht schon ganz schön überflügelt hat.
Neben dem Rathaus ist der Schwibbogen mit zwei Kammern, in denen man die Tiere schlachten läßt, die man eben auf dem Markt erworben hat. (Geflügel wird lebend gekauft.)
Jetzt wird da nicht geschlachtet. Schneeflocken wirbeln um die Wasserkunst, und die Fischfrauen mit ihren schwarzen Strohhüten packen gerade ein.

Um die Marienkirche sehen zu können, die da blauschwarz hinter dem Giebel der Ratsapotheke aufragt, müßte Fräulein de Bonsac sich eigentlich ein wenig vorbeugen, an ihm vorbei, und Karl lehnt sich schon zurück, damit sie's tut. Aber die Kirche kann man heute sowieso nicht sehen, der Schnee pappt die Fenster zu, und jetzt schiebt sich auch noch einer dieser großen Möbelwagen von Bohrmann dazwischen.
»Na, morgen ist auch noch ein Tag.«

In der Stephanstraße rauscht Mutter Kempowski die Treppe herunter, sie ist die Liebenswürdigkeit selbst (eben noch hat sie die Türen geknallt). Die schönen Birkenmöbel und die Tasse der Königin Luise. Sie guckt das hamburgische Fräulein kalt an und gibt ihr etwas nebenbei die Hand.

Die Hunde springen hoch und bellen.
Aus dem Erkerzimmer hört man rufen: »Watt is denn dor all wedder los?« Da sitzt der Alte, der geht mit Sodemann die Post durch. (Nie hat man seine Ruhe, und unten wieder alles wund!) Im Erker sitzt er, die Beine in eine Decke eingeschlagen, und Sodemann, der dicke Prokurist – »Ich stelle lediglich fest . . .« – erhebt sich und stößt an das Erkergitter, daß die Palme zittert.
Der alte Herr setzt sich den Zwicker zurecht und guckt sich den zierlichen Gast, der da eben in die Stube tritt, unverwandt an: So sieht sie also aus, die neue Perspektive, keinen schlechten Geschmack hat sein Sohn, Im- und Export. Hamburg . . . Das Kleid, was das wohl für'n Stoff ist . . .
Daß ihr Vater herzlich grüßen läßt, sagt das hamburgische Fräulein, und die Mutter auch, daß die auch herzlich grüßen läßt und daß sie für die Einladung dankt. Und, gottswahrhaftig, sie macht tatsächlich eine Art Knicks!

Am nächsten Morgen bringt ihr ein Mädchen das Frühstück ans Bett, »wie in einer verwunschenen Welt« . . . die Tür wird mit dem Fuß zugestoßen. Funkelndes Johannisbeergelee, Honig und Pflaumenmus. Die Brötchen sind in eine Serviette eingeschlagen. Während die Butter auf dem Brötchen schmilzt, wird der Ofen angeheizt, und *warmes* Wasser wird in die Kruke auf dem Waschtisch gegossen: Die Fenster sind bis oben zugefroren.

»Seid getreu bis in den Tod . . .« Die Trauung findet in der eiskalten Marienkirche statt, Eintrittskarten hat man ausgeben müssen, damit nicht zu viele Schaulustige sich eindrängen in die Kirche, und auf der Orgelempore steht gar ein Bläserchor. Bräutigam Schenk guckt sich schon dauernd um, ob sie auch wirklich gekommen sind, die Bläser, wie sie's ihm versprochen haben, ein bißchen kümmerlich klingt das, was sie da blasen, in der riesigen Kirche, und viel zu leise . . .

. . . der dich erhält!
wie es dir selber gefällt . . .

Bräutigam Schenk aus Deutsch-Südwest: Ausgestreckt lagen die Farmer da, in ihrem Blut, und gräßlich sahen sie aus.
Pastor Timm mit seiner spanischen Halskrause, von der Lübecker meinen, es gebe sie nur bei ihnen, hebt den Kopf immer wieder hoch empor, so daß man den Knopf sehen kann, mit dem der »Tütenkragen« festgemacht ist, wie die Rostocker das Ding nennen.
Ins weiße Gewölbe guckt er hinauf beim Predigen, an dem wunderlicherweise blaue Plaketten kleben mit goldenen Sternen.

Anschließend fahren alle Kutschen den Hafen entlang. Die Dampfschiffe tuten, und die Segelschiffe sind über die Toppen geflaggt, Sodemann war es, der dafür gesorgt hat: der Lehrling ist »umgelaufen« und hat diverse Flaschen ausgetragen.
»Von nichts kommt nichts.«
Die Schiffer lehnen über die Reling und stoßen sich an: »Bannig veel Kutschen, nich?«
Der alte Herr Kempowski ist in Ordnung, aber: »De Fru, de döcht nix.«

In der Stephanstraße laufen die Mädchen in schwarzen Kleidern umeinander, mit gestärkten Schürzen und Häubchen. Gütschow soll ja in der Kirche gewesen sein, das erzählen sie sich, der bankrotte Weinhändler, wenn das man kein schlimmes Vorzeichen ist.

Auch ein Lohndiener ist engagiert, in betreßtem Frack mit schwarz-gelb gestreifter Seidenweste; untätig steht er in der Tür. Es wird ja doch alles anders gemacht, als er es anordnet. Eben noch, unter der Treppe, hat er sich mit der behandschuhten Rechten in der Nase gebohrt.

Mit einem Sherry wärmt man sich auf, und die Geschenke sieht man sich an: die Blumenkörbe und die Porzellanfiguren, und schon werden die Schiebetüren geöffnet: »Es wäre angerichtet!« Und Arm in Arm geht man hinüber an die reichgeschmückte Tafel: silberne Schalen, überquellend von Früchten, und ein großer Kerzenleuchter, obwohl die neue Gasbeleuchtung da oben schon in Tätigkeit ist.

Während die kleine Kapelle, die man vom Stadttheater ausgeliehen hat, unter dem neuaufgeputzten Weihnachtsbaum den »Hochzeitsmarsch« von Mendelssohn spielt, gibt es eine kleine Rempelei, denn niemand weiß, wo man denn nun eigentlich sitzen soll: Die Tischkarten sind eine Idee zu klein geraten, alle möglichen Brillen müssen aus den Futteralen gezogen werden, und Namen schwirren durch die Gegend: »Hier, Frau Amtsgerichtsrat, hier!« Der alte Ahlers gar sitzt halb beleidigt in der Ecke, ob sich denn keiner um ihn kümmert?
Dreißig Personen sind geladen: Müller, der Tenor, natürlich und auch die kleine Linz, sie alle laufen suchend umeinander.
Schließlich richtet sich ein jeder ein, auch der alte Ahlers wird auf seinen Platz gesetzt, und er parliert bereits mit seiner Nachbarin, vermutlich über Pernambuco, wo er auch schon mal gewesen ist. Zu blödsinnig, daß er damals gerade krank werden mußte, damals bei Kap Hoorn.

Zum ersten kommt es anders,
zum zweiten als man denkt.

Auch kleine Scherze werden gewagt, zur Auflockerung der Szenerie. Erste Knallbonbons werden gezogen, obwohl das eigentlich noch gar nicht dran ist, und Strahlenbeck macht vor, wie sich mal einer aus Versehen das Tischtuch als Serviette in den Kragen gesteckt hat.
Müller (»Mi-mi-mi, Apfelbäumchen!«) demonstriert, daß man auch ohne Stuhl am Tisch sitzen kann.

Warum? Weil er nämlich keinen abgekriegt hat; der wird ihm nun über den Tisch gereicht, und zwar an einem Bein. Die kleine Linz lacht darüber ein wenig zu heftig. O Linzing, Linzing seih di vör! Es guckt dich jemand an so kalt wie eine Schlange.

In der Kellerküche ist ein Mordsbetrieb, da läuft alles um den tatenlosen Lohndiener herum. Der Speiseaufzug kommt keinen Augenblick zur Ruhe, immer muß noch etwas hinaufbefördert werden.
Ob genug Soße oben ist, wird unten in den Aufzug hineingeschrien, und die anderen Mädchen oben, im Licht der neuen Gasbeleuchtung, die verstehen das nicht, sie rufen: »Ruhe!« hinter sich, und die Gäste, wahrhaftig, dämpfen ihre Stimmen.

Kaviar im Eisblock
Champagner Baudelot sec
Klare Fleischbrühe
Reh-Steaks mit frischen Champignons und Trüffeln
1904er Château Coufran
Steinbutt mit Sauce béarnaise
1910er Valwiger
Gänseleberpastete in Madeiragelee
1899er Chablis
1903er Haut Sauternes
Gemästete Puten, Kompott, Salat
1904er Château Léoville Barton
Stangenspargel
Eis
Käsegebäck
Schultz Grünlack
Nachtisch
Baudelot sec

Der Bräutigam klemmt sich das Monokel ins Auge: Die Speisefolge will er studieren. Sie ist auf Karton gedruckt und mit Goldschnitt versehen. Seine Eltern – Gott sei's geklagt – haben sich nicht freimachen können, Deutsch-

Südwest, das kann man ja verstehen. Es ging ja auch alles 'n bißchen plötzlich.

Die Suppe plätschert, und nach dem ersten Toast schlucken alle den Wein gleichzeitig herunter, was laut zu hören ist und was man entsprechend belacht.
Zu den Reh-Steaks wird der »Brautchor« aus Lohengrin gespielt und zum Steinbutt der »Liebestraum nach dem Ball« von Czibulka.
Zur gemästeten Pute hört man den Walzer »Man lacht, man lebt, man liebt«.
Alles sehr schön.

Vater Kempowski guckt *von unten* durch den Zwicker, warum man ihm denn keine Tütebeeren hingestellt hat, das fragt er sich, und ob er noch was von den kleinen Gruscheln kriegen kann? Diese kleinen, mehligen Kartoffel-Bröckel, die die Soße so gut aufnehmen? Zwischendurch guckt er sich *von oben* durch den Zwicker all die »verrückten Lüer« an, die es sich an seinem Tische gütlich sein lassen: Frau von Wondring zum Beispiel, wirklich und wahrhaftig noch mit einem Lorgnon, und auch Frau Warkentin mit ihrem großen Busen.
Der alte Ahlers sagt gerade: »Mag sin, mag öwersten ok nich sin . . .« und sieht sich nach Brot um, das er auf dem Tisch vermißt. (In seinen Knobelbechern hat er auch heute keine Strümpfe an!) Ohne Brot mag er nichts essen, das hat er mal in Frankreich gelernt.

Nun klopft Professor Volkmann ans Glas, wartet, bis alles ausgekaut hat, und sagt: »Ich war in Rom, ich war auch in Athen . . .« aber so gut wie im Hause Kempowski, so gut hat es ihm nirgends gefallen. Silbi, die Braut, bezeichnet er als Seele des Hauses, was nicht gut ankommt bei Anna, der Braut-Mutter, die am liebsten ein Glas umwerfen möchte, so »hoch« ist sie schon wieder. Als Volkmann es aber dann bedauert, daß diese entzückende Braut nun in den Busch da unten gehen wird, lebt Anna wieder auf. Frau von Wondring sagt: Jawohl, das stimmt, das ist wirklich schade, daß die nun in den Busch da unten geht. Und ein sehr männlicher und eckiger junger Mann sagt auch: Ja, das stimmt (eine kleine Narbe hat er), und die andern Gäste sagen auch alle: Ja, da hat er recht, schade, daß sie in den Busch geht, und essen weiter.

Grethe de Bonsac denkt an die Neger, die ja wohl sogar Menschenfleisch essen, und denkt, das würde sie bestimmt nicht tun, in den Busch gehen. Vom *Châreau Léoville* Barton möcht sie wohl gern noch ein wenig haben, aber sie weiß nicht, wie man das anstellt, daß einem das Glas gefüllt wird. Ihr Tischherr Karl Kempowski hat indessen anderes zu tun, der spricht mit der kleinen Linz, die heute etwas kicherig veranlagt ist.

Zum Eis wird ein großer Bienenkorb aus Marzipan auf den Tisch gestellt, Gipsbienen sind da reingesteckt, an Draht, und mit kleinem Backwerk ist er dekoriert, Baiser-Schalen und Waffeln. »Sich regen, bringt Segen«, soll das bedeuten, und das ist auf das Brautpaar gemünzt.
Karl Kempowski gibt seiner Grethe eine dieser Gipsbienen – was soll sie denn damit? Soll sie sich die etwa an den Busen stecken? –, und Leutnant Schenk aus Deutsch-Südwest läßt das Monokel fallen, denkt an die Farm, die er sich dort unten jetzt wird kaufen können, die Farm am Okawango. Aber, wer weiß, vielleicht wird er es gar nicht tun? Man könnte doch auch hier ...?

Silbi hat zuviel gegessen. Aber von dem Bienenkorb bricht sie sich doch noch etwas ab. Sie sieht entzückend aus, und drollig ist es, wie sie da so alle viere von sich streckt.
»Und du willst unter die Neger gehen?«
Mal sehen, erst mal noch nicht. Sich erst mal noch in Deutschland umgucken. In Berlin zum Beispiel, in Berlin ist man ja noch nie gewesen.

»Kurfürstendamm« sagt der männliche junge Mann mit der kleinen Narbe im eckigen Gesicht – schöne große Zähne hat er – und daß das eigentlich ja furchtbar komisch ist: »Kempinski«, daß es da ein Lokal gibt, das »Kempinski« heißt. Ein großes, eckiges Gesicht hat dieser männliche junge Mann und braune Haut.
Grethe hat nun zum erstenmal seine Stimme gehört, lange hat sie schon gehorcht.
Vielleicht wird er in Berlin eine Filiale eröffnen für die Lacke und Farben seines Vaters, sagt er, vielleicht kauft er sich aber auch ein Gut. »Was meinen Sie, Frau Amtsgerichtsrat?« Ein Gut habe doch auch was für sich. »Andernfalls treffen wir uns mal alle in Berlin, was?«
Und schon werden die Gläser gehoben: »Auf Berlin! Auf Kempinski!«

Nach der Zerpflückung des Bienenkorbs, dessen Trümmer über den ganzen Tisch verstreut sind, wird die Tafel aufgehoben. Vater Kempowski wird hinübergeführt zu seinem Stammplatz, neben dem Ofen, wo der alte Ahlers schon sitzt mit seinem »Kock-nack« und drauf wartet, daß er ihm ins Ohr flüstern kann, wer was gesagt hat.
Der Rollstuhlschieber wird hinter ihren Stühlen stehen und eigenartige Witze machen, und die Gäste werden denken, die drei da lachen über sie, was sie auch tun.

Anna treibt die Mädchen an, wie lange es denn nun noch dauert, daß sie den Tisch weggeräumt haben, zum Donnerwetter noch mal! Ob man denn ewig darauf warten soll?
»Werden Sie nicht auch noch frech!«
Morgen wird sie die Mannschaft dezimieren, das hat sie sich schon vorgenommen. Ausholzen, rücksichtslos!

In diesem Augenblick fährt draußen eine Mietsdroschke vor. Unter der Straßenlaterne sieht man eine Frau aussteigen und in das Haus tänzeln. Die Gesellschaft, die gerade die Zigarren beschneidet und auf den Lohndiener

wartet, der nicht aufzufinden ist, staunt nicht wenig, als der späte Gast ins Zimmer tritt: Es ist die Großmutter aus dem Heilig-Geist-Stift, die mal am 8. 8. 1888 Geburtstag gehabt hat, die nicht ganz richtige Großmutter, in einem wunderbaren Seidenkleid, sehr eng geschnürt, blaugraue Seide, mit schwarzer Spitze eingefaßt. Auf dem Kopf trägt sie die goldenen Myrthen ihrer Goldenen Hochzeit, und mit sehr hoher, feiner Stimme redet sie sehr schnell und in gleichmäßigem Tonfall dieses: »Oh, was sind das alles für Herrschaften! Nein, diese Damen und diese wundervollen Herren, und die Zimmer so schön, das ist wohl sogar eine nagelneue Gasbeleuchtung . . .«
Vor dem Brautpaar, das auf dem Sofa Stellung bezogen hat, tut sie einen tiefen Knicks, und schon beginnt sie ein Lied zu singen:

Ein Männlein steht im Walde,
ganz still und stumm!
Es hat von lauter Purpur
ein Mäntlein um . . .

Dazu tanzt sie wiegend, eigentlich wiegt sie sich nur, aber es ist doch ein Tanzen zu nennen, weil sie die Arme dazu gebraucht, mit den Fingern droht oder gen Himmel zeigt . . .

Schenk weiß nicht Bescheid, er lacht ein gutmütiges Lachen: vielleicht so eine verrückte Theatersache? »Naive Alte« oder wie? Ein grotesker Auftritt, der sich plötzlich in eine geistvolle Parabel auflöst? Oder das Vorspiel zur Überreichung eines sonderbaren, neuartigen Geschenks?
Da erst bemerkt er, daß die anderen Gäste ihm signalisieren: Vorsicht! Nicht ganz richtig im Kopf! Durchgedreht!
Da erst wird ihm das klar.

Die Vorstellung dauert nicht sehr lange. Anna kommt herbei und dreht die alte Frau zur Tür und schiebt sie rasch hinaus.

Sagt, wer mag das Männlein sein . . .

Schon sitzt sie wieder im Wagen, die Tür wird von draußen zugehalten, damit sie nicht wieder aussteigt, und die Mädchen bringen schnell noch ein paar gute Dinge. Es wird ein wenig geweint, und der Zwischenfall ist bald vergessen.

Schon hebt die Hauskapelle an mit einem Walzer, und man hat keine Ahnung, wie man diese Hochzeit hätte feiern sollen, wenn Gütschow nicht Bankrott gemacht hätte: dieses schöne Haus?

Auf dem Haupt die Brillantine,
in der Hand die Violine . . .

Die Musikstücke, die das Trio zu Gehör bringt, wimmeln von kleinen Anspielungen, die niemand versteht. Alles wundert sich lediglich über die sonderbare Mimik des Stehgeigers Havemann, der da so swinplietsch über den Geigenbogen rüberguckt.
Die Herren schwenken ihre Damen, und die Dienstmädchen stehen am Speiseaufzug und gucken zu. Und unten am Speiseaufzug stehen die anderen Dienstmädchen und hören zu.

An der Tür zum Salon ist ein Mistelzweig angebracht, und das bedeutet: wer hier drunter steht, der darf geküßt werden. Grethe sieht den Zweig nicht, und sie weiß auch nicht, was auf sie zukommt, als der junge Mann mit der kleinen Narbe und den strahlenden Zähnen sie ansteuert. Sie denkt, sie träumt, als der sie in die Arme nimmt und fragt, ob sie weiß, was nun passiert? Ob sie weiß, daß sie nun geküßt wird? Wegen dem Mispelzweig da oben?
Breitschultrig ist der Mann und August Menz heißt er, Lacke und Farben en gros.
Er küßt sie nicht; er nimmt sie und tanzt mit ihr einen Tango, einen sechzehntourigen, und er flüstert ihr ins Ohr, welche Schritte sie machen soll: Jetzt links und nun stehn! Und jetzt eine rasche Drehung – ja!
Die Gäste hören auf zu tanzen und gucken zu: Nein, was

für ein schönes Paar! Sie soll ja wohl aus Frankreich stammen, und er ist Sportflieger. Die kleine Narbe rührt wohl gar von einem Absturz her!?

Karl zieht jetzt die Taschenuhr heraus und auf und sieht von ferne zu. »Studien treiben«, wie Erex das genannt hätte. Traurige Studien: Grethe de Bonsac mit ihrem feinen Gesicht (in Graal war doch noch alles so schön gewesen ...?): da tanzt sie nun, bonum bono, mit diesem Lackel da, Lackel und Farben en gros, linksrum und rechtsrum, stehn!
Karl hat noch einen Tanz bei ihr gut. Wenn sie sich umschaute nach ihm, dann würde er sich anschicken ... obwohl – das hat er schon in Graal gemerkt, bei der Réunion: sie will immer anders beim Tanz als er.

Wo mag die kleine Linz nur sein? Dies »an sich« ganz nette Mädchen?

Silbi und ihr Leutnant sind schon abgereist, nach Berlin, als es passiert: hinten in der Veranda, die große Scheibe, die wird zerschmissen, und zwar von außen. Nicht viel hätte gefehlt, und der Lohndiener, der sich hier gerade versteckt hielt, wäre von dem Stein getroffen worden.
Gütschow? So vermuten die Gäste und sehen sich die Scherben an und heben die Blumentöpfe auf. Ob das Gütschow war? Daß ihn der Neid zerrissen hat? Sein schönes Haus?
Von draußen schlägt der Wind einen Haufen Schneeflocken herein, deshalb wird die Verandatür geschlossen, und die Portiere, die vor der Tür angebracht ist, herabgelassen.

Der alte Ahlers hat das nicht gehört, der wundert sich, daß es mit'm Mal so still ist »im Kontor«. Gerade hat er sich sein Portemonnaie aus der Hosentasche gelangt, um Frau von Wondring das Geld zu zeigen, das für seine Beerdigung bestimmt ist, hier, im Seitenfach, da steckt es. Das hätte sie wohl nicht erwartet, was?

Die Scherben werden aufgefegt, und ganz allmählich kommt das Gespräch wieder in Gang – »Na, so was?« und »Wer das wohl gewesen ist?« –, und spät am Abend, als man den alten Ahlers bereits in die Bibliothek getragen hat – »hau ruck!« –, als Vater Kempowski in seinem Zimmer das »Quo vadis« hat fallen lassen, *early to bed and early arise*, und die Wände anschnarcht, als Anna dem Tenor aus Hamburg die Dunkelkammer im Keller zeigt, was lange dauert und in größter Stille vor sich geht, als die kleine Linz schon längst nach Hause gelaufen ist (weinend), und Professor Volkmann die Frackjacke über den Stuhl gehängt hat, von der nun alle Knöpfe abgeschnitten sind, und ein wenig zu ausführlich erklärt, was der Straßenname »Erskerne« bedeutet (und lauter als nötig), sitzt Karl auf seinem Zimmer und starrt vor sich hin. Felix Dahn: »Ein Kampf um Rom«.

Leise flehen meine Lieder
durch die Nacht zu dir ...

Von unten hört man den Stehgeiger wimmern und Türenschlagen und Gelächter. »Koarl!« rufen sie: »Koarl, wo steckst du?«

Dunkel ist es im Zimmer. Nur die Schneeflocken draußen vorm Fenster, von der Gaslaterne beleuchtet, sind hell.

Drüben auf der anderen Straßenseite, bei Tierarzt Jesse, wird die Gardine beiseite gezogen: Wie lange das noch dauern soll bei den Kempowskis, der Lärm, eigentlich 'n bißchen doll. Aber sagen kann man nichts, weil einem sonst die Hypothek gekündigt wird.

Karl steht auf und öffnet die Tür und lauscht. Da unten beginnt jetzt das Festgetöse, man schmeißt Gläser und Tassen kaputt. Ein zweiter Polterabend. Jedes Klirren wird mit »Hurra!« begleitet. Hier, diese Vase, die kann man doch auch noch kaputtschmeißen, bums! Und nun bringt einer sogar Schnee von draußen herein, jetzt geht die wilde Jagd erst richtig los.

Karl steigt zum Dachboden hinauf, da steht die alte Ottomane, wo er mit Erex, seinem Freund, sechsundsechzig gespielt und schlechte Zigaretten geraucht hat. Da liegt auch noch der alte Seehundsfelltornister und das Kirschholz, das man mal in Zahlung nahm.
In der Ecke steht die Festung, deren Türme von innen zu beleuchten sind. In ihre Gräben kann man Wasser füllen oder auch Champagner: »Eingeregnet, G'schichten aus dem Hochgebirg«. Sich in die Festung stellen und um sich herum einen Graben aus Sekt . . . ?
»Welch eine Wendung durch Gottes Führung.«

Der Wind hebt die Ziegel hoch und stäubt ein wenig Schnee herein, und der Schnee legt sich auf seine Stirn. Irgendwann muß Giesing ja mal kommen, und *als* sie kommt, wird es ihm warm ums Herz. Und als sie in der Kammer verschwunden sind, die beiden, Karl und Giesing, kann sich auch der Lohndiener aus seiner Erstarrung lösen. Hinter dem Schornstein, da stand er ja die ganze Zeit.

Am letzten Tag des Jahres fährt Grethe de Bonsac nach Hause: Bonum bono – dem Guten das Gute . . . ein Erster-Klasse-Billett hat man ihr spendiert.
»Auf Wiedersehen und alles Gute!«
Das geht doch nicht an, daß dieses zarte Geschöpf und aus so gutem Hause dritter Güte fährt!
In diesem Coupé sind die Türen mit Seide bespannt, und Spitzendeckchen liegen auf den Kopfpolstern.
Grethe freut sich schon darauf, in diesem Abteil zu sitzen, kein speckessender Bauer wird sie diesmal stören.

Karl guckt auf seine dicke Taschenuhr, Grethe auf die

kleine zierliche Uhr, die sie in einem Lederarmband trägt, und die Normaluhr zeigt es auch: noch drei Minuten.
»Auf Wiedersehen und alles Gute.«
»Ja. Und vielen Dank.«
Der ganze Bahnsteig ist voll Dampf und Schnee. Der Zug setzt sich in Bewegung, und Rostock mit Karl Kempowski auf Bahnsteig 3 verschwindet in Dampf und Schneegestöber.

III. Teil

Wir saßen in einem Café, und es kam jemand mit dem Extrablatt und sagte: »Der Krieg ist ausgebrochen.« M. P.

Ich stand auf dem Balkon und hörte feierliche Trompetensignale aus der nahen Kaserne. Und dann ging ein Trommler mit einem Offizier durch die Straßen und trommelte, und der Offizier verlas die Mobilmachung. S. S.

Die ganze Bevölkerung war wie elektrisiert. Gearbeitet wurde schier nicht mehr, man ging auf die Straße, und da gab's Extrablätter. Viele Schüler meldeten sich kriegsfreiwillig, die oberen Klassen waren bald leer. Auch die Lehrer waren dann weg. B. Z.

Ich war in Weimar beim Telegraphenamt und mußte all die Telegramme an die Reservisten durchgeben, wo und wann sie sich zu stellen hatten. Tausende von Telegrammen. Das mußte haargenau stimmen. M. W.

Es war Sommer, und um uns herum waren Wälder voll Nachtigallen, und die Züge waren voll Soldaten mit ihrem Gesang. Die Nachtigallen und der Soldatengesang, das ging so ineinander über. Nachts. – Es war ja eine Ehre, das Blut für das Vaterland zu vergießen. M. W.

Hinter unserm Haus fuhr die Bahn, und da kamen die Güterzüge mit den Soldaten vorüber. Die saßen in den Türen und ließen die Beine herausbaumeln.

Mein Vater hatte kleine Blasenwürste machen lassen, und wir Mädchen haben Zettel drangebunden mit unserer Adresse und haben sie ihnen zugeworfen. Wir waren fünfzehn. Da haben auch welche zurückgeschrieben. St. R.

Und dann kam auch schon die erste Todesnachricht, das war der Kaufmann Harms. Ich hatte ihn vorher noch gesehen, im blauen Rock; einen feldgrauen hatte er nicht mehr abgekriegt. – Kaufmann Harms war einer der ersten, der fiel, und seine Frau lief dann in Schwarz herum mit verweinten Augen. P. D.

Man hatte die Leute noch gesehen, hatte ihre Gewehre getragen und hatte den Jubel noch im Ohr, und man konnte gar nicht begreifen, daß die nun tot waren.
Je größer die Siege waren, desto länger kriegten wir schulfrei. S. L.

Mit Patriotismus zog man hinaus, und dann sah man die ganze Scheußlichkeit. Man kam aus einem behütenden Elternhaus und mußte sich dann die Gespräche im Unterstand anhören, bei denen sich einem das Herz umdrehte. B. K.

29

Grethe de Bonsac ist im August 1914 gerade in Chemnitz. Sie spielt dort Tennis bei einem Geschäftsfreund ihres Vaters, einem gemütlichen Scherenfabrikanten, der drei entzückende Töchter hat und ein lebendiges Reh im Garten.
Grethe spielt nicht besonders gut Tennis, aber sie spielt gern: mal so richtig schnell rennen und im letzten Augenblick den Ball erwischen und tüchtig zudreschen, daß die Fetzen fliegen . . .
Tennis ist ein englisches Spiel der Fairneß, sagt der Fabrikant, deshalb sind Schmetterbälle hier verboten.
»Es hat ja keinen Zweck, den Ball so zu servieren, daß ihn der Gegner nicht kriegt«, sagt er in seiner gemütlichen Art.

Über die Terrasse weht der Wind, der bewegt auch die dunklen Bäume, unter denen weiße Bänke stehen, und das Reh bockt mit den Beinen.
»Johann, wo liegen denn die Zeitungen?«
Im Garten liegen die Zeitungen mit den Schlagzeilen; der Diener hat sie auf den runden weißen Tisch gelegt, neben das Frühstücksgedeck: wahlweise Tee, Kaffee oder Schokolade.

> MOBILMACHUNG BEFOHLEN!
> Neider zwingen uns zur gerechten Verteidigung!
> MAN DRÜCKT UNS DAS SCHWERT IN DIE HAND.

Der Fabrikant ist aufs höchste bewegt von deutschen Nationalgefühlen, aber er ist auch ärgerlich in seiner gemütlichen Art, Sheffield, was wird nun aus seinem Compagnon? Kommt der da noch weg? Und voll Sorge ist er, denn er weiß nicht, wie er das junge Mädchen nach Hamburg schaffen soll, das grade eben gelaufen kommt und noch so gar nichts ahnt.

»Krieg?« sagt sie: »Krieg?«
Und dann sagt sie, daß sie schon immer so eine Ahnung gehabt hat und daß sie von einem roten Himmel geträumt hat, im Westen, blutigrot.

Der Scherenfabrikant fährt das nachdenkliche Mädchen schließlich mit dem Auto nach Berlin, obwohl ihm eigentlich weiß Gott der Kopf woanders steht, diesem rührenden Menschen, und in Berlin ist gerade noch ein Stehplatz auf dem Gang des Hamburger D-Zuges zu ergattern.
Auf der Rückfahrt denkt er, es wäre eigentlich ganz gut, wenn der da nicht mehr wegkäm, der Compagnon, in Sheffield, das wär eigentlich gar nicht verkehrt. Das denkt er in seiner gemütlichen Art, und daß man nun die Maschinen auf andere Geräte wird umstellen müssen, die jetzt wohl ganz zwangsläufig benötigt werden und sicher in sehr großer Zahl.

Alle Bahnhöfe sind voll Militär, singendem Militär, Grethe gerät in den Taumel hinein: Sektflaschen werden gegen die Waggons geworfen, und wildfremde Menschen fallen einander unter Tränen in die Arme:

Deutschland, Deutschland über alles,
über alles in der Welt ...

singen sie, und sie verbrüdern sich, und die Magazin-Offiziere haben große Tage: scharfe Munition ausgeben und die Reservisten einkleiden bis zum letzten Gamaschenknopf: die Mobilisierung klappt wie am Schnürchen.

Was beinahe nicht klappt, das ist die Heimreise der Eltern de Bonsac. Die beiden sind ausgerechnet im Sommer 1914 auf die Idee gekommen, sich Paris anzusehen.

Allons enfants de la patrie!

Den Eiffelturm muß man doch mal gesehen haben, nun, wo die Kinder schon so groß sind und man mal etwas Zeit hat für sich selbst. Den Eiffelturm und Versailles, wo das herrliche Deutsche Kaiserreich ausgerufen wurde, das

Bild, das hat man ja noch vor Augen, wie sie da alle stehen, von jedem Regiment einer, und all die verschiedenen Uniformen.

Seid einig, einig, einig.

Versailles und die Tuilerien mit all den – zum Teil ja wohl geklauten? – Gemälden ...

In Paris schmettern helle Clairons, und blaue Marschkolonnen wippen durch die Straßen. Hinter der Gardine des Hotelzimmers hat man sich verborgen. Von dort aus beobachtet man das, und im letzten Augenblick gelingt es, herauszukommen aus dem Land des Feindes, über die Schweiz muß man fahren, und in Hamburg kann man die Töchter in die Arme schließen, Hertha, Grethe und Lotti, die großen und nun schon so schönen Töchter, eine immer schöner als die andere.
Den Sohn nicht, Richard, den kann man nicht in die Arme schließen, der ist schon ausgerückt, mit der Reitenden Artillerie in Richtung Westen. – »Nach vorwärts protzt ab!« – Den Eiffelturm will auch er mal sehen.

In Rostock rücken die »Neunziger« aus, die Offiziere zu Pferde und die Mannschaften in schwerem Schritt. Treue um Treue. Unsere österreichischen Brüder nicht im Stich lassen, jetzt, wo es hart auf hart geht. Das wollen wir doch mal sehen, ob das deutsche Wort noch was gilt.

Wenn die Soldaten
durch die Stadt marschieren,
öffnen die Mädchen
Fenster und die Türen ...

In jeder Stadt marschieren Soldaten zum Bahnhof, und alle Mädchen stehen in den Türen und winken. Andere versuchen Schritt zu halten mit den Männern, in ihren engen Röcken und Knöpfstiefelchen: auf dem groben Straßenpflaster. Manche hat sich bei dem Liebsten eingehakt, was dieser vielleicht gar nicht so gerne mag.

Ältere, beleibtere Frauen weinen, Ehefrauen sind das, die fünf, sechs Kinder in der Küche herumkrabbeln haben. Oder Soldatenmütter sind es, das Taschentuch vor der Nase.

Die Straßenjungen rennen vor, wie eh und je, damit sie die Fahne wieder und wieder grüßen können, oder sie umspringen den Tambourmajor, der heute keinen Zirkus macht mit seinem Stab.

Ei warum? ei darum! ei warum? ei darum,
ei bloß weg'n dem Tschingderassa, bumderassasa!

Wie sicher der Mann mit dem Glockenspiel die richtigen Platten trifft! Oben die ganz kleinen, unten die großen. Das würde man hören, wenn der vorbeischlägt, unbedingt. Und der Mann mit der großen Trommel? Rechts außen muß er gehn: Großartig, diese deutsche Marschmusik, die macht uns so leicht keiner nach.

Weniger eindrucksvoll ist Hauptmann Peters, der ist Landgerichtspräsident gewesen und sitzt nun auf dem Pferd und soll die ganze Sache anführen und ist kein großer Reiter! Auf dem Hopfenmarkt staut sich die Truppe wegen der vielen Schaulustigen, und da gerät sein Gaul in die Musik hinein, zwischen die blanken Posaunen und Trompeten, es bäumt sich auf und scheut. Der Hauptmann kann sich kaum halten, mit seinem gezückten Säbel. Diese Blamage! Er muß schließlich runter vom Pferd, und Leutnant Kuhlmann übernimmt die Führung.

Der Polizist fehlt übrigens, der sonst immer an Kaisers Geburtstag mit aufgewichstem Schnurrbart und Plempe den ganzen Zug angeführt hat.

Karl sitzt am Fenster und sieht hinunter, wie sich der Zug da durch die Straßen windet. Er ist grade sechzehn, und am nächsten Tag meldet er sich freiwillig. Er läuft durch die Straßen und denkt an Timm, den mecklenburgischen Husaren, der in den Freiheitskriegen den einzigen französischen Gardeadler erbeutet hat. Und jedem Mann guckt er ins Gesicht, warum der sich nicht auch freiwillig meldet, überschwappen soll das deutsche Heer von Manneskraft.

Er läuft in die Kaserne, wo junge Leute mit Pappkarton unter dem Arm gerade abgeführt werden, junge Leute noch in Zivil, mit Kreissäge und steifem Kragen, und der Unteroffizier ist martialisch.
»Euch werd ich Beine machen!« schreit er und: »Zivilistenvolk!«

Karl wird nicht genommen. »Zu jung und zu schlechte Augen«, so heißt es. Weggeschüchert wird er, als Hänfling, als nicht vollwertige halbe Portion.
Wütend stürmt er nach Haus, wütend und bockig, und zu Haus in der Kellerküche schlägt Giesing gerade Eiweiß. Er fragt sie, was sie nun wohl dazu sagt? Daß sie ihn nicht nehmen?
Hin und her läuft er in der Küche und gestikuliert; was heißt hier zu jung? Er ist doch voll ausgewachsen, zweimal die Woche rasiert er sich schon. Soll er denn die Schulbank drücken, wenn es um Deutschland geht?

Auf in den Kampf!
Mir juckt die Säbelspitze!

Nein, Karl läßt nicht locker, mit dem Fuß stößt er die Schranktür zu, daß es kracht. Das wär ja noch schöner! sagt er und fährt nach Schwerin zum Bezirkskommando, wie es viele junge Leute in diesen Tagen tun, ungeduldig, damit der Krieg nicht womöglich schon zu Ende ist, wenn man endlich das vorgeschriebene Alter erreicht hat.

Der Leiter des Bezirkskommandos, ein älterer Hauptmann, kommt aus dem Nebenzimmer und zwirbelt den Schnurrbart. Er sieht das zwar ein, daß Jugend sich zu den Soldaten melden muß. Seinerzeit, 70/71, da ist es ihm ja geradeso ergangen, zu jung! zu jung! so hatte es geheißen. Wo er doch so gern dem Franzmann eins auf die Mütze gegeben hätte! (Er weiß es noch wie heute.) Damals zu jung, heute zu alt . . . Aber nein, er kann da nichts machen. Diesen jungen Mann hier *kann* er einfach nicht nehmen, sechzehn Jahre, das ist eben doch zu jung.

Doch halt –: Kempowski?
»Hat Ihr Herr Vater nicht 'ne Reederei? In Rostock?«
Ihm ist so, als ob er den kennt: Kempowski. Den Namen hat er doch schon mal gehört? – Also, vielleicht sollte man *doch* ein Auge zudrücken, es geht schließlich ums Vaterland . . .
»Meinetwegen, junger Herr!« sagt er also zögernd, und mit dem Schreiber tuschelt er, ob das nicht doch irgendwie gedeichselt werden kann, und Karl steht derartig stramm, daß er beinahe den Zwicker verliert.

Es *ist* irgendwie zu deichseln, das stellt sich heraus, und Karl schnappt sich in Rostock in der Kellerküche Giesing und trägt sie um den Herd herum, aus dem die Flammen schlagen. Was sie wohl meint, was der Hauptmann zu ihm gesagt hat, das fragt er sie; daß Deutschland viele junge Männer braucht, von der Art, wie *er* einer ist, das hat der Hauptmann gesagt, und auf die Schulter hat er ihm geklopft.

Sein Vater sagt auch »meinetwegen«, Jugend will in den Krieg ziehen, so was kennt man ja, aber vorher soll er noch zum Zahnarzt gehen, die Zähne nachsehen lassen, wer weiß, ob es an der Front auch einen Zahnarzt gibt! (Wie vorteilhaft, daß man jetzt die beiden Dampfer besitzt, unentwegt fahren sie zwischen Schweden und Stettin hin und her, ohne langes Warten auf Ladung – Erz wird gebraucht, viel Erz, und wie gut, daß man sich ein Auto angeschafft hat, die Pferde wären einem doch bestimmt beschlagnahmt worden!)

Schenk, in der maßgeschneiderten Leutnantsuniform, der sagt: Immer langsam voran! So ein Zuckerschlecken ist das nicht: Rekrut. Ein Glas Rotwein gießt er sich ein und sagt: Prost! – An die sternklaren Nächte muß er denken, sagt er, unten, in Deutsch-Südwest, . . . wie er da auf seinem Pferd saß und Ausschau hielt, und hinter jedem Busch hätte ein Nigger sitzen können. Das soll er sich man nicht so leicht vorstellen: Soldat. Das hat auch seine Schattenseiten. Und er denkt an die toten Farmersleut', die er als Kind gesehen. Und besonders an einen denkt er, der da ausgestreckt lag . . .

Erst soll er noch zum Zahnarzt gehen, sagt der Vater, zu Dr. Moral, mit seinem dreieckigen Kopf, in die Bismarckstraße. Er soll sich aber nicht von Dr. Moral zum Herzspezialisten Dr. Mandelbaum schicken lassen, ob man das Bohren auch vertragen kann, diesen Trick kennt man.
»Wie geht's dem Vater?« fragt Dr. Moral und tritt den Stuhl hoch, und dann entdeckt er bei Karl einen hohlen Zahn, aber er füllt ihn nur provisorisch: »In einem Monat sind Sie ja doch wieder da!«

30

Ein Freund

Mein Name ist Georg Schultheiß, Georg, genannt »Schorsch«, ich war mit Karl Kempowski im Sommer 1914 auf Erntehilfe.
Lang, lang ist's her.
Als der Krieg ausbrach, wollte sich ja jeder nützlich machen, dem Vaterlande dienen, nicht? Den Idealismus loswerden, der uns alle beseelte Das war anders als heute, wo man ausgelacht wird, wenn man bloß das Wort »Vaterland« in den Mund nimmt, wo es beinah als ehrenrührig gilt, sich nicht von den Soldaten zu drücken.

Qui Deus ferrum genuit
Nos vetuit servire . .

Als der Krieg ausbrach, sind wir Schüler nach Alt-Gaartz gefahren, einem sehr hübschen, echt mecklenburgischen Gut, direkt an der See, mit weißem Herrenhaus hinter hohen Bäumen, und einer uralten aus Feldsteinen erbauten Kirche, die im frühen Mittelalter gewiß als Festung gedient hat gegen die Dänen oder die Schweden, die ja immer wieder einfielen und raubten und plünderten, was sie konnten. In Alt-Gaartz haben wir geholfen, die Ernte einzubringen, die stand ja auf dem Halm, und die Landarbeiter waren alle an der Front.
Ich denke heute noch mit Vergnügen an diese Arbeit. Wir waren jung und kräftig und voll Tatendrang. Ein riesiges knallgelbes Feld, bis zum Horizont! Und das zu mähen, das müssen Sie sich mal vorstellen: siebzehn Sensen nebeneinander, im Takt: schibb, schibb, schibb . . . Ich kann Ihnen sagen!
Schibb, schibb, machte das, und jedesmal sank das goldgelbe Korn dahin. Siebzehn Kameraden in einer Reihe, braun gebrannt. Und oben, über dem Kornfeld, die tiefe Bläue des Himmels mit gewaltigen Quellwolken darauf.

Die Arbeit machte uns Spaß, obwohl wir bloß fünfzig Pfennig pro Tag bekamen: Für die Abnutzung der Kleidung war das gedacht.

Es war ein sehr heißer Sommer, 1914. Das Gut lag direkt am Wasser, mittags haben wir gebadet, und wir badeten immer ganz nackt. Erich Woltersen, das war ein Gummimensch, der legte sich im Wasser auf den Rücken und beugte sich derartig weit nach hinten, daß nur noch der Bauch aus dem Wasser guckte. Und dann probierte er, ob das geht, daß schließlich nur noch der Piephahn zu sehen ist.
Den ganzen Tag waren wir auf dem Feld, und abends haben wir die Pferde in die Schwemme geritten. Und dann wurde mit den Dorfschönen angebändelt. Einer hatte 'ne Quetschkommode mit, und dann haben wir Musik gemacht und haben getanzt unter freiem Himmel.
Wir waren alle Freunde, ein großer Kreis. Kamen alle aus derselben Schule, aßen alle aus *einem* großen Kessel (Erbsensuppe!) und warteten, daß wir endlich ins Feld kämen. Geschlafen wurde in einem Saal des Schlosses, unter den finster blickenden Porträts früherer Schloßherren. Schöne Truhen und Schränke standen da, aber es gab nicht genug Betten, eins fehlte. Deshalb sollten zwei zusammen in ein Bett, und das mochte ja nun keiner. Das paßte uns nicht. Am nächsten Morgen kommt die Frau herein und fragt: »Na, wie haben die Herren geschlafen?«
»Schlecht«, sagten wir, »sehr schlecht.«
Dann hat sie aus rohen Brettern noch ein zusätzliches Bett zusammenhauen lassen, »Kutscherbett« sagten wir dazu, darin wollte keiner liegen. In einem Kutscherbett zu schlafen, das fanden wir ehrenrührig. Schließlich wurde ein Vertrag gemacht, wer dort schliefe, der sollte nicht angepflaumt werden, widrigenfalls derjenige, der den da anpflaumt, von den anderen verhauen werden sollte.

Als wir das dann beendet hatten, diese Erntehilfe, und

wegfahren wollten, hat sich Karl Kempowski die Uniform des Chauffeurs angezogen, weiß, mit Tressen und Schnüren dran. Und 'ne Mütze hat er sich aufgesetzt, und hat alle mit dem Auto zum Bahnhof gefahren. Oh, das war herrlich! Immer ornd'lich in die Kurven rein, und dann: Hurra! Karl konnte ja überhaupt nicht fahren, das heißt, er konnte schon, aber er hatte keinen Führerschein.

Am Bahnhof wollten wir natürlich noch gehörig Abschied feiern. Da mußte Karl an einem Extratisch sitzen, er war ja bloß »Chauffeur«. Zum Kellner sagten wir: »Bringen Sie dem Chauffeur ein Glas Bier!« Damit war der Standesunterschied gewahrt.

Kurz darauf gingen wir ins Feld. Da blieb wohl keiner zurück. Ich kam nach Rumänien – das war an sich eine gemütliche Sache –, und Karl Kempowski hat die ganzen Schlachten in Flandern mitgemacht, Ypern und so weiter. Er hat richtig in der Scheiße gelegen, und das Eiserne Kreuz bekam er auch schon bald. Er war sehr stolz darauf. Das Eiserne Kreuz war damals viel wert, das wollte jeder haben. Dafür hätte man sich totschießen lassen. Es war ja auch ein schöner Orden, so schlicht, und immerhin von keinem Geringeren als von Schinkel entworfen. »Eisernes Kreuz«, das sollte ein Programm sein, das sollte jeder bekommen können, ohne Unterschied von Rang und Klasse. »Ich kenne keine Parteien mehr . . .« – so in dem Stil.

Halsorden gab es ja noch nicht in dem Maße. Den »Pour le mérite«, den kriegten die Flieger, wenn sie soundso viele Gegner abgeschossen hatten. Der war, glaub ich, aus blauer Emaille. Göring hat ihn gehabt und Röhm wohl auch.

Ja, ich habe Karl Kempowski gekannt. Ich seh uns noch, siebzehn junge kräftige Menschen, alle im Takt, schibb, schibb, schibb, der Sonne entgegenmähen, wie auf einem Bild seh ich das, wie auf einem Ölbild. Können Sie das verstehn?

31

Im April 1915 rückt Karl aus, auch mit Sang und Klang, und auch mit Blumen geschmückt und von Schaulustigen begleitet. Es sind nicht mehr sehr viele, die hier schauen, aber es reicht.
Die Musiker blasen den »Freiweg«-Marsch. Auf dem Güterbahnhof machen sie kehrt und marschieren zurück in die Kaserne: neue Soldaten holen, immer neue und neue. Die Offiziere sitzen auf tänzelnden Pferden, sie sind noch etwas nervös. Einen frisch geschliffenen Säbel haben sie in der Scheide.

Karl hat auf dem Kopf die lederne Pickelhaube mit Feldüberzug. Auf dem Rücken den gepackten Tornister, am Koppel das Seitengewehr, ebenfalls frisch geschliffen, Spaten, Brotbeutel, Feldflasche und die Patronentaschen. Achtzig Pfund Gepäck? Das zieht mächtig herunter.
»Ich, Karl-Georg Kempowski, marschiere jetzt aus«, so denkt er, »ich marschiere richtig aus, mit einem Gewehr über der Schulter und mit richtigen Patronen in der Tasche.«
Und an Erich Woltersen denkt er auch, Erex, den Armen, der nicht darf, dem sein Vater die Erlaubnis nicht gegeben hat.
»*Erst* das Abitur«, hat der gesagt.

Von halb Rostock hat Karl sich verabschiedet, Zigarren hat man ihm angeboten: »Ich würde ja auch gehn, wenn ich bloß'n bißchen jünger wär . . .«, und Portwein. Von dem alten Ahlers hat er sich verabschiedet: »Jung, hest du di dat ok oewerleggt?« und von Professor Volkmann – »ich war in Rom, ich war auch in Athen . . .« – der eine Zeus-Büste auf dem Schreibtisch stehen hatte und gerade ein

Kriegsgedicht ausbrütete. Seiner Prosa wollte er doch gar zu gern noch gültige Poesie hinzufügen, das hatte er gesagt.

Bei Frau von Wondring war Karl natürlich auch gewesen: »Willst du nicht erst deine Schule zu Ende machen, mein Jung?« und bei Sodemann, dem Prokuristen: »Ich stelle lediglich fest . . .«
Bei Oberlehrer Lehmann nicht, von dem er damals die erste wahnsinnige Ohrfeige erhalten hatte, der war nämlich längst gefallen. Im November 1914 vor Langemarck, singend, wie man sagt, mit seinen Schülern.

Der Transportzug ist zusammengesetzt aus Sekundärbahnwagen, Stadtbahnwagen, Viehwagen und offenen Loren. Die Soldaten steigen ein: »Hier, Kamerad, hier ist noch Platz!«

Schlafwagen nach Paris!

Und: »He, Kamerad, für dich ist hier auch noch Platz! Immer rin in die jute Stube!« Das wär ja gelacht, wenn deutsche Soldaten sich nicht vertragen würden.

Väter mit Kneifer auf der Nase stehen auf dem Perron und sagen: »Und mach mir keine Schande!« Und Mütter mit Riesenhüten, auf denen Blumen und Früchte angeordnet sind.
Die Mütter sagen: »Sieh dich vor, Junge. Ja? Hörst du?« Und sie haben geschwollene Augen vom langen Weinen. Die Soldaten aber lachen. Sie schütteln sich geradezu vor Lachen, so lustig hatten sie's ja lange nicht.

Kurz vor der Abfahrt kommt Giesing noch mit einem Blumenstrauß und – was wichtiger ist – mit einem Freßkorb voll belegter Brote. Da unten steht sie, die Kleine mit dem festen Gesicht. Karl hebt sie zu sich herauf und gibt ihr einen Kuß, was Gelächter und Bravo-Rufe auslöst.

Der Freßkorb wird verteilt – Mettwurst aus Hohen-Sprenz –, und dann rollt der Zug aus dem Bahnhof hinaus.

Muß i denn, muß i denn
zum Städele hinaus, Städele hinaus,
und du mein Schatz bleibst hier . . .

Aus jedem Fenster lehnen die Soldaten, und alle winken, auch wenn da gar keiner ist, dem man winken kann.
Die Kirchen versinken hinter dem Horizont, die Nikolaikirche mit der großen »1888« auf dem Dach. St. Marien, St. Jakobi und St. Petri. – St. Petri zuletzt, die Kirche mit dem gebuckelten Turm, als wollte sie dem Winde trotzen.
Die Soldaten winken immer noch, der Zug windet sich jetzt durch die Landschaft: Anmutige Hänge, zerstreute Wälder und Felder, auf denen Bäuerinnen Kartoffeln legen.
Am Bahndamm zahlreiche Ziegen und Zicklein, von kleinen Kindern gehütet.

Schließlich setzen sie sich denn doch und stecken sich Zigarren an oder krumme Pfeifen mit Silberdeckel auf dem Pfeifenkopf. Sie sind guter Dinge, und einer quakelt noch toller als der andere. Was sie für Heldentaten vollbringen wollen, reden sie, und wie sie es dem Franzmann zeigen werden. Hauptsache, sie kommen noch rechtzeitig an die Front. Nicht auszudenken, wenn die andern alle den ganzen Wein wegtrinken!

Haltet aus! Haltet aus!
Haltet aus im Sturmgebraus . . .

Im Nebenabteil wird gesungen, und alle stimmen ein: »Ja, der deutsche Gesang, den macht uns so leicht keiner nach!«

Wohin die Fahrt wohl geht, das ist die große Frage. Wild wuchern die Latrinengerüchte: Nach Flandern oder ins Elsaß? Oder vielleicht ganz woandershin?
Hauptsache: zusammenbleiben, in dieser fröhlichen Runde.

In Hamburg hält der Zug zum ersten Mal, und zwar ausgerechnet in Wandsbek. Die Mannschaften dürfen aussteigen: Reis in Fleischbrühe gibt es auf dem Bahnsteig, belegte Butterbrote mit Kaffee oder Tee. Wundervoll! Junge Mädchen geben das aus, außerordentlich hübsche, junge Mädchen. Wenn man sich nicht täuscht, sind das ja wohl *höhere* Mädchen, also *bessere*, vom Lyzeum also? Was?
Den Soldaten, die gleich weiterfahren werden, schenken sie zärtliche, zu nichts verpflichtende Blicke . . .

Karl nimmt den Blumenstrauß, den er von Giesing bekam, und ruft einen Jungen heran: Zu Grethe de Bonsac soll er den Blumenstrauß bringen, in die Bärenstraße.
Der Junge wetzt ab, mit, wie Karl es scheint, »leuchtenden Augen«.

Grethe wundert sich, daß sie Blumen kriegt. Nein, der Junge weiß keinen Namen, er weiß nur: »Von einem Rostocker!«
Ein Zettel hängt an dem Strauß:

> Weh', daß wir scheiden müssen,
> laß dich noch einmal küssen!

Und da denkt Grethe nicht an Karl Kempowski, sondern sie denkt an August Menz – obwohl er sie ja gar nicht geküßt hat – und an den sechzehntourigen Tango, ». . . links . . . und rechts . . . und – stehn!«, und an das herrliche Fest denkt sie, heiß steigt es in ihr auf. Nein, wie ist das nett, daß er ihr Blumen schickt!

Es rast der See und will sein Opfer haben: Die Soldaten sind indessen schon wieder unterwegs, es wird Nacht, sie schieben sich den Tornister unter den Kopf und strecken die Beine aus: auf den Bänken, auf dem Boden und im Gepäcknetz. Einer hängt seine Zeltplane gar von Haken zu Haken. Beim ersten stärkeren Ruck des Zuges reißen die Stränge, und der Insasse fällt auf die andern drauf, was zunächst Geschimpfe auslöst, dann aber gutmütiges Frotzeln, denn: so weit kommt das noch, daß man hier wegen so kleinlicher Anlässe das Streiten kriegt! Da draußen an der Front wird es noch ganz andere Erlebnisse geben, und die wollen schließlich bewältigt werden.

Am nächsten Morgen sind die Glieder steif, einige Männer machen sich an die »Kaiser-Wilhelm-Torte« – wie nimmermüde Witzbolde das Kommißbrot nennen –, andere suchen eine Gelegenheit zum Waschen. Der Zug hält auf einem kleinen Bahnhof, der Lokomotivführer dreht einen Hahn auf, und aus dem Kessel fließt lauwarmes Wasser, womit man Gesicht und Hände notdürftig anfeuchtet, den Schmutz verreibt und schlimmer aussieht als zuvor.

Am nächsten Tag ist klar, wohin die Reise geht: nach Flandern! Die Belgier Mores lehren. Warum haben sie den Deutschen auch getrotzt? Anstatt sie durchmarschieren zu lassen, ohne lange zu fackeln? Das sind diese kleinen Nationen mit ihrem übertriebenen Nationalstolz. So eine hirnverbrannte Dummheit. Wer nicht hören will, muß fühlen . . .

Jenseits der Grenze kommt den Soldaten alles sehr fremdartig vor.

Ausflug nach Paris!

Der Zug fährt auf dem linken Gleis, nach belgischem System. Dieses hier ist nicht mehr das holde Vaterland. In Deutschland hatte man ihnen aus allen Fenstern zugewinkt, hier in Flandern lassen die Leute die Rouleaus herunter oder drehen ihnen den Rücken zu, ostentativ: Merkwürdig, wo man doch *eines* Blutes ist?

Die deutschen Männer machen sich nichts draus, sondern singen nun erst recht und prosten fröhlich in die Gegend.

Russische Würste, französischer Sekt,
deutsche Hiebe – hei! wie das schmeckt!

Der Zug fährt ja viel zu langsam, finden sie, und sie denken an ihre Kameraden da vorn, die vielleicht gerade in diesem Augenblick zu wanken beginnen, sich noch festzukrallen suchen unter den peitschenden Schüssen und doch wanken: Nein, es geht nicht mehr . . . und just in diesem sehr kritischen Augenblick werden die treuen Mecklenburger auf dem Schlachtfeld erscheinen, so denken sie, und zwar in tadelloser Haltung: »Bajonett pflanzt auf!« – und die Feinde sind verblüfft: Da kommt ja plötzlich Welle auf Welle hervorgestürmt, aus dem Wald oder aus den Büschen oder woher auch immer, keiner hat damit gerechnet, sie sind verblüfft, werfen die Flinten weg und nehmen Reißaus!

Der Zug benutzt hier ein Stück der D-Zug-Linie, dort eine Nebenstrecke.

Nimm, Gott, mir alles, was ich hab',
ich geb es freudig hin.
Nur laß' mir meine schönste Gab',
den treuen deutschen Sinn!

Auf der Karte erscheint das wie im Zickzack. Jede Strecke muß ausgenutzt werden, damit der Nachschub rollen kann, der gewaltige, nach minuziösem Plan.

»Herrgott noch mal, wo ist denn die Sendung mit den Mündungsschonern?«

»Geduld, Geduld, die ist schon unterwegs!«

Die kleinen flandrischen Bahnhöfe sehen mit ihren vielen Blumen eigentlich sehr schmuck aus. »Kullturr und Naturr«. Das hatte man gar nicht erwartet. Fast wie in Deutschland, aber doch wieder ganz anders. Die Blumen stammen noch von einem Wettbewerb, das wissen die Soldaten nicht, von einem Wettbewerb, den der belgische Touringclub vor dem Krieg veranstaltet hat, dem »Gares fleuries«.

Belgische Bahnbeamte sind allerdings nicht zu sehen. Die haben sich unverständlicherweise geweigert, Dienst zu tun für die deutsche Armee. Deutsche Eisenbahner stehen auf dem Bahnsteig und heben grüßend die Hand, und das ist

in gewisser Hinsicht ja auch wesentlich erfreulicher als diese gnietschigen Typen, die den deutschen Armeen ihren Sieg nicht gönnen.
»Franktireurs« oder »Heckenschützen« sollen ja sogar die deutschen Soldaten beschossen haben, so wird erzählt, ohne Uniform zu tragen, ohne ordnungsgemäß Combattant zu sein, aus irgendeiner Bodenluke heraus, und die Frauen in der Tür, scheinheilig: »Was, bei uns? Bei uns soll jemand geschossen haben?«

Schon bald geht es mit den Verwüstungen los, umgeworfene Waggons neben der Strecke (Noch nie eine Lokomotive von unten gesehen!), Häuser ausgebrannt und Holzkreuze auf kleinen Hügeln: Gräber. Der Gesang verstummt, er will hier nicht mehr passen.

Am nächsten Morgen muß alles aus dem Zug heraus, Endstation. Auf einer Wiese wird das Gepäck abgelegt. Hier haben schon zahlreiche Truppenverbände gelegen, an den unappetitlichen Spuren der Feldschlächterei kann man das sehen und an den übervollen Latrinen. Das ist ja ein richtiger Dreckstall hier: »Freiwillige vor!«

Mißtrauisch läßt der Hauptmann durchzählen, ob die »Häupter seiner Lieben« auch alle beisammen sind, ob nicht vielleicht der eine oder andere abhanden gekommen ist, *unabsichtlich* abhanden gekommen ist, also versehentlich; denn Weglaufen oder Sich-Drücken, das ist ja ausgeschlossen. Ein deutscher Soldat und Fersengeld geben?
Dann wird Essen ausgeteilt: Sauerkraut mit Bohnen und Schweinefleisch: Jeder kriegt, soviel er mag. Und schließlich *muß* jeder noch was nehmen. Soweit kommt das noch, daß das Zeug hier verdirbt! Das ist ja Sünde.

Nach dem Essen werden »eiserne« Gemüse- und Fleischkonserven empfangen. Außerdem bekommt jeder 1,90

Mark, vier Zigarren, ein Gesangbuch und Ersatzbeschläge für die Stiefel. Ferner 180 Patronen, und die wollen auch noch im Gepäck verstaut sein.

Während die Männer herumstehen, der Lokomotive zuschauen, wie sie umrangiert wird, und schließlich mit den leeren Waggons, aus denen Stroh heraushängt, in Richtung Heimat dampft, wie sie Zigaretten rauchen und sich gegenseitig die Achselklappen aufrollen (wegen der Spionage), ziehen auf der Landstraße unabsehbare Trainkolonnen vorbei. Zwischen den Fouragewagen auch Artillerie, unbegreiflich viel, und zwar Geschütze von einer Größe, wie man sie noch nie gesehen hat.

Ist es nicht erstaunlich, was diese fähigen Männer im Kriegsministerium alles angeschafft und gehortet haben? Man weiß ja gar nicht, was man mehr bewundern soll, den Mut der Sturmkolonnen an der Front oder den eiskalten Verstand der führenden Köpfe in der Etappe. Eine Karte auf den rohen Tisch geknallt, mit dem Finger draufgetippt: »Hierher noch sechs Batterien, und durch diese Schneise hier einen Stoßkeil. Und von dort Nachschub, und zwar viel, ungeheuer viel. Die beste Munition und die beste Verpflegung ist für unsere tapferen Männer gerade gut genug.«

Unabsehbare Trainkolonnen stockern über die Straße, Wagen an Wagen, die Pferde, mit hocherhobenen Hälsen und Nüstern, keuchenden, schweißbedeckten Flanken und straffen Beinen, in denen sich die Muskeln wie Stränge und Messerschnitte abzeichnen: Mit hochgepeitschter, äußerster Kraft stampfen sie heran. Die Augen, die großen, dunklen Augen treten aus ihren Höhlungen, während die ledergeflochtenen Peitschen der Fahrer auf Rücken und Keulen niederklatschten. Und hinter ihnen rollt und quietscht die Last der Geschütze und Protzen und springt krachend über die Unebenheiten des Weges.

Auch Gefangene sieht man: Engländer, Franzosen, Inder, Zuaven und Belgier. Die Engländer sonderbar hochmütig-blasiert, die Franzosen freundlich herüberwinkend: Familienväter sind es, denen man den Zivilberuf ansieht.

Plötzlich zieht auch deutsche Infanterie vorüber, direkt aus dem Schützengraben? Die Kerle sehen ja furchtbar aus: Bärte haben sie und eingefallene Gesichter. Die Uniformen sind gelb und voller Lehmkladden. Warum die wohl so verdreckt aussehen? Kein bißchen straff und militärisch. So müde und abgewrackt?
Es dämmert den Männern, daß es da vorne wohl doch etwas anders aussieht, als sie es sich vorgestellt haben (obwohl die französischen Granaten, wie man erzählen hört, mit Sägemehl gefüllt sind ...).

Zum Nachdenken ist indessen nicht viel Zeit, schon wieder ist Appell; Fußlappen müssen auch noch empfangen werden.
Beim Nachsehen der Revolver ereignet sich ein Zwischenfall. Die Waffe eines Reservisten geht los, und augenblicklich kippt im ersten Glied einer um, und zwar lautlos: Der Schuß ist ihm durch beide Oberschenkel gegangen. So bedauerlich der Vorfall ist, es gibt auch was zu lachen dabei: Der größte Unteroffizier der Kompanie wird ohnmächtig, als er das Blut sieht.

Nachdem der Transportkommandeur eine Ansprache gehalten hat, in der er den Herrgott als den dreifach großen Baumeister des Erdenrundes bezeichnet, dem man danken muß, daß er sein deutsches Volk dazu ausersehen hat, die Engländer, diese Prahlhänse, zu strafen: »Wir geloben dir, daß wir jenen Schuften und Schurken und Halsabschneidern mit dem Dreck, in dem wir hier herumtrampeln müssen, das Maul zustopfen werden, so daß sie es jahrhundertelang nicht mehr öffnen!« Nachdem er diese Ansprache gehalten hat, die als »zündend« empfunden wird, fährt er im Automobil davon (blauer Dunst kommt in einer Spirale aus dem Auspuff): Neue Soldaten müssen geholt werden, famoses Material, immer neue und neue, und deshalb muß er zurück in die Heimat, wenn er auch viel, viel lieber vorne kämpfen würde mit seinen treuen Mecklenburgern. Das Herz blutet ihm ja nachgerade!

Die Truppe wartet eine Lücke ab in dem Transportwurm, zwischen Artillerie und Munitionswagen zwängt sie sich, so wie drüben bei den Franzosen, auf der anderen Seite der Front sich wahrscheinlich jetzt auch, in diesem Augenblick, allerdings blaue Soldaten in den endlosen Strom hineinzwängen, »horizont«-blaue Soldaten mit sonderbaren roten Hosen und die Mäntel so merkwürdig aufgeknöpft, ein Strom, der seinerseits in die feindlichen Stellungen fließen wird und dort versickern.

> Die Vöglein im Walde,
> die singen so wunder-wunderschön,
> in der Heimat, in der Heimat,
> da gibt's ein Wiedersehn . . .

Drasch-drasch-drasch, so klingt es, wenn die Soldaten über die Landstraße marschieren. Marschgesang, das kennen die Belgier nicht, da gucken sie denn doch, und belgische Kinder gibt es – man sollt' es nicht glauben –, die mitlaufen, tanzend mitlaufen, einen Papierhelm auf dem Kopf: salutierend. Dem Belgier, da hinten, der seinen Sohn dafür verprügelt, daß er salutiert, dem sollte man eins auf die Mütze geben, das hätt' er verdient. Anstatt sich zu freuen über die völkerverbindliche Begeisterung der Jugend.

Drasch-drasch-drasch, so geht es im Takt der immer wieder gesungenen, immer gleichen Soldatenlieder.

> . . . in der Heimat, in der Heimat,
> da gibt's ein Wiedersehn . . .

»Lied aus!« schreit der Hauptmann auf seinem Pferd und schüttelt den Kopf. Da hat doch tatsächlich wieder einer die zweite Stimme gesungen? »Nach vorne hören!« Dies Terzengesinge ist ja widerlich, so weichlich und so durch und durch unmännlich!

Durch zerschossene Dörfer geht bald der Marsch: einsame Schornsteine im Schutt. Tote Pferde liegen neben der Straße, halbverbrannte Ochsen und Schweine. In den noch bewohnbaren Häusern sind die Fensterläden geschlossen, belgische Jungen mit Papierhelmen sieht man hier nicht mehr.

Einmal laufen zwei Kinder vorbei, Mädchen sind's, zwölf, dreizehn Jahre, mit ausgefranstem Rock und barfuß, die tragen einen Suppentopf: Eine hält in der freien Hand einen Stock, an den ein weißes Tuch geknüpft ist. Was das nun wieder soll?

Die Sonne steht hoch am Himmel und brennt herab. An verlassenen Gehöften kommen sie vorbei und an Schützengräben und Verhauen, aus denen die Gegner hinausgeworfen wurden. Dreißig Meter breit sind die Verhaue, und bis an den Horizont verlaufen sie. Es ist ein mühsames Marschieren. Die Straße geht bergan, nicht steil, sondern ganz allmählich. Der Tornister fängt an zu drücken, und die Feldflasche ist leer. Stunde um Stunde vergeht, die Bäume stehen am Straßenrand und die Kilometersteine auch: nicht hingucken, sonst wird der Weg noch saurer!

Einmal kommt ihnen ein feindliches Flugzeug entgegen, es fliegt sehr niedrig, sie können deutlich den Mann darin sehen, mit einer Lederkappe und einer großen Schutzbrille. Er beugt sich seitlich heraus. Winkt der Kerl ihnen etwa?
Die Soldaten geben Schnellfeuer auf ihn ab. Tausend Gewehre schießen zugleich, der Lärm ist unbeschreiblich, und die Kugeln rauschen wie Brandung durch die Luft

Zwei Täler werden durchquert, zwei kleine Berge hinauf- und hinuntermarschiert, dem Grummeln da in der Ferne entgegen: Die Soldaten empfangen keine Eindrücke mehr, längst wird nicht mehr gesungen, vom Krieg nicht und nicht mehr von zu Hause, weder einstimmig noch in Terzen.
Die Sonne brennt ihnen prall ins Gesicht, die Straße ist eine einzige grauweiße Staubsäule. Immer wieder heißt es obendrein noch: »Rechts ran!« Autos überholen die Kolonne, leere Rotkreuzwagen, Munitionstransporte und hohe Offiziere, hinter sich eine Staubwolke lassend, die sich den Soldaten auf die Lunge legt.
Man will ja gern Platz machen, aber die eiligen, herrischen Befehlshaber-Autos sind nicht gut angeschrieben: Die Hupen blöken, und die Chauffeure brüllen einen sackgroben Text dazu. Die Offiziere erheben sich sogar im Wagen und schimpfen auf die »Stoppelhopser« und drohen mit Anzeige und Bestrafung.
An festgefahrenen Autos kriecht die Kolonne dann mit stiller Schadenfreude vorbei.

> Zeigt der Welt, zeigt der Welt!
> wie es stets zusammenhält!

So was betrachtet man dann mit einiger Befriedigung.

Karl glaubt schließlich, nicht mehr weiter zu können, dabei ist er mit seinen guten Stiefeln, mit den »Engschäftern«, die ihm sein Vater noch hat machen lassen, erheblich besser dran als mancher andere, der schon keine heile Stelle mehr an den Füßen hat.
Nein, dies ist kein Zuckerschlecken.
Die Anstrengung ist ungeheuer, keiner spricht ein Wort, und der Hauptmann auf dem Pferd auch nicht. Schritt wird vor Schritt gesetzt, das Blut hämmert im Kopf, und helle Blitze schießen in den Augen auf.

Einmal taumelt einer aus der Reihe und fällt lang in den Straßengraben; es ist ein älterer Mann. Er liegt einige Zeit da, den Kopf auf dem Tornister, die Pickelhaube neben sich gestellt, den Waffenrock geöffnet. Man gibt ihm zu trinken, und dann stirbt er. Das geht so ruhig, als wäre es gar nichts: auf dem Felde der Ehre.

Schließlich wird es Abend. An einem noch heilen Haus wird vorübermarschiert, und Karl kann durch das Fenster beim milden Schein einer Petroleumlampe einen Offizier sitzen sehen. Der raucht eine Zigarre und liest in einem Buch.

Merkwürdig, daß der hier so behaglich sitzt und liest? Karl ist erstaunt, und plötzlich ist ihm auch ein bißchen weh ums Herz.

»Hast du dir das auch richtig überlegt?«

An Rostock muß er denken, an sein kleines Zimmer. Felix Dahn: »Ein Kampf um Rom«. Wenn Frieden ist, wie wird er das genießen. Merkwürdig eigentlich, daß man's nicht tat.

Endlich wird gehalten, mitten in der Nacht. Tausende von Granaten haben hier das Feld aufgeackert. Man ist unmittelbar hinter der Front. Das Grummeln ist zwar immer noch weit entfernt, dafür werden ganz in der Nähe anscheinend Hasen gejagt, den einzelnen Schüssen nach zu urteilen.

Der Feldwebel notiert die Namen und sagt: »So, nun können Sie schlafen« und entfernt sich und läßt die Männer allein in der stockfinsteren Nacht. Sie werfen sich hin, wo sie gerade stehen, und schlafen sofort ein, obwohl man in ihrer Nähe immer noch Jagd auf Hasen zu machen scheint.

Leider fängt es ausgerechnet jetzt an zu regnen, fein, aber stetig, und in kurzer Zeit sind die Soldaten völlig durchnäßt.

Der Regent, Dirigent, das regent . . .

Man muß etwas unternehmen, um Ruhe zu finden, das ist klar. Die Zeltbahn wird also doch vom Tornister ge-

schnallt; wie war das noch? Wie wurde das noch gemacht? In dem breiigen Matsch halten die Heringe nicht, immer wieder platschen die nassen Zeltbahnen auf die Männer herab. Sie wälzen sich im Dreck, tappen nach den ausgerissenen Heringen und fluchen.
Schließlich legen sie sich gottergeben hin: Nasser, als sie sind, können sie nun nicht mehr werden.

Karl fühlt deutlich, wie der Lehm unter ihm nachgibt und eine kleine »Kuhle« bildet. Er zieht die Glieder zusammen und preßt sie möglichst eng an den Körper. Die Fußzehen biegt er krumm. Keine Bewegung riskieren, keine, denn jede löst ein schreckliches Gefühl von Nässe und Kälte aus und ein Schlottern bis ins Herz: daß es im Felde kalt und naß ist, das hat Bobrowski, der Rollstuhlschieber seines Vaters, oft genug erzählt. Das fällt Karl nun ein. Aber *diese* Nässe? Von so was hat er nichts erzählt, und so was geht doch eigentlich nicht ...
Daß es Soldaten gibt, die einem verwundeten Feind noch eins mit dem Bajonett versetzen, das hatte der Rollstuhlschieber auch erzählt.
Wie man das wohl macht, einen Feind totstechen, das Herz, das muß man doch erst finden, man kann denen doch nicht so einfach in den Bauch ...
Und wie das wohl aussieht, ein Mensch, der sein Gedärm ausgeschüttet hat. Ob man so was wohl zu sehen kriegt?

Wenn Erex ihn jetzt so sähe oder Grethe, wenn Grethe de Bonsac ihn jetzt so sähe, die würde staunen. Wie leid es ihr wohl täte, daß sie nicht ein bißchen freundlicher und aufgeschlossener zu ihm war.

Um drei Uhr wacht Karl auf. Hellwach ist er. Er zieht die Uhr heraus, du lieber Himmel, erst drei? Ist das denn wahr? Oder ist die Uhr vielleicht stehengeblieben?
Es schüttelt ihn. Wenn er jetzt nicht sofort wieder einschläft, wie soll es dann bloß mit dem Kämpfen werden?

Man kann doch nicht kämpfen, wenn man schon um drei Uhr aufgewacht ist?
Er wird immer wacher und steht schließlich auf und setzt sich unter einen Baum. Kragen hoch. Da hinten blitzt es auf: Daß das kein Wetterleuchten ist, das steht fest.

Während er so dasitzt, in seinen matschigen Kleidern, den Kragen hochgeschlagen und das Blitzen am Horizont, sieht er eines dieser patriotischen Bilder vor sich, wie sie in der »Berliner Illustrirten« abgedruckt sind: »Einsame Wacht«. Ja, er, Karl Kempowski, hält jetzt einsame Wacht für Deutschland, und gleich wird er kämpfen, wartet nur, ihr da vorne!

Um sechs Uhr ist Wecken, und da merkt er, daß er schon längst wieder eingenickt ist. Die Soldaten reinigen sich, so gut es geht (mit dem Seitengewehr wird der Dreck abgekratzt), und einige machen einen kleinen Boxkampf, um warm zu werden, es gibt Kaffee und Marmeladenbrote, die Lebensgeister kehren wieder.

Danach ist Vorstellung bei Oberstleutnant Kümmel, der »Todesmut« genannt wird, weil in jeder seiner zahlreichen Ansprachen die Wörter »Pflichterfüllung« und »Todesmut« vorkommen. Die Männer stehen in offenem Karree um ihren Oberstleutnant herum. Die Sonne scheint freundlich, und Lerchen schreien in der Luft.
Kurz, klar und »deutsch« spricht der Regimentskommandeur. Und wahrhaftig, jenes Wort ertönt mehrmals, das ihm den Namen gegeben: »Todesmut«. Und als es ertönt, verzieht keiner eine Miene, denn mit Todesmut ist, wie es heißt, nicht gut Kirschen essen.

Jetzt schreitet er die Reihen ab. Das ist ja ein ungeheuerlicher Sauhaufen, das stellt er fest, und sein Adjutant notiert das. So ein Sauhaufen ist ihm ja noch nie vorgekommen! Und das soll der tadellose Ersatz sein, den man ihm versprochen hat?

»Die müssen wir erst noch fertigmachen«, sagt er zu seinem Adjutanten, »so geht das nicht, da muß man sich ja schämen.«
Jedem guckt er piel in die Augen.
Ob er sich auf den da überhaupt verlassen kann? Das fragt er sich, so wie der aussieht? Und ob er sich auf den da auch verlassen kann, das fragt er sich auch.

An manchen stellt er eine Frage: »Wie werden Schnürstiefel in den Tornister gepackt?« Das will er unbedingt wissen. Die Antwort muß lauten: »Der rechte links und der linke rechts!« Auch ein paar Griffe läßt er sich vorführen: »Präsentiert das Gewehr!«
Für die nächste Besichtigung wünscht er sich, daß die Soldaten nicht so zerknautscht aussehen, sagt er zu dem Adjutanten, und der schreibt sich das auf. Das soll nicht wieder passieren. Ein derartiger Sauhaufen ist ihm ja noch nie begegnet.
Man ist hier ja schließlich nicht in Russisch-Polen.
Dann reitet er davon, verfügt sich in die hinteren Regionen, wo es einen Unterstand gibt und Telephone, mit denen man alles leiten kann. Feldherrnhügel? Die Zeiten sind vorbei.

Zu Haus, in Rostock, nimmt in diesem Augenblick Anna Kempowski alle Anzüge ihres Sohnes aus dem Schrank und gibt sie weg: »Der fällt ja doch . . .«, sagt sie, und durch den Speiseaufzug schreit sie nach unten: wo denn der Kaffee bleibt. Soll sie denn ewig warten!

32

Vater de Bonsac kann nicht verstehen, weshalb auf einmal nicht mehr vormarschiert wird, im Westen. Er sitzt an seinem Schreibtisch und hat ANDREES HANDATLAS aufgeschlagen. Es ließ sich doch alles so gut an? Brüssel, Lille, Amiens, Reims ... und nun auf einmal Schluß?
Zurück sogar, wenn man die Meldungen richtig verstand?

Er hat die französischen Kunstbücher in den Schrank geschlossen, das ist jetzt nicht die rechte Lektüre. All die verschiedenen Glasfenster. Als ob wir so was in Deutschland nicht auch hätten. Glasfenster? En masse! Haufenweise. Nein, statt der Kunstbücher hat er den Atlas herausgeholt, den kiloschweren Handatlas, und starrt auf die Karte des westlichen Kriegsschauplatzes: Da soll man nun doch etwas hinmachen! Vorwärts und mit ganzer deutscher Kraft! Und er denkt an das Schlachtenpanorama in der Stadt, wo die Wachskavallerie auf die Wachssoldaten einhaut.

Schön war es, daß man sich Frankreich noch angesehen hat, mit der lieben Martha: Horsd'œuvre: da hat man doch ein ganz anderes Gefühl, wenn jetzt von Lille oder von Arras geredet wird, da kann man sich das jetzt ganz anders vorstellen.
Qu'est-ce que c'est que ça.

Große Angst hat er, daß er verhungern muß. Unten im Keller stehen zwar sehr viele Gläser mit Obst und Gemüse, selbst eingemacht, noch aus der Vorkriegszeit, aber dem Brot wird jetzt Kartoffelwalzmehl zugesetzt, und Butter ist schon rationiert. Zunächst hat er es noch abgelehnt, »schwarz« einzukaufen. Nun geht er aber doch des öfteren zu Kaufmann Gurtbüttel in die Hammerstraße, abends, nach zehn, und mit Haferflocken und Mehl, Speckseiten oder Würsten kommt er zurück: Kaßler mit Grünkohl, wie gern ißt er das, oder geräucherten Aal.

Oben auf dem Dachboden, wo sonst der Afrikakoffer und die Kampferkisten standen, das Schaukelpferd des Jungen und auch die Pappkartons mit den Krippenfiguren aus Bayern, da hat er einen Lattenverschlag gezimmert, da stehen die Papptonnen mit den Haferflocken, dem Grieß und dem Mehl, und zwar unter Verschluß, denn in dem Verschlag ist eine Tür eingelassen mit einem soliden Vorhängeschloß, und die Latten des Verschlages sind so eng beieinander, daß man nicht hindurchlangen kann. Regelmäßig rührt und schaufelt er das um, damit es nicht mietig wird, und die Klumpen zerbröselt er mit der Hand. Und während er es rührt und schaufelt und zerbröselt, läuft ihm das Wasser im Munde zusammen. Nein, erst nächste Woche gibt er wieder was heraus, da ist er eisern, da kann Martha bitten und betteln, soviel sie will, nächste Woche Dienstag. Oder Mittwoch. Mal sehn. Und wenn er es dann tut, dann häufelt er es auf die Waage und reicht es seiner Frau wie Goldstaub.
»Schön vorsichtig sein, mein' Martha? Und immer haushalten, ja? Du?«

Einmal heißt es: Es kommen Kontrollen! Am Wandsbeker Marktplatz sind sie schon.
Da trägt er alle Vorräte ins Geschäft, ächzend und stöhnend. Aber wie heimlich und beiläufig er sie auch verstaut, sein Bruder Bertram sieht es doch und sagt: »Aber mein lieber Willi! Wie denkst du dir das?« Und ein stummer Vorwurf liegt in seinen schönen blauen Augen, ob Willi denn gar nicht daran denkt, daß er auch Kinder hat, sechs Töchter, eine immer zarter als die andere, sechs Töchter, die auch alle gern Mehl, Grieß und Haferflocken essen? Und *nichts* haben, womit sie sich sättigen können? Oder jedenfalls *sehr wenig*?

Von Deutschland wird bei dieser Gelegenheit gesprochen und auch vom Heiland, der sich für die Menschheit aufgeopfert hat.

So schafft Wilhelm de Bonsac denn alles wieder zurück, nicht minder ächzend und stöhnend und noch dazu sorgenvoll. Erstens wegen der Kontrollen und zweitens wegen seines christlichen Gewissens. Sollte er nicht des Leibes Notdurft teilen mit seinem Bruder Bertram und den Seinen? Das ist hier die Frage. Aber, so argumentiert er: Sechs Kinder? Wieso eigentlich sechs? Man selbst hat ja auch keine sechs? Nein. Und: wenn man sie schon hat, dann muß man sich auch darum kümmern.
So wie *er* sich kümmert um *seine* Kinder. Ihm fällt es auch nicht gerade leicht, zu Kaufmann Gurtbüttel zu stiefeln und sich nach dessen Frau zu erkundigen, wie's der geht und so weiter und so fort, ihm wird das doch auch nicht geschenkt. Und: warum geht der gute Bertram denn nicht mal zu Hans, dem Luftikus?
In dessen Haus riecht es doch stets und ständig nach gebratenen Eiern, und diese Engländerin da macht ein Gesicht, als könnt' sie kein Wässerchen trüben.
Früher, die schönen Birnen, Jahr für Jahr, da wurde ja auch kaum mal danke gesagt. Immer gern genommen und eigentlich, wenn man es recht bedenkt, nie etwas gegeben, vom »Stamme Nimm«, wie man so sagt.
Hätte sich ja auch mal rühren können, damals, als es der guten Martha so schlecht ging . . .
Oder Richard. Daß nur *einmal* die Sorge geteilt worden wäre, die man um Richard hat – Reitende Artillerie! –, kaum mal ein Wort, nur eben so: Wie geht's? Wie steht's? und ziemlich obenhin.
Nein.

Auch der Gartenbau hat eine Änderung erfahren. Die Maiglöckchenbeete und die Beete mit den Chrysanthemen hat er umgegraben, auch die Beete mit den Kresse-Herzen

H, *R*, *G* und *L*, da werden nun Kohlrabi gezogen und Mohrrüben; auch Schwarzwurzeln, die man sonst eigentlich so gar nicht mochte. »Winterspargel«, wie man sie jetzt nennt, aromatisch im Geschmack und an Urzeiten erinnernd, als der Wind noch über die Heide pfiff und Mammut und Auerochs durch Steppen stapften.

Die Äpfel aus dem Garten werden geschält und in Scheiben geschnitten, und die Scheiben werden auf Fäden gezogen und getrocknet, oben auf dem Schlafzimmer-Balkon, und der Balkon wird abgeschlossen, und von Zeit zu Zeit wird hinaufgegangen und Zähne ziepschend nachgeguckt, ob sie noch da sind. Für den Winter sind die Apfelscheiben gedacht, wenn es womöglich gar nichts mehr gibt. Aus den Schalen kocht man Apfelsuppe, die so gut schmeckt, daß man sie auch im Frieden zu essen sich ernstlich vornimmt.

Die Gute-Luise-Birnen werden nicht mehr verkauft, die werden auch nicht verschenkt, die werden jetzt alle selbst gegessen; jeden Tag bekommt jeder eine. Im Keller, da werden sie gelagert, auf den selbstgetischlerten Borden neben den Gläsern noch aus der Vorkriegszeit. Das Wasser läuft einem im Munde zusammen, wenn man sie umdreht und auf Druck- oder Faulstellen untersucht. Er selbst tut das, Wilhelm de Bonsac, ganz allein, dazu ist er sich nicht zu fein, der königliche Kaufmann, denn helfen tut ihm ja niemand. Alles muß man allein machen, oben auf dem Dachboden das Umschaufeln von Haferflocken, Mehl und Grieß, das Auffädeln der Äpfel und das Umdrehen der Birnen. Zum Verzweifeln ist das.
Aber auch schön.

Sehr überlegt wird, ob man nicht vielleicht die Wege umgräbt und dort auch noch sät und erntet, und es wird nachgerechnet, wieviel das wohl ergeben mag an Kohlrabi und an Rosenkohl. Oder ob man sich vielleicht Tomatenpflanzen anschafft, *solanum Lycopersicum*, diese neuen Früchte,

von denen man zwar gar nicht so recht weiß, ob sie giftig sind, die der Nachbar aber schon im dritten Jahr anpflanzt und immer so ins Licht hält, wenn er sie pflückt: was das für herrliche Früchte sind, die er da erntet!
Die Haut muß man ihnen abziehen, und mit Zwiebeln muß man sie belegen, und dann auf Brot; wie Fleisch, wie Tatar, so schmeckt das, schwärmt jedenfalls der Nachbar, und er fragt den Herrn de Bonsac, den mit seinen Lilien, ob er nicht mal kosten will von diesen Sonnenfrüchten?
Nein, sagt Herr de Bonsac, und er sagt es kurz und trocken, denn dieser saubere Herr da mit seiner harmlos tuenden Frau huldigt der Freikörperkultur, wie sich längst herausgestellt hat, also einer Ferkelei, zieht sich aus und legt sich nackend in die Sonne!
Nein.
Das heißt: ja.
Probieren schon, ein Körbchen will man wohl annehmen, aber nicht anpflanzen, erst mal abwarten, wie die sich machen. (In Italien soll es ja ganze Felder davon geben.) Vielleicht sind sie ja doch giftiger, als man denkt.

Grethe spielt nun nicht mehr Tennis, sie arbeitet am Mühlberg, in einem Kinderhort. Hertha ist in Berlin im Auguste-Viktoria-Haus, einer ganz exklusiven Sache, in das eigentlich nur adelige Damen aufgenommen werden; aber man *ist* ja adelig, jedenfalls beinah.
Lotti ist im Harz, in Pension. Das gute Kind soll sich dort im Haushalt ausbilden lassen.

Eins, zwei, drei
bicke-backe-bei
bicke-backe-Pfefferkorn,
der Müller hat seine Frau verlor'n,
hat sie nimmer funden,
ich glaub, sie ist verschwunden . . .

Grethe singt den verwahrlosten Kindern die Lieder vor, die sie von ihrer Mutter gelernt hat, und die Sprüche, die sie von Lene, dem Mädchen, hat, die sagt sie ihnen vor: »Piii, sä de ohl Uhl . . .«, und die siebzehn Namen der Familie Brettvogel auch, die rappelt sie herunter, und zwar genauso schnell, wie Lene das kann.

Die Hortkinder, die aussehen wie Buttermilch und Spucke, verkrallen sich in ihre Schürze, und eines sagt »Mutti« zu ihr.
Armselige Kinder sind es, mit geschorenen runden Köpfen, schorfig und skrofulös. Und deshalb müssen sie mittags auch fein stille sein und Mittagsschlaf halten, obwohl sie gar nicht müde sind. Mittagsschlaf kräftigt die Nerven. Auch kann sich in dem kleinen Gehirn all das viele setzen, was hier geboten wird, all die Liebe und heilende Sorge. Jedes hat einen Liegestuhl mit einem Reh oder einem Pilz darauf. Auf der Schlafdecke befindet sich dasselbe Bild wie auf dem Liegestuhl: Reh, Pilz, Hase; daß jeder seines hat. Grethe geht von einem zum andern und zieht die Decken glatt. Mittagsruhe: da dürfen die kleinen Östers nicht mehr plappern, da müssen sie ganz still liegen und dürfen sich nicht rühren. Sie schiebt auch wohl mal einen Liegestuhl nach links oder nach rechts, daß die Sonne schön drankommen kann, mit ihrem heilenden kräftigenden Licht. Und sie legt ihre Hand dem einen oder dem anderen Kind auf den Kopf, was diese gern mit sich geschehen lassen.
Ganz stille müssen die kleinen Üze liegen, und nicht rühren dürfen sie sich, sonst ist das ja alles für die Katz, was man ihnen hier bietet.
»Wenn du nicht gleich stille bist, dann kleb ich dir den Mund mit Heftpflaster zu!«
Oh, Grethe fackelt nicht lange! Von piejacken kommt pojacken . . . Wer nicht pariert, der wird gescholten, und tatsächlich wird Pflaster geholt und eine sehr große Schere.

Jetzt endlich sind sie still, und Grethe hat einen Augenblick Ruhe und kann zu Thea hineingehen, die schon den Kaffee kocht, den »Negerschweiß«. Mit Thea kann man so herr-

lich klönen, die hat für alles Verständnis! Die zwei Tassen hat sie schon hingestellt, die sie sich von zu Hause mitgebracht haben, und ein Zuckerstück für jeden ist auch da. Nein, Thea hat für alles Verständnis. Daß August Menz so wundervoll getanzt hat, das muß sie wieder und wieder hören, einen Tango, den sonst noch gar keiner konnte, und daß er sie *nicht* geküßt hat! Obwohl er es rein rechtlich hätte tun dürfen. Das auch, das erfährt sie auch.
Lacke und Farben en gros.

Daß Karl Kempowski eigentlich nicht so beeindruckend ist, wird erörtert, der Mensch ist eine traurige Maschine, daß er ja wohl hängende Schultern hat? Und so breit spricht? »Auf diese Bank von Holz woll'n wir uns setzen . . .?« Das kann man ja gar nicht aushalten. »Es rast der See und will sein Opfer haben?«
Und daß er bei Silbis Hochzeit immer zu der Schauspielerin rübergeguckt hat, anstatt sich *ihr* zu widmen. So' n bißchen ungenau, der gute Junge. (Grethe faßt sich an die Backe, wo sie den nassen Fleck noch zu spüren meint aus Graal), obwohl, Rostock, dieses wundervolle Haus, und: Johannisbeergelee ans Bett?

Thea hat für alles ein Ohr, und sie hat für alles Verständnis, die beiden haben sich gesucht und gefunden: Thete und Grethe. Morgens umarmen und küssen sie sich, und abends können sie nur schwer voneinander lassen! (An sich aus einfacheren Verhältnissen, aber nett, so nett.)

»Bring mir auch ja die Suppe mit!« sagt Vater de Bonsac. Die Suppe, die übriggeblieben ist von der Kinderspeisung im Hort. Das schärft er ihr jeden Morgen ein. Dünne Suppe ist es, ein paar Möhren schwimmen darin herum und ein paar trockene Fleischfasern.
»Vergiß es nicht, mein Kind!«
Wenn man sie auch nicht immer selbst ißt, so kann man

doch zumindest das Fett abschöpfen und das Dicke ausseihen und das Dünne der Frau Brettvogel hinüberschaffen, die nicht weiß, wie sie ihre Plagen satt kriegen soll. (Vier Söhne stehen an der Front.) Oder man kann die Suppe auf den so überaus wertvollen Komposthaufen schütten, für den man neuerdings Lederabfälle aufgesprochen hat, die man pulverisiert.
Zwei Marmeladeneimer drückt er ihr für alle Fälle in die Hand.
»Bring auch ja die Suppe mit! Hörst du? Ja?«

Einmal läßt Grethe die leeren Eimer in der Elektrischen stehn, wie wahnsinnig läuft sie hinterher, mit klopfenden Pulsen. Bei jeder Haltestelle erreicht sie sie beinahe, und an der Endstation, da hat sie sie dann. Und alles nur, weil sie Angst hat, daß sie was auf den Deckel kriegt von ihrem Vater: »Mein Kind, die schönen Eimer!« Nein, das kann sie nicht riskieren.

Ein andermal hat sie Glück, da marschiert gerade eine Kolonne Soldaten durch die Straße, und die Soldaten werfen den Passanten kleine Beutel mit Schiffskeks zu: Hartverpflegung. Da kann sie einen dieser Beutel ergattern ...
Die Hälfte ißt sie sofort auf, die andere Hälfte wird von der Mutter und von Lisbeth und Lene, die auch alle von dem Schiffskeks kosten, zu Brotsuppe verarbeitet.
»Das ist ja wundervoll!« sagt Vater de Bonsac, obwohl sie eigentlich ein bißchen dünne ist vom vielen Kosten. »Herrlich!« Das wird man im Frieden auch mal essen, Brotsuppe aus Schiffskeks. Warum nicht? Daß man darauf nie gekommen ist? Und etwas gebratenen Speck dazugeben und Zwiebeln und Ei? Warum sollte man das im Frieden wohl nicht essen?
Den Kümmel freilich, den wird man weglassen, der gerät einem zwischen die Zähne, und das ist ja zum rasend werden.

Die Suppe mitbringen muß Grethe, und fünfzig Mark ab-

geben von ihrem kümmerlichen Gehalt. »Für Kost und Logis.« Das legt der Vater auf die hohe Kante, ohne daß sie's weiß, das wird er ihr alles wiedergeben, eines Tages. Mit Zins und Zinseszins.
»Aber Willi«, sagt Hans, »so ein junges Mädchen muß doch auch mal etwas flüssig sein . . .«
Flüssig? Was ist denn das für ein Wort? – So etwas zu sagen bringt auch nur einer fertig, der stets und ständig im Caféhaus sitzt und mit einer Taxe ins Kontor fährt.
Flüssig hin, flüssig her – Vorwürfe will man sich nicht machen lassen vom Bruder, den das absolut nichts angeht, der lieber stille sein sollte und sich um seine früher so nette, neuerdings so schnippisch gewordene englische Frau kümmern, die immer so allerhand von Belgien faselt, von abgehackten Händen und ausgestochenen Augen, und ihre Bluse mit Sicherheitsnadeln zumacht. Die *geduldet* wird in Deutschland, obwohl draußen im Feld die tapferen deutschen Soldaten sich hinopfern an Albions Perfidie.

Nein, keine Vorwürfe will man hören vom Bruder und später auch nicht, womöglich von der eignen Tochter. Das will man sich ja nun nicht nachsagen lassen, eines Tages, daß man seine Kinder falsch erzogen hätte. Wie bei Hebbels »Maria Magdalena«, die Geschichte mit dem Zuckerstückchen. Nein. Soweit käm' das noch.

Sonntags gehen Thea und Grethe zu dem jungen Pastor Eisenberg in die Stiftskirche, der hat den nun schon so sehr klapprigen Pastor Kregel abgelöst. Pastor Eisenberg predigt so »erwecklich«, finden sie, und sie nennen sich die »Eisenberg-Menschen«, und sie verehren ihn, obwohl er nicht grade hübsch aussieht mit seinen Plattfüßen und mit den großen Fischaugen. Ein Sonntag ohne Pastor Eisenberg ist kein Sonntag, darüber sind sie sich einig. Wie er da oben auf der Kanzel steht, ein einsamer Apostel, und wie er predigt? So aufrüttelnd und radikal?
Nein, zur Kirche muß man gehen, und wenn es nur seinet-

wegen ist: ihn nicht zu enttäuschen. Und sie sind ja nicht die einzigen, die so denken, von weit her kommen die Menschen. Oft sitzen sie gar auf den Stufen des Chorraumes, so voll ist es, und lauschen ihm, wie er das Ringen der tapferen Männer im Westen und im »Ohsten«, wie er sagt, beschreibt, eine Vision auch des Heilands zum besten gibt, der als Lichtgestalt über den deutschen Schützengräben schwebt und die Söhne und Väter schützt in dieser so gerechten Sache.

Leider sind immer gleich darauf auch die Gefallenen bekanntzugeben, und ein bißchen peinlich ist es, daß man das tun muß, denn man hatte doch eben gesagt, daß der Heiland die Soldaten schützt. Und man tut es fast unwillig und auch ein wenig ratlos. Und abzuschwächen sucht man es durch ausführliche Fürbitte jeweils für *einen* der Getreuen, der noch lebt und im Kampfe steht. Namentlich wird der Betreffende genannt, und man stellt sich vor, wie den das kräftigt, wenn er da vorne im Graben von der Gebetswoge getroffen wird.

Richard de Bonsac ist einer der ersten, den sie trifft, im »Ohsten« ist er jetzt, und ein Huhn rupft er gerade, ein requiriertes Huhn, und Pantoffeln hat er an zu seinen Breeches.

Thea und Grethe singen im Chor, jeden Donnerstag,

Selig sind, die da Leid tragen . . .

Und eines Tages auch in der Michaeliskirche vor Verwundeten, die ihre eingegipsten Gliedmaßen in die Luft recken oder mit einem Auge aus dem verbundenen Kopf herausstarren: Was das für junge Damen sind, die da singen, das sind ja wohl höhere Damen, was? Bessere also. Die kleine Blonde mit dem Mittelscheitel da? Die den Mund so aufreißt? Ob die schon mal »einen drin« gehabt hat? Was? Wohl kaum, was? – Die Jünglinge, die da singen, die könnte man an der Front gut brauchen . . .

Selig sind, die da Leid –

Leid tragen . . .

Grethe sieht die Männer auf den Bahren und in den Rollstühlen, die Männer mit ihren geschienten Gliedmaßen, und sie kann gar nicht weitersingen, das schluckt so in ihr auf, an sich halten muß sie, sonst würde sie laut losweinen. Warum ist nur alles so, denkt sie, warum müssen die Menschen so sein? Sich totschießen gegenseitig? All die Soldaten da draußen?
Und sie denkt an die vielen Feldgrauen ganz allgemein und an einen gewissen XYZ im besonderen, der ein so herrlich eckiges Gesicht hat und ein so jungenhaftes Lachen, an den denkt sie ganz speziell.

. . . denn sie sollen getröstet werden . . .

wird jetzt gesungen, einzelne Stimmen bleiben stehen, andere wölben sich auf, und die Baßgeigen werden gestrichen, und da schluckt es plötzlich noch stärker in ihr auf, so daß sie sich beiseite stehlen muß: Nein, das kann sie jetzt nicht singen, und dann noch diese Oboe dazwischen und nun gar noch Posaunen.
Sie wundert sich, daß die Menschen unter dem Eindruck dieser Töne nicht sofort alle aufstehen und sich die Hände reichen und sagen: Jawohl, wir sehen es nun ein, wir brechen es ab, das Blutvergießen, wir treten aufeinander zu und sagen: Schluß! Das wundert sie sehr.

Wenn Grethe nach Hause kommt, sieht sie durch das Fenster in der Haustür, ob ein Brief auf der Garderobe steht.
»Viele herzliche Grüße, Ihr August«. Oder »Viele Grüße, Ihr Karl«.
Wenn kein Brief da ist, läßt sie sich Zeit, da wird der Hund erst mal begrüßt, der schon die ganze Zeit an ihr emporspringt, und in den Spiegel wird geguckt, und man guckt ziemlich lange hinein, denn man ist ganz baff von der eignen Schönheit.

Wenn aber ein Brief da steht auf der Garderobe, aufgebaut zwischen Kleiderbürste und Handschuh, wie zu einer

Weihnachtsbescherung, womöglich mit steiler Schrift versehen und nicht mit dieser etwas schwächlich geneigten, vielleicht sogar als charakterschwach zu bezeichnenden, man weiß nicht recht, die man überdies gar nicht so recht entziffern kann, dann reißt sie sich den Hut vom Kopf – mit all den Nadeln –, da kann Axel Pfeffer herumwieseln, wie er will. Im Nach-oben-Laufen wird der Mantel ausgezogen und auf die Treppenstufen geworfen.
»Kind! Nun komm doch erst mal herein . . .«
Den Mantel kann man später aufhängen, und das Essen kann warten. Hauptsache: jetzt kommt keiner und stört.
»Jaja! Ich komme gleich!« wird gerufen – am liebsten ginge man aufs Privé, *da* wär man garantiert ungestört –, und der Umschlag wird mit der Haarnadel aufgerissen, oder er wird vielmehr zunächst nicht aufgerissen, er wird erst mal angeguckt von vorn und von hinten und berochen und an den Busen gedrückt, wobei man aus dem Fenster guckt, über alle Häuser hinweg, in denen all die vielen Menschen wohnen.

Den Briefen mit der steilen Schrift sind Photos beigelegt, August Menz mit Lederkappe in seiner Albatros: Die linke Hand hebt er: »Los, Leute, ab!« – Gleich wird sich das Ding in Bewegung setzen und wird gen Westen fliegen, den sich ballenden Wolken entgegen.

Am Abend wundert sich dann der Nachbar, daß im Hause de Bonsac auf einmal so herrlich Klavier gespielt wird, »Glückes genug«, und immer wieder und in einer ganz besonderen Betonung. Alle Woche passiert das einmal, daß da drüben so wundervoll gespielt wird. Und der Nachbar beschließt, daß er auch mal wieder das Waldhorn hervorholen will.

33

Ein Kamerad

Ich heiße Neumann und kenne Herrn Karl-Georg Kempowski vom Weltkrieg her.
Über sechzig Jahre sind vergangen, seit ich von Rendsburg aus zum Regiment 210 stieß, einem Regiment mit »hoher Hausnummer«, wie man damals sagte, also nicht mehr so ganz das Wahre, als Kriegsfreiwilliger mit klopfendem Herzen und großen Rosinen im Sack. Das Vaterland retten, das wollte man, aber, ach!, die Illusionen gingen bald flöten.

Nachdem wir ausgeladen worden waren, marschierten wir in strömendem Regen, noch beladen mit Heimatpaketen, auf einer fürchterlichen Landstraße nach Wercken, einem kleinen flandrischen Städtchen. Dort blieben wir auf dem Boden eines ziemlich zerstörten Hauses im Stroh liegen, erschöpft, aber immer noch begeistert.
Die nächsten Tage warteten wir auf das Regiment, das vorne in Stellung lag, und wir warteten mit großer Spannung, das würde ja unsere Heimat sein, das wußten wir, unser Haufen, mit dem wir auf Gedeih und Verderb verbunden sein würden.
Nach drei, vier Tagen war es dann soweit, ziemlich müde und verdreckt schleppte sich die Truppe von vorn zurück, lauter alte Leute; wir hörten sie husten, bevor wir sie noch sahen, das ist mir in Erinnerung. Ich sage »alte Leute«, sie trugen nämlich fast alle Bärte. Als sie dann aber rasiert waren, hatten sie glatte, junge Gesichter, und nach kurzer Zeit hatten sie sich auch wieder erholt von den Strapazen.
Zu diesen »Greisen«, von denen ich eben sprach, gehörte auch Karl Kempowski, ein Greis von siebzehn Jahren. Daß sich die damaligen Machthaber nicht geschämt haben! Mit siebzehn ist man doch noch ein Kind. Er stammte aus

Rostock, sein Vater war wohl Reeder oder Makler oder so was, jedenfalls »was Besseres«, das merkte man an seinen Paketen. (Einmal kriegte er eine ganze Sendung Putenkeulen.)
Auch er war Freiwilliger wie ich und keiner von den Eingezogenen, die eben doch keine Lust hatten oder teilweise auch gar nicht recht konnten. Leute mit kleinen Wehwehchen, denen das alles zuviel wurde, die stöhnten und klagten und an zu Hause dachten, an Frau und Kind. (Heute kann man das verstehn.)
Ich freundete mich rasch mit Kempowski an, schon deshalb, weil das Gros des Regiments aus der ehemaligen Provinz Posen stammte, und diese Leute waren uns doch sehr fremd. Sie waren fast alle katholisch, bekreuzigten sich und beteten ihren Rosenkranz, wenn es brenzlich wurde. Sie rauchten starke Zigaretten und verzichteten lieber auf Wurst und Brot als auf ihre geliebten Papyrossas. Wir Neuen wurden daher sofort um Zigaretten angeschnurrt, für Zigaretten ließen diese Leute alles liegen. Ich schenkte ihnen meinen ganzen Tabak, erntete aber keinen Dank, sondern wurde nach Strich und Faden bestohlen. Mit vollständig neuen Uniformstücken war ich zur Kompanie gekommen, in kurzer Zeit besaß ich nur noch alte, klatterige und verdreckte Klamotten und zerbeulte, verrostete Ausrüstungsstücke.
So erging es natürlich auch den anderen neu Hinzugekommenen. Uns bestahlen die »Polensöhne aus dem weitesten Osten«, wie wir sie nannten, aber unter sich hielten sie wie Pech und Schwefel zusammen.

Von den damaligen Angehörigen des Regiments dürfte aller Wahrscheinlichkeit nach heute kaum noch einer am Leben sein; entweder sind sie im Verlaufe des Krieges gefallen oder infolge hohen Alters gestorben.
In der Kreuzstraße in Hannover wurde ich mal mit einem Friseur bekannt, der hieß Scheibe und war in der 6. Kompanie gewesen. Das liegt aber schon fünfundvierzig Jahre

zurück, und Herr Scheibe wird zweifellos auch nicht mehr unter den Lebenden weilen, da er wesentlich älter war als ich.
In guter Erinnerung ist mir noch der Kriegsfreiwillige Wilhelm Kaiser, ein älterer Elsässer, er war fast zahnlos und sah aus wie ein altes Weib. Wenn wir müde und kaputt waren, so sorgte er für Aufheiterung, indem er plötzlich rief: »Der Krieg ist was Herrliches!« Beim Aufrufen mußte er sich immer mit »Kaiser, Wilhelm!« melden, was jedesmal großes Gelächter hervorrief.
Auch der liebe Vater Kuplinsky ist mir noch in Erinnerung, den hatte ich ins Herz geschlossen. Er war es, der mir bei einem Handgranatenkampf zurief: »Kamerad, alles für Vatterland, alles für großes Vatterland!« Er war schon alt und lebt sicher nicht mehr, auch wenn er den Krieg – oder die Kriege, wie man besser sagen muß – heil überstanden haben sollte.
Erwähnen möchte ich auch noch unseren Spieß, Feldwebel Zarbock. Dieser war ein guter Mensch, der sich besonders auch den jüngeren Kriegern gegenüber als ein wirklicher Vater erwies. Er trug stets einen langen Säbel, und wenn er morgens kam, raunte es in der gesamten Stellung: »Kavallerie trabt an!« Den Säbel zu tragen war eine Marotte von ihm, aber die nahm ihm keiner übel, denn er war ein guter Vorgesetzter und Mensch.

Das Leben vorn im Graben war ziemlich jämmerlich. Nicht viele bekamen so gute Pakete wie Karl Kempowski, der bei jedem Postempfang umlagert war von sogenannten Freunden, die ihm für eine Kippe die Stiefel putzten. Ich seh ihn noch, wie er mal eine ganze Speckseite herausholt aus dem Karton. Das war ihm richtig peinlich. Die andern kriegten vielleicht mal etwas Schmalz oder von fleißigen Kaffeetanten gestrickte wollene Ohrenschützer – ich hatte drei Stück davon –, aber doch keine Speckseite.
Ich hatte nicht das Glück, mit begüterten Eltern gesegnet zu sein, ich bekam höchstens einmal im Monat was, und

auch dann nur ein paar Kekse oder die besagten Ohrenschützer, denn meine Leute in Rendsburg hatten selbst nichts zu beißen und zu brechen.
In der Kantine konnte man sich auch nichts kaufen. Unser Sold betrug nämlich pro Tag ganze 53 Pfennig! Und davon hätte man eigentlich noch was nach Hause schicken sollen. Gelegentlich gab es allerdings Beute- oder Kontributionsgelder. Das war immer ein willkommener Zuschuß. Sie wurden gezahlt, wenn Kriegsmaterial in deutsche Hand gefallen war. Höhere Dienstgrade bekamen dann eine ziemliche Menge Geld, wir einfachen Soldaten erhielten entsprechend weniger, es war aber trotzdem immer sehr schön.
Einmal hatten wir ein schweres englisches Maschinengewehr erbeutet, das sollte ich in der Nacht mit einem Kameraden zurückbringen zum Stab. Kaum waren wir losgegangen, da fing das Trommelfeuer an, und der Kamerad machte sich dünne. Ich fiel mit dem schweren Ding kopfüber in ein Granatloch und in Stacheldraht hinein, ich blutete überall, und die Uniform war zerrissen. Schließlich kroch ich unter fortwährendem Beschuß, links und rechts, in einen schon gänzlich zerschossenen Wald, den sogenannten »Polygon-Wald«, da standen nur noch Baumstümpfe, ich war am Ende meiner Kraft. Und da sagte ich mir: »Dies Ding kriegst du nicht mehr mit, stell es hier hin!«
Ich habe es an einen Baum gestellt und bin nach hinten gekrochen, um irgendwie Schutz und Zuflucht zu finden. Am nächsten Morgen bin ich dann mit einem Kameraden wieder vorgegangen, in der Feuerpause, zwischen vier und fünf, und hab es tatsächlich gefunden! Ich lief instinktiv auf das Ding zu, da hatt' ich's. Ich hätte nie geglaubt, daß ich das je wiederfinden würde.
Diese Tour vergeß ich mein Leben nicht.

Gegen Ende des Krieges erhöhte sich unsere Löhnung auf eine Mark. Ein wahrhaft fürstliches Gehalt. Dafür hatten wir aber auch sonst alles frei von Vater Staat. Der sorgte

sogar für ein freies Begräbnis, soweit noch einzelne Teile vorhanden und nicht etwa durch schwere Granaten oder Minen völlig zerrissen waren. Ich habe 1918 bei Château-Thierry an der Marne, siebzig Kilometer von Paris entfernt, beobachtet, wie mehrere höhere Offiziere zusammen auf einer Straßenkreuzung standen, als sie plötzlich von einer schweren Granate in tausend Stücke zerrissen wurden. Hier sparte der Staat die Begräbniskosten, denn man fand nichts mehr von ihnen wieder.
Wegen Holzmangels wurden bei größeren Verlusten die Gefallenen einfach in ihre Zeltbahn gewickelt und verscharrt. Die Toten merkten ja nichts davon. Wenn man etwas mehr Zeit hatte, dann buddelte man die hastig verscharrten Kameraden wieder aus und trug sie in die Etappe und beerdigte sie dort mit allen Ehren. Das ist uns allen immer sehr nahegegangen. Zwischen den Schützengräben im Niemandsland liegende Tote, die wegen der sicheren Lebensgefahr nicht weggeschafft werden konnten, hinderten uns nicht daran, in ihrer Nachbarschaft das Kochgeschirr mit Dörrgemüse zu leeren. Man drehte sich nur zur Seite, um den Geruch nicht zu stark zu spüren.
Wir haben vielfach bei Schanzarbeiten Gefallene gefunden, die schon lange verschüttet waren und den Ratten zum Fraß dienten.

Fast jeder gefallene Franzose hatte ein Amulett um den Hals, »la vierge immaculée« stand darauf. Photographien fand man auch, Briefe und Notizbücher mit Couplets. In der ersten Zeit haben wir die Briefe auch gelesen. An einen Brief kann ich mich noch erinnern, den Brief einer jungen Frau: »Petit-petit est toujours bien sage«, hieß es am Schluß. Sie schrieb ihrem Mann, daß sie ihm zwei Pfund Schokolade schickt und Handschuhe, die den Nebel nicht so anziehen. Diese Schokolade fanden wir in seiner Tasche, und wir haben sie aufgegessen. Jawohl.

Es lag während des ganzen Krieges ein schwerer Druck auf

einem, der erst wich, nachdem der Krieg zu Ende war und man nicht mehr den unentwegt währenden Geschützdonner zu hören hatte.

34

Die ersten Wochen an der Front vergehen für Karl ruhig. Man liegt einander gegenüber, »bis an die Zähne bewaffnet«, und tut sich nichts; man lauert und sucht nur gegenseitig zu erforschen, ob der andere einen Angriff plant. Hinten stehen die Kanonen und schweigen. Hier und da fällt ein Schuß, der irgendwo einen Etappenort in Aufruhr versetzt. Dann ist es wieder still.

Nachts wird geschanzt oder Wache gestanden. Der Wachtposten steht etwas erhöht in einer Nische, so daß er sich anlehnen und das Vorfeld überblicken kann. Über sich hat er ein Blech gegen Fliegerpfeile und vor sich eine Mauer aus Sandsäcken: Eine Decke hat er umgehängt, das Gewehr ist zur Hand, und Handgranaten liegen bereit.
Um den Feind beobachten zu können, ist zwischen den Sandsäcken ein stählernes Schutzblech aufgestellt mit einem Schlitz drin. Wenn man nicht den Grabenspiegel benutzt, schaut man durch diesen Sehschlitz, ob sich da drüben nicht etwas regt. Franzosen gibt es, die so gut schießen, daß sie genau hineintreffen in den Schlitz. Es gibt auch welche, die ihr rotes Käppi auf einen Stock stecken und damit herumwippen. Die dummen Deutschen sollen denken: da geht einer.

Als Karl zum ersten Mal auf Posten steht, kann er es zunächst gar nicht begreifen, daß man ihm allein die ganze Verantwortung überträgt, und er stiert hinüber und lauscht, ob er nicht vielleicht was übersieht. Es soll ja schon vorgekommen sein, daß sie sich angeschlichen haben, die Poilus, und plötzlich direkt vorm Graben auftauchten! Das wäre ja nicht auszudenken!
Noch peinlicher wäre es, wenn man irrtümlich Alarm aus-

löste. Wenn man auf das Blech schlägt, gong-gong!, und alle kommen gelaufen, noch im Herauskriechen aus dem Unterstand sich den Helm festmachend und fragend: »Was ist denn los, zum Teufel? Siehst du Gespenster?« Und der Hauptmann ruft »Welches Riesenrindvieh hat Alarm geschlagen?«
Nein, lieber ganz genau aufpassen, ob sich da was regt. Im Stacheldraht hängen Kläterbüchsen, die klötern, wenn sich da einer was zu schaffen macht. Und außerdem hat man ein Fernglas, mit dem man jede kleine Erhebung, jede Spalte absuchen kann. Und manchmal sieht man auch tatsächlich was, und zwar den da drüben, der herüberguckt, ob sich hier was regt. Man könnte ihn »abknipsen«, aber: den da abschießen wie auf dem Schießstand? Das mag Karl auch nicht tun, da hat er Hemmungen. »Ein Mensch, der niemals die gesellschaftlichen Sitten verletzt hat, liegt auf der Lauer, um jemand zu ermorden?« schreibt er an Erich Woltersen in Rostock. Das kann ihm nicht Sinn dieses Krieges sein. Wenn sie anstürmten mit »Hurrä!«, das wär schon was anderes.

Erich Woltersen trägt diesen Brief mit sich herum, wenn er mit seiner Freundin auf dem Unterwall spazierengeht – hier hochstürmen müssen und von oben beschossen werden? –, und wenn er in seiner Bude sitzt und Briefmarken einordnet – Germania-Kopfmarke mit Aufdruck »Belgien, 3 Centimes« –, und wenn er vor der Tür des Arbeitszimmers steht, hinter der sein Vater sitzt und sich auf das nächste Semester präpariert.
Wenn er vor der Tür seines Vaters steht, dann hat er den Brief sogar in der Hand: ob er sich nicht doch freiwillig melden darf, was der Vater meint . . .
»Nein, erst das Abitur.«
Da ist der Herr Professor eisern.

Einmal fährt Wex mit seinem Fahrrad in die Warnow-Wiesen. Da drüben steht die Kopfweide, in der er mit Karl

so oft gelegen hat. Gern möchte er das mal wieder tun, aber er findet es zu abgeschmackt. Und außerdem: wie soll er denn über den Fluß hinüberkommen?
Ein alter Mann, der hier Löwenzahn für seine Stallhasen schneidet, guckt ihn an. »Na, junger Herr?«

Auch nachts muß Karl auf dem »Schießstand« sitzen und warten. Der ganze Himmel ist ein unaufhörliches Zucken und Leuchten. Man hört drüben beim Franzmann die Küchenwagen bis dicht an die Stellungen heranfahren. Leuchtkugeln steigen auf, grün oder gelb, das ganze Tal kann man überblicken. (Da hinten ist eine Straße mit hohen Pappeln, alle nach einer Seite schief. Die gehört »denen«.) Nein, es wird nicht geschossen, denn hier auf dieser Seite wartet man ja auch auf den Küchenwagen, und dann schießen die da drüben ja auch nicht.

Wie wird es sein, wenn die Neger kommen?
»Alarm!«
Zuerst wird man sie sich ja vom Leibe halten können, mit Maschinengewehren und mit Handgranaten ..., wenn man dann noch welche hat! Über den Stacheldraht müssen sie steigen, das hält sehr auf.
Aber vielleicht hat es vorher eine Kanonade gegeben? Einen Feuerüberfall? Und der Stacheldraht ist zerrissen? Vielleicht ist sogar der ganze Graben zermantscht und zerstampft von der Artillerie, und man liegt halb verschüttet unter dem Erdreich, und erst im letzten Augenblick rappelt man sich auf, wenn das Feuer nachläßt und die Schwarzen angestürmt kommen: vielleicht hat man dann ja gar kein Gewehr mehr, oder es funktioniert nicht, und die Kerle steigen seelenruhig über den Stacheldraht und stechen einem das Bajonett in den Bauch? Ruhig und fachmännisch? Ein Zuave vielleicht oder einer vom Senegal?
Ob man mit dem dann noch redet? In so einem Augenblick?

Die Senegalneger sollen ja sogar ein Messer im Mund haben beim Stürmen, so wird erzählt. Schnaps gibt man ihnen, damit sie's auch tun, vorstürmen. In dichten Wellen sind sie damals gekommen, so erzählen die Soldaten im Unterstand, und die Unsrigen haben sie mit Maschinengewehren erfaßt, mit zweimaligem Hin- und Herschwenken; den Lauf etwas höher, wenige Striche höher nur, und Welle auf Welle sackte zusammen.
»Jaja, die Neger. Tollpatschig einhertappende Tiere . . .«

Auch vom eigenen Stürmen wird erzählt, damals 1914, und warum auf einmal alles aufgehalten wurde: Es ging doch gerade so gut? Und gemunkelt wird, daß da oben in der Führung nicht alles mit rechten Dingen zugegangen ist, damals. Und alle Opfer umsonst?

Nein, es wird nicht mehr gestürmt, es wird gewartet; worauf, das weiß der liebe Himmel. Mit Postenstehen oder Kartenspielen, mit Lesen oder Schlafen vergeht die Zeit. Ab und zu schlagen Granaten ein. Wenn es dicke Brocken sind, löscht die Kerze aus im Unterstand.
»Trumpf! Gliek sünd wi Appelmus!« sagen die Frontsoldaten dann gelassen und mischen die Skatkarten neu.
Am Jaulen hören sie, ob sie in die Nähe kommen oder weiter weg einschlagen werden, die »Liebesgaben« von drüben, die Grüße der Firma Buxen & Full.

Als die *deutschen* Minenwerfer mal feuern, guckt Karl durch den Grabenspiegel in den aufgerissenen Laufgraben der Franzosen hinein. Deutlich sieht er, wie die geängstigten Leute da drüben nach hinten durchgehen. Dort steht aber offenbar jemand mit der Pistole, denn einer wie der andere kommt wieder hervorgekrochen.
Merkwürdig, man kann das Auge nicht vom Glas nehmen, und man lacht, wie die Franzosen da drüben, das Käppi auf dem Kopf festhaltend, hin und her rennen.

Russes en retraite — Qu'est ce que vous faites?

wird auf eine große Tafel geschrieben und den Franzosen da drüben gezeigt. Am nächsten Tag kommt die Antwort:

Warum habt ihr uns
den Krieg erklärt?

Mancher hat den Kommißkram bald satt. Stürmen, ja, das würde man gerne tun, aber doch nicht dies Herumgesitze! Und das Geblödel der Kameraden und diese unglaublichen Sauereien.

Eines Tages wird gefragt, ob sich jemand freiwillig zur Patrouille meldet, ein Mann wird noch gebraucht, »Indianer spielen«, nennen es die alten Landser. Karl ruft »Hier!« und findet sich knapp eine Stunde später mit zehn Mann in einem Chausseegraben wieder, den robbt er entlang.

Fünfhundert Meter mag der Graben lang sein, vierzig Zentimeter ist er tief. Man muß sich auf den Boden pressen, wenn man die Gruppe nicht verraten will.
Der Franzmann hat noch nichts gemerkt, sonst würde er sicher seine »Kaffeemühlen« in Gang setzen, wie humorvolle Leute das Maschinengewehr hier draußen nennen. »Stottertante«, »Mähmaschine« oder »Durchfallkanone«, das sind andere Wortschöpfungen. Nein, der Franzmann »dengelt« nicht: Ruckweise wird vorwärts gerutscht. Meter für Meter. Karl schiebt seinen Paletot, den er zusammengerollt hat, mit beiden Händen vor, dann zieht er die Knie unter den Leib, und das gibt einen neuen Ruck. Wie eine Raupe, so bewegt er sich vor.
Nach dreißig Metern patscht er mit seinem Paletotpaket ins Nasse. Der Graben steht von hier an unter Wasser, nicht tief, aber es reicht. Libellen wiegen sich vor seiner Nase ... Das Wasser hat eine giftgrüne Farbe. Dies Grüne: Ist das ein Pilz? Eine Art Grütze? (Er muß lachen über seine mangelhafte Bildung: Das ist nun vom Biologie-Unterricht übriggeblieben, daß er nicht mal weiß, wie dieses Zeug da heißt, in dem er da jetzt liegt.)

Sie kommen so nah an die feindlichen Stellungen heran, daß man die Poilus sprechen hört. Eine Gruppe von sechs oder acht Franzosen erscheint sehr ungeniert. Sie durchschreiten den Drahtverhau, lassen am Durchgang einen Posten zurück, wahrscheinlich, um den Rückweg wiederzufinden. Sie machen sich diesseits allerhand zu schaffen. Dann verschwinden sie, woher sie gekommen sind.

Den Soldaten wird's zu naß in dem Graben, sie werden unvorsichtig und heben den Hintern hoch. Da erhalten sie Feuer. Drei Maschinengewehre senden ihnen einen Hagel von Geschossen zu. Schrapnells zerplatzen am Himmel und schütten ihre Kugeln aus: Die prasseln in die Bäume. Ein Mann wird in den Rücken getroffen, der beißt ins Gras, wie man so sagt. Und als er endlich tot ist und als die Gruppe zurückrobben darf, da sieht Karl, daß dem die Seite aufgerissen ist: Aus dem feldgrauen Rock quillt Menschenfleisch heraus, und das sieht ganz so aus wie das Fleisch, das im Tierpark die Bären kriegen.

Gern hätte Karl gewußt, ob der Spähtrupp was genützt hat und ob es nun bald losgeht mit dem sieghaften Stürmen. Gern möchte er auch allen Kameraden von der wundervollen Patrouille erzählen, wie er durch den nassen Graben gerobbt ist. Aber die andern sagen schlicht: »Halt's Maul!« Und so *schreibt* er denn nach Haus, vom »Dengeln« und vom Robben. »Meine Uniform sah aber aus . . .!« und daß er mit »Leib und Seele« Soldat ist, das schreibt er auch. »Ich bin in den feldgrauen Rock gesprungen wie in ein erfrischendes Bad!« schreibt er. »Teilzunehmen an dem größten Ringen aller Zeiten – das macht mich stolz und glücklich.« Und: »Wir leben in einer großen Zeit, der größten wohl, die Deutschland je gesehen hat. Söhne und Enkel werden uns beneiden!«

Anna liest diesen Brief vom größten Ringen aller Zeiten, der auf schlechtes graues Papier geschrieben ist mit zerlaufener Tinte: Unter der anderen Post mit den hübschen Marken aus Berlin und Bad Oeynhausen nimmt er sich ernst aus. Die Uhr unter dem Glassturz pingelt, und da drüben die Standuhr fängt auch schon an zu schnarren, und jetzt mischt sie ihr Bombom in das Klingeln und Scheppern der andern Uhren: Fünf Uhr, gleich kommt Frau von Wondring, der eine Tasse Bohnenkaffee anzubieten sein wird aus den neuen Weinblatt-Tassen. Wie gut, daß Robert wieder Kaffee besorgt hat, der hat wirklich Glück gehabt mit seinen beiden Schiffen. Immer holen sie Erz aus Schweden, Tag für Tag.

Der Besuch von Frau Wondring ist unterhaltsam und nicht unwichtig. Frau von Wondring hat nämlich einen Vetter in Berlin, einen General oder was, im Kriegsministerium. Morgen wird Frau von Wondring sich hinsetzen müssen und einen Brief an diesen Vetter schreiben, oder übermorgen, oder in der nächsten Woche, betreffs »eines Sohnes meiner besten Freundin . . .«.

Und Anna wird sich an ihren Sekretär setzen, den Federhalter in das Meißner Tintenfaß tunken und ihrem Sohn schreiben, daß er sich nicht wundern soll, wenn was passiert, wenn er herausgerufen wird aus der Stellung in irgendeiner höheren Angelegenheit. Und in der Küche wird sie ihm Pakete packen lassen.

Viel wird geschrieben werden müssen in der nächsten Zeit. Die Pakete packt Giesing, und sie tut hinein, was sie auftreiben kann, Speck, saure Gänsekeulen, Spickaal, Tabak und auch »Chocolade«.

Einmal bekommt Karl zwanzig Mundharmonikas, das ist ein fürchterliches Gedudel. Der Kompaniechef verbietet es schließlich: »Wo kommen wir denn da hin?« Einzig der Gefreite Schultze, Schultze mit »tz«, der darf noch spielen, der kann nämlich nicht nur schöne Siegelringe aus kupfernen Geschossen hämmern, Siegelringe mit einem Eisernen Kreuz obendrauf, der ist außerdem ein Meister auf der

Mundharmonika: Vollakkordig tremolierend bläst er das Händelsche

Seht, er kommt mit Preis gekrönt . . .

und das hört ein jeder gern. Da lauschen sogar die Poilus, drüben, die klatschen und rufen: »Bravo!«

Eine Sendung Zigarren und Fruchtbonbons erregt Wohlwollen höheren Orts, und Karl hat was davon: Nach hinten wird er kommandiert, als gerade Befehl gekommen ist, die Stellung zu bereinigen.
Und Karl zählt in Wercken Brote, als die Kameraden aus dem Graben steigen und losstürmen, und er weint, als er das erfährt und die Verwundeten sieht und als er hört, wer alles gefallen ist und wie.

35

Margarethe de Bonsac sitzt in ihrem weißen, sonnigen Zimmer und blickt durch das Fenster in den gezirkelten Garten hinab, der von Schnee eingepappt ist, wie in eine verwunschene Welt.
Da unten geht der Nachbar durch seinen Garten mit entblößter, der Wintersonne entgegengereckter Brust. Sonne! Licht! Kraft! Das denkt er so ungefähr, und zwischen dem Recken sieht er nach, ob er schon etwas tun kann in seinem Garten, aber das ist noch zu früh im Jahr.

Es wächst viel Brot in der Winternacht . . .

Das schläft unter der weißen Decke und wartet, daß es der milden Sonne entgegenstoßen kann.

Vor Grethes Fenster hängt ein Meisenring, und ab und zu kommt ein Vogel und krallt sich daran fest und pickt kopfüber, was er kriegen kann.
Merkwürdig, daß diese Tiere nicht *ständig* fressen? denkt Grethe; mal tun sie's und mal tun sie's nicht. Anstatt nun ständig zu fressen, solange der Vorrat reicht? Sie können doch gar nicht wissen, ob morgen noch etwas da ist? Unverständlich. Morgen mal in »Brehms Tierleben« nachlesen, warum das so ist, daß die sich zeitweilig überhaupt nicht sehen lassen.

Kohlmeisen und Blaumeisen sind es, die zu Grethes Fenster kommen, und natürlich Buchfinken, diese niedlichen Tiere, die sich, so putzig sie auch sind, sonderbarerweise gegenseitig hacken!
»Wollt ihr wohl?« sagt Grethe und pocht ans Fenster, was zur Folge hat, daß *alle* Vögel forthuschen, die hackenden und die gehackten, und sich längere Zeit nicht wieder blicken lassen, und daß der Nachbar da unten sich um-

dreht und die Fenster absucht, wo das gewesen ist, das Pochen, und ob es vielleicht ihm gegolten hat. Und er ist froh, daß er sein Wasser nicht abgeschlagen hat, in diesem Moment, am Komposthaufen, wie er es eigentlich wollte.

Gemütlich hat es Grethe in ihrem Zimmer: Links neben dem Fenster steht eine Glasvitrine, die sie von ihrer Großmutter geerbt hat, mit aufgereihten Tassen, größeren und kleineren, mit und ohne Aufdruck, und mit der Puppe Mary, von der man sich nicht trennen mag.
»Kind, wie hast du es hier schön.«
Und rechts neben dem Fenster steht ein zierlicher Schreibschrank aus Kirschholz mit vielen kleinen Schubladen und einem Aufbau, der von beinernen Säulen getragen wird.

Photos stehen auf diesem Schreibschrank, links und rechts, der Größe und Bedeutung nach geordnet: Der liebe Onkel Hans steht da, der solchen Kummer hat mit seiner englischen Frau, die neulich erst wieder laut verkündet hat, daß die deutschen Soldaten alle Verbrecher sind, und Onkel Bertram mit der guten, etwas düsteren Tante Minna, die beide nun schon so lange nicht mehr dagewesen sind, irgend etwas übelgenommen, ach, immer so überempfindlich. Von ihrem Bruder Richard steht da auch ein Photo, den Kopf aus steifem Kragen gereckt, oh, so tapfer! Stolz kann man sein auf ihn, und man ist es auch. Lustig, damals als Kind, wie er auf allen vieren um den Tisch herumlief wie ein Hund. Und dauernd ein Bein hob. Nein, wie war das komisch! Die Wege immer abgeritten im Garten, auf seinem Steckenpferd . . .

Der Großvater mit seinem Patriarchenbart ist nun schon vier Jahre tot. »Min Döchting«, hatte er immer gesagt, und traurig war er gewesen, an den Mittwochen, daß die Enkelkinder den Katechismus nicht hatten lernen wollen.

Harre meine Seele,
harre des Herrn!

Die schönen Mittwoche . . . Nun alles so anders geworden, so ohne jeden Zusammenhalt, so kalt und fremd.

Die Photos auf dem Sekretär, hell von dem Schnee da draußen, stehen unter prismenartig geschliffenen dicken Glasplatten, hinten sind sie mit verschnörkeltem Messingdraht gehalten. Grethe schiebt das Photo ihres Großvaters heraus aus seinem Ständer und tut es in die Schublade links oben.

Vergrößerungen bis Lebensgröße,
unbegrenzt haltbar.

Ein anderes Photo klemmt Grethe statt dessen zwischen Halterung und Glas, das Photo von August Menz: »Los, Leute, ab!« An der Somme ist es gemacht, da also, wo es so außerordentlich gefährlich ist, wo von unten mit Maschinengewehren auf die kühnen Wolkenfahrer geschossen wird, was irgendwie unfair ist, findet Grethe. Unten, ja, da wird gebrumst mit den großen Geschossen, das ist klar, Krieg ist Krieg, hui, wie das wohl kracht! Aber da oben, in der freien Gottesluft . . . Nein, wenn *sie* schießen müßte auf diese kühnen Leute da, dann würde sie vorbeizielen: nun gerade.
Sie sieht es sich an, das Bild, und sie meint den scharfen, männlichen Geruch zu riechen, der von ihm ausging, damals in Rostock, wie sie da den Tango tanzten, den sechzehntourigen, den sonst noch keiner konnte. Und sie nimmt eine Lupe, ob sie die kleine Narbe erkennen kann auf der eckigen Stirn.
»Wissen Sie, daß ich Sie jetzt küssen darf?« Das hatte er gesagt, weil sie unter dem Mistelzweig stand, und sie hatte: »Oh, bitte nicht . . .« gesagt.
Anstatt zu sagen: »O ja! Nur zu! Immerlos!«
Nein, sie kann die kleine Narbe nicht entdecken, dafür sieht sie sich an den strahlenden Zähnen satt.
An sich selbst sieht sie sich auch satt, denn ihr Spiegelbild erscheint auf einmal in dem Deckglas des Photoständers. Und nun trifft die untergehende Wintersonne auf den

Prismenrand und wirft die Spektralfarben an die Wand: Das ist ja ein Wunder, und man starrt darauf, bis es allmählich verblaßt.
Rechts oben in der Schublade liegt ein weiches Staubtuch, damit wienert Grethe das Glas sehr blank. »August Menz« steht hinten auf dem Photo. »Für Grethe de Bonsac«. Und dann erst stellt sie es hin, und sie stellt es genau an die richtige Stelle.

Nun zieht Grethe die Stores zu, denn es wird schummrig. Sie zieht die Stores zu und die mit kleinen Wollpompons versehenen Übergardinen und dreht das Licht an, das auf den runden Tisch fällt und auf das süße kleine Sofa mit der Photogravüre des Erlösers oben drüber. Sie knipst ein paar Blätter ab von der Palme, die daneben steht, und geht ein wenig auf und ab: ihr schönes Zimmer, *ihre* Welt: der Tisch mit dem Sofa, die Glasvitrine und der Schreibschrank.

Neben der Tür hängen die Suhrschen Zeichnungen von den Franzosen, wie sie die Petrikirche in Hamburg als Pferdestall benutzen, eigentlich ja unerhört.
Rechts neben der Tür steht ein Bord mit Büchern – »Das süße Mädel« von Zobeltitz –, vorwiegend rot eingebundenen Büchern, mit Goldziselierung im geprägten Einband.
Ein Buch steht da, in dem befindet sich sogar eine Widmung: »Tränen!« steht darin, von Dichterhand geschrieben. »Von Alltag und Sonne«, so heißt es, und man erinnert sich noch an die Lesung in Graal, wo dauernd »nachwerfen!« gerufen wurde, weil die Beleuchtung nachließ.
Des Herrn von Büschel wird gedacht, *kurz* gedacht, wie er da auf der Sandburg saß und mit den Steinen spielte: »Auf diese Bank von Holz woll' wir uns sätzen . . .« Das Ruderboot »Irene« und der Kuß, der verrutschte.
Und dann schiebt sich der andere darüber, dieser Mann,

dessen kräftige Schultern man fühlen konnte unter dem Jackett.

»Wissen Sie, daß ich Sie jetzt küssen darf?« . . . Anstatt nun zu sagen: »O ja! Nur zu! Immerlos!«, denkt sie und wirft sich in die Sofaecke: immerlos! Und die Gedanken rollen wieder wie große Kugeln, und sie fühlt direkt, wie er sie aufhebt und von einem Zimmer in das andere trägt, alle Gäste sind fort, und nur wenige Lichter brennen. Und er trägt sie aus dem Haus hinaus und setzt sie in seinen Wagen und braust ab, weit weg . . .

Grethe steht auf. Hinuntergehen und Klavier spielen? Nein, da wird man doch nur »angestellt«: Da wird gefragt, ob man nicht bitte mal die Gartenbauzeitschriften ordnen kann. Oder dem Vater die Bretter halten, die er gerade zusammenleimen will. Nute und Zapfen säuberlich herausgestemmt.
»Grethe, kommst du mal?«
Nein, nicht hinuntergehen, da wird man angeredet und ausgefragt, dann soll man die letzten Briefe von Hertha oder Lotti lesen, wie fleißig sie sind, und dann kommen die Gedanken zum Stillstand, und schwer sind sie wieder in Gang zu kriegen.

Hier oben wollte sie wohl ein kleines Piano haben, denkt sie, ein Tafelklavier, wie es bei ihrer Großmutter stand, ja, dann würde sie wohl spielen »Glückes genug« stundenlang.

Grethe richtet die Strohblumen in der Vase und setzt sich an den Schreibschrank und schreibt zunächst eine Karte an Karl Kempowski, eine Ansichtskarte von dem großen Bismarck-Denkmal. Das paßt in das Ringen dieser Zeit. Einen Pfeil zeichnet sie ein und schreibt darunter: »Hinter dem Bismarck ist der Kinderhort«. Da arbeitet sie jetzt. Montessori, Kerschensteiner und Berthold Otto, das hat sie alles gelesen, und wie man die Kinder beschäftigt, das

weiß sie jetzt: Faltarbeiten und Bastarbeiten, daß man die Kinder nur anzuregen braucht, dann läuft die Sache von selbst, und daß man ihnen nichts aufoktroyieren soll. Das weiß sie alles ganz genau, und sie hat auch gemerkt, daß das funktioniert.
Grethe de Bonsac schreibt zunächst einmal pflichtgemäß an Karl Kempowski, daß es ihr gutgeht und daß sie hofft, daß es ihm auch gutgeht, und ob er den Kuchen bekommen hat, den sie für ihn gebacken hat.

Nachdem das erst einmal erledigt ist, schreibt sie an August Menz, und zwar einen *Brief*, einen längeren Brief, auf einem Bogen, den sie lange im Wäscheschrank liegen gehabt hat, neben der Seife: hellblaues Papier, quergerippt. Dieser Brief wird erst entworfen, mehrmals entworfen, zerrissen und wieder neu begonnen: Wie weit man gehen darf und wie weit man gehen will, das ist die entscheidende Frage.
An August Menz schreibt sie, der vielleicht gerade jetzt in einem Gestell aus Draht und Leinwand über den Wolken herumkurvt, eine Windbrille über dem Gesicht. Der hinunterguckt, ob er mit seinem Maschinengewehr nicht irgendwo aushelfen kann. Vielleicht kann er ja auch eine Handgranate über Bord werfen, auf den Bahnhof da unten? Wie die kleinen Ameisen dann wohl spritzen!?

Ja, es ist wahr: Grethe zittert um ihn: Mit der Fliegerei, das *kann* ja nicht gutgehn, da *muß* ja mal irgend was passieren, da kann man ja direkt drauf warten!
Und es passiert tatsächlich etwas: Als August Menz zu seinem Fliegerhorst zurückkehrt, kriegt sein Motor das Kotzen, und er muß auf einem Acker landen. Bei dieser Notlandung kippt das hoppelnde Flugzeug um, der Holzpropeller zersplittert, und August Menz bricht sich zwei Rippen.

36

Die Freundin

Im Sommer 1915 besuchten Grethe und ich dann zusammen das Fröbel-Seminar, da kriegten wir eine Kindergärtnerinnen-Ausbildung. Ich hatte damit eigentlich gar nichts im Sinn, aber Grethe tat das, und alles hatten wir gemeinsam gemacht bisher – »Grethe und Thete« –, was lag also näher, als sich auch zu dieser Ausbildung zu melden. Falten, Stricken, Kleben lernten wir da, also: wie man Kinder beschäftigt. Die Montessori mit ihrem schönen Lernspielzeug war damals Trumpf und daß man nicht autoritär dem Kinde gegenüber auftreten dürfe, sondern nachgebend, abwartend und helfend. Die »Erziehung vom Kinde aus« lernten wir, und das Basteln war auch Trumpf. Wir hatten Knetgummi, Klötze und Silhouettenpapier, Grethel hat einmal ein Aschenputtel aus freier Hand ausgeschnitten, ich seh das noch vor mir liegen. Ohne vorzuzeichnen!

Natürlich hatten wir auch wissenschaftliche Fächer, Psychologie hörten wir, Bürgerkunde, Pädagogik und Gesundheitslehre, was alles so dazu gehört. Pestalozzi lasen wir, Rousseau, Kerschensteiner und natürlich auch »Das Jahrhundert des Kindes« von Ellen Key.

Nach anderthalb Jahren war die Ausbildung beendet, und dann begann die Praxis in einer Warteschule am Hafen: eine schreckliche Gegend! Nur arme und ärmste Menschen wohnten dort, schmutzig, verkommen und verlaust.

An manche Kinder erinnere ich mich heute noch, an Willi Heinbockel zum Beispiel, das war ein furchtbarer Bengel, der hatte einen Kopf wie ein Fisch, oben spitz zulaufend, und Fischaugen, wie so ein Karpfen. Der machte sich dauernd schmutzig, das war direkt widerlich! Die Mutter arbeitete in einer Fischfabrik, und wenn sie ihren Jungen brachte, dann rochen wir sie schon, bevor sie um die Ecke

war. In den Haaren, in den Kleidern, überall hatte sie Fischschuppen. Manchmal schenkte sie uns frische Bücklinge, in fürchterliches Zeitungspapier eingewickelt. Mir drehte sich der Magen um, aber mein Vater geriet in Ekstase, wenn ich diese Bücklinge mitbrachte, und er wunderte sich, daß ich nichts davon essen wollte.
Furchtbare Verhältnisse zum Teil. Ein Kind hatten wir, dessen Mutter war schwer geschlechtskrank, das hatte noch nie etwas Warmes zu essen gekriegt. Daß das überhaupt noch lebte, war ein Wunder. Es konnte noch gar nicht gehen.
Die meisten Mütter arbeiteten in Munitionsfabriken, die konnten uns die Kinder nicht bringen; deshalb mußten wir sie holen. Ich hab das meinen Eltern nie erzählt: Verhältnisse! Nein! Am Alten Steinweg zum Beispiel, im sogenannten »Gängeviertel«, dahin bin ich nur mit Herzklopfen gegangen. Ein Hof hinter dem andern, und auf den Höfen wieder Häuser mit Wäsche aus den Fenstern und Lärm und Gestank. Auf ganz schmalen Hühnerleitern mußte man in die oberen Stockwerke klettern. Manchmal hing da bloß ein Strick herunter statt eines Treppengeländers, so etwas gibt es ja heute überhaupt nicht mehr. Eine schreckliche Gegend. Ganz schmale Gänge gab es da, gerade so breit, daß ein Mensch sich durchquetschen konnte. Wenn einem da mal ein Kerl begegnet wäre, wir waren ja noch jung. Ich weiß ja nicht . . .
Eine der Frauen, an die erinnere ich mich noch, die war immer krank; zuerst kam man in die Küche, und dann war da so ein Holzverschlag, da stand nur ein Bett drin. Und in diesem Bett in Lumpen und Zeitungspapier lag das Kind, und das mußte ich dann anziehen. Gott, wie war das widerlich. Und in der Küche sah es aus! Da lag aber wirklich der Kamm neben der Butter.
Kleiderläuse gab's da natürlich auch. Lieschen Pump hatte welche. Einmal in der Woche kam der Arzt, und dann mußten sich die Kinder ausziehen und wurden untersucht. Wir beaufsichtigten die Kinder dabei, und da hör ich, wie

Lieschen Pump sich mit einem andern Kind über Flöhe unterhält.
»Meine Flöhe hüpfen gar nicht, die sitzen hier vorn im Hemd und krabbeln, und das kitzelt und juckt.«
Ich ließ mir die »Flöhe« zeigen, und siehe da, es waren Läuse. Das Kind wurde nach Hause gebracht und durfte so und so lange nicht kommen. Die Mutter hat uns dann noch einen Höllenkrach gemacht, eine Megäre war das, die Läuse hätt' das Kind bei *uns* gekriegt, hat sie geschrien.
Ich hab mir manchmal fünf, sechs Flöhe abgefangen, abends, wenn ich nach Hause kam.
Einmal in der Woche wurden die schmutzigsten Kinder gebadet. Es gab welche, die setzten wir als *erste* ins Wasser und holten sie als *letzte* wieder heraus, die mußten erst »weichen«. Wir kannten unsere Pappenheimer. Die hätten wir sonst nie saubergekriegt. O Gott!
Frau Holle, an die erinnere ich mich auch noch. Die hatte drei uneheliche Kinder, eins war noch jämmerlicher als das andere. Endlich hatte sie 'n Mann, der für sie sorgen wollte, das war ein Matrose, und der fiel sofort.
Grethel ist mal mit den drei Kindern im Kinderwagen zum Arzt gefahren, die hatten Ausschlag. Da hat der Arzt gefragt: »Was ist der Vater?« – »Weiß ich nicht.« – »Was? Sie wissen nicht, was Ihr Mann ist?«

Unsere Warteschule lag auf dem Mühlberg, oben an der Elbe, da wo der Bismarck steht. Hinter Bismarcks Rücken arbeiteten wir. 125 Mark kriegten wir pro Monat, die sozialen Stellungen wurden ja furchtbar schlecht bezahlt. Einmal pro Woche kam eine der Vorstandsdamen, ob wir Sorgen hätten. Gräfin Berghausen, Frau Laßmeier, Frau Geheimrat Uppschleiger und dann noch eine, eine ganz widerliche, die tat immer so aufspielerisch, die sah uns überhaupt nicht, wenn wir in unserm blauen Kittel da herumwirtschafteten. Eines Tages kommt sie vorgefahren. Der Kutscher mit Skunkskragen und Barett. Ich mach ihr die Tür auf und will ihr die Hand schütteln, worauf sie mich vernichtend ansieht und an mir vorüberrauscht. Ich hätte also abwarten müssen, ob sie mir die Hand bietet. So ein Standesdünkel! Mitten im Krieg! Sie hatte übrigens Ähnlichkeit mit der Kaiserin, und ihr Mann hatte einen Poposcheitel, von der Stirn bis hinten zum Halswirbel durchgezogen.

Gräfin Berghausen war netter, da merkte man, was alter Reichtum bedeutet. Die war uns die liebste von allen Vorstandsdamen.

»Wer von Ihnen hat heute mittag frei?« fragte sie immer. Dann mußte man sich schnell umziehen und durfte bis zum Hauptbahnhof mitfahren. Das war uns eigentlich gar nicht recht, denn dadurch brauchten wir mehr Zeit, als wenn wir mit der Vorortsbahn gefahren wären. Das war so eine volkstümliche Geste von ihr.

Einmal kam sie, als die Kinder ihren Mittagsschlaf halten sollten. Sie zogen sich unter wüstem Getobe gerade die Holzstiefel aus. Ein Junge tat sich besonders hervor, der piesackte die andern, wodurch sich das Getobe natürlich verdoppelte. Da griff sie sich den Bengel und wollte mit dem Regenschirm auf ihn losgehn. Aber der war flinker als sie, er rannte immer um den Tisch herum und sie mit Hut und mit geplustertem Umhang hinterher! Das war wie ein Wirbelwind, ich hätt' mich krummlachen können.

1943 ist sie bei den Luftangriffen umgekommen. Eine reizende Frau, ganz entzückend war sie, voll Verständnis für uns und unsere Arbeit. Wir hatten es ja auch nicht leicht.

Einmal waren wir bei ihr eingeladen. Gertrud Bäumer hielt einen Vortrag, und da waren über fünfzig Damen versammelt, die sich das anhörten. Die Auffahrt war mit Teppichen belegt, und ein alter würdiger Diener nahm uns die Mäntel ab.

Nach dem Vortrag – ich weiß nicht mehr, worum 's ging – durften wir sogar zum Essen bleiben. Das Essen fand in einem kleinen Speisezimmer statt, von oben bis unten ge-

täfelt, und in die Täfelung waren Schränke eingebaut, in denen das silberne Eßgeschirr stand. Wir aßen von diesem silbernen Geschirr (übrigens Kartoffelsuppe!), und der alte Diener reichte uns die Schüsseln. Grethel und ich kamen uns recht verlassen vor, wir freuten uns, als wir wieder weggehen konnten.
Solchen Reichtum, solchen gediegenen Reichtum gibt es heut nicht mehr, und solche Armut auch nicht: Es gab Familien, da kochte die Frau zum Mittag Kartoffelschalen aus!
Was wohl aus all den Kindern geworden ist?
Aus den finstersten Gegenden kamen sie zu uns. Und doch hab ich da lieber gearbeitet als im Bürger-Kindergarten in der Ritterstraße. Die einfachen Kinder waren dankbar für alles, die freuten sich über jeden Kram. Die Bürgerkinder dagegen waren anspruchsvoll und arrogant und sahen uns als ihre Dienstmädchen an.

37

Im Februar 1916 hat Karl-Georg Kempowski den »höchsten Grad der Gemeinheit« erreicht: Er ist Gefreiter geworden. Wenige Tage nach der Beförderung kommt er mit seiner Gruppe in ein zerschossenes Gehöft, das etwa dreißig Meter vor den eigenen Linien liegt. Es sei gut, hat Hauptmann Brüsehaber gemeint, wenn die »Ferme« (wie es hier heißt) besetzt ist, sonst besetzten sie die andern.
Karl Kempowski hatte eigentlich wieder Brote zählen sollen in Wercken, aber das war nicht geglückt. »Immer ich!« das hatte er gesagt: verdammt und zugenäht.
Fünf Mann hat Karl in seiner Gruppe, einen Schlachter und zwei polnische Arbeiter, einen Schüler und einen Bauern aus Teterow. Die gucken ihn an, ob er die Sache wohl deichseln wird? Mit seinen siebzehn Jahren? – Der Bauer ist zweiundvierzig.

Am Abend machen sie sich auf den Weg. Wie die Indianer schleichen sie eine Hecke entlang, schwer bepackt mit Handgranaten in Beuteln und Spaten und Gasmasken, den Karabiner um den Hals und die Tornister auf dem Rücken. Die letzten Meter werden gekrochen.

Die Ferme besteht aus drei Gebäuden. Das Wohnhaus ist ein Trümmerhaufen, die große Scheune auch. Nur der Pferdestall steht noch. Durch die Mauern sind schon mehrere Breschen geschossen, aber das Dach ist ganz in Ordnung. In einer Ecke findet sich sogar noch etwas Stroh. Das scharren sich die Männer zusammen, dann legen sie sich hin, schön dicht nebeneinander, wie damals in den Warnow-Wiesen, findet Karl, mit Erex in der Weide. Oder wie in der Kajüte der »Gaudeamus«. Die höhlenartig schummrige Kajüte, wo das helle Sonnenlicht von draußen helle Ringe auf den Mahagonischränken hatte spielen lassen.

Einer steht Posten, die andern liegen nebeneinander und wispern. Karl guckt alle fünf Minuten auf die Uhr. Ob er dem Posten wohl sagen muß, daß er nun bald abgelöst wird? Er kann keine Ruhe finden: wo er doch hier die Verantwortung trägt ...

Er steht auf und setzt sich in die Ecke. Aus dem Brotbeutel holt er sich die Globus-Ausgabe des »Faust« – sie ist nicht viel größer als eine Streichholzschachtel – und ein Stück des »Rostocker Anzeigers«, der ihm von zu Hause nachgeschickt wird: wer alles gestorben und gefallen ist, steht da drin, und: »Gold gab ich für Eisen«, daß man seine goldene Uhrkette abgeben kann und dafür eine eiserne bekommt.

Daß die andern keine Bücher mithaben in ihrem Gepäck, das wundert ihn. Die beiden Polen da. Wispern miteinander, unausgesetzt. Was haben sie zu wispern? Von ihrer polnischen Heimat? Wo der Wind über die kahlen Äcker pfeift?
Der Schlachter in seiner festen Art wispert nicht und der Bauer auch nicht. Der Bauer mit seinem gegerbten Gesicht.

Karl hat nicht die Ruhe zu lesen. Er nimmt Schreibpapier aus dem Brotbeutel, Feldtintenfaß und Federhalter. In der Ecke steht eine Kiste, die dient ihm als Tisch, eine leere Flasche mit Kerze wird draufgestellt. Und vor die Kerze stellt er eine Ansichtskarte aus Hamburg, mit dem »Bismarck« darauf und einem Pfeil: »Hier arbeite ich!« Vielleicht fällt ihm ja jetzt was ein, ein Gedicht oder ein tiefer Gedanke, dem Herrn von Büschel, etwas ganz Großartiges, jetzt, wo er so ganz auf sich gestellt ist, in dieser großen Stunde: ein Gedicht, wie damals in Graal? Von der

»erzenen Zunge« der Artillerie vielleicht oder von der Sehnsucht nach der Heimat?
Wo liegt eigentlich die Heimat? In welcher Himmelsrichtung? Da drüben?

Der Wind streicht durch die Bresche und bläht die Zeltplane, die er aufgespannt hat, damit der Lichtschein nicht nach draußen fällt. Hier sitzt er, Karl-Georg Kempowski, Sohn des Reeders Robert William Kempowski: An einer Kiste sitzt er, und dort liegen »seine« Männer dicht nebeneinander und schlafen, wie die Soldaten 1870 geschlafen haben oder 1813.
Friedrich der Große, wie der da vor der Mühle gesessen hat und mit dem Stock in den Sand gemalt, das fällt ihm ein. Oder der Dreißigjährige Krieg? Harlekinartige Männer mit gestohlenen Hühnern? Sie werfen ihren Kumpanen die Hühner hin, ein Kessel kommt übers Feuer, und bald beginnt das fröhliche Schmausen.

Ala mi presente al vostra signori ...

Soldaten – zu allen Zeiten und in allen Ländern. Fröhlich und schaurig zugleich.

Eine Kugel kam geflogen:
Gilt es mir oder gilt es dir? ...

Am nächsten Morgen, als sie sich schon unter der Pumpe gewaschen haben – der Schwengel quietscht infernalisch –, Karl mit freiem Oberkörper und prustend, die andern einen Schluck Wasser in den Mund nehmend und in die Hände spuckend, als sie sich gerade ein paar angefaulte Äpfel schälen, die da noch in einer Ecke liegen, schlägt plötzlich eine Granate zwanzig Meter vor dem Stall ein. Scheiße mit Reiße! Aus heiterem Himmel! (Damit sind *sie* gemeint!) Gleich darauf schlägt eine zweite Granate dicht vor dem Stall ein, die Splitter klickern gegen die Wand, und dann die dritte direkt hinein. Das Dach stürzt ein, und dem Bauern aus Teterow werden drei Finger abgerissen.

Die Männer liegen hinter den geborstenen Mauern. Sie gucken Karl an, der sie anguckt: Wohin? Was tun? Heilige Mutter Gottes? Schakrew peronnje?
Weitere Granaten kommen geflogen, es kracht und splittert: Was das nun wieder soll? Wenn es bloß bald vorüber ist . . .

Aber es ist nicht vorüber. Es hat gerade erst angefangen. Wenn auch zwischendurch mal Pausen entstehen, Pausen, in denen die da drüben vermutlich neue Munition herbeischleppen und am Richtkranz fummeln: Es wäre doch gelacht, wenn wir die Boches nicht ausräucherten! Ein Schuß nach dem andern kommt angeheult. Nicht eben schnell hintereinander, aber stetig: mal einer links, mal einer rechts und dann wieder in die Mitte.

Die Soldaten haben sich gegen die Mauer geschmiegt und halten den Kopf geduckt, die beiden Arbeiter aus Posen, der Schlachter, der Bauer mit seiner blutigen Hand, der Schüler und Karl. Zum soundso vielten Male sagen sie sich: Die Granate, die uns trifft, hören wir nicht. Wenn sie pfeift, ist sie *ungefährlich*. Der Tod kommt *lautlos*. Aber Angst haben sie doch. »Lieber Gott«, so denken sie vielleicht, »lieber Gott, hilf mir noch dieses eine Mal, du brauchst mir auch nie wieder zu helfen.«

Vorsichtig läßt Karl sich in den Trichter da drüben gleiten: Es müßte ja ein Wunder sein, wenn zweimal eine Granate auf derselben Stelle einschlägt, und als die andern sich auch in Trichter haben gleiten lassen, in *verschiedene* Trichter, fällt die Mauer um, hinter der sie gelegen haben.

Die Granaten krachen unermüdlich ins Gehöft. Hier, diese Ecke steht ja noch, da muß noch so ein Ding hinein: Jedes Geschoß kann das Ende bringen, das weiß Karl nun, und er fragt sich, ob er sich das Ende so vorgestellt hat. Als sieghaftes Stürmen hatte er sich das ausgemalt, im

Vorstürmen die tödliche Kugel empfangen und niederfallen und in der blutgetränkten Erde verröcheln.

Will mir die Hand noch reichen,
derweil ich eben lad' . . .

Das hat er sich vorgestellt, aber doch nicht dies! (Vielleicht wäre es doch besser gewesen, er wäre nach Wercken zum Brotzählen gegangen?)

Es wird Mittag, wie Karl auf seiner Taschenuhr feststellt, auf der goldenen Taschenuhr. Die dicke Kette wickelt er um seinen Finger: Wenn er hier heil herauskommt, wird er sie gegen eine eiserne eintauschen, das gelobt er sich: »Gold gab ich für Eisen«, wie die Bürger das in den Freiheitskriegen taten.

Bis gegen fünf Uhr dauert das Feuer. Als die letzte Granate einschlägt, wissen es die Männer: Dies war die letzte. Im ganzen wurden sie mit einhundertvierzehn Granaten bedacht. Außer dem Bauern ist keinem was passiert, den zwei Polen nicht, die sich dauernd bekreuzigten, dem Schlachter nicht, Karl nicht und dem Schüler auch nicht. Der Bauer ist ganz still, seinen Verband guckt er sich an, wie der da rot und roter wird.

Abends kommt der Kompanieführer selbst herüber und freut sich, daß sie noch am Leben sind, das hatte er nicht erwartet.
»Und Ihnen ist nichts passiert, Kempowski?«
Nein, das bißchen Gekrache hat ihm überhaupt nichts ausgemacht. Die Flasche Rotwein, ja, und das Brot und die Wurst, das will er wohl gerne annehmen jetzt.
Nein, ihm ist nichts passiert und den andern, die alle um den Kompanieführer herumstehen, auch nicht. Nur dem Bauern, wie gesagt, und der hält seinen blutigen Verband hoch wie eine Eintrittskarte.

Ob Karl nicht vielleicht noch eine Nacht aushalten will? wird er gefragt. Wo er doch den Laden da jetzt kennt? Jawohl, natürlich, selbstverständlich. Gern will er das, und seine Leute sagen auch: »Jawoll!«, weil das so ist beim Militär, weil man da nun eben »jawoll« sagt. – Nur der Bauer nicht, der geht zurück. Der kommt ins Lazarett und von dort nach Teterow, in die Heimat, zu Frau und Kind.

In der Nacht läßt Karl Kempowski ein tiefes Loch unter die Scheune graben und mit Balken, Brettern, Stroh und Erde abdecken.

Heil'ge Nacht, o gieße du
Himmelsfrieden in dies Herz!

In dieses Loch kriechen sie hinein, ein Hindenburglicht blakt, und die Ohren sperren sie auf, ob nicht irgend etwas zu hören ist, draußen, Schritte womöglich, und anhetzender, keuchender Atem: geflüsterte Kommandos.
»Seid doch mal eben still!«
Karl läßt den »Faust« in seinem Gepäck und auch den »Rostocker Anzeiger« mit den ganzen Anzeigen hinten drin: wer sich verlobt hat, und wer gefallen ist. Er denkt auch nicht an die Warnow-Wiesen und nicht an die Yacht »Gaudeamus«, in der die Sonne goldene Kringel malte. Er hätte gerne eine Pistole, die kann man besser handhaben als einen Karabiner. Mal Vadding fragen, ob er nicht so ein Ding besorgen kann. Eine eiserne Uhrkette und eine Pistole, das muß doch zu beschaffen sein?

Die Männer liegen nebeneinander und gucken sich an. Die beiden Arbeiter aus Posen links, der Schlachter und der Schüler rechts. Sie überlegen, ob der Franzose das Gehöft vielleicht stürmen will oder ob ihn das nicht zu viel Menschen kostet.
Das Stürmen wär ganz schön blöd, denn dann würden die Deutschen ja ihrerseits am nächsten Tag einhundertvierzehn Ratscher ins Gehöft setzen oder vielleicht sogar einhundertfünfzig.

»Was haben die denn davon? Da haben die doch gar nichts von.«
Die deutsche Heeresleitung hat ja eigentlich auch nichts davon, denken sie, daß sie sich hier zermusen lassen, aber wer weiß, wozu's gut ist. Später wird es vielleicht heißen: »Wenn Sie damals das Gehöft nicht besetzt hätten, dann wäre die ganze Sache in die Binsen gegangen ...« Diese irgendwie ganz große Sache, von der sie jetzt so gar nichts wissen und von der man nicht weiß, ob es sie überhaupt geben wird.
Also: die Ohren aufsperren und auf anhetzenden, keuchenden Atem lauschen. Auch wenn's unwahrscheinlich ist, daß sie's tun. Hier anstürmen.
Ob sie's tun?

Am nächsten Morgen wuscheln sie sich aus dem Stroh, steif und unausgeruht, weil sie nun schon die zweite Nacht alarmbereit geschlafen haben, das heißt gepackt und umgeschnallt. Waschen tun sie sich nicht, der Pumpenschwengel bleibt ungeschwengelt, und in die Hand wird auch nicht gespuckt. Sie gucken zum Franzmann hinüber und essen ihr Kommißbrot. Ein Pott Kaffee wär jetzt gar nicht zu verachten.
Unwahrscheinlich, daß sie heute noch einmal schießen, sehr unwahrscheinlich. Dann hätten die da drüben ja Zweifel an ihrem eigenen Unternehmen, dann müßten die ja denken, das wär ganz sinnlos gewesen, daß sie hier gestern einhundertvierzehn Granaten reingesetzt haben.

Der Schüler, ein blasser kleiner Junge, will gerade sagen, daß er sonderbarerweise gar keine Angst hat und daß er sich freut, für Deutschland hier im Dreck zu liegen und so weiter und so fort, da fängt das Schießen tatsächlich wieder an, Punkt elf, kaum zu glauben, pünktlich wie bei Preußens. Und die Preußen zählen mit: achtundzwanzig, neunundzwanzig, dreißig ... Wenn es wieder einhundertvierzehn Granaten werden, dann haben sie ein Viertel

bereits überstanden (»si«, mit dem Indikativ: »wenn, falls«).
Das Loch erweist sich als sicher, dicht aneinandergeschmiegt liegen sie da und sperren die Ohren auf.

Um fünf Uhr ist wieder alles vorbei, sie buddeln sich aus und gucken sich an. Merkwürdig, daß man noch lebt (wenn auch mit gepuderten Haaren). Und da oben, die Lerche? Als ob sie sich lustig macht über die etwas mitgenommenen Krieger da unten, die sich jetzt recken und in die Gegend pinkeln.

Karl nimmt den Zünder einer Granate an sich, der ist noch warm. Schön glatt ist der, und die Nummern kann man gut erkennen. Den wird er mitnehmen nach Rostock, wenn er mal Urlaub hat. Und wenn sie ihn fragen: »Na, wie war's?«, dann wird er dieses zackige Ding auf den Kaffeetisch stellen, *wortlos* auf den Kaffeetisch stellen.
Was Schenk wohl dazu sagt. So was wird es da wohl nicht gegeben haben, da unten bei den Schwarzen.

Dann werden sie abgelöst.
Nun kriegen Karl und seine Leute erst mal was Warmes zu essen. Andere wollen sich gleich mit anstellen, auch was Warmes holen, aber die werden weggejagt. Erst kommen diese braven Männer dran: »Süst könn' de morgen ja gor nich schieten!«

Karl meldet sich beim Hauptmann zurück, und der Hauptmann freut sich, daß nichts passiert ist, und verspricht ihm die nächste Beförderung. Außerdem will er ihn zum Eisernen Kreuz vorschlagen, eine angenehme Aussicht, über die sich Karl kolossal freut: zweiter oder gleich erster Klasse? Das fragt er sich, aber das wird man ja bald erfahren. Erst mal auf nichts einstellen, dann ist man nachher nicht enttäuscht.
Karls Leute freuen sich vielleicht auch darüber, daß er den

Orden kriegen soll. Die Arbeiter aus Posen haben Äpfel mitgebracht aus dem Gehöft, und der kleine Junge geht von einem zum andern und sagt, daß er sich freut, hier draußen zu sein, an der Front.
Am meisten aber freut sich der Bauer aus Teterow, der sich schon auf der Heimreise befindet, der freut sich über die verlorenen Finger. Sein ganzes Leben hat er nun was zu erzählen, abends, beim Kartenspielen in der Gastwirtschaft: »Damals, als wir vor Ypern lagen . . .« (Und vielleicht kommt dann mal einer vorbei mit Notizblock und Bleistift und schreibt sich das auf.) Gott sei Dank hat er den Daumen behalten. Ohne Daumen ist man ja aufgeschmissen. Ohne Daumen kann man gar nichts machen.

38

Im März 1916, am 12. März um zwei Uhr, fährt in Wandsbek, Bärenstraße 7a, ein großer offener Opel vor, August Menz sitzt darin, den Arm lässig auf der Tür, mit seinen zwei angeknacksten Rippen, eine Lederjacke trägt er, Kragen hoch, und einen wollenen Schal.

Am Schuhabtreter, der an einer Kette befestigt ist, säubert er die eleganten Stiefel, und lauschen tut er, ob sich im Haus was regt.

Er klingelt; zunächst bellt der Hund, dann kommt tatsächlich – Glück gehabt! – ein Dienstmädchen mit weißer Schürze, ein *junges* und gar nicht mal so häßliches Dienstmädchen, das verlegen wird, als es den eleganten Herrn da einläßt, der ja wohl ein richtiger Flieger ist, du lieber Himmel!?
»Axel! Kusch!«
Von hinten kommt ein zweites Mädchen, ein kleineres, mit einem Buckel versehenes, das auch verlegen wird, und auch »Axel, kusch!« ruft, weil der Hund sich gar zu verrückt hat, von einem zum andern rennt und in die Küche und zurück: ob man so was schon gesehen hat.
Daß »kusch!« von *»se coucher«* kommt, das wissen diese einfachen Mädchen nicht, aber Leutnant Menz weiß es, und es schießt ihm durch den Kopf. Seit er in Frankreich ist, schießen ihm dauernd französische Wörter durch den Kopf: *»Je me promène«* ich gehe *mich* spazieren, zum Beispiel, oder *»Je ne me promène pas»*, ich gehe mich nicht spazieren.

Er zieht die Handschuh aus, und endlich kommt aus dem Zimmer Martha de Bonsac, die ländlich aussehende Mutter, gar nicht verlegen, das Haar aufsteckend, denn sie hatte sich etwas hingelegt, es ist ja Mittagszeit, nicht wahr? Eigentlich nicht ganz die richtige Zeit für einen Besuch, findet sie.

»Bomm!« macht die Familienuhr:

Bonum bono

steht auf dem Pendel: »Bomm!« Und das Wappen der Familie ist in das Gehäuse eingeschnitzt: Kelch und Traube.

»Axel, kusch!«

Das ist ja eine Überraschung, Besuch um *diese* Zeit?

Ja, der Herr Leutnant ist in Hamburg, um zwei Affen abzuholen, man denke nur, zwei Affen! Hagenbeck hat sie für die Staffel gestiftet, und bei dieser Gelegenheit möchte er es doch nicht versäumen ... Da möchte er doch wirklich gern seine Aufwartung machen, nicht wahr?

Das würde er sich ja nie verzeihen, wenn er bei der Gelegenheit nicht seine Aufwartung gemacht hätte, *wenn* man schon mal in Hamburg ist.

Und er guckt, wo er seine Handschuh hinlegen kann und ob er nicht endlich ablegen darf.

Hier hat er eine Scheibe des zerborstenen Holzpropellers mitgebracht, von seinem Flugzeug also, in dem er fast zu Tode gekommen ist, als Mitbringsel, ausgehöhlt zum Aschenbecher ... anstelle von Blumen, nicht wahr?

»Nein, wie ist das nett!« sagt Martha de Bonsac, aber Grethe ist nicht da, das tut ihr leid, wie schade! Auch den beiden Dienstmädchen tut das leid, die offnen Mundes zuhören, nun aber doch in die Küche geschickt werden. Grethe ist im Kinderhort und hütet Arbeiterkinder. Ob der Herr Leutnant reinkommen will und einen Sherry trinken? fragt sie ihn, und ein Brot essen mit Butterersatz drauf, etwas anderes hat sie leider nicht. Oder ob der Herr Leutnant vielleicht gleich zum Mühlberg fahren will?

Letzteres will er, mit Verlaub, und das sagt er rundheraus

und zieht die Handschuh wieder an und braust mit seinem Auto ab, und als er da ankommt, am Mühlberg, rufen die Kinder: »Oh! Der Soldat holt sein Mädchen!«, und Grethe bekommt einen sehr roten Kopf.

In Winterhude sitzen sie dann und essen Kriegskuchen. Wie schön das ist, daß er gekommen ist, und: »Tatsächlich wegen zweier Affen?«

Die Alster da draußen ist zugefroren und liegt voll Schnee; die Trauerweiden reichen mit ihren bereiften Zweigen hinab bis auf das beschneite Eis und zeichnen dort die feinsten Kreise. »Filigran«, denkt Grethe, ja, das Wort, das paßt. »Wie eine verwunschene Welt.«
Ja, wegen zweier Affen ist er gekommen, und da wird man sein ganzes Leben noch dran denken, daß der Anlaß zwei ausgewachsene Affen waren und daß er keine Ahnung hat, wie er diese Tiere heil nach Frankreich kriegen soll.

Die leere Terrasse ist zur Hälfte von Schnee befreit – der Besen liegt noch da –, in der Kaffeetasse rühren sie und schweigen.

Jaja, wird dann gesagt, das große Völkerringen, wie ist man machtlos, aber seine Pflicht wird man tun, wohin man sich auch gestellt sieht. Menz ist es, der das sagt. Und: Gott hat den Kampf geschaffen, und Gott liebt den stärkeren Kämpfer. Er war noch nie mit den schwachen Bataillonen. Ist nicht die ganze Natur ein Hymnus auf den Sieg?

Grethe kann gar nichts denken. Sie sieht nach draußen auf die grauweiße Alster, und ihr kommt das märchenhaft vor, und sie denkt bloß: Märchenhaft! Draußen Winter und hier drinnen ein eckiger Flieger. Und wie die Kinder sich wohl über das blanke Auto gewundert haben und daß sie darin dann weggefahren ist.
Sie kann gar nichts sagen, irgendwie ist sie einen Stock

höher: »Er ist wirklich gekommen«, sagt sie schließlich zu sich, und immer wieder, und das genügt ihr voll und ganz.

August Menz sorgt inzwischen fürs Gespräch, er erzählt vom Fliegen: »Wenn man zieht, geht die Mühle hoch!« Und *über* den andern steigen, das ist der ganze Witz. Im Winter sieht man von da oben ein Labyrinth von Gängen, das erzählt er, und zugeschneite »Werke« sieht man auch: wie Adern unter der Haut. Im Frühling bräunt die Sonne das totenblasse Erdreich – und im Sommer färben sich alle schmalen und breiten Ackerstreifen gelb und grün und liegen ausgebreitet da wie hingelegte Teppiche, der eine längs, der andere quer. Berg und Tal, mit den lichten Bändern der Landstraßen, mit Fluß und Dorf, mit Barackenlagern, mit Kolonnenparks, Zelten, belebten Schützengräben und schwebenden Schrapnellwölkchen: ein einziger großer Gobelin auf dem Webstuhl Gottes ... So spricht August Menz, und er beschreibt es gestenreich und macht es, daß die Augen in seinem eckigen Gesicht wahrhaftig ganz verträumt aussehen, wobei sie nichts von ihrer Festigkeit verlieren. (Einen großen Adamsapfel hat er.) Und dann sagt er, daß er ein Mordsschwein gehabt hat, daß er noch runtergekommen ist, hier seine beiden Rippen ... Wenn der Apparat nun Feuer gefangen hätte? Klick-klick-klick hat das Benzin getropft, und er hing in den Gurten? Und das Benzin klick-klick-klick immer auf ihn drauf. Ein einziger Funke hätte genügt. Aber davon will er jetzt nicht sprechen ...

Grethe kommt sich so klein vor und so unbedeutend.

Piii, sä de ohl Uhl ...

Nur von Willi Heinbockel könnte sie berichten, der ein Gesicht wie ein Dorsch hat und so dreckig ist, daß man sich leicht vor ihm ekelt, was sie zuerst auch getan hat. Direkt widerlich war er ihr; daß sie ihn aber plötzlich in einem andern Licht gesehen hat, in seiner treuherzigen Hilflosigkeit, und daß er ihr neulich ein ganz entzückendes

Bild gemalt hat, was man gar nicht vermuten sollte bei so einem Kind. Aus was für Verhältnissen!
Oder von Pastor Eisenberg, daß der so ungeheuer gut ist. Eine ganze Predigt mit geschlossenen Augen zu halten über den Kampf der Zeiten, von der gerechten Sache, die wir verteidigen, und vom Heiland, der mit im Graben sitzt, neben den Leuten mit den – wie heißen diese Dinger noch? – Gewehrmaschinen.
Klein und unbedeutend kommt sie sich vor, aber auch wieder großartig: hier sitzen, in Winterhude, mit einem richtigen Flieger. Und vor der Tür ein herrliches Auto. Grün mit roten Sitzen. Und sie guckt, ob der alte Kellner da hinten, mit dem Schnauzbart, ob der nicht auch guckt. Ob der wohl weiß, daß diese schäbige Lederjacke, die da hängt, daß das die Kluft eines ganz bedeutsamen Menschen ist?
Wie vorteilhaft, daß sie gerade heute ihren Chrysopas aufgesteckt hat, und rein zufällig! Den grünen Stein mit den Saphiren ringsherum, den sie von Tante Luise hat, aus Doberan.

August Menz bezahlt den Ersatzkaffee und den Kriegskuchen, *»garçon«*, denkt er, »in Frankreich hätte ich *›garçon‹* gesagt . . .«. Er nimmt seine Jacke, die neben ihrem Mantel hängt, und läßt sich von ihr hineinhelfen, oh, danke! Und nun noch die Knöpfe zumachen da vorne. Wundervoll. Und dann wird einmal um die Alster gegangen, er links, mit hochgeschlagenem Kragen, und sie rechts. All die schönen, vornehmen Villen, und die Gärten liegen voll Schnee.

Er trägt, wie gesagt, eine etwas schäbige Fliegerjacke, und Grethe trägt einen langen, innen mit gelb-schwarzer, feingestreifter Seide gefütterten Mantel. Den Hut hat sie mit einem Schal unterm Kinn festgebunden.

August Menz, breit und männlich, guckt nach rechts und

links, was die Leute wohl dazu sagen, daß er hier in Hamburg an der Alster spazierengeht, mit einem derart hübschen und althamburgischen Mädchen. Und auch nach unten guckt er, auf den Weg, ob da nicht eine Glitsche ist, von irgendwelchen Straßenjungen angelegt, auf der das Fräulein de Bonsac ausrutschen könnte, oder ob da Steine liegen oder wie oder was, worüber das Fräulein de Bonsac vielleicht gar stolpern könnte. Und wenn da welche liegen, dann fußballt er sie nach rechts oder links.
Ob sie den Witz kennt? »Heb die Beinchen, Kleinchen, 's kommen Steinchen«, so sagt man, wenn man verliebt, und: »Heb die Botten, 's komm' Klamotten«, wenn man erst mal verheiratet ist.
Ob sie den Witz versteht?
Ja, natürlich versteht sie den, denn es ist ja nicht von gestern, das Fräulein de Bonsac. Die Türme der Stadt dort über der Lombardsbrücke zwischen den gewaltig großen gußeisernen Kandelabern, die kennt sie zum Beispiel alle: dort der Michel, der gute alte Michel. Das war doch noch so komisch, Onkel Hans, als der da das geschmolzene Glas mitbrachte, vom abgebrannten Michel: »Oh, das ist ja noch warm . . .« Onkel Hans, der nun mit einer Engländerin ziemlich ansitzt.

Leutnant Menz zündet sich eine seiner sonderbar langen Zigaretten an. Er guckt erst, ob sie auch richtig gestopft ist, vorn und hinten, und dann steckt er sie sich zwischen seine wunderbaren Zähne und zündet sie an und pustet den Rauch in die Luft.
Der Typus des deutschen Fliegers habe seit 1914 eine ziemliche Wandlung durchgemacht, sagt er, obwohl er eigentlich schon ein bißchen viel von der Fliegerei gesprochen hat, wie er selbst findet, aber ihm fällt nichts Besseres ein, und er muß das tun, denn Grethe ist schon wieder bei Willi Heinbockel mit seinem spitzen Kopf, daß auch dieses Kind zu sich geführt werden kann und daß man dabei sehr, sehr viel Geduld haben muß.

Oder Lieschen Pump, dies kleine zierliche Persönchen? Und aus was für Verhältnissen!
Nein, Menz muß weiter von der Fliegerei sprechen, koste es, was es wolle, sonst muß er sich womöglich noch mehr Geschichten von Lieschen Pump anhören, und das kann er irgendwie nicht aushalten.
In der ersten Zeit seien das noch ganze Kerle gewesen, sagt er also, als das Fliegerkorps noch eine kleine, unerprobte Truppe gewesen sei, rechte Wagehälse seien das gewesen, verwegene Männer! Er denke noch an das Wettrennen, das er mit seinem Freunde Eduard von Maltzahn veranstaltet hat. Sein Freund im Wagen auf der Chaussee und er im Flugzeug zehn Meter darüber! So etwas gäb's heute nicht mehr, heute kämen nur noch langweilige Kerle nach vorn, arbeitsame, anspruchslose Kräfte: Die Exklusivität sei flöten.

Er formt einen Schneeball und wirft ihn nach der Laterne und trifft genau! Aber – oh! – er faßt sich an die Brust, die Rippen, der Schmerz! Daran hat er nicht gedacht . . . und Grethe de Bonsac faßt ihn am Ellenbogen: ob der Schmerz schon nachläßt, fragt sie mit wehem Ausdruck im Gesicht, oder ob sie ihn ein wenig stützen soll?
Nein, danke. Nein, es geht. Es ist ja schon vorbei.
Und als es wirklich vorbei ist, erzählt er, unersättlich in seiner Art, von LVGs, Aviatiks, AEGs, Albatrossen, Fokkern und vom »Eingabeln«, wie man das macht: eine ziemlich verantwortungsvolle Sache, denn bei 42-cm-Mörsern kostet jeder Schuß ein kleines Vermögen, nicht wahr? Und eine ziemlich kitzlige Sache ist es, denn die feindlichen »Gitterschwänze« merken das natürlich auch und beeilen sich, das Spiel zu stören.
Er tritt die Zigarette mit dem Hacken aus.
Ob sie das auch alles versteht? fragt er sie. »42-cm-Granaten? Das sind Dinger, die gehen von hier – bis hier. Und so dick sind sie, Fräulein de Bonsac, sooo dick!!« Ob sie das auch alles versteht?

Ja, natürlich, sie versteht das alles, denn sie ist ja, wie gesagt, nicht von gestern.

Ob das Eis wohl trägt?
Sie klettern die Böschung hinunter, er vornweg, und seine Hand reicht er ihr, Vorsicht, Vorsicht . . . und sie hält sich mit der Rechten an den Zweigen der Trauerweide fest, von der kleine Reifstriche abfallen.
Einen Hakriß reißt sie sich in den Mantelsaum, aber das macht nichts, nein, nein, das macht ihr überhaupt nichts aus. (Ihre Hand liegt in seiner Hand vielleicht ein wenig länger als nötig.)
Das Eis hält, es knackt, aber es hält. Wenn jetzt Frieden wäre, dann würde das hier wimmeln von Menschen mit Schlittschuhen, Bogen laufend, allein oder zu zweit, Äpfel am Stiel würde man essen an dampfenden Ständen, und Musik würde gemacht, damit man Walzer tanzen kann. Aber gut eigentlich, daß man so ganz allein ist, die weite weiße Fläche, und dahinten werden schon die ersten Laternen angezündet . . .
»Wie eine verwunschene Welt«, denkt Grethe nun, »feenhaft«, und sie sieht sich um, ob sie noch einen Baum mit weißen Zweigen sehen kann, damit sich auch noch einmal das Wörtchen »filigran« denken läßt.
Leutnant Menz denkt nicht mehr an die Fliegerei: »Nous nous promenons«, denkt er, »wir gehen uns spazieren.« Eigentlich ja sehr komisch.

Als August Menz dann fort ist, denken sie beide an diesen kurzen Weg über das Eis: Er denkt in seinem Drahtgestell an der Somme daran, sie in ihrem weißen Zimmer. Wie dumm, den Weg abzukürzen, so denken sie beide: Verlängern hätten sie ihn sollen, es wäre ja noch genug Zeit gewesen.

Und dann tut sie es, sie schreibt ihm einen langen Brief.

Daß sie ihn schrecklich liebt, schreibt sie auf das himmelblaue, quergerippte, nach Seife riechende Briefpapier, daß sie ohne ihn nicht leben kann und daß sie gern, ach so gern, seine Frau werden möchte, seine liebe Frau.
Dann wird der himmelblaue Brief in einen dunkelblau gefütterten Briefumschlag gesteckt – eben noch mal auseinanderfalten und noch mal überlesen, noch ein letztes Mal, und noch ein allerletztes Mal, und all die Schubladen und Schublädchen des Sekretärs aufziehen, ach, was sucht man denn da? – (was wird er wohl denken, wenn er den Brief bekommt?) –, was sucht man denn in all den Schubladen? Eine Briefmarke? Nein, die braucht man nicht für einen Feldpostbrief. Die Gipsbiene auch nicht, die Gipsbiene aus Rostock; irgendeine Kleinigkeit, nichts Besonderes sucht man, und man findet ein Lackbild, aus Kindertagen, das da immer noch liegt, einen Sixtinischen Engel, den tut man in den Brief, und man lacht dazu: Was wird er wohl denken, was wird er wohl sagen? Und man macht die Schublade zu, und dann wird der Brief angeleckt und zugestrichen. Bums.

Der Hund Axel Pfeffer, der zufällig in ihr Zimmer kommt, als Hauspolizist dazu verpflichtet, wird hochgehoben und herumgeschwenkt, obwohl er strampelt und sehr jault. Grethe läuft auf die Straße, ohne Mantel und ohne Hut, Axel Pfeffer springt an ihr hoch und läuft mit, und da ist er schon, der Kaiserliche Postkasten, an dem sie sich als Kind immer den Kopf gestoßen hat.
Beim Einstecken zögert sie: Soll sie's tun? Soll sie's nicht tun? Nächste Leerung halb sieben . . . Soll sie nicht lieber warten, bis er es tut?
Niemand, niemand, mit dem man das besprechen kann, und der Brief plumpst in den Kasten.

39

Der Kamerad

Mit Karl Kempowski trug ich dann so ziemlich alle Freuden und Leiden des Frontsoldaten gemeinsam. Wir machten unsern Dienst wie befohlen und waren verdreckt und verlaust und unterschieden uns von den andern durch nichts.
Das änderte sich für ihn, als er Unteroffizier wurde und schließlich Vizefeldwebel und damit Zugführer. Er trug dann ein silbernes Portepee und eine silberne Kokarde an der Mütze und hatte einen Unterstand für sich mit einem Burschen, der ihm die Stiefel reinigte und die Uniform in Ordnung hielt.
Einige Zeit vor meiner Verwundung lag ich als Telephonist mit ihm im gleichen Unterstand am Kemmelberg in Flandern. Wenn Fernsprechkabel zerschossen waren, mußte ich sie flicken. (Das sagt sich so leicht hin: Verlassen Sie mal den bombensicheren Unterstand und setzen sich den heulenden Granaten aus!)
Selbstverständlich war er nun Respektsperson und hatte zu befehlen. Diese Eigenschaft ist ihm aber nicht zu Kopf gestiegen. Überlautes Brüllen, wie man das oft bei Vorgesetzten hören konnte, lag ihm nicht. Er setzte seinen Willen auf die ruhige und feinere Art durch. Übrigens steckte damals jedem Soldaten der Militarismus derartig in den Knochen, daß Widersetzlichkeiten kaum oder nie vorgekommen sind.

1916, das war die Zeit der sogenannten »Materialschlachten«. Es wird mir ewig unvergeßlich sein: der ganze Horizont in Rot getaucht und alles zugedeckt von Rauch und Qualm.
Wir wurden oft beschossen, sogar von Schiffsgeschützen,

das waren Granaten mit dreißig bis achtunddreißig Zentimeter Kaliber. Den Abschuß hörte man nicht, nur plötzlich ein leises Sausen in der Luft, das sich zu einem Donnergetöse entwickelte. Im Graben oder hinter der Linie schlug es dann ein und riß riesige Trichter.

Außer diesem Granatfeuer fielen auch schwere Minen in unsere Stellung. Diese Minen sind dünnwandig, aber mit sehr starker Pulverladung versehen. Das Krepieren einer solchen Mine verursacht ein wahnsinniges Krachen, sie reißen noch größere Löcher als die schweren Schiffsgranaten. Man hört einen leichten Abschuß im feindlichen Graben und weiß, jetzt kommt eine Mine. Alles späht nach oben und versucht, die sich drehende Mine in der Luft auszumachen, bevor sie herabstürzt. Man rennt dann im Graben hinter eine Schulterwehr, um sich zu retten. Manchmal gelingt es, manchmal auch nicht, und Pech, wenn da schon einer steht!

Nicht jede Mine oder Granate schlug im Graben ein, so manche fiel dahinter oder davor. Aber wenn sie richtig saß, dann war von einer Anzahl Menschen keine Spur mehr zu entdecken.

Es war fürchterlich. Bald gab es überhaupt keine Stellungen mehr. Schlafen war so gut wie unmöglich, höchstens, daß man vor Erschöpfung ein wenig vor sich hin döste.

Stundenlang unaufhörliches Trommelfeuer, das war schon übel. Wir, als junge Menschen, hatten das Gefühl: Hier kommst du nie wieder lebend heraus. Dieser entsetzliche Lärm und das Aufblitzen der Einschläge und dergleichen. Wie überstehst du das? dachte man. Ob du hier wieder rauskommst, ist völlig ungewiß.

Weglaufen, das kam gar nicht in Frage. Irgendwie war das Gefühl da: Das darfst du nicht, das kannst du nicht. Der Gedanke kam einem vielleicht, er schied aber aus, denn man durfte ja nicht. Weglaufen und Gefaßtwerden, das war gleichbedeutend mit Tod.

Die einzelnen Truppenteile wurden stets nach einigen

Tagen abgelöst, sonst hätte man das gar nicht ausgehalten. Es kamen ja noch die Hungerei dazu und das Ungeziefer!
Als ich es zum erstenmal krabbeln fühlte, ich war gerade frisch an die Front gekommen, da sagten die alten Soldaten zu mir: »Du wäschst dich wohl überhaupt nie, was? Du Schwein? Du hast ja Läuse!« Dabei hatten sie selbst natürlich alle welche, sie wollten mich, den Einjährigen, rauh, aber herzlich nur ein wenig auf den Ärmel nehmen. Das Stroh oder die Holzwolle in den Unterständen wurde nicht ausgewechselt oder erneuert. Man war kaum in Stellung gekommen, da saß man auch schon voller Läuse. Je frischer die Wäsche war, desto mehr wurde man von diesen Viechern gepiesackt. Und je mehr man sich kratzte und scheuerte, desto schlimmer wurde es mit dem Krabbeln auf der Haut. Im Graben saßen oft Kompanieführer und jüngster Rekrut einträchtig beieinander und suchten sich die Läuse ab, durch das Knacken der lieben Tierchen hatten wir ständig rote Fingernägel.
Die Laus ist an sich ein gemütliches Tier mit einer gewissen Behaglichkeit in der Lebensweise. Anders als der Floh, der leidenschaftlicher ist, stürmischer und frecher. Einzeln plagt die Laus den Menschen wenig, in rührender Unschuld läßt sie sich leicht und bequem fangen. Aber wenn sie sich vermehrt hat, und das geht rasch, dann wird sie fürchterlich. Die alten Läusemütter sind dunkel am Leib und schwerfällig. Sie zwischen den Nägeln zu zerknallen, ist eine Freude für jeden Soldaten.
Tritt der Floh auf, dann zieht sich die Laus zurück. Nebeneinander können diese Plagegeister nicht bestehen. Der Floh ist in seiner Wirkung womöglich noch unangenehmer. Seine Bisse können einen erwachsenen Mann aus dem tiefsten Schlaf wecken.

Hier laust sich der Vater,
hier laust sich das Kind,
hier laust sich die Mutter
und auch das Gesind!
Ich sitz als Quartiergast

in ihrer Mitt',
erst schaue ich zu,
dann lause ich mit.

Das war so einer der Verse, die damals in aller Munde waren. Ein anderer Vers, der mir noch erinnerlich ist, lautet:

Nachts bei Kerzenschein ganz sacht
bist emsig du auf Läusejagd.

Die Ratten waren ein weiteres Kapitel, das uns schwer zu schaffen machte. Unser Brot hatten wir in den Unterständen an die Decke gehängt, an Bindfäden. Die Wasserratten liefen uns über den Bauch und sprangen an die Decke und holten sich das Brot herunter. An verschütteten und nicht geborgenen Gefallenen fraßen sie sich fett. Der Kampf gegen diese ekelhaften Viecher gehörte zu unseren täglichen Aufgaben. Ratten sind äußerst gefährlich und übertragen alle möglichen Krankheiten, sie können Seuchen verursachen. Wir wurden daher alle Augenblicke gegen alle möglichen Krankheiten geimpft. Wie oft ich in meinem Leben geimpft worden bin, ist nicht mehr zu zählen. Vielleicht ist das auch ein Grund dafür, daß ich bisher noch keine größeren Krankheiten bekommen habe.

Von heute aus gesehen kann man sich die täglichen schweren Strapazen gar nicht mehr vorstellen. Läuse, Ratten, Trommelfeuer – das war ja nur die eine Seite. Frontsoldaten sind Arbeitssoldaten, die außer der ständigen Todesgefahr auch noch zu schanzen haben. »Schanzen«, das ist der Ausdruck an der Front für Arbeiten. Immer drei Tage waren wir in vorderster Linie, und etwa sechs Tage waren wir dann hinter der Front in Reserve, und jede Nacht mußten wir schanzen.

Das Schanzen war schwerer Arbeitsdienst. Vom Pionierpark in Wercken, wo die Materialien lagerten, fuhren wir die Drahtrollen, Balken, Zementsäcke bei ständigem Artillerie- und Infanteriefeuer mit Loren über freies Feld nach vorn in die Stellung, wo das Material zum Bauen von

Bunkern und zur Wiederherstellung zerschossener Grabenteile und Unterstände verwendet wurde.
Nachts stiegen fast ununterbrochen Leuchtkugeln hoch. Die deutschen Leuchtraketen fielen nach kurzem wieder herab, während die englischen oder französischen meistens mit einem Fallschirm versehen waren, der sich unglaublich lange in der Luft hielt. Die über der Deckung arbeitenden Landser mußten dann still wie Statuen stehen oder sich eiligst hinwerfen, um nicht vom Feind erkannt und dann sofort beschossen zu werden.
Das Schanzen dauerte acht Stunden ununterbrochen, und während der Zeit war man ständig dem feindlichen Beschuß ausgesetzt. Es gab jede Nacht eine Anzahl Toter und Verwundeter. Vorne im Graben fühlte man sich manches Mal sicherer als hinten beim Schanzen.
Wenn wir gegen Morgen durchgefroren und völlig fertig in das Ruhequartier marschierten, empfing uns nicht selten die Regimentskapelle. Da wurden die müden Glieder wieder munter, und der anschließende Parademarsch vor dem Regimentskommandeur, Oberstleutnant Kümmel, genannt »Todesmut«, klappte vorzüglich. »Todesmut« war der Ansicht, nur der Parademarsch einer von vorn aus Kampf und Dreck kommenden übermüdeten Truppe sei etwas wert.
Der Helenenmarsch war unser Regimentsmarsch. Noch heute, wenn ich ihn zufällig mal höre, zuckt es mir in den Gliedern, und all die alten Bilder steigen auf, und man sieht sich da in Wind und Wetter im Graben stehen, um sich herum die Kameraden, die Not und Unglück mit einem teilten.
Ergreifend war es, wenn die Kapelle den Großen Zapfenstreich spielte. Diese wunderbare Musik mit der Macht der Liebe als Krönung, mit dem Donner der Artillerie im Hintergrund, dem Aufblitzen der Geschütze, den ständig aufsteigenden Leuchtraketen ... Das wird mir ewig unvergeßlich bleiben.

Zeitweise lag bayerische Infanterie im Nebenabschnitt. Wir trafen die Bayern auch viel in den Ruhequartieren Menin, Comines, Wervick und anderen Orten. Da auch Adolf Hitler bei diesen Truppenteilen Kriegsdienst versah, ist nicht auszuschließen, daß wir unseren späteren Führer hier vielleicht einmal gesehen haben könnten.

Ich will mit diesem traurigen Kapitel zu Ende kommen. Es war eine große Zeit, und ich danke Gott, daß ich alle diese Kümmernisse im großen und ganzen heil und gesund überstanden habe.
Zwei Millionen Soldaten sind auf deutscher Seite im Ersten Weltkrieg gefallen. Aber wir sind noch einmal davongekommen. Gott sei Dank!

40

Im April 1916 kommt Karl Kempowski in die Etappe, und zwar nach Brügge. Er soll sich auf der Kommandantur melden, ist ihm mitgeteilt worden. Exzellenz von Benseler will ihn sprechen. Das hat was mit Rostock zu tun.

Brügge ist eine merkwürdige Stadt. Wegen der vielen Kirchen und Klöster und wegen der weißen Hauben, die die Brüggerinnen tragen, meint man, die ganze Stadt sei von Nonnen bewohnt.

Die melancholischen Straßen, die gotischen Häuser mit den hohen Treppengiebeln und den steilen Dächern an den Kanälen, in deren trübem Wasser weiße Schwäne stehen: immer wieder geht Karl durch die Straßen, und unverständlich ist es ihm, daß er sich die eigene Vaterstadt nie richtig angesehen hat, da gab es doch auch Giebelhäuser und alte Klöster .. Beim nächsten Urlaub, das nimmt er sich vor, da wird er in jeden Winkel seine Nase stecken: Wer weiß, vielleicht macht er da noch große Entdeckungen?

Auf der Kommandantur ist viel Betrieb, welch ungeheurer Apparat an Büros, an Personal! Ganze Heere von Schreibern bevölkern das Riesengebäude, Trupps von Ordonnanzen mit Mappen unterm Arm wedeln umher, Scharen von Offizieren und Beamten betreten und verlassen die Dienstzimmer.

Karl irrt etwas befremdet durch die Gänge.

»Exzellenz von Benseler?« Dort drüben, zweite Treppe, da ist die Anmeldung. – »Was wollen Sie denn von unserem General?«

Ja, was will Karl-Georg Kempowski, Kriegsfreiwilliger des Jahrgangs 98, von seinem General? Oder besser: was will der General von ihm? (Andeutungen im letzten Brief aus Rostock, Frau von Wondring, die Kränzchen-Schwester seiner Mutter, deren Vetter, im Kriegsministerium in Berlin . . .)

Karl wird nicht vorgelassen, es wird ihm gesagt, er soll morgen wiederkommen. Und am nächsten Tag: »Morgen wiederkommen.« Und das ist nun sein täglicher Gang, und er läuft durch die Stadt und guckt sich alles an, die Kirchen und die Hinterhöfe; den Schwänen guckt er zu und den Kötern, die hier an jede Ecke pinkeln. »Morgen wiederkommen!« Und je länger er wartet, desto angenehmer kommt ihm dieses Leben vor.

Gern sitzt er in einem Restaurant, da gniedeln Stehgeiger »Die Wacht am Rhein«, das haben sie schnell gelernt, und kleine Jungen gehen von Tisch zu Tisch und verkaufen Haselnüsse. Offiziere sitzen hier mit ihrer Ersatzgemahlin.
Oder er geht in eine der großartigen Konditoreien, da gibt es Reistörtchen mit heißer Milch, und das ist eine Delikatesse.

In einem kleinen Laden kauft Karl ein Spitzentaschentuch, seine Kameraden haben ihm geraten, das soll er unbedingt tun. Solche Spitzentaschentücher gibt es in Deutschland ja überhaupt nicht, so etwas Wunderbares. Die junge Verkäuferin hilft ihm beim Aussuchen.
»Kokette Hände hat sie«, stellt Karl fest, und er sieht, daß sie etwas schmutzig sind.

Manchmal ist Platzkonzert. Alle möglichen blauen und grünen »Jungs« promenieren mit ihren belgischen Mädchen nach den Klängen der Militärkapelle auf und ab.
Der Musikmeister der Kapelle guckt sich nach jedem Stück um, ob ihm auch Anerkennung gezollt wird. Stimmungsvoll hat er die Stücke ausgesucht, »Die Diebische Elster« und »Kennst du das Land, wo die Zitronen blühn?«.

Das hat die Kurkapelle in Bad Oeynhausen auch immer gespielt. Es wäre heut ein schöner Tag zum Friedenschließen, findet Karl. Da wird »Wir müssen siegen« geblasen, und da fällt ihm ein, ach ja, richtig, es muß ja erst noch gesiegt werden.

In einem der größten Hotels ist das Soldatenheim. Hier wird Theodor Körners »Deutsche Treue« aufgeführt. Das paßt so recht in diese Zeit, findet Karl. Sie müssen ja auch zu Herzen gehen, diese wuchtigen Worte: »Zum Opfertode für die Freiheit und für die Ehre seiner Nation ist keiner zu gut, aber wohl sind viele zu schlecht dazu!«
Als dann alle Soldaten gemeinsam das alte deutsche Volkslied singen: »Ich hab mich ergeben . . .«, da wird Karl der Uniformrock zu eng. Jawohl, das Vaterland, dem hat er sich ergeben, und wenn er nicht bald zum General gerufen wird, dann meldet er sich wieder hinaus an die Front. Der Unterstand mit dem Hindenburglicht auf dem rohen Tisch . . . dahin zieht es ihn, dahin, so meint er, gehört er. Aber: Kann man das riskieren, sich rauszumelden? Wär da die Mutter nicht brüskiert? Und: Wer weiß, was Exzellenz von Benseler eigentlich von ihm will? Vielleicht wird ihm ja ein schwieriger Geheimauftrag zuteil, den es mit Witz und Geschick zu erledigen gilt?
Rausmelden kann man sich ja immer noch. Dem Rad des Schicksals soll man nicht in die Speichen greifen.

Nach einer Woche wird ihm gesagt, er braucht nicht wiederzukommen. Man wird ihn, wenn es soweit ist, rufen.

Sein Quartier nimmt Karl darauf in einem kleinen Dorf. Hier hat man versucht, deutsches Wesen und deutsche Art heimisch zu machen. Die Häuser haben einen weißgelben Anstrich bekommen mit braunroter Umrahmung der Fenster und grünen Läden.
Ein weiteres Mittel, die Häuser zu schmücken, sind Sprüche. Überall kann man sie lesen.

Das Wasser gibt dem Ochsen Kraft,
dem Menschen Bier und Rebensaft.
Drum laßt uns trinken Bier und Wein,
denn niemand will ein Rindvieh sein!

Deutsche Worte sollen der Bevölkerung vor Augen stehen, deutsche Sinnesart und deutscher Humor sich den Bewohnern einprägen. Dies Dorf hat deutschen Geistes einen Hauch verspürt! so scheint es Karl. Und: die alte deutsche Zecherfröhlichkeit, wie ist sie unverwüstlich.

Auch die Straßen sind benannt worden. Geschnitzte Holzschilder hängen an den Straßenecken. Im »Fliegerviertel« liest man: Immelmannstraße, Boelckeweg und Zeppelinplatz.

Der Fliegerleutnant Immelmann
Der schraubt sich täglich himmelan.
Hingegen treibt auch Leutnant Boelcke
Sich stets herum in dem Gewölke.

Die Hauptstraße heißt natürlich Kaiser-Wilhelm-Straße, auch wenn sie ungepflastert ist.
Nun wissen die Bewohner doch wenigstens, in welcher Straße sie geboren sind!

Karl wohnt Ecke Hindenburg- und Ludendorffstraße. Er bewohnt das »heilige Grab« einer jungen Lehrersfrau, das noch nie benutzt worden ist. Eine schwarz-weiße Katze steht in der Tür, als er sich das Zimmer zum erstenmal betrachtet. Polstermöbel mit Schonern, ein Piano, getönte Gipsfiguren.
Auf dem Tisch liegt die letzte Nummer der »*Illustration*«, mit einer großen Zeichnung vorne drauf: ein kniender deutscher Soldat, der den Säbel vor sich geworfen hat und flehend die Hände hebt: »*Pardon – Camarade*«, so lautet die Unterschrift.
Diese Zeitung schmeißt Karl sofort in den Papierkorb. Er holt sie noch einmal heraus, schüttelt den Kopf und wirft sie dann endgültig weg. Er überlegt sich, ob er nicht

in die Küche gehen soll und die Lehrersfrau zur Rede stellen. Ob sie ihm die Zeitung als Provokation da hingelegt hat, oder was das soll.
Wenn sie nicht so hübsch wäre, würde er's tun, das ist klar.

Das Klavier ist leider verstimmt. Die Saiten scheppern und klirren. Das »Frühlingsrauschen« läßt sich hier nicht spielen, auch nicht der »Aufschwung« von Schumann. Karl schraubt den Deckel auf und versucht, es mit einer Zange zu stimmen: Die mittlere Oktave kriegt er einigermaßen hin, aber dann wird's schwierig. Irgendwie sonderbar, und er gibt sich doch solche Mühe.

Das Bett ist wundervoll, ein dickes Federbett und ein riesiges Kissen, zwischen dessen Zipfel Karl seinen Kopf legt. Von hier aus kann er das Bild »Der Schutzengel« in Ruhe und immerfort betrachten, das da hinten auf der violetten Tapete hängt, von hier aus kann er auch dem Knispeln der Mäuse lauschen, von denen man nie genau weiß, *wo* sie denn nun eigentlich nagen.
Die Taschenuhr liegt auf dem Nachttisch neben dem Wasserglas für seine trockne Kehle: So läßt sich's aushalten. Wenn er einen trocknen Hals bekommt in der Nacht, wird er einen Schluck Wasser trinken, und wenn er aufwacht, braucht er bloß die Uhr zu nehmen, dann weiß er, wie spät es ist.
»Gold gab ich für Eisen«, es hat sich einrichten lassen, daß er seine goldene Kette abgeben konnte. Eine eiserne trägt er nun.

Die Lehrersfrau versteht nicht, was Karl will. »*Pardon – Camarade?*« Was soll das bedeuten. Sie versteht es nicht. Dafür kuriert sie ihn von einem Gerstenkorn. Nach Knoblauch riecht sie, angenehm.

Die Schulstube, in der ihr Mann die Dorfkinder unterrichtet hat, ist unbeschreiblich ärmlich. Kümmerliche

Bänke, eine abgeblätterte Tafel, ein Schrank voll zerfledderter Bücher, ein rostiges Aquarium und ein Rohrstock, vorne abgesplittert.
Ob dieser Mann wohl auch Bienen gehabt hat? so fragt sich Karl. Windmühlen, Wassermühlen, Pulvermühlen und Tretmühlen. Und da hinten, der Junge, der träumt ja wohl?
Soldat ist der Mann. Wer weiß, wo der steckt.

Auf dem modderigen Schulhof laufen drei Hühner herum, mit Bindfaden am Bein festgebunden, damit sie niemand stiehlt.
»Eigentlich ja eine Schande«, denkt Karl, »eine Schande, daß deutsche Soldaten in einen solchen Verdacht geraten.«

Mit Gott für Kaiser und Reich!

Deutsche Soldaten sollten doch ein Muster an Gradheit und Anständigkeit sein. Und er guckt aus dem Fenster, ob die Hühner noch da sind. Er möchte direkt wünschen, daß sich mal ein Schippanowski – einer der Armierungssoldaten aus der Nachbarschaft also – daran vergreift. Dem würd' er aber was erzählen! Vor das Kriegsgericht würde er den bringen.
»Kommen Sie mal her!« würde er sagen. »Schämen Sie sich nicht?« – Und er zieht seinen Sessel an das Fenster, um besser hinausgucken zu können.

Nachdem er das lange genug getan hat, geht er hinüber in die Küche. Das Gerstenkorn ist ja nun weg, das stimmt, und am andern Auge ist keins in Sicht. Aber Wasser könnt' er vielleicht gebrauchen zum Rasieren. Oder für das Aquarium. Das Aquarium könnte man doch wieder in Gang setzen. Was? Das müßte doch zu schaffen sein.
Ja, sagt sie, das soll er man versuchen, und Karl besorgt Kitt und dichtet das Aquarium ab, tut Kies und Wasser hinein und kauft in Brügge einen Goldfisch, und der schwimmt darin tatsächlich – Mund auf, Mund zu – hin und her, mit wedelnden Flossen.

Das wäre nun erledigt. Nun erst mal wieder aus dem Fenster gucken, ob die Hühner noch da sind. Abwechselnd aus dem Fenster gucken und ins Aquarium, ob der Fisch noch lebt. Und dann geht Karl in die Küche und fragt, ob er sich nicht 'n Augenblick setzen darf.
Halt, erst noch eine Glasplatte auf das Aquarium decken, wegen der Katze.
Ob er sich ein wenig setzen darf? Ja, sagt die Lehrersfrau in ihrer Sprache und wischt ihm den Hocker mit einem Lappen ab, gern, und: warum nicht? Und dann geht sie auf den Hof hinaus, wo die Hühner flattern, und holt Feuerholz herein. Gern darf er sich setzen, sagt sie, und sie sagt es nicht zuletzt deshalb, weil er ein halbes Brot als Eintrittskarte mitgebracht hat.

Nun erzählt er ihr von dem Goldfisch, daß der sich anscheinend sehr wohl fühlt in seiner Haut, und er sitzt gern bei ihr und immer wieder. Und von Graal erzählt er jedesmal, von dem Fischer dort, daß der die kleinen Schollen wieder über Bord geworfen hat, weil die zu jung zum Sterben sind.
Der Katze, die danebensitzt, wird berichtet, daß er zu Hause einen »Wauwi« hat, der »Stribold« heißt, das ist auch ein nettes Tier.

Er guckt der Frau zu, wie sie am Herd wirtschaftet, unter den Töpfen und Pfannen, der Größe nach geordnet, wie sie die Eisenringe zur Seite schiebt, hell beleuchtet von den herausschlagenden Flammen, und den großen Topf auf das Feuer stellt für den Fleischklumpen, den er ihr auch mitgebracht hat. Normalerweise gibt es nämlich in diesem Haus nur eine dünne Mehlsuppe und allenfalls ein Stückchen Käse.
Fremdartig sind ihre Bewegungen und doch vertraut. Alles mit Schwung, und ab und zu kratzt sie sich. Karl überlegt, woher er das kennt, daß eine junge Frau so am Herd wirtschaftet, und er glaubt ein Bild tief in seinem Inneren

bewahrt zu haben aus Urväter Zeiten: Da muß das auch schon so gewesen sein, und immer ist es so gewesen.

Während sie da herumwirtschaftet, gibt sie bekannt, daß sie mal in Lyon gewesen ist, jawohl, und daß sie sogar eine Cousine in Brüssel hat.
»Cousine« sagt sie nicht, sie sagt »Nicht«, so heißt es hier, und das versteht Karl auch, obwohl »Nichte« im Deutschen ja ganz was anderes bedeutet; denn was sie da so spricht, hört sich fast an wie mecklenburgisches Platt. *Fast.* Etwas blödsinniger, ehrlich gesagt, als das mecklenburgische Platt:

Klabastert upp de Biesters,
noch net – aber nu!

Oft direkt lächerlich, nicht? Das soll nun ein militärisches Kommando sein! – Er macht ihr vor, wie blödsinnig das Flämische in seinen Ohren klingt und wie gut und wohltuend dagegen die deutsche Sprache:

Füllest wieder Busch und Tal . . .

Nur Platt zu sprechen, einzig und allein, das ist ja beinahe so, als ob man ständig nur gebückt geht, findet er, und er macht es ihr immer wieder vor, wie er meint, daß das Flämische ausgesprochen wird, bis er endlich merkt, daß er so nicht weiterkommt bei ihr. Daß sie eher ruppig wird und obstinat.
Da zieht er denn das Markopano aus der Tasche und guckt das Fleisch an, was er mitgebracht hat, daß das ein prima Stück ist, nicht wahr? Das sagt er, und gibt ihr von dem Marzipan.

In Lyon ist er auch schon gewesen, sagt er, nachts mal durchgefahren, und: Hamburg, daß er sich das bei nächster Gelegenheit mal genauer unter die Lupe nehmen will, das sagt er auch. Ob sie weiß, wo das liegt? Am Elbestrom? Weichsel, Oder, Elbe, Weser und Rhein, das sind die urdeutschen Flüsse, bei denen einem das Herz aufgeht. Und die Donau, unten so quer.

»Isar, Lech, Iller, Inn . . .« Das fällt Karl in diesem Moment ein, und er sagt es auch. »Was ist des Deutschen Vaterland . . .?« Das fällt ihm auch ein, aber das sagt er nicht.

Und Rostock? Weiß sie, wo das liegt? Weit weg, an der Ostsee, da liegt es, wo der Wald mit seinen sturmzerzausten Kiefern bis dicht hinter die Dünen reicht, wo man Bernstein findet, das sich zu Ketten schleifen läßt.
Wracks gibt es da, von den Wellen umspült . . .
Rostock, das ist seine Heimatstadt.
Ihre Füße guckt er sich an, sie läuft barfuß, ihre kräftigen, etwas schmutzigen Füße auf den ausgetretenen Fliesen: Der Rocksaum ist ein wenig ausgefranst.

Die beiden Töchter, fünf und sieben, die anfangs immer wegliefen, wenn er in die Küche kam, dann um die Ecke guckten, dann am Goldfisch Interesse nahmen, sitzen bald auf seinem Schoß und decken ihn derartig mit Küssen ein, daß ihm die Brille beschlägt. Er läßt sie an der Taschenuhr horchen und malt ihnen Blumen auf die neuen Holzpantinen, Margeriten und Vergißmeinnicht. Er läßt sie sogar den Zuckerfisch aus seiner Kaffeetasse löffeln und erzählt ihnen, daß er das bei seinem Vater auch immer durfte: Leider hat er kein Bild von seinem Vater da, schade, sonst hätte er ihnen das gezeigt. »Ümmer oapen und ihrlich . . .«, eigentlich ein merkwürdiger Mann.

»Hest du ok eene Fru?« fragen ihn die Kinder (oder so ähnlich); ob er eine Frau hat, wollen sie wissen, und die junge Lehrersfrau horcht sehr auf die Antwort.
Frau nein, Freundin hingegen ja, sagt Karl, das heißt, Freundin eigentlich auch nicht. Keine Freundin. Nein. Frei, los und ledig.

Auf dem Herd zischt das Wasser, und nun ist das Essen fertig, der Küchentisch wird abgeräumt und mit einem

Lappen abgewischt, mit dem auch nach den Fliegen geklatscht wird am Fenster, der auch schon mal nach einer Maus geworfen wurde, die die Katze ruhig passieren ließ. Die Kinder tragen die Kummen herbei, die man hier hat, und knien sich auf die Schemel und gucken den Fleischklumpen an, den ihre Mutter da zerteilt. Sie kriegen eins auf die Finger, weil sie nach dem Fleisch grabbeln, und Karl sitzt an der Schmalseite des Tisches und brummt vor Zufriedenheit, der Herd dort hinten mit den Töpfen und Pfannen darüber, der Größe nach geordnet, die ausgetretenen rot-weißen Fliesen und die einfache Brettertür zum Hof, deren Ritzen mit Stroh zugestopft sind: ja, das gefällt ihm. Das ist doch besser als kämpfen. Und: so ähnlich soll das später auch mal sein, im Frieden, wenn er selbst Frau und Kind hat – irgendwann muß das ja mal sein, auf jeden Topf gibt's einen Deckel. Und umgekehrt.
An der Schmalseite des Tisches sitzen, das will er, und die Frau soll das Fleisch schneiden.

Eben steht er noch mal auf und holt das Becken mit dem Goldfisch und stellt es auf den Küchentisch. Der Goldfisch soll auch sehen, wie gemütlich sie es hier haben, das arme Tier, immer so allein. Vielleicht sollte man ihm noch ein Frauchen dazusetzen. Oder, wenn er ein Frauchen ist, ein Männchen.

•

Ja, so soll es später auch mal sein, so stellt Karl sich das vor, so einfach und so direkt. Sessel und Sofa, Büffett und Teppich? Eigentlich ja gar nicht nötig. Ein einfacher, grober Tisch, ein Herd, Fliesen und ein großes Bett.

In Brügge besorgt sich Karl auch Holzpantinen, und er zieht sie an und geht auf den modderigen Hof an den flatternden Hühnern vorbei und holt auch Feuerholz herein, obwohl da am Herd nun eigentlich bald genug Feuerholz liegt, und Blumen pflücken tut er sogar, und morgen wird er neues Holz besorgen, und er wird es höchstpersönlich spalten. – Seine Holzpantinen anmalen, so wie er es vorhatte, das wird er nicht. Sollen da etwa Blumen drauf sprießen? Oder ein Eisernes Kreuz?

Nachts, wenn die junge Frau schläft und auch die beiden Mädchen oben in ihrer Kammer schlafen und nicht mehr herunterkommen und womöglich sagen: »Wij kunnen niet slapen . . .«, wie es regelmäßig geschieht, wenn er mit ihrer Mutter abends noch etwas zusammensitzt, dann geht Karl in seinem Zimmer auf und ab. Die Zimmerdecke ist niedrig, er kann, wenn er sich ein bißchen reckt, mit der Fingerspitze heranreichen Schade, daß er die Zeitung weggeworfen hat: »*Pardon, Camarade*«. Was da wohl sonst noch für faustdicke Lügen drinstanden. Von den deutschen Krankenschwestern vermutlich, die mit Messern über verwundete Feinde herfallen.
Lächerlich.
Karl steht an der Tür und horcht. Er braucht sie nur zu öffnen und über den Flur zu gehen und drüben in die andere Tür hinein. Und er würde es tun, wenn sie ihm ein Zeichen geben würde, irgendein Zeichen.
Die junge Lehrersfrau steht jetzt vielleicht auch hinter der Tür und denkt vielleicht auch: »Irgendein Zeichen muß er geben . . .« Aber da ist ja noch ihr Mann, der irgendwo im Westen in einem Graben hockt, das Gewehr zwischen den Sandsäcken . . .

Welche deutsche Krankenschwester würde wohl so etwas tun, Verwundeten die Augen ausstechen, denkt Karl. Und warum sollte sie es?
Schade, daß das Pianoforte nicht in Ordnung ist, sonst würde er jetzt das »Frühlingsrauschen« spielen oder, das wäre vielleicht besser, die »Träumerei«, dieses urdeutsche Klavierstück.
Dann würde diese kernige Frau da drüben, die so gesunde Zähne hat, horchen und das sehr schön finden und nicht

mehr an deutsche Krankenschwestern denken, die ich weiß nicht was tun, oder an deutsche Landsturmmänner, die sich belgische Säuglinge aufs Bajonett spießen.

Karl setzt sich in den Lehnstuhl und guckt so vor sich hin. Ab und zu fällt sein Blick in den Waschtischspiegel, wie er da sitzt, den Kopf in die Hand gestützt, das Eiserne Kreuz an seiner Brust und das Goldene Mecklenburgische Verdienstkreuz darunter, das automatisch verliehene. Es sieht genauso aus wie das Eiserne Kreuz, nur eben »golden« ist es, und es macht sich sehr dekorativ.

Karl steht auf, zieht den Rock glatt und dreht sich vor dem Spiegel wie beim Schneider. »Ich bin eigentlich recht staatsch«, das denkt er. Obzwar bloß einen Meter siebzig. Aber immerhin einen Meter siebzig.
Er wird nicht hinübergehen, das ist ihm jetzt klar, mit oder ohne Zeichen nicht, auch wenn die da drüben es vielleicht gerne hätte. Er wird ihr beweisen, daß deutsche Männer nicht so sind, so unmoralisch und schmuddelig, wie man sich das hier denkt.

Ob August Menz das Eiserne Kreuz schon hat? Das möchte er wohl wissen, aber er fragt nicht nach in seinen Briefen. In seinen Briefen bleibt es beim: »Wie geht's, wie steht's?« Es mag nun sein, wie's will.
Sehr gerne möchte er wissen, ob seine Eltern wahnsinnig stolz sind auf ihren Sohn. – Wahnsinnig stolz sind sie nun nicht gerade, aber irgendwie verwundert. Vizefeldwebel? Eisernes Kreuz? Und: daß er immer noch lebt?

Nein, er wird nicht hinübergehen zu der jungen Frau, schon wegen ihres Mannes, der ja auch seine Pflicht tut. Dem man vielleicht schon begegnet ist, ohne es zu wissen? Vielleicht war der das, auf der andern Seite, den er *wohl* gesehen, aber nicht »abgeknipst« hat, wie es in der Grabensprache heißt.

Er wird nicht hinübergehen, aber in die Küche wird er gehen und eine Kanne frisches Wasser holen.
Er nimmt die Kanne, und in der Küche ist Licht, da sitzt die junge Frau mit ihrer Kette um den Hals und sieht ihn an. Und Karl hat zu tun, daß er die Kanne auf die Fliesen stellt, ohne daß sie kaputtgeht, das Blut klopft ihm im Hals und im Kopf, und er weiß nicht, wie er zu ihr hinkommt. Ganz übel wird ihm plötzlich von dem Blutklopfen in seinem Kopf und im Bauch und überall. Die schwarzweiße Katze springt zur Seite! Und eine Menge Röcke hüllen ihn ein, ganz plötzlich, und blanke Glieder in den Röcken klammern sich an ihm fest: Daß das auch *so* sein kann, hatte er nicht gedacht, so flammend und elementar. So ganz ohne jeden Gedanken?

Er liegt dann mit ihr noch lange auf den ausgetretenen weiß-roten Fliesen, »*Pardon, Camarade* . . .« und die Katze kommt näher und guckt sich das an. So etwas hat Karl noch nie erlebt: Und er wird es auch nie wieder erleben.

41

August Menz bewohnt mit seinen Fliegerkameraden ein verlassenes Schloß. Die Räume sind kostbar möbliert, denn der Einmarsch ist erfreulicherweise nahezu spurlos an diesem Anwesen vorübergegangen. Die eichenen Schränke und Tische mit den gewundenen Säulen stehen wie eh und je »ehrfurchtgebietend« da (wie August Menz an seine Eltern schreibt), und in den Betten aus Mahagoni und Nußbaumholz schlafen die zum Teil adeligen Flieger durchaus standesgemäß.
August Menz geht in seinen Mußestunden von einem Zimmer in das andere. In der Bibliothek bewundert er den schwarzen Flügel, auf dem sein Blutsbruder Ferdinand von Maltzahn immer so schön spielt.
Er bewundert auch die Zimmer der Schloßherrin, die Glasschränkchen mit den eingelegten bunten Leisten und den Toilettetisch mit seinen vielen Schublädchen und Fächern, der ein Meisterwerk künstlerischer Kleinarbeit ist. An diesen Toilettetisch setzt er sich und betrachtet sich in den Klappspiegeln, mal von links und mal von rechts, näher heran geht er, und er drückt die aufstrebende Frisur mit zwei Fingern hinunter. Das Bärtchen, was ist denn mit dem Bärtchen los? Ist da ein graues Haar?
Ein Wunder ist es ja nicht, daß August Menz ein graues Haar in seinem Schnurrbart findet, es ist eben doch alles ein bißchen viel, was er so erlebt. Mit einer Nagelschere schneidet er es heraus: August Menz aus Rostock, sechs Abschüsse. Vielleicht, wenn er Glück hat, werden es bald sieben oder acht sein, und dann ist es bis zehn ja nicht mehr weit. Zehn Abschüsse, das klingt dann schon ganz anders. »Ich habe zehn Abschüsse ...« Oder, noch besser: »Das ist Leutnant Menz. Leutnant Menz hat zehn Abschüsse, aber er möchte nicht, daß darüber gesprochen wird.«

August Menz steckt die Nagelschere ein und erhebt sich. Den Uniformrock streicht er glatt. Ein Meter fünfundachtzig, soviel mißt er wohl, das ist nicht zu leugnen.

Der Park lädt zum Spaziergang ein: efeuerkletterte Bäume und Tropfsteingrotten, künstlich aus Zement gefertigt. Der französische Gärtner, der dageblieben ist, um auf das Eigentum seines Herrn achtzugeben, zieht den Hut. Ja, es stimmt, die Wege müssen mal wieder geharkt werden, da haben der Herr Leutnant recht.
Schon gut, schon gut, der Herr Leutnant hat es nicht so gemeint. Von neuen Rosensorten fängt er an zu sprechen: Die Lyonrose, die ist ja wirklich wundervoll. Die *Juliette* und die *Soleil d'or*, und wie sie alle heißen.
Solche Rosen will August Menz sich später auch anschaffen nach dem Krieg, wenn er vielleicht ein Landgut besitzt, wie sein Onkel eines hat. Warum sollte er sich kein Landgut kaufen? Was ist dagegen einzuwenden?
Der Gärtner ärgert sich noch immer darüber, daß irgend jemand die schönen Mirabellenbäume abgehackt hat. Was wird bloß der Graf sagen, wenn er eines Tages zurückkommt? Die Bäume alle abzuhacken, was das nur soll?
Er denkt, die Preußen sind es gewesen, und August Menz denkt, es sind die Engländer gewesen, dieser Mob. Die Engländer, die so manche Wohnung ihrer Bundesgenossen systematisch zertrümmert haben. Sonderbar eigentlich: und in der Luft sind es doch so faire Kämpfer?
»Gott strafe England«, dieser Gruß hat schon seine Berechtigung, findet er.

Er beruhigt den Gärtner, der soll man keine Angst vor dem Grafen haben, wenn er zurückkommt. Der Graf wird noch lange nicht zurückkommen. August Menz wünscht diesem Schloß, daß hier schon bald und für immer ein deutscher Herr einzieht, der alle Schäden ausbessert, der auch die Lehmhütten ringsherum verschwinden läßt und

schmucke Häuschen an deren Stelle setzt und meinetwegen auch neue Mirabellenbäume anpflanzt. Dann würde dieses Schloß, dieses Kleinod einer vergangenen Kultur – das schreibt er nach Hause –, in einen goldenen Reif deutschen Fleißes, deutscher Ordnung und deutschen Bürgerglücks gefaßt sein. Denn daß der Frieden dem Vaterland ein Großdeutschland beschert, das so groß ist, wie es sich keiner bei Beginn des Krieges träumen ließ, das steht wohl außer Zweifel.
Kurland zum Beispiel, das darf den Russen doch nicht überlassen werden, die würden dort ja jede Spur deutscher Kultur mit Stumpf und Stiel ausrotten.
Und Belgien, diese »gegen das Herz Englands gerichtete Pistole«, Belgien kann nur dem Deutschen Reich gehören, das steht fest. Das ist man den Flamen schuldig, diesem lebenskräftigen, fleißigen und eigenartigen Menschenschlag. »Flandern«, so müßte diese Provinz dann heißen. Das ist man sich auch selbst schuldig, der eigenen großdeutschen Geltung.
Unverständlich, daß Scheidemann auf alles das verzichten will, sogar auf Kriegsentschädigung! Da muß sich dieser vaterlandslose Geselle auch nicht wundern, wenn seine Partei weiterhin unter Menschen, die etwas von Politik verstehen und ein Gefühl für Geschichte haben, indiskutabel bleibt.
Nach dem Krieg wird man guttun, auf ihn und seinesgleichen ein wachsames Auge zu haben.

Sich selbst wünscht August Menz jedenfalls, daß er eines Tages, irgendwie, auch so einen Besitz ... Bescheidener natürlich, einfacher, »bürgerlicher«, wenn man so will. Ein kleines Gut im Mecklenburgischen (Farben und Lacke en gros!), ein weißes Haus hinter einer Linde. Einen Besitz wie Glüsenberg etwa, das Gut seines Onkels. Die einzige Tochter, Anna-Mathilda, gar nicht so unflott, wie sie da so herumgeritten ist in der Flur. Beim nächsten Urlaub wird man dort mal nach dem Rechten sehen

müssen, das ist klar: einen Pavillon bauen lassen mit Kupferdach und Laterne obendrauf, und sitzen und lesen und den Schwänen zusehen, auf dem dann anzulegenden See.
Und von fern das Dengeln der Sensen.

»*Cela suffit!*« würde er dann denken, stellt er sich vor. Oder: »*Je suis d'accord*«, das würde doch wohl auch passen.

August Menz guckt von der steinernen Brücke in den Wallgraben hinunter, in dem etwas trübes Wasser steht. Er sieht die Steinbrücke in dem Wasser, und er sieht sich selbst, wie er hinunterguckt, und er kann es nicht lassen, er muß hinunterspucken und den Kreisen nachsehen, die sein Spucken hervorruft.

Die Möglichkeiten, im Park spazierenzugehen, sind begrenzt. Man geht die Wege mal so und mal so herum. Vorne hat man den Vorteil des schönen Ausblickes auf die Front des Schlosses, hinten ist es eine verfallene Kapelle, eine Gruft, die anregend wirkt.
In einer verlassenen Ecke steht ein Wintergarten mit grünen Gußstahlverzierungen, ein Gewächshaus, in dem es feucht ist und nach exotischen Gewächsen riecht. In diesem Gewächshaus springen die zwei Affen herum, die Hagenbeck der Staffel geschenkt hat. Zuweilen jagen sie sich mit schrillen Schreien, manchmal sind sie aber auch vernünftig und lesen einander kleinste Schüppchen aus dem Fell.

Ein Riesenadler mit gestutzten Flügeln, der hier auch untergebracht ist, ein Geschenk des Großherzogs von Baden, hat allerdings schon aufgegeben. Der kommt von seiner Stange selbst dann nicht mehr herunter, wenn man ihm das schönste Fleisch hinlegt.
Leutnant Menz sieht hinauf zu dem Adler: dieses riesige Tier und derart melancholisch? Es könnte sich doch ein

wenig majestätisch recken. Ein Rest von Kraft müßte doch noch lebendig sein.
Der Adler wendet den Kopf nach rechts und klappt ein einziges Mal mit seinen weißen Augenlidern. Ansonsten verzieht er keine Miene, obwohl er sehr wohl sieht, daß da unten einer steht. Statt dessen kommen die Affen gesprungen, Heini und Rieke, und sehen sich den Flieger an, der sie in einer rüttelnden Kiste von Hamburg bis hierher gebracht hat. Die Hand hat er in der Tasche, will er was herausholen? Einen Apfel vielleicht? Oder ein paar Haselnüsse?
August Menz bleibt nicht lange stehen bei diesen sonderbaren Menschheitskarikaturen, er bleibt nur so lange stehen, wie es dauert, daß er eine Zigarette dem Etui entnimmt. Die beiden Affen sehen ihn an, unverwandt, wie er da zum Adler emporguckt und die Zigarette festklopft. Merkwürdig, daß der Kerl schon wieder geht. Er ist doch gerade erst gekommen?

»Leutnant Menz hat zehn Abschüsse, aber er möchte nicht, daß darüber gesprochen wird. Zehn Abschüsse sind gleichbedeutend mit zehn Menschen, die ihr Leben ließen, das müssen Sie verstehen.« Die ihr Leben ließen für ihr Vaterland, immerhin. Wenn es auch ein fremdartiges Vaterland ist.

Nachdem August Menz die Wege mal so und mal so herumgegangen ist, steigt er die Stufen zum Schloß wieder hinauf – Klavierspiel ertönt in dessen Innerem –, Stufe für Stufe und in den Fußgelenken wippend steigt er hinauf, und er streift die Handschuhe ab.
In der Bibliothek sitzt Ferdinand von Maltzahn und spielt Chopin, hinauf, hinunter, am wohllautenden Flügel. Das wird man später dann mal irgendwo hören, und man wird sich dann erinnern, wie schön es doch eigentlich hier war. Diese Polonaise. Oder dies Nocturne.
Leise die Tür schließen, damit jener dort nicht innehält im Spiel.

Menz geht ins Kaminzimmer, wo der Bursche eben ein knackendes Feuer angefacht hat. Ah, das tut gut. Er reibt sich die Hände. Ah, das tut gut.
Auf dem Kaminsims liegt die Post, der Größe nach geordnet. Aha! Ein Brief von Margarethe de Bonsac aus Hamburg, das ist ja nett, und die Mutter hat, wie man sieht, auch geschrieben. Schön.
Der Rostocker Anzeiger ist schon wieder dünner geworden – »Streiks in Rußland!« – da steht bald überhaupt nichts mehr drin.

Er legt die Zeitung hin und auch den Brief der Mutter (»... und so denken wir täglich an Dich und beten zu Gott, daß alles ein gutes Ende nimmt ...«) und schnuppert an dem kleinen himmelblauen Brief aus Wandsbek. Er setzt sich und streckt die Füße den wohlig warmen Flammen entgegen. Die Füße, die in so außerordentlich weichen Stiefeln stecken, in Brüssel besorgt, gerade noch bevor dort alles beschlagnahmt wurde.
Erst mal eine dieser überlangen Zigaretten anrauchen, die er weiß Gott woher kriegt, dann einen Liqueur aus dem Kristallflacon, und dann mit dem feinen Briefmesser den himmelblauen Brief aufschlitzen, in dem vermutlich wieder so entzückende kleine Dummheiten stehen.
Ärgerlicherweise fällt aus diesem Brief sogleich etwas heraus, man muß sich bücken, wobei man das Tischchen mit dem Liqueurflacon anstößt und die Asche der Zigarette verliert. Ein kindisches Lackbild ist es, soweit man sieht, eines von der Art, mit denen ihn seine beiden Schwestern elendeten, so manches Mal.

August liest den Brief von Grethe de Bonsac – von drüben ertönt noch immer Chopin – und er liest ihn zum zweiten und zum dritten Mal, und er richtet sich auf, und er *steht* auf und tritt an das breite Fenster: Chopin, immer rauf und runter, und der Park, so grün und groß: Mein Gott! *Heiraten* will sie ihn? Da hat sich also dieses Kind ver-

gafft? Hat die pure Freundschaft, mit der er sie umgab, gar mißverstanden?
Nein! *C'est impossible*, *absolument*!

Rasch und entschlossen setzt er sich an den Schreibtisch und tunkt den Federhalter in das Kristalltintenfaß und schreibt mit seiner eckigen Schrift einen kurzen Brief. »Nein«, schreibt er, nein, er kann es nicht tun, er darf es nicht tun, sie heiraten, in diesen unsicheren Zeiten, der Krieg, wie lange mag er denn noch währen, dieses blutige Völkerringen? Vielleicht fällt er ja!? Hat sie denn gar nicht einmal daran gedacht? Hat sie denn vergessen, daß ihn das schmerzen muß? Angesichts des Todes einen solchen Brief zu bekommen? Und ihn ablehnen zu müssen?
Täglich und stündlich kann es ihn ereilen, und sie bleibt dann allein?
Nein, das kann er nicht verantworten. Jeden Tag kann das Schicksal ihn ereilen, wie gesagt, täglich und stündlich. Und wenn es ihn nicht ereilt, was wirklich ein Wunder wäre, dann muß er sich doch erst irgendeine Existenz aufbauen, nach dem Krieg. Oder soll er etwa zum Vater in die Firma gehen? Lacke und Farben en gros? Nie! Das muß sie verstehen. Ein stilles, mecklenburgisches Gut, wie Glüsenberg eins ist, das will er haben, aber das muß er erst haben.
Er guckt sich das Bild des französischen Schloßherrn an, das über dem Kamin hängt, und der Bursche bringt den silbernen Leuchter mit den fünf brennenden Kerzen, und er knifft den Brief und leckt ihn an und siegelt ihn: A.M. Dann wirft er das Lackbild, das aus Grethes Brief herausgerutscht ist, diesen kleinen Sixtinischen Engel da, ins Feuer und geht zu Ferdinand hinüber, seinem Blutsbruder, der augenblicklich aufhört zu spielen, der etwas ahnt von der Schwere des Entschlusses, dem August Menz sich ganz offensichtlich gerade gebeugt hat. Und sie fahren mit dem Wagen hinaus zum Flugplatz und setzen sich in die Maschine und steigen in die blaue kalte Luft hinan, und

fast vergessen sie hier oben, daß es eine Erde gibt und daß sich auf dieser Erde soviel Jammer und Not zuträgt.

Vierzehn Tage später steht dieser Brief in Wandsbek auf der Garderobe, und der Hund bellt, und Grethe sieht den Brief schon von draußen durch die Scheibe und schließt wie rasend auf. Die Treppe läuft sie hinauf mit dem Brief in der Hand, von Axel Pfeffer wild verfolgt – »Kind, komm doch erst zum Essen!« –, und während sie sich den Hut löst, liest die den Brief, und sie kommt an diesem Tage nicht zum Essen. Zu ihrer Freundin Thea läuft sie, und die weiß sofort, daß etwas Schreckliches passiert ist ...

Weitere vierzehn Tage später sitzt Karl im »Heiligen Grab« der Lehrersfrau bei einem Glase Dünnbier, er hält einen hellblauen Brief in der Hand, nach Seife riechend, und der ist anders als das, was er sonst aus Hamburg bekommt. Nicht: »Wie geht's? Wie steht's?« Nein, ernst ist dieser Brief. Kurz und ernst. Daß sie an einem Abgrund steht, schreibt Grethe, und daß sie jemand braucht, der mit ihr in diesen Abgrund springt.

Watt, watt schall dat bedüden?
Kam', kam' betere Tiden?

Diesen Brief versteht Karl nicht, und er dreht ihn um, ob auf der Rückseite nicht noch etwas steht. Irgendwie anders im Ton ist er, nicht ungünstig, so kommt es ihm vor. Irgendwie nicht ungünstig, findet er.

Karl läßt sich am nächsten Tag photographieren, männlicher ist er geworden und ein bißchen eckiger, und das Bild wird nach Wandsbek geschickt, ein Maschinengewehr im Hintergrund, auf ein Leinentuch gemalt, und eine Brücke aus Pappmaché. Und dort wird es in jenen Rahmen gesteckt, in dem zuvor ein anderes sich befand.

Ich hab das miterlebt! Diese Enttäuschung! Ich hab mein armes Grethel so bedauert, ach, was war das für ein Kummer. Und sie hat ihn so geliebt . . .
Wir hatten Kränzchen, und Grethe kam etwas später, das wunderte uns schon, sie kam sonst immer pünktlich. Wir waren zu fünft, und Grethe klingelt, ich mach auf und guck sie an und sag: »Grethe, wie siehst du bloß aus?« Sie sah ganz verändert aus, völlig erloschen, wie erledigt, und sie hatte doch sonst einen so entzückenden Schmelz!
Sie weinte nicht, aber sie war starr, und irgendwie war sie innerlich tot.
»Was hast du, Grethe?«
»Er hat geschrieben«, sagte sie: »Aus falscher Rücksichtnahme könnte er mich nicht heiraten . . .«

Er hatte also einen Rückzieher gemacht, und Grethel saß nun da. Nein, was war das für ein Kummer! Den ganzen Krieg über hatten sie sich geschrieben, immer einen Brief nach dem andern, hin und her. Er ist auch mal in Wandsbek gewesen, hat einen Besuch gemacht, als Flieger, mit Orden, sehr schick. Und nun diese Absage. Warum? Vielleicht fühlte er sich bedrängt und hat deshalb »nein« gesagt, kurz und bündig.
Er hätte wohl lieber selbst die Frage gestellt, ob sie seine Frau werden will, manche Männer sind da ja komisch.

Jedenfalls kam Grethe bei uns an, den Brief in der Hand, völlig vernichtet.
»Was ist bloß los?« hab ich sie gefragt.
Aus »falscher Rücksichtnahme« könnt er sie nicht heiraten. (Weiß auch nicht, was das heißen sollte.) Er hatte wohl noch keinen Beruf und wollte wohl erst mal frei bleiben.

Das hat Grethe, glaub ich, nie verwunden. Der »blonde Schlingel«, wie Frau de Bonsac ihn nannte. Und Grethe hat ihn so geliebt!

43

Im Schützengraben ist die Stimmung sehr verändert. Von der Fürsorge um die Soldaten, von der soviel in den Zeitungen steht, ist draußen nicht mehr viel zu merken: »Nie wieder kann ich im Café bei einer Siegesmeldung gedankenlos hurra schreien ...«, schreiben die Soldaten nach Haus.

Der Regent, Dirigent, das regent ... Die Gräben und Unterstände sind mit Schlamm und Wasser gefüllt. Wasser von unten und Regen von oben. Tag und Nacht muß man Erde schaufeln und Wasser pumpen, aber das Wasser bleibt, und immer wieder fällt Regen in schweren Schauern, so daß das Unterzeug an den Schenkeln klebt. Dazu nachts die bedrückende Dunkelheit: Jedes Licht würde die Stellung verraten. Eine Nachtdunkelheit, die nur durch das Blitzen der Granaten erhellt wird – schmerzlich für die Augen. Und die Ohren brummen von den Minen.
Man wird unwillig gegen dieses Leben in Schlamm und Dreck und gegen das unausgesetzte naßkalte, vergebliche Arbeiten. Es sind Strapazen, die kein Mensch im Frieden für eine zivile Sache ertragen würde.

Morgens, wenn alles ruhig ist, kommt »Todesmut« mit großem Gefolge durch die Gräben. Dann werden extra Roste ausgelegt. Die Posten, die beim Sprechen ständig zum Franzosen hinüberblicken müssen, werden nach den Stellungen gefragt und nach den Vorgesetzten, wie sie heißen. Einen frisch eingetroffenen Mecklenburger fragt er: »Wie heißt Ihr Regimentskommandeur?« – Da sagt der Kerl: »Mein Regimentskommandeur heißt Oberstleutnant Todesmut!«
Drei Tage Mittelarrest (abzubüßen nach dem Krieg).

Einer der jungen Kriegsfreiwilligen hebt bei der Meldung den Kopf über die Brüstung. Peng! Kopfschuß: tot.

Alle vierzehn Tage ist Ablösung, da wird ins Ruhequartier marschiert, schwer von Lehm und Nässe, und wirklich und wahrhaftig müssen die letzten hundert Meter im Parademarsch zurückgelegt werden. Das ist ein sonderbarer Anblick, »Todesmut« auf seinem Pferd und die verdreckten, müden Kerle da mit fliegendem Mantel.

Sobald sie sich ausgeschlafen haben, erscheinen sie vor der Baracke und blinzeln in die Sonne, das Gesicht von Staub und Dreck überzogen. Sie waschen sich und sitzen im Gras, halbnackt, und suchen sich die Läuse ab. Der Hauptmann geht herum und redet mit ihnen, und der Barbier ist bei der Arbeit.
Aber an Ruhe ist nicht zu denken, die dicke Lehmschicht muß mit dem Messer von den Kleidern geschabt werden. Außerdem wird in jeder freien Minute exerziert, oder es werden Appelle veranstaltet.
Als sie beim Straßenreinigen sind, kommt der Divisionsgeneral, der ahnt ihre Gefühle und ruft ihnen zu: »Kinder, das geht nicht anders, das muß auch sein!« und nickt ihnen zu und guckt einigermaßen freundlich durch seine Brillengläser. Das ist ein verständiger alter Herr.

Straßenreinigen und Straßenbau gehen ja noch! Aber als nachts der Befehl zum Vormarsch mit Schanzzeug kommt, werden die Soldaten böse. Es muß drei Stunden marschiert werden, ohne Waffen, mit Drahtrollen, Pfählen und Werkzeug, und es ist so dunkel, daß man jeden Augenblick meint, den Anschluß zu verpassen.
Manchmal verliert der Gruppenführer die Richtung, und dann muß man unter Gefluche und Geschimpfe über Verhaue klettern, durch sumpfige Löcher, abschüssige Stellen und Wassergräben bei undurchdringlicher Finsternis.

»Aufschließen!« heißt es, aber viele Soldaten stellen sich taub, gleiten in die Dunkelheit und bleiben in irgendeinem Trichter liegen. Am nächsten Morgen erst trudeln sie wieder ein. So mancher auch dann noch nicht. Der treibt sich tagelang in verlassenen Hütten herum oder pendelt von einem Haufen zum andern und fragt: »Wo ist das Regiment 210?« Ganze Scharen von Versprengten laufen im Hinterland herum, alle Arten von Nachzüglern und Drückebergern.

Karl ist im März 1917 Fähnrich geworden. Er hat einen Unterstand für sich und einen Putzer, der ihn gut versorgt. Als wieder mal ein Schwung Neuer kommt, traut Karl seinen Augen nicht: Das ist ja Erex Woltersen ... Schon liegen sich die beiden in den Armen: Was Rostock macht, das gute, alte Rostock, und: »Nun kann ja nichts mehr verfrieren ...«
Von Valentine Becker sprechen sie, daß die doch eigentlich wahnsinnig hübsch gewesen ist, und von den Warnow-Wiesen, wie sie da die Liebespaare belauscht haben, und dann die Höhle in dem alten Weidenbaum. So schön warm und gemütlich ...

Die beiden tauschen ihre Bücher aus, den GLOBUS-Faust und die RECLAM-Bändchen, und als sie alles ausgelesen haben, verbringen sie ihre Zeit mit dem Studium des RECLAM-Verzeichnisses. Sie gehen die Autoren der Reihe nach durch, und es ist ihnen spannend, welche Kenntnisse sie da zusammenkratzen.
Daß das deutsche Gemüt das Stück des Deutschtums ist, das ihm seine Größe einträgt, darüber sind sich die beiden einig. Um die Kultur geht ihnen der Kampf (drüben liegen Zuaven), um Dichtung, Kunst und Philosophie: um Goethe.

> Vom Eise befreit sind Strom und Bäche
> durch des Frühlings holden, belebenden Blick ...

Und um das Straßburger Münster (zwar mit nur einem

Turm, aber der so unverwechselbar deutsch!). Oder um die Matthäuspassion: »Kreu-zi-get ihn!« Wie das ganze Orchester da aufwummert und der Chor: »Kreu-zi-get ihn!« singt. Hundert Jahre lang vergessen und dann plötzlich wieder aufgeführt: die Matthäuspassion. (Und das durch einen jungen Juden.) Bach, dieser fünfte Evangelist, auf dessen Kompositionen die ganze abendländische Musik der letzten 200 Jahre fußt!
Was wohl noch so alles im Schoße des deutschen Geistes verborgen liegt und der Entdeckung harrt ...
Wie wird man alles genießen, wenn man erst mal wieder zu Hause ist.

Erex ist ein flotter Federzeichner, an guten Tagen porträtiert er die Ratten, die über die Laufplanken huschen, die sich lausenden Soldaten und Karl, wie er auf der Latrine sitzt. »De profundis«, schreibt Karl darunter und schickt das Bild nach Hause, und heute noch existiert es, ein Kaffeefleck ist drauf, und immer noch steht »De profundis« darunter. (Ob Anna Kempowski es ihren Kränzchenschwestern gezeigt hat, steht dahin. Eingerahmt hat sie es sicher nicht.)
Einmal kommt ein Pionier mit sechs Gefangenen vorbei: Auch das wird gezeichnet. Der Pionier mit seinem aufgepflanzten Bajonett und die dauernd grüßenden Gefangenen, die anscheinend bange sind, daß man sie sofort abmurkst: So schnell laufen sie, daß der Pionier kaum folgen kann, und die Käppis schwenken sie grüßend und rufen: »*La guerre est finie. Patrie allemande*!«

An klaren Tagen sehen Karl und Erex Fliegerkämpfen zu: Gewandt umkreisen die Gegner einander, und man hört das Tacktack der Maschinengewehre. Und dann fängt mit einem Mal ein Flugzeug an, in Spiralen zu Boden zu wirbeln, schnell und immer schneller. Oder plötzlich leuchtet eins hell auf: Es ist in Brand geschossen! Eine Rauchfahne hinter sich herziehend trudelt es in die Tiefe.

Das ist ein Bild, das immer wieder großen Reiz ausübt. Wenn man nur wüßte, ob's ein Freund oder ein Feind gewesen ist.

Erich, der ein gutes Gedächtnis hat und ein hübsches Geschick zum Vortragen, spricht manchmal Balladen in den Mannschaftsunterstand hinein, wenn die Soldaten erschöpft an den Wänden hocken, unrasiert, das Krätzchen im Nacken. Oder er liest Homer vor, und die Kerle lauschen:

> Wie man die Männer erschlägt
> und die Stadt mit Flammen verwüstet,
> auch die Kinder entführt
> und die tief gegürteten Weiber . . .

Leider gibt es immer wieder solche Typen, die bei den schönsten Gedichten laut rülpsen oder sogar Brotfurze ablassen allerschlimmster Sorte, und zwar so laut wie möglich.

Im März 1917 kommt eine schlimme Sache: »Wer will freiwillig nach Finnland?« heißt es, und da melden sich natürlich alle. Nach Finnland will ein jeder gern, aber es geht nicht nach Finnland, ein sogenannter »Höhenzug« soll zurückerobert werden. Die 210er sollen das tun, sie werden mit der Bahn abtransportiert.

Nachmittags kommen sie in »S.« an, wie es in der Geheimsprache der Kriegsberichte heißt. Auf der Straße begegnet ihnen schon ein Auto nach dem anderen, vollgepfropft mit stöhnenden Verwundeten, andere fahren leer zurück. Leichtverwundete kommen dazwischen angehumpelt und Männer mit Tragen.
Schon sehen sie den »Höhenzug« in der Ferne liegen, er hat die Nummer 63, und auf dem Höhenzug ist schlicht die Hölle los.

Das ist kein einzelnes Krachen mehr, sondern ein unaufhörlicher, markerschütternder Donner. Man kann die Einschläge nicht mehr unterscheiden, das gleicht einem feuersprühenden Berg.
Und da hinein müssen sie! Schnell wird noch Essen gefaßt, und schnell wird noch ein letzter Gruß gekritzelt für die Feldpost (von manchem wohl der allerletzte), dann heißt es: »Antreten! Ohne Tritt, marsch!«
Die Offiziere eilen vor und zurück, eine gewisse Erregung hat sich aller bemächtigt, es wird geschimpft und geflucht, alle sind gereizt. Karl hat in solcher Lage immer eine unnatürliche Ruhe. Ihm fehlt die »Fickerigkeit«, so nennen die Soldaten das ängstliche Wesen furchtsamer Leute.

Sie marschieren langsam die steile Höhe hinan in grundlosem Schlamm dem Feuer entgegen. Wie in einem Hochwald, in dem man Bäume gefällt hat, liegen hier die Toten – meist deutsche Soldaten. Und jeder liegt anders da: mit ausgebreiteten Armen, das Gewehr fest in der Hand. Offiziere, den Degen vorgestreckt, das Gesicht zur Erde; andere kniend, den Kopf in den Acker gewühlt: mit ihren bleichen Gliedmaßen sehen sie aus wie Wachsfiguren im Panoptikum.

Soldatenleben, hei! Das heißt lustig sein!

In einem Wagengleis liegt einer auf dem Rücken, die rechte Hand hält das Gewehr, mit der linken hat er sich im Todeskampf Rock und Hemd aufgerissen: Die blutige Todeswunde liegt frei. Um einen Offizier liegen zwölf, fünfzehn regungslose Gestalten, alle mit dem Gesicht zur Erde, auf der anderen Seite liegen sie in Schützenlinien, Schulter an Schulter. Der eine wollte gerade abziehen, hat den Finger am Drücker, das linke Augen eingekniffen. Er starrt noch im Tode auf den Feind, nachdem ihn die Kugel schon getroffen hat
Gräßlich der furchtbare Leichengestank!

Plötzlich läßt das Artilleriefeuer nach, ein Wunder! Das

Feuer erlischt, der Staub verflüchtigt sich, man hört: streitende Spatzen.
Durch einen Laufgraben gelangen die 210er zum Schützengraben am Abhang des nach Norden abfallenden bewaldeten Berges.
Einer nach dem andern zwängt sich durch den Graben, in dem Leichen den Weg versperren, so daß man über sie hinwegklettern muß und dabei mit den kalten Händen und den Gesichtern und den noch blutenden Wunden in Berührung kommt. Schlamm und Blut mischen sich an den Stiefeln.
In dreißig Meter Entfernung laufen die französischen Schützengräben, sowie sich ein Helm über der Brustwehr zeigt, pfeift es ihnen über die Köpfe hinweg.

Der Schützengraben ist ein Chaos von Erde, Steinen, Baumstämmen und Leichen, und je weiter sie gegen den linken Flügel kommen, desto schauerlicher wird es. Die Leichen liegen immer dichter innerhalb und außerhalb des Grabens. Am linken Flügel gleicht der Schützengraben eher einer vertieften Mulde – so zusammengeschossen ist er –, notdürftig ist eine Art Barriere errichtet, denn am andern Ende des Grabens liegen die Franzosen. Man sieht deutlich ihren Flankierungsschützengraben.

In dem Graben, der mit allen möglichen Ausrüstungsgegenständen aufgefüllt ist, sitzt man und steht man auf den Toten, als wenn es Steine oder Holzklötze wären. Gehirn, Gliedmaßen, Blut überall. Ob dem einen der Kopf zerstochen oder abgerissen, dem andern der Brustkorb klafft, dem dritten aus dem Rock die blutigen Knochen herausragen – das kümmert keinen: Draußen in einem Granatloch sitzt ein junger Franzose, das Gewehr im Arm, den Kopf etwas geneigt, und die Hände hält er, wie zur Abwehr, vor die Brust, in der ein tiefer Bajonettstich klafft.

Ein Haufen von fünf Leichen liegt vor der Barriere; man

muß ständig auf ihnen herumtreten und quetscht sie in den Schlamm hinein.
Auf einmal sieht Karl, daß eine der Leichen, unter drei andern liegend, sich zu regen beginnt, ein bärtiger, strammer Franzose ist es, der die Augen aufschlägt und furchtbar wimmert. Er wird herausgezogen, kriegt zu trinken und fällt wieder in Ohnmacht zurück.
Die 210er richten sich ein, so gut es geht, sie schaufeln sich Vertiefungen, in denen sie sich bergen können, wenn das Artilleriefeuer wieder ausbrechen sollte. Karl kniet einmal unvorsichtig auf, um besser hinübersehen zu können: Da prasselt es, pfeift und surrt! Der Dreck spritzt ihm in die Augen. Da drüben stehen Maschinengewehre, und die Franzosen schießen mit der Pfeife im Mund.

Am nächsten Morgen gibt's dann wieder ein Mordsbombardement, und gegen neun Uhr wird das Feuer vorverlegt, und man hört drüben bei den Franzosen ein Geschrei: »*Allez*, *allez en avant!*« Hinter Sträuchern, Bäumen und Erdhügeln springen sie geduckt hervor, und die Mecklenburger sitzen da wie auf dem Schießstand. Wo ein Franzose von einer Deckung in die andere springen will, erreicht ihn die Kugel. Karl schießt mit einem französischen Gewehr, bis der Lauf glüht, das Wasser läuft an ihm herunter, und die Brille ist verschmiert von Schweiß und Erde. Neben ihm tut es einen leisen Aufschrei: »Mich hat's erwischt!« Schultze mit »tz«.

Seht, er kommt mit Preis gekrönt . . .

Der rechte Arm hängt ihm schlaff herunter, zerschossen. Er kriecht zurück, und während Karl ihm nachsieht, surrt es an seinem linken Ohr vorbei.

Die Franzosen kommen bis auf zehn Meter heran, dann ziehen sie sich zurück. Das ist der Moment zum Gegenstoß, raus aus dem Graben: »Hurra!« und in den feindlichen Graben hinein.

Der Sturmangriff ist höchste Frühlingszeit
in des Mannes Leben . . .

Dies sind die Bilder, die Karl nicht vergessen wird, wie er da hineinspringt in die Trichter, junge Burschen heben die Arme, andere laufen davon: Das ist also das Stürmen, so denkt er immer wieder.

Von Begeisterung darf man nicht sprechen in einem solchen Fall. Jeder wünscht sich beim Stürmen tausend Meilen fort, und ein schöner Heimatschuß ist der stille Herzenswunsch eines jeden. Aber hätten sie am nächsten Tag wieder vorgemußt, so wären sie wieder aus den Gräben geklettert, aus Pflichtgefühl oder aus Gewohnheit: Der Befehl kommt und wird eben ausgeführt.

Manchen treibt auch noch die Scham vor dem Spott der andern, wenn er zurückbleibt. Denn wenn auch sonst der Soldat sich brüstet, daß es ihm gelungen ist, sich zu drücken, so wird doch nach einem solchen Tag ein scharfes Gericht gehalten, und jeder einzelne wird auf Herz und Nieren geprüft, ob er dabei war, ob er zurückgeblieben ist und wie er sich gehalten hat.

Am Abend kehrt Ruhe ein, kein Franzose zeigt sich mehr, und die 210er können ausschnaufen. Sie durchsuchen das Gepäck der gefallenen Franzosen und finden Zwieback, Schokolade, Ölsardinen und Brot. Das schöne, weiße, französische Brot. Einer bringt ein ganzes Laib, das ist an einer Kante voll Blut. Nach kurzem Zögern wird das Blut abgeschnitten, das Brot wird geteilt und aufgegessen.

Auch Zigaretten werden gefunden, die beruhigen die im Schüttelfrost klappernden Nerven, starke Zigaretten.

Karl hält eine Pistole in der Hand, die hat er einem toten französischen Offizier weggenommen. Eine deutsche Pistole ist es, die dieser sicher einem deutschen Offizier aus der erstarrten Rechten gelöst hat.

Sie liegt gut in der Hand, findet Karl. Praktischer als ein Gewehr. Und gefälliger auch als seine schwere Dienstpistole.
Karl hockt an der Grabenwand und starrt vor sich hin, die Pistole in der Hand. Ein Vorübergehender stößt ihn an, der meint, er wäre tot.

44

In Rostock regnet es. Die Menschen sind schlotterig geworden, hager und eingefallen. Die Brotrationen hat man gekürzt, und Kartoffeln gibt es für den Winter einen Zentner weniger. In den Schaufenstern liegen zwar immer noch mächtige Käselaibe, aber das sind alles Attrappen.

Cu fortis stalleris

In der Zeitung steht: »Das ist ja grade das Gute an der Kriegskost: Gicht, Fettsucht, Leberleiden und Zuckerkrankheit sind zurückgegangen, ja zum Teil gänzlich verschwunden. Der Krieg hat die Menschen Einfachheit und Sparsamkeit gelehrt. Mit all den großen und kleinen Sünden gegen den Körper, Kaffee, Tee, Tabak und Alkohol, hat er gründlich aufgeräumt.«

Die Frauen haben es nicht leicht: Stunde um Stunde müssen sie anstehen um etwas Obst oder Freibankfleisch und immer in Angst, daß es in der Nebenstraße noch was Wichtigeres gibt. Oder daß »Schluß!« ist, wenn sie eben drankommen. Das zermürbt: Schlange zu stehen oder über Land zu ziehen und zu betteln oder in der Rostocker Heide Holz zu sammeln, Beeren und Pilze, immer voller Angst vorm Förster, der einen »Schein« sehen will, einen »Beerensammelschein« mit Stempel drauf, den man natürlich nicht hat.

Pilze sind hoch geschätzt, Champignons, Steinpilze und Pfifferlinge, Nährwert haben sie keinen, aber sie lenken durch den fleischähnlichen Geschmack vom Hunger ab. Bedauerlich, daß die Menschen nichts von den vielen anderen Speisepilzen wissen, dem kahlen Ritterling zum Beispiel, oder dem Runzelschüppling oder von dem Hallimasch. Da müssen die Lehrer in den Schulen noch viel aufklären und werben.

Schautafeln hängen sie aus und: wie dumm die Menschen sind, das sagen sie immer wieder: Ebereschen, also Vogelbeeren, die wachsen den Menschen doch in den Mund. *Die* den Vögeln zu überlassen!?
Und Quecken? Die weißen Wurzeln der Quecken? Eiweißhaltig! Die muß man kleinhacken und mit heißem Wasser überbrühen, das ist delikat. Weit entfernt hat man sich vom natürlichen Leben. Zu weit.
Die Schulkinder kommen in gestopften Hosen und Holzpantinen zur Schule, sie essen Steckrübenscheiben statt Brot: Achtzig sitzen in einer Klasse oder gar neunzig, weil die jungen Lehrer an der Front stehen und die alten die Arbeit mitmachen müssen,

Kopf hoch: le roi!

Die alten knittrigen Lehrer, auch sie kommen mit Steckrübenscheiben statt Brot und in gestopften Hosen. Und wenn sie auf die Kinder einprügeln, weil sie sich nicht zu helfen wissen, dann denken sie an alles mögliche, nur nicht an die Kinder.

In dem neugotischen Postgebäude am Wall stehen kümmerliche Gestalten auf der gußeisernen Rosette, aus der warme Luft nach oben steigt. Wärme! Entlassene Soldaten sind es, mit einem Bein oder »Schüttler«, diese Menschen, die am ganzen Leibe zittern, weil sie unter der Erde gelegen haben. Sie warten darauf, daß jemand einen Zigarettenstummel wegwirft, einer dieser schneidigen Leutnants, oder der dicke Sodemann, der gerade die Post holt: die Post mit den so erfreulichen Nachrichten, daß man wieder einmal größere Erzverträge abgeschlossen hat. Gutes Erz aus dem fleißigen Schweden für die fleißigen deutschen Kanonenfabriken in Schlesien.

Am Hopfenmarkt stehen die zerknitterten Alten und lesen die ausgehängte Zeitung: 183 Kilometer Front zurückgenommen? Planmäßiger Rückzug? Was soll denn das nun wieder heißen? . . . Die Verlustlisten am »Rostocker

Anzeiger« werden immer länger, und das Grüßen der Verwundeten wird seltener. Wenn man alle Verwundeten grüßen will, so wird gesagt, da kann man ja bald dauernd den Hut ziehen. Jeden einzelnen Verwundeten grüßen? – Ein wohlmeinender Mensch schlägt vor, man soll ein Grußabzeichen anschaffen, das kann man sich dann ja an die Mütze stecken.

Auf dem Markt steht eine Volksküche; für arme Leute ist sie aufgefahren, einen Henkeltopf voll dünner Suppe gibt es da auf Berechtigungsschein, die schmeckt nach Petroleum.
Einmal fährt sogar ein Pferdewagen mit Kommißbrot auf. Da gibt es eine wüste Schlägerei, und die Soldaten, die das Brot ausgeben wollen, sagen: »Na, denn eben nicht!« und traben wieder ab.

Im Rathaus steht eine Seemine aus Holz, auf der man weihevollerweise die Reichskriegsflagge ausnageln kann.

Dir woll'n wir treu ergeben sein,
Getreu bis in den Tod,
Dir woll'n wir unser Leben weih'n,
Der Flagge Schwarz-Weiß-Rot.

Die große hölzerne Seemine ist nicht nur mit der Reichskriegsflagge versehen, sondern auch mit ebenfalls auszunagelnder Laubverzierung aus je einem Lorbeer- und einem Eichenzweig. Um eine gefällige Form zu erreichen, hat man sie auf anderen kleineren, gleichfalls hölzernen Seeminen montiert.
1915 hat man mit der Nagelung begonnen, montags und mittwochs von elf bis zwölf, eine Jungfrau stand daneben und reichte den Hammer, und immer ist man noch nicht fertig damit, es gibt nämlich keine Nägel mehr, weder »goldene« zu zehn Mark noch »silberne« zu fünf Mark, das ist der Grund.

Im Fürstensaal des Rathauses, der sonst nur zu festlichen

Gelegenheiten aufgeschlossen wurde, befindet sich die vaterländische Kleiderverwertungsgesellschaft. Unter den goldgerahmten Bildern längst verblichener Bürgermeister, mit Pelzkragen und Samtbarett, stapeln sich jetzt Ballschuhe, weiße, rosa, himmelblaue, silberne und goldene. Auch Fräcke liegen da, mit herabhängenden Schwalbenschwänzen. Ehrenamtliche Kräfte des vaterländischen Hilfsdienstes sind hier beschäftigt, aus Altem Neues herzustellen. Ein Photoreporter kommt und photographiert das, und im »Rostocker Anzeiger« ist das Bild zu sehen. Die Fräcke sind zu sehen und die Ballschuhe – Skipullover und Pelze nicht, die hat seit 1914 kein patriotisch gesonnener Bürger mehr abgegeben.

Das Siegesläuten ist seltener geworden. Im ersten Kriegsjahr hatte man sich gar nicht einigen können: Lodz? Die Einnahme von Lodz? Ist das nun ein Sieg, oder ist das keiner? Der Pastor von St. Nikolai meinte, ja, das ist ein Sieg, und ließ läuten, daß die Hunde bellend durch die Straßen liefen, der von St. Petri meinte, nein, das ist kein Sieg, und ließ nicht läuten.
Da hatte natürlich von Amts wegen eingegriffen werden müssen: Jawohl, heißt es seitdem, dieses hier heute ist ein Sieg, es ist zu läuten und zu flaggen. Ein Polizist fährt mit dem Fahrrad die Kirchen ab und auch die Schulen. Und in den Schulen klingelt es dann dreimal lang, und das heißt: Sieg! Und dann läuten auch schon die Kirchenglocken, und das bedeutet: schulfrei!
Aber, wie gesagt, das Läuten ist weniger geworden wegen der Siege, die ausbleiben, und es ist leiser geworden wegen der Glocken, die man hat abliefern müssen.
Bevor man sie von oben auf das Pflaster warf, bekränzt wie zu einer Hochzeit, war ein großes Abschiedsläuten sämtlicher Kirchen. Die Menschen standen auf den Dächern und hörten sich das an; die alten Frauen weinten.
Nur die ältesten Glocken durften bleiben, die aus dem Mittelalter, die schon geläutet wurden, als das große Feuer

ausbrach, 1677, am 4. August, das die siebenhundet Häuser einäscherte.

Mit dem Abliefern der Glocken geht auch die Kenntnis des Glockenläutens dahin: Wer weiß denn noch, wie das ist: das sanfte Anläuten der ersten Glocke, das rechtzeitige Einfallen der zweiten und der dritten Glocke, das Anschwingen und Verebben. Wer kennt noch das Wimmern der Arme-Sünder-Glocke, wenn wieder einer hinausgeführt wurde, das dunkle Schwellen der tiefen Festtagsglocke, das Glockenschweigen in der Fastenzeit, als die Menschen sich noch nach Ostern sehnten: »Brüder, wir sind durch!«

Auch die großen Zinnpfeifen der Orgel in der Marienkirche, vorn im Prospekt, hat man abgenommen und eingeschmolzen und durch Pappattrappen ersetzt. Pastor Schaap findet großartige Worte dafür, wie fabelhaft das ist, daß die große Orgel nun auch teilhat am Völkerringen. Auch für das Kämpfen und Sterben an der Front findet er großartige Worte: »Wir lieben vereint, wir hassen vereint, und alle haben nur einen Feind: – England!«
Zwei Söhne hat er verloren, das erwähnt er nicht, aber man weiß das, und wenn die große Uhr im Chorumgang pingelt und die Apostel herumgehen, wie eh und je, dann meint man bei jedem Schlag, einen Soldaten sterben zu sehen.

In der Stephanstraße hat man seinen Frack noch nicht abgegeben und auch die Ballschuhe nicht. Silbi hat wohl schon mal Ohrenschützer gestrickt für die da draußen, aber das kann man ja auch nicht ewig. Jetzt häkelt sie Spitzen für eine Bettüberdecke: Lange Fransen soll sie haben, die an allen Seiten herunterhängen. Hoffentlich ist Arthur wenigstens dieses Wochenende zu Haus, immer muß er in Schwerin herumsitzen, bei der Kriegserfassung, man hat bald gar nichts mehr voneinander. In Schwerin muß er herumsitzen, wo all die vielen Damen arbeiten, und wie ein Hahn im Korbe. Wie soll das denn bloß werden?

Kinder hat man noch nicht. Erst mal keine Kinder, erst mal noch abwarten, das ist die Devise.

In der Stephanstraße gibt es keine dünne Suppe. Dafür sorgt der Herr des Hauses. Die Mädchen stehen manchmal die ganze Nacht in der Küche und kochen ein. Fünfundzwanzig Pfund Butter werden eines Tages gebracht, oder besser: eines Nachts. Hinten, am Dienstboteneingang, pocht es.

»Was meint ihr, sollen wir die nehmen?«

Diese Butter muß man umbraten, damit sie nicht ranzig wird, nachts, und gesungen wird dabei, und keiner plaudert das aus, denn jeder kriegt was ab davon.

Lustig ist das Zigeunerleben
Faria, faria, far!
Brauchen dem Kaiser kein Zins zu geben
Faria, faria, far!

Wenn zu viele Gänse anfallen, dann legt man sie sauer ein. Sauer eingelegte Gänsekeulen mit Zucker kandiert? Das schmeckt ja unvergleichlich! Das wird man im Frieden dann auch mal essen. Morgen kommen wieder die »Opernsängers«, denen wird das vorgesetzt, und der alte Ahlers kommt mit seinem gewichtigen Schritt und Frau von Wondring, die einen Vetter im Kriegsministerium hat, und Gahlenbeck, der nicht ins Feld kann wegen seiner Nieren.

Manchmal sitzen zwanzig Personen abends um den Tisch herum, je länger der Krieg dauert, desto mehr werden es, zwei Mädchen müssen bedienen. Stribold, dem Hund, wird von der guten Leberwurst was hingeworfen.

Bobrowski, der Rollstuhlschieber, steht nach dem Essen hinter Roberts Stuhl und macht Bemerkungen über die Gäste. Er spricht auch von 70/71, wie sein Kamerad dem Franzosen da, im Graben, den Rest gegeben hat: »*Ick* har dat nich dahn!« sagt er immer noch.

Der Witz von 80/81 wird gemacht und: »Ditmahl betal ick noch so!« Dann trägt Professor Volkmann aus seinem dritten Kriegs-Gedichtband die schönsten Verse vor – »Es war am Kemmel, und die Uhr schlug drei . . .« –, und um neun Uhr läßt sich Robert nach oben tragen mit all seinen Lesezirkeln, und möglicherweise wird man ihn am nächsten Morgen mit dem Sektglas in der Hand wecken. An seinem Bett wird man stehen und »Prost!« rufen und: »Was nützt das schlechte Leben!«, denn man hat die ganze Nacht gefeiert.

»Alljährlich naht vom Himmel eine Taube!« singt Tenor Müller in stilleren Stunden, und leiser singt er es als sonst, und Anna ist traurig, weil er nach Berlin gehen will. Sie hat ja keine Ahnung, wie sie es aushalten wird ohne ihn, und sie denkt daran, mit ihm zu gehen nach Berlin und alles stehen- und liegenzulassen. *So* alt ist sie ja nun auch wieder nicht, nicht?

Aber Robert im Stich lassen? Mit seinen Gummibeinen? Wer soll ihn denn saubermachen? Und nun bluten auch noch die Hämorrhoiden?

Und sie denkt an ihre wilden Zeiten, als sie sich damals das Unglück einhandelte, plötzlich, und ihr Mann, der mußte es dann büßen . . .

45

Den ganzen Krieg über haben wir gelebt, als wenn nichts wär. Aus Schweden kriegte der Alte Tabak und Bohnenkaffee, und damit tauschte er sich ran, was er brauchte. »Kakt oder schlagen?« fragte er, wenn es Zitronencreme gab. Ob die bloß gekocht wär oder geschlagen, das wollt er wissen. Geschlagene Zitronencreme wird ja mit Eiweiß gemacht, und nicht zu knapp, und das aß Robert ja viel lieber als den Kartoffelmehlpamps. Wie gut wir gelebt haben, das können Sie sich gar nicht vorstellen, sogar noch in den schlechtesten Zeiten. Als der Prokurist Geschäftsjubiläum hatte, das war 1916, gab's Rehbraten und Fürst-Pückler-Eis. Einmal pro Woche kam ein Bauer vom Lande, Witt hieß der, abends, wenn's dunkel war, der brachte alles, was das Herz begehrt: Gemüse, Eier, Wurst.
Herrschaften sind Herrschaften. Aber das Personal unten in der Kellerküche kriegte immer dasselbe zu essen wie die Herrschaften oben.
Ich denke gern zurück noch an die Zeit.

Jedem wird sein Schicksal an der Wiege gesungen, sagte meine Mutter immer, und dies war nun auch wieder Schicksal: 1917 wurde bei Kempowski ein junger Mann eingestellt, ein Verwundeter, Heinz Grewe hieß er, groß und stattlich, nun aber 'n bißchen abgezehrt von den Strapazen. Den Garten sollt' er in Ordnung halten, und wenn mal was kaputt ist. Wir haben ihn gleich mit in die Küche genommen, eine Pfanne aufs Feuer, und haben ihn ein bißchen genudelt, alle standen um ihn rum.
Und den hab ich dann später geheiratet, jawoll. Und genug Kummer hab ich davon gehabt, die ganze Verlobungszeit über, denn daß wir uns heiraten wollten, das mußte ja geheim bleiben, wegen der gnädigen Frau, das durfte die

nicht wissen. Ich wär ja gleich geflogen und Heinz auch, und was hätten wir dann gemacht?

»Ich will Ihnen mal was sagen«, hat sie mal gemeint, »heiraten Sie man gar nicht, bleiben Sie man immer bei uns.«

Wegen der Sitte wurde für Heinz ein möbliertes Zimmer in der Lloydstraße gemietet. Männer durften ja nicht mit im Haus wohnen bei all den Mädchen, das wär ja nicht gegangen . . . Aber das war kein Problem für uns zwei beide, wir sahen uns den ganzen Tag über, und da gab es immer eine Gelegenheit. Abends war es allerdings schon schlechter. Da ging das nur draußen, daß man sich mal hatte.

Im Sommer sind wir viel spazierengegangen, in den Warnow-Wiesen oder in Barnstorf, und im Winter kauften wir uns Kinokarten, damals spielte Asta Nielsen, und im »Schuster« haben wir getanzt. Da war ein Klavier und ein Stehgeiger. Einmal sind wir auch nach Lütten Klein gelaufen, zu Fuß, im Schnee! In Lütten Klein haben wir nach Grammophon getanzt, in einer Gastwirtschaft.

Wenn ich vom Ausgang nach Hause kam, abgeputzt und hetzig, dann machte mir die Gnädige meistens die Tür auf: »Kommen Sie man erst mal noch mit rein«, und so, wie ich war, mußte ich dann mit ins Wohnzimmer kommen und mußte mit ihr die ganze Woche beschnacken. Einmal hatt' sie 'n strubbeligen Kopf, da war ihr Sängerfreund wohl grade dagewesen. Und einmal, als ich reinkomm, sitzt sie mit ihm auf 'm Sofa und grabbelt ihm am Bauch. 1917 war das, und die Herrschaften waren zu der Zeit ganz zerstritten. Sie hatte ihren Sängerfreund, und er hatte das Fräulein Linz.

Einmal hat der Alte sich so über seine Frau geärgert, da wollt er sie rausschmeißen. Da sagt sie zu mir: »Wenn ich nun nach Berlin geh, kommen Sie dann mit?«

Ich denk: »Dat ward ja doch nix«, und hab gesagt: »Ja, dann komm ich mit.«

Und als ich dann nach oben komm, um dem alten Herrn seinen Kakao zu bringen, sagt er: »Gertrud Elisabeth Hedwig, wenn meine Frau wirklich nach Berlin geht, blieben Se denn bi mi?« Ich sag: »Ja, natürlich.«

Ich hab sie alle beruhigt.

Heinz war für die Gärten zuständig, vorn und hinten. Viel war da nicht zu tun, die Gärten waren ja man klein. Aber er hat die Zeit damit rumgebracht.
Die Öfen hat er auch geheizt. Einmal war der gnädigen Frau das wohl nicht warm genug: »Das ist ja so kalt? Heizen Sie denn überhaupt nicht?« hat sie gefragt.
Da hat er ihr den Kohleneimer hingestellt und hat gesagt: »Wenn Ihnen das nicht warm genug ist, dann heizen Sie man selbst.«
Der hatte viel durchgemacht an der Front, dem war alles egal. Auf den Balkons, rundherum, waren Geranien oder Petunien, oder wie die heißen, sehr hübsch. Aber um da ranzukommen, mußt er durch die Zimmer durch und durch *ihr's* natürlich auch. Und um das nicht zu müssen, hat er vom Garten aus 'ne Leiter angestellt, denn wenn sie da im Bett lag, dann hat sie ihn immer so frech gemustert.
»Ick war 'n Deibel tun«, hat er gesagt, durch ihr Zimmer zu gehen, »ick war 'n Deibel tun«.

Wir hatten alle ein bestimmtes Klingelzeichen. Hausmädchen war zwei, ich war vier, Heinz war fünf. Einmal klingelte es fünf, und Heinz ging nach oben: »Aber nein«, sagt sie da, »ihr müßt doch aufpassen. Ich hab doch bloß viermal geklingelt. Fräulein Obermeyer sollte mir doch die Untertaille zuknöpfen . . .«
Da hat Heinz gesagt: »Wenn's weiter nichts ist . . .«

Geheiratet haben wir gleich nach dem Krieg; der Alte war großzügig wie immer: Die Trauung mußte natürlich bei ihm sein. Im Erker wurde ein Altar aufgebaut, und drei Musiker haben gespielt, das war sehr schön. Großzügig war er ja. Ganz im Gegensatz zu ihr: Nicht ein einziges Bettlaken hat sie mir vermacht. Ich hatt grade man zwei Bettbezüge, und sie hatte alle Schränke voll.

46

Im Frühjahr 1918 wird Karl Leutnant, und am 2. März gibt es Gasalarm. Aus dem englischen Graben steigen weiße Wolken auf. Die Gasmasken werden aufgesetzt, man harrt der Dinge, die da kommen werden. Ballendick liegt das Zeug im Vorfeld, kaum der Stacheldraht ist zu erkennen, und nichts ist zu hören, gerade mal ein Klicken oder Scheppern. Wie Ungetüme sehen die Soldaten einander an, mit ihren großen Glasaugen.

Fünfmal werden zusammenhängende Gaswolken gegen die deutschen Stellungen vorgeblasen: Es wird gewartet, das Gewehr schußbereit. Aber niemand läßt sich drüben sehen. Schließlich rufen die Leute, die Engländer sollen doch endlich rüberkommen; sie schwingen Seitengewehr und Handgranaten. Gleich darauf erscheinen weitere Gaswolken, und dann springen etwa dreißig Engländer aus dem Graben. Sie machen aber nur wenige Schritte, und zwar in gebückter Haltung, da bekommen sie schon Feuer und kehren schleunigst um.

Gegen elf Uhr hat der Wind das Gas vertrieben, und nach den unter der Maske verlebten Stunden erscheint den Leuten die Luft jetzt ganz besonders aromatisch.

Aus den Unterständen werden die letzten Reste des Gases vertrieben. Tücher werden geschwenkt, und Holz wird angezündet.

Die Hoffnung, daß die Unterstände gründlich desinfiziert sind, trügt allerdings. Die Ratten und Mäuse sind quicklebendig, und die »Reichskäfer« erholen sich schnell. Nur die Karnickel hat es erwischt, alle fünfunddreißig sind verreckt.

In der Nacht merkt Karl, daß etwas nicht in Ordnung ist,

seine Haut juckt und brennt. Er meldet sich ins Revier und: »Ab ins Lazarett!«, so heißt es. Eine Gasvergiftung leichteren Grades wird diagnostiziert.

Nach einer Woche Lazarett, in der man ihm alle möglichen Salben und Tinkturen auf die Haut schmiert, darf er ein Privatquartier beziehen, die Hände verbunden, und auf dem Kopf einen Turban, was auf manchen sehr erheiternd wirkt: »Sultan« nennen sie ihn.
Karl ist froh, daß er das Lazarett verlassen darf. Rohe Leute hatten gemeint, sein Bart sprieße ja wie armer Leut's Getreide. Auch hatte man die Querbretter seines Bettes gelockert, und als es zusammenbrach, hatte man ihn angepöbelt wegen des Lärms: »Sie sind wohl nicht bei Trost?«

Karl zieht in einen Unterstand, in dem noch andere leicht verletzte Offiziere wohnen. Er ist geradezu luxuriös eingerichtet. Bequeme Betten mit Sprungfedermatratze, weiche Federkissen und sogar Daunendecken aus dem nahen Schloß. Ein Klapptisch steht in der Mitte des Raumes, und um den Tisch herum stehen Lehnstühle, die mit rotem Plüsch überzogen sind. Alles sehr behaglich. Nicht mal der Blumenständer fehlt, und eine große Vase steht neben der Tür, die dient zur Aufnahme von Spazierstöcken.

Abends ist es besonders gemütlich. Auf dem Tisch brennt eine Petroleumlampe, und die Herren lesen – »*Lecture pour tous*« –, schreiben Briefe oder spielen Schach. Hinten in der Ecke kocht einer Kaffee, und ein anderer trocknet seine Strümpfe. Draußen wird auf der Mundharmonika geblasen, und ohne daß man es will, summt man die Melodie mit, und ohne daß man es will, tritt einem das Wasser in die Augen.
»So müßte uns mal einer malen!«
Nein, malen tut sie keiner, aber photographieren. Auch Karl wird photographiert, und eines dieser Photos hat alles überdauert: ein junger Leutnant mit verbundenem Kopf.

Seine Mutter in Rostock nimmt das Photo und schickt es an die Zeitung »Mecklenburgs Söhne im Krieg« und läßt es veröffentlichen unter der Rubrik »Unsere Helden«.
Karl bekommt auch ein Exemplar dieser Zeitung, und er sieht sein Bild darin, und er steckt die Zeitung schleunigst weg. »Unsere Helden«, hoffentlich kriegen seine Kameraden das nicht zu sehen!
Ein besonderes Ereignis ist jedesmal der Empfang der Feldpost: Grüße aus der Heimat! Auf großen Tischen wird die Post sortiert, die Säcke werden rasch dünner, und die Haufen wachsen. Dann wird aufgerufen, und dann sitzt man in stillen Gruppen oder ganz einsam, und alle Vorwürfe, die man der Feldpost gemacht hat, sind vergessen. (Zwei Wochen braucht ein Brief, und das ist nicht zu viel.)
Karl bekommt immer noch regelmäßig Pakete mit Zigarren und »Markopano«, das ist ihm schon fast peinlich.
Aus Wandsbek kommen selbstgebackene Plätzchen und himmelblaue Briefe, die nach guter Seife riechen. Ob er nicht bald mal auf Urlaub kommt? Und er soll doch ja über Hamburg fahren!? Ein Photo liegt einem solchen Brief bei, Grethe inmitten ihrer Kinder: die Jungen mit geschorenem Kopf, die Mädchen mit Zöpfen. Daß sie das sehr, sehr gern macht, die Kinder betreuen, schreibt sie, und daß die Kinder ihr viel Freude machen.

Die Bibliothek des Lazaretts besteht aus englischen und französischen Büchern: Es ist die ehemalige Schloßbibliothek. Als erstes liest Karl eine französische Deutsch-Grammatik. Sie ist für die Hand französischer Soldaten gedacht, die Deutschland erobert haben.
»Hir istt mainn kouartirtzêtl.«
»Habeunn zi kainn bett?«
»Brinnkn zi vassr ounnd saifé.«
»Habeunn zi guéheurtt?«
»Chlisseunn zi di thur.«
»Kainné luknn, ich habé dass recht, zi erschissn tsou lassen, venn zi luknn.«

Dann liest er die »*Contes drôlatiques*« (ein abgegriffenes Exemplar): zuerst mühsam buchstabierend, dann flüssiger und schließlich sehr geschwind: Das ist ja 'ne dolle Sauerei...

Sonntags werden im Kasino kleine Vorträge gehalten, zum Beispiel über Vererbungslehre, oder: »Was ist Mut?« Auch über den Streit der Monisten mit der christlichen Lehre wird referiert und über die Aussprache des lateinischen »C«, daß »Kikero und Kaesar Käse aßen« wird gesagt, was nun allerdings für Karl weniger von Interesse ist. Er spricht das C wie Z aus, und dabei bleibt's.

Um die Unterstände herum ist ein Garten angelegt worden. Aus einem nahen Kiefernwald hat man abgebrochene Baumkronen herangeschleppt und eingepflanzt: Einige Wochen bleiben sie grün. Der Bach, der den Grund durchfließt, ist von allem Unrat gereinigt, kleine Dämme hat man gezogen, und Wassermühlen hat man eingebaut, sogenannte Parole-Uhren, die mit ihren Umdrehungen die Minuten zählen, die der Krieg noch dauert.
Jeder Unterstand trägt auf einem geschnitzten Brett einen Namen, der zu der Stimmung paßt: »Villa Waldfrieden« etwa oder »Das Herz am Rhein«, »Adlerhorst« und so in dieser Art. Und vor den Unterständen stehen kleine Blechfiguren, die sich im Winde drehen: ein Deutscher, der einen Franzosen unaufhörlich niederschlägt.
»Pardon, Kamerad.«

Karl sitzt gern im Freien, die starke Frühjahrssonne tut ihm gut. Er nimmt den Verband ab und setzt die angegriffenen Stellen der Wärme aus: merkwürdig, dieser Schorf. Er näßt und juckt. Jucken soll ja gesund sein, aber dieses Jucken ist bestimmt nicht gesund. Er möchte am liebsten mit einem Messer daran herumkratzen.

Manchmal macht er weite Spaziergänge. Bei »Dri Grachten« faszinieren ihn die Überschwemmungsgebiete. (»Dri

Grachten«, schon der Name ist so interessant.) Große Schilfmeere, dazwischen Schlammteiche voller Wasservögel und Sumpfgetier. Schmale Kanäle, durch Pappeln eingefaßt.
Die Wolken, das fällt ihm auf, die Wolken sind so schön.
Einen Kahn besorgt er sich, und er fährt in das raschelnde Schilf hinein, und da legt er sich auf den Kahnboden und guckt in den mit Wolkentürmen bestückten Himmel: Eigenartig, hier im Kahn zu liegen, in Flandern, so denkt der Herr von Büschel, und zwischen sich und der Tiefe, in der die Fische in den Schlinggewächsen stehen, nur die dünnen Planken . . .

Sing mir ein Liedchen, Mandolinchen!
doch nicht von heut!
Sing mir ein Lied aus besserer Zeit . . .

Mal nach Brügge fahren? denkt er. In der Küche sitzen und der jungen Lehrersfrau zusehen, wie sie die Eisenringe auf dem Herd rangiert?
Was der Goldfisch wohl macht?
Lieber nicht nach Brügge fahren. So was muß man ruhen lassen. Am Ende kommt einem da ein Kerl entgegen, in Hosenträgern und Pantoffeln, was man da zu suchen hat? Man hätte es anders anfangen sollen, damals, denkt er. Und er weiß auch, wie.

Ausreiten tut er ein paar Mal. »Fessel« heißt das Pferd. In der Dämmerung hält ihn der Hauptmann eines exerzierenden Bataillons für einen hohen Herrn (wie er da angetrabt kommt).
»Achtung! Der Regimentsadjutant von rechts!«
Um Gottes willen! Schnell grüßen und vorbei.
Das Ausreiten findet sein Ende, als ihm jemand ein Stückchen Holz unter den Sattel legt.

Einmal fährt der Kronprinz durch den Ort, der hat ein graues Auto und eine besondere Hupe. Grüßt. Und einmal

kommt der Großherzog, er will seine Mecklenburger besuchen, aber sein Interesse ist nicht groß, kaum daß er aus dem Auto steigt.
Auch die »Begeisterung« seiner Mecklenburger hält sich in Grenzen:

Und da sahen wir von weitem
unsern Großherzog reiten,
er ritt auf einem Grenadier
beide Beine über's Kochgeschirr . . .

Das singen sie im Hintergrund, und der Großherzog lächelt so ein bißchen und fährt weiter, die blanke Pickelhaube unterm Feldbezug.

Eigentlich hatte er sich ja die Träger des Mecklenburgischen Verdienstkreuzes vorstellen lassen wollen, aber das läßt er nun doch lieber bleiben. (Karl hatte sich schon nach vorn gedrängt und hatte die Augen leuchten lassen.)

Am schönsten ist es immer noch, ja, das ist wahr, wenn man abends im Unterstand sitzt, Filzpantoffeln an den Füßen, eine lange Pfeife, und die Kameraden sitzen auch dabei, auch mit Pfeifen – das ist so ein behagliches Brummen, und man möchte, daß es immer so ist.

47

Nach seiner Genesung bekommt Karl einen kurzen Heimaturlaub.
Mit der Bahn fährt er nach Hause, als frischgebackener Leutnant. Das dauert sechsunddreißig Stunden. Das weibliche Zugpersonal irritiert ihn, das ist ja hier die reinste Weiberwirtschaft. Stationsvorsteherinnen gibt es, Schaffnerinnen und Heizerinnen, und alle wollen poussieren.
»Rostock! Hier ist Rostock! Alles aussteigen!«
Da ist der Bahnsteig 3, und die Normaluhr zeigt auf vier, und Dienstmann Plückhahn, vor Alter schon ganz taumelig, legt die Hand an seine rote Mütze.

In der Stephanstraße sitzt man dann am Kaffeetisch. Der Sohn, die Mutter und ein Herr Hasselbringk.
Der alte Ahlers ist auch da, mit seinem imponierenden Charakterkopf, aber der sitzt nicht am Kaffeetisch, der sitzt am Ofen.

Anna trägt ihr hochgeschlossenes schwarzes Kleid, das ihr so gut steht, und sie besieht sich ihren schlanken Sohn, ihren ernsten und irgendwie nun doch schon so sehr männlichen Sohn, und sie tut das auf ihre nachdenkliche Art, die sie so selten nach außen kehrt, und gleichzeitig betastet sie eine bewußte Stelle ihres Unterleibes, wo sich gerade heute wieder ein leichter Druck bemerkbar macht.
Die Hautgeschichte da bei ihrem Sohn, ob das so bleibt?

Herr Hasselbringk kommt aus Berlin, der ist von Müller, dem Tenor, per Brief empfohlen worden (»da gehen Sie man hin, bei Kempowskis gibt's gut zu essen«). Ein wunderbarer Mensch, Vogelkundler; sieht selbst wie ein Vogel

aus: wie eine Eule. Einen Storch hat er erworben für das Rostocker Museum, einen Storch, der einen Negerpfeil durch den Hals hat.
Von Müller, der ja nun schon lange nicht mehr da ist, wurde er empfohlen. (Die Linz kommt auch schon längst nicht mehr, *obwohl* sie noch da ist.)

Man trinkt guten schwedischen Bohnenkaffee und ißt Sandtorte dazu, dieses Gebäck, das einem so leicht in den falschen Hals gerät. Und man bespricht die »Vorgänge« in der Stampfmüllerstraße, wo Frauen und Halbwüchsige einen Bäckerladen gestürmt und das Brot, das da lag, gestohlen haben. Sogar das Schaufenster sei zerschmettert worden, und das Brot habe man dem draußen sich zusammenrottenden Pöbel zugeworfen!
Die Polizei sei machtlos gewesen.
Herr Hasselbringk versteht nicht: Machtlos? Ja wieso denn? Pöbel? – Da hilft doch nur: dazwischenhauen, rücksichtslos dazwischenhauen!
An Karl, der nachdenklich an seinen Händen kratzt, wird die Frage gerichtet, ob er nicht auch meint, daß man dazwischenhauen sollte, rücksichtslos?
Aber Karl hat keine Meinung in diesem Fall, er denkt gerade an damals, auf dem Tennisplatz, an den Gewalthaufen, der da vorbeimarschierte und »Hunger!« schrie oder vielmehr nicht schrie, und wie gut Brot riecht, daran denkt er auch, in Wercken, eine ganze Mauer aus Brot. Wie gut Brot riecht, daran denkt er, und daß er damals die größeren Krümel, die herunterfielen, aufgepickt hat. Und daß er gemacht hat, daß da was herunterfiel.

Herr Hasselbringk hat ja eine Menge erlebt, in Afrika, das muß man wirklich sagen. Als der Elefantenbulle auf ihn losging zum Beispiel, das ist bestimmt nicht ohne gewesen. Und so gut erzählen kann er.
»Gefährliss war das, sehr gefährliss«, sagt Herr Hasselbringk, denn er hat einen leichten Sprachfehler. Ja, Herr

Hasselbringk weiß, wie das ist, wenn man Todesängste aussteht. Die Uhr zieht er aus der Tasche, und er sieht nach, wie spät es ist, als er davon erzählt.
»Außerordentliss gefährliss . . .«

Bevor der alte Ahlers, der da hinten am Ofen sitzt und sich schon seit geraumer Zeit räuspert, zu Worte kommt, um zu erzählen, daß er in Rio auch 'ne Masse Pöbel gesehen hat, aber daß das irgendwie anders gewesen ist mit dem Pöbel dort, daß die Leute da getanzt und gesungen haben und nicht so mit verbissenem, vergrimmtem Gesicht – bevor er das zum besten geben kann, wird Karl gebeten, er soll mal von den Tanks erzählen, die da im Westen in der Gegend herumkurven, wie man es im »Rostocker Anzeiger« gelesen hat. »*Tanks*«: man spricht das englisch aus.
Was? Noch keine gesehen?
Keinen »männlichen« und keinen »weiblichen«? Also noch nie erlebt, wie das ist, wenn so ein Ding auf einen losgedonnert kommt?
Na, ist ja auch egal. Ob das nicht eigentlich herrlich ist, daß die Sache mit Amerika zum Klappen gekommen ist, offene Feindschaft ist doch immer noch besser als versteckte? Und: auf einen mehr oder weniger kommt es ja doch nicht an, viel Feind, viel Ehr.
Man werde die jungen Leute aus dem Wilden Westen Mores lehren. Das sei jedenfalls seine Meinung, so spricht Herr Hasselbringk, und der alte Ahlers kommt nicht mehr zu Pott mit seinem Pöbel aus Rio.

Nun kommt auch Silbi ins Zimmer, heiter und adrett. Nein, Kinder hat sie noch keine, dafür ist sie molliger geworden, was ihr gut steht. Sie zieht aus der Tasche eine Tüte giftgrüner Fondants und schüttet sie in ein Schälchen aus Böhmerglas. Dann erst, nachdem sie auch die Tüte weggeworfen hat, fällt sie ihrem Bruder um den Hals, etwas zu ekstatisch, so gut waren sie nie miteinander, und

küßt ihn: Oh, wie blaß er aussieht, und der kahlgeschorene Kopf!
Was hat er bloß mit seiner Haut? Die ist ja so verschorft und rissig? Tut er was dagegen? *So* kann er doch nicht herumlaufen? Das fragt sie ihn, und sie hält ihn und drückt ihn im Rhythmus ihres Sprechens.
Ob er sich noch an den Pelzmärtel erinnert? Ja? Giri, giri schnabuleiri? Im Bilderbuch? Der in seinem Sack die unartigen Kinder holt?
Und ob er sich noch daran erinnert, wie das Holzlager vorm Petritor gebrannt hat? All das Läuten, Schreien und Rennen?
Lang, lang ist's her. Und nun schon vier Jahre verheiratet – gell, den Gefallen tut er ihr doch, sich das neue Haus anzugucken, das Vati ihr gekauft hat? Die Villa, ja, gell? Und sie schüttelt ihn geradezu, als ob sie ihn aufwecken müßte, und sie hält ihn noch immer umarmt.

Nein, Arthur ist nicht an der Front, der ist in Schwerin, das ist ja das Leiden, jeden Tag stöhnt er über die Arbeit, die er da machen muß, viel lieber wär er an der Front ... Nur jedes zweite Wochenende kommt er nach Haus. Schlimm, wenn man denkt, daß man jung verheiratet ist. Was? Und sich so selten sieht? Und die Eltern da unten in Deutsch-Südwest? Wie's denen wohl geht? Nun schon so lange interniert ...
Gell? Das Haus guckt er sich an, der liebe Bruder, und zu Arthur wird er ganz, ganz lieb sein? Ja?
Immer noch hat sie den Bruder umarmt, er weiß gar nicht mehr, wo er die Hände lassen soll, hat sie schon verschiedentlich sinken lassen, um anzudeuten, daß es nun genug sei, aber sie hält ihn fest, und zwar eisern.
Als sie sich dann endlich löst, hakt sie mit ihrer neuen, mit Ranken selbstbestickten Bluse an seinen Orden fest, und Herr Hasselbringk fragt sich, ob das nicht geradezu »symboliss« ist.

Guter Bohnenkaffee im Meißner Weinblattmuster, und die guten alten Silberlöffel von der lieben guten Oma im Heilig-Geist-Stift, die nun auch schon drei Jahre unter der Erde liegt, die alten Silberlöffel, schon ganz dünn vom vielen Benutzen.

Die Uhren tingeln und oben auf der Gardinenstange, der Wellensittich, der zieht mal wieder alle Nadeln heraus. Es wird in die Hände geklatscht, und da fliegt der Vogel eine Runde um den Kaffeetisch herum und setzt sich auf die Schulter von Karl und beißt ihn zart ins Ohrläppchen hinein, zart ist er und warm, und etwas nach Staub riecht er.

Das schöne Meißner Weinblattmuster. Und die schöne Kaffeedecke.
Auf die Kaffeedecke bloß keinen Fleck machen, um Gottes willen! Auf der Kaffeedecke haben sich all die vielen Schauspieler und Sänger verewigt, und die Namenszüge hat man ausgestickt. Hier steht »Müller« und dort »Volkmann« dick und schwer. Der Herr Volkmann macht sich rar in diesem Kreise, weil er an dem großen Frontbuch sitzt, das alles in den Schatten stellen wird, was bisher erschien, so munkelt man. Vielleicht ist der Grund, daß der Herr Professor Volkmann nicht mehr kommt aber auch ein anderer, die Sache mit Silbi, damals, die keiner so genau weiß, im Garten irgendwie. Hatte er sie an den Busen gefaßt?

Nun darf sich auch Herr Hasselbringk auf der Decke verewigen, das heißt, wenn er brav ist, wird gesagt. Schon leckt er seinen Bleistift an, der in goldener Hülse an seiner goldenen Uhrkette hängt, und schon setzt er zu den Schwüngen an, die seiner Unterschrift vorauszugehen pflegen.
Der alte Ahlers, der da hinten am Ofen sitzt und leise vor

sich hin stinkt, steht nicht auf der Decke. Dafür war er mal in Südamerika, und ob das wirklich so gut ist, daß die Amerikaner nun mit eingestiegen sind in den Krieg, das fragt er sich. Mag sin, mag öwersten ok nich sin. »Da über« will er sich kein Urteil »über« erlauben, denkt er.
Auch Karl steht nicht auf der Decke, natürlich nicht, der ist ja kein Gast, obwohl er sich hier so fühlt. Karl gehört ja immer noch zur Familie. Für den Fall, daß er einmal nicht wiederkommen sollte, wird man vermutlich ein Photo von ihm auf den Flügel stellen und jeden Tag frische Blumen.
Aber – was soll ihm denn jetzt noch passieren? Nun schon so lange draußen! Und ohne eine einzige Schramme? Das sagt Herr Hasselbringk. Das müßte doch mit dem Deibel zugehen.

Pipsi, der Wellensittich auf Karls Schulter gurrt und plustert sich und Stribold, der Hund, springt auf seinen Schoß, trotz des medizinischen Geruchs, der von seinen Händen ausgeht, und Karl krault ihn.
»Ist das Tier krank?« fragt er, und als er das fragt, wedelt Stribold mit dem Schwanz, als wollte er »ja« sagen. – Wie war das damals komisch, als er in die Butter trat ...

Auf dem Ibachflügel da hinten wird Karl heute abend spielen, lange spielen, wenn er ganz allein ist, darauf freut er sich schon. Und da, das Bild von Rostock bei Gewitter, das hat er sich ja noch nie so richtig angeguckt, in der Mitte die Marienkirche grell beschienen, und die anderen Kirchen ihr zur Seite. Und vorn das aufgewühlte Hafenbecken, von Booten und Dampfern belebt – wie ist es möglich, daß er dieses Bild noch nie betrachtet hat? Später, wenn die Eltern mal tot sind (das beschließt er in diesem Moment), wird er es mit Beschlag belegen. Merkwürdig, diese Technik. Die Farben alle so durcheinander, und doch kann man alles ganz genau erkennen!

Jetzt kommt Giesing und bringt etwas Kuchen nach. Den Ankersteinbaukasten hat sie ihm damals einräumen helfen, und durch die Briefmarkenlupe hat sie geguckt: Karl weiß nicht so recht, ob er aufstehen soll und »Guten Tag!« sagen . . ., aber er hat ja den Wellensittich auf der Schulter und Stribold auf dem Schoß, da geht das ja nicht, Stribold, die Promenadenmischung, mit dem es wohl bald zu Ende geht.

Körling mit de rode Näs'
kiekt in alle Brammwiengläs!

Giesing hat ein festeres Gesicht bekommen und Falten um den Mund. Ihr Bruder ist gefallen – aber davon kommen die Falten nicht.

Karl jagt die Tiere weg und steht auf und geht von einer Uhr zur andern, die hier auf den Kommoden herumtickeln. Kleine goldene mit Schäferinnen unterm Glassturz, die das Zifferblatt liebend umfangen, oder Jungen, die Flöte spielen, ganze Szenen also, mit Blumenkörben, Zäunen und abgestorbenen Bäumen, alles in vergoldeter Bronze und alles unter Glas.

Ja, sie stimmen, das stellt er fest, die Uhren stimmen alle. Und die Herrschaften dort im Erker sehen gegen das Fenster wie Silhouetten aus: die Mutter mit dem aufgesteckten Haar und der gestenreiche Hasselbringk, die Kaffeekanne und die Palme.

Karl geht durch das Eßzimmer, an dem langen ausgezogenen Tisch vorbei, an dem er damals mit Erex Briefmarken getauscht hatte – wenn eine Zacke fehlt, dann macht das eben doch was aus.

Er geht auch in die Veranda, in der es zieht.

Giri giri
schnabulieri
buh!

An die Ausschneidebögen muß er denken, Dörfer mit Hühnern, Kühen und Schweinen, und daß sie angezündet wurden im Winter, und daß das täuschend echt ausgesehen hat.

Karl geht hinaus ins Entree, wo die hellen Birkenmöbel stehen, auf denen er noch nie gesessen hat, und sehr bedächtig zieht er sich den Mantel an.
Auf dem runden Birkentisch steht eine silberne Schale voller Visitenkarten. Geraldine Meyer-Ney und Joseph P. Böcklin, das sind so Namen, die man da liest. Bei manchem ist eine Ecke umgebogen, auf anderen steht: p.f. oder p.c.: pour féliciter bedeutet das oder pour condoler; »pour condoler« wegen der toten Großmutter.

Mir ist die Sonne aufgegangen,
und goldig strahlt es um mich her.
Ich weiß ein Herz, für das ich bete ...

so wird in der Kellerküche gesungen. Und Karl überlegt einen Augenblick, ob er hinuntersteigen soll. (Wenn er das getan hätte, wäre er auf Giesing gestoßen, die da am Kohlenkeller stand.)

Auf die kleinen Aquarelle, die kleinen Rostocker Aquarelle wird seine Schwester wohl auch nicht reflektieren, das denkt er und geht hinaus auf die Straße.

»Ogottogottogott!« ruft der Papagei von drüben, als er aus dem Hause tritt. Bloß nicht hinübergucken, da drüben sitzt Frau Jesse am Fenster und will ihn grüßen und will ihm sagen, daß er groß und stattlich geworden ist und daß sie ihn ja beinahe nicht wiedererkennt. Früher hatte sie immer geschimpft, wenn ihm der Ball in den Garten fiel, und dann hatte sie den Ball an sich genommen und ins Haus getragen.

Abo, Bibo, Cettellecker, Dodenkopp ...

Und am nächsten Morgen hatte man ihn sich wieder abholen müssen und um Entschuldigung bitten, und deshalb sieht Karl jetzt nicht hinüber.
»Ogottogottogott!«

Die Stephanstraße geht er entlang, unter den entlaubten Linden, den spitzen Helm auf dem Kopf, ohne Feldüberzug und den Säbel ganz richtig an der Seite, den angeschliffenen und noch nie benutzten. Man muß sich vorsehen, daß er einem nicht zwischen die Beine gerät.
Die Villen sieht er sich an, die behaglichen und die pompösen, von Konsul Viehbrock die und die von Amtsgerichtsrat Warkentin mit den lachenden und weinenden Masken am Giebel.

Lieferanten den hinteren Eingang benutzen!

Menz hat sich aus Klinkern eine Grotte in den Rhododendron bauen lassen. Schnell weitergehen, sonst kommt da womöglich einer aus dem Haus gestürzt und erzählt einem, wie's August geht, diesem sonderbaren Menschen, mit dem man sich nicht wieder befassen wird. Hineingedrängt hat er sich, dazwischengedrängt, und zwar ohne Not.
Es war doch alles so schön!

Der Wind fegt durch die Straße und biegt die Baumkronen hierhin und dorthin. Friseurmeister Risse sitzt nicht vor der Tür, dem ist das zu kalt. Der guckt beim Messeranschleifen über die Schaufenstergardine. Der Messingteller weht im Wind hin und her.

Auf der Reiferbahn werden immer noch Stricke gedreht wie eh und je. Die Männer tragen einen Hanfballen vor dem Bauch und zupfen rückwärts gehend die Fäden heraus und drehen die Stricke, wie man es von ihnen verlangt. Weiß ist das Tauwerk, wenn man es in die Teerfässer tunkt, und schwarz kommt es wieder heraus.

Da hinten das Steintor.

Ein Baro und ein Thermo,
die fahren nach Palermo . . .

Die Straßenbahngleise laufen direkt drauf zu und durch das Tor hindurch. Das Steintor mit dem Lagebuschturm, in dem früher die Verbrecher saßen, in Dunkelheit, auf

fauligem Stroh. Auch Schuldner saßen darin, also Leute, die nicht bezahlen konnten, und zwar jahrelang.
Die Stadtmauer ist mit Efeu bewachsen und das Steintor auch.

Karl geht den Rosengarten entlang bis zur großen Stadtschule. »Jija-jija!« Hineingehen und den Lehrern guten Tag sagen? Nein. Da wird man womöglich nach den Orden gefragt (was man an sich gerne möchte), oder es wird gesagt: »Ja, und? Schön?« Was man denn eigentlich will?
Dann schon lieber in den Keller gucken, ob die Tochter von Hausmeister Lange vielleicht auf dem Tresen sitzt – Karl zählt es an den Fingern ab: Die muß jetzt auch schon über sechzehn sein. Schmutzige Füße hatte sie damals, und frech war sie gewesen.
Nein, nicht in den Keller gehen, die wundert sich denn womöglich, was man mit der Haut hat, auch nicht über den Wall mit seinen drei Bastionen, eine immer höher als die andere, obwohl die Sonne gerade eben ein wenig hervorkommt.
Auf dem Wall sind die Wege glitschig. Da beschmutzt man sich am Ende die neuen Stiefeletten.

Karl geht durch das Schwaansche Tor, und plötzlich bemerkt er, daß da drüben . . . das ist doch wohl nicht das Fräulein Seegen? Ja, sie ist es, und man kann ihr ruhig ins Gesicht gucken, erkennen wird sie einen nicht, denn sie erkannte einen schon damals nicht.
»Koarl, ick seih di!«
»Ick di ok.«
Alt ist sie geworden, mit ihrem suchenden Gang: Ob man da wohl hintreten kann, so scheint sie bei jedem Schritt zu denken. Ob das wohl hält . . . Ein seltsames Gefühl muß das sein, den Knaben jahrelang das Schreiben beizubringen:

> Rauf, runter, rauf,
> i-Tüddel drauf!

Ihnen beizubringen, wie man mit Eiern rechnet, und die Geschichte mit den verschiedenen Mühlen: Windmühlen, Kaffeemühlen, Papier- und Tretmühlen, und dann sind diese Knaben plötzlich tot? Eine einzige Kugel in den Kopf, und alles ist in Dutt!

So schön wie in Brügge ist es in Rostock nicht, aber schöner. Der Marktplatz mit dem Rathaus, ganz romantisch eigentlich, und steht in jedem Lexikon.

Greun Hiering und Dösch!

Ein unterirdischer Gang soll unter dem Pflaster verlaufen, im Mittelalter gegraben, zum Fliehen gedacht. Die kleine Schlange am Sockel der dritten Säule von links – kein Mensch weiß, was die da soll.

Unter den Arkaden ist früher Gericht gehalten worden. Die sonderbarsten Strafen: »Schandpfahl« und »Block«. Wie man das Blut wohl gestillt hat, zu damaliger Zeit, Hand abhauen, das muß doch furchtbar bluten?

Erhängen stellt Karl sich nicht so schwierig vor. Oder Kopf ab, das würde er aushalten.

Aber Rädern?

Oder – sich das Gedärm aus dem Leibe winden lassen, wie er das in Brügge auf einem Altarbild gesehen hat?

In den Kirchen ja überhaupt: Jedem ist sein Marterwerkzeug beigegeben, dem heiligen Laurentius der Rost und Petrus dieses anders herumene Kreuz.

Um die Marienkirche geht er einmal herum; »ein ganz schöner Dubaß ist das«, denkt er. Leider ist sie abgeschlossen, drinnen übt grade einer auf der Orgel: Terrassendynamik, mal ganz laut und dann plötzlich ganz leise. Karl würde außerordentlich leise spielen, kaum hörbar, das ist ihm klar. So wie aus fernen Welten.

Die Sonnenuhr über dem Portal hat er auch noch nie gesehen. Ob die richtig geht? Er zieht seine Uhr an der eisernen Hindenburg-Kette heraus, und in dem Moment verschwindet die Sonne. Das ist wieder einmal typisch.

Das Delikatessengeschäft Krüger mit dem ausgestopften Wildschweinkopf über der Tür: Wo früher Ananas und Weintrauben lagen, liegen jetzt Steckrüben, die allerdings in ausreichender Menge. Zur Kistenmacherstraße hin gibt es einen zweiten Ladeneingang, da wird abends geklingelt, und dann kommen die Leute mit Körben leer oder voll, oder sie gehen mit Körben leer oder voll.

Auf dem »Bummel« läßt sich niemand sehen, kein Flaneur mit nagelneuer Kreissäge und keine Mädchenreihe, weiß und kichernd. Ein paar halbwüchsige Schnösel drücken sich in den Hauseingängen herum mit jungem Gemüse, Zigarette rauchend.
»Halbwüchsige sind das«, denkt Karl. »Das sind Halbwüchsige.« Vom Gehsteig würde er sie stoßen, wenn sie ihm den Platz versperrten. Schade, daß sie's nicht tun.

Nein, hier hat er nichts verloren. Das ist ja alles so kümmerlich. Früher, mit Valentine Becker und mit Erex und mit all den Verbindungsstudenten, wenn die dann ihre Mütze zogen, das war noch 'n anderer Schnack: »Obotritia sei's Panier!«
Wo die wohl alle sind?

Geschlossen.
Stehe im Feld.

Dieses Schild liegt im Fenster des Uniformengeschäfts, und die Epauletten hat man mit Packpapier bedeckt, damit sie nicht beschlagen.
Karl hätte sich gern mal Ausgehuniformen angesehen, was sich da für Möglichkeiten eröffnen als Leutnant, oder mal nachgeguckt, was es für Vorrichtungen gibt, Orden auch am Zivilanzug zu tragen: Irgendwelche Miniaturausführungen wird es doch wohl geben, dezent, aber deutlich sichtbar?
Erfreulicherweise hat er gerade das Hamburger Hanseatenkreuz verliehen bekommen, 2. Klasse, für seinen Einsatz an der Höhe S. Das macht sich äußerst dekorativ.

Das alte Rostock: Die Giebel am Wendländer Schilde sieht er sich an, die stehen noch so da wie eh und je, daneben das Haus vom Juden Gimpel, dem er früher die Weinflaschen seines Vaters verkauft hat.
Zwei kleine Jungen sprechen ihn an, ob er nicht 'n paar Franzosenknöpfe hat oder ein Franzosenkäppi? Und Gimpel, der Jude, sagt: »Na, Herr Leutnant« und will ein Gespräch anfangen. Aber Karl grüßt nur knapp und geht vorbei.
Kennen der Herr Leutnant nicht jeden?
Karl geht die Große Mönchenstraße hinunter, wo zu Pfingsten immer die Buden standen, die Berg-und-Tal-Bahn und »Schichtls Marionetten-Theater«:

Manna! Manna! Gut für die Bauch!

Der Mann am »Hau-den-Lukas« hatte zwei Stöpsel. Den kürzeren bekamen die Kräftigsten in das Loch gesteckt, dann konnten sie draufschlagen, so stark sie nur wollten. »Hau-i! Hau-i! Hau-i!« Den Lukas trafen sie nie.

Kahle Giebel, kleine Höfe und mannshohe Mauern. An den ebenerdigen Fenstern sogenannte »Spione«, durch die man die Straße beobachten kann, und *in* den ebenerdigen Fenstern Kakteenschalen mit kleinen Brückchen und Pagoden. Daß er dem bankrotten Gütschow begegnet, braucht Karl nicht zu befürchten, denn Gütschow ist zu Silvester in die Warnow gegangen, angeblich hineingefallen, weil er so kurzsichtig war. Unter Wasser an einem Pfahl festhängend hat man ihn gefunden, die Brille noch auf der Nase.

Jetzt kommt die Hafenbahn herangeschnauft mit einem Klingelmann vorweg, zu Fuß, und der Lokomotivführer guckt aus dem Fenster, ob er dem Klingelmann nicht auf die Hacken fährt. Kling-bing! Kling-bing! so macht das, und Karl kann sich erinnern: Ja, das hat er als Kind auch gern gehört. Das war als Kind immer schon so schön. Aber: so eine große Maschine und nur ein einziger Waggon?

Kaufmann zu sein, das denkt er sich leicht. Wie die Fischer in Graal: erst ist das Netz leer, dann voll. Man sitzt am Schreibtisch, diktiert Briefe und telephoniert. Geschäfte machen, das wird doch hinzukriegen sein?

Karl geht durch das Mönchentor, an dem Brunnen vorbei, unten für Hunde, in der Mitte für Pferde, oben für Vögel, wo sein Vater im Kontor hinter dem Fenster sitzt und rausguckt, wer da draußen so alles vorbeigeht. Er muß immer seine Perspektive haben.
Einen jungen Leutnant sieht der alte Herr Kempowski unter dem Fenster vorübergehen, mit Pelzkragen auf dem zivil geschnittenen Uniformmantel: Das ist ja sein Sohn! Das ist ja Körling! Er pocht gegen das Fenster: Komm schnell rein! Und als Karl hereinkommt, umarmen sie sich, der sitzende Vater und der sich bückende Sohn – das ist das erste Mal, daß sie sich umarmen, das merken sie in diesem Augenblick beide –, und der Vater hat Tränen in den Augen: da drüben, an dem leeren Schreibtisch, da drüben, jawoll: Der Platz wartet schon, da wird Karl dann sitzen, und da soll er sick jetzt hensetten und 'n bißchen watt vertellen.
(Rechts unten liegt ein Briefumschlag mit Marken, die hat man weitergesammelt für ihn. Danmark, Norge und Sverige, all die Länder, mit denen man jetzt so schöne Geschäfte macht.)

Karl setzt sich. Das Kontor müßte auch mal wieder gemacht werden, denkt er, das ist ja so verräuchert. Und so klein? Ist es denn so klein?
Sein Vater sitzt vor dem gotischen Geldschrank, Robert William Kempowski aus »Keenichsbarch«, das helle Haar von weißen Fäden durchzogen – jetzt eben hat er ein großes weißes Taschentuch herausgeholt, und nun hält er es vor die Augen. Drei große Villen hat er schon gekauft, eine für Silbi, eine für Karl und eine für alle Fälle. Und die Schiffe fahren immer noch hin und her, zwischen Schweden

und Stettin, und da unten, sein Mors, der ist in Ordnung momentan, aber Schmerzen hat er Tag und Nacht, kommt kaum zur Ruhe, Togal, das hilft nicht mehr. Wenn er bloß mal schlafen könnte, einmal richtig schlafen. Den ganzen Fritz Reuter hat er schon durch.
Dies ist eine Neuigkeit für Karl. Noch nie hat sein Vater von seinen Schmerzen gesprochen. Manchmal die Hände so um die Lehne gekrampft und manchmal ganz plötzlich »unleidig«. Aber Schmerzen? Das hört Karl zum erstenmal.

Karl sieht aus dem Fenster, während sein Vater von dem neuen »Favoriten« spricht, womit er Herrn Hasselbringk meint. Da drüben liegt Gehlsdorf mit der weißen Irrenanstalt hinter den hohen Bäumen.

Gehlsdorf sperrt die Tore auf,
Körling kommt im Dauerlauf . . .

so hatte man sich als Kind geneckt.

Gehlsdorf sperrt die Tore auf,
Erex kommt im Dauerlauf . . .

so war dann die Replik gewesen: Einfach, aber wirksam. Jetzt ist es Lazarett für Soldaten, die nicht mehr ganz richtig sind. Im Trommelfeuer durchgedreht.
Vom neuen »Favoriten« wird gesprochen, und ob der da heute wieder herumgesessen hat bei seiner Frau – geht immer weg, wenn man kommt – und von Afrika gequatscht, von der Scheiß-Elefantenjagd?

Dieser schöne neue Schreibtisch wird also seiner sein, wenn der Krieg vorüber ist, denkt Karl. Rechts die unerledigten und links die erledigten Vorgänge. Die Schubladen sind leer bis auf die unterste rechts, wo besagte Briefmarken liegen. Sverige mit so merkwürdiger Perforation. Sonderbar diese Extratouren. – Und norwegische Marken mit lauter kleinen Löchern drin, damit sie keiner stiehlt.
Der leere Schreibtisch, das ist kein Problem. Zuerst leer, dann voll. Arbeit wird es genug geben, und alle freuen

sich auf ihn, wie sein Vater gerade sagt, Gladow, der alte Buchhalter, und Sodemann, der mächtige Prokurist, und die anderen Angestellten, die von ihren Pulten aus in die Fenster des Privatkontors hineingucken und absolut nicht arbeiten im Augenblick. Neuerdings hat man sogar eine weibliche Schreibkraft an einer richtigen Schreibmaschine, die klingelt, wenn man eine Zeile vollgeschrieben hat.

Robert William hat sich jetzt eine Zigarre angeraucht, das brennende Streichholz schwenkt er lange hin und her, bis es endlich erlischt. Auch sein Sohn kriegt eine – »nie Zigaretten schmöken, hörst du?« –, Bier wird geholt von Alphons Köpke, vom »Stammtisch zur fröhlichen Teekanne«, und Schnaps wird eingeschenkt.
»Das Bier erst umspülen im Mund, sonst ist das zu kalt im Bauch.«
Und nun soll er mal 'n bißchen vertellen, verdammt noch mal, der alte Schnetzfink, wie's da draußen so ist – »hoch, runter, Schnaps!« – bei den Franzmännern. Ob er auch schon mal Tanks gesehen hat?
»Spül erst im Mund um«, sagt er immer wieder zu seinem Sohn, der da mit seinen Orden sitzt, »sonst ist das zu kalt im Bauch.«
Diese Tanks sollen ja dolle Dinger sein, richtige Ungetüme. Merkwürdig, daß wir keine haben. »Schloapen de dor boaben?« Und er spricht »Tanks« so aus, wie das geschrieben wird.
»Sieh dich bloß vor, datt du nich noch föllst!«
Sein Sohn sieht ja so verschorft aus, findet er, da »über« muß er mit Anna nachher mal sprechen. Richtige Risse hat er in der Haut, und: Was ist bloß mit seinen Ohren los? Die nässen ja wohl? Ob das wieder weggeht? Da kann man ja sonstwas denken, wenn man das sieht.
Und Karl überlegt, was das da wohl für eine Klappe ist, im Fußboden, ob das wohl eine Falltür ist? Ein Zugang zum Keller?

Ob er sich schon das Haus angesehen hat, am Schillerplatz, wird nun gefragt, das dritte von links, das Haus, das er für ihn gekauft hat? Nee? Na, da wird er aber staunen!
Ja, verdient wird nicht schlecht momentan. Mit Rawack & Grünfeld, den Erzimporteuren in Schlesien, flutscht die Sache Tag für Tag. Von daher möchte man beinahe hoffen, daß der Krieg noch nicht so bald zu Ende ist, wenn das nicht 'ne Versündigung wär, so zu sprechen. Und von unten wird an die Schreibtischplatte geklopft: »Unberufen: toi, toi, toi!« Erz nach Stettin und Kohle nach Schweden, eine ganz reelle Sache.

Der Vater zieht sein Ziehharmonika-Portemonnaie aus der Tasche und nimmt zehn Mark heraus. Er stößt eine Tabakswolke aus und wirft seinem Sohn den Geldschein rüber. Hier! Das schenkt er ihm! Damit soll er in die »Villa Mary« gehen, die kennt er doch? Er wär ja nun wohl in dem Alter ... Oder ob er in Belgien genug gepimpert hat?
»Also, ganz ehrlich ...«, das sagt der Vater zu seinem Sohn, der ja nun wohl erwachsen ist, und er beugt sich vor dabei, weil er leiser sprechen will, obwohl ihn hier im Privatkontor ja keiner hört, und er nimmt die Zigarre aus dem Mund, also ganz ehrlich und ganz im Vertrauen, er selbst, Robert William Kempowski (und das ist auch eine Neuigkeit für seinen Sohn), er geht auch manchmal in die »Villa Mary«. Jawohl. Das gibt er unumwunden zu. Er geht da auch manchmal hin, das heißt, er läßt sich dahin *fahren*.

In der Nacht liegt Karl noch lange wach, der Regen klatscht unter seinem Fenster in die Linden.

DEUTSCHES REICH

Merkwürdig klein ist das Zimmer, das hat er anders in Erinnerung, und still ist es. Nur der Regen, der rauscht.

Fräulein Seegen mit ihren biblischen Bildern: wie die Kinder Israel trockenen Fußes durch das Rote Meer ziehen. Werden sie's schaffen? Werden es alle schaffen? Auf dem Grund des Meeres liegen Seesterne und Muscheln, und in der Ferne werden die Verfolger schon von den Wasserfluten verschlungen. »Ich war in Rom, ich war auch in Athen . . .!« Einen Roman schreiben über den Krieg? Wie kann man denn einen Roman über diesen Krieg schreiben? Das denkt Karl, und er hat so allerhand im Kopf, was er sein Leben lang nicht loswerden wird.

Jetzt eben rattert draußen ein Wagen vorüber, und jetzt, jawohl, jetzt hört er endlich Schritte vor der Tür, blanke Schritte, und die Tür geht auf: »Koarl?« wird geflüstert. Ja, Karl hat die Bettdecke schon angehoben, und Giesing schiebt sich in das Zelt, kalt, wie sie ist. Sie drängt sich an ihn und legt ihren Kopf auf seine Schulter.
Unten, die Füße sind nackt und, tja: etwas klebrig.
Daß er anders ist als sonst, das spürt sie, aber sie macht sich nichts draus. *Sie* ist ja auch anders als sonst. Sie will hier nur ein bißchen kuscheln. Und er denkt: Ob sie sich wohl vor mir ekelt? Die Haut? *Ihn* würde das ekeln, jedenfalls. Und an Ludwex den Zweitex muß er denken, daß der menschenscheu war. Das kann er verstehn.

Auf der Rückreise zur Front fährt Karl über Wandsbek. Auf dem Bahnhof schenken jetzt keine höheren Töchter mehr Tee aus oder Kakao, hier ist nur die Wache, die ihn barsch nach seinem Urlaubsschein fragt.

In der Bärenstraße trinkt er bei Frau de Bonsac eine Tasse Steckrübenkaffee, nachmittags um vier, ganz regulär. Axel Pfeffer, der Hund, macht »sitz« und sieht ihn aufmerksam an.
Ob er von diesem blonden Schlingel etwas gehört hat,

wird Karl gefragt, von diesem, wie heißt er doch noch gleich? – Ob er von dem was gehört hat? Menz, ach ja, Menz. Ein merkwürdiger Mensch ...
Martha hält die Kaffeetasse vor dem mächtigen Busen. Eigentlich ja ganz nett, der Menz, und wohl aus guter Familie. Aber: schneit hier rein und läßt sich nie wieder blicken? Und: mitten in der Mittagszeit? (Den Aschenbecher hat er mitgebracht, der da drüben auf der Fanchon-Kommode steht, aus einem Holzpropeller gedreht.) Nie wieder hat man was von ihm gehört. Merkwürdig. Warum er denn überhaupt gekommen ist, wenn er nie wieder etwas von sich hören läßt?
Sie sitzt auf dem geschwungenen Sofa, und Karl sitzt auf einem geschwungenen Sessel, und da drüben steht die Kommode mit dem abgeschnittenen und ausgehöhlten Propellerstück, und beide trinken den Steckrübenkaffee ganz so, wie man Bohnenkaffee trinkt, mit abgespreiztem Finger, und abwechselnd tun sie es, mal er und mal sie.

Dann stellt Martha die Tasse auf den geschwungenen Tisch und ruft durch die offene Tür, über den Flur hinüber in die Küche hinein, deren Tür auch offensteht: »Liesbeeth? Liesbeeth?« Und aus der Küche schreit es zurück: »Ja-ha?«
»Ach, Liesbeeth, bringen Sie doch bitte eine Birne!«
»Ja-ha!«
»Eine Birne nehmen Sie doch, Herr Kempowski?«
Ja, eine Birne nimmt er gerne. Das ist gut für seine Haut. Nachdem er ein wenig über seine Haut geplaudert hat, daß er das dem englischen Gas zu verdanken hat, daß das so näßt und juckt und daß er mal neugierig ist, ob er dafür wohl ein Verwundetenabzeichen kriegt – »Ist das ansteckend?« –, kommt das Gespräch rasch zum Erliegen, und Karl möchte eigentlich gehen, »sich empfehlen«, wie das heißt. Wenn er bloß wüßte, wie er das anstellen soll, daß er hier wegkommt. Wo Grethe wohl ist?

Lisbeth kommt und bringt ihm die Birne auf einem Teller,

auf dem eine Birne dargestellt ist (und unten drunter steht geschrieben: Birne). Lene, die draußen in der Küche steht, die bucklige Lene, wird mit ihr zanken, denn eigentlich war sie doch jetzt dran.

So sitzen die beiden und reden dies und das und schweigen, und Axel Pfeffer sitzt auch da und sieht aufmerksam von einem zum andern und zwinkert mit den Nasenlöchern.
Ja, was man noch sagen wollte ... Was wollte man noch sagen? Ob man das Fräulein Tochter wohl abholen kann, von der Warteschule am Mühlberg, das wollte man noch fragen.

Ob du's kannst – glaub's schon,
ob du's darfst – fragt sich.

Ja, man kann es, die Linie 14 muß man nehmen.

»Oh, der Soldat holt sein Mädchen!« rufen die Kinder, das kennen sie nun schon, und Grethe bekommt wieder einen roten Kopf. Eigentlich hat sie ja noch nicht Schluß, aber Thea schaukelt das schon die ist nicht von gestern. Wenn Karl einen Moment warten will, dann läßt sich das schon deichseln.

Das Lokal in Winterhude hat geschlossen, und die Wege um die Alster herum sind gar nicht verwunschen, die sind voll Schmutz. Nässe tropft von allen Zweigen, und ein kalter Wind weht. Grethe schiebt das Fahrrad. Sie hat den gelb-schwarz gefütterten Mantel an, rechts unten ist der Hakriß.

Ob er die Plätzchen gekriegt hat, die selbstgebackenen? Und ob sie ihm geschmeckt haben, fragt sie – das Spitzentaschentuch, das er ihr aus Brügge geschickt hat, ja, das hat sie bekommen. Wie ein filigranes Spinnenweb, so sieht das Taschentuch aus, sagt Grethe, und dann erzählt sie schon von Willi Heinbockel, daß der neulich ein hübsches Schiff geschnitzt hat – »ich mach dir eine Boot« –, und

von Lieschen Pump, daß sie dieses Mädchen am liebsten mit nach Hause nehmen möchte, so süß sei es: »Nein, wie ist es süß!«
Alle Kinder sind irgendwie lieb und jedes auf seine Art, auch die bösen – so spricht sie, obwohl sie schon ein bißchen viel von diesen Kindern geredet hat. Daß man sie so sehen müsse, »wie Gott sie haben will«, das genüge schon, dann gäb es keine Probleme, so spricht sie. Einen Menschen lieben heiße, ihn so sehen, »wie Gott ihn haben will . . .«.

Die kleine Nase steckt sie des öfteren ins Taschentuch, und Karl zieht sein großes, weißes und putzt damit die Brille, auf der kleine Sprühregentropfen sitzen, und stehenbleiben muß er dabei, weil ihm sonst der Säbel zwischen die Beine gerät. Daß das mit seiner Haut nicht ansteckend ist, möchte er ihr gerne sagen, und daß das schon viel besser ist und auch noch besser werden wird – aber sie scheint sich nicht dafür zu interessieren. Hautsachen, das kennt sie von ihren Kindern, die sind auch schorfig und schuppig, das ist ihr nichts Besonderes.

Einmal herum gehen sie, um die Alster, Hotel »Atlantik« und Hotel »Vierjahreszeiten«, das ist ein Unterschied, das muß man sich mal merken, und da drüben all die Banken. Die siebzehn Namen der Familie Brettvogel werden aufgesagt, wobei man die Namen der sieben gefallenen Söhne gesondert markiert, und Karl sagt: »Mehr sein als scheinen«, daß das *sein* Wahlspruch wär. Angebertypen könnten ihm gestohlen bleiben. In »Sankt Quen-ti-en« zum Beispiel, da hat er ja die »döllsten« Angeber gesehen, die laufen da ja rum wie Sand am Meer. Einer, zum Beispiel, so einer mit »Scherbe« im Auge, also nee.

Ob sie sich noch an Graal erinnert, sagt er dann – eine weiße Fahne mit rotem Auge heißt »ja« –, und ob sie sich noch an das Wrack erinnert, in Graal, auf dem sie »ümmer« gesessen haben? Und es ist für ihn als Mecklenburger gar

nicht so einfach, »Wrack« zu sagen, und für Grethe de Bonsac aus Hamburg ist es gar nicht so einfach, das zu verstehen.
Ach ja, das Wrack. Ach ja, richtig: das Wrack.

Dann tritt er in Hundedreck, der hier massenhaft herumliegt, und quer muß er seinen Schuh am Kantstein abreiben, um das wieder abzukriegen – seine schönen neuen Stiefeletten –, und dann verstummen sie, und schließlich wird kein einziges Wort mehr gesprochen, nichts von de Bonsac und nichts von Herrn von Büschel. Nur die Taschentücher werden gezogen, und zwar wechselseitig.

Dunkel wird es und immer dunkler, und die Laternen werden angezündet. Und direkt unter einer dieser soeben angezündeten Laternen gibt Karl seiner Grethe dann einen ganz normalen Kuß, und das ist die Verlobung.

Im Oktober 1918 wird Karl gesund geschrieben. Ein Rittmeister vom Train, der eine Feldbäckerei unter sich hat, nimmt ihn in seinem wundervoll laufenden Dietrich mit nach vorn. Es ist eine halsbrecherische Fahrt, denn den Wagen lenkt ein Kriegsfreiwilliger, der im Zivilberuf Rennfahrer ist. Wenn Marschkolonnen die Straße blokkieren, dann hupt er wie wild, und der Rittmeister schüttelt die Faust und schimpft auf die unsicheren Kantonisten aus dem Osten, die da nach vorn marschieren, die infiziert sind mit den sonderbarsten Ideen. »Weltrevolution«, wenn er das schon hört. Und: »Proletarier aller Länder, vereinigt euch . . .«
Der Chauffeur läßt die Hupe aufbölken, und der Rittmeister holt den Schreibblock heraus, das will er doch mal sehen, ob er die nicht bestrafen lassen kann? Gehen ostentativ langsam zur Seite.
Ein fader Dunst, als ob Leim gekocht wird, liegt in der

Luft: Sie sausen an der großen Kadaververwertungsanstalt der Armeegruppe vorüber. Das Fett gefallener Pferde und Rinder wird hier zu Schmieröl verarbeitet. Die Knochengerippe werden in der Knochenmühle zu Pulver zerrieben und dem Schweinefutter beigemengt. Nichts darf ungenutzt verkommen.
Im Graben wird Karl mißmutig begrüßt. Das liegt nicht daran, daß sie ihn nicht mögen, nein, die Kraft ist am Ende, das ist es. Morgens gibt es Runkelrübenbrühe, die Kaffee genannt wird, dazu trockenes Brot. Mittags Sauerkraut oder Mehlsuppe. Zum Abend kriegt jeder einen Löffel Kunsthonig. Statt Tabak erhalten sie Buchenlaub, und zwar zugeteilt! Vor Hunger steigen so manchem die Tränen in die Augen.
Unverständlich ist es allen, wo das ganze Getreide aus Rumänien bleibt und das Fleisch aus Polen, soviel kann man doch gar nicht verschieben ... Wenn es wenigstens einmal die Woche was Gutes zu essen gäbe: Frikadellen oder bloß mal'n Stück Wurst.

Auch mit »Betriebsstoff« sieht es schlecht aus: nur dünnes Bier gibt es hin und wieder. An Wein ist gar nicht zu denken. Statt dessen kommt eine »Sündenabwehrkanone«, ein Feldgeistlicher, der einen sonderbaren Hut aufhat, der hält ihnen einen Vortrag über Kriegsanleihen. Ob die Soldaten nicht Kriegsanleihe zeichnen wollten! 20 Mark wären schon ein schönes Opfer, und nach dem gewonnenen Krieg gäb's das Doppelte dafür wieder.
Ob er wirklich glaubt, daß sich da einer erweichen läßt? Dies ist sein Evangelium: Deutschland, das geschmähte und verleumdete Deutschland, hat die Aufgabe, der niederträchtigen und übrigen Welt Vernunft und Sittlichkeit beizubringen. Und das sagt er in seiner Predigt mehr als einmal. Einen fahrbaren Altar hat er, ein Auto, das man hinten aufklappen kann: »Feldkapelle« genannt. Nach dem Gottesdienst wird alles zugeklappt und festgezurrt, und dann steigt der Pfarrer ein und fährt weg.

Aus Graudenz kommen sechsundvierzig Mann Ersatz. Es sind Polen, die bisher in russischer Gefangenschaft waren. »Wie werden Schnürstiefel in den Tornister gepackt?« werden sie von »Todesmut« gefragt nach alter Tradition. Aber die Polen können ihn nicht verstehen, unerklärlicherweise. Wie? Was? Sie können ihn absolut nicht verstehen.
»Was sind Sie von Beruf?«
»Schlachter.«
»Dann können Sie ja jetzt Franzosen schlachten!« Dieser Art ist sein Humor. Und: »Jeder von Ihnen braucht bloß acht Franzosen zu töten, dann ist der Krieg entschieden.« Das hat er sich so ausgedacht: Wenn jeder deutsche Soldat acht Feinde tötet, gibt es keine Feinde mehr.

»Legen Sie die neuen Leute nicht mit unseren zusammen«, sagt er zu Hauptmann Brüsehaber, »sonst werden die unsrigen noch verdorben.« Eine ziemliche Saubande scheint das zu sein. Die müssen erst noch fertiggemacht werden.

Kurz darauf werden die 210er in einen anderen Abschnitt verlegt. Schrecklich, diese Katerei, alles einpacken, und wer weiß, was man dagegen eintauscht? Hier wußte man wenigstens, was man hatte. Unlustig wird dahinmarschiert. »Schiebung!« »Haut ihn!« »Kohldampf!« wird von hinten gerufen.
Die Offiziere hören es, sagen aber nichts, denn dann würden sie einfach ausgelacht.
Zu allem Unglück verlaufen sie sich noch, einen Hang klettern sie mühselig hinauf, und oben heißt es: »Halt!« und »Kehrt marsch!« Nicht viel fehlt, und eine offene Revolte bricht aus. Rutschend und stürzend landen sie wieder auf der Straße.

Die neue Stellung ist ein Paradies. Da staunen sie nun aber doch: Alle Gräben – drei Systeme hintereinander, und der Nachschub rollt auf einer Feldbahn nach vorn –, alle Gräben sind mit Faschinen gesichert und mit Rundhölzern abgedeckt. Komfortable Lattenroste liegen auf dem Grabengrund, damit man sich nicht schmutzig macht, und ein Schild hängt an einem Pfosten: »ZUM FRISÖR«.

Gleich am ersten Tag gibt es dicke Erbsensuppe, in der sogar Speck schwimmt. Das ist ja ein Wunder! Dicke braungrüne Erbsensuppe mit fingerlangen Speckstücken! Die »Proviantfritzen« sind hier sehr erfinderisch, so scheint es, und man kann sich nur wundern, daß das vorher anders war.

Siebzehnundvier wird nun gespielt, Goldene Sechs und Gottes Segen bei Cohn, ganz ungeniert, obwohl es doch verboten ist, und gesungen wird auch zum erstenmal wieder seit langer Zeit.
Man hat ja wohl unerhörtes Glück gehabt.

Karl hat einen hübschen Unterstand zu seiner eignen Verfügung, mit Tisch und einem Sessel, der aus Birkenästen zusammengenagelt ist. Die Bücher, die er von zu Hause mitgebracht hat, stellt er zu den andern auf das kleine Bord, zu denen, die er hier schon vorgefunden hat. »Von Alltag und Sonne«, das ist das Buch, in dem er immer wieder liest. »Wer weiß?« steht vorne drin, von Dichterhand geschrieben; am liebsten würde er: »Ich« dahinterschreiben, denn er hat jetzt viel gelernt.

Mit Erex trifft Karl sich nur noch selten. Valentine Becker, jaja, daß die hübsch war, das weiß man. Und die Sache mit der Höhle in der alten Weide: Karl möchte immer gern von der alten Weide sprechen. Aber Erex möchte lieber wissen, was »Silbi macht«. Ob die mal wieder geschrieben hat, und ob er das Photo mal sehen kann?

Wenn Erex kommt, macht er eine Ehrenbezeigung vor Karl, und dann lachen die beiden: daß das komisch ist.

sagen sie, aber wenn Erex sie nicht machen würde, dann wär das auch komisch, das würde irgendwie nicht gehn.
Erich fragt, ob Silbis Ehe funktioniert mit Schenk, diesem Veilchendragoner, und er fragt Karl, ob er sich noch daran erinnert, wie er da im Korb sich abgeseilt hat, bis vor ihr Fenster, ja?
Karl sagt »ja«, daß er sich noch daran erinnert, und er erzählt von der Außenalster und von dem schönen schwarzgelb gefütterten Mantel, den Grethe de Bonsac getragen hat. Und daß er – »glaub ich« – verlobt ist. Ja. Daß er verlobt ist, das erzählt er auch, und als er es erzählt, wird ihm klar, daß das eine wunderbare Sache ist.

Die neue Stellung ist ein Paradies.
Freund und Feind leben hier friedlich und ohne Verluste und Schäden miteinander: Man besucht sich sogar abends, in der Dämmerung, und tauscht Tabak gegen Marmelade. Gleich am ersten Abend kommt ein Engländer über die Böschung spaziert und sagt: »Ist hier Feind? Hab mich verloffen . . .« Es ist ein junger Mensch, und er ist ganz vergnügt, in Gefangenschaft zu geraten. Drei Gläser Orangenmarmelade hat er mitgebracht.

Die 210er wollen das gutnachbarliche Verhältnis gerne pflegen – aber da kommen sie bei Todesmut falsch an! Der befiehlt, daß jeder Posten, der nicht sofort schießt, wenn sich ein Feind sehen läßt, vor ein Kriegsgericht zu stellen ist.
Als die Engländer wieder mal mit Schokolade und Weißbrot am Grabenrand erscheinen, wird ihnen zugewinkt: Rasch verschwinden! Und in die Luft wird geschossen: bums! Todesmut läßt am nächsten Tag sogar mit Feldartillerie auf die Gräben da drüben schießen. Schließlich sind das doch Feinde!

Als sich der Tommy von seinem ersten Erstaunen erholt hat, hämmert er die deutschen Stellungen mit den neuen

amerikanischen Brisanzgranaten nieder. Zwanzig, dreißig Granaten detonieren gleichzeitig, Erdfontänen schießen in die Luft! Ein Jammer! All die herrlichen Rundhölzer und Grabengatter fliegen in die Höhe, auch das Schild »ZUM FRISÖR« mit der schwarzen Zeigefingerhand darunter. Die Feldbahn, mit der man die Erbsensuppe immer so schön nach vorne brachte, wird zerknäult. Zwanzig bis dreißig Granaten kommen gleichzeitig angeheult, und der Pulvergestank läßt die Augen tränen und die Nasen laufen. Nun fliegt auch das Handgranatenlager in die Luft, an dem das Schild HANDGRANATEN hing, und die letzten Spatzen, denen es hier auch nicht schlechtging, verlassen diese Gegend mit ziemlichem Geschrei.
Links und rechts schlägt es ein, und Karl muß seine Leute ständig ermuntern. In die Ohren schreit er es ihnen, daß das gleich vorbei ist und daß es schon nachläßt, ob sie das nicht auch gemerkt haben? Und er geht extra nicht in den Unterstand, in dem er sicher wäre, sondern wühlt sich wie die andern in das Erdreich, mit beiden Händen krallt er sich hinein, und Wogen von Sand und Steinen decken ihn zu.

Da wird er plötzlich von einem fürchterlichen Schlag zur Seite geworfen. Neben sich hört er ein kurzes Röcheln, da zuckt noch einer mit den Beinen: eine Granate, drei Mann getroffen, aber Karl ist unversehrt.
»Gefeit«, denkt er, dieses sonderbare Wort fällt ihm ein. »Bin ich gefeit?«

Der Munitionsverbrauch der Gegner ist ungeheuer. Tag für Tag bekommen die 210er nun Hunderte von Minen und Tausende von Granaten. Die eigenen ausgeleierten Feldgeschütze, die zuerst noch schüchtern und ab und zu geantwortet haben, verstummen bald, und die Soldaten verkriechen sich und lauschen, ob das Unheil nicht bald vorüber ist?
Jede Nacht muß schwer gearbeitet werden, damit die

zerschossenen Grabenteile und Unterstände wieder einigermaßen intakt sind. Und dann werden sie doch wieder zerhämmert.

Nach einem dieser Bombardements wird Karl gerufen. Mit aufgerissenem Leib liegt Erex Woltersen schwer atmend in der Verschanzung. Karl spricht ihn an: »Erex, hörst du mich?«
»Es hat ja alles keinen Wert«, sagt sein Freund und winkt ab.
Karl erträgt den Anblick nicht und geht ein paar Schritte weiter und guckt zum Feind hinüber. »Ach, meine armen Eltern!« hört er Erich rufen und: »Jammervoll!«
Als der Krankenträger ihn verbinden will, wehrt er sich und bittet um ein Betäubungsmittel, das ihm aber wegen der Darmverletzung nicht gegeben wird. Keiner glaubt, daß er lebend den »Punkt 80« erreicht, wo sich die Sanitätsstation befindet.
Das ist das letzte, was Karl von ihm hört: »Ich sehe ja nichts mehr . . .« Als man ihn auf die Bahre hebt, ist er schon tot.

Karl packt die Sachen seines Freundes zusammen, mit seinen schorfigen Händen, in einen Leinenbeutel tut er die Briefe und Zeichnungen, und als der Bursche hereinkommt und fragt, ob er was helfen kann, schreit er ihn an, was er hier zu suchen hat, und er soll machen, daß er rauskommt. — Eine der Bleistiftzeichnungen behält Karl bei sich, die legt er in seine Brieftasche: ein Unterstand mit Hindenburglicht, bärtige Männer um den Tisch herum, wie eine Rembrandt-Zeichnung sieht das aus, so kommt ihm das jedenfalls vor.
Am Tage drauf können sie beobachten, wie in der Ferne feindliche Infanteristen – es sind Amerikaner – ganz ungeniert über das freie Feld in Stellung gehen. Artilleriebeschuß erhalten sie nicht, da die deutschen Geschütze zerknäuelt in ihrer Verschanzung liegen.

EPILOG

Anfang November 1918 kommen Abgeordnete aus Berlin an die Front, sie sollen die Soldaten beruhigen. Einer heißt Friedrich Naumann, der hat eine piepsige Stimme. Was will der denn? denken die Soldaten. Die Hand in der Tasche und mit der Zigarette im Mund hören sie sich an, was der sagt. Aber je länger er spricht, desto vernünftiger kommt ihnen das vor: Von Waffenstillstand spricht der Herr, und das klingt gar nicht schlecht.
»Wir werden sehr schwere Bedingungen erhalten«, sagt er, »aber wir müssen es schlucken.«

Also nicht halb Belgien behalten, diese gegen England gerichtete Pistole? Brauchen wir Belgien denn nicht? Ist man es den Flamen denn nicht schuldig, diesem lebenskräftigen, fleißigen und so eigenwilligen Menschenschlag, daß man dieses Volk vor der unrettbaren Verwelschung bewahrt?
»Flandern« sollte diese germanische Provinz doch heißen, so hatte man es doch gesagt?
Und nicht für jeden toten deutschen Soldaten einen Quadratmeter Land erhalten, wie man sich das so ausgedacht hatte in der letzten Zeit?
Statt dessen womöglich noch was hingeben?

Nein, kein Belgien und auch kein Kurland behalten. Ganz im Gegenteil, tatsächlich noch was hingeben, allerdings nur Randgebiete, vermutlich ganz unwesentliche Randgebiete.
Damit muß man rechnen.

Am 11. November, um zwölf Uhr, sagt Hauptmann Brüsehaber zu den Seinen mit lauter Stimme: »Es ist

Schluß, Leute!« Am 11. November 1918, um zwölf Uhr, genauer gesagt, um fünf Minuten vor zwölf. Und zu den Maschinengewehrmännern, die die Hand am Abzug haben und die Patronengurte wie Schals um den Hals, die ihn angucken und nicht wissen, was das zu bedeuten hat, zu denen sagt er: »Entladen, lagern.«
Und da ist wirklich Schluß. Durch alle Gräben geht ein großes Aufatmen, man lehnt sich zurück und entspannt die Muskeln: »Schluß!« Wirklich und wahrhaftig Schluß. Und dann wird in die Luft geschossen, hüben wie drüben, sämtliche Leuchtmunition wird verschossen, ein Spektakel sondersgleichen.

In vierzehn Tagen müssen die Deutschen das besetzte Land geräumt haben, andernfalls werden die Kampfhandlungen wieder aufgenommen, so heißt es in den Vereinbarungen.
»Unmöglich ist das«, wird gesagt, aber dann geht es doch.
Der Rückmarsch vollzieht sich in guter Ordnung. Ein kalter, starker, alles durchdringender Wind weht, der den Soldaten einen nadelspitzen, feinen Eisregen ins Gesicht sprüht.

Licht aus! Messer raus!
Drei Mann zum Blutrühren!

Ein paar Revolutionsleute wollen den Offizieren ans Leder, aber das lassen die anderen nicht zu – so ist das ja nun nicht, daß die neue Zeit mit Chaos beginnt –, und angesichts der guten Organisation des Rückzugs und der Aussicht, bald nach Hause zu kommen, verstummt bald jede Opposition.
Hoch, runter, Schnaps

Daß Todesmut geweint hat, wird erzählt. Daß er angeblich geweint hat. Aber zu sehen ist er jetzt nicht; er ist wohl gerade woanders.

Seht, er kommt mit Preis gekrönt . . .

Schwer fällt es, durch die Landschaften zu stiefeln, die

man mit Schweiß und Blut dem Feind entrissen hatte, ein bitteres Gefühl kommt auf: Alles umsonst, alles umsonst... so klingt es den Soldaten in den Ohren, während sie stumm dahinmarschieren, blödsinnig und traurig zugleich.

Germanski kaputt!

An weggeworfenen Ausrüstungsgegenständen geht der Marsch vorüber, an umgestürzten Kanonen und geplünderten Magazinen. Durch zerstörte Dörfer geht es, einsame Schornsteine im Schutt, und einmal werden sie beinahe durch die Explosion eines Dynamithaufens zerschmettert.

Sie kommen auch durch Lüttich, das sie schon auf dem Vormarsch kennengelernt haben, und die Belgier sind außer Rand und Band. Alle Straßen sind mit den belgischen Nationalfarben geschmückt, Schwarz-Gelb-Rot. Und die Kinder laufen neben den Marschkolonnen her mit belgischen Fahnen an Stöcken, und vaterländische Lieder singen sie, einstimmig und zweistimmig, die die Soldaten nicht kennen und nicht kennen wollen: Und da müssen sie durch.

In Köln marschieren sie dann über die Rheinbrücke mit Bagagewagen und dampfenden Feldküchen, in guter Ordnung, aber stumm. Vor dem schwarzen, stillen Dom steht General von Larisch und nimmt den Vorbeimarsch ab, neben sich hat er ein paar Revolutionsleute stehen, die zuerst die Hände in den Taschen haben und rauchen, es dann aber lassen. Neben sich hat er auch den Musikzug, doch die Instrumente bleiben eingepackt. Drasch-drasch-drasch, das ist die einzige Musik.

Bevölkerung säumt die Straßen und sieht sich die Soldaten stumm an, Frauen, na ja, die ihre Söhne verloren haben, und schwarzgekleidete Väter, Tränen in dem noch immer aufgewichsten Schnurrbart.

Da sind denn auch die jungen Mädchen, denen es immer

wieder aus den Augen hervorbricht, und: drasch-drasch-drasch-drasch, die Soldaten mit wildem Gesicht: Nicht, daß sie tot sind, all die Kameraden, ist der Schmerz, sondern, daß man sie vergessen wird. Trotz aller Monumente.